KB236754

한국 현대 비평의 과제와 전망

한국문학비평가협회 편

국학자료원

◆ 발간사

시대를 호흡하고 관통하는 역사의식의 확립

이 인 복

한국문학비평의 새로운 전망을 제시하고자 출범했던 <한국문학비평가 협회>가『문학비평』을 창간한 지 벌써 일 년이 지났습니다. 새 천년의 희망찬 발걸음을 내딛은 2000 년 한 해에도 많은 작가들이 좋은 작품을 내놓았고, 비평가들의 노력도 이에 못지 않았다는 생각에 감회가 새롭습니다. 새 밀레니엄 새 세기의 도래와 함께 비평계가 가졌던 자성의 움직임과 앞으로 문학이 나아가야 할 길을 다시 진단해 보고, 미흡했던 부분을 점검하여 발전적 방향으로 도약하기 위해 기반을 다지는 비평 작업의 필요성을 절감하면서, 여기 두 번째 협회지『문학비평』제2집을 세상에 내놓습니다.

인간 세계나 문학 작품에 대한 올바른 해석은 가치관이 혼란해져 가는 현대 사회에서는 그 어느 때보다도 절실하게 요구되는 문제입니다. 혼탁한 세상의 논리에 비평의 순수한 정신마저 오염되어서는 안 되기 때문입니다. 역사를 관통하여 타당하게 받아들일 수 있는 가치관 확립이 무엇보다도 절실히 필요한 때입니다. 우리는 비평사나 문학사를 통해 지난 시대의 오류를 보아 왔습니다. 우리의 글이 다음 시대에 어떻게 평가될 것인가에 대해 우리 또한 자유로울 수 없다는 생각이 듭니다. 다음 세대들이 우리가 지금 하는 행위나 쓰는 글에 대해 과연 어떠한 평가를 내릴까요? 인쇄 문화의 발달로 인해 홍수처럼 범람하는 많은 책들 중에서 옥석을 구분하고, 좋은 작품에 대한 가치를 부각시켜 글을 읽는 사람들이 지닌 의식의 지평을 넓혀 준다는 일은 무엇보다 소중한 일입니다. 이런 생각을 해 보면 비평의 책임을 더욱 절감하게 됩니다.

비평에 있어서는 역사의식도 중요하지만, 비평 또한 문학에 속한 것이어서 다른 장르의 문학 작품과 마찬가지로 창조적 예술성을 지녀야 하고, 따라서 가슴에 와 닿는 심미적 기쁨이 읽는 이들에게 전해져야 합니다. 문예 창작이란 작품과 사랑에 빠지는 것이라고 할 수 있습니다만, 사랑이 끝나 봐야 그 사랑이 어떤 것인가에 대한 본질적 모습이 드러납니다. 그 본질적 모습을 알아내는 것은 비평이 하는 일입니다. 비평이란 작품에 일정한 거리를 두고 그 가치세계를 재구성하는 작업이기 때문입니다. 작가들이 무의식적으로 행한 작업들에서 새로운 의미를 찾아내고, 그 의미가 갖는 가치를 발견하는 일은 창작하는 일 못지 않게 중요한 작업입니다.

삶이 무엇인지 우리는 어떤 해결안을 제시할 수는 없지만, 문학이 그 한 방향을 보여주고 있습니다. 비평은 문학이 가는 길을 평가하고 조정하고 의미를 부여하는 과정에서 삶의 지향점을 추구하는 것이라고 볼 수 있습니다. 정서의 울림과 지성의 각성을 함께 아우르며 사유하는 과정, 그것이 바로 비평이 나아가야 할 길입니다.

다양성이 숨쉬는 오늘날, 자신의 취향에 맞는 작품만을 좋은 작품이라고 평하는 편협한 비평, 특히 많은 독서가 기반이 되지 못하여 어떤 지표도 없이 다른 사람의 평가에 편승하는 비평가들은, 비평의 소명과 비평가의 책임을 재인식해야 합니다. 오늘날의 비평계를 보면 독서량의 절대부족을 개탄하게 됩니다. 물론 비평가 대부분이 대학에서 강의하고 있고, 특히 교수라는 직함에 따른 여러 업무도 많아져서 강의에 필요한 작품 외에는, 특히 최근 작품에 대해서는 읽을 시간이 그리 많지 않을 수 있습니다. 하지만 다른 시간을 줄이면 얼마든지 가능한 일입니다. 한 시대를 지나가면서 작가의 생존 당대에서보다 더욱더 가치가 부각되는 작품뿐만 아니라, 현 시대를 호흡하는 작가들의 감각과 감성을 놓치지 않고 읽어내야만, 살아 있는 비평이 될 것입니다.

어떤 가치관을 가지고 평가할 것인가의 문제는 최근 작품을 해석하는 데도 그 바탕이 될 것입니다. 오늘을 살아가는 우리는 오늘의 역사를 살아가는 것이기 때문입니다. 비평계에서는 올바른 가치관과 역사 의식의 확립이 요구됩니다. 시대와 작품에 대해 편협한 시각을 버리고, 작품에 대해 탄력적이고도 유연한 자세를 갖는다면 우리의 눈꺼풀에 덧씌워진 편견이 제거되고, 다양성을 수용할 수 있는 비평을 지향하게 될 것입니다.

그리하여 우리 비평가들 한 사람 한 사람이 투철한 역사의식을 바탕으로 최근의 기류를 민감하게 진단하여 역사에 공헌하는 비평이 될 수 있도록 노력해야 할 것입니다. 현재가 바로 과거 속으로 밀려들어간다는 느낌이 특히 강하게 드는 요즘, 속변하는 세상에서 비평이 제자리를 찾는 길은 한낱 유행에 편승하는 것이 아닙니다. 시대를 호흡하는 감각과 역사의식을 관통하는 가치관의 확립으로만 가능한 것입니다.

거대담론에만 휩쓸리는 확신 없는 관점이 아니라, 소수의 의견이나 관점도 인정할 줄 아는 적극적인 용기가 이 시대에 그 무엇보다도 요구됨을 자성하며, 새 밀레니엄과 새 세기의 2000년 새 해가 저무는 길목에서, 잠잠히 옷깃을 여미며 머리를 숙입니다.

비평가로서 적당히 명성을 얻고, 현실의 공기를 거스르지 않으려 하는 소극적인 자세를 벗어나, 보다 넓은 광장에서 비평의 지평을 넓혀 가는 모임이 되기를 기도합니다.

한국문학비평가들의 협회지 『문학비평』이 비평계의 역사적 안목을 갖춘 새로운 전망을 제시하는 초석이 되기를 간절히 염원하는 바입니다. *

2000년 11월 9일
한국문학비평가협회 회장

◆ 격려사

해 본다는 것의 큰 의미

이유식*

한국문학비평가협회가 창립된 지 어느덧 1년 반이 훨씬 넘은 것 같습니다. 지난해에 기관지 창간호가 나왔고, 제1회 세미나 행사도 원만히 치렀으며, 또 금년에는 제1회 한국문학비평가협회상 시상식도 잘 지켜보았습니다.

그 동안 본인도 경험해 본 일이었지만 어떤 일의 시작이란 무에서 유를 만드는 과정이요 작업이라 무척 어려움이 많고 힘드는 일이 많았으리라 짐작해 봅니다.

그러나 어렵고 힘든 만큼 그 뜻이 크고 성취의 보람이 있으리라 봅니다. 쉬운 일을 두고 그 어느 누가 '수고했습니다', '고생 많았습니다'라는 격려와 축하의 말을 남발하겠습니까.

그 동안 회장단은 집행부에서도 수고 많이많이 했습니다.

그리고 다시 이번에 기관지 제2집을 꾸민다고 하니 정말 축하드립니다. 익히 알다시피 시대와 문화환경의 변화에 따라 사뭇 문학이 뒷전으로 몰리는 듯합니다. 문학의 가치가 간혹 논의되고 있는 것도 잘 알고 있습니다.

---

* 본회 명예회장 · 문학평론가.

이런 상황 속에서 비평문학은 유독 타 문학장르에 비해 더욱 고립되고 위축되고 있는 듯합니다. 신문이나 문예지와 같은 문학 저널리즘에서도 지면의 적극적 개방이나 비평 특집의 적극성을 보이지 않고 있는 것도 보고 있습니다.

그런 의미에서 한국문학비평가협회의 출발과 그 모임은 자구책의 일환인 동시에 동류의식에서 나온 자중자애의 자리로서 그 의미가 크다 하겠습니다. 서로 격려하고 분발하는 모임이었으면 합니다.

그리고 시인, 작가, 수필가들에게는 이 시대를 사는 동업자로서 꿈과 용기를 불어넣어 주고 올바른 길을 제시해 주는 조언자요 향도가 되었으면 합니다.

앞으로 보다 내실과 규모 있는 단체로 발전하기를 빌어마지 않습니다. 모든 회원들의 보다 적극적인 관심과 참여도 있었으면 합니다. 기대해 봅니다. 그리고 다시 한번 축하드립니다. *

차 례

현대 비평의 과제와 전망

(제1회 세미나 원고)

문학의 퓨전화와 시의 미래

채 수 영*

1. 과학과 원시 회귀

2000년 3월 2일 미국의 대통령은 자기의 생애에서 가장 득의로운—인간의 유전자 지도를 작성할 수 있는 이른바 Human Genome 프로젝트라 불리는 인간 유전자 해독 작업과 관련, "두 달 안에 인간의 유전자가 완전히 해독됐다는 발표를 할 것이며, 이는 내 생애에 가장 자랑스러운 발표 가운데 하나가 될 것"이라는 보도를 접한다. 이로부터 여름의 입구에서 거대한 인간의 모든 유전자 조직을 이해할 수 있는 길을 언론에 공개했다. 이는 인간의 난치병을 치료할 수 있을 뿐만 아니라 인간의 역사를 새롭게 써야 하는 시대로 접어들었다는 사실을 뜻한다.

인간의 탐구가 어디까지 미칠 수 있을까에 대한 예상을 할 수 없는 오늘의 과학 문명 앞에 행복한 안도감을 갖기보다는 차라리 불안하다는 편이 옳은 일인지 모를 일이다. 왜냐하면 인간의 일은 항상 양면의 얼굴을 가지고 있고 또 이런 양면은 항상 밝은 면만 전면에 등장하는 것은 아니기 때문이다. 고도한 과학 메커니즘의 시대에도 점술가의 깃발은 지붕에서 펄럭이고 운명을 알기 위해 고민하는 인간사는 예외가 아닐 것이다. 첨단의 이기(利器)가 인간을 편리하게 할지라도 인간에게 불안의 와중을 떠나지 못하는 것은 유전자 지도나 과학의 수단으로는 해결할 길 없는 또 다른 문제가 대두될 수 있을 것이다.

---

* 신흥대학 교수 · 문학평론가.

아마도 21세기의 입구에서 원시 회귀라는 말을 사용한다는 것은 어리석은 잠꼬대라 말할 것이다. 왜냐하면 극도로 발달한 과학의 극치를 누리는 시대에 원시라는 어휘는 상상으로 접근하기 어려운 일이기 때문이다. 과학의 발달은 필연적으로 분석에서 시작된다. 쪼개고 쪼개는 일이 분자 혹은 원자라는 용어에 옷을 입혀서 더 작아지는 의미를 찾아가는 일이 지금까지의 과학이 만들어 놓은 현상이었다면 21세기의 입구에서는 이런 일에 대한 의문을 설정하는 조짐이 나타나고 있을 뿐만 아니라—이는 분석에서 오는 자연 질서의 파괴에 대한 자각을 하기 시작했고 여기서 쪼개는 일에 대한 의문이 점차 확대되면서 부작용의 심각성을 자각하게 되었다. 다시 말해서 분석의 형태를 빌리는 과학은 필연적으로 해체에 대한 임무를 목표에 집중하기 때문에 종합적인 형태에 대한 배려에서는 간과하게 된다. 이런 일은 결국 부메랑이 되어 인간에게 돌아오는 결말은 부작용을 수반하게 된다. 유전자 변형이니 동물 복제에 이어 인간 복제 등의 문제는 인간의 근원을 파악하기 위한 과학적인 시도였지만 이런 일이 인간의 재앙을 수반하는 일로 이어질 것을 염려하는 생각은 이미 현실로 나타나고 있다. 인간의 복제는 신의 창조라는 문제에 접근할 것이고 이는 다시 신을 복제(?)하려는 실험—이런 황당한 상상력에 도달하지 말라는 법이 없을 것이다.

그렇다면 이런 과학 발달의 추세에서 인간의 의식은 행복해지기보다는 절망하였고 또 지금도 절망의 심화는 과학의 발달과는 전혀 상관없이 비참해지는 자각 의식을 갖고 있다, 이런 절망에서 위안을 찾기 위해 인간은 다시 자연을 생각하게 되었고 생명의 고귀함과 경이로움을 생각하는 쪽으로 눈을 돌리고 있다. 다시 말해서 자연과 인간을 과학적 실험 대상으로 생각했던 관점에서 실험할 수 없는 절대의 대상으로 생각하는 경향이 대두되고 있다는 점이다. 여기서 자연의 소중함은 곧 인간의 소중함으로 이해하게 되었고 또 어떤 경우에도 실험의 대상이 될 수 없다는 점에서 ‘자연’ 즉 있는 그대로 바라보는 깨달음이 필요하게 되었다. 이런 징후는 의식의 원시화 혹은 자연에 동화됨으로써 평화와 행복을 터득하는 의식과 상통해진다. 있는 그대로 혹은 과학이라는 이름으로 쪼개거나 더하지 않는 상태야말로 인간이 추구하는 본질에 이를 수 있기 때문이다. 이런 염원은 실현될 수 있다는 개념보다는 오히려 실현해야 할 목표로 설정되었을 때 오히려 건강한 삶을 추구하는 의식의 전환이 될 수 있을 것이다. 인간의 삶에서 과학적 사고를 폐기하거나 덮어둘 수는 없는 일이기 때문이다.

인간사가 변하는데 문학의 땅은 안주할 것인가? 이런 물음은 어리석은 일이다. 왜냐하면 문학은 오직 인간을 표현하기에 변화하는 인간을 버리고 따로 놀 수 있는 문학의 땅은 존재하지 않기 때문이다.

21세기 문학의 전망이라는 거창한 요구에 답할 수 있는 안목의 예언가는 없을 것이나. 왜냐하면 앞으로 10년이나 100년이라는 미래의 단위는 너무 급속하게 변모할 것이고 또 그 변모는 전혀 예측할 수 없는 속도감을 갖고 있는 것이 현대의 특성이기 때문이다. 다만 변화의 조짐을 어떻게 예상할 수 있을 것인가의 축소된 개념을 정리하는 수준에 이를 뿐이라는 점을 말하고 싶다.

시는 지금까지 문학 장르의 앞자리에 있었지만 앞으로도 그럴 것인가? 나는 이 의문 앞에서 '아닐 것이다'라는 말을 단호하게 쓴다. 그 이유를 증명하기 위해 논지의 길을 서두른다.

2. 표현의 변화

디지털 테크놀러지를 도구로 새로운 표현의 시도는 이미 다양하게 전개되고 있다. 이는 전통적인 예술 표현의 방법이 새로운 각도로 진행됨을 의미한다. 미술계에선 이미 '웹 아티스트'들이 전통적인 전시공간이나 프로모션 수단으로 보지 않고 처음부터 인터넷을 겨냥해서 창작한다. 동영상, 음향, 3D 애니메이션까지 무엇이든 동원하고, 접속자와의 상호 소통(interactivity)이 생명이 된다. 표현영역이 웹 소프트웨어의 발전에 비례해서 넓어지게 될 것이다. 미술교육을 받지 않아도 컴퓨터 프로그램에 익숙한

user는 누구나 웹 아티스트가 될 수 있다. 음악의 작곡 연주 편곡까지도 컴퓨터와는 능히 가능해진다. 대중음악에 이미 보편화되고 있지만, 문학에도 다소 늦지만 예외가 아니다.

> 인터넷 문학에도 '인터렉티브 소설가'들이 탄생했다. 두루넷은 작년 (1999) 12월 국내 처음 독자가 줄거리를 선택하는 인터랙티브소설 유료 서비스를 시작했다. …… 중략 …… 문화—예술계는 '디지털화'와 장르 해체가 21세기 예술의 중요한 흐름이 되리라고 전망하고 있다.
>
> —『조선일보』 1월 25일

모든 기존의 관념이 무너지는데서 21세기의 인간의식은 새롭게 시작된다. 특히 예술의 변화는 더욱 심화될 것이고 문학의 경우는 항상 그렇듯 변화의 가장 후발주자가 될지라도 타 예술의 변화를 궁극적으로 받아들일 수밖에 달리 길이 없다. 우선 인간의 의식이 변하고 의식이 변하면 표현의 방도가 변하게 된다. 문학의 토대가 인간의 의식을 표현한다는 영역에서 결코 벗어날 수 없는 진리에서 살 수 있다면 컴퓨터의 표현방법에 따를 수밖에 없다. 여기서 모든 예술의 표현이 기존의 형태를 해체 혹은 혼합되는 잡탕의 이론이 필연적일 수밖에 없게 될 것이다.

21세기의 한국 시문학을 전망하는 일은 점 집에 가서 점을 쳐보는 일과 다름이 없을 것이다. 다시 말해서 예언이란 결국 O. X의 선택을 구분하는, 둘 중에 하나가 결말이 되기 때문이다. 그렇다면 믿거나 말거나요 설사 맞는다 해도 다시 함정이 발목을 잡는 결과를 벗어날 수 없는 현상의 예언이다. 여기서 21세기를 말한다는 것은 가정법으로 출발해서 예언으로 끝나는 일에 다름이 아닐 것이다.

인간은 일정한 시기 구분을 마련하여 그 안에 어떤 특별한 내용을 담으려는 발상으로 역사라는 이름을 만들었다. 이는 살아왔다는 인간의 득의로운 뜻을 기록하기 위한 일이었지만, 승리자의 기록이 앞장을 장식하고 패배자의 기록은 항상 승리자를 위한 들러리 역할을 수행했다. 이를 역사라는 이름으로 정리하면서 오늘에 이르렀지만 승리는 항상 순서를 정해 놓지 않고 힘의 균형을 상실할 때면 어김없이 역전 현상을 드러낸다. 20세기에서 21세기라는 말도 그런 조짐을 보이고 있다.

여기서 한 가지 정리하고 들어갈 문제가 있다. 다시 말해서 숫자 개념만으로 의미를 삼아야 할 것인가 아니면 문화사적인 근거 위에서 변화를 수긍할 것인가를 정리할 필요가 있다. 21세기라는 말에 호들갑을 떨었고 이런 집단 중독 현상은 여전히 기승을 부리고 있지만 숫자 개념으로의 21이라는 말은 서양 중심의 현상을 추종하는 면이 강하다. 우리만 해도 4333년이란 역사를 가지고 있고 종교적으로 말한다 해도 석가모니 탄생은 예수보다 무려 544년을 앞섰기에 숫자로서의 서양 기준에 호들갑을 떠는 것은 무리가 있다.

여기서 숫자의 희롱에 집착할 것이 아니라 문화적 변화를 거론하는 이유가 있다. 이는 인간의 생활에 변화를 거론하는 일이고 이에 따라 삶의 본질이 변한다는 근거를 내세우는 일이기 때문이다. 물론 미국이라는 거대한 문화가 세계를 지배하고 있다는 점은 21세기에도 지속할 것이라는 예상 때문에 중국이라는 거대한 국가조차 얼굴을 내밀지 못하고 있다. 이는 기독교 세력의 맹위와 연결되는 문제이기 때문에 얼마 동안은 피할 수 없는 현상을 감내 할 수밖에 없을 것이다. 그러나 이런 문화 현상은 항상 대적할 수 있는 상대를 만나는 예상을 도외시 할 수 없다. 정적(靜的)인 불교문화와의 대적보다는 오히려 회교 문화권과의 충돌에서 변화의 세기를 맞을 가능성은 헌팅턴의 말처럼 지금도 진행 중이다. 여기서 21이라는 숫자에 얽매이는 현상보다는 오히려 문화적인 구분으로 갈래를 잡는 것이 현명하다는 논리이다.

본인은 인간의 역사를 표현하는 방법을 두 가지로 구분하고 있다. 다시 말해서 서양식으로 말해서 20세기까지는 Pen(Pen의 주 사용자는 남자이고 여기서 파생한 것은 남자의 생식기인 Penis이다)의 역사였다. 이는 권력의 뜻이면서 표현에 절대 수단이었다. 그러나 20세기가 저물어지는 무렵에 나타난 컴퓨터의 출현은 20세기와는 다른 표현의 시대로 접어들었다. 표현 매체의 구분으로 말하면 20세기까지의 펜의 문화를 1세대 표현이라 한다면 컴퓨터 자판의 표현 방법은 2세대라는 말을 사용하고 싶다. 여기서 남자나 여자만의 전유물이 아닌 중성화 혹은 여성화로 기울어지게 된다.

나는 이런 점에서 컴퓨터의 출현 이전과 이후로 문화적인 구분을 주장하는 이유가 있다. 왜냐하면 컴퓨터의 출현은 이전의 문화와는 판이한—펜으로의 표기 문화에서 터치의 표현 문화로 변모—펜으로 표현한 역사는 무려 2천년이라면 컴퓨터의 출현은 불과 1세기도 못되는 시기에 그 변화는 서양 2천년의 표현 결과를 웃도는 성과를 예측하게 되었기 때문이다. 이는 인간 모든 면에서 변혁을 가져오게 되었고 또 변화의 사이클이 과거 펜으로의 문화 양상과는 판이한 판도를 그리게 되었다. 펜이 명상적이요 사고 중심적이라면 인간 행동의 묘사에 중심을 두게 된다. 아울러 인간 중심으로의 표현이었지만 컴퓨터의 출현은 이 같은 과거 문화 양상과는 판이한 인간의 의식 구조를 가져오게 되었다는 점이다.

20세기의 12대 발명품의 하나인 컴퓨터의 출현은 1943년이었지만 개인용 PC의 보급은 대학 중퇴생인 스티브 위즈니악과 스티브 잡스가 애플사를 설립하고 캘리포니아 산타클라라의 차고에서 첫 작품 애플 1을 조립한 것은 1976년에 650달러에 고작 200대를 팔았다. 물론 IBM설립자나 다름없는 토마스 왓슨이 수백만 달러나 되는 기계—"세계 시장에서 컴퓨터 수요는 5대면 족하다"고 잘못 예상한 것은 1948년이었지만, 12만 달러 정도로 살 수 있는 소형 컴퓨터를 만들어 낸 것은 켄 올센이었고—올센도 가정집에 컴퓨터를 가지고 있을 이유가 없다고 주장한 것은 1977년이었다. 70년대 말까지 100만대를 돌파했지만 그로부터 20여 년 동안 한 가정에 한 대 이상의 컴퓨터를 소유하고 있고 기업의 생산성은 물론 인터넷을 통해 세계를 하나의 공간으로 축소했고 또 의식의 구조를 짧은 사이클로 묶어버리는 기능을 수행하고 있을 뿐만 아니라 지능형 컴퓨터가 인간의 영역을 커버할 가능성이 언제 우리 앞에 전개되는가의 시간만을 계산하게 되었다.

그렇다면 컴퓨터가 글을 쓰는 시대는? 이런 질문의 답을 위한 기사를 인용함으로써 변화 속에 한국 시의 얼굴을 예상하게 된다.

> 인터넷이 영화 대본 집필 과정에서 창작의 산고를 없앴다. 컴퓨터를
> 켠 다음 20~30만원 짜리 소프트웨어를 작동시킨다. 프로그램이 시키
> 는 순서대로 아이디어를 쳐 넣은 뒤 마우스 클릭 몇 번이면 근사한 시
> 나리오 한 편이 완성된다. 최근 미국 할리우드 기성 작가와 지망생을
> 막론하고 애용하고 있다는 '영화 대본 소프트웨어'다. …… 생략 ……
> 대표적인 소프트웨어가 드라마티카. 사용자는 먼저 프로그램이 묻는
> 총250가지 질문에 답한다. 사람이 쓴 답변을 소프트웨어 속 '스토리 엔
> 진'이 가공해 낸다. 줄거리 뼈대를 세우고, 등장 인물을 새로 만들거나
> 삭제한다. 인물의 행동 동기가 타딩 힌지도 검토한다. 회사측은 "프로
> 그램의 인물 무의식 상태까지 파고든다"면 "작가가 미처 생각지 못한
> 문제점을 짚어 내고 아이디어 샘을 자극한다"고 말한다.
> ― 「시나리오 척척 쓰는 SW도 등장」, 『조선 일보』, 2000. 1. 11.

컴퓨터가 글을 쓴다는 것을 예상한 사람은 별로 없었다. 그러나 이런 예상은 현실로 다가왔고 또 급속한 진행을 보일 것은 당연한 일이다. 물론 작가 정신이라는 본질을 어떻게 이해하고 변명할 것인가는 기계에게 물어 볼 방도가 없는 데서 인간의 희망이 있을 수밖에 없다는 점이다. 어떻든 시 또한 컴퓨터가 쓸 수 없다는 부인을 할 수 있는 방도가 묘연하다는 데서 시인들의 임무에 새로운 탈출로가 있어야 한다는 주장이다. 이는 변화의 필 연 속에 존재하고 있다는 것이 문학의 현실성과 연관이 있다는 말이다. 또한 컴퓨터의 발달은 인간의 모든 성향을 바꾸어 놓고 있을 뿐만 아니라 전통적으로 남자의 영역이 여자 쪽으로 이동하면서 여성이 남자보다 적극적이고 활동적인 양상으로 전개된다. 이는 펜(penis)이라는 파워의 형태에서 자판으로 이동한 데서 오는 변화이자 모계사회의 형태 변화로 문화의 중심 축이 이동하게 될 것이다. 이는 펜에서 자판으로의 변화 즉 컴퓨터라는 이름에서 맞게 되는 남성 사회의 전통성이 무너지는 형태로 전개될 것이다.

3. 문학 본질의 변화

21세기라는 말에 호들갑을 떠는 일에 식상한다. 우리 문학은 우리 문학의 영토가 있고 서양 문학은 서양의 풍토와 영토에서 자라난 특성이 있기 때문이다. 그러나 오늘의 세기는 국수주의라는 편협한 협심증으로는 살아갈 방도가 없다. 개방적이고 또 포괄적인 마음으로 살아가야 하는 시대를 재촉하는 이유는 오늘의 시대적인 특성과 맞물리고 있기 때문이다. 이는 컴퓨터의 출현이 주는 급박한 변화를 어떻게 수용하는가에 따라 다른 삶의 문제뿐만 아니라 문학의 표현도 달라지기 때문이다. 가령 음악이나 미술에서 휴전이 실험되고 있다. 그렇다면 문학의 패러다임은 무엇이어야 하는가? 사실 문학은 미술이나 음악의 영향을 많이 받아 오면서 문학의 땅을 비옥하게 만들어 왔다. 이런 징후는 21세기에도 어김없이 진행될 조짐을 보이고 있기 때문이다. 이는 문학이 보수성을 나타내는 일이고 명상적인 특성과 문자라는 표현이 도구로 작용하기 때문이다. 그러나 21세기에도 이런 입장은 확고한 문학의 위치를 점할 것인가. 다시 말해서 이질적인 하이브리드 문화 속에서 문학의 발판은 순종 고수가 아니라 착종 혹은 이종(異種) 배합에서 개성을 찾는 시대로 변모하고 있지만 문학의 표정은 아직도 지난 세기의 표정을 짓고 있는 슬픈 모습을 돌아보아야 한다. 지금 컴퓨터의 출현은 인간의 기존 질서를 모조리 변모하는 와중에 어떻게 변모할 것인가를 예언할 수 없는 마치 기계가 인간의 의식을 대행하는 시대로 접어들었기 때문이다. 2000년 1월11일 MBC 텔레비전의 9시 뉴스는 음악과 미술이 컴퓨터에 의해 이종(異種)의 요소를 하나의 목적으로 합치하여 예술적인 세계를 보여주는 변화의 예를 들려주었다. 그렇다면 문학은 어떻게 받아들여야 할 것인가. 물론 대중 음악에서는 퓨전(fusion)이라는 말―퓨전 재즈니 음악이라는 용어를 쉽게 들어왔지만 문학의 영토에서는 순정만을 고집하는 보수적인 특성에서 쉽게 문을 열지 못하는 점을 감안한다 하더라도 변화를 위한 속도 조절이 필연적이라는 점을 인정해야만 한다. 마치 구조 조정을 해야만 살아남을 수 있다는 기업의 급박한 현상—문학의 세계는 아직도 잠을 자고 있다는 형상이라는 점이다. 여기서 문학도 퓨전의 길을 걷지 않을 수 없고 순종만을 고집하는 사고로는 예술의 자리에서 밀려나는 운명을 감당하게 될 것이다. 이는 변화에 대응하는 작가나 시인의 정신적 문제요 존재 자체와 연결될 것이다.

4. 문학의 fusion화

앞에서 문화 예술의 퓨전화를 언급했지만 문학의 땅도 이런 변화에 홀로 독야청청을 고수할 수 있다는 가정은 성립할 수 없는 일이다. 여기서 문학의 퓨전화라는 밀이 미래를 위한 방법으로 대두된다. 결론부터 말한다면 문학이 장르라는 구분을 충실하게 지켜 왔지만 앞으로의 문학은 그런 형태의 집착이나 고수가 아니라 비빔밥 식 혹은 모든 장르가 혼합된 퓨전화의 문학이 될 것이라는 점이다. 시 또한 전통적인 양태에서 이런 와해 혹은 변화를 절감해야 한다는 것은 시의 모독이자 시의 파괴라는 점에서 시인들은 우울할 것이다. 이는 시적인 패러다임의 변혁이고 이 변혁은 곧 시인들의 자리가 없어지면서 통칭되는 '문학인'이라는 용어로 대체될지도 모른다. 그렇다면 그 증거를 앞세우는 논리는 무엇이라야 쉽게 납득할 수 있을 것인가?

어느 백화점에는 4층이란 말 대신에 유니섹스란 말을 쓰고 있다. 물론 이 말의 어원은 남녀 공용의 옷을 취급한다는 말이지만 상징성은 충분한 것 같다. 또한 전통적으로 남자와 여자라는 구분은 재래적인 관념으로 볼 때, 확연했고 명백하게 구분했기 때문이다. 왜, 남녀 공용이라는 말을 써야 했을까는 오늘의 문화를 살아가는 사람에게는 어려운 구분이 아니다. 가령 나이 많은 사람들은 이발소를 가야 하는 걸로 알았지만 요즘의 젊은 사람들은 이발소 대신에 미장원에 간다는 사실도 우리 곁에서 변화를 실감하는 일이고 머리 모양도 이미 남녀를 구분하기 어려운 현상으로 변화했다. 전통적인 것이 무너지는 자리에 이미 혼합 혹은 혼용의 조화만이 자리잡고 있는 것이다.

그렇다면 문학이 인간을 떠나서 표현의 문제를 제기할 길이 없다는 것도 잘 아는 문제이기에 표현의 전통적인 문제도 무너지고 있다는 명백성도 간과할 수 없는 일이다. 또한 전통적으로 예술은 개인이 하는 걸로 알았지만 이미 인터넷에서는 집체창작이라는 형태로 시험의 문을 지나고 있다는 점도 변화의 조짐일 것이다. 나는 이런 현상을 퓨전화 문학—영상과 미술과 기계의 혼합으로 이루어진 문학의 변화가 시작되고 있다. 여기엔 사회변화의 속도감에 먹힐 때는 명료한 구분의 애매성을 갖지만 완만하거나 느린 것에서는 뚜렷한 구분의 확실성을 갖게 된다.

그렇다면 전통적으로 시와 소설 그리고 수필과 평론, 희곡이라는 구분의 형태가 앞으로도 지속될 것인가라는 점을 떠올리게 된다. 여기에 대답은 '아니다'라는 쪽으로 고개를 돌리게 된다는 말을 모두(冒頭)에서 피력했다. 다시 말해서 문학은 장르 구분이 모호해지면서 '어떤화'라는 추상적인 단계로 접어들게 된다. 이런 근거는 '문학은 현실을 반영한다'는 아리스토텔레스의 주장 이후 인간의 생활과 삶과의 관계는 변함없는 현상으로 유지되어 왔다. 또한 문학을 컴퓨터가 창작하는 시대가 온다 하더라도 변함이 없을 것이란 점에서 예상의 근거를 마련할 수 있을 것이다. 왜냐하면 컴퓨터가 인간의 지능을 갖고 사고를 한다 해도 결국은 인간이 조정하고 입력하지 않으면 그것은 기계라는 싸늘한 체온을 갖고 있는 덩어리이기 때문이다. 현실을 살아가는 사람만이 문학을 창조할 수 있고 또 그런 사람에 의해서 사상—여기에 다른 감수성을 미적으로 조합할 수 있는 소프트웨어를 조작할 수 있기 때문이다.

5. 문학의 「어떤화」

변화를 말한다는 것은 구체적인 상황을 만들기 위한 예측일 것이다. 그러나 그 변화가 현실로 나타나기 전까지는 항상 모호하고 추상적인 형태로 모습을 드러낸다면 문학도 시와 소설과 평론 그리고 수필이 합해져서 '어떤화'로 변모된다는 점이 미래의 문학적인 모습이라 말할 수 있다. 앞에서 언급한 바와 같이 성의 구분이 모호해지는 것 같이 미래의 사회는 시와 소설이라는 구분보다는 이들이 합해져서 나타나는 현상을 나는—수필화—혹은 그런 양만큼의 형식적인 한계와 내용에서도 엄격한 격식을 떠난 자유화의 길이로 변모할 것이다. 여기에는 매우 모호한 구분의 애매성을 간파하는 일이 우선일 것이다. 그렇더라도 애매성에는 거기에 따르는 문제를 항상·내포하고 있고 또 그런 애매성을 구분하는 일정한 절차는 있어야 한다. 아무리 모호라는 의복을 입었다 하더라도 명백하게 정리되는 현상—나는 이를 존재의 원리라는 이름으로 명한다. 존재라는 현상은 어떤 구분을 가능하게 하지만 정작 존재를 이끌어 가는 데서 섞어지는 일이 인간사의 일이기 때문이다. 섞어진다는 말은 앞에서 말한 퓨전이라는 말도 적용되겠지만 이와는 달리 구분의 명료화 또는 남자와 여자라는 성의 구분을 지을 필요는 있다. 이런 본질은 가령 낮과 밤이라는 구분을 아무리 섞어 놓는다 하더라도 낮은 낮이요 밤은 밤이라는 명백성을 혼동할 수 있을 것인가? 여기서 '어떤화'라는 말은 결국 양적으로는 혼합되어 애매하더라도 질적인 문제에서는 확실한 자태로 정리된다는 점이다. 그렇다면 어떤의 표정은 어떻게 될 것인가라는 의문이 설정된다.

한 가지 명백한 것은 수필화라는 점이다 이는 형태에서 수필화요 내용에서 수필적인 현상이다. 다시 말해서 형태에서는 10여 매의 길이—현대인에게 긴장을 견디는 감정의 처리요 내용에서는 주제의 명확한 표정을 연출하는 점에서 수필화라는 말을 쓰는 이유가 있다. 나는 이런 현상을 '어떤화'라는 말로 정리한다. 이는 현대인의 특성이 조급하고 또 컴퓨터에 길들여진 인간의 심정을 문학의 감수성으로 전달하는 방법에서 길이와 내용의 변화를 재촉하는 이유가 될 것이기 때문이다. 이런 모든 이유의 근저(根柢)는 시대의 변화 즉 삶의 변화가 농경 사회에서 정보화라는 스피드로 살아가는 데서 얻어진 인간 심성의 변화를 문학이 수용하는 절차라는 점이다. 인간의 삶의 변화에 따른 문학의 변화는 결국 명상적인 혹은 철학의 깊이와는 무관한 그리고 영상 매체에 의해 사고가 형성된 현대인에게 과거의 문학적인 형태가 납득될 수 없다는 것은 명백한 가정이기 때문이다. 여기서 길이와 내용의 입체성이 아니라 단순화 혹은 일과성에 길들여진 심성에 상상력을 돋구어 줄 문학의 역할이 있게 될 것이다.

6. 시의 역할

지금까지 시의 역할은 문학의 선두 주자로서 임무를 다해 왔다. 다시 말해서 문학의 다섯 형제 중에서 시는 앞자리에서 그 소임을 다해 왔다는 뜻이다. 그렇다면 왜, 시가 앞자리에서 이름을 유지했는가를 점검하는 일이 중요할 것이다. 이는 시의 특성이 비단 문자로 표현하는 기능에서 벗어나 인간의 본질적인 감성에 접근해 있다는 의미를 발견해야 한다. 다시 말해서 시는 인간의 영혼을 위로하고 인간의 정서를 순화하는 가장 깊은 의미를 간직하고 있기 때문에 시를 앞자리에 앉히는 의미가 될 것이다. 물론 그 장치는 상징과 비유를 통해 직접적이기보다는 이미지의 숲을 만들어서 인간을 바라보는 예술—가령 공자의 생각으로 시는 곧 인간의 윤리였다. 이는 만년에 톨스토이나 괴테가 '인생을 위한 예술'을 주장하면서 도학자로 기울어진 것이나, 유명한 詩三百一言而蔽之 曰 思無邪라는 말은 곧 시가 인간의 본능적인 감정이 적나라하게 표현되어 있고 또 자유분방한 사랑 혹은 인생의 고뇌를 순수하게 읊조린 노래를 뜻했다. 다음 양화편의 말은 앞에서 말한 공자의 뜻을 집약하는 의미를 담고 있다.

> 子曰 『小子.何莫學夫詩,詩,可以興,可以觀,可以群,可以怨,邇之事父,遠之事君,多識於鳥獸草木之名』
> (너희들은 어찌 시를 배우지 않느냐? 시는 감흥을 일으키며 인정을 관찰케 하며 사람과 어울리게 하며 非情을 원망할 줄 알게 한다. 가까이는 어버이 섬김을 가르치고 나아가서는 임금 섬기는 바탕이 되며 새와 짐승과 초목의 이름을 많이 알게 한다.)

공자의 시 효용론을 집약한 말이다. 시는 사람의 정신을 자극케 하여 밝은 마음을 갖게 한다. 이는 사람이 사람의 역할을 하려면 정신의 자각 현상이 있어야 하기 때문이다. 진선미에 대해 감동할 줄 알아야 하기 때문에 희로애락을 있는 그대로 수용하게 되면서 정서의 균형을 유지하는 인간의 얼굴로 돌아갈 수 있게 된다. 여기서 시는 스스로를 위장하거나 꾸미는 것이 아니라 오히려 인간의 순수한 모습으로 돌아가는 길을 제시하는 것이 공자가 말한 시의 효용론이다. 즉 시는 인정을 관찰하고, 더불어 사는 감정을 유지하게 하고 비정을 원망하는 평형의 마음과 국가를 생각하는 마음을 가질 때, 시는 자연현상에서 자기의 존재를 자각하게 하는 기능을 갖는다는 뜻이다. 이리하여 興於詩의 경지에 이르는 길을 제시하는 것으로써 사상의 중심으로부터 인간의 완성을 제시하였다.

이런 논리의 제시는 전원 중심의 20세기까지 전통적으로 동서양의 시(예술)는 인간 완성의 도구로 생각했다는 점에서 예외가 아니었고 시가 앞자리에서 위용을 자랑하는 기능이 되었다.

그렇다면 21세기─산업화를 지나 정보화의 초스피드한 사회─영장류의 원숭이까지 복제하는 시대에 시의 기능도 과거와 같은 영화를 누릴 것이라는 예상은 환상일 것이다. 이미 시는 인간의 곁에서 초라한 몰골로 자리를 지키는 신세가 되지 않았는가? 여기서 그 대답은 확실하게 피력할 수 있는 예상은 없다. 왜냐하면 시 또한 컴퓨터가 제작할 수 있을까라는 의문에 강하게 부정할 수 있는 자신감이 없기 때문이다. 인간을 복제하는 시대에 시의 제작을 의문한다는 자칫 어리석은 질문일지 모른다. 그러나 여기서 명백한 것은 인간 생명의 본질을 복제하는 것은 가능할지 모르지만 예술의 복제는 이미 복사기로 찍어내는 것 자체가 가짜라는 점에서 예술의 복제는 불가능하다. 그 자체가 이미 가짜일 뿐만 아니라 오로지 하나의 생명이 있어야 한다는 것이 예술의 운명이다. 비록 시대의 현란한 변화의 와중에서 인간에 의해 탄생된다 하더라도 시는 단연 홀로 지켜 온 인간의 운명과 같이 세기를 넘어가는 이유가 될 것이다.

　그러나 시의 자리는 확실히 변모할 것이다. 과거처럼 명성의 앞자리에서 진두 지휘할 힘은 잃을 것이다. 왜냐하면 시는 영상과 결합하는 탈출로를 가져야 살아갈 수 있는 명분을 얻게 되고 또 존재할 수 있기 때문이다. 즉 빠르게 변화를 체험하는 인간에게 평면적이고 사고 중심적인 시에서 입체적인 방도로 전환하는 자리를 가져야 한다. 길이에서 지리하고 또 명상적인 태도의 문화가 아니라 변화와 스피드 속에서 스릴을 맛보는 것이 현대인의 심리적인 현상이고 또 이런 정서는 정지에서보다는 활동에서 감각적인 정서로 변모되었다는 점이 과거에의 시의 입장을 변모시키는 원인이 될 것이다. 이런 사회 변화의 추세는 결국 시의 형태와 내용을 변모시키는 원인을 제공할 것이고 또 변해야만 시의 묘미를 전달하게 될 것이다. 가령 1920년대의 김소월의 「진달래꽃」이 젊은 현대인에게 감동으로 다가갈 수는 없기 때문이다. 시의 구조가 문제가 아니라 담겨져 있는 시적 화자의 정서는 이미 과거의 유물이 되었기 때문이다. 여기서 멀티 포엠의 현상은 아마도 필연적인 사실로 대두될 것이고 또 이런 추세는 곧바로 영상이 위주가 되고 문자는 영상을 떠받치는 역할을 수행할 지 모른다. 그림을 먼저 보고 그 뒤에 따라오는 훈련―TV를 바라보고 성장한 현대인의 문화 훈련은 TV 및 영상의 출현과 동시에 시의 위기가 다가왔었다. 이런 현상은 느리게가 아니라 급격하게 다가왔다는 점에서 준비를 갖추지 못했고 여기서 시의 정체성을 가져왔다.

　이제 시는 공자가 말한 윤리 도덕을 거론하는 기능도 또 톨스토이가 말한 생활 예술의 자리도 아니다. 다만 시는 인간의 정서를 순화하고 상상력을 촉발하는 임무에 가까이 가는 위치의 협소를 스스로 자초해야 할 것이다. 그리고 다만 시가 자리할 수 있는 위치에서 성실한 역할을 수행하는 감성의 조련에 임해야 한다.

　인간의 사회 현상과 감정이 변한다 하더라도 인간은 시적인가? 물론 그 대답은 '그렇다'이다. 이는 시가 인간 존재의 곁에 있어야 하고 또 인간을 위무하고 인간의 감정을 밝은 곳으로 이끌 수 있는 기능을 포기할 수는 없다. 돼지나 짐승이 아닌 한, 시는 인간의 몫이고 인간을 위한 자리를 마련해야 한다. 설사 인간이 시를 이해할 수 없다 하더라도 시는 인간의 곁에서 그 자리를 위한 노력을 해야 할 시인의 임무가 포기되어서는 안 되기 때문이다.

시심은 인간을 위해 담당해야 할 책무가 있다면 이는 곧 앞으로 시의 표정을 다시 바라보아야 할 인간의 의무도 있다는 뜻이다.

7. 카오스의 함정에서

고전 물리학과 현대 물리학의 구분은 절대시간과 공간이 '있다'에서 '없다'라는 사실을 증명한 아인슈타인으로부터의 변화를 말한다. 자연과학은 증명이 필요하지만 예술은 증명할 방도가 없다. 다만 현실과 밀접성을 가질 수 있는가 없는가의 여부에 따라 인간의 필요에 얼마나 접근하는가의 여부를 따져볼 일이다. 다시 말해서 시가 인간에게 절대 함량으로 다가갈 수 있는가의 문제를 판별하는 일이 시의 새로운 효용으로 나타날 일이다. 시의 기능이 과거와는 달라졌지만 현대인의 정서와 감수성의 바탕을 이루는 요소로 작용하는 필요를 세상에 펴는 일이 시인의 새로운 임무요 이는 시의 초창기에 감당했던 음유의 노릇으로 다가가는 원점 회귀와 다름이 없을 것 같다. 어떻든 문학—시의 위기라는 말과 또 변화를 위한 새로운 몫이 있어야 한다는 점에서는 명백한 현상일 것 같다. 즉 시의 원시화라는 고향으로의 귀환에서 무슨 표정을 지을 수 있을 것인가를 예언할 수 없는 카오스의 함정에 점차 빠지고 있다. *

염상섭 소설의 다성성에 대하여

임 영 천[*]

1. 서 론

필자는 바흐친의 다성악 소설 이론에 입각해 횡보 염상섭의 다성적 소설 세계에 대하여 살펴보고자 한다. 그러나 필자가 이미 본고의 고찰 대상작인 염상섭의 장편소설 『사랑과 죄』[1]와 『삼대』[2]에 대하여 다른 지면들을 통해 논문 형식으로 발표한 바 있으므로 이 두 작품들에 대한 필자의 견해는 그 논문들로 대신하기로 한다. 단 본고에서는 그것들의 내용을 간략하게만 소개하고, 더 많은 지면을 이 두 작품들에 대한 다른 학자들의 논의 경향을 소개하며 상호 차이점들이 무엇인지 생각해 보는 기회로 삼고자 하는 것이다.

이를 위해 필자는 먼저 미하일 바흐친(1895~1975)의 다성악 소설이론에 대하여 간략히 살펴보고, 그것의 적용 사례로 염상섭의 소설 『사랑과 죄』와 『삼대』에 관한 본인 및 여러 학자들의 다성론적 관점에서의 논의들을 비교 고찰해 보고자 한다. 이는, 다른 말로 표현하자면, 염상섭의 다성적 성향의 소설들에 대한 국내 학자들의 논의가 어디에까지 이르렀는가를 간접적으로 살펴보는 일이 될 것이다.

---

[*] 조선대학교 교수·문학평론가.

1) 임영천, 「염상섭 「사랑과 죄」 연구」. 『한국문예비평연구』 제4집(1999. 6), 77~ 99쪽.

2) 임영천, 「염상섭의 「삼대」 연구」. 『문학과 종교』 제2호(1997. 9), 65~110쪽.

2. 다성소설론에 관한 일반적 고찰

M. 바흐친의 이론은 다성악 이론으로 대표된다. 1988년 우리 나라에서 번역된『도스토예프스키 시학』에서 바흐친은 '대화의 이론' 또는 '다성악 이론'이란 것을 선보이고 있다. 바흐친의 대화 이론은 러시아 정교회의 기독교적 배경을 지니고 있다. 그 자신이 정교회 신도였던 바흐친은 기독교와 성서에 대한 깊은 통찰력을 가지고 그 종교적 원리를 소설 연구에 원용하고 있다. 이는 그 자신의 문학적 선배요, 또 그가 소설 연구의 모델로 삼고 있는 도스토예프스키의 기독교적 작품 세계의 영향력과도 무관하지 아니하다. 다성 문학의 전통은, 도스토예프스키 소설의 경우에서 볼 수 있듯이, 인간의 존재론적 고독을 초월자와의 대결을 통해서 해소하려고 하는 기독교적 논쟁의 터전 위에서 시작하고 있다.

다성악 소설 논의는 작가가 기독교의 신(神)의 창조 행위를 본받아야 한다는 데서부터 출발한다. 이 경우의 신은 인간을 창조할 때 일종의 피조물인 인간에게 자유의지를 부여했다고 하는 전제하에 그 논의를 전개하는 것이다. 마찬가지로 피조물(작중인물)을 만들어내는 창조자(창작가)인 소설가도 그 등장인물들에게 자유의지를 부여함으로써3) 그들의 활동 무대가 다성적이고 대화적인 공간이 되는 것을 지향하게 된다. 그 인물들이 성자이건 악한이건, 신념의 사나이이건 회색분자이건을 막론하고 그들은 각기 자신의 자유의지에 따라 자기 나름의 길을 걸어가도록 허용되는 것이다. 캐릴 에머슨과 게리 모슨이 공동 집필한 글 속에 바흐친의 다성적 관점에 대한 아래와 같은 논의가 있음을 볼 수 있다.

> 소설가는 오직 다성적 관점을 취함으로써, 오직 작가적 <잉여>를 포
> 기함으로써 <그 자신과 동일하지 않은 자아>, 즉 경이로움을 줄 수 있는
> 자아를 재현할 수 있다. 여기서 바흐친은 묵시적으로 시적 논증과 함께

---

3) C. 에머슨·G. S. 모슨, 「바흐친의 문학 이론」, 김욱동 편, 『바흐친과 대화주의』, 나남, 1990, 76쪽 참조.

신학적 논증을 제시하고 있다. 이 경우 작가 대신에 <신>을, 그리고 작
중인물 대신에 <인간>을 치환시켜 보라. 그러면 우리는 인간에게 자유
의지를 부여해 줌으로써 신은 최초의 다성적 창조자가 되었음을 알 수
있을 것이다. 그는 명령하지 않고 그의 피조물과 대화를 나누고 있다.[4]

바흐친의 관점에 따르면 결국 작가는 신과 같은 창조적 역할을 담당하는
데, 신이 그 자신과 똑같은, 또는 노예 모습의 인간이 아닌 자유의지의 인물
을 창조함으로써 다성적인 창조 행위의 효시를 보여준 것과 같이, 작가도
그 자신의 '잉여' 즉 전적인 능력을 포기함으로써 그 자신과 동일하지 않고
경이로움을 줄 수 있는 작중인물을 창조해 낼 수 있다는 것이다. 신이 인간
의 운명예정, 또는 신적 전지능력을 스스로 포기하게 되면서 인간에게 직접
말을 주고받을 수 있게, 즉 대화할 수 있게 되었음을 바흐친은 시사하고 있
는 것이다. 이런 바흐친의 주장을 받아들이면, 인간들에 대한 그리스도의
관계는 곧 작중인물들에 대한 작가의 관계와도 같다는 것이다. 미하일 바흐
친의 전기 작가인 클라크/홀퀴스트가 바흐친의 『도스토예프스키 시학』을
해설하는 가운데 한 다음의 말을 더불어 참조할 수 있다.

　작가들과 작중인물들과의 관계는 신과 인간들과의 관계와 비슷하
다. 결국 이 관계는 창조되는 자와 창조자의 관계이거니와, 여기에 그
관계가 왕왕 종교에서 빌려 온 용어로 표현되는 이유가 있다. …… 텍
스트 안에서 도스토예프스키의 활동은 인간에 대한 관계에서 신이하
는 활동이다. 그러나 이것은 저자의 대개의 구상들 뒤에서 힘을 발휘하
는 구약의 여호와와 다른 신이다. 오히려 도스토예프스키는 『카라마조
프의 형제들』에 나오는 그리스도처럼 그의 작중인물들에 대한 그리스
도, 즉 다른 사람들이 말하게 놔두고, 그럼으로써 그들의 자유를 행사
할 수 있게 하는 사랑의 신이다.[5]

---

4) Ibid.
5) K. Clark & M. Holquist, *Mikhail Bakhtin*. 이득재 外 역, 『바흐친』, 문학세계사,
　1993, 222쪽.

이는 창조주(神＝그리스도)가 인간을 창조하고 그들에게 자유의지를 부여하였듯이, 창조자로서의 작가 역시 인물들을 창조하고 그들에게 자유(의지)를 부여해야 한다는 뜻이 되겠다. 여기서부터 바흐친의 다성악 소설의 이론이 제기될 수 있는 터가 생기는 셈이다.

문학과 신학은 서로 큰 유사점을 지니고 있다. 궁극적으로 '인간 구원'의 문제(관심사)를 탐구의 대상으로 삼고 있다는 점, 그리고 이를 위하여 '욕망과 죄악'이라고 하는 인간의 근본적인 약점과 맞서 씨름하고 있다는 점 등이 공통적 요소로 지적될 수 있다. 문학과 신학이 공유하고 있는 상호의 유사점 가운데 또한 대화지향적 특성을 들 수 있다. 60년대 이래 종교계에서 이른바 대화의 신학 운동이 유행하기 시작하였다.6) 그러나 그 대화의 신학이 이루어 놓은 업적은 바흐친의 '대화의 문학'이 보여준 정도[업적]에는 미치지 못한다고 볼 때, 신학은 바흐친의 소위 대화의 원리를 원용하여, 지금껏 그들이 벌여 온 양극적 논의를 변증법적으로 통일할 수 있는 어떤 근본원리를 수립하는 일에 큰 도움을 얻을 수도 있을 것이다.

바흐친은 도스토예프스키를 다성적 소설의 창시자로 보고 있다. 그에 의하면 인습적(전통적) 유형의 소설에서 독자는 다름 아닌 작가의 목소리를 들을 수 있는데, 도스토예프스키의 작품 속에서는 대신 주인공(등장인물)의 목소리를 들을 수 있다는 것이다. 인습적 소설에서는 작가 자신의 세계관이 권위를 가지고 있지만, 도스토예프스키의 소설에서는 주인공이 자기 나름의 세계관을 가지고 있는 것이다. 도스토예프스키의 독특성은 개성의 가치를 독백적으로 선언하는 데 있지 않다. 그의 독특성은 개성의 가치를 자신의 목소리와 융합시키는 것이 아니라 그것을 상대방, 타인의 개성으로 객관적·예술적으로 볼 줄 알고 제시할 줄 아는 데 있다. 여기서 다성성(多聲性) 또는 다성소설의 문제가 대두되는 것이다.

---

6) 기독교가 중심이 된, 타종교(불교·회교 ……)와의 대화 운동, 그리고 개신교와 카톨릭 간의 대화 노력 등은 폴 틸리히, 로버트 브라운, 한스 큉 등의 신학자들이 주도적 역할을 하였다.

그러면 다성성 또는 다성적 소설이란 무엇인가? 바흐친에 의하면 다성적 소설이란, 독립적이며 융합하지 않는 다수의 목소리들과, 동등한 권리와 각자 자신의 세계를 가진 다수의 의식들이 제각기 비융합성을 간직한 채 어떤 사건의 통일체 속으로 결합하고 있는 과정을 보여주는 소설이라고 한다.[7] 데이빗 포가치는 이러한 다성적 소설을 그 나름으로 정의하여, "다양한 여러 목소리들이 존재해 있지만 그 중의 어느 한 목소리도 작가 자신의 권위적인 통제를 받지 않는 특징을 지닌 소설"[8]이라고 하였다. 한편 그는 도스토예프스키 소설의 작중인물과 톨스토이 소설의 작중인물을 비교 설명하는 가운데, 전자는 그들의 작가로부터 자유를 획득하지만, 후자는 작가에 의해 많은 통제를 받는다고 하고서, 그 때문에 전자는 다성적인 특징을 지니지만, 후자는 작가의 권위적인 목소리에 의해 지배되는 단성적 특징을 지닌다고 하였다.[9]

그레이엄 페치는 '소설 담론'을 중심으로 바흐친 이론을 관련 해석하는 가운데 '이중적(다성적) 목소리의 대화적 담론' 유형과 '단일한(단성적) 목소리의 독백적 담론' 유형[10]으로 구분해 설명함으로써, 그리고 재니트 월프는 다성적 소설을 설명하는 중 '독백적인 단성적 소설'과 '대화적인 다성적 소설'이란 대비적 관점에서 논의함으로써 다성적 소설에 대한 우리의 이해를 도와주었다. 한편 바흐친의 전기 작가로 이름난 클라크·홀퀴스트는, 바흐친이 도스토예프스키의 다성소설을 논의한 저서인『도스토예프스키 시학』의 특성을 설명하는 가운데서 다성적 소설에 대하여 다음과 같이 간접적으

---

7) M. M. Bakhtin, Problems of Dostoevskii's Poetics. 김근식 역,『도스또예프스끼 시학』, 정음사, 1988, 11쪽.

8) D. 포가치,「바흐친의 마르크스주의 문학이론」, 김욱동 편, op. cit., 115쪽.

9) Ibid., p.116 참조. 그런데 이는 톨스토이『부활』의 희망적 통찰이 보여준 '단순성'과 도스토예프스키『악령』의 비극적 통찰이 보여준 '복잡성' 사이의 결코 화해할 수 없는 대립만큼이나 그 차이점을 드러낸 결과가 아닌가 생각된다. G. Steiner, *Tolstoy or Dostoevsky*. 김석희 역,『톨스토이냐 도스토예프스키냐』(심지, 1983), 292쪽 f 비교 참조.

10) G. 페치,「바흐친의 소설 담론과 브레히트의 서사극」, 여홍상 편,『바흐친과 문학 이론』, 문학과지성사, 1997, 340쪽 참조.

로 규정하고 있다.

> 이 저서가 근본적으로 다루고 있는 것은 도스토예프스키가 자기의
> 작중인물들로 하여금 작가인 자기 자신으로부터 최소한의 간섭을 받
> 고 그들 나름의 목소리로 말하고, 또 그럼으로써 새로운 장르를 창조하
> 는 효과를 낳게 하는 구조의 문제, 형식적인 절차들이다. 바흐친은 이
> 러한 장르를 도스토예프스키가 공정하게 다루는, 많은 목소리들, 많은
> 관점들을 갖는다는 의미에서 "다성적인 소설"이라고 부른다.[11]

다성적인 문학에서 작가는 전통적인 경우에서처럼 작중인물에 대하여 절대권력을 행사하지는 않는다. 이 때문에 다성적 문학의 세계는 작가 자신이 군림하는 닫힌 체제가 아니라, 그가 등장인물과 자유로운 횡적 관계를 맺는 열린 체제라고 볼 수 있다. 작가는 비록 그 자신의 창조물이기는 하지만 그의 작중인물과 진정한 의미의 대화관계를 맺게 되는 것이며, 이럴 때에 곧 다성적 문학이 이루어질 수 있는 것이다. 그 결과 작중의 등장인물은 단순히 작가에 의해 조종되는 수동적인 객체(꼭두각시)가 아니라, 어디까지나 작가와 어깨를 나란히 할 수 있는 독자적이고도 독립적인 실체(인격체)요 능동적 주체라고 할 수 있다.

바흐친의 정의에 의하면, 다성적 소설은 '다양한 여러 목소리들'을 필수적 요건으로 요구하고 있다. 그럴 때 그 목소리들은 '여러 의식들'을 담고 있는 목소리들이어야 한다. 여기에서 자연히 도출되는 결과라고 하겠지만, 우리가 다성적 소설에서 전제하지 않으면 안 되는 것은 어떤 '의식을 지닌 목소리'의 주인공이 여럿(多數)이어야 한다는 사실이다. 수적으로 다수란 복수이고, 이 복수는 둘(2) 이상이지만, 다성적 소설을 운위하는 마당에서의 다수는 셋 이상의 숫자, 많으면 네다섯 명까지의 주요인물들이 요구된다는 사실이 이해되어야 할 것이다.[12]

---

11) K. 클라크 · M. 홀퀴스트, op. cit., 210쪽.
12) 예를 들어, 외국소설의 경우 『카라마조프가의 형제들』의 드미트리 · 이반 · 알
   료샤 등을, 그리고 한국소설의 경우 『움직이는 성』의 함준태 · 윤성호 · 송민

적어도 다성소설인 한, 셋 이상(~네댓 명)의 주요 등장인물들이 작품의 무대에 오르게 되는 것은 거의 필수적 요건이라 하지 않을 수 없다. 그래야만 최소한의 다성(多聲)—여러 목소리(意識)들—의 요건이 충족될 수 있기 때문이다. 다성소설은 어느 중추적 핵심 인물을 단독 주인공으로 내세우는 것이 아니라, 적어도 셋 이상의 복수 주인공들을 설정하는 것을 일반적 경향으로 하고 있다. 그러므로 다성소설은 복수 주인공들의 활동 세계라고 할 수 있다. 다성악적 세계는 소설 문학에서의 열린 대화적 세계이며, 그러한 세계를 보장해 주기 위한 하나의 문학적 장치로 소위 복수 주인공들을 설정하는 것이 외표상으로 나타나는 한 객관적 표지라고 하겠다.

그러나 단순하게 이렇게 표현하는 이면에는 매우 복잡한 문제들이 가로 놓여 있음이 사실이다. 먼저는 다성악 소설의 전통이 기독교 정신을 드러내고 있는 이른바 기독교 소설의 전통 속에서 살아 있다는 점이다. 그것은 사실상의 다성악 소설의 비조인 도스토예프스키 자신이 쌓아 놓은 결코 흔들릴 수 없는, 원칙 아닌 원칙이라고 표현할 수 있겠다. 이 말은 기독교의 사상소설 또는 관념소설 분야에서 일단 이 다성 문학의 문제가 논의된다고 함을 말해 주는 것이다.

단순하게 표현한다면, 스케일이 큰 복잡한 소설이 아니고서는 이른바 다성악의 세계에 대한 논의가 사실상 불가능하다고까지 말할 수 있을 것 같다. 이때 복잡하다고 하는 것은 단순히 사건의 얽힘이 그러하다는 것만을 말하는 것은 아니다. 물론 소설의 구조적 복잡성도 이 소설 논의에 한 몫을 할 수밖에 없음은 사실이라고 하더라도, 그것은 어디까지나 다성적 소설이 구축된 이후의 결과에서 드러난 현상이지, 줄거리가 복잡하게 얽혀나간다는 것이 다성소설의 본질적인 문젯거리는 아니라고 생각된다. 마찬가지로 다양성이 곧 '다성'이란 식의 등식 관계가 성립되는 것도 아니다.[13]

____

구 등을, 『에리직톤의 초상』의 김병욱·신태혁·정혜령 등을 이른바 복수 주인공들로 볼 수 있을 것이다. (미리 말하기로 하면, 『삼대』에서는 조덕기·김병화·홍경애 등이 그 복수 주인공들에 해당한다고 할 수 있다.)

13) "다성(polyphony)은 단순히 다양성을 의미하는 것이 아니라 요소들끼리 서로

사상적인 투쟁과 이념의 격투장, 또는 이데올로기들의 득실거림이 엿보이는 작품 속에서 다성악 소설이 나오게 되었다는 사실은 도스토예프스키가 세워 놓은 부동의 전통임에 틀림없다. 그리고 그러한 사상이나 이데올로기들 가운데 서구 사회를 오랫동안 지배해 온 기독교 문제가 완전히 탈락되는 경우를 도스토예프스키의 소설은 결코 용납하지 않는 것 같다.

다성적 소설에는 카니발화의 문학 속에 보이는 '신성모독적 현상'과 '외설적 현상' 등이 나타나기 마련인데[14], 이는 이 방면의 대표작이라고 할 수 있는 『카라마조프가의 형제들』 가운데서 잘 드러나 있다. 이반을 대표로 하여 종교적으로 신성모독적인 현상이, 그리고 드미트리(또는 표도르)를 대표로 해서는 생활풍속적으로 외설적인 현상이 적나라하게 나타나 있다. 이처럼 다성소설의 전통 속에서는 기독교적 성(聖)의 세계가 추구되면서도 또한 그 역으로 인간의 가장 속(俗)된 세계가 적나라하게 드러나기도 하여—이는 헤브라이즘과 헬레니즘의 갈등과 충돌의 모습이라고 할 수 있겠는데—그 결과 사회의 전체 모습을 사실적으로 나타내 주어야 할 소설 본연의 모습을 숨김없이 드러내 준다고 하겠다.

3. 횡보 소설에 대한 다성론적 관점의 논의 사례들

이하에서는 염상섭의 소설들, 특히 『사랑과 죄』와 『삼대』에 대하여 다성론적인 관점에서 논의한 논문들을 상호 비교 고찰해 보기로 하겠다. 미리 결과를 말하기로 한다면, 『사랑과 죄』에 대해서는 이보영과 임영천의 다성론적인 관점의 긍정적인 논문들이 있고, 『삼대』에 관해서는 김종욱·한승옥·임영천 등의 이 관점에서의 긍정적인 논문들이 있다는 사실을 말할 수 있다. 단 우한용이 『삼대』에 대하여 어느 정도 긍정적인 관점에서 논의한 바가 있기는 하지만, 그러나 그는 이 소설을 기본적으로 다성적인 소설로

경쟁하고 갈등의 관계에 있음을 지시하는 용어다." 로버트 스탬, 「바흐친과 대중문화비평」. 여홍상 편, 『바흐친과 문화 이론』, 문학과지성사, 1995, 323쪽.
14) 임영천, 『한국 현대소설과 기독교 정신』, 국학자료원, 1998, 69, 302쪽 참조.

보는 처지에서 논한 것은 아니란 사실을 염두에 두어야 할 것이다.

　1 - 1. 이보영은 염상섭(1897~1963)의 초기 장편소설『사랑과 죄』(1927~28)를 다성적인 소설로 보았다. 그는 "횡보의 대표작의 창작에 공통되는 일이지만, 도스토예프스키의 영향이 짙다. 등장인물의 설정과 주제의 대화적 다성적 전개방법에 있어서 그렇다."15)라고 전제하고서 그 이유를 아래와 같이 부연 설명하였다.

> 　　M. 바흐틴이 도스토예프스키의 창작방법으로 주장한 그런 다성적 방법을 쓴 수설에 가장 접근한 식민지시대의 작품이『사랑과 죄』인 것은 결코 우연한 일이 아니다. 횡보로 하여금『사랑과 죄』같은 소설을 쓸 수밖에 없도록 한 것은 식민지적 혼란과 위기에 대한 그의 예민한 감각과 계몽주의적 작가의 독선적이면서도 안이한 태도에 대한 반발이다. …… 중략 …… 횡보가 침략적인 자본주의적 근대화의 무기로서의 근대적 이성과 그 진리를 불신한 것은『사랑과 죄』를 이광수의『무정』과 비교해 보면 바로 명백해진다. 단순한 수준의 보편주의적 개화사상을 독자에게 전달하려는 작자의 의도로 인하여『무정』은 바흐틴 식으로 말하여 모놀로그적 작품이 되었지만,『사랑과 죄』는 식민지의 사상적, 도덕적 혼란과 갈등을 폴리포니소설의 기법에 의하여 반영시킬 수밖에 없었을 것이다.16)

　그는 결론적으로 이 소설이 도스토예프스키 소설과 같은 수준은 아니지만, 구조적으로 바흐틴이 말하는 다성적 소설에 상당히 접근하게 된 것이라고 평가한다.17)

　그러나, 이보영은『사랑과 죄』에 대한 그의 이같은 긍정적인 견해의 피력과는 달리,『삼대』에 한해서는 그것이 다성적인 소설이 되지 못한다고 잘라 말하는 과단성을 보여주고 있다.18) 그는『삼대』가『사랑과 죄』의 경우에서

---

15) 이보영,『난세의 문학』, 예지각, 1991, 283쪽.
16) Ibid., 286쪽, f.
17) Ibid., 288쪽.

와 같이 다성적인 소설 양식을 사용할 필요가 없는 것이라고 단언하였다. 왜냐 하면, 이 작품에는 작가의 분신이 믿음직하게 확보되어 있어서 그들의 시각으로 작중 사건에 임하면 되기 때문이라는 것이다. 즉 『삼대』의 경우 염상섭의 일상적 분신이 조덕기라면, 차츰 그를 압도하게 되는 난세적 분신은 김병화라고 해석하였다.[19]

이처럼 그는 조덕기와 김병화를 이 소설의 주요 등장인물로 인정하는 것 같으면서도, 그러나 김병화를 이 소설의 주인공으로[20], 그리고 홍경애를 이 소설의 여자주인공으로[21] 내세움으로써 주요인물인 조덕기—그(이보영)에 의할 때, 횡보의 '일상적 분신'이라고 볼 수 있는 자—가 공중에 붕 떠버리게 되는 결과를 초래했는데, 이는 다수의 국문학자들에게 전혀 설득력이 없는 주장이 아닌가 생각된다. 김병화와 홍경애를 남녀 주인공으로 보았다는 것 자체야 오히려 탁견이라고 할 만한 데가 없지 않지만, 그러나 이 작품 속의 중심인물 조덕기가 주인공의 대열에서 완전히 탈락해 버렸다는 사실에 대하여 대부분의 국문학자들—조덕기를 이 소설의 주인공으로 보는 학자들은 무려 전체 학자들의 90% 이상이라고 해서 지나치다고 할 수 없겠는데—이 놀라지 않으리라고 누가 장담할 수 있겠는가?

1 - 2. 임영천은 횡보의 『사랑과 죄』를 '다성적 성향의 소설'로 본다[22]. 그 점에 있어서 그는 같은 작가의 『삼대』의 경우와 『사랑과 죄』의 경우를 거의 서로 유사하게 보고 있다. 즉 두 작품 모두가 다성적 성향의 소설이라고 보는 처지에 있다는 점에 있어서 말이다. 그리고 바로 그의 그러한 관점 때문에 이보영의 견해와 그 자신의 그것이 서로 차이를 드러낸다는 점을 말하고

---

18) 이에 대해서는 후에 한승옥의 강한 반론에 직면하게 된다. 한승옥, 「<삼대>의 다성적 특질」, 김종균 편, 『염상섭소설연구』, 국학자료원, 1999, 199쪽 참조.

19) 이보영, op. cit., 289쪽.

20) Ibid., 324쪽.

21) Ibid., 334, 384쪽.

22) 임영천, loc. cit.(1999).

있다.

그는 이 소설이 김호연·이해춘·지순영 등 적어도 세 명의 복수 주인공
이 등장하고 있음이 『삼대』의 조덕기·김병화·홍경애 등 적어도 세 명의
복수 주인공이 등장하는 것과 인물 설정 면에 있어서 유사한 점이 있다고
지적하고서, 김윤식이 이 소설의 주인공을 이해춘과 지순영의 남녀 주인공
으로만 논의하고 김호연을 빠뜨린 것은 이 소설 속의 김호연 역시 엄연한
복수 주인공 가운데 하나임을 간과한 결과라고 지적하였다.[23]

동시에 그는 이 소설이 헬레니즘의 전통 위에 서 있는 이데올로기만 다
루었지, 헤브라이즘의 그것은 전혀 다루지 않았다는 의미에서 이 소설을 다
성적 소설로 보는 데에는 취약점이 드러나 있다는 점을 지저하였다. 즉 그
러한 점 때문에 이 소설은 본격적인 '다성적 소설'로 보기 어려우며, 대신
'다성적 성향의 소설' 정도로 볼 수 있을 것이라는 점을 말하고 있다. 다시
말하면 이 소설이 인본주의적 이념과 신본주의적 이념 등이 상호 격돌하는
공간[격투장]이 되지 못하고 전자의 것들—민족주의·사회주의·아나키즘
등—만이 서로 충돌하는 단순성을 보여주기 때문에 소위 다성(多聲)이라고
하는 여건을 충족시켜 주지 못하고 있다는 의미인 것이다. 그는 이렇게 말
하고 있다.

> 필자는 이 소설이 본격적인 '다성적 소설'이라고 하기보다는 '다성적
> 성향의 소설' 정도로 보고자 하는 것이다. 거기에는 여러 가지 이유가
> 있다. 앞서 이 논문의 머리말(서론)에서 밝힌 것처럼 다성소설 논의는
> 기독교적 토양 위에서 진행될 수 있는 것이다. 이 때문에 이보영이 다
> 성적 소설로 보기를 거부한 『삼대』에는 최소한의 기본 요건(기독교 세
> 계관의 반영)이 깃들어 있지만, 『사랑과 죄』에는 그 점이 전혀 보이지

---

23) Ibid., 95~96쪽. 그런데 그러한 김윤식의 주장은 마치 이보영이 『삼대』의 주인
공으로 김병화와 홍경애 등 남녀 주인공만을 말한 것과 같은 이치라고 생각
된다. 『삼대』의 조덕기가 주인공 반열에서 완전히 빠진 경우를 상정하기 어렵
듯이, 『사랑과 죄』의 김호연이 주인공 대열에서 완전히 빠져버린 경우를 생각
하기 어렵지 않겠는가.

않는다는 면에서 이 작품이 본격적인 다성적 소설이 되기에는 부족하
다는 점을 지적하지 않을 수 없다. 즉 도스토예프스키 소설에서 엿볼
수 있는 다성적 소설에서의 기독교 세계관의 반영이란 것이 이 작품에
는 전혀 빠져 있다고 할 수밖에 없다는 것이다.[24]

이처럼 그는 기독교적 세계관의 반영이 전혀 없는 작품인『사랑과 죄』는
본격적인 다성적 소설이 되기 어렵고, 그 때문에 이를 다성적 성향의 소설
정도로 볼 수 있지 않을까 판단하고 있는 것이다. 말하자면 '관념 소설'의
성격이 강한 '다성 소설'은 헬레니즘적 세계와 헤브라이즘적 세계가 함께
나타나 서로 경쟁하고 긴장 관계를 조성할 때라야 그 다성적인 세계 역시
충분히 열려질 수 있기 때문이라는 것이다.

2-1. 우한용은 염상섭 소설의 담론 구조를 연구하는 가운데,『삼대』
(1931)의 담론 특징 중의 하나는 대화와 서술이 규칙적으로 교차하는 중에
먼저 '대화'를 통해 작가의 다중적인 시각을 마련한 다음 작가의 전지적 시
점에 의한 '서술'을 통하여 단일언어적 특성을 드러내는 것이라고 하였다.
염상섭의 경우 소설 전체를 통해서는 다성적인 목소리를 제시하고 있으나
(특히 대화를 통해), 그의 시각만은 보수주의적 세계관을 보여준다는 것이
다. 즉 다성적인 목소리를 제시하는 것은 그의 '작법'이고 그것을 단일논리
적으로 수렴시키는 것은 그의 '세계관'이라고 해석하였다.
또한『삼대』는 주체와 대상이 서로를 포괄하는 형국의 '주·객 동일성'을
드러내는 소설로서[25], 작가의 의식과 주인공의 의식을 일치시키고 그 의식
이 당시 사회의 집단의식이란 점을 제시한 데서는 리얼리즘의 높은 수준에
이른 것으로 볼 수 있다고 하였다. 특히 장훈의 독백에서 보게 되듯이, 그의
절대성의 언어가 소설『삼대』안에서 상대적이고도 다성적인 성격을 띠게

---

24) Ibid., 97쪽.
25) 이 관점에 대해서는 김봉군도 그대로 수용하고 있다. 김봉군,『한국소설의 기
   독교의식 연구』, 민지사, 1997, 208쪽.

되는 것은 상대적인 가치관에 의존해 살고 있는 다른 작중인물들과의 관계 속에서 가능해지는 것이라고 하였다.26)

이 논문은『삼대』를 비교적 다성적인 관점에서 이해해 보려고 하는 경향이 완연하다고 할 수 있다. 이처럼 염상섭의『삼대』를 그 담론 구조를 중심으로 분석하는 가운데 바흐친의 다성소설 이론을 원용하여 다소 긍정적인 관점에서 해석한 것은『삼대』에 대한 연구로서는 이 방면의 효시를 이루지 않았나 생각된다. 그러나 그의 논문이『삼대』를 다성적 소설로 인정하고서 그에 따른 다성 이론 전개를 한 논문은 결코 아니라는 사실이 간과되어서는 안 되리라고 본다. 즉 그에 의하면,『삼대』는 결코 다성적 소설이라고는 할 수 없다는 것이다.

3 - 1. 김종욱은 다성성의 원리를 텍스트 해석에 적용한 한 논문27)을 통하여 지금까지 다른 학자들이 시도해 보지 못한,『삼대』에 대한 다성악적인 관점에서의 분석을 시도하였는바, 매우 괄목할 만한 업적이라고 하지 않을 수 없다.『삼대』에 대하여 바흐친의 다성소설 이론을 '본격적으로' 적용하였다는 면에서 이 방면—본격적인 적용—의 효시를 이루지 않았나 생각된다. 그가 이 작품의 해석과 관련해 아래와 같이 지적하고 있는 것은 설득력이 매우 크다고 하지 않을 수 없다.

> 기존 연구가 리얼리즘적 성과를 평가하는 데 있어 상이함을 보여 주고 있음에도 불구하고 공통적으로 받아들이고 있는 가설 중의 항나는 허구세계에서의 조덕기의 삶과 실제세계에서의 염상섭의 삶을 동일시하고 있다는 점이다. 작가의 삶에서 보여지는 중간파로서의 의식을 주인공의 형상을 통해 드러난 동정자적 태도에 투영시키고 있는 것이다. ……『삼대』가 기존연구에서 지적된 것처럼 작가의 중산적 보수주의

---

26) 우한용,「염상섭소설의 담론구조」,『한국현대소설구조연구』, 삼지원, 1990, 231~254쪽.
27) 김종욱,「관념의 예술적 묘사 가능성과 다성성의 원리」,『민족문학사연구』제5호(1994. 7), 119~142쪽.

에 의해 미래에 대한 뚜렷한 전망을 갖지 못하고 있었음에도 불구하고
당대 현실을 폭넓게 드러낼 수 있었던 것은 새로운 예술 형식과 방법
에 바탕을 두고 있었기 때문으로 여겨진다. 염상섭의 창작방법이 갖는
특징은 모든 것을 '공존'과 '상호작용' 속에서 형상화한다는 점이다. 그
는 동시대의 모순적 다면성에 주목하여 자신의 전 창작생활을 지속하
였 …… 었던 것이다.[28]

그러나 이 논문은 그 제목이 보여주고 있듯이 '관념'의 문제를 논의하는
가운데서도 초월적 세계[궁극적 관심의 문제]와 연관된 종교적 관념의 문제
에 대해서는 일언반구도 언급하지 않음으로써 다성적 소설이 지니고 있는,
기독교적 세계와의 긴밀한 관계와 그 전통을 아예 도외시한 듯한 단점, 또
는 다성악 이론이 종교적인 관념의 세계와 매우 밀착되어 있다는 점을 전혀
반영하지 못한 약점이 있지 않나 여겨진다.

한편 김종욱은 그 논문의 후반에 이르면서, 『삼대』라는 텍스트 자체를 놓
고 그 다성성 여부를 진단하는 입장이라기보다는 다성악 이론을 발표한 바
흐친이 살았던 러시아의 동시대적 여건과 『삼대』가 탄생할 수 있었던 한국
의 당시대적 상황을 상호 비교하면서 그 텍스트의 다성성을 진단해 보는 간
접적인 방법을 쓰고 있기 때문에 그 논문 나름의 불가피한 한계를 드러내지
않았나 여겨지는 것이다.[29]

3 - 2. 한승옥은 『삼대』를 가리켜 '다성적 특질을 지닌 소설'이라고 하였
다. 그가 『삼대』에 대한 이보영의 평가―『삼대』가 다성적 소설이 아니라고

---

28) Ibid., 121쪽 f.
29) Ibid., 138쪽 ff(제4장) 참조. 여기서 논자는 경향소설과 대립되는 횡보 특유의
    새로운 소설형식이 창출되었다는 요지로 논하고 있는데, 그렇다면 당대의 작
    품들 가운데서 굳이 횡보 소설만이 그런 평가를 받아야 하는 것은 아니지 않
    겠는가 하는 의문도 제기될 수 있겠다. 그리고 여기서 도스토예프스키의 사례
    를 우리의 논의에 끌어들인다고 하더라도 결과는 마찬가지일 것으로 보이는
    데, 즉 도스토예프스키가 당시 어떤 러시아 식(式) 경향소설에 대한 대결의식
    에서 그의 다성적 소설을 창출했다고는 보기 어렵다는 것이다.

한—를 조목 조목 반박한 다음의 비평문 속에 이 작품에 대한 그 자신의 견해가 들어 있다.

그러나 이 지적은 타당치 못하다. <삼대>는 어떤 소설보다도 개성적인 인물을 다양하게 배치하였고, 이들 인물들이 스스로의 목소리로 행동하고 자신만의 이념을 지니며, 이러한 이념을 바탕으로 서로 대화하고 있기 때문이다. 덕기가 염상섭의 일상적 분신이고 병화가 작가의 난세적 분신, 곧 식민지적 질곡을 헤쳐나 갈 이상적이고 진보적인 이데올로기를 지닌 당위적 분신이라는 이보영의 견해를 전적으로 받아들일 경우에도 <삼대>가 다성적 특질을 지닌 소설이라는 점에서는 하등 하자가 없는 것이다. 왜냐하면, 염상섭은 이늘 분신을 직가의 대리인으로 독백적 수법으로 작품에 배치한 것이 아니라, 그들 인물들을 대화적 방법으로 배치했기 때문이다. 대화적 방법이란 이들 두 축의 중심인물을 동일한 축에 배치하여 서로 공존하고 상호작용할 수 있도록 배치한 것을 의미한다. 덕기와 병화는 서로의 이념을 주장하며 항상 작품이 끝날 때까지 끊임없이 대화를 하며, 이들을 작중에 배치한 작가도 이들 두 인물과 나란히 서서 그들과 끊임없이 대화한다.[30]

특히 그가 이 소설의 두 주요인물 조덕기와 김병화 이외에도, 여성 인물인 홍경애에 대하여 크게 주목하고 있음은 매우 고무적이라고 할 만하다.

홍경애는 이 소설에서 가장 생동하는 인물이다. 이것은 이 인물이 그 어떤 여타의 인물들보다도 대화적이라는 반증도 될 것이다. 독립운동가의 딸로 조상훈의 도움을 받다가 그의 첩으로 전락하였으나 곧 그 질곡에서 헤어나 조국의 독립을 위해 사회주의자로 행동하는 의식이 일신된 생생적 인물이다. <삼대>는 홍경애로 인해 대부분의 인물들의 허위가 백일하에 폭로되고, 그들의 위선이 가차없이 드러나며, 속물적인 행위가 수치스럽게 까발려진다.[31]

---

30) 한승옥, loc. cit. 참고로 덧붙인다면, 이 논문은 앞서 한국현대문학이론학회가 펴낸 『현대문학이론연구』 제6집(1996.12)의 191∼217쪽에 실린 바 있다.

31) Ibid., 201쪽.

그는『삼대』가 채만식의 풍자소설보다도 풍자성이 뛰어난 소설이며, 동시에 그 주인공들 나름의 개성과 자신의 독립적 이념을 각기 자기의 목소리로 엮어나가는 다성적인 소설이라고 말한다. 그리고 그 풍자적 특징도 이 소설의 카니발적 특성 및 대화주의적 다성성과 연관된다고 진단하는 것이다.

이처럼 그는『삼대』속에서 카니발적 특성을 찾아내었는바, 곧 위선자의 전복, 또는 위선자의 질타와 그 위치 전도를 통해 그러한 점이 확인되며, 그 때문에 이 작품의 다성성이 풍부해졌다고 보고 있다. 동시에 그는 궁극적으로 한국 현대소설에 대한 가치 평가가 다성성의 여부에 의해 재평가되어야 한다고까지 주장하고 있다.32)

3 - 3. 임영천은『삼대』를 '다성적 성향의 소설'로 본다.33) 그리고 복수 주인공설을 내세워 이 텍스트를 분석 비평하고 있다. 동시에 김종욱이나 한승옥의 비평이 전혀 언급하지 못한[않은] 종교적 관념의 문제에 많은 관심을 기울였다고 하는 특성이 있다고 하겠다. 한승옥이 그의 논문 말미에서 주창한 다성적 소설에 대한 신뢰감을 그 역시 유사한 강도로 견지하고 있는 편이다.

그의 복수 주인공설에 의하면, 적어도 이 소설 속에는 네 명의 주인공들이 등장한다는 말이 되는 것이다. 조상훈 · 조덕기 · 김병화 · 홍경애 등 네 사람을 복수 주인공으로 보고 있다. 이렇게 네 사람을 주인공으로 보는 관점은 70년대초에 이미 김병익에 의해 주장된 바 있다.34) 단 그는 이른바 복수 주인공이란 개념에 의해 그 다수의 주인공들을 설정했다고는 볼 수 없겠지만, 결과는『삼대』와 관련해 네 명의 주인공을 내세운 최초의 평론가가 된 셈이다.

단 김병익의 네 주인공 가운데 그[임영천]의 네 주인공과 어긋나는 인물

---

32) Ibid., 211쪽 f.
33) 임영천, loc. cit.(1997). 이는 필자의 저서『한국 현대소설과 기독교 정신』(국학자료원, 1998)의 44[73]~115쪽에 재수록되어 있다.
34) 김병익,「갈등의 사회학」,『현대한국문학의 이론』, 민음사, 1972, 314쪽 f.

이 하나 있는데, 그 인물은 조의관이다.[35] 이 인물 대신 그의 논문에서는 홍경애가 들어 있다는 점이 다르다고 할 것이다. 이보영이 '조덕기 · 홍경애' 남녀 주인공설을 내세웠을 정도로 홍경애의 위치가 만만치 않다는 사실만은 여기서 강조될 만하다고 하겠다.

염상섭의 『삼대』는 다성소설이 지니는 관념소설적 성격이 강하다는 점, 네 명의 복수 주인공들이 제 각각의 이념을 대변하는 비융합적이고 비타협적인 노선을 걸어가는 독립적인 인물의 성격이 강하다는 점, 여러 이데올로기 가운데 도스토예프스키 소설에 나타나는 기독교의 세계가 비교적 충실하게 개진되었다는 점, 미결성[비종결성]의 의미를 일깨우는 작품으로서의 성격이 강하다는 점 등 여러 가지 이유들로 그는 이 작품을 일단 다성적인 소설로 보고 있다. 그러나 다성적 소설이 보여주는 복수 주인공들 상호간의 '이데올로기 격돌' 상의 긴밀도의 결여[36] ─상호 느슨한 관계의 유지─를 이유로 이 소설을 '다성적인 성향의 소설' 정도로 보고 있는 것이다.

4. 결 론

염상섭의 소설들에 대해서는 러시아 문학과의 관련성, 특히 도스토예프스키 소설과의 관련성을 논의한 학자들이 많은 편이다. 김윤식 · 강인숙 · 이보영 …… 등을 위시한 다수의 논자들이 그 점을 인정하고 있는 터이다. 이제 우리의 관심은 염상섭의 소설들이 특히 도스토예프스키의 다성적 소설들과 관련이 깊다─또는 그 영향을 크게 받고 있다─는 점을 논의하는 단계에 접어든 것이다.

---

35) 이는 그 자신이 명명한 바 "네 개의 사유형식"(봉건주의, 기독교, 자유주의, 사회주의 등)을 담지하는 인물들로 이 사람들을 대표시킬 수 있다고 판단한 데서 나온 결과가 아닌가 생각된다. 즉 봉건주의를 대표하는 인물로 조의관이 내세워졌다는 말이다.

36) R. 스탬, loc. cit.(1995) 참조. 그의 다음과 같은 말, 곧 "다성(polyphony)은 단순히 다양성을 의미하는 것이 아니라 요소들끼리 경쟁하고 갈등의 관계에 있음을 지시하는 용어다."라는 해석에 다시 귀를 기울일 필요가 있을 것이다.

　염상섭의『사랑과 죄』에 대해서는 이보영·임영천 등의 다성론적 관점에서의 긍정적인 연구가 있는 편이고,『삼대』에 대해서는 김종욱·한승옥·임영천 등의 이 방면의 긍정적인 연구 결과가 나와 있는 실정이다. 단 횡보의 이 두 작품들―『사랑과 죄』·『삼대』―에 대해서 필자는 그것이 '다성적 소설'이라고 자신 있게 말할 수 있는 것들이라기보다는 '다성적 성향의 소설'이란 식으로 그 강도를 낮추어 표현하고 있다는 것이 다른 학자들과의 사이에 보이는 차이점이라고 할 수 있겠다.37) *

---

37) 필자는 한국 소설에 관한 한, 이승우의『에리직톤의 초상』에 국한하여 본격적인 '다성적 소설'로 평가하는 입장이다. 임영천, 「이승우 「에리직톤의 초상」 연구」,『한민족문화연구』 제3집(1998. 8), 235~270쪽. 이는 필자가 펴낸『한국현대소설과 기독교 정신』(국학자료원, 1998)의 156~191쪽에 재수록되어 있다.

21세기 한국문학 비평의 전망

홍 문 표*

1. 예언은 가능한 것인가

이제 며칠 후면 21세기라는 새로운 세기와 2천년대라는 밀레니엄의 언대로 넘어가는 역사적 순간이다. 인류의 탄생을 언제부터로 잡을 것이냐 하는 문제를 일개 평문을 쓰는 서생의 안목으로 논할 일이 못되지만 어떤 이는 몇 만년으로 잡고, 어떤 이는 몇 천년으로 잡기도 한다. 좌우간 인류의 탄생과 오늘에 이르는 문명의 시간이 수만 년을 넘고 있다는 사실에는 이의가 없다. 이런 거시적 연대로 보면 2천년대로 진입하는 역사의 전환이란 극히 미시적인 시간론이 될 수 있다. 그러나 고작 1백년을 살기 어려운 우리로서는 매우 기대되는 거대한 시간이 아닐 수 없다. 따라서 이처럼 거대한 시간을 예견한다는 것은 특별히 초능력을 가진 예언가이거나 신의 계시를 받을 선지자가 아니고는 불가능한 것이며 다만 우리는 우리가 경험했던 시대를 중심해서 20세기에서 21세기를 넘어가는 1백년의 역사단위를 폭으로 하여 범속한 상식에서 예견보다는 희망이나 소망의 차원에서 말할 수 있을 뿐이다.

우리는 미래를 예견할 때 흔히 쓰는 말로 온고지신(溫故知新)이란 말을 즐겨 쓴다. 오랜 동양적 우주관이나 역사관에서 이 말은 매우 설득력 있는 가치기준이었다. 서양에서 즐겨 쓰는 말에는 변증법적 역사발전이니, 진보니 하는 말이 있다. 특히 헤겔은 현재는 과거의 종점이란 말을 쓰는데, 그렇

---

* 명지대 교수·문학평론가.

다면 미래는 현재의 종점이라는 논리가 가능하다. 이러한 세계관을 낙관적 진보주의라고도 한다. 이렇게 보면 동양이나 서양이나 역사는 필연적이고, 인과적인 것이고, 합리적인 것이라는 것이며 그러기에 어제는 필연적으로 오늘을 낳고 오늘은 필연적으로 내일을 낳을 것이라는 논리로 설명된다. 따라서 21세기는 20세기의 연장일 뿐이다. 그러나 천동설이 지동설이 되고, 뉴턴의 운동법칙이나 아인슈타인의 상대성원리가 정말 필연성에서 탄생한 것인가, 1945년 8월15일 우리가 일제에서 벗어나 광복을 맞게된 것도 이미 예견된 역사의 결과인가, 독일이 통일되고 소련이 붕괴되고 동구가 공산주의에서 분해된 것도 역사의 필연인가, 얼핏 생각하면 약삭빠른 인간의 이성적 사고가 역사를 계획적으로 진행시키는 것으로 생각하기 쉽다. 그래서 우리는 역사의 주체이며 역사의 연출가라는 착각을 하게 된다. 그러나 역사는 늘 인간의 계획을 벗어나고 있으며 그래서 우리는 역사의 주체가 아니라 오히려 객체라는 생각을 해보기도 한다. 그렇다고 인간의 역사를 무조건 피동적이라고 하기엔 상당부분 자의적인 것도 있고, 계획대로 성취되는 부분도 있다. 21세기 새 지평을 전망하면서 이렇게 잡다한 전제를 하는 것은 전망에 대한 우리들의 기대에 많은 고려사항이 있고, 예상치 못한 변수들이 작용하는 것이 세상의 돌아가는 이치이기 때문이다. 따라서 우리가 전망할 수 있는 가능성은 우선 현재를 얼마만큼 객관적으로 이해할 수 있는가와 미래에 대한 우리들의 기대가 무엇인가에 따라서 전망의 허구는 여러 가지 양상으로 드러날 수밖에 없다는 점을 지적하고자 하는 것이다. 특히 역사도 보편성과 특수성의 흐름이라고 할 때 특수성을 전망하기는 어렵겠지만 보편성은 현재를 성찰하는 것으로 가능하다고 본다. 따라서 본론은 통시적인 보편성을 성찰하는 것으로 미래의 전망을 대신 하고자 한다.

2. 20세기, 우리 비평사의 흔적

한국 현대문학사, 그 1세기의 느낌, 유구한 지구의 역사로 보면 극히 찰

나적인 것일 수도 있지만 돌이켜 보면 파란만장한 시간이었다. 하기야 19세기도 할말이 있고, 18세기도 한 많은 사연들이 있다. 그리고 그 나름대로 역사적 가치와 의미를 지니고 있는 것도 사실이다. 그러나 우리의 19세기와 20세기를 양과 질에 있어서 균등하게 평가할 수 있을까, 시간의 무게는 어떠한 역사적 공간을 포함한 시간이냐에 따라서 달라질 수밖에 없다. 솔직히 19세기까지의 우리의 시간은 고요한 아침의 나라 전통적인 농업중심사회, 그것도 호미나 쇠스랑으로 땅을 파고, 양반의 도포자락과 상놈의 신세타령이 공존하던, 정말 세상 물정 모르던 조선조의 황혼이었다. 또한 고대의 샤머니즘도 있었고 불교의 오랜 교리에 익숙하기도 했지만 그보다는 조선조 오백 년 동안 인의예지나 음양오행설로 찌든 유교사상이 유일한 세계관이기도 했다.

그러나 우리들 20세기의 아침은 하늘이 무너지는 것만큼이나 충격의 시간이었다. 개화냐, 보수냐, 척화냐, 개항이냐, 고립이냐, 협력이냐, 먹히느냐, 지키느냐, 이 거대한 충격과 도전은 고요한 아침의 나라가 감당하기에는 너무나 무거운 역사적 시간일 수밖에 없었다. 그리하여 우리는 어느새 서구화, 문명화, 근대화, 민주화라는 거대한 바다의 격랑에 출렁이는 조각배가 될 수밖에 없었던 것이다. 서구열강의 개방압력과 새로운 문물의 유입, 이 갈림길에서 마침내 우리의 주권은 일제에게 탈취 당하고 20세기의 전반기는 일제의 굴레에서 신음하는 역사가 된다. 거우 연합군의 승리로 우리에게 광복의 기회가 온 듯 했지만 분단의 비운과 6·25 전쟁과, 남북대치 상황과 체제의 대립에서 후반기의 국력은 엄청난 소모전으로 일관되었다.

전통적인 유교의 문학관이나 비평관은 한마디로 재도지기(載道之器)론이었다. 문학이란 단지 도를 담는 도구에 불과했던 것이다. 개화기비평은 보수와 개화의 지식인들에 의해서 실천되었지만 계몽주의나 애국주의에 입각한 풍속개량의 공리주의 문학관을 벗어나지 못했으며 그 형태도 단편적인 서발형식이었다. 보다 체계적인 이론은 1910년대 서구의 문학론을 수용하면서 개안되는데 비평의 경우 특히 춘원의 문학론이 일본을 통하여 굴절된 것이지만 일정한 체계를 갖추었다는 데서 출발의 거점을 잡을 수 있으며 1920년대에 전반에는 춘원의 공리주의, 동인의 형식주의, 박종화의 주관 비평, 김억의 객관 비평론 등이 거론되고 있으며 후반에는 프로문학론과 민족문학론으로 양분되는 모습을 보이고 있다. 한국 프로문학 전말은 일본의 프로문학론의 전말과 동궤를 이루고 있는바, 그것은 신문학의 대부분이 일본을 통하여 수용되었듯이 일본의 추수적 복사판이었으며 논리적 체계의 미숙성은 국내의 특수성과 더불어 자체 내의 치열한 논쟁으로 일관되었다. 내용과 형식의 문제로 시작된 이들 논쟁은 목적의식론, 대중화론, 농민문학론, 창작방법론 등으로 굴절하면서 논리를 강화하고자 하였으나 박영희의 '얻은 것은 이데올로기요, 잃은 것은 예술'이라는 술회처럼 문학의 정치적 기능이란 마침내 시류적이요 자기 한정적이라는 사실을 확인하게 하였다. 한편 프로문학에 대항한 민족문학은 조선주의와 예술지상주의를 표리로 하는 것이었으나 절충론으로 변용되는 취약점을 보이고 있었으며 논리가 배제된 이러한 심정적 조선주의는 해외문학파의 등장으로 30년대의 순수문학으로 극복되는 계기를 마련하였다.

30년대는 비평사에서 획기적인 전환기를 마련하였다. 그것은 우선 계급주의의 정치적 경직성을 극복하고 문학의 순수성을 회복하는 일이며 영미 주지주의를 통한 비평방법의 현대화에 있었다. 전향론, 휴머니즘론, 고발문학론, 예술주의 비평론, 주지주의 문학론, 리얼리즘론 등은 바로 이러한 비평사적 전환의 몸부림이기도 하였다. 그러나 40년대를 전후한 일제말의 암흑기는 정상적인 창작이나 비평이 정지되는 극한상황이어서 실로 결단의 윤리가 요구되는 시기였지만 세대논쟁을 계기로 등장한 신인들의 전통적 예술주의의 표방은 광복과 동란 이전까지를 지탱한 유일한 전통이었으며 이질문화나 외부세력으로 인한 단절기를 극복할 수 있는 민족문학의 가능성을 시사하는 것이라 하겠다.

광복이 되자 좌우익 모두 민족문학 건설이란 구호를 내세웠다. 그러나 외래적인 계급주의의 수용은 결과적으로 민족의 동질성마저 부정하는 분단의 비극을 초래하는 요인이 되기도 하였고 동족상쟁까지 자초하게 되었다. 뿐만 아니라 분단시대부터 비평은 자본주의와 사회주의, 우익과 좌익이라는 체제 옹호적인 어용적 논리로 타락하여 남한에서는 반공논리로 북한에서는 김일성 체제 유지론으로 강화되었다.

50년대는 6·25 전쟁으로 특징 지워진다. 전쟁은 모든 것을 파괴하고 모든 것을 변환시켰다. 전후의 새로운 풍속은 무에서 출발하는 모색의 몸부림이었다. 그것은 기존의 질서를 점검하고 비판하는 데서 가능한 일이기도 했다. 역사의식을 바탕으로 한 실존주의와 전통론과 참여문학론의 제기가 그것이다.

60년대 문학은 다시금 정치와 혁명에 대한 강한 집착을 보이기 시작했다. 4·19의 가능성과 5·16의 좌절은 민주화와 통일과 혁명의 문제를 당면과제로 삼았던 것이다. 여기서 참여문학과 순수문학의 치열한 논쟁이 전개된다.

그러나 참여문학적 관심은 70년대에 들어와 시민문학론으로 변용되고 그것은 문학의 사회사적 이론에 접근하면서 농민문학, 민족문학, 노동문학을 등가시키는 새로운 개념의 민중문학론이 비판적인 리얼리즘과 더불어 논의되기에 이른다. 또한 순수문학론은 모더니즘과 더불어 형식주의 문학론을 강화한다.

80년대는 민중문학론이 보다 경직화되었다. 노동문학은 노동자문학으로 창작주체가 확대되었고, 분단과 통일에 대한 논의도 활발하였다. 그러나 모더니즘은 포스트모더니즘의 논리에 의해 새로운 해체를 실험하게 된다. 90년대는 소련의 붕괴와 동구의 해체로 그 동안 사회학적 상상력 또는 계급주의적 민중론으로까지 치달았던 논리들이 그 명분을 상실하게 되고 바야흐로 탈이데올로기 시대를 맞게 된다. 또한 모더니즘을 축으로 했던 순수문학론도 포스트모더니즘을 거쳐 새로운 양상을 보이게 되었다. 실천은 욕망으로, 정치경제학은, 문학 연구로, 진보주의는 다원주의로 지배논리는 탈중심주의와 해체주의로, 계급주의는 기호론으로, 민중은 대중으로, 민족은 세계화로, 마르크스는 푸코와 보드리야르로 그 화두가 바뀐 것이다. 이러한 세기말의 혼란에서 우리의 비평은 지금 21세기를 맞게된 것이다.

3. 우리 비평의 당면과제

이상의 개관을 보면서 최근 우리 비평의 문제점들을 지적한다면 다음과 같은 사항들을 제시해 볼 수 있다.

첫째로 비평의 영역을 원론비평, 실제비평, 기술비평, 즉 제작비평으로 구분할 경우, 우리의 비평사는 지나치게 실제비평에만 치중하고 있다는 점이다. 작품론, 작가론에만 집중한다는 것은 나무의 뿌리나 줄기는 무시하고 가지와 잎사귀에만 집착하는 것과 같다. 작품이나 작가를 평가하는 것은 보다 깊은 이해와 해석의 행위일 것이지만 이는 결과적으로 문학의 소비행위에 불과하다고 본다. 오늘의 모든 문학교육을 보더라도 그것은 모두 어떻게 작품을 이해하고 해석할 것인가, 즉 어떻게 창작할 것인가 하는 창작방법론이나 생산행위에 대한 이론은 빈약하고 소비이론만 성행하고 있다는 것이다. 이는 실천비평만 있고 상대적으로 원론비평이나 제작비평은 매우 열악하다는 말이기도 하다. 비평의 지도성은 문학의 소비론에만 있는 것이 아니라 생산론에도 있다는 점을 간과하고 있는 것이다. 이것은 우리의 비평가들이 문학의 창작경험이나 창작 비밀을 이해하지 못한다는 한계도 있거니와 생산자인 창작자들로부터 불신을 당하는 요인이 되기도 한다.

둘째는 오늘의 비평은 일반 독자가 없는 공허한 메아리와 같은 담론이 되었다는 것이다. 문학작품은 일부의 전문 비평가와 문학 연구가를 위해 있는 것이 아니다. 문학 전문가가 아닌 불특정 다수를 위해 있는 것이다. 시나 소설이나 수필의 경우는 아직도 일반 독자들의 관심과 애독을 통해 그 존재성을 확보하고 있다. 그러나 오늘의 비평문은 일반 독자와는 너무나 먼 거리에 있다. 비평은 누구를 위해 있는 것인가, 일반 독자가 아닌 몇몇 연구가들의 참고 자료가 되기 위해서, 아니면 문학지의 공간을 메우는 장식품으로 존재하는 것인가, 이 점에 대한 심각한 반성이 있어야 할 것이다. 독자가 없는 문학은 문학일 수 없다. 이점은 비평도 예외가 될 수 없다.

셋째로 한국적인 비평의 전통이 없다는 것이다. 개화기 이후로 지금까지의 비평은 외국 비평이론의 수입 전시장을 방불케 했다. 물론 새로운 이론은 새로운 해석을 가능케 한다는 점에서 필요한 것이지만 기존의 문학적 정서나 가치관 위에 새로운 이론이 보완되는, 그래서 한국문학비평이 보다 확대되고 심화되는 한국적 비평의 질서가 있어야 하겠지만 우리의 비평사는 외국 이론들만 바람처럼 왔다가 가버리는 정말 객주 집의 나그네 같은 풍토였다. 주인은 없고 나그네만 득실거리는 꼴이 된 것이다. 더구나 슬픈 것은 수입된 이데올로기 비평에 목숨을 거는 순진한 비극이다. 조선조 시대에는 주자학을 가지고 이전투구했다. 원산지인 중국에서는 주자학을 청산하고 양명학과 서학으로 근대화를 도모했는데도 우리는 끝까지 주자학의 공리공론에 순정을 바치다가 국권을 상실하는 비극을 맞게 되었다. 개화기 이후에도 프로문학이니, 리얼리즘 문학이니, 민족주의 문학이니 하는 이데올로기 문학에 목숨을 걸다가 결국은 분단의 비극까지 겪게 되었고 문단의 분열을 초래하게 되었다. 세계는 지금 저마다 민족문학이나 국민문학의 전통을 추구해가고 있는데 우리는 아직도 외래의 이데올로기나 새로운 비평론의 망령에 사로잡혀 방황하고 있는 것이다.

넷째는 최근이 비평은 지나치게 권력과 돈으로 타락하였다. 지금 문학의 죽음을 도처에서 말하고 있다. 이는 물론 영상문화가 지배하는 후기 산업사회의 필연적 결과라고 할 수도 있지만 보다 근본적인 것은 문학 자체 내의 문제점에 기인한다고 본다. 사실 우리 문학도 구조 조정이 필요하다. 이는 작가뿐만 아니라 작품을 제작하여 판매하는 유통 구조, 소비 사회 모두에게 해당된다. 지금 이 시대의 진정한 비평의식은 무엇인지가 의심스럽다. 80년대 일부 비평가는 분단과 민주화와 혁명과 민중의 권력으로 다른 편에서는 상업주의로 재미를 봤다. 하나는 정치적 극단으로 재미를 봤고, 하나는 허황한 말초신경의 자극으로 재미를 봤다. 그러나 극약처방이란 일시적으로는 효과가 있으나 계속 사용하면 효력을 잃게 된다. 90년대 문학의 허탈감이 바로 여기에 있다. 작가에겐 밑천이 드러났고, 독자는 입맛을 잃었다. 유통구조는 더욱 문학의 황폐화를 가져왔다. 소위 베스트셀러 만들기, 과대광고, 과대 선전, 홍수처럼 쏟아지는 작품들 속에 작품의 질이나 품위보다 돈 놓고 돈 먹기 식의 상업주의는 작품의 건전한 여과기능을 파괴했고 독자의 입맛을 바꾸었다. 여기에 유일한 파수꾼이 되어야할 비평은 들러리, 아니면 학연, 지연의 종파주의 권력과 이데올로기의 전위대 노릇을 했으니 문학이 도산할 수밖에 없었던 것이다.

다섯째로 비평가의 자질과 태도의 문제다. 한국문학의 초창기의 일이지만 1920년대 비평가 염상섭과 소설가 김동인의 치열한 논쟁이 있었다. 염상섭은 비평가란 재판관과 같은 것이고 김동인은 비평가란 활동사진의 변사와 같은 것이라는 입장 차이 때문이었다. 비평가가 재판관이 되기 위해서는 작가 위에 군림할 수 있는 지도적 역량이 있어야 한다. 해박한 문학이론, 그리고 작가의 창작을 유도할 수 있는 문학의 진단과 처방이 있어야 한다는 것이다. 그렇지 못할 때 비평가가 할 일이란 변사처럼 독자들에게 작품을 설명해주는 들러리가 될 수밖에 없다. 물론 비평가는 작가보다 우월한 것인가 하는 문제는 자칫 아전인수의 망상일 수 있다. 그래서 작가와 비평가의 상호보완적 관계를 바람직하게 생각하지만 그러기 위해서라면 비평가도 충실한 연구와 성실한 비평, 문학의 진실을 깨우치는 통찰과 감각이 있어야 할 것이다. 그러나 오늘의 비평을 보면 창작에 도움이 되지 않고 있다. 그런가 하면 일반 독자들에게는 더욱 도움이 되지 않는다. 비평가와 일반 독자의 소통 단절, 비평가는 오직 전문독자인 비평가들끼리만 대화를 한다. 이는 비평을 위한 비평일 뿐이며, 일부 문학 연구가들끼리 제 살 깎아 먹는 자의식적 행위라는 생각이 든다. 60년대 이후 강단비평의 등장은 그 동안의 인상비평의 극복, 비평의 전문화라는 점에서 바람직한 것이지만 비평이 문학연구와 동일시되어 문학의 미학이나 진실은 없고, 문학 연구의 형식적 허구만 쌓이고 있는 것은 아닌지. 요즘 인문학의 위기를 말한다. 그 위기의 요인이 물신주의에만 있는 것인가, 문학 현장을 외면한 메타비평의 끝없는 메타화의 악순환에 있는 것은 아닌가. 최근 대학에서 행해지는 문학 연구를 보면 작가론, 작품론 일색이다. 그것도 특정한 작가, 이광수나 김동인, 염상섭, 아니면 김소월, 한용운, 정지용, 윤동주 등이다. 문학 연구 내용을 보면 한정된 연구물의 교묘한 짜깁기를 하는, 그래서 창조적인 자기 목소리를 상실해버린 비평가의 죽음을 보게 되는 것이다. 도대체 비평이란 왜 필요한 것이며 누구를 위해 있는 것인가. 물론 변명이야 문학의 새로운 가치 탐구라고 할 수 있다. 그러나 그 새로운 가치창조의 담화가 앞서도 지적했듯이 작가나 일반 독자들에게는 전혀 도움이 안되거나 소통이 불가능한 극히 소수의 비평가들끼리, 연구가들끼리의 암호라면 그것은 구름 잡는 손짓이 아닐까. 문학연구나 문학비평 모두 작가와 독자에게 봉사하는 창작이라는 사실을 인정하고 문학연구는 좀더 대중화되어야 하겠고, 문학비평은 좀더 창조적이어야 하겠다.

4. 결 론

최근 21세기가 되면 경천동지할 세상이 되는 것처럼 호들갑이다. 물론 영상문화, 생명공학 등 놀라운 기술문명을 예견할 수 있다. 그러나 기술문명이 발달할수록 더욱 인간적인 것, 정서적 결핍 등의 문제가 제기된다. 따라서 다가오는 시대는 문학의 죽음이 아니라 문학이 더욱 필요한 시대이며 여기서 비평의 역학이 중요하리라는 생각이다. 따라서 비평도 달라져야 하겠다. 우선 문장이 달라져야 하겠다. 번역 이론서들을 보면 역자마다 용어가 다르다. 한때는 일본식 용어가 판을 쳤는데 요즘은 무슨 내용인지 알아들을 수 없는 문장이 너무 많다. 이 점은 번역서만 그런 것이 아니다. 우리의 비평 문장은 너무나 난해하고 난삽하다. 문학성의 핵심은 난해성이나 난삽성에 있는 것이 아니라 정확성과 감각성에 있다. 비평이 연구 논문이 되었으니 당연히 추상적이고 관념적인 메타언어 배열이라고들 하겠지만 그렇다면 비평은 문학의 영역에서 제외되어야 한다. 미학적인 것을 과학적인 것으로 억지를 부리는 것은 문학의 타락이고 위선이라는 생각이다.

이데올로기의 전위부대 노릇도 이제는 버려야 할 것이다. 이 땅에 이데올로기가 영구 집권한 일은 없다. 그런데도 비평가들은 이데올로기를 앞세워 지적인 권력을 휘둘렀고, 이데올로기가 망하면 변절을 하거나 침묵하는 비겁을 저질렀다. 우리 문학사에서 비평가처럼 변절이 심했던 사례는 없다. 새것 콤플렉스, 지도 비평에 대한 환상, 당대 지성이라는 지적 오만, 이런 환상들이 오히려 문학과의 괴리감을 조성하고 비평가 자신의 인격과 신뢰성마저 실추시킨 것은 아닌지를 반성하게 된다. 우리의 비평사에서 비평가들이 한 것은 무엇일까. 겨우 이름 있는 몇몇 작가와 시인들만 신격화하는 데 공헌했고, 군소 비평가들은 몇몇 비평가들의 깃발 뒤에 모여서 함께 기를 흔들거나 박수를 치거나 재탕 삼탕으로 행세를 했다.

과거에는 봉건주의 체제에서, 폐쇄적인 독선주의 문학은 자유로운 상상의 나래를 펴지 못하고 지배 이데올로기의 눈치를 보면서 기존의 윤리나 가치관의 교시적 기능으로만 명맥을 유지했기 때문에 문학사에서 풍요로운 비평의 전통이 있을 수가 없었다. 개화기 이후에도 보수와 진보의 갈림길에서 방황해야 했고, 일제의 억압구조, 분단과 체제의 대결, 이러한 객관적 악조건에서 문학의 근대화란 참으로 버거운 항해였다. 더구나 우리의 문학사는 겨우 1세기라는 짧은 시간 속에서 근대와 현대를 함께 경험해야 하는 숨가쁜 시간이기도 했다. 따라서 많은 시행착오와 충분한 변증법적 발전 과정을 거친 것은 아니었지만 그런 대로 현대 문학으로 정착할 수 있었던 것은 어설프지만 용감했던 비평의 지도적 노력이 있었기 때문이라는 긍정적인 평가를 해 볼 수도 있다.

문제는 최근에 와서 비평이 급속도로 지도력을 상실했고, 일반 독자를 상실했다는 심각한 위기를 자각하는 데서 다시금 비평의 진로를 모색해야 한다는 것이다. 문학비평은 결코 자기 충족적 전문적 담론이 아니라는 철저한 자각이 필요하다. 과거에는 문학비평이 도덕적, 종교적, 문화적 영역과 분

리될 수 없었다. 인문주의의 조정자였고 대중의 안목을 일깨우는 교사이기
도 했다. 또한 창작가에게는 영원한 원칙이기도 했다. 아리스토텔레스의 시
학이 서구 문학에서 차지했던 비중을 생각하면 너무나 자명한 일이다. 따라
서 한국 문학비평의 바람직한 진로는 한국적인 비평의 전통을 확립하는 일
이며 일반 독자와 작가가 신뢰할 수 있는 비평적 역량과 기능을 회복하는
것이며 물신화하는 인간성을 정서적으로 회복하는 것이다. 또한 그것은 상
업적 전략이나 지적 유희가 아니라 문학 본래의 속성인 미적 감동에 의한
삶의 풍요로움이나 축제의 담화가 되어야 하는 것이다. *

21세기 수필문학의 전망과 비평 방향

강 석 호*

1. 21세기 정보사회의 제현상

많은 지식인과 매스컴늘은 1990년대에 들어서면서부터 앞을 다투다시피 21세기에 전개될 사회현상에 대한 전망들을 끊임없이 내놓았다.

지금까지 논의된 새 시대에 대한 전망들을 요약하면 대개 다음과 같은 것으로 볼 수 있다.

첫째는 산업의 고도화와 전문집단의 확산 등으로 다원화 사회가 될 것이고, 둘째는 능률을 제고키 위한 조직화 내지 관료화 사회, 셋째는 Mass란 말이 범람하는 사회, 즉 집단화, 대량화 사회, 넷째는 개개인의 이름 대신 숫자나 번호로 나타나는 수량화, 구체화의 사회, 다섯째는 각종 지식과 정보가 신속히 교류되는 정보화 사회가 될 것이며 그 외에 문화변천이 가속화되는 사회, 도시 집중화 사회, 핵가족 사회, 여권주의 사회, 여가문화의 사회 등이다. 그 외에도 최근에 발생되는 징후로 봐서 세계적 경제불황과 지구의 기상이변, 환경파괴 등으로 인한 재해의 현상도 예견할 수 있다.

이러한 예견은 개인의 견해에 따라 다소 차이가 있겠지만 대체적으로 수긍할 수 있는 전망들이라고 할 수 있으며, 21세기가 채 되지도 않은 오늘의 시점에서 그 징후와 현상들이 이미 드러나고 있다. 그 중에도 정보화 사회의 현상은 가속도로 우리 앞에 전개되고 있다.

특히 기술(Technology)의 정보, 네트워크 시스템(Network System), 시간

---

* 월간 『수필문학』 발행인 · 문학평론가.

(time)의 정보는 이 시대의 변혁의 주된 요인이 되고 있다. '컴퓨터 통신 기술의 발달에 의한 인터넷을 통한 지식과 기술의 급속한 전파는 어느 한 기업이나 한 단체의 정보나 기술의 독점을 용납치 않고 있으며 전화선을 타고 공간과 시간의 제약을 무너뜨리는 사이버 스페이스(cyber space, 가상공간)를 연결하는 네트워크의 형성은 지식의 홍수를 낳고 있다.

이제 컴퓨터 통신을 연결하면 런던이나 뉴욕의 회사와 대화를 할 수 있고 심지어 전자화폐(Ecash, E-money)로 안방에 앉아서 은행거래도 할 수 있게 되었다.

컴퓨터의 발전으로 네트워크 분야는 도약의 계기를 맞아, 모든 정보를 컴퓨터가 이해할 수 있는 디지털 형태로 주고받음으로써 통신망은 원시시대의 터널을 지나 정보고속도로의 역할을 할 수 있게 되었다. 그 예로 브리태니카 백과사전의 모든 내용을 1초에 9만 번 전송할 수 있다고 한다.

뿐만 아니라 화상의 발전으로 각각 앉은자리에서 화상 국제회의, 저명인사와의 인터뷰를 마음대로 할 수 있게 되었으며 굳이 도서관에 가지 않아도 필요한 지식을 얻을 수 있게 된 것은 이미 실현의 단계이다.[1]

우리 문단에도 사이버문단이 조성되어 많은 작가가 작품을 띄우고 있다.

이러한 정보사회화와 매체의 발달은 활자매체가 시각적인데 반하여 영상매체는 감각의 매체로서 우리의 인식에 여러 가지 영향을 준다.

영상매체는 정보전달의 필요성으로 개발되었지만, 이제는 그것이 사회적 관계를 생산하는 수단이 되어 사람들의 필요성보다는 그 자체로서 권력을 갖고 우리들의 일상을 지배하게 되었다.

르네상스 이후 약 600년 동안 우리 역사는 理性이 강조되는 교육, 이성적 생각, 합리성이 중요시돼 왔고 인간의 정과 사랑이 중시돼 왔다. 그러나 이제는 수많은 정보와 지식에 의하여 인간은 차가운 동물로 전락해 가고 있다.

지구상을 골고루 물결치는 제3의 물결은 우리의 문명을 급격히 파괴하려

---

1) 강범우, 「정보화시대의 수필문학 역할」, 『수필문학』 96. 11.

하고 있다. 제도, 과학기술, 문화를 포함하여 기존 질서가 파괴되어 가고 있다. 정보와 지식이 손쉽게 입수되는 과정에서 인간은 편리하고 대량전달, 대량생산을 꾀할 수 있지만 그것은 결국 인간을 정보와 지식의 노예로 삼아 가고 있다.

2. 정보화시대에서의 문학의 기능과 수필문학

이런 정보화사회에 있어서 문학의 기능은 무엇이며 그 형태는 어떠해야 하는가?

문학이 인간성의 발견, 즉 제도나 인습이나 전통, 법률, 제노 등 모든 인간성을 저해하는 상황에서 인간의 진선미를 발견하고 그 본성을 회복하는 것이라면 수없이 쏟아지는 정보와 지식으로부터 인간의 진짜 웃음과 고민을 찾는 것이 미래의 문학예술의 역할이며 기능이다.

또한 이 시대의 문학형태는 인간이 자기를 찾고 인격과 지혜와 영혼을 통해 인간의 본질적 가치를 추구하는 형태로 나가야 할 것이다. 문학의 여러 장르 시, 소설, 희곡, 수필, 평론 등 모든 장르에서 그것은 시도되어야 하지만 그 중에서 수필이야말로 그 속성상 21세기의 제반상황, 특히 정보화사회에서의 문학으로 각광을 받을 때가 왔다고 본다.

그 이유는 다음과 같다.

첫째, 현대와 같이 과학문명이 발달한 사회에서 가장 적합한 기술양식은 산문이다. 산문 중에서도 그 인격 체험과 진실을 직접 듣고 싶은 욕구에 호응하는 것은 수필이다.

둘째, 수필은 시적 서정과 서사적 스토리와 희곡적 행동을 자유스럽게 표현할 수 있을 뿐 아니라 지식, 설리(說理)와 정보까지 수용할 수 있는 특징이 있다.

우리 문학을 창작문학과 산문문학(토의문학)으로 대별할 때 수필은 창작문학이면서 토의문학 즉 역사, 철학, 종교까지도 수용할 수 있는 것이다. 오늘의 우리 수필은 서정수필, 미셀러니 위주이지만 정작 수필의 또 하나의 본령은 어느 정도의 지식과 정보를 수용할 수 있는 에세이 또는 중수필의 형태도 기대되고 있다.

앞으로의 문학은 탈 장르화 현상이 뚜렷하다. 수필은 어느 장르와도 화합할 수 있고 어느 장르도 수용할 수 있는 장르이다. 그러므로 수필은 탈 장르의 근간적 역할을 담당하기에 제격이다.

셋째, 수필은 정의 문학이다. 시나 소설이 머리로 그리는 픽션의 문학, 상상의 문학이라면 수필은 체험적 진실의 문학, 가슴으로 쓰는 끈끈한 정의 문학이다. 정보화 사회, 기계화 사회에서 가장 고갈된 요소는 인간의 희로애락이라고 볼 때 그에 알맞은 문학은 수필이다.

우리 문학의 미래가 걱정스러운 것은 요즘 젊은이들이 영상 매체에 중독되어 독서량이나 사고의 폭이 제한되어 있다는 점과 순결함 순수함 진지함 등 정신적 가치와 인간성 인간애 등을 도외시한다는 점이다. 그런 시각에서 볼 때 수필은 그런 결점을 보완하는 좋은 장르라고 볼 수 있다.

넷째, 수필은 인간의 실수나 부족에 대한 자성의 미학이다. 인간은 수시로 실수하고 항상 부족을 느끼며 그런 자기 삶의 표현과 자성을 희구하고 추구한다. 그런데도 지식과 정보의 와중에서는 철저와 정확, 경직과 도전, 경쟁이 있을 뿐이다. 그것을 커버할 수 있는 문학은 수필이다.

다섯째, 미래사회는 복잡성보다는 단순성을, 길고 큰 것보다는 짧고 작은 것, 난해보다는 평이한 것을 찾는 것이 심리적 추세이므로 수필의 길이와 내용은 그에 알맞다고 볼 수 있다.

그래서 일찍이 프랑스의 비평가 아나톨 프랑스(A. France)는 '19세기의 문학은 소설이었지만 20세기의 문학은 수필이 될 것이다. 수필이 어느 날엔가는 문예를 흡수해 버릴 것이다'고 말했다. 아메리카의 소설가 헨리 밀러(H. Miller)도 '오늘 세계문학의 주류가 되는 것은 에세이, 아티클 즉 논픽션이라'고 했다.

3. 21세기에 기대되는 수필의 주제와 요건

그렇다면 정보화 사회, 다시 말하면 미래사회에 있어서 수필은 어떻게 창작되어야 할 것인가.

먼저, 주제의 설정이 그 요점이다. 주제는 작품의 내용과 소재와 문장의 표현까지도 좌우하므로 그에 대한 가능성을 예견해 볼 필요가 있다.

'정보화시대의 수필의 주제는 첫째, 필연적 주제와 둘째, 당위론적 주제, 필연적 주제란 그 사회변화에 따라 반드시 나타날 수 있는 주제를 말하고, 당위론적 주제는 파생되는 모든 문제를 마땅히 주제화시켜야 하는 주제로 볼 수 있는데 그 주제군을 다음과 같이 분류할 수 있다.

필연적 주제군으로는 ① 해외여행에 관한 주제의 수필, ② 반문명 내지 원시성에의 동경을 주제로 한 수필, ③ 새로운 직업이나 직무에 관한 주제의 수필, ④ 여권주의에 관한 주제의 수필 ⑤ 경제불황을 주제로 한 수필, ⑥ 환경 파괴 및 기상이변으로 인한 재해를 주제로 한 수필 등을 들 수 있다.

당위론적 주제군으로는 ① 인본주의적 주제의 수필, ② '우리 것'의 재발견이나 재해석을 주제로 한 수필, ③ 선진국병을 진단, 경계하는 주제의 수필, ④ 자연사랑, 인간애를 주제로 한 수필 등을 들 수 있다.

이들 중에도 상태환경 문제는 21세기의 화두이다. 환경이나 자연파괴 생명파괴를 막기 위해서는 이를 회복하고 보호하는 주제가 다루어져야 할 것이다.2)

또한 미래문학의 중추가 될 수필이 시대적인 욕구에 부응하면서 독자들에게 사랑을 받기 위해서는 다음과 같은 요건들을 갖추어야 할 것인가.

1) **참신성** : 영상시대는 보편성, 일시성, 표준성을 띠게 되므로 평범한 소재는 눈길을 끌기가 힘든다. 참신성이 더욱 돋보이게 될 것이다.

---

2) 이유식, 「21세기 사회 변동과 수필 주제의 전망」, 『우리 문학의 높이와 넓이』, 1995.

2) **독자성** : 작가의 독자적 세계의 개척과 확보가 요청된다.

3) **전문성** : 보다 전문적인 깊이와 탐구세계가 필요하다.

4) **흥미성** : 영상매체 시대엔 흥미성이 독자와 대면할 수 있는 관건이 될 것이다.

5) **개성** : 작가만의 독특한 색깔, 서정, 관습, 시각, 상상력, 문체 등이 요구된다.

6) **실험성** : 타 장르와 결합한 새로운 형태, 시 · 소설 · 평론 · 동화의 기법 수용, 분량조절, 허구수용, 1인칭 시점이 아닌 3인칭 시점의 사용 등 실험적 작품이 등장할 것이다.

7) **영상성** : 영상시대인 만큼 동적, 음악적인 요소가 두드러지는 등 영상화에 적응하는 작품이 많아질 것이다.[3]

4. 수필문학 비평의 현실과 전망

21세기에 있어 수필의 비평방향은 앞에서 말한 수필의 내용에 초점을 맞춰야 할 것은 당연하다.

지금까지 수필에 대한 비평은 본격 비평을 떠나 비평가들의 여기나 주례사 비평을 면치 못했다. 월평이나 작품해설을 문학지 편집자나 수필작가가 요청하니 거절할 수 없는 인간관계에서 적당히 독후감 수준의 글을 썼다. 그것도 칭찬일변도의 해설이었다.

이는 비평자가 수필을 본격문학으로 보지 않는 입장에서 연유된 경우가 있고 한편으로는 수필문학의 이론이나 창작기법의 이해부족에서 온 결과로도 볼 수 있다. 수필이 창작문학으로서 산문문학의 창작성이나 지식정보까지 넘나들고 수용할 수 있다는 입장에서는 문학성과 순수성이 약할 지는 모르나 오늘날과 같이 다양화된 사회에서 그것을 고집한다면 스스로 문학을 고립화 위축시키는 결과를 빚기 쉽다.

---

3) 정목일, 「미래수필의 전망과 개척 방향」 『동국문창』 1999.

비슷한 예를 들면 5개의 손가락이 있는데 그 5개는 모두가 손가락임에는 틀림이 없다. 그런데 새끼손가락은 그 역할이 미미하다고 하여 잘라버리거나 홀대한다면 그 사람은 병신이요 고통이 따르기 마련이다.

비평가들의 수필이론의 빈약과 외면적 측면에서 보면 아직도 5, 60년도 문학개론에서 읽은 김광섭의 '수필은 붓 가는 대로 쓴다'든가 김진섭의 '수필은 무형식의 글'이라든가 또는 '수필은 아무라도 쓸 수 있다'는 초보적 이론에 얽매여 그것을 인용하고 거기에 기준을 두고 비평하는 평론가들을 볼 수 있다.

오늘날 수필은 그 이론이 옛날에 비해 다양하게 개방화 심화되었고 그 작품들도 상당한 수준에 이르고 있다. 더러는 함량미달의 작가와 작품이 없는 것은 아니며 오늘의 작가 양심이 저질을 빚어내고 있지만 군계일학은 여기에도 있고 다른 장르도 마찬가지 현실이라고 본다.

또한 수필은 직업인이 자신의 생활창변에서 얻은 이야기를 쓴 생활수필과 문학인인 수필가가 쓴 문학수필을 구별해서 다루어야 한다. 수필, 특히 중수필은 평론과 같은 맥락의 글이라고 볼 수 있다. 그리고 요즘 평론은 창작이 아닌 이론(문학논문)으로 흐르고 있는 감이 없지 않다.

그런 비평가들은 창작 문학으로서의 수필을 이해하지 못하고 가벼운 신변잡기로만 홀대하는 경향이 있다. 비평가들은 수필의 연문학성이나 저질 작품만 탓할 게 아니라 수필이론에 관심을 갖고 그 이론을 개발 정립하고 육성해야 할 책임이 있다. 그런데도 수필을 비평하지 않는 것이 대단한 권위나 역량의 소지자인 양 오해하고 있는 비평가들을 볼 수 있다.

앞으로는 21세기는 수필을 제대로 비평하는 비평가가 인기를 얻고 관심의 대상이 될 것으로 본다. 지금도 역량 있는 비평가들은 학생들의 작가 연구에 있어 그 작가의 수필 열독을 필수로 하고 있는 지도 교수들이 있는 것으로 알고 있다. 앞으로 문학의 석·박사도 수필 전공이 빛을 볼 것이다. 아직은 수요와 생산은 많은데 그 연구는 미개척의 분야이기 때문이다. *

비평사와 비평론

남북 분단기의 한국 문학 비평사

김 봉 군*

1. 서 론

남과 북의 역사적 분단의 시점은 대한 민국 정부가 수립된 1945년 8월 15일이나1), 실질적 분단은 20세기 초반까지 거슬러올라가는 것으로 보아야 한다. 여기서 '실질적'이라 함은 의식 내지 이데올로기의 분열상을 근거로 한 것이다.

20세기 초 한국 지성의 지배적인 담론은 '개화'와 '자주 독립'이었고, 개화의 희망봉은 서구를 대표하는 미국에 있었으며, 그 작은 봉우리는 아서구(亞西歐)인 일본이었다, 1906년의 「혈의 누」의 주인공 옥련과 구완서가 일본을 거쳐 미국 워싱턴으로 유학하여 조국을 근대화하려는 의식의 현대 지향성(modernity orientation) 속에 일본과 미국은 새로운 '낙원'이었고, 그곳 사람들은 낙원의 주민이었다. 옥련을 입양한 일본의 이노우에(井上) 군의관 부부가 긍정적 인물로서 구원자로 등장하는 것이 그 증좌다. 「혈의 누」의 첫머리가 '일청 전쟁 총소리에'로 진술된 것 또한 주목할 점이다. 개화기 사람들에게는 '청일 전쟁'이 아닌 '일청 전쟁'이 더 자연스럽게 들렸던 것이다. 그 시대 사람들의 의식 속에 세계의 중심은 중국 쪽이 아닌 일본과 미국이었다. 한국인의 동아시아적 전통 지향성(tradition orientation)은 최남선의 '파

---

* 가톨릭대 교수 · 문학평론가.

1) 북한의 단독 정부 수립일이 1945년 9월 9일이므로, 분단의 결정적 책임이 이보다 앞서 정부 수립을 선포한 남쪽에 있다는 잘못된 역사 인식에 동조하는 것은 아님.

도 소리'에 묻히고 말았던 것이다.

이러한 현대 지향성 또는 서구 지향성은 1917년의 '무정'에 계승된다. 주인공 형식과 선형은 미국, 병욱과 영채는 일본으로 유학을 떠나는 것은 '혈의 누'의 그것과 크게 다를 바 없다.

20세기 초 한국 문학의 배경 사상이 되는 서구 지향성은 이른바 '개화기 진화론'의 문학적 형상화에 갈음되는 현상이다. 개화기 진화론의 한국적 단초(端初)는 유길준의 홍사단 강령에서 발견되며, 그 전신자(傳信者)는 미국의 E. 모스(Edward Morse) 교수다. 유길준은 미국 대머 아카데미 유학 시절에 모스 교수에게서 진화론을 전수받았고, 이것은 홍사단 강령의 기반이 된다.2) 도산 안창호의 홍사단 강령 역시 진화론을 사상적 배경으로 하고 있으며, 20세기 한국사와 한국 문학사의 준비론과 점진주의는 그 연장선상에 있다.

수많은 창가와 신체시, 개화기 소설과 논설류의 글들이 표방한 개화기의 '개화론'은 H. 스펜서류의 사회 진화론을 촉매로 하여 '준비론'으로 재정립되고, 이를 배경으로 한 작품들이 등장한다. 백악 춘사의 '다정다한'을 비롯한 1900년대 발생기의 준비론 소설을 비롯하여, 매일 신보에 발표된 1910년대 발전기의 준비론 소설 60여 편이 모두 이 범주에 든다.3) 그리고 마침내 이광수는 본격적 준비론 소설 '무정'을 발표하여 개인주의적 사회 진화론을 문학적으로 실현한 선구적 작가가 되고, '개척자'에서 진화론적 삶과 역사 전개의 험난한 역정을 제시하며, '사랑'이라는 진화의 정점에서 '영성(靈性)의 진화'를 구가한다.

이 시대의 다른 한 갈래 정신사의 흐름은 집단주의적 진화론이다. 단재(丹齋) 신채호(申采浩) 등의 급진주의와 투쟁론이 그것이다. 중국 양계초(梁啓超)의 '음빙실 문집(飮氷室文集)'의 애독자였던 신채호는 급진적 사회 진

---

2) 윤홍로, 「개화기의 진화론과 문학 사상」, 『동양학』, 서울 : 단국대학교 부설 동양학연구소, 1986 참조.
3) 문학과 문학교육 연구소, 『한국현대소설사』, 서울 : 삼지원, 1999, 34∼47쪽 참조.

화론인 투쟁론의 선봉에 선다. 그는 우리의 구도덕이 관념의 오류이며, 복종의 윤리에 편중되었을 뿐 아니라 공사(公私)가 뒤집혔다고 통박한다. 인후(仁厚)·온유(溫柔)로 문약(文弱)·투안(偸安)에 기울게 되었음을 한탄하며, 약육강식이 엄연한 현실임을 강조한다. 그는 크로포트킨의 상호 부조론보다 다윈의 적자 생존설을, 플라톤의 박애설보다 베이컨의 이기설(利己說)을 택한다. 그전고로 석가의 보살행이나 간디의 무저항주의 같은 것은 일제에 대한 저항 민족주의자 신채호의 정신 질서에는 결코 편입될 수가 없었다. 석가를 오라로 묶어 불더미에 던져 버리고, 예수를 "발길로 차고 주먹으로 때리며 호미날로 퍽퍽 찍어 전신이 곤죽이 되어 아주 부활할 수 없이 참사케 하겠다."(「용과 용의 대격전」)는 것이 신채호가 섬기는 투생론, 사회 진화론의 핵심이다. 그의 소설 「용과 용의 대격전」, 「꿈하늘」과 논설의 사상적 배경은 마르크스주의의 계급 투쟁적 폭력 혁명 이론이다.4)

요컨대, 이광수와 신채호는 모두 전통에 반역함으로써 진화론적 역사관을 실천하려 했다. 전자는 '교육'으로, 후자는 '폭력 혁명'으로 그들의 교훈주의 문학 기능론을 관철하려 한 것이다. 1920년대의 우리 문학사는 이광수 문학에 대한 자연주의적 리얼리스트 김동인의 반역, 카프 문학의 대두, 시조 부흥 운동의 전개 등 세 갈래 흐름을 보인다. 이 시기 문학사에서 주목할 점은 시조 부흥 운동으로서, 이는 20세기 초반 우리 정신사의 현대(서구) 지향적 기세에 질식당하였던 전통 지향성의 복원에 갈음된다. '조선심(朝鮮心)', '조선혼(朝鮮魂)'의 수호자로서 시조 장르를 부흥하자는 것이 1920년대 후반의 문학 운동이었고, 이는 카프와의 대결 구도를 그리며 민족 정체성의 밭으로서 지반을 굳힌다.5)

1930년대 초반의 우리 문학사는 전통주의·모더니즘·리얼리즘의 세 갈래 흐름을 형성하고, 카프파의 사회주의 리얼리즘은 그 중반에 이르러 일제

---

4) 김봉군, 「단재 신채호의 문학 사상」, 『국어 교육』 73·74, 서울 : 한국국어교육연구회, 1991, 147쪽 참조.
5) 김봉군, 「국민문학파의 시와 시론」, 『한국현대시사의 쟁점』, 서울 : 시와 시학사, 1991, 235~260쪽 참조.

의 탄압으로 지하에 잠복한다.

1939년 이후 『조선 일보』, 『동아 일보』 등 신문과 『문장』·『인문 평론』 같은 문예지의 폐간으로 우리 문학사는 절필기, 친일 문학기의 질곡에 신음하게 된다. 그리고 1945년 8월 15일 해방기에는 지하에 잠복하였던 사회주의 리얼리즘이 도도한 기세로 소생을 알리며 어조를 높인다.

2. 관점의 정립

한국 문학의 정신사는 전통 지향성, 개인주의 지향성, 사회주의 지향성의 세 줄기 큰 흐름으로 파악될 수 있다. 한국인의 의식(意識)의 기층(基層)에는 자연 서정과 무격 신앙이 자리잡고 있으며, 유·불·도교 사상은 중층, 서양의 자연 과학적 사고와 개인주의·사회주의 리얼리즘 등은 표층에 자리한다. 따라서 한국 문학의 정신사적 특성 포착은 한국인 의식의 기층에 대한 이해 없이는 극히 불완전한 것일 수밖에 없다고 하겠다.

문학 비평사의 경우도 마찬가지다. 의식의 기층에 기반을 둔 전통 지향적 비평, 자유 사회의 창조적 상상력을 지향하는 다양한 비평, 사회주의 리얼리즘 비평을 동시에 고려해야 마땅하다. 만약 어떤 비평가의 비평사 서술이 큰 목소리 곧 폭력 비평류에 경도되었다면, 그것은 한 특정 문학사의 총체적 인식에 실패한 것일 수밖에 없다. 뿐만 아니라 지각 있는 비평가는 문학사 전개의 당위성을 준거로 한 '비평을 위한 비평'식 과제 풀기의 과정을 비평사 서술에서 보여 주어야 할 것이다.

또한 비평사 서술은 문학과 의식의 위상(位相)을 준거로 한 특정 비평의 좌표 확인에 소홀해서 안 된다.

문학 작품과 비평은 의식의 측면에서 볼 때 네 개의 위상 중 어느 하나에 자리한다. 즉, ① 개인 의식과 형이상학적 지향, ② 사회 의식과 형이상학적 지향, ③ 사회 의식과 형이하학적 지향, ④ 개인 의식과 형이하학적 지향의 정신적 에너지가 만나는 위상의 어느 좌표에 한 문학 작품이나 비평은 놓이는 것이다.

분단기의 비평사에 관한 관점과 논리 및 진술은 분단의 극복을 위한 포괄적, 총체적인 노작(勞作)이어야 한다는 문학사적 당위론을 내포하게 마련이다. 우리 문학사의 분단은 정치적으로 '강요된 분단'이며, 그것은 또한 외래 이데올로기의 폭력에 따른 '타율적 분리 현상'이었음에 틀림없다. 그러나 분단의 내재적 책임에 대한 천착이 없는 분단사의 논의는 끝없는 환원주의에 귀결될 수밖에 없다. 또 분단기의 상황을 상황 외적인 자아의 목소리로써 질타하며, 남북 분단기 이데올로기의 편협성을 맹공하는 자세 또한 무의미한 일이다. 해방기와 역사적 분단기 50년간 한반도의 현실을 지배한 것은 '전투적 상황'이며, 그런 상황은 지금도 지속되고 있다.

전투 또는 전투적 상황에 처한 전투의 당사자들에게 전략이나 전술을 초월한 '관용'을 요구하는 것은 이상(理想)이다. 사회 심리학자 T. D. 켐퍼의 10가지 반응 이론에 따를 때, 적대적인 두 집단의 8가지 반응 양상 중 비장한 전투와 상호 낙관적인 저항 외의 다른 반응을 기대하기는 어려운 것이 사실이다.6) 그 동안 분단기의 문학사가 이데올로기의 편협성을 보일 수밖에 없었던 것은 불가피하며, 그 극복의 실마리가 이제 비로소 엿보일 뿐이다.

지금 한국 문학 비평사는 크게 보아 두 가지 과제를 짐지고 있다. 하나는 한국 문학사 일반의 연속성 복원이고, 다른 하나는 분단 문학사의 통합이다. 전자는 민족 정신사의 정체성 및 세계화의 문제와 관련되며, 후자는 이데올로기와 가치관 정립의 문제에로 귀착된다.

분단 문학사 통합의 문제는 두 개의 정치사적 상처를 안고 있다. 첫 상처는 1930년대 중반 일제의 강압으로 KAPF파의 조직이 해체되어 지하로 잠복한 것이고, 두 번째 것은 타율적 국토·민족 분단으로 인한 좌우 논쟁사의 중단으로 인한 상처이다. 지난 50년간 남쪽에서는 변형되고 불완전한 형

---

6) Theodore D. Kemper, "Toward A Sociology of Emotions", The American Sociologist, Vol. 13(1978), p.33.

태로 이데올로기의 논쟁사가 지속되어왔으나, 북쪽에서는 그렇지 못하였고, 이제 남쪽의 '포용'으로 논쟁의 공간이 열리고 있다. 한국 문학사 연속의 문제는 남북이 각각 다른 문제로 도전에 직면해 있다. 남쪽은 신자유주의로 일컬어지는 진화론의 극한적 에너지가 '세계화'란 이름으로 민족 문화의 정체성을 흔들고 있으며, 북쪽은 수령 중심의 집단주의 체제와 권위주의 문화를 스스로 부정해야 하는 위기에 처해 있다. 분단기의 한국 문학 비평사는 이 같은 난제(難題) 앞에 서 있는 것이다.

끝으로, 문학사의 시대 구분 문제가 남는다. 문학의 자율성 이론대로 하면, 문학 작품 자체의 독자적인 흐름의 곡절을 짚어 보는 구분 방법이 우선 적용되어야 할 것이다. 그러나 그 같은 연구가 미진한 단계에서 대체로 10진법적 시대 구분에 의존하고 있다.

여기서는 해방기의 연장선상에 놓인 대한 민국 건국 초기인 6·25전쟁 이전까지의 5년간을 하나로 묶고, 1950년대부터 10년 단위로 시대 구분하여 논하기로 한다. 이는 인류의 10진법적 역사 전환의 무의식과 상당한 합치 현상을 보인다는 점에서, 불완전한 대로 의의가 있다고 하겠다.

1) 1945~1950년의 비평사

해방은 도둑처럼 왔다.7) 해방기의 정치·사회 단체가 200개 이상인데, 해방 이후 민족사의 지평에 대한 소박한 설계도나마 갖춘 것은 중도 좌파 여운형의 건국 준비 위원회뿐이었다. 일제 강점기 우리 민족의 지상 과제는 '나라 찾기'8) 였고, 해방기의 그것은 '나라 가꾸기'였으며, 그것은 '성업(聖業)'이었다. 해방이 된 다음날부터 이 성업에 대한 논쟁이 불붙었고, 그것은 이성을 전제로 한 것이었으면서도 반이성적이었다. 이 시기 이 땅 지성인의 반응에 대한 한 평론가의 지적에 우리는 주목할 필요가 있다. 해방기의 극

---

7) 함석헌, 『뜻으로 본 한국 역사』, 서울 : 일우사, 1962 참조.
8) 이는 1927년경 파인 김동환이 한 말이었고, 김윤식이 그의 비평적 서술에서 이를 부각시킴.

작가들은 "해방이 가져다 준 기쁨이나 흥분을 여과시킬 여유도 없이 즉흥적인 발상이나 미정리 상태의 감정의 분출에 흘렀다."9)는 것이다.

이러한 비이성적 감정 분출 현상은 한국인의 개인적인 삶은 물론 역사적 격동기의 결정적 분기점에서 비극적 하강 곡선을 그리며 급격히 추락하는 전형을 보여준다. 이것은 의식의 기층에 자리한 샤머니즘의 부정적 에너지, 곧 흑샤머니즘의 엑스타시 상태에 몰입하고 마는 민족의 중대 결함이다.

이 점을 주목하면서 해방기와 대한 민국 건국 초기 비평의 실상을 전통 지향적 비평, 자유주의(개인주의) 지향적 비평, 사회주의(집단주의) 지향적 비평의 세 갈래로 나누어 서술하기로 한다. 이 중 가장 강렬한 어조를 띠며 역사의 전면에 나섰던 사회주의 지향적 비평부터 먼지 논의기로 한다.

(1) 사회주의 리얼리즘 비평

해방기(1945. 8. 15~1948. 8. 15)와 대한 민국 건국 초기(1945. 8. 15~1950. 6. 25)의 비평사를 3기로 나누어 좌익 전형기 (45. 8~47. 2), 좌우익 논쟁기(47. 2~48. 8), 우익 정착기(48. 8~50. 6)로 보는 견해가 있다.10) 이것은 설득력이 있는 관점이다.

해방기의 사회주의 리얼리즘 비평은 일제 강점기 카프파의 미해결 과제와 분열의 유산을 안고 비롯된다. 1935년 7월 카프의 해산에 대한 찬반 양론으로 인한 대립의 앙금은 해소되지 않은 채 해방 이후에까지 이어졌고, 이것이 임화파와 이기영파의 대결 구도를 그린다.

해방이 된 다음날인 8월 16일에 조선 문화 건설 중앙 협의회가 결성되고, 대다수의 문화인들이 이 협의회의 산하에 모였다. 그러나 이 협의회가 사회주의 계열의 정치적 의도에 휘둘리자, 소속 문화 예술인 대부분이 이를 탈퇴하고 노선을 수정하지 않을 수 없었다. 카프파 제2세대로서 그 해체를 주

---

9) 차범석, 「변혁·전환기의 희곡 문학」, 『한국현대문학사』, 서울 : 현대문학사, 1989, 243쪽.
10) 장사선, 「해방 문단의 비평사」, 『한국현대문학사』, 서울 : 현대문학사, 1989, 244~255쪽 참조.

도했으며, 남로당 박헌영 지지자인 임화는 김남천, 이원조와 함께 '조선 문학 건설 본부'를 결성하고, 사회주의 이데올로기의 선전, 선동을 위한 기관지 『문화 전선』을 발간하였다. 이에 맞서 카프 해체에 반대했던 이기영은 9월 17일 '조선 프롤레타리아 문학 동맹'을 조직, 다시 '조선 프롤레타리아 예술 동맹'으로 개편한 뒤에 기관지 『예술 운동』을 발간한다. 이후 박헌영이 장안파 공산당을 흡수하자 두 단체의 암투는 끝나고, 임화계는 이기영파를 흡수하면서 공산당의 승인을 얻어 12월 13일 '조선 문학가 동맹'을 결성하고 좌익 문단을 통합하기에 성공한다. '조선 문학가 동맹'은 1946년 2월 8일과 9일에 '전국 문학자 대회'를 개최하면서 문단을 장악하였다.11) 『문학』·『문학 전선』·『신문학』·『예술 신문』·『상아탑』을 비롯하여 『민성』·『신천지』·『신세대』 등의 문학지는 조선 문학가 동맹의 영향권 안에 있었다. 그들의 노선에 반대했던 이태준·정지용·김동석·양주동·이병기 등이 적극 가담했고, 3월 25일에 이기영·한설야 등은 북쪽으로 가서 '북조선 예술 총동맹'을 결성한다.12) 이에 맞서 우익 문학 단체인 '전국 문필가 협회'가 결성된 것은 1946년 3월 13일 이다.13) 해방기 리얼리즘 비평의 방향성은 전국 문학자 대회에서 결석한 안회남을 대신하여 읽은 임화의 '조선 소설에 관한 보고서'다. 이 글에 따르면 20세기 전반기의 한국 문학은 '이식 문학(移植文學)'이다. 소설의 경우 '번안 소설에서 시작하여 자연주의의 훈련을 거쳐 생겨난 순수 문학과 계급 문학'이 일제의 탄압을 겪은 후 계급주의 소설의 시대가 마침내 도래했다는 것이 그의 주장이다. 우리 문학의 전통을 전면 부정하는 견해다.

---

11) 당시 문인 233명 중 가맹 회원은 120명이고, 대회장에 입장한 회원은 91명이었음(당시에 발표된 경과 보고매용). 『건설기의 조선 문학』, 203~204쪽. 정한숙, 『해방 문단사』, 서울 : 고려 대학교 출판부, 1980, 23쪽 참조.

12) '북조선 예술 총동맹'은 1946년 3월 25일 '조선 공산당 북조선 분국'의 지령으로 설립되었고, 그 산하에 연극, 음악, 영화, 무용, 사진, 미술 동맹을 거느렸다. 1953년 9월 26일 작가-예술가 대회에서 기구를 개편하여 '조선 작가 동맹'이라 함. 이철주, 『북의 예술인』, 49쪽 참조.

13) 장사선, 앞의 책, 245쪽 참조.

임화는 '현하의 정세와 문화 운동의 당면 임무'14)와 '조선 문학 건설의 기본 과제'15)를 필두로 한 김남천, 한표, 이원조 등은 프롤레타리아트의 이념성을 기초로 하는 민족 문학론을 제기한다. 이는 '인민에 기초한 새로운 민족 문학'의 건설을 목표로 한 조선 문학 건설 본부와 '계급에 기초한 프롤레타리아 문학'을 내세운 초선 프롤레타리아 문학 동맹이 통합된 조선 문학학가 동맹의 강령 속에도 나타나 있다. ① 일본 제국주의 문화 지배의 잔재 소탕 ② 봉건 문화 유산의 청산 ③ 국수주의의 배격 ④ 진보적 민족 문학의 건설 ⑤ 국제 문학과의 제휴 등이 그것이다.16) 임화가 쓴 다른 글의 한 대목을 보기로 한다.

> 우리는 결코 조직의 방편이나 운동의 수단으로 민족 문학의 구호를 걸고 있는 것은 아니다. …… 중략 …… 이러한 목적은 전인민의 이념으로서의 노동 계급의 이념, 민족 문학의 이념으로서의 노동 계급의 이념을 한층 더 고양하고 한층 더 깊이 파악함으로써만 달성될 것이다. 현재의 단계에서 노동 계급의 이념은 노동 계급만의 이념이 아니라, 인민 가운데 포함된 모든 계층의 공통된 이념이기 때문이다.17)

이로 보아 좌익 계열의 민족 문학이란 노동 계급의 이념성에 따라 규정되는 계급주의 문학, 곧 사회주의 리얼리즘 문학이다. 이것은 조선 공산당에서 한때 민족 문화 건설은 프롤레타리아 계급이 아닌 민주주의 혁명 계급에 의해, 무산 계급의 반자본주의적 문화가 아닌 반제·반봉건 민주주의 민족 문화를 건설해야 한다고 한 주장은 허구임이 입증된 셈이다.18)

---

14) 『문화 전선』, 창간호(1945. 11).
15) 「건설기의 조선 문학」(1946).
16) ① 김남천, 「해방과 문화 건설」, 『중앙 신문』(1945. 11. 14) ② 한효, 「예술 운동의 전망」, 『예술 운동』(1945.l 12) ③ 권환, 「현정세와 예술 운동」, 『예술 운동』(1945. 11) ④ 이원조, 「민족 문학 확립에」, 『조광』(1946. 3) 참조.
17) 임화, 「민족 문학의 이념과 문학 운동의 사상적 통일을 위하여」, 『문학』(1947. 4), 17쪽.
18) 조선 공산당 중앙 위원회, 「조선 민족 문화 건설의 노선(잠정안)」, 『인민』(1946.

좌익 문학의 대중화론도 계급주의에 기반을 둔 것이었다. 좌익 문학가들은 대중화의 여러 실천 방안을 제시하고 있다. 가령, 각 공장에 계몽판을 설치하고 벽신문, 벽소설 등을 붙이는 것, 작가들이 난삽한 숙어를 피하는 것, 문학가가 문화 공작자로서 인민 대중의 생활 속으로 들어가는 것 등의 방안이 제시되었다. 문학가 동맹은 '문학 대중화 운동 위원회'를 조직하여 대중의 인간적, 계급적 자각, 민주 의식의 함양을 꾀하였다.[19]

해방기 문학 비평의 갈래 중에 주목을 끄는 것 중의 하나는 여성 문학론이다.

해방기 여성 문학론의 이론적 배경은 정치·사회적 계급 투쟁, 혁명 이론에 있다. 반봉건, 반제국주의적 투쟁 이론은 여성 해방론을 파생시키는데, 그 결정적인 발언은 박헌영의 이른바 '8월 테제'에서 포착된다. '조선 여성이 남성에 대한 절대 복종을 표해야 하는 봉건적 유습에 속박되어 있으므로, 여성 해방이란 계급적 투쟁의 일부분'이라고 박헌영은 선언했다. 또한 북조선 인민 위원회는 '남녀 평등권에 관한 법령'을 공포하고, 여성 해방 운동을 폈다. 이 시기의 대표적인 여성 문학자론자는 한효·이원조·김동석 등이다. 한효는 해방기에 여성 문인 다수가 등장한 것은 여성 해방 운동을 위해 큰 의의가 있으며, 여성 문인은 굳은 사상적 신념을 가져야 한다는 점을 강조했다. 여성 문학이 계급 투쟁의 대열에서 초연해 한다면, 이는 여성 해방 운동에 대한 모독이며, 여성 문인이 되려면 먼저 여성 운동가가 되라고 선동한다.[20]

이원조는 가정에서 여성의 지위가 노예 상태로 규정되는 봉건적 잔재를 일소함으로써 여성의 사회, 경제, 정치적 지위가 향상될 수 있다고 했다. 좋은 문학이란 늘 새롭고 완미한 인간성의 발견과 창조의 전위에 서는 것으로서, 여성의 인간적 가치를 창조하는 일이 긴요하다고 그는 역설했다.[21] 김

---

3) 참조.

19) ① 정철, 「계몽 운동과 작가적 임무」, 『예술 문화』(46. 1) ② 김영석, 「문학자의 새로운 임무」, 『백제』(1947. 2) ③ 장사선, 앞의 책, 247쪽 참조.

20) 이원조, 「여성과 문학」, 『여성문화』(1945. 12) 참조.

동석은 여성 문학론의 요체는 봉건적 굴레를 벗어난 자유로운 연애에 있다고 한다. 민족의 완전한 해방을 이룩한 인민의 나라를 건설하기 전에 연애의 자유는 유보되어야 하며, 근로 인민 속에서 자유로운 연애가 나타날 때 비로소 조선에 순결한 생명이 싹틀 수 있다는 것이 그의 주장이다.[22] 이에 대한 순수 문학론자와의 논쟁은 불가피했다. 조연현은 이러한 여성 문학론을 과도기적 현상으로 보아 큰 의미를 부여하지 않는다.[23]

해방기의 사회주의 문학론은 그 본질상 정치적이었고, '구국 문학론'이 그 두드러진 예다. 구국 문학론은 문학가 동맹의 기관지인『문학』지 제7호의 '문화 위기론'[24] 에서 시작된다. 문화주의·문학주의가 문학의 위기를 더욱 구체화하며, 그 책임의 소재는 일제 때에 가장 배족적 역할을 한 순수 문학, 민족주의자에 있다고 문맹측은 성토한다.

> 8·15 해방을 맞이하여 '인민적 민주주의 민족 문학'을 구상하고 새로운 외제(外帝)의 새로운 침략 정책 아래에서 그때마다 적절한 문학 테마로 투쟁하여온 우리는 지금에 그 일체를 새롭게 인식하고 연장하여 더욱 심화되고 확대하여 문학의 위력을 구국 운동에 복무할 시기에 다다른 것이다.[25]

좌파의 문학 노선은 인민적 민주주의 민족 문학 노선임을 선포한 이 글이 발표될 무렵에 조선 중앙 일보는 구국 문학론 특집을 싣고 있었다. 이에 가담한 필진은 김영석, 안회남 등 6명이며, 특히 김영석은 '문학 옹호를 위한 투쟁'에서 문학가 동맹 지도부를 비판하고 나서서 눈길을 끈다. 그들의 견해는 구국 투쟁을 대중적 기초에 두자는 쪽과 순수 문학 비판에 치중해야 한다는 쪽으로 갈려 있었던 것이다.[26] 이에 대하여 조연현은 문맹의 구국

---

21) 한효,「여성과 문학」,『여성 공론』(1945. 1) 참조.
22) 김동석,「신연애론」,『신천지』(1946. 6) 참조.
23) 조연현,「조선 여성론」,『부인』(1946. 5) 참조.
24)「문화 위기론」,『문학』(1948.4), 권두언 참조.
25)「구국 문학의 방향」,『문학』(1948.7), 권두언.

문학론을 '초민족적·초국가적 문학론', '비구국적·정치주의적 문학론'으로 규정, 비판하였다.27)

이 같은 '구국 문학론'은 대한 민국 정부 수립을 앞둔 1948년 여름에 그 열기가 절정에 다다랐다. 구국 문학 정신은 외부 요인으로 인한 위기에 대한 투쟁 정신이라 할 수 있고, 미국의 '남조선 식민지화'라는 불신을 기초로 한 대미(對美) 절대적 문학관의 시초가 된다.

이상과 같은 좌익 사회주의 리얼리즘계 문사들의 비평은 '예맹'파의 이기영·한설야·한효·윤기정 등이 월북하여 46년 3월 '북조선 예술 총동맹'을 결성한 데 이어, '문건'파의 이태준·이원조·임화·오장환까지 월북하게 된 좌익 문단은 그 예봉을 꺾고 조직 강화에 힘쓴다. 안회남·김동석·김병규·설정식 등이 우익측을 맹렬히 비판하면서 최후의 전선 구축에 진력한다.28)

대한 민국 정부 수립이 기정 사실화하면서, 우익 문인들은 조직을 재정비하고 논쟁을 가속화한다. 이헌구·김동리·최태응·조연현 등은 '조선 문필가 협회'와 '청년 문학가 협회'를 통합하여 1947년 2월 12일 '전국 문화 단체 총연합회'를 결성하고, 다음날 '문화 옹호 남조선 문화 예술가 총궐기 대회'를 열어 결속력을 과시했다.

좌파의 계급주의, 사회주의 리얼리즘 비평에서 지나쳐 볼 수 없는 것은 일부 부화뇌동파 문인들의 동태다. 가령, 30년대 모더니스의 기수였던 김기림은 해방기에 들어 갑자기 계급 문학을 옹호하기 시작한다. 정지용 역시 '조선시의 반성'이란 글에서 그의 종래의 시관에 반역을 감행한다. 정치성이 없고 생활과 사상이 박약한 예술을 그는 비판한다.29) 또 순수 문학가였던

---

26) 정진석, 「순수의 본질」, 『문학』(1948. 7) 참조.
27) 조연현, 「구국 문학의 정체」, 『대조』(1948. 8) 참조.
28) 좌익은 그때까지 『조선 중앙』, 『신민 일본』, 『중앙』, 『한성』 등의 일간지와 『민성』, 『신천지』, 『신세대』, 『문학』등의 잡지 들에 영향권을 행사하고 있었음. 장사선, 앞의 책, 249쪽 참조.
29) 『정지용전집』 상, 산문, 83쪽 참조.

이태준의 변신 또한 충격적이다. 다음 글을 보자.

소비에트는 무엇보다도 인간들이 부러웠습니다. 그 전 문학에서 보던 사람은 없었습니다. "자연으로 돌아가라.", "마음이 가난한 자는 복받으리라." 아무리 외쳐도 잃어버리기만 하던 인간성의 최고의 것이 유물론의 사회에서 소생되어 있는 것은 얼마나 놀라운 사실이리까!
제도의 개혁이 없이 천만 번 외친대야 미사여구에 불과하므로 예술이 인간에 보다 크게 기여하려면, 인간을 바르게 못살게 하는 제도 개혁부터 해야 할 것을 절실히 느꼈습니다.[30]

소비에트를 방문한 이태준이 '서울 문학가 동맹 여러 벗님에게' 보낸 1947년 10월 20일자 편지다. 그는 "영웅적으로 일하십시오."로 이 편지를 끝맺었다.

그러나 파리는 과거 18세기의 승리의 깃발이긴 하였으나, 오늘 20세기의 '승리의 깃발'은 아니었다. 러시아인으로서가 아니라 세계인으로서 마야코프스키가 노래하였듯이, 세계인의 오늘의 '승리의 깃발'은 이 모스크바에 꽂혀 있는 것이다. 플라톤 이후 상 시몽, 프리에 등 모든 사회 개혁가 들의 꿈은 꿈대로 사라져 버리고 말았으되, 마르크스와 레닌주의의 소비에트는 비로소 인류의 정의 감정과 개혁 사상이 꿈이 아니라 실증(實證)의 기초를 이 지구 위에 뿌리 깊이 박아 놓은 것이다
…… 중략 ……
하늘이 검어갈수록 붉은 별들은 윤택해진다.
인류의 영원한 훈장, 홍보석아, 잘 있으라.[31]

문맹의 기관지 『문학』 3호에 실린 이태준의 '소비에트 기행'의 일부다. 흑샤먼적인 흥분과 역사 인식상의 일면적 단순성이 드러난 글이다. 일체의 형

---

30) 「문학가동맹」, 『문학』(1947. 11).
31) 정한숙, 앞의 책, pp.47~49에서 재인용. 이태준은 임화보다 한 발 앞서 1946년에 홍명희 와 함께 월북한 다음, 남쪽에 이 글을 보냄.

이상학이 소멸한 유물 변증법적 진화론의 단순 논리에 그는 지나치게 매료 당하여 있다. 역사를 보는 관점은 인과론, 진화론, 변증법, 도전과 응전론, 화해론, 초월론 등 다원적, 총체적인 것이어야 함을 모른 그는 소박한 감상 주의자(感傷主義者)였음이 여기서 드러난다.

이제 북쪽 평론의 실상을 살펴볼 차례다. 이는 북한 문단 숙청의 선봉에 섰던 백인준의 평문이 당시의 상황을 소상히 보여 준다.

그는 원산 문학가 동맹의 시집『응향』에 실린 강홍운 시의 '말세기적 퇴 폐성, 주관적 감마상성', 박경수 시의 '현실 도피적, 개인 환각적, 반인민적' 경향을 규탄하고, 구상에 대하여는 앞의 두 시인의 특성을 상승적으로 겸유 한 시인이라고 혹평한다. 특히 '적로(寂路)', '보행(步行)의 산술', '안개를 생 식하는 짐승' 등의 암시성, 상징성을 '반인민적'이라고 맹공한다.32)

8·15해방이 왔을 때 대다수의 정치가, 지성인, 작가 대다수가 민족사의 지표 설정에 대한 아무런 비전을 제시하지 않고 '만세!'와 환호의 물결에 휩 쓸렸을 때, 시인 구상은 북의 집단주의 사회를 '가스 바마냥 수상한 골목'이 라고 노래했다. 그에게는 해방의 감격과 흥분의 뒤뜰에서 민족 분단과 사회 주의 정치 체제의 폭력 혁명과 전쟁, 민족사의 비극을 예견하는 로고스가 있었던 것이다.

(2) 자유주의와 순수 문학 비평

해방기의 자유주의 비평은 사회주의 리얼리즘 비평의 큰 목소리에 묻혀 있었다. 그럼에도 이들 좌익의 목소리에 맞서 논쟁을 벌인 문인은 김동리, 조지훈, 조연현 등이었다.

김동리는 좌익이 제시한 봉건 잔재의 청산, 일제 잔재의 소탕, 국수주의 배격 등 3개 항을 거부했다. 그가 내건 슬로건은 민족 정신의 확립, 문학 정 신의 옹호, 자주 독립의 실현 등이었다. 김동리는 좌익의 제언을 세 가지 이

---

32) 백인준,「문학 예술은 인민에게 복무하여야 한다 ― 원산문학가동맹 편집 시집
  '응향'을 평함」. 정한숙, 앞의 책, 53~63쪽 참조.

유로써 비판하였다. '봉건 잔재 청산'이란 미명하에 조국 광복을 교란하고, '일제 잔재 배격'이란 구호 아래 민족 해체를 선동하며, '국수주의 배격'이란 신호로써 미·소·영·중 등 열강의 속국 되기를 자원하는 것이 좌익의 책동이라고 그는 맹공한다.[33]

뿐만 아니라 김동리는 앞에서 본 바 시집 『응향』에 대한 백인준의 결정서를 비판했고[34], 조연현 역시 이 결정서와 러시아의『별』에 대한 레닌그라드의 결정서를 비교하며 북쪽 사회주의 리얼리즘 문학 비평의 비자주성을 폭로한다.[35]

주지훈은 좌익 문학이 인민이나 정치에 복무해야 한다고 외치는 것은 '노예 근성에서 유래한 타율적 사고 방식'이고, '정치수의 문학'의 기반이 되는 세계관도 한갓 도구일 뿐이라고 비판한다. 그는 '개성을 무시한 협동의 강요'는 봉건성의 본질이요, '자기 주장과 다른 모든 사상을 적대시하는 독선'은 국수주의의 본질이며, '침략적 군국주의'는 일제의 본질임을 지적한다.[36] 조지훈의 탁월한 논리와 분석력이 돋보이는 글이다. 조연현도 사회주의 리얼리즘 곧 좌익 문학의 논리적 비정성(非情性)을 생리적으로 거부하는 비평을 서슴지 않는다.[37]

해방 직후 좌익의 문학가 동맹이 문단을 장악하며 군림할 무렵 이에 대항하며 1946년 3월 13일에 결성된 것이 박종화, 오상순, 이헌구 등의 '전국문필가 협회'였다. 이들의 대표성이 문제시되자 정태용, 김동리, 조연현, 서정주, 조지훈 등이 1946년 4월 4일 '청년 문학가 협회'를 결성하였다. 그러나 좌익의 막강한 영향력에 이들의 협회는 활동이 위축될 수밖에 없었다. 그러나 좌익 단체가 남북으로 갈려 세력이 약화할 즈음 우익측은 1947년 2월 12

---

33) 김동리, 「문학 운동의 2대 방향」, 『대조』(1947. 5) 참조.
34) 김동리, 「문학과 자유의 옹호—시집 '응향' 그에 관한 결정서를 박함」, 『백민』
　　(白民)(1947. 6) 참조.
35) 조연현, 「논리와 생리—유물 사관의 생리적 부적응성」, 『백민』(1947. 9) 참조.
36) 조지훈, 「정치주의 문학의 정체—그 허망에 항(抗)하여」, 『백민』(1948.4). 장사
　　선, 앞의 책, 253쪽 참조.
37) 조연현, 「논리와 생리—유물 사관의 생리적 부적응성」, 『백민』(1947. 9) 참조.

일 위의 두 협회를 '전국 문화 단체 총연합회'로 통합하였고, 다음날 '문화 옹호 남조선 문화 예술가 총궐기 대회'를 여는 등 결속력을 과시한 것은 앞에서 말한 바 있다. 위에서 본 바 자유주의 문학의 예봉을 휘두른 김동리·이헌구·최태응·조연현 등이 그 주축이었다.38)

대한 민국 정부가 수립된 1948년 8월 15일 이후에는 좌익 문인들이 월북, 전향함으로써, 우익은 '민족 정신 앙양 전국 문화인 총궐기 대회'(1948. 12. 27~28)를 열어 자유주의 계열 문학의 기반을 다졌다. 1949년 8월『문예』를 창간하고, 12월 '한국 문학가 협회'가 결성됨으로써, '반공 문학'의 기치 아래 우익 자유주의 이념과 민족 정체성을 모색하기 위한 이론적 기반 조성에 진력하게 되었다. 이른바 '문협 정통파'의 문학론이 여기서 본격적으로 논의된다.39)

이 시기의 주요 비평은 김동리의 '민족 문학론'과 이헌구의 '반공 문학론'이다. 김동리는 민족 문학의 속성을 민족성, 세계성, 영구성으로 규정하고, 이헌구는 당대의 최우선 과제가 '공산주의 박멸'이라 주장하면서 '반공 자유 세계 문화인 대회'를 주창한다.40)

이헌구는 "조선 문학이라는 것에 대한 세계인의 인식을 시정하는 중대 사명과 더불어 우리 문학의 자체적 성격과 지위를 먼저 헤아려야 한다."는 안목으로써 우리 문학사의 자유주의적 '열린 지평'을 펼쳐 보이려 했다.41) 그리고 대한 민국 건국 후 반공 정신과 자유주의적 정치관, 문학관으로써 문화, 문학 전반에 영향을 끼친 김광섭의 평필은 주목할 만하다. 그는 해방 후 민족적 현실과 정신적 질서를 혼란케 한 것은 신문, 출판 등 언론을 중심

---

38) 이들은『민주 일보』·『동아 일보』·『민중 일보』·『문화』·『해외 공론』등 잡지를 활동 무대로 삼았음. 김동리(『경향 신문』문화 부장), 오광식(주필), 등의 뒷받침이 컸음. 장사선, 앞의 책, 249쪽 참조.
39) 김윤식이『한국근대문예비평사』등 도처에서 강조한 용어임.
40) 이헌구,「문화 정책의 당면 문제」,『신천지』(1949. 9). 이헌구,「반공 자유 세계 문인 대회를 제창한다」,『신천지』(1950. 1). 조연현,「민족 문학의 당면 과제」,『국토 신문』(1950. 2. 8~12). 장사선, 앞의 책, 254쪽 참조.
41) 이헌구,「민족 문학 정신의 재인식」,『백민』(1948. 3) 참조.

으로 한 문화인에게 책임이 있음을 지적하고, 특히 일제를 붙좇던 자가 좌익, 우익에 번갈아 눈길을 보내는 기회주의적 문화인을 규탁한다.42)

　해방기의 실천 비평으로 김동리, 조연현, 백철의 것이 돋보인다.

　김동리는 김동인의 '자연주의'와 이효석의 '반산문적 특성'을 비판한다. 그는 김동인에게 '신과 무한과 입체', 곧 '생활의 구심적 의의'를 상실한 희생자인 인간이 '지극히 제한된 지상의 평면'에서 인간은 무엇을 가지며, 끝내 어디로 갈 수 있느냐고 묻는다.43) 영성(靈性, spirituality)를 상실한 수성(獸性, brutality)과 '짐승 인간'의 파멸을 김동리는 자연주의 소설에서 간파한 것이다. 또한 김동리는 이효석을 '소설을 배반한 소설가'로 규정한다. '산문 정신을 본령으로 삼는 소설 문학의 세계에서 산문을 마음껏 타기한' 효석은 소설의 형식을 빌려 시를 찾으려다가 소설 그 자체를 약화시켰다는 것이 김동리의 결론이다.44)

　백철은 이태준, 안회남, 박영준의 소설이 해방기에 어떤 모습으로 전환되는가를 분석하여 보인다. 해방 전에 고독과 비애의 분위기 조성에 독보적이었던 이태준이 해방 후의 작품 '해방 전후'에서 공산주의자의 정치 노선에 공명하기에 이르렀고, '악마'·'우울' 등에서 개인의 심리적 파동과 내성의 세계를 추구하던 안회남이 '폭풍의 역사'·'농민의 비애'를 분기점으로 하여 사회주의 리얼리즘을 지향하게 되었음을 지적한다. 그리고 '모범 경작생'의 작가 박영준은 양심적 고뇌와 모순을 극복하면서 새로운 윤리관을 보여 준 '풍설' 등을 통해 소시민 작가로 재출발하였다고 평한다.45)

　조연현은 황순원의『별과 같이 살다』를 극찬한다. 치밀한 묘사와 간결한 문장으로 이루어진 이 작품이야말로 '문학적 향취가 비상히 높은 우량한 예술품'이라고 보면서, '시적 문장이 독특한 경지를 조성한 최초의 순문학적인 본격 장편으로서의 명예'를 부여했다.46)

---

42) 김광섭,「민족주의 정신과 문화인의 건국 운동」,『백민』(1949. 6) 참조.
43) 김동리,「자연주의의 구경」,『신천지』(1948. 6) 참조.
44) 김동리,「산문과 반 산문」,『민성』(1948. 7~8) 참조.
45) 백철,「신사상의 주체화 문제」,『신천지』(1948. 7) 참조.

이 시기에는 실천 비평의 기반이 조성되면서 한국 문학 비평사는 그 기반이 형성되기 시작하였다.

사회주의 리얼리즘과 민족 문학 논의가 소용돌이치던 이 시기에도 양병탁·김동석·박인환·김병달 등에 의해 리얼리즘, 실존주의, 앙드레 지드 문학 등이 소개되었음도 기억해야 할 것이다.

(3) 전통 지향적 비평

좌익의 사회주의 이데올로기와 '혁명 투쟁'이 소용돌이치는 해방기의 한국 문단의 상황에서도 그 내면에서 민족 문학 본연의 숨소리는 끊일 수 없었다. 가령 양주동의 '님을 뵈옵고', 양상경의 '인경이 울던 날', 정인보의 '십이애(十二哀)', 이병기의 여러 시조가 그 예이고, 김상옥의 시조집『초적(草笛, 47)』이 이 시기의 전통 지향적 시를 대표한다. 전통 지향적 소설 중 1948년 1월『백민』에 실린 김동리의「역마(驛馬)」,「윤회설」1946),「달」(47),「개를 위하여」, 황순원의「목넘이 마을의 개」(47. 3), 허윤석의「수국(水菊)의 생리」(백민, 48. 3),「문화사 대계」(민성, 49. 3)와 최태응의「사과」(백민, 47. 3),「산의 여인」(백민, 47. 11),「혈담」(백민, 48. 3) 등이 대표작이다. 또 이 같은 경향의 희곡으로는 오영진의「맹진사댁 경사」(1943. 8, 국민 문학에 게재, 46년 공연), 이광래의「홍길동과 홍도」, 김춘광의「대원군」(46),「사명당」(48), 유치진의「원술랑」(50) 등이 있다.

이 중 김동리의「역마」는 무속 신앙과 당사주의 '운명 결정론'을 바탕으로 한 전통 지향적 소설로서 그의 '제3 휴머니즘론'과 관련된다.

김동리는 순수 문학을 논하는 자리에서, 그의 문학관의 요체를 밝힌다.

> 순수 문학이란 한마디로 말하면 문학 정신의 본령 정계(本領正系)의 문학이다. 문학 정신의 본령이란 무론(無論) 인간성 옹호에 있으며, 인간성 옹호가 요청되는 것은 개성 향유를 전제한 인간성의 창조 의식이

---

46) 조연현,「장편 소설과 단편 소설」,『문예』(1950. 4) 참조.

　　신장되는 때이니만치 순수 문학의 본질은 언제나 휴머니즘이 기조가
　　되는 것이다.[47]

　그의 순수 문학이 내포하는 휴머니즘이야말로 우리 비평사의 주목할 만
한 주제다. 그에 따르면, 그리스의 소크라테스, 플라톤의 헬레네즘과 히브
리의 기독교 정신을 지주로 하는 헤브라이즘은 제1기 휴머니즘으로서 '가
장 원본적인 인간성의 기초'가 확립된 것이고, 제2기 휴머니즘은 신본주의
(神本主義)에 대한 승리자로서의 르네상스적 인본주의다. 제2기 휴머니즘은
고대의 신화적 우상과 중세의 계율화한 신성 등에 대치된 새로운 현대적 우
상인 '과학'과 과학주의 기계관의 설정제인 유물 사관(唯物史觀)으로 귀착된
것이다. 현재 이 땅에서 문학가 동맹 산하 다수인이 부르짖는 '과학적 세계
관', '진보적 리얼리즘', '혁명적 로맨티시즘', '과학적 창작 방법' 등은 그 부
정적 부산물이다. 그래서 동서 정신의 '창조적 지양(止揚)'으로써 세계 정신
사를 새롭게 할 제3휴머니즘이 요청된다는 것이 그의 주장이다. 필경 그는
'역사적으로 신장하려는 민족 정신에 입각하여 동양적 대예지(大叡智)의 문
학'을 수립하고 '제3기 휴머니즘의 세계사적 성격'을 천명함으로써 '민족 문
학이면서 곧 세계 문학'인 새로운 민족 문학의 지위를 확립하는 것이 '순수
문학의 지표'임을 선포한다. 그가 「역마」에 이어 「무녀도」, 「사반의 십자가
」, 「당고개 무당」, 「을화」 등의 소설을 통하여 집요하게 추구한 것은 곧 이
제3기 휴머니즘이었다.
　김동리의 전통 지향적 '순수 문학론'에 대한 사회주의 리얼리즘 쪽의 비
판은 격렬한 것이었고, 김동석의 '순수의 정체－김동리론'이 그 대표적인 것
이라 하겠다. 그는 김동리의 전통 지향적 순수가 반진보적일 뿐 아니라 반
민족적이라고 보았다.[48]
　김동리는 '생의 구경적(究境的) 의미' 탐구야말로 문학의 본령이며, 그 대

---

47) 김동리, 「순수 문학의 진의(眞義)－민족 문학의 당면 과제로서」, 『서울 신문』
　　(1946. 9. 14) 참조.
48) 김동석, 「순수의 정체－김동리론」, 『신천지』 21(1946. 11) 참조.

상은 우리의 민족 정신 내지 동양 정신이었다. 그는 이 같은 그의 문학관을 일관되게 유지하며 비평 활동과 작품 창작에 임하였고, 이후도 비판적 리얼리즘, 사회주의 리얼리즘 쪽 비평가들과의 논쟁을 포기하지 않은 전통주의자다. 무속 신앙, 기독교, 불교 사상에 대하여 끊임없이 물음을 던지며 고투하여 마지않은 김동리의 문학 정신에 대한 치열한 탐구가 요청되는 것은 필연이다.

자유·평등·정의·평화가 보장되는 낙원 건설의 길은 폭력 혁명인가, 본질 탐구 내지 초월에 있는가? 이것은 우리의 정치와 비평의 근본 과제인 것이다.

3. 결 론

이 글은 우리의 남북 분단의 단초가 20세기 초반 개화기 진화론에 있었음을 지적하면서 전개되었다. 유길준, 안창호의 홍사단 강령과 그 정신을 계승한 이광수의 준비론 소설은 이인직의 신소설의 정신과 상통하는 것으로서, 서구 지향의 진화론, 곧 점진적 진보주의 역사관을 내포하며 전통 지향의 민족적 에너지를 현대 지향적 에너지로 역전시키려는 의도를 담고 있었다. 이에 반하여, 신채호의 진화론은 급진적 사회주의 이론으로서, 폭력적 계급 혁명으로 일제와 투쟁하는 저항 민족주의 무신론이었다. 1920년대 중반 이후 10년간의 카프와 국민 문학파의 논쟁은 이 같은 진화론의 두 측면이 대립하는 양상을 보이며, 해방기와 분단기 한국 문학 비평사의 논쟁과 분열을 예고한다.

해방기와 분단 초기의 비평을 주도한 것은 좌익의 사회주의 리얼리즘 비평이고, 그에 대한 자유주의적 순수 문학파·전통 문학파의 도전 또한 만만한 것이 아니었다. 따라서 이 시대의 비평은 자연히 논쟁의 성격을 띨 수밖에 없었고, 그 주요 쟁점은 반제·반봉건·외세의 청산 등이었다.

이 시대의 문학 비평은 이 땅 지성사의 결함을 가장 선명히 노출시켰다.

좌익의 사회주의 리얼리즘은 일면적 단순성과 정치적 선전, 선동성에 편향되어 역사의 거시적 지평 제시에 실패했고, 우익의 자유주의·전통 지향적 비평은 문학의 이데올로성을 포용, 소화하는 거대 담론의 심미적 소통 체제의 마련에 둔감했다. 우익이 사회주의 리얼리즘에 대한 철학적, 논리적 천착의 면에 큰 결함을 드러내면서, 당대의 많은 지식인과 대중이 좌경화하는 비극적 상황에 효과적으로 대처하지 못한 것은 한국 분단 문학사의 치명적 상흔(傷痕)으로 남는다.

　요컨대, 이 시기 우리 문학 비평은 한국인 의식의 기층에 자리한 흑샤먼적 광기(狂氣)와 파토스(Pathos) 편향성에서 가장 자유롭지 못하였다. 정치·사회·문화적 혼란의 소용돌이 그 밖에서 시성은 늘 냉칠힌 로고스(Logos)와 에토스(Ethos)로 삶의 지표를 제시하고 역사의 지평을 열어 보여야 한다. 비평은 그 같은 사명 수행의 선봉에 설 수밖에 없다. 이것이 '해방기, 분단 초기의 비평에 대한 비평'이 우리에게 던지는 뼈아픈 충고이다. *

한국 페미니즘 문학 연구

Ⅰ. 페미니즘 문학의 전개와 전망

저 정 연*

1. 페미니즘, 페미니즘 문학, 페미니즘 문학 비평

60년대 말 영미 여성해방론자들을 중심으로 씌어졌던 일련의 페미니즘 이론이 우리나라에 영향을 미쳐, 70년대 후반 '여성학'을 이 땅에 심어 놓았고, 80년대 민주화의 열기와 그 후의 포스트모더니즘의 영향 하에 왕성한 페미니즘 문학과 비평을 탄생시켰다.[1] 따라서 페미니즘, 페미니즘 문학, 페미니즘 문학 비평은 일련의 흐름 안에 이어지고 서로 얽힐 수밖에 없다.

페미니즘을 사회의 모순 속에서 특수한 형태로 내재해 있는 여성문제를 포착해 내고 올바른 전망을 제시하려는 일련의 움직임이라고 보았을 때, 자연스럽게 페미니즘은 여성 억압의 현실을 포착하고 억압의 타파를 지향하는 하나의 '전망'이 된다.[2] 여기에는 실천적, 운동적 성격이 강하게 수반되며, 그 목표는 남녀 평등사회가 된다.

페미니즘은 그 입장에 따라 편의상 자유주의 페미니즘, 마르크스주의 페

---

* 숙명여자대학교 강사.

1) 정순진, 『한국여성과 여성주의 비평』, 국학자료원, 1993. 199쪽. 송명희, 『문학과 성의 이데올로기』, 새미, 1994. 14~19쪽 참조
2) 김미현, 『한국여성소설과 페미니즘』, 신구문화사, 1996, 11~12쪽

미니즘, 급진적 페미니즘, 사회주의 페미니즘, 정신분석학적 페미니즘, 실존주의 페미니즘, 포스트모던 페미니즘, 에코 페미니즘, 탈식민주의 페미니즘 등으로 분류될 수 있다.3) 이들 다양한 입장들은 페미니즘 문학으로 수용되어 다양한 갈래를 낳게 된다.

페미니즘 문학을 분류한 것으로는 토릴 모이(Toril Moi)의 ① female literature, ② feminine literature, ③ feminist literature가 널리 알려져 있다. 이때 'female'은 생물학적인 성, 'feminine'은 문화적 개념의 성, 'feminist'는 정치적인 인식과 목표로서의 성을 나타내는데4), 이는 우리말로 각각 ① 여성문학─생물학적 개념으로 여성이 쓴 문학, ② 여류문학─사회가 인정하는 여성적 가치, 여성적 미덕을 내세우는 문학, ③ 여성해방문학─여성해방적 의식을 내세우는 것─으로 번역되어 이해되었으며5), 유용하게 쓰일만하다.

페미니즘 문학은 여류문학의 단계에서 여성해방문학으로 발전했다고 볼 수 있으며, 이 모두를 포괄하는 개념이 여성문학이다. 그러나 여성문학을 단지 생물학적인 분류로서만이 아니라 자기 정체성을 추구하는 자기발견의 단계로 보아 여성해방문학 다음 단계의 과정으로 보는 견해도 있다.6)

페미니즘과 페미니즘 문학 사이에 생기는 혼란은 페미니즘의 운동성, 실천성을 문학에도 그대로 연장해야 한다고 믿는 일련의 태도에서 생겨난다. 그러나 이념이 곧바로 문학으로 이어질 수도 없을 뿐더러 창작을 경직화시키는 이데올로기가 되어 문학을 훼손한다는 것을 우리는 KAPF 문학을 통해서 알고 있다. 따라서 80년대 여성운동7)이 페미니즘 문학에 대해 요구하는 것은 목표부터가 본래의 영역을 벗어난다고 할 수 있다. 다만 이와 같은 실천적 문학 요구가 강력한 견인차가 되어 페미니즘 문학의 빠른 성장과 확

---

3) 김미현, 위의 책, 13~28쪽
4) 팸 모리스, 『문학과 페미니즘』, 문예출판사, 1997, 16쪽
5) 조향 외 좌담 「페미니즘과 여성운동」, 『또 하나의 문화』 3호, 1987, 15쪽
6) 김경수, 「페미니즘 문학이론과 현대소설」, 『아세아여성연구』 29집, 1990, 148
  쪽에서 일레인 쇼월터 Elain Schwalter의 견해를 받아들인 것임.
7) 『또 하나의 문화』와 『여성운동과 문학』과 같은 대표적인 무크지를 중심으로
  사회주의 페미니즘과 마르크스주의 페미니즘의 두 갈래로 나뉜다.

산을 가져왔다는 점만은 인정해야 할 것이다.

페미니즘 문학은 페미니즘 문학 비평이 생기기 전부터 존재해 온 것이다. 비평은 작품을 평가하고 문학사에 자리매김하기 위해 필요한 도구로도 볼 수 있으므로 이미 존재하고 있는 페미니즘 문학을 해석하고 평가하기 위해 여러 가지 모습으로 나타나게 된 것이다. 앞에서 열거한 여러 페미니즘의 입장들은 비평이론에도 흡수되어 다양한 페미니즘 문학비평을 이루게 된다.

페미니즘 문학비평은 페미니스트 독해와 작가로서의 여성 연구로 나눠 볼 수 있다.8) 페미니스트 독해는 여성이미지 비평이라고도 할 수 있는데 그동안의 문학비평에서 객관적, 보편적이라고 평가된 것이 남성중심적이었음을 밝히고 저항하는 독서9)를 할 것을 요구한다. 지금까지 문학작품 속에 나타난 상투적 여성이미지—수동성, 불안정, 히스테리, 비합리성, 무정형성 등—와 천사 / 마녀로 양극화된 상투적인 여성 인물 창조, 남성 작가의 여성혐오증을 비판하고, 남성비평가에 의한 오독을 밝혀내고, 문학사에서 배제된 여성작가와 작품을 발굴하고 재평가하는 작업을 하는 것이다.10)

작가로서의 여성 연구는 여성중심주의 비평(gynocritics)이라고도 말할 수 있으며 텍스트의 의미산출자로서의 여성에 초점을 맞춰 궁극적으로 남성작가와 구별되는 여성문학의 차이성을 구명하려는 작업이다. 이것은 보다 급진적이고, 포스트모던 페미니즘의 영향을 받은 프랑스 여성비평에서 활발하게 이루어진 것이다.11)

페미니스트 독해에 비해 작가로서의 여성 연구는 더 이론적, 분석적이고 아카데미즘에 빠져들어 역사적, 사회적 관심에서 멀어지고 성차를 고착화해서 분리주의에 흐를 위험이 있다고 우려되는 가운데서도 비평가들에게 활발하게 수용되고 있다.

---

8) 일레인 쇼월터, 「황무지에 있는 페미니스트 비평」, 『페미니즘과 문학』, 문예출판사, 1988. 22~28쪽.
9) 조나단 컬러, 「여성으로서의 독해」, 위의 책, 177~189쪽 참조.
10) 정순진, 앞의 책, 200~206쪽 참조.
11) 정순진, 위의 책, 206~218쪽.

페미니즘이 남녀 평등사회를 지향한다면, 페미니즘 문학은 여성의 정체성을 찾고 가부장제 억압에 저항하는 작품을 지향하고, 페미니즘 문학비평은 페미니즘 문학을 제대로 해석, 평가할 수 있는 페미니즘 시학을 지향하는 것이다.

2. 연구 대상과 연구 방법

페미니즘 문학의 연구 대상은 여성에 의해 창작된 작품이라는 관점에서 「공무도하가」나 「정읍사」까지 거슬러 올라갈 수도 있고[12], 여성의 주체성과 존엄성이 의식되는 「춘향전」, 「박씨전」부터 시작할 수도 있다.[13] 그러나 현대문학에서 여성문학의 시기별 분류는 1910~1920년대에 데뷔한 작가들을 1기로, 1930년대에 데뷔한 작가들을 2기로 분류하여 그 특징을 살펴보는 방식이 폭넓게 받아들여지고 있다.[14] 친체제 문학에 동참한 1940년대 전반기를 3기로 분류할 수도 있으나 전체의 흐름에서 의미를 가지는 비중이 약해 생략하고, 해방과 분단의 1950년대, 산업화, 대중화로 접어드는 1960~1970년대, 민주화와 여성해방의 기치를 높인 1980~1990년대로 나누어 시대적 흐름을 개관하려고 한다.

이때 작품에 작가의 페미니즘에 대한 의식이 있었는가 하는 것은 절대적 기준이 될 수 없다. 페미니즘 운동이 곧 페미니즘 문학이 아닌 것처럼, 페미니즘 운동을 의식하지 않은 작품이 페미니즘 문학일 수 있다. 또 현재의 기준으로 페미니즘 문학에 부응하는가를 쉽게 재단하고 가치폄하하기보다 변화의 흐름 속에서 객관적으로 평가하고 정당하게 문학사에 자리매김해야 할 것이다.

한 예로 '모성성'을 들어 보자. 모성성은 여성다움의 핵심으로 여겨졌고,

---

12) 고정희, 「한국여성문학의 흐름」, 『또 하나의 문화』 2호, 1987, 97쪽.
13) 정영자, 『한국 페미니즘 문학 연구』, 좋은날, 1999, 52쪽.
14) 김윤식, 「여성과 문학」, 『아세아여성연구』 7집, 1968에서 사용한 분류를 고정희, 서정자들의 글에서 폭넓게 수용함.

박화성, 강경애가 "여성성 소실 혹은 여성성 기피"라고 평가되는 데 비해 동시대의 최정희는 가장 여류다운 체취를 가졌다고 평가받아 왔다.[15] 그러나 1960년대 이후 모성이데올로기에 대해 의구심을 가지고 낙태, 탁아, 부모 역할 공유 등을 주장해온 페미니즘 쪽에서는 모성을 가부장제의 은밀한 조력자이며 전통적 가치 수호세력으로 여기고 거부하기 시작했다.[16] 최근 포스트모더니즘의 영향 하에 있는 문학비평에서는 이러한 모성 거부에조차 남성의 가부장적 시선이 깔려 있다는 것을 깨닫고, 스스로 모성을 체험하고 모성성에 대한 정당하고도 새로운 평가를 내릴 것을 주장하고 있다.[17] 모성성에 대한 해석과 가치평가가 시대에 따라 이렇게 달라지고 있음을 보면, 현재의 기준으로 과거의 작품을 재단하고 폄하하는 것이 얼마나 파오를 범하기 쉬운지 알게 된다. 이는 페미니즘의 근본정신에도 부합하지 않으며 페미니즘 문학의 미래를 위해서도 전혀 도움이 되지 않는다.[18]

연구 방법론에 대해서도 연구자들은 다양한 의견차를 드러낸다. 지금까지의 연구가 고발과 분노 단계에 머물렀다는 지적, 소박한 반영론은 이제 설 자리가 없다는 지적은 타당하다.

그리고 내용에 편중된 분석이어서 형식과의 심한 불균형, 내지 형식과 미학에 대한 고찰이 아예 실종된 경향도 짙었음이 지적되고 있다.[19] 이에 대한 반동으로 젊은 여성문학 평론가들이 일레인 쇼월터가 말한 여성이미지 비평에서 여성중심주의 비평으로 옮겨가고 있는 것이 눈에 띈다. 언어, 육체, 심리, 문화의 측면에서 남성의 글과 여성으로서 글쓰기가 얼마나 본질적으로 차이를 가지는지 밝혀내려는 시도이다.

그 방법론을 간단히 요약하면 다음과 같다. 생물학적 측면에서는 이미지 群의 원천으로서 신체의 중요성을 강조한다. 신체에 대한 관념은 여성의 사

---

15) 김윤식, 앞의 글, 109~114쪽.
16) 서강여성문학회, 『한국 문학과 모성성』, 태학사, 1998, 8쪽.
17) 서강여성문학연구회, 위의 책, 124쪽.
18) 송명희, 『탈중심의 시학』, 새미, 1998, 124쪽.
19) 김미현, 앞의 책, 40~44쪽.

회속에서의 상황을 개념화하는 데 기초가 되기 때문이다. 언어학적 측면에서는 여성이 남성과 다르게 사용하는 언어가 없는지, 여성이 사용하는 언어 표현의 배경이 되는 문화적, 이념적 결정요인들을 추적한다. 심리적 측면에서는 프로이트, 라깡의 이론에 기댄 점이 있는데, 근본적으로 그들이 여성을 남근이 거세된 열등한 존재로 보는 데서 오는 위험이 뒤따른다. 여성의 글쓰기가 이루어지는 동인에 대한 심리적 천착이 이루어진다. 그리고 이 모든 측면은 문화적 측면에서 통합된다. 문화적 측면은 사회적 배경과의 관계 속에서 해석된다.[20]

이런 과정에서 자궁, 유방, 입술 등 여성의 신체 이미지에 대한 탐색이 이루어졌고, 여성 문체에 대한 관심, 여성들이 즐겨 사용하는 자전적 양식, 서간체에 대해 긍정적인 평가가 이루어졌다. 여성 고유의 심리에서 여성성, 모성성, 광기, 동성애 등이 재조명되었다. 그리고 가부장제라는 권력이 이 모든 것들을 왜곡시키고 억압해 온 것도 밝혀졌다.

그러나 아직도 이러한 방법에 의해 밝혀낸 남성 / 여성의 차이가 여성 / 여성 사이의 개성 차이보다 뚜렷하지 못하거나, 작가 개인의 변모를 설명하지 못하고 되풀이되는 결론에 머무를 것이 우려되기도 한다.[21]

우리는 안네트 콜로드니의 지적대로 여태까지 방치되거나 무시되어 온 여성의 문헌을 재발견하고 발굴하는 일의 중요성부터 놓치지 말아야 하겠다. 그리고 고발, 분노 차원의 비평이 지금까지 많은 여성들의 관심을 문학 안으로 끌어들였고, 그들에게 자의식과 정체성을 찾도록 촉구하였던 그 에너지를 간과해서는 안 되겠다. '페미니즘의 시학'이 자칫 아카데미즘에 빠져 여성들만의, 그것도 고도의 지적 훈련과 이해력을 갖춘 소수 지식인 여성만의 잔치가 되는 것은 지금까지 발전해 온 페미니즘 문학이 폐쇄적이고 자족적인 울타리 속에 갇히게 될 우려가 있기 때문이다.

---

20) 일레인 쇼월터, 앞의 책, 29~45쪽.
21) 신은경, 「여성성의 구현으로서의 여성텍스트와 여성 문체」, 『한국 페미니즘의 시학』, 동화서적, 1997, 224쪽 참조.

3. 현대 여성문학의 전개

아직까지 본격적인 여성문학사가 씌어지지 못하고 있는 가운데, 시와 소설 분야로 나뉘어, 그것도 여러 연구자들의 공동 집필 방식을 주로 하는 연구 성과가 나오고 있다. 그러나 많은 젊은 여성 연구자들이 페미니즘 문학을 주변적인 연구 분야로 생각하던 틀을 깨고 사명감을 가지고 매진하여 성과가 누적되고 새로운 시도가 이루어지고 있는 것은 고무적인 일이 아닐 수 없다. 지금까지의 연구를 토대로 시, 소설 분야의 대표적인 인물과 특성을 중심으로 현대 여성문학의 전개를 정리해 보기로 한다.

1) 여성시의 전개[22]

시, 소설 공히 여성문학의 선구적 업적을 남긴 작가로 나혜석, 김원주, 김명순을 들 수 있을 것이다. 이들의 삶과 문학은 분리가 어려울 정도로 세간과 문단에 충격을 주었으며, 시, 소설, 희곡, 수필, 논설 등 다각도의 글쓰기를 시도했다. 당시에는 "작품 없는 문학생활"이라는 혹평을 받았으나[23] 그들의 작품이 가진 의미는 재조명되고, 재평가되어야 한다는 생각에서 연구자들의 시선이 쏟아지고 있다.

김명순은 1925년에 최초의 여성시집을 상재했으며 시대적 어둠과 자전적 요소를 토대로 이상과 현실 사이의 갈등을 절제있게 표현했다. 최초의 시극 형식을 시도했으며 독일 표현주의시를 번역한 업적도 제대로 평가받아야 할 요소이다.

김원주는 전기의 여성해방의 의지와 후기의 불교적 구원의 의지가 어떻게 형상화 되었는지 살펴볼 만하다. 나혜석 역시 시작품의 편수는 많지 않으나 「인형의 집」과 같이 열정적이며 순수한 의지를 앞세운 시를 통해 보수

---

22) 정영자, 『한국여성시인연구』, 평민사, 1996과 김지향, 『한국현대여성시인연구』, 형설출판사, 1993을 중심으로 참고.
23) 김동인이 김명순을 모델로 쓴 「김연실전」에서 사용한 표현. 김윤식의 앞글에서 재인용.

적인 사회를 자극한 점은 긍정적으로 평가받을 수 있다.

1930년대를 대표할 여성 시인으로는 노천명과 모윤숙을 들 수 있다. 전통적 정한과 향토적 세계를 응축시켜 섬세하고 절제된 표현을 얻어낸 노천명은 철저한 고독 속에 소외의식, 역설적 슬픔을 형상화하고 있다. 모윤숙은 조국에 바치는 뜨거운 사랑과 민족의식을 앞세워 시적 기교와 형식에 구애받지 않고 낭만적 시풍을 드러냈다. 1기의 혁명성과 당당함은 많이 감소한 대신 남성에 못지 않게 시적 수준을 향상시킨 점, 여류문사로서 사회적으로 활동의 폭을 넓힌 점 등을 긍정적으로 평가할 만하다.

해방 후 50년대 분단 시기의 대표적 여성시인은 홍윤숙, 김남조를 꼽을 수 있겠다. 홍윤숙은 일상에서 길어올린 건강한 감성으로 과감하고 지성적인 표현의 길을 텄고, 김남조는 생명의식에서 출발, 에로스적인 雅歌로써 청정한 서정을 노래했다. 여성시의 주된 흐름인 사랑의 시의 본령을 보여주고 있다.

60년대에 이르러 여성시는 저변이 크게 확대되었고 질적, 양적으로 눈부신 발전을 하였다고 볼 수 있다. 『靑眉』, 『여류시』와 같은 동인지의 영향이 컸고, 허영자, 신달자, 유안진, 강은교, 문정희 등 많은 시인이 배출되었다. 전통 서정성을 토대로 사랑을 노래하면서 역사적, 사회적인 것으로 관심을 확대해 나가는 경향을 보인다. 50~60년대가 페미니즘의 흐름에서 보수화, 답보적 경향을 보인 것과 관련시켜 본다면 여성적(feminine)인 시가 주조를 이루고 있다고 할 수 있으며 문단의 주류를 형성했던 민족문학, 참여문학과 일정한 거리를 두고 있음을 알 수 있다.

70년대에 등장하는 김승희, 고정희, 최승자 등의 새로운 흐름에 주목할 필요가 있다. 전대의 여성성을 탈피하고 날카로운 현실 비판의 안목과 부정적 세계관으로 거칠고 생경한 언어구사를 시도하고 있는 점이다. 80년대에 여성해방운동이 본격화되면서 이들의 시는 더욱 특유의 여성의 글쓰기를 시도하고 가부장제에 도전하고 있다. 편지글 형식, 수다 형식, 넋두리 형식, 대화체 등 여성의 언어를 통해 은폐되고 왜곡되어온 여성성을 찾아내려는 시도들이다. 다만 현실적 효용을 극단적으로 강조하기 위해 예술적 미감을 상실한 관념적, 도구적 문학으로 전락하는 것을 염려하는 목소리도 있다.24)

이상 개략적인 흐름으로 보았을 때 여성시의 주된 흐름은 '사랑'이었으며 그 대상이 조국, 에로스적 이성, 공동체 등으로 변모를 보이고 있음을 알 수 있다. 그리고 그 방향성도 급진에서 보수, 다시 진보로 시대의 흐름과 무관하지 않다. 80년대 이후 여성소설의 급성장 추세에 다소 빛을 잃은 듯한 창작의 분위기에 새로운 대안적 바람이 불기를 기대해 볼 만하다.

2) 여성소설의 전개25)

여성소설 역시 나혜석, 김명순, 김원주의 작품들로 시작된다. 이들의 소설이 당대 남성 문사들의 수준에 뒤떨어지지 않음에도 불구하고, 불행한 인생 전력이 마치 문학성의 전락을 의미하듯 취급해 온 것은 바로잡아야 한다. 이들은 일본 유학생 출신으로 엘렌 케이, 베벨, 콜론타이 등 서구 여성해방이론의 영향을 크게 받았으며, 자유 연애, 정조관에 있어 현실을 뛰어넘는 과감한 표현을 하여 커다란 반향을 불러 일으켰다. 여기에 저널리즘이 가세해 그들을 피해자로 만든 면도 있다. 당시의 문학적 동향을 일본문단과 긴밀하게 연결시켜 고백체, 모델소설, 자전적 소설의 형식을 세밀하게 고구한 최혜실의 글에서 더욱 객관적 평가의 가능성을 발견할 수 있다.26)

30~40년대의 대표적 작가로는 박화성, 강경애, 최정희, 백신애, 이선희, 지하련 등을 들 수 있다. 1기의 노라이즘이 해방의 선언에만 그쳤다면 이들은 사회주의 여성해방이론을 바탕으로 사회경제적 모순과 성적 모순을 연결시킨 구체적 전략을 보여 주고 있다.

박화성은 동반자적 경향으로 계급해방을 통해서 여성해방을 이룰 수 있

---

24) 정순진, 앞의 책, 325~358쪽 참조.
25) 서정자, 『한국근대여성소설연구』, 국학자료원, 1999와 한국문학연구회, 『페미니즘과 소설비평』 현대편, 한길사, 1997과 안숙원 외 『한국여성문학비평론』, 개문사, 1995를 중심으로 참고.
26) 최혜실, 『신여성들은 무엇을 꿈꾸었는가』, 생각의 나무, 2000, 참조.

다는 생각을 드러내는 인물을 등장시킨다. "여성성이 상실"되었다는 평가를 들을 만큼 선이 굵고 이념성을 드러내는 데 적극적이었다.

강경애는 마르크시즘으로 이론화되지는 않았으나 궁핍의 체험에서 나온 자연발생적 계급의식을 토대로 소설적 관습을 파괴하는 수준의 과감한 궁핍상을 제시한다. 특히『인간문제』는 여성노동자들의 착취현장인 부두, 방적공장 등에서 취재하였고,『소금』은 모성과 직업의 갈등에서 빚어진 비극을 다룬다. 궁핍이 여성문제보다 우선적으로 의식되고 형상화되고 있는 것은 공통된 점이다.

최정희는 프로문학에서 전향한 후 대담한 자기고백적 소설로 여성심리를 섬세하게 그림으로써 주목을 받았으며, 결혼의 와해, 자유연애, 모성 옹호라는 체험적 모티프를 작품에서 반복해서 드러내고 있다.『천맥』에서는 모성의 사회적 확대에 대한 가능성을 시사하고 있다.

백신애는 주로 구 도덕률에 얽매인 여성의 비극을 그렸으며, 한국 모성의 전형이라 할 수 있는 인물을 창조하면서, 여성과 모성 사이의 딜렘마를 다루는 등 모성의 소설적 탐색을 보여 준다.「꺼래이」는 러시아 유랑 한국인을 다룬 소재적 가치가 높으며 거의 모든 작품이 하강적 구조를 보여 현실부정의식을 노정하고 있다.

이선희는 현실도피적 성향을 보이나 이효석에 견줄만한 서정적, 시적 이미지를 소설에 도입해 예술성을 높였다. 삼각관계를 중심으로 고정관념에서 탈피하려 하나 좌절하는 여성인물을 비극적으로 그리는 낭만적 경향을 보인다.

지하련은 암흑기에 주로 활동했으며 결혼을 통해 남성의 허위의식을 깨닫고 자아정체성을 찾게 되는 여성주인공을 주로 다루었다. 섬세하고 예리한 언어, 함축과 절제가 뛰어나다고 평가받고 있다.

50~60년대의 작가로 임옥인, 손소희, 강신재, 한무숙, 박경리, 한말숙 등이 있다. 전쟁의 체험을 수용하고 여성 정체성을 찾아가는 다양한 시도들, 문체의 새로움 등을 발견할 수 있으나, 현실에 정면으로 맞서기보다는 낭만

적 사랑, 초월적 태도를 보이는 점에서 대체로 전기에 비해 후퇴한 경향을 보인다.

임옥인은 월남한 실향민으로서의 체험, '집'을 가지는 과정의 어려움의 체험에서 핍진성을 보이나 낭만적 사랑과 천사형의 여성상을 추구함으로써 가부장제 논리를 답습하는 경향이 드러난다. 모성의 사회적 확대를 실천하고 끊임없이 계몽적 의도를 드러내는 소설을 썼다.

손소희는 남성의존적 삶에서 벗어나 의식의 전환을 가져오는 여성인물을 소설화하는 데 있어 서정적 낭만성을 미학적 특성으로 삼고 있다. 그러나 현실과의 관련성은 약하게 나타난다.

강신재는 객관적 상관물을 통해 이미지를 창출하며 감각에 의한 심리, 정서적 변화를 예리하게 포착하는 등 참신한 문체로 시선을 끌었다. 특히 여성의 몸과 관련된 글쓰기가 돋보인다.

한무숙은 여성의 억압된 성에 지속적으로 관심을 가졌으며 억압기제로 작용하는 종교적 도그마나 인습적 규범에 비판적 의식을 드러냈다. 금기시되었던 여성의 성적 욕망에 대한 새로운 이해와 정당한 인식을 촉구한 점은 대담했으나 성차별적 이데올로기에 의해 타자화된 여성적 이미지를 답습하는 점에서 같은 시대 다른 작가들과 동궤에 놓인다.

박경리는 초기의 소외의식, 비판의식이 비극적 세계관 속에서 낭만적 연애를 통해 진정한 인간관계를 회복하려는 것으로 나타난다. 현실을 변화시키려는 노력보다 초월하려는 의식, 운명적 세계관이 지배적이다. 『토지』에 이르러 보다 균형을 이룬 세계로 발전된다.

한말숙은 전후의 불안과 허무를 성이데올로기의 거부로써 표현하는 인물들을 다루었고, 가부장제의 모순을 깊게 다루지는 않으면서 낭만적 사랑으로 결혼의 모순을 벗어나려는 시도를 통해 정체성 추구, 모성과의 갈등을 다루었다. 역시 개인적 차원에 머무르고 만다.

결국 50~60년대의 페미니즘의 보수화, 답보적 경향으로 시에서와 마찬가지로 남성이데올로기를 크게 벗어나지 못하는 범위 안에서 소극적이나마 여성의 정체성 찾기, 결혼과 성의 새로운 인식에 도전했으며, 공통적으로 낭만적 사랑을 통해 진정성을 추구하려는 경향을 보인다. 현실대응에 있어 적극적 개혁의지를 가지기 어렵다.

1970~1990년대의 주목할 만한 작가로 박완서, 오정희, 최명희, 김채원, 이경자 등을 들 수 있다. 중년여성의 정체성 찾기, 가부장제의 거부, 새로운 모성 찾기, 광기, 동성애 등 가려졌던 가치의 드러냄, 금기시되었던 윤리의 뒤집기, 개인의 성공이 아니라 '우리'의 성공으로 함께 가기, 배제되었던 성의 양성화 등이 자본주의 사회의 모순과 맞물려 다루어지고 있다. 괄목할만한 성장과 내실화로 여성문학의 풍성한 성과를 거두고 있다고 할 수 있다.

이상에서 여성소설 역시 초기의 혁명적 투신에서 식민지 질곡, 계급문학과 함께 한 시대, 현모양처주의, 안정된 결혼으로 도피하려는 경향, 여성해방론과 함께 급성장하면서 도시화, 파편화, 물질화되어 가는 현대의 병적 심리를 포착하는 다층적인 흐름으로 가고 있다고 말할 수 있다. 여성이기를 '거부'했고, 여성이기를 '주저'했고, 여성이기를 '주장'한다는[27] 표현으로 흐름을 압축한 데도 일리가 있다.

4. 전망과 과제

최근 한국문학연구회는 『페미니즘은 휴머니즘이다』(2000)라는 제목의 공동연구서를 발간했다. 페미니즘이 궁극적으로 휴머니즘을 지향한다는 것을 아예 선언하는 제목이다. 많은 사람들이 페미니즘 문학이 분리주의를 조장하고 남성우월주의의 역담론으로 여성의 우월성을 강조하는 등 역리작용을 할 것에 대해 우려한 것을 불식시키려는 시도로 볼 수 있다.

그러나 과연 그렇게 페미니즘은 곧 목적을 성취하고 과정으로서의 역할을 다하고 휴머니즘 속에 흡수될 것인가? 그렇지 않다. 무엇보다도 90년대 이후의 상황이 여성의 교육 수준 향상, 여권 향상 이외에 더 나아진 것이

---

27) 한국문학연구회, 『페미니즘은 휴머니즘이다』, 한길사, 2000, 28쪽.

없기 때문이다. 성의 상품화는 더욱 은밀하게 우리의 문화 곳곳에 침투해 있고, 여성 스스로 신현모양처주의에 빠지거나 가부장제가 재생산하는 여성성의 신화에 함몰되어 페미니즘 운동이 후퇴 혹은 유착상태에 빠져 있는 실정이다.

페미니즘 문학은 계속되어야 한다. 새로 유행하는 조류에 자리를 내어 주고 진부한 담론으로 물러날 수 없다. 제대로 된 여성문학사 한 권 쓰지 못했고, 아직도 많은 여성 작가들의 작품이 먼지를 쓰고 쌓여 있는데, 섣부른 낙관으로 휴머니즘을 논위하기엔 이른 시점이다.

다시 기본부터 시작해야 한다. 여성문학 작품을 발굴하고, 남성주의 시각으로 왜곡된 부분을 바로잡고, 문학성과 이념성을 조회한 페미니즘 문학 분석을 다원적으로 하면서, 여성문학사를 새로 써야 한다. 관점과 이론의 차이를 뛰어넘어 공통의 과제를 확인하고 끈기를 가지고 페미니즘 문학의 창작과 페미니즘 문학비평의 발전에 헌신해야 할 것이다. *

II. 나혜석 소설의 여성 의식과 계몽적 성격에 대한 연구
— 「경희」를 중심으로

박 현 주*

1. 서 론

나혜석(1896~1946)은 근대적인 여성 의식을 지닌 선구적인 인물이었다. 그러나 나혜석이 살았던 시대는 그러한 선구적인 의식이 운동으로 발현되거나 공론화 될 수 없었던 시대였다. 때문에 나혜석의 행적은 그의 이념적인 지향과는 무관하게 스캔들처럼 폄하되고, 그의 작품 역시 제대로 조명되지 못했었다. 그것은 비단 나혜석 뿐만이 아니라, 당대의 신여성들이 겪었

---

* 숙명여자대학교 강사.

던 어려움이기도 했다. 신여성은, 비록 관념적이지만 남녀가 평등한 인간이라는 의식 아래 출발한 신식 교육을 받았고, 그 안에서 인간으로서의 정체성을 확립하고자 한 인물들이었다.[1] 나혜석 역시 그러한 신여성이었던 것이다. 그러나 당시의 시대적 정황은 이들 신여성의 자각을 수용할만한 분위기가 아니었으며, 신여성 스스로도 자신들의 이념을 공론화하고 실질적인 힘으로 전화할 만한 역량을 가지지 못했다. 때문에 여성으로서의 정체성을 찾고자 하는 그의 노력은 계속해서 외부 세계와 부딪쳐야 했으며, 그 속에서 좌절해야 했던 것이다. 그럼에도 불구하고 나혜석은 자신의 이념을 현실 속에서 구현하기 위해 끊임없이 노력했다. 그 노력의 소산으로서 그의 소설을 읽을 수 있다.[2]

본고에서는 그의 작품 중에 대표작 「경희」(1918)를 살펴보고지 한다. 「경희」는 최근 여성문학계에서 새롭게 조명되면서 그 가치를 인정받고 있는 작품이다.[3] 그러한 이전 논의 중에서 「경희」는 계몽적 담론의 성과를 인정

---

1) 최혜실, 『신여성들은 무엇을 꿈꾸었는가』, 생각의 나무, 2000, 165~173쪽참조.

2) 나혜석이 남긴 소설은 「경희」(1918), 「회생한 손녀에게」(1918), 「규원(閨怨)」(1921), 「원한」(1926), 「현숙」(1936), 「어머니와 딸」(1937) 총 6편이다. 이 작품은 모두 『나혜석 전집』(이상경 편집, 태학사, 2000)에 수록되어 있다. 본고에서 살펴보고자 하는 「경희」의 텍스트는 전집에 수록된 것으로 한다. 이후 쪽 수만 표시한다.

3) 그러나 이 과정에서 간과해서는 안될 것이 과잉보호적 해석이다. 근대 초창기 여성 의식의 시작을 열었다는 문학사적인 의미를 부여하고자 하는 의도는 타당한 것이나, 보편적인 문학사적 가치를 냉정하게 평가하지 않는다면 여성 문학은 자신의 울안에만 갖혀버리는 자족적인 것이 되고 말 것이다 이상경의 『나혜석 전집』 서문에서 다음과 같이 진술한다. "1918년에는 도쿄여자 친목회가 낸 『여자계』에 구여성을 설득하여 신여성의 각성된 삶의 방식에 동의하게 만드는 실천적 삶을 그린 단편 소설 「경희」를 발표했다. 같은 시기 남성 작가의 많은 작품은 자신의 선택에 의한 자유 연애와 부모로부터 강요된 조혼 사이에서 갈등하는 청춘 남녀의 연애담이 주를 이루고 있었고 그 갈등의 해결은 절망적인 현실 도피이거나 관념적 초월이었을 뿐 현실의 벽에 진지하게 대면한 경우는 드물었다. 이에 비한다면 「경희」는 문제 제기와 갈등 해결의 현실성과 인물 묘사의 생생함에서 1910년대 단편 소설 중 가장 우수하다고 해도 과언이 아니다."(이상경, '나혜석—인간으로 살고 싶었던 여성', 『나혜석 전집』, 태학사, 2000, 20쪽) 이러한 평가는 어찌보면 타당하다 할 수 있다. 동

받은 바 있다. 분명히 「경희」는 1920년대 초기 신여성의 자각과 그 이념을 공론화하고자 한 의도가 많다. 그러나 그러한 의도가 계몽적 언술로서 합당하게 서사적으로 구현되었는가는 면밀히 따져보아야 할 문제이다. 선행 연구에서는 그 공론화한 작가의 의도를 평가하는데 치중하여, 실제 계몽을 하고자 한 담화 상의 주체의 성격이나, 공론화하고자 한 계몽적 언술의 성격을 살피는데는 미흡한 감이 없지 않다.

> 대부분의 계몽주의자는 앎-모름의 위계질서상 '앎'의 위치에서 교화자로 피교화자인 무지한 사람을 일깨우는데 나혜석은 그렇지 않다. 이를테면 당대의 대표적 계몽주의 작가 이광수의 소설과 비교해 보아도 춘원은 내포작가든, 서술자든, 인물이든, 혹은 서술 중개성을 무시하면서까지 텍스트에 침입하는 실제 작가의 모습이든, 계몽 주체의 객체에 대한 우위가 변치 않는다. 하지만 나혜석은 타자의 계몽에 덧붙여 자기 다짐이란 담화 양식으로 남성 중심사회의 반페미니즘 역풍과 신여성에 대한 왜곡을 바로잡고자 했던 것이다. 춘원의 민족개조론보다 나혜석의 신여성론이 덜 위선적인 이유가 거기에 있다.4)

위의 연구는 「경희」의 담화를 성공적인 계몽적 언술로 평가하고 있다. 그 근거로 담화 상의 계몽 주체가 다른 작품과는 달리 객체에 대한 일방적 우위를 보이지 않고 있다는 점을 들었다. 그러나 계몽적 언술이 갖는 보편적인 성격을 전제한다면, 이 평가는 오히려 「경희」의 담화는 계몽적이지 않다는 점을 강조해야 했다.

계몽적 언술은 계몽하고자 하는 주체의 선험적인 이념이 그의 외부 세계

시대의 남성 작가와 대응적 관점에서 비교 우위를 가진다는 것은 타당할 수 있다. 그러나 과연 작품성에 대한 독자적인 해석을 한다면, '갈등 해결의 현실성과 인물 묘사의 생생함'이라는 평가를 할 수 있을까 의문이다. 선험적인 것이 아닌가 한다.

4) 안숙원, 「나혜석 소설 「경희」의 담화론적 연구」, 『여성 문학 연구』, 창간호, 1999, 337쪽.

에서 실현될 수 있다는 주체의 의지가 있어야 한다. 그러한 주체의 욕구와 그것이 실현되어야 할 외부 세계가 평형과 조화를 이루어 안정되어야 주체와 대상 간의 성숙이 이루어 지는 것이다. 즉. 계몽하고자 하는 주체의 사적 영역과 공동체의 공적인 영역이 화해를 이루어야 한다. 이 과정에서 계몽 주체는 자신의 성숙함으로 대상을 교화할 수 있어야 한다. 이 때문에 계몽적 언술은 계몽의 대상보다 우위에 있는 것이다.

그러나 이러한 일치에서 오는 안정감은 결코 쉬운 일이 아니다. 이는 소설이라는 장르가 갖는 본질적인 문제이기도 하겠으나, 외부 세계가 이러한 주체의 의지를 수용할 생각이 없을 때는, 이 계몽의 의지를 갖는 주체의 이념이 주관화될 위험을 겪게 된다. 계몽적 언술이 소설이라는 장르와 만나 실현되기란 그래서 어려운 일이다.5) 나혜석의 소설 「경희」는 그러한 위험의 전제로부터 출발한다. 「경희」는 분명히 계몽적 언술의 성격을 지향하고 있다. 그러나 「경희」의 언술을 계몽적인 것으로 이해한다면, 그것은 성과보다는 한계를 거론해야 할지 모른다.

본고는 「경희」의 담화가 표방하고 있는 계몽적 성격을 밝히기 위해, 담화 상의 계몽 주체가 누구인가를 중심으로 접근하고자 한다. 만약 서술자가

---

5) 괴테의 소설 『빌헬름 마이스터의 수업 시대』를 통해 교양 소설의 가능성과 한계를 이론화한 루카치는 이 소설을 교육 소설이라 규정한 바 있다. 그런데 근대적인 양식으로서 소설은 이미 그 내부에 세계와의 화해를 도모하기 어려운 문제성을 지니고 있기 때문에 루카치는 교양 소설의 한계를 인정하고 있는 것이다. "사람들은 이러한 형식을 당연하게도 '교육 소설'이라고 불러왔는데, 그것도 그럴 것이, 이 소설의 행동이란 하나의 특정한 목표를 행해 나아가는 의식적이고 통제된 과정이기 때문이며, …… 중략 …… 이 소설에서 이렇게 해서 이루어지고 있는 것은 그 자체가 다른 사람을 교육시키고 개발시키는 하나의 교육 수단의 역할을 하고 있는 것이다. 이러한 목표에 의해 규정되고 있는 이야기의 전개는 안정감을 바탕으로 한 일종의 교요함을 지니고 있다. 그러나 이때의 고요함은 선험적 세계가 갖는 그런 고요함이 아니라, 궁극적인 안정성의 분위기를 창조해내려는 목적을 의식하고 또 이에 대해 확신을 갖는 교양을 향한 의지이다. 하지만 이러한 소설 자체가 갖고 있는 세계는 위험으로부터 완전히 벗어나지 못한다."(게오르그 루카치, 『소설의 이론』, 반성완 역, 심설당, 1985, 180쪽.)

계몽의 주체가 되어 자신의 목소리를 인물과 분리시킬 수 있었다면, 그래서 이 서술자가 인물을 전경화시켜, 인물 뒤에 있는 자신의 계몽의 의지를 독자들과 의사 소통을 할 수 있었다면, 「경희」는 제약이 있기는 하겠으나, 나름의 계몽의 언술구조를 형성할 수 있었을지 모른다. 그러나 담화상의 계몽 주체로서는 미성숙한 '경희'라는 인물과 같은 성격의 서술자라면 「경희」의 계몽 의도는 한계를 갖게 될 것이다.

2. 인물과 착종된 서술자

「경희」의 서사적 층위는 크게 전(1과 2), 후반부(3과 4) 둘로 나눌 수 있다. 이 소설은 사건 중심의 소설이라기 보다는 인물 중심의 소설이다. 사건이 부족하니 서사적 재미는 덜 하다. 그러나 이 소설의 전반부는 나름의 서사적 구조를 형성하고 있어 소설적 긴장이 있다. 그러나 그나마라도 전반부의 서술은 사건이라기 보다는 삽화 둘을 연결하여 둔 듯하고, 후반부는 주인공 경희의 번민과 좌절의 고백과 갑작스레 그 좌절에서 벗어나 각오를 다지는 자의식적 서술로 되어 있다.

특히 전반부의 서술은 대부분 인물 '경희'를 부각시키기 위한 장치이다. 「경희」의 서술자는 자신의 권위를 숨긴 채 인물 경희를 자신에게서 독립시키고자 전반부의 언술에서 무척 절제하고 조심하는 흔적을 보인다. 서술자는 경희의 행위나 언술을 자신의 것에서 독립시키고 객관적인 평가를 할 수 있도록 대부분의 정보를 경희어머니의 대화로 이전시킨다. 경희라는 인물은 경희어머니와 주변 인물 간의 대화나, 진술을 통해 간접적으로 제시되고 있다.

그러나 전반부의 언술에도 가끔씩 서술자의 어법과 인물의 어법이 혼용되면서 그 거리가 무너지기도 한다. 다음의 두 예문을 통해 확인할 수 있다.

> A : 경희는 굳게 맹세하였다. '내가 가질 가정은 결코 그런 가정이 아니
>   다. …… 중략 …… 오냐, 내가 꼭 하마 하였다.' 하였다.
> B : 1)경희는 속으로 기뻐한다. 2)무엇을 얻은 것 같다. 3) 떡장사가 다

> 시는 남의 흉을 보지 아니하리라 생각할 때는 큰 교육을 한 것도
> 같다.

위의 A예문은 경희의 속마음을 인용으로 처리하여, 서술자와 인물 간의 거리를 분명히 하였다. 그러나 B예문은 그렇지 않다. 1)과 2), 3)을 비교해보면 알 수 있듯이, 서술자의 어법이 인물의 어법과 일치되고 섞여 있다. '무엇을 얻은 것 같다'의 진술이 서술자의 객관성을 유지하려면 '무엇을 얻은 것 같다고 경희는 생각했다' 정도가 되어야 한다. 그런데 그 문장은 인물의 어법인지 서술자의 어법인지 모호한 채로 있다. 이러한 것은 3)도 마찬가지이다. 「경희」의 서술자는 이렇듯 인물 경희와 친밀하다.

이러한 친연성은 작품 후반부에 오면 전면적으로 제시된다. 이 때문에 전반부에 보이던 서사적 긴장이 후반부에 오면 깨지고 마는 것이다. 이제 문제는 전반부의 서사적 긴장이 후반부에 오면서 왜 급격하게 무너졌는가에 대한 것이다.

> 경희는 제 몸을 만져 본다. …… 중략 …… 크지도 않고 조그마한 이
> 몸 …… 이 몸을 어떻게 서야 할까. 이 몸을 어디로 향하여야 좋은가
> …… 경희는 다시 제 몸을 위에서부터 아래까지 훑어 본다. 이 몸에 비
> 단 치마를 늘이고 이 머리에 비취옥(翡翠玉簪)을 꽂아볼까. …… 중략
> …… 잘못하였다. 아아 잘못하였다. 왜, 아버지가 "정하자"하실 때에
> "네"하지를 못하고 "안돼요"했나. 아아 왜 그랬나 어떻게 하려고 그렇
> 게 대답을 하였나!(99)

위의 인용은 경희의 내적 독백 부분이다. 심리적 갈등과 번민이 안타까운 어조로 진술되어 있다. 분명 이 부분은 서술자의 진술이라기 보다는 인물의 내적 독백에 가깝다. 그런데도 인용 부호 없이 진행되어, 마치 내부적 시점으로 변화된 듯한 느낌마저 준다. 서술자와 인물의 어법이나 관점이 일치되었을 때 가능한 일이다. 서술자의 지각을 인물의 지각으로 대치시키면서,

인물의 관념과 자신의 생각을 일치시키고 있는 것이다. 서술자와 인물의 경계가 모호해지는 순간이다. 그런데 더 나아가 다음의 예문은 서술 시점이 완전히 변용되어 있음을 보여준다.

> 과연 그렇다. 나 같은 것이 무얼 하나. 남들이 하는 말을 흉내내는 것이 아닌가. 아아 과연 사람 노릇하기가 쉬운 것이 아니다. 남자와 같이 모든 것을 하는 여자는 평범한 여자가 아닐 터이다.(100)

이러한 인물과 서술자의 혼용은—현대적 의미의 심리 소설 기법을 추구한 것이 아니라면—사아와 대싱 간의 구분을 하지 못했던, 작가의 서술 태도 때문이다. 만약 서술자와 인물의 어법이 분리되어 인물의 갈등이 객관적으로 제시되었다면, 독자들은 서술자의 중개의 지점에서 인물에 대해 비판적인 관점을 유지할 수 있었을 것이다. 다시 말해 서술자의 관념이 인물의 관념 우위에 있었다면 독자들은 인물의 독백을 좀더 비판적으로 이해하고자 하였을 것이다. 그렇게 된다면 비록 담론 상의 계몽 주체는 경희라는 인물이라 하더라도 독자는 숨은 서술자의 계몽적 언술을 엿들을 수 있었을 것이다. 그러나 「경희」의 서술자는 그렇지 못했다. 인물과의 분리를 감당할 수 없었던 것이다. 「경희」의 서술자는 인물과 착종되어 비판적 거리를 얻지 못했다. 때문에 실질적인 계몽 주체는 경희라는 인물이 되고, 그 인물의 언술이 주제를 형성하게 된다.

3. 미성년의 계몽적 언술과 소통의 미완

이제 이 작품의 언술적 특징은 소설 「경희」가 무엇을 계몽적 내용으로 공론화하고자 한 것인가를 따져 보면서 해명되어야 할 것이다. 앞서 살펴본 바 이 소설의 계몽적 주체는 당연히 '경희'이다. 그런데 '경희'는 일본 유학을 하고 있는 신여성이면서도, 신여성 답지않은 여성이다. 신여성답다는 것은 일본에서 유학을 하고 있다는 사실과, 근대적인 인간형에 대한 자각을 하고 있는 인물이라는 것이며, 신여성 답지 않다는 것은 전통적이고 봉건적인 여성의 가정사를 중히 여기며 집안 일에 매우 능숙하고 그것을 즐긴다는 사실 때문이다.6) 두가지 면은 모순적이다. 그런데 이러한 모순이 경희에게 있다. 그것은 인물의 이념과 실제가 이원화된 결과이다.

그런데 사돈마님과 같은 다분히 관습적이고 상식적인 인물들이 신여성에 대한 편견을 씻을 수 있었던 계기는, 오히려 경희의 신여성 답지않은 면 때문이다. 다음의 예문에서도 볼 수 있듯이, 그 계기는 전통적인 가정 부인네들보다도 오히려 부지런히 집안 일을 더 잘 한다는 것이었으며, 일본 유학을 보내놓고 걱정하는 부모들이 경희에 대해 안심하는 계기도 그런 봉건적인 여성의 모습을 잃지 않고 있다는 것이었다.

신여성이 모두 건강하고 부지런하지 않다는 것은 아니나, 이러한 경희의 모습만이 강조되어 주변 인물이 각성된다면, 신여성으로서의 자각을 계몽하는 것이라 볼 수 없다. 계몽의 실제 내용은 사라지고, 오히려 신여성이라는 위치가 약점이 되어버렸으며, 그 약점을 덮고 좋은 평가를 받을 수 있었다는 근거가 그녀를 전통적이고 가부장적인 가족 제도 내에서, 착실하고 부지런히 집안일을 하는 여성으로 보일 수 있었다는데 있다. 대단한 아이러니가 아닐 수 없다.

> "애기가 바느질을 다 해요?"
> "네, 바느질도 곧잘 해요. 남정의 웃옷은 못하지요마는 제 옷은 꿰매
> 어 입지요."
> "아이구, 저런, 어느 틈에 바느질을 다 배웠어요. 양복 속적삼을 다
> 해요, 학생도 바느질을 다 하나요."
> 이 마님은 과연 여학생은 바늘을 쥘 줄도 모르는 줄 알았다. 더구나

---

6) 최혜실은 이러한 '경희'의 모습을 "모범생 콤플렉스"리고 규정했다. "그러나
　가정 일과 사회 일을 병행시킬 수 있다면 왜 수많은 여성들이 공적 영역에서
　자신의 역할을 포기하고 사적인 영역안 가정에 머물러 있겠는가"라는 언급을
　통해 경희라는 인물이 현실성을 담지했다기 보다는 이념화된 인물이라는 규
　정을 내린 것이다. (최혜실, 위의 책, 250쪽 참고.)

경희와 같이 서울로 일본으로 쏘다니며 공부한다 하고 덜렁하도 똑 사
내 같은 학생이 제 옷을 꿰매어 입는다는 말에 놀랐다.(84)

경희는 앞치마를 치고 마루 끝에 서서 서투른 칼질로 파를 썬다.
"어느 틈에 김치 담그는 것을 다 배우셨어요. 날마다 다니며 보아야
작은 아씨는 도무지 노시는 것을 못 보았습니다. 책을 보시지 않으면
글씨를 쓰시고 바느질을 아니 하시면 저렇게 김치를 담그시고 ……."
"여편네가 여편네 할 일을 하는 것이 무엇이 그리 신통할 것이 있
소."
"작은 아씨 같은 이나 그렇지 어느 여학생아 그렇게 마음을 먹은 이
가 있나요."(87)

김 부인은 과연 경희가 일하는 것을 볼 때마다 큰 안심을 점점 찾았
다. 그것은 경희를 일본 보낸 후로는 남들이 비난할 때 마다 입으로는
말을 아니하나 항상 마음으로 염려되는 것은 경희가 만일에 일본까지
공부를 갔다고 난 체를 한다든지 공부한 위세로 사내같이 앉아소 먹자
든지 하면 그 꼴을 어떻게 남이 부끄러워 보잔 말인고(95)

계몽의 주체가 그 계몽의 언술을 공론화하여 소통하고 대화를 유도할 수
있으려면 그 각성이 주체적이어야 한다. 주체적인 각성에 의해 도출된 이념
이어야만 공적인 영역과 사적인 영역은 화해를 이룰 수 있다. 그렇지 않다
면 사적 영역과 공적 영역은 무한히 분리되고 만다. 경희는 아직 그러한 주
체적인 각성을 현실 속에서 공론화 할 수 없을 만큼 어리다. 그렇기 때문에
이념이 그를 지배하게 되고, 그것을 담지할 만한 현실의 조건이 아닐 때는
그 이념에 현실이 압도되어 버린다.
경희는 자유 의사로 자신의 삶을 이루어야 한다는 근대적 자각과 그 의
지를 실현하는 것을 중요하게 생각한다. 그러한 자각이 일차적으로 부딪치
는 현실은 전통적이고 봉건적인 결혼 제도 였다. 경희라는 인물은 그러한
현실에 부딪쳐 자신의 이념을 사적인 영역과 일치시키는데 아직은 버거운

인물인 것이다.[7] 계몽의 "문제는 이성을 사용하는 것이 스스로 요청하고 있는 공적인 형태를 어떻게 띨 것인가를 아는 것이며, 또 어떻게 개인들이 가능한 한 충실하게 복종하고 있는 동안에도 알려고 하는 용기를 백주대낮에 실행에 옮길 수 있는 가를 아는 것"[8]이기 때문이다.

> 계몽이란 우리가 마땅히 스스로 책임져야 할 미성년 상태로부터 벗어나는 것이다. 미성년의 상태란 다른 사람의 지도 없이는 자신의 지성을 사용할 수 없는 상태이다. 이 미성년 상태의 책임을 마땅히 스스로 져야 하는 것은, 이 미성년의 원인이 지성의 결핍에 있는 것이 아니라, 다른 사람의 지도 없이도 지성을 사용할 수 있는 결단과 용기의 결핍에 있을 경우이다. …… 중략 …… 이성의 공적인 사용은 언제나 자유롭지 않으면 안 된다. 이 이성의 공적인 사용만이 인류에게 계몽을 기져올 수 있다.[9]

이러한 관점에서 본다면, 전반부의 서사적 긴장이 후반부에 오면 자의식의 표출이 과다해지면서 깨지게 된 것은 당연한 귀결일 것이다. 작품의 후반부는 현실이 부족하여, 서사성을 많이 잃어버렸다. 그것은 경희라는 인물이 지닌 이념이 현실의 제약과 부딪치면 얼마나 힘없이 무너지는가를 보여주는 것이다. 작품 후반부 「경희」의 담화는 이념과 현실의 대결을 피해 인물의 자의식 속으로 갇혀버리고 민다.

담론 상 전반부는 아직 그러한 현실이 문제시 되지 않았다. 그 때문에 인물은 자신의 이념을 표면적으로 드러내지 않으며, 이념의 우위를 도도하게 유지할 수 있었다.

---

7) 물론 경희라는 인물이 가부장적인 결혼 제도의 억압적 현실과 부딪쳐 무기력하게 포기하거나 절망하지는 않는다. 끊임없이 번민하는 과정을 제시하면서, 자신의 용기에 놀라고 자신의 의지에 힘을 쏟아 붓는다. 그러나 그것 역시 자의식에 의한 이념의 강조일 뿐 그것이 자신의 사적인 삶이 되지는 못했다.

8) 미셸푸코, 「계몽이란 무엇인가」, 『모더니티란 무엇인가』, 민음사, 1994, 347쪽.

9) 임마누엘 칸트, 『칸트의 역사 철학』, 이한구 역, 서광사 1992, 13~15쪽.

경희는 쇠귀에 경을 읽지 하고 제 입만 아프고 저만 오늘 저녁에 또
이 생각으로 잠을 못 자게 될 것을 생각하였다. 또 말만 시작하게되면
답답하여서 속이 불과 같이 탈 것, 자연 오랫동안 되면 뒷마루에서 기
다릴 것을 생각하여 차라리 일절 입을 다물었다.(83)

위의 예문에서처럼 경희라는 인물은 전반부의 언술 구조 어디에서도 계
몽적인 언사를 드러내지 않는다. 직접적인 대결을 피할 수 있었기 때문이었
다. 그 때문에 서술자는 인물과의 객관적인 거리를 유지하는 냉정함을 보일
수 있었다. 그러나 현실에서 강력한 가부장제의 권위와 맞대결을 벌여야 하
는 상황에서는 서술사도 냉정함을 더 이상 유지할 수 없었던 것이다. 앞서
살펴 본 것처럼 냉정함을 잃은 서술자는 이 지점에서 인물과 착종된다. 경
희라는 인물과 착종된 서술자는 더 이상 자신의 이념을 사적인 영역에 일치
시키지 못한 채, 더욱 심한 관념으로 빠져들고 만다. 이 작품의 후반부의 인
물의 자의식의 격정적인 고백은 그러한 점을 반증해준다.
    서술자와 착종된 경희의 내적 독백을 통해 독자들은 경희라는 인물의 인
간적인 고민을 이해할 수는 있겠지만, 그의 이념을 공적인 것으로 받아들일
수는 없게 되었다. 독자들은 이러한 인물과 근대적인 여성의 정체성을 찾으
려는 문제를 소통하고 토론할 수 없게 된다. 다만 어린 여학생의 고민에 찬
자의식을 동정할 수 있을 뿐이다.
    이상의 분석에 기반한다면, 「경희」의 언술은 계몽적 의도를 보이고는 있
으나, 계몽적 언술로 읽을 수는 없다는 결론이 난다. 「경희」는 신여성으로
서의 자각을 공론화하고자 한 개인이 그것을 용납하지 않는 시대와의 대결
을 버거워하는 비극적안 언술인 것이다. 이 지점에서 「경희」의 가치를 평가
해야 하지 않을까 한다.

4. 결 론

나혜석이 살았던 시대는 나혜석의 자각에 비해 늦게 움직이는 시대였다.

이러한 시대는 그 자각을 한 천재를 주변인으로 소외시키고 그를 절망하게 한다. 그러한 시대에 「경희」는 출현만으로도 큰 의미를 지닌다. 본고는 이러한 선구적인 업적을 전제로 나혜석의 대표작 「경희」의 언술 층위를 서술자와 인물과의 관계 양상을 중심으로 살펴보았다. 그것을 통해 「경희」의 담화를 계몽적 언술로만 이해하는 것은 한계가 있음을 논증하고자 했다.

문제의 관건은 누가 성숙한 계몽 주체인가 하는 것이었다. 또한 그러한 주체의 이념이 충분히 현실 속에서 공론화되어, 주체의 사적인 영역과 외부의 공적 세계가 화해할 수 있었는가도 문제이었다. 이를 해명하기 위해 본고는 「경희」의 서술 층위를 전,후반부로 나누어 보았다. 그 나눔의 기준은 언술이 서사성을 얼마나 갖는가 였다. 이는 서술 표면에서 확연히 갈라지는 지점이기도 했다. 다음으로 서술상의 계몽 주체와 전경화된 인물 뒤에 실제적인 계몽 주체를 살펴보았다. 그러나 「경희」의 서술자는 인물보다 우위에서 독자들과 이념의 공론화라는 계몽의 의도를 소통하지 못했다. 「경희」의 서술자는 인물과 비판적인 거리를 두지 못한 채 인물과 착종되고 말았다. 본고는 이를 인물과 서술자의 어법과 관점이 일치한다는 점으로 검증했다. 즉, 전반부의 「경희」의 서술자는 독자들에게 인물을 중개하고자 하는 절제된 노력을 했다. 그러나 그 절제는 실제 모순된 현실에 부딪치면 무너지고 만다. 그것은 미성숙한 인물과, 서술자가 착종되었기 때문이다. 둘 다 이념이 현실에 부딪치는 것을 성숙하게 해결하지 못한다. 때문에 「경희」의 계몽적 언술은 불안한 것이 되었다.

「경희」의 언술은 계몽적 언술의 의도를 지닌다. 그러나 그것은 미성년의 것이었다. 그 미성년의 언술은 위압적이고 거대한 봉건적 현실과 대응할 힘이 아직 없었던 것이다. 때문에 작품 후반부에서 인물의 각성의 의지가 보임에도 불구하고, 서사적 구조내에서 인물은 현실과의 대결을 피하고 마는 것이다. 이 때문에 「경희」의 계몽적 언술의 의도는 실패하게 되는 것이다.

본고는 이를 미성년적인 계몽이라 정리하고자 했다. 미성년은 성장할 것을 전제로 한 말이지만, 나혜석의 「경희」는 그후 성년이 되지 못했다. 그 이유는 나혜석 개인의 문제가 아니라, 시대적인 한계였던 것이다. 현실은 자각한 여성들의 선진적인 노력을 풍문화하고 무시했다. 즉 「경희」의 미완성의 담론이 이후 좀더 성숙한 문제를 공론화하고 자신의 사적 영역과 공적인 영역의 행복한 일치를 구가할 수 있었던 시대가 아니었던 것이다. *

Ⅲ. 여성의 존재 확인과 욕망의 형상화
— 강신재의 1950년대 소설을 중심으로

송 경 란*

1. 서 론

해방 이후 한무숙을 선두로 임옥인, 손소희, 강신재, 박경리, 한말숙, 정연희 등의 여성작가들이 활발한 창작활동을 한다. 이들은 이전의 여성작가들이 문단에서 소수의 여류라는 이유로 작품을 발표만 하면 게재[1]었던 것과 달리 추천이나 현상공모라는 등단의 정식절차를 밟아 등단한 작가들이다. 그래서 기성의 남성 중심 문단에 편입되지 않고 여성작가로서의 독자적인 위치를 차지하게 된다. 이는 여성의 창작 활동을 하나의 문화적, 제도적 관행으로 정착시키고, 여성 특유의 경험과 감각을 반영한 글쓰기를 문학적 · 사회적으로 인정받게 되었다는 점[2]에서 중요한 의의를 지닌다고 하겠다.

　이러한 여성작가들 가운데 강신재는 1949년 『문예』지를 통해 「얼굴」과 「정순이」로 등단한다. 그는 이후 1994년 『광해의 날들』을 발표하기까지 90여 편의 중 · 단편소설과 30여 편의 장편소설을 꾸준히 창작한다. 강신재는 주로 1950년대에는 전후를 배경으로 여성들이 현실에서 느끼는 심리적 갈

---

* 숙명여자대학교 강사.

1) 손소희, 「여류문학 50년을 회고한다(좌담회)」, 『여류문학』 창간호, 1968, 178쪽.
2) 홍기삼, 「역사와 운명 사이의 여성 – '감정이 있는 심연'에서 '생인손'까지 한무숙의 주요 작품 재조명」, 『문학사상』, 1994. 3, 245~246쪽.

등이나 애정윤리를 다룬 단편소설을 창작한다. 그리고 「젊은 느티나무」를 기점으로 1960년대부터는 사회문제와 밀착된 내용을 다루었고, 역사소설이나 장편소설을 창작하는 데 의욕을 보인다.

강신재 소설에 대한 단평들은 대표작 「젊은 느티나무」를 중심으로 소설 기법적 측면과 내용이나 주제적 측면에서 이루어졌다. 주로 그의 섬세하고 감각적인 문체를 특성으로 지적[3]하거나 소설의 내용과 주제면에서 강신재 소설의 여성문학적 특성을 지적[4]하고 있다. 이들은 여성을 중심으로 한 남녀관계에 관심을 둔다는 점, 정서 유발이나 섬세한 상징을 통해 작가 특유의 감수성을 나타낸다는 점에서 강신재를 여성 고유의 특징을 지닌 작가로 본다. 한편 고은, 정태용, 김우종 등[5]은 강신재의 소설이 세계에 대한 비극적 인식을 바탕으로 하고 있다고 본 반면에 윤병로, 조연현, 이어령, 정규웅 등[6]은 강신재 소설의 따뜻한 휴머니티나 사랑의 순수 갈등에 초점을 맞춘 낙관적인 면을 지적했다.

강신재에 대한 본격적인 논의에서는 그의 소설을 여성문학적 특성을 기반으로 하여 평가하고 있다. 그래서 그의 소설을 '서정적 단편소설'로 평가[7]하거나 애증 위주의 인물 갈등양상[8]과 총괄적인 해석을 유보한 서술태도와 실존적 인식[9], 서정성 확보와 여성성의 점맥[10]을 그의 소설적 특성으로 본다.

---

3) 권영민, 『한국현대문학사』, 민음사, 1993, 166쪽 ; 구인환, 「한국 현대 여류작가의 기법」, 『아세아여성연구』 제9집(1970. 12), 188쪽.

4) 김주연, 「한국현대여류작가론」, 『현대문학』(1968. 1), 355쪽.

5) 고은, 「실내작가론-강신재론」(『월간문학』, 1969. 11) ; 정태용, 「강신재론」, 『현대문학』, 1972. 11, 22~26쪽 ; 김우종, 『한국현대소설사』, 성문각, 1994, 350쪽.

6) 윤병로, 「따뜻한 휴머니티-강신재편」, 『신한국문학전집』, 어문각, 1976, 541~543쪽 ; 조연현, 「강신재 단상」, 『현대문학』, 1972. 11, 22~26쪽 ; 이어령, 「강신재 소설 속의 인간상」, 『장미밭의 전쟁』, 기린원, 1986, 110~113쪽 ; 정규웅, 「내밀한 조화의 세계」, 『문학사상』, 1975. 1, 358~392쪽.

7) 정영자, 「강신재 소설 연구」, 『수련어문논집』 11, 부산여대, 1984. 2, 51~70쪽.

8) 양윤모, 「전쟁과 사랑을 통한 현실인식」, 송하춘, 이남호 편, 『1950년대의 소설가들』, 나남, 1994, 359~376쪽.

9) 이다영, 「1950년대 강신재 소설 연구」, 연세대학교 석사학위논문, 1994.

이 글에서는 이러한 논의를 바탕으로 강신재가 해방 이후 1950년대 소설에 발표한 작품 「정순이」, 「안개」, 「제단」을 대상으로 하여 여성소설적 특성을 구명해 보고자 한다. 그러기 위해서 여성인물의 문제상황과 심리적 갈등이나 변화가 어떻게 형상화되고 있는가를 고찰하여 그 의미를 밝혀보기로 하겠다.

2. 여성의 존재 확인과 그 한계 : 「정순이」

「정순이」(『문예』, 1949. 11)는 간단히 말해서 지나치게 소심하고 자신감이 없는 여성 정순이가 진학도 포기하고, 사랑하려던 사람도 동생 정옥에게 넘겨주게 된다는 내용의 작품이다.

정순이는 "특별히 인물이 못생겼다거나 남의 말을 얼른 새겨듣지 못하리만큼 둔하지" 않음에도 불구하고 4년제 여학교를 졸업한 후 집에 들어앉아 '자진해서' '부엌데기'가 된 인물이다. 여동생 정옥이의 뒷치닥거리를 비롯해서 일체의 집안일을 마치 식모처럼 도맡아 한다.

> 정순이는 아무에게 대해서고 자신을 가저 본 일이 없다. 사람에게 대해서 뿐만 아니라 스무살이 라는 오늘날까지 제가 행한 일이나 사물에 관해서 자기를 만족히 여긴 적은 없는 것이다.
> 그는 특별히 인물이 못 생겼다거나 남의 말을 얼른 색여 듣지 못하리 만큼 둔하다는 것도 아니었다. 그만하면 모양을 내고 거리를 나다니든 책을 펼쳐 들고 심각한 표정을 짓건 아무도 무어랄 사람은 없음즉 하였으나 어째선지 그는 모든게 부끄러워 쥐구녁만 찾게스레 성미를 타고 났던 것이다.[11]

위의 인용문에서 정순이는 지나치게 소심하고 자신감이 없는 여성으로 서술되어 있는데, 이는 기존의 가부장적 사회에 순응하며 살아가는 전통적

---

10) 김미현, 「서정성, 감각성, 여성성」, 한국문학연구회 편, 『페미니즘과 소설비평』, 한길사, 1997, 111~157쪽.
11) 강신재, 「정순이」, 『문예』, 1949. 11, 94~95쪽.

인 여성의 이미지를 극단적으로 보여주는 것이라 하겠다. 정순이는 스스로도 자신을 만족스럽지 못한, 평범한 인물로 인식하고 있다.

그런 정순에게 "애인이라는 게 생긴 것"은 믿을 수 없는 일인 것이다. 사실 '애인'이라고 칭하기는 했지만 정순이는 B를 보자마자 피하려 하고 그의 편지에 수치심까지 느낀다. 그러다가 B의 연애편지에 부끄럽지 않은 답장을 해야겠다는 결심으로 몰래 답장으로 써보기도 하지만 마무리도 하지 못하고 찢어버리게 된다. 이러한 행동의 중첩반복은 정순이의 행동에 변화가 있을 것임을 암시한다. 따라서 정순이가 회답을 하고 싶다는 뜨거운 욕망도 가지게 되고 데이트하는 장면도 상상할 수 있게 되는 것은 개연성이 있어 보인다. 그런데 주체로서 정순이가 객체(욕망)가 되는 '회답하는 일'을 포기하게 된다. 그것은 B가 동생 정옥에게 쓴 편지의 내용이 적대자 기능을 하기 때문이다. 그 편지에서 정순이는 '백치에 가까운 얼빠진 정신의 소유자'로, 정옥이는 '아름다운 육체에 발랄한 감정과 지성을 갖춘' 여대생으로 대조되어 있다. 이로써 애정문제 때문에 정순에게 정옥은 라이벌이 된다.

그러나 정옥이가 언니 정순이의 눈치를 보는 행동을 함으로써 정순이는 자신이 '언니'라는 존재임을 확인하고 자부심을 갖게 되어, 정옥과 B의 사랑을 돕는 조력자가 되기로 한다. 여기서 정순이는 타인을 위해 헌신적인 인물인 반면에, 정옥이는 이기적이고 파렴치한 인물이라 할 수 있다. 사실상 적극적이고 활동적인 정옥이는 지나치게 소극적이고 자기비하적인 정순이와 비교해서 볼 때 긍정적 가치를 가지며, 그러한 삶의 전망은 밝은 것처럼 보인다. 그러나 당대 사회에서 정옥이와 같은 신여성이 반드시 긍정적으로 평가받은 것은 아니다.

이 작품에서는 가부장제 사회에서 긍정적으로 받아들여지는 순종적이고 전통적인 여성 '정순이'와 당대에서 신여성이라 하여 다소 자유분방해 보이는 근대적인 여성 '정옥이'가 대조적인 인물로 존재한다. 두 자매의 성격과 행동은 '순종 / 반항, 소극 / 적극, 자신없음 / 대담성, 애인을 빼앗음 / 얻음, 브라우스를 줌 / 받음'이라는 대립적인 의미를 가지면서 이야기를 형성하는 것으로 보인다. 그리고 정순이를 초점화하여 그의 존재 확인 과정을 서술하고 있는데, 이 점에서 정옥이보다는 정순이를 우호적으로 서술하고 있음을 알 수 있다. 이것은 정순이의 모습에 당대의 현실을 투영함으로써 정옥이와 같은 현대적 여성의 존재와 더불어 어떠한 가치판단을 해야 할지 독자에게 의견을 묻는 강신재의 이야기 방식이라고 하겠다.

> 정순은 중얼중얼 하였다. 그리고는 방바닥을 무릎으로 집고 이러나 브라우스의 고대며 겨드랑밑을 만져 주었다. 그리고 만족한듯이
> 「아무래도 좀 넓다. 한센치씩만 양옆을 주려 …… 이렇게 …… 지금 벗어. 내 주려 줄게 …… 정말 바늘이 저방에 있지 …… 바루 이자리에서 고쳐버려야지 …… 그런데 저 괭이가 왜 저렇게 남의 석류 열매를 저렇게 곧장 못살게 굴어 …… 옛! 쉿! 이놈의 괭이! 쉿! …… 12)

작품의 말미에서 정순이는 그동안의 침묵을 깨고 자신의 감정을 노출하게 된다. 정순이는 대화장면에서 발화의 주체가 되면서 언니 노릇을 하려는 모습을 보여준다. 그리고 “저 괭이가 왜 저렇게 남의 석류 열매를 저렇게 곧장 못살게 굴어”라고 동생을 비유적으로 원망해 봄으로써, 자신에게 솔직해지려는 모습을 보인다. 결국 정순이는 동생과의 연적 관계를 청산하기로 마음 먹으면서 감정에 솔직해 질 수 있게 된 것이다. 따라서 욕망이 좌절된 것이 아니라 이를 지연시킴으로써 자신의 존재를 확인하게 된 것으로 보인다. 특히 결말에서 정순이가 브라우스를 동생에게 입혀주는 행위의 서술과 그녀의 중얼거림 즉 내적 독백을 통해 변화된 정순이의 마음을 보여준 것이라 하겠다. 그리하여 정순이의 순종적인 태도를 부정하면서도 이를 결코 거역할 수 없는 당대인의 입장을 반영한 것이다. 「정순이」는 단순한 부엌데기에서 벗어나 ‘형’ 즉 ‘언니’라는 사회적 지위를 인정받고 만족해 하는 정순이의 모습을 통해 존재와 지위를 인정받고자 하는 여성의 욕망을 느낄 수 있

---

12) 강신재, 위의 글, 103쪽.

게 한다. 이것은 가부장적 사회에서 여성이 살아가기 위해서는 현실에 순응할 수밖에 없다는 현실적 한계를 보여주는 것이며, 집안에서라도 살림하는 여성의 지위가 인정받아야 함을 강조한 것이라 하겠다.

3. 여성의 자아 실현을 위한 글쓰기의 어려움 : 「안개」

「안개」(『현대문학』, 1956. 9)는 아내의 글쓰기를 둘러싼 부부의 갈등을 다룬 작품으로, 남편의 일그러진 자존심과 봉건적 여성관이 야기하는 우스꽝스럽지만 심각한 갈등양상을 보여준다. 이 작품에서 남편은 문학적 재능을 인정받는 아내에 대해 열등감을 보이며, 아내의 소설 창작에 장애물이 되는 인물이다. 반면에 아내는 그런 남편을 비판하기보다는 안타까워하고 자신의 삶의 한계를 인정하고 좌절하는 인물로 그려져 있다.

남편 형식은 별다른 경제활동은 하지 않으면서도 아내가 사회활동을 통해 돈을 버는 일에 대해 반대한다. 아내 성혜가 소설 쓰는 행위에 대해 못마땅하게 여기지만 성혜의 창작에 어느 정도 지도를 하기도 한다. 그러나 자신이 창작한 시는 별 반응을 얻지 못하고 룸펜의 모습을 보여줄 뿐이다.

다른 여인들로부터도 업신여김을 당하고 룸펜의 생활을 하면서도 부인 앞에서는 자신의 권위를 유지하기 위해 안간힘을 쓰기도 한다. 그러나 남편의 권위는 잃어버린 지 이미 오래인 것이다. 여성의 직업을 둘러싼 갈등을 다룬 50년대의 유일한 작품이다. 성혜는 여학교 교원자격 정도를 가지고 있는 인텔리지만 남편 형식의 반대로 집밖에 나가서는 일을 할 수 없어 '비위생적일 뿐 아니라 돈벌이도 안되어 성에 차지 않는' 내직에 종사하고 있다.[13]

다른 일을 해 보려는 성혜와 그것을 인정하지 못하는 형식 사이엔 끝나지 않을 것 같은 절망적인 언쟁만이 오갔다. 성혜는 차라리 남편 몰래 글이라도

---

13) "대다수의 남성들은 아내가 돈을 벌어오는 것, 자아성취를 하는 것은 좋지만 어디까지나 자신에게 불편을 주지 않는 한도에서, 즉 여성이 가정 우선의 태도를 가지고 형편에 따라 직장을 그만둘 수도 있고 시간제로 돌릴 수 있는 경우에만 직장을 가질 것을 원하고 있(었)다."(조혜정, 「여성과 직업」, 『한국의 여성과 남성』(문학과지성사, 1988), 147쪽 참조)

써보자며 소설쓰기를 시작한다. 남편에게 내색도 하지 않고 틈틈히 써 온 소설이 저명한 잡지에 실리게 되면서 성혜와 형식의 내면적 갈등은 심각해진다.

> 빨각 빨각하는 이 아흔 장의 지폐는 요즈음의 성혜에게 있어 무엇보다 귀하게 여겨지는 물건이었다. 요 이삼년내 성혜들 부처는 자기네 몸에 걸쳤던 외투나 저고리나 또는 책이나 — 무엇이고 들고 나가 바꾸어 오는 이외에은 쉽사리 이것을 획득하는 길이 없었던 것이니까. ……그러나 빨래를 끝마치고 돌아와 책상 앞에 앉은 성혜의 이마는 점점 더 짙은 그늘에 쌓여져 가는 것만 같았다. 그의 가슴에는 클로즈업된 형식의 얼굴이 쉴새 없이 오락가락 하고 있다.[14]

성혜는 당장 요긴한 원고료를 받고도 남편이 어떻게 생각할까 걱정하며 마음을 놓지 못한다. 아내는 집안에 있어야 한다는 형식의 지론 뒤에 '어쩌면 무엇과도 바꿀 수 없이 귀중한 아름다움이 숨어 있을런지도 알 수 없다고 생각하고' 성혜는 '체념에 가까운 반성에 늘 사로잡히면서 남편을 따르고 있었'다. 몰래 소설을 쓰며 '구물푸리'의 내직이라는 답답하고 비능률적인 생활수단의 멍에를 벗어버리려고 부단히 애를 써 온 결국은 남편을 반역한 아내가 되어 버렸다는 무거운 생각을 갖는 것이다.

아내에 대한 열등감으로 저열한 행동을 보이는 남편과의 갈등이 주로 묘사되고 있다. 자신의 문학적 능력에 비해 월등한 능력을 지닌 아내를 제대로 인정해주지도 못하면서 겉멋만 부리는 남편과 어려운 경제형편 때문에 주인공 성혜는 이중고를 겪으면서 질식할 듯한 생활을 영위하고 있다. 이처럼 한치 앞을 내다볼 수 없거나 무거운 습기로 짓누르는 것이 바로 성혜의 인생 자체라는 사실이 이 작품에는 짙은 밤안개로 상징화되고 있다. 때문에 이때의 안개는 성혜의 심리적 환경이자 정서적인 배경으로 작용[15]하게 된다.

소설을 발표하게 되었다는 성혜의 얘기를 듣고 묵묵부답이던 형식은 유

---

14) 강신재, 「안개」, 『회화』, 계몽사, 1958, 237쪽.
15) 한국여성소설연구회, 앞의 책, 122~123쪽.

명한 평론가 윤씨를 만나 자신이 쓴 시를 보여주게 됐다며 화 대신 자랑을 늘어놓는다. 다음날 일이 뜻대로 되지 않자 ㄱ 화살을 성혜에게 돌린나. 성혜의 재능과 유명세에 열등감을 느끼며 일그러진 자존심을 세워 보려 안간힘을 쓰는 형식은 감정적으로 아내를 시기하지만 이성적으로는 그것을 받아 들여야 한다고 생각하며 아내가 '구물푸리'일을 하지 않도록 조처한다. 대신 그는 일그러진 자존심을 회복하기 위한 수단으로 성혜의 소설작업에 적극적으로 개입한다. 놀랄 만한 열성으로 격려까지 하며 아내가 쓰는 원고를 일일이 읽어보고 붉은 잉크로 주를 달아서 고치게 하며 때로는 새로이 긴 구절을 삽입하기도 한다. 이러한 형식의 행위는 아내를 인정하는 적극적인 자세가 아니라 소설가 성혜가 자기보다 못한 존재임을 확인하려는 열등감의 소산일 뿐이다. 그는 성혜에게 소설의 주제나 구상을 말하게하고는 가혹한 악평을 하여 손도 대지 못하게 하는가 하면 자기가 주제를 주면서 쓰라고도 한다. 소설창작에 형식이 간섭하기 시작하자 성혜는 한 줄의 글도 제대로 쓰지 못하고 자신감을 잃어 간다.

첫번째 소설이 잡지에 게재된 뒤 청탁받은 작품은 형식의 눈도 거쳐서 잡지사로 넘어간다. 그때 형식이 빼기를 강력히 주장한 독백 장면이 계기가 되어 화해를 가장한 그들의 연극은 끝이 난다.

성혜는 독백장면이 팽이의 중심과 같아 그것을 건드리면 작품의 완결성에 손상이 온다고 생각하지만 형식은 군더더기일 뿐이라고 주장한다. 망설인 끝에 성혜는 편집자인 <저명한 작가> 최씨에게 독백장면을 생략하는 것이 좋다고 생각하면 빼달라는 편지와 함께 원고를 보낸다. 그녀는 독백장면이 빠지지 않을 것을 거의 확신하면서도 남편의 강요 때문에 갈등하다가 타협책을 찾은 것이다. 독백장면이 삭제됐으리라 생각한 형식은 자신이 열심히 봐준 덕에 성혜의 작품이 나아졌다며 최씨에게 큰소리친다. 불필요한 장면 같은 걸 삽입해서 되겠냐는 얘기에 아연해 하던 최씨의 모습을 뒤늦게 떠올리고 형식은 자신의 실수를 알아차린다. 집으로 돌아오는 길 전봇대 아래서 황망히 잡지를 뒤적거리는 형식의 모습은 그들 화해의 참모습이었다.

성혜는 자신의 상황을 정면에서 인식하며 '싫어! 소설도, 공부도, 남편도 사는 것도 다 싫어! 싫어!'라고 절망적으로 절규한다. 성혜와 형식의 갈등이 해소의 실마리를 찾지 못한 채 파국으로 끝나는 것은 당대 현실의 반영이다. 남편의 봉건적인 여성관에 문제의식을 갖지 못한 채, 다만 이러한 현실을 그저 '답답하고 지겹다'고 느끼는 것에 그치는 성혜의 태도는 당대 현실에 적극적으로 대항할 힘이 아직 여성에게 없다는 현실적 한계를 드러내는 것이기도 하다. 따라서 「안개」는 여성에게 가정 살림 이외에 자아실현을 위해 글쓰기를 선택하는 것조차 허락되지 않는 남성 중심의 현실을 '안개'와 같다고 비판하고 있는 것이다.

4. 자기 운명 극복을 위한 모색 : 「제단」

강신재의 「제단」(『전망』, 1955. 11)은 남편과 친구의 외도를 지켜보는 한 여성의 절망과 분노를 주축으로 한 작품이다. 이 작품에서 주인공 '나'와 친구 순정은 대조를 이룬다. 나는 '만약 결혼을 한다면 김현식 이외의 사람과는 하지 않을' 것이라며 어린 시절부터 친구로 지내는 현식에 대해 특별한 감정 표현 없이 믿음만으로 관계를 유지한다. 반면에 순정은 이러한 나와 현식 사이에 끼어들어 자신의 자유로운 감정대로 현식을 대한다. 이런 순정은 감정이 풍부하고 몽상적인 여성이지만 계산적인 여성으로 현식의 집이 부유하다는 것을 알고 접근한 것이다. 그래서 순정은 현식이 폐병을 앓자 한 달 후 H와 약혼한다. 이에 비해 나는 현식과 고향으로 돌아가 결혼하고 해방을 맞아 서울로 이사온다. 그 후 다시 나는 순정과 교류하며 지낸다. 그러나 또다시 순정과 현식이 '진실'의 힘을 거역할 수 없다며 함께 가출해 버린다.

짓밟혀 버려진 그 장소에서 그냥 또 밥을 짓고 빨래를 하며 목숨을 지탱하러 움직여야 한다는 것은 인간고(人間苦) 가운데서도 가장 큰 괴로움의 하나가 아닌가 싶습니다. 내가 만약 그 문깐방을 버리고 어데로던 횟닥 떠나갈 수 있었더라면 견디기에 더러 수월했는지 모릅니다. 그러나 나는 아무데로도 갈곳이 없었습니다. 돈도 한 푼도 없었습니다.
…… 나는 마치 신발밑에 밟혀서 흙투성이가 된 날버레 모양으로 혼자
허우적 거렸습니다 내가 자살하지 않고 지탱한 깃은 현미 때문이시 결
코 아버지를 모방한 신앙 때문은 아니었습니다.16)

위의 인용문은 순정과 남편이 가출한 후 '나'의 심정을 고백한 부분이다.
두 사람에게 마음의 상처를 입고서도 '나'는 '짓밟혀 버려진 그 장소에서 또
밥을 짓고 빨래를 하며 목숨을 지탱하기 위해 움직여야 한다'. 그만큼 '나'는
의지할 곳도 경제력도 없는 무력한 여성이다. 그러나 나는 딸 현미에 대한
모성애 하나만으로 이러한 현실을 견딜 수 있다. 그리고 병들어 다시 돌아
온 남편을 받아들일 수 있을 만큼 정도 많은 인물이다. 그러나 그것은 애정
보다는 고향 친구이자 불쌍한 병자에 대한 배려라고 '나'는 생각한다.

이렇게 현식이 일상 생활로 돌아오고 가정이 안정된 가운데 또다시 불행
이 찾아온다. 6 · 25 전쟁이 발발하고 전세가 심각해지자 순정과 현식이 공
산당에 동조하더니 함께 서울 수복 후 떠나버린 것이다. 그리고 얼마후 '나'
는 현식이 폭사했으며 순정은 그런 현식을 버리고 남편에게 돌아갔다는 소
식을 듣게 된다.

이 작품에서 순정은 성적으로 방종하고 이기적인 인물로 나오는 데 반해
'나'는 순정적이고 헌신적인 인물로 나온다. 그리고 서술이 '나'에 의해 전개
되고 있다. 그러면서도 '나'는 이러한 순정의 방종을 전쟁으로 인한 피해나
왜곡으로 파악한다. 즉 순정의 성적 방탕이나 부도덕한 모습은 '나'로 하여
금 현실의 부조리한 면을 발견하게 한다.

순정이의 몸속에는 한 마리의 동물이 살고 있다…….
맨 처음 순정이를 보았을 적에 나는 선 듯 그런 느낌이 든 것을 기억
합니다. 그는 별로 아름다울 것도 없는 얼굴이기는 하나 커단 입이나
역시 크고 좀 튀어나온 두 눈이 무엇을 열심히 느끼려고 긴장되어 있

16) 강신재, 「제단」, 『희화』, 계몽사, 1958, 79~80쪽.

는 듯한 특징있는 표정을 하고 있었습니다.[17]

위에서 묘사된 순정의 외모는 순정의 기질을 보여주는 것이다. 순정이의 솔직한 본능과 예민한 감각은 '커단 입'이나 '크고 좀 튀어나온 두 눈'이라는 외면적 특징뿐만 아니라 언제나 같은 장소에 같은 사람과 있지 않을 만큼 활발한 동작을 보여준다는 기질과도 연결되고 있다. 이런 순정이의 동물성 은 곧 그녀의 성에 대한 경도로도 나타난다. 순정이가 '나'의 남편과 벌이는 애정행각은 그녀의 성적 본능이 다른 여성들보다 강하고 솔직하다는 사실 을 대변해주기 때문이다.

이에 비해 '나'(명덕)는 앞서 인용한 바와 같이 순성과 현식에 의에 짓밟 혀지고 버려진 그 장소에서 그대로 밥을 짓고 빨래나 하며 목숨을 지탱해 나간다. 이러한 자신의 슬픈 운명에 대하여 한숨을 토하고 있으면서도 그녀 에게는 그 이상의 어떠한 몸부림도 보이지 않는다. 다만 그 같은 여성의 운 명에 대하여 체념하는 인간형으로 나타나고 있다. 이것은 여성으로서 의지 할 가족과 고향이 없다는 데서 오는 '고아의식'에서 비롯된 것으로 보인다. 이로 인해 자기의 현실을 개척하려는 노력도, 자신의 삶을 불행하게 만든 두 사람에 대한 복수심도 보이지 않는다. 다만 주어진 운명에 순응할 뿐이 다. 그러나 이러한 '나'의 모습은 결코 절망으로 끝나지 않는다. 오히려 '나' 는 순정과 남편의 운명을 지켜보기 위해 자리를 떠나지 않고 기다렸던 것이 다. 그리고 남편의 죽음과 순정의 귀가를 통해 더 이상의 운명론이나 헌신 은 자기 삶을 지탱하는 힘이 되지 못함을 인식한다. 더욱이 성장해 가는 아 이들을 통해 '나'는 이기적인 어른들의 운명을 그대로 이어줄 수 없다는 생 각을 한다. 자식 앞에서 떳떳한 자신이 되기 위해 삶의 의지를 가다듬는다. 그리고 인생에 대한 희망을 버리지 않고 오히려 오기에 가까운 마음으로 공 부를 하러 떠나기로 한다.

---

17) 강신재, 위의 글, 58쪽.

> 나는 이들을 길러서 참다운 인간을 만들고 싶습니다. 나는 나를 줄
> 모르고 노래할 줄 모르나 남을 해치지 않고 살아야 한다고는 알고 있습
> 니다. 그 까닭에 나는 그들을 고생 가운데 던져 내놓고 먼길을 떠나려
> 하는 것입니다. …… 나는 신이 주어야 한다고 생각지 않을 수 없습니다.
> 나는 억지로 쓰며 강제로라도 그것을 만듭니다. 이렇게 신을 만들고 있
> 는 나를 가엾다고 느껴서는 안됩니다. 신은 반드시 있어야 합니다.[18]

이처럼 '나'는 엄숙하게 강인한 모성으로써 아이들을 참되게 키우겠다는 각
오을 한다. 이것은 남편과 순정의 운명이 신의 징벌이라고 생각하는 이유에서
이다. 신이 존재하지 않는다면 남편과 순정은 월북하여 잘 살아야 하는 것이
다. 그러나 지조 없는 남편이 죽음으로 해서 순정은 자기 현실로 돌아간 것이
다. 순정이 불행해진 것은 아니지만, 그의 방종이 더 이상 지속될 수 없게 되었
다는 사실만으로도 '나'는 만족한다. 그리고 비로소 자기의 운명이 자식을 위
한 어머니의 역할이라는 사실을 깨닫는다. 그러나 이것은 여성에게 강요되는
모성이 아니라, 스스로 자기 운명을 극복하기 위한 모성이라고 하겠다.

이러한 「제단」의 결말을 통해 남편의 외도가 가져온 정신적 황폐감 속에
서도 인간다운 삶에 대한 희망을 포기하지 않는 강인한 여성을 발견하게 된
다. 이러한 '나'의 모습에는 남편의 외도에 대한 여성의 대응이 아닌 불행한
현실을 극복해내는 인간의 저력이 투영되어 있다고 하겠다.

5. 결 론

이상으로 살펴본 바와 같이 강신재의 소설 「정순이」, 「안개」, 「제단」에
나오는 여성들은 해방과 6·25전쟁이라는 외적 상황 속에서도 자기 존재를
확인하고 자아 실현을 욕망하며 갈등하는 인물들이다. 이들은 당대 현실이
남성중심적이고 가부장적이라는 사실을 인정하고 그러한 현실에 순응하며
살아간다. 그러면서 집안에서라도 자기의 사회적 지위를 인정받음으로써

---

18) 강신재, 위의 글, 86쪽.

자기 존재를 확인하려고 한다. 나아가서는 자아 실현을 위해 글쓰기나 공부를 해보고자 한다. 그러나 여성이 글을 쓰거나 생활력을 갖는 것에 대해 사회나 남성이 보이는 편견으로 인해 여성은 좌절하게 된다. 이처럼 강신재의 소설은 여성이 가정에 안주하며 순응적인 삶을 선택하면서도 그 안에서 자기존재를 확인하거나 자아 실현하려는 욕망 때문에 갈등하는 모습을 주로 그리고 있다. 특히 「정순이」나 「안개」 등과 같이 강신재가 전쟁 이전에 발표한 작품들은 이러한 경향을 보이고 있다. 그러면서 이후의 작품들에서는 생존과 자기 한계에 대한 인식 하에서 강인한 생명력과 현실적응력을 보이는 여성의 모습을 그리고 있다. 그래서 「제단」에서처럼 희생적이고 순응적이던 여성이 전쟁과 남편의 외도를 경험하는 과정에서 자기자신과 아이들을 위해 스스로 삶의 방향을 선택하는 태도를 보이게 된다. 이것은 여성이 외적 상황의 변화를 경험하게 되면서 자각한 실존의식의 반영이라고 할 수 있다. 즉 전쟁과 같은 생존위기에서 살아남았다는 사실이 자기 존재를 다시 인식하게 하고 자아 정체성을 모색하게 하는 계기가 되었다고 할 것이다. 이러한 자각이 강신재의 서정성과 조화를 이루어 여성소설적 특성으로 드러나고 있다고 할 수 있다. 강신재 소설에 대한 전반적인 검토를 거쳐 앞으로도 이에 대한 충분한 논의가 이루어져야 할 것으로 생각된다. *

Ⅳ. 비극적 세계관과 여성주의적 특성
―박경리 『波市』를 중심으로

김 현 주*

1. 서 론

박경리의 문학세계는 대체로 『土地』를 분기점으로 그 이전과 이후로 나

---

* 숙명여자대학교 강사.

뉘어서 논의되었다. 이는『土地』이전의 문학세계가『土地』에 와서 통합되어 심화, 확대되었을 뿐만 아니라 박경리의 문학적 이상인 참된 인간상의 변화를 가져오게 되었기 때문이다.[1] 그런데 많은 평자들의 지적대로 1950~60년대에 발표된 50여 편의 작품들이『土地』라는 대서사시의 예고편이 되었음을 되새겨 볼 때 이른바 '토지 이전'의 작품 전반에 대한 여성주의적 연구는 토지에 이르는 하나의 궤적 탐구로서[2] 매우 중요하며, 작품에 내재된 비극적 세계인식도 작가의 문학관을 연구하는 데 있어서 중요한 요소이다.

　박경리의 많은 작품 중에서도『金藥局의 딸들』과『波市』,『市場과 戰場』은 박경리 개인의 문학적 세계에 있어서『土地』의 준비과정이라는 점에서 주목하지 않을 수 없으며[3]『土地』로 진전되어 가는 창작과정에서 빼놓을 수 없을 만큼 중요한 비중을 차지하는 작품이다.

　박경리는 초기에 작가의 자전적 요소가 강하게 반영된 私小說과 같은 일인칭 소설과 단편 소설을 즐겨 쓰다가『표류도』,『金藥局의 딸들』,『波市』,『市場과 戰場』등의 장편 소설을 거쳐『土地』와 같은 대하소설을 쓰게 되었다. 박경리의 소설에서 이처럼 소설의 길이가 길어짐에 따라 나타나고 있는 가장 단적인 변화는 작가가 그리고 있는 세계가 개인의 불행으로부터 출발하여 한 가족의 불행으로 확대되고, 나아가서는 사회 전체의 불행에 이를 뿐만 아니라 시간적으로는 개인의 일생으로부터 2-3대 혹은 더 많은 세대로 끝없이 발전되고 있는 점이다. 이와 같은 확대와 발전은 작가 자신이 창작을 계속하는 동안 소설의 본질을 보다 더 깊이 깨닫고 있음을 의미하는 것이다.[4]

　본고에서는 작가의 관심이 개인적 차원에 국한되지 않고 사회적 차원으로 확장되었고, 통영과 부산을 무대로 전후 한국 사회의 풍속적인 양상을 총체

---

1) 이덕화,「비극적 세계와 여성의 운명」한국문학연구회,『페미니즘 소설비평』, 한길사, 1997, 211쪽.
2) 이상진,「여성의 존엄과 소외, 그리고 사랑」최유찬 편,『박경리』, 새미, 1998, 117~118쪽.
3) 김치수,『박경리와 이청준』, 민음사, 1982, 31쪽.
4) 김치수, 위의 책, 19쪽.

적으로 구현하고 있는 작품『波市』를 통하여 작품 속에 내재된 비극적 세계 인식과 운명관을 고찰하고자 한다. 또한 여성 인물들을 중심으로 여성이 발을 딛고 있는 현실의 억압적 요소가 무엇인지 생각해보고, 여성주의적 특성을 파악해 보고자 한다. 그리하여 장편『波市』가 대하소설『土地』로 나아가는 창작과정에서 어떠한 문학적 중요성을 점유하고 있는지 규명하고자 한다.

　『波市』는 1964년「東亞日報」(1964. 7~1965. 5)에 연재한 장편 소설로 본고의 분석 작품은『波市』(나남출판, 1998)를 대상으로 한다.

2. 비극적 세계 인식과 恨의 투영

　작가가 "사실 저의 작품에는『토지』에 나오는 인물이나 다른 작품의 인물이나 간에 의식을 하거나 안 하거나 간에 무엇인가 인간에게 존재하는 근원적인 恨같은 것이 있어요."5)라고 밝혔듯이 박경리 소설의 주요 테마 가운데 하나는 여인의 비극적 운명이라고 할 수 있다. 그렇다면 작가 박경리의 문학관은 인간에게 존재하는 근원적인 恨에 뿌리를 두고 있다고도 볼 수 있다. 박경리는 문학의 본질을 곧 인간과 삶의 탐구에 있다고 생각한다.

> 문학은 삶 자체, 알 수 없는 생명이 삶이라는 현장에 나타났다가 알 수 없는 삶을 겪으며 사라지는 바로 그 과정의 탐구가 아닐까요? 삶 자체에 깊이 칼질하여 뭔가를 도려내려는 행위인 것입니다. 한계 없는 무한한 곳을 더듬으며 잡히는 것이 삶을 어떻게 저해하며 또 어떻게 삶을 부추기는 것인가. 삶을 떠난 문학은 존재할 수가 없습니다. 희로애락은 각기 삶 속에 엮여지는 부분일 것이며 소설에서는 명암이며 빛깔이며 음향, 종합 속에 묻어 들어가는 것으로 생각합니다.6)

　문학에서 중요한 것은 기술적인 이론보다 삶의 본질을 파악하는 것이다.

---

5) 김치수,「박경리와의 대화」, 앞의 책, 166쪽.
6) 박경리,『문학을 지망하는 젊은이들에게』, 현대문학, 1955, 220~221쪽. 김영민「박경리의 문학관 연구」, 새미, 1998, 383쪽에서 재인용

따라서 작가는 시대 정신, 시대를 이끌어 가는 사상, 정치 이념 등을 간과할 수 없다. 그런데 문제는 삶의 본질이 불확실하다는 데에 있다. 삶은 변히는 것이며, 세계도 변화한다. 소설은 그렇게 변화하는 세계 속에서 변화하는 삶을 그리는 문학 양식이다.[7] 그렇다면 박경리는 자신의 소설을 삶에 밀착시키고 있으며 또한 살아 있는 證據로서 외롭고 어둡고 믿을 수 없는 現實 속을 나이를 먹으며 呼吸하여 計算하면서 느끼고 생각하고 행동하는 文學을 生活하는 것이다. 端的으로 말하여 박경리는 그의 藝術觀, 文學觀을 眞理에 두고 있다고[8] 볼 수도 있다.

삶의 본질이 불확실하므로 겪게 되는 인간 존재의 비극적 운명은 『波市』의 여주인공 명화에게서도 두드러지게 나타난다. 명화의 아버지 조만섭은 딸과 박응주와의 결혼이 이루어지기를 적극적으로 바라면서 딸을 지지하고 있다. 반면에 응주의 아버지 朴醫師는 아들을 명화와 결혼시키려 하지 않고 윤교수의 딸 竹姬와 결혼시키려 한다. 박 의사는 명화의 어머니가 정신이상으로 죽었다는 사실 때문에 정신이상자의 딸과는 결혼을 시킬 수 없다는 표면적인 이유로 응주와 명화의 결혼을 반대한다. 그러면서 외형적으로 명화에 못지 않은 미모와 더 좋은 가정 환경을 가진 죽희를 결혼 상대자로 내세운다. 이러한 박 의사의 주장은 부인을 여의고 재혼마저 거부하면서 아들의 장래를 염려하는 아버지의 깊은 사랑에서 나온 것으로 전통적인 가정의 보수적인 가장의 의견으로 보일 수도 있다. 그러나 아들의 결혼을 반대하는 이유는 그것으로 끝나지 않는다. 『波市』의 비극은 소설 후반부에 나타나는 소설적 反轉에 들어 있다. 그것은 명화라고 하는 한 여성을 놓고 아들 응주와 아버지 박 의사가 동시에 사랑하는 비극으로 드러난다. 박 의사는 응주와 명화의 사랑을 그녀의 혈통이나 집안의 문제등의 가시적인 이유로 반대해 오다가 마침내 명화에게 자신의 사랑을 고백한다.

---

7) 김영민, 위의 글, 384~385쪽.
8) 이인복, 『죽음과 救援의 文學的 省察』, 우진출판사, 1989, 22쪽.

박 의사의 얼굴이 짙붉어진다.

"자식의 출세를 바라지 않을 부모는 없을 게고, 나 역시 그런 부류의 아비 아니었다고는 할 수 없겠지. 그러나 아비가 자식을 미워한다면?"

" …… "

"알고 있습니다."

바싹 마른 명화의 입술이 희미하게 움직였다.

박 의사는 말을 멈추었다가 나직한 목소리로,

"마지막까지 거짓으로 끌고 가려고 했다면 명화의 혈통을 또 쳐들었겠지. 지금까지 그것은 매우 허울좋은 방패였지만 …… "

그 말의 뜻은 무엇인가. 명화는 잠시 망설인다.

"그 이유는."

박 의사는 다시 이유라는 말을 되풀이 하였다.

"명화는 내 며느리가 되어서는 안 된다는, 다만 그것 뿐이야. 내가 좋아했던 여자를 아들이 가져서는 안 된다는 그것뿐이야."

여전히 창문을 향해 몸을 돌리고 있던 박 의사의 얼굴이 하얗게 질린다. 명화의 얼굴도 그에 못지 않게 종잇장으로 변한다.

"어때? 이제는 알겠는가? 내가 반대한 이유를?"(479쪽)

명화는 아버지 조만섭이 만주와 간도를 떠돌아 다닐 무렵 남편을 기다리던 어머니가 실성하여 자결한 후 고독하고 쓸쓸하게 성장한다. 불우한 어린 시절을 거쳐 명화는 아버지의 사랑과 관심 속에서 여학교를 다니는 지식인 여성으로 성장하여 박 의사의 아들 웅주와 사랑하는 사이로 결혼을 꿈꾸지만 좌절되고 결국 웅주 곁을 떠나 일본으로 도피하는 비극적 인물이다.

『波市』에 등장하는 또 다른 비극적 운명의 여인은 수옥이다. 수옥은 피란 중에 홀로 되어 순결을 잃고 명화의 아버지 조만섭의 배려로 명화의 집에 머물게 된다. 그러나 수옥에게 전후의 혼란 속에서 밀수를 하고 고리채를 놓아 부를 축적한 냉혹하며 돈밖에 모르는 서영래가 접근하고, 수옥은 서영래에게 농락당한다. 수옥의 불행에는 조만섭의 후처인 서울댁도 가담하는데 서울댁과 서영래는 약자를 괴롭히고 자기의 이익만을 챙기는 영악하고 타산적인 인물이다. 영악하고 냉혹한 강자들에게 상처를 입은 수옥은 응주의 친구인 학수에 의해 구출되고 그의 순수한 사랑과 관심 속에서 마음의 안정을 찾으며 점차 평온한 삶을 회복한다. 그러나 서영래로 인한 불안 속에서 마음을 졸이며 생활하던 가운데 학수는 징집을 당해 군대에 가게 되고 수옥은 학수의 아이를 임신한 채 그를 기다리게 된다.

『波市』에는 6·25 동란 직후에 부산과 통영을 무대로 살아가는 사람들의 다양한 모습이 드러나 있다. 이야기 전개에 있어 중심이 되는 두 축은 명화와 응주의 연애관계와 수옥과 학수의 애정관계이다. 이 두 관계는 서술 차원에서 이야기를 전개시키는 중심 요소이다.

그 중에서도 여주인공 명화와 수옥의 비극적 운명과 고통스러운 삶은 이야기의 핵심을 이루며 플롯에 있어서도 중요한 구성요소이다. 두 여인의 비극적 운명과 기구한 삶은 통영과 부산을 무대로 전개되는 전후 한국 사회의 풍속적인 양상을 드러내주는데 효과적으로 기여한다. 이는 당대 사회의 일상적 삶을 파악하게 하는 데 결정적인 자료를 제공해 줌과 동시에 사람답게 살 수 있다고 하는 것이 무엇이며 인간의 고귀성은 어디까지 지켜질 수 있느냐 하는 모질다고 밖에 할 수 없는 한국인의 恨의 뿌리를 보여 주고 있는 것이다. 이것은 다른 말로 하면 역사 속에서 발생하는 恨의 근원과 그 축적 양상의 탐구라고 할 수 있을 것이다.[9] 또한 박경리의 작품을 통해 나타나는 세계관은 개인적 정신의 자유를 확보하기 위하여 사회관습을 무시하고 자연인으로 살아갈 이상적 인간을 그리워함에도 세계의 폭력성 앞에 무력한 인간의 비극적 삶을 바탕으로 한 비극적 세계관을 보여준다. 비극적 세계관은 현상적 세계 뒤에 있는 개체적 인간에 대한 물음을 통해서 한 개인을 해방시키고 충만된 삶을 구가하고자 하는 낭만적 정신을 바탕으로 하고 있다. 공포와 고통에 괴로워하면서 생명을 가진 근원적인 존재로서 인간을 고찰하고자하는 인간 존엄성서 문제를 제기하고 있다.[10]고 볼 수도 있다. 작품

---

9) 김치수, 앞의 책, 27쪽.
10) 이덕화, 『박경리와 최명희, 두 여성적 글쓰기』, 태학사, 2000, 116쪽.

속에 등장하는 주요 인물, 명화와 수옥이가 적극적으로 현실과 대결하여 자신의 운명을 개척하지 못하고 현실을 도피한다든지 사랑하는 남자의 도움에 의존하여 삶의 안정을 획득하는 것은 현실성이 결여된 이상적 낭만성과도 연관이 있으며 이것은 비극적 운명을 더욱 심화시킨다.

3. 여성 인물을 통해서 드러나는 여성주의적 특성

박경리 소설의 주요 인물은 대게 여성으로서 이야기 전개의 주도 세력이고, 남성은 부차적인 인물로서 여성스러운 관찰자 또는 조력자, 방해자로 나타나고 있나. 따라시 박경리라는 여성 작가의 글을 연구하는 데에 있어서 무엇보다 여성 인물의 성격화에 주목하지 않을 수 없다. 주디스 키건 가디너는 '여주인공은 작가의 딸'이라고 하면서 여성 작가는 여성 인물의 창조를 통해 자신의 이상형의 인물을 재현하고 이를 확장해 나간다고 말하였다.11)

『波市』에 등장하는 명화는 사랑하는 사람 응주와 그 아버지인 박 의사로부터 동시에 사랑 받는 비극적 운명에 처한다. 명화는 자신이 감당할 수 없는 현실을 피해 일본으로 도피한다. 이러한 명화의 태도는 유교적 가부장 제도하에서 살아온 여성으로 당당하게 자신의 사랑을 주장하지 못하고 현실에서 후퇴하고 비극적 운명에 순응하는 여인의 모습을 보여주는 것이다. 수옥이도 전쟁으로 순결을 잃은 채 서울댁에 의해 서영래에게 팔려가는 몸이 되지만 학수의 사랑으로 구원을 얻는다. 수옥은 여학교까지 다녔으나 자기의 주관에 따라 행동하는 적극적이고 강한 여성으로 묘사되지 않는다. 박경리는『波市』에서 명화와 수옥의 비극적 삶을 이중적으로 교차시키며 두 여인의 불행과 사랑을 감동적으로 그려낸다.

그러나 따지고 보면 힘도 지혜도 없이 운명에 끌려 다니던 수옥이 남성의 사랑을 얻음으로써 행복하게 된다는 줄거리는 여성들의 신데렐라 콤플

---

11) 이상진, 앞의 책, 118쪽.

렉스를 자극한다. 여성을 남성의 타자로서 주변인으로서 인정하는 작가의
잠재의식이 반영된 것이다. 이처럼 박경리의 작품 속에는 여성이 받는 소외
를 남성의 사랑을 얻음으로써 뛰어넘는 여성 인물들이 긍정적으로 그려지
고[12] 있는 것이다.

그렇기 때문에 주인공 명화와 수옥은 자기자신의 주관과 의지대로 결단
하고 행동하는 주체적인 인물이 되지 못하고 주어진 운명에 순응하면서 현
실을 도피하거나 남성의 구원에 의해 자신의 삶을 의탁하게 되는 것이다.
이 두 여성은 모두 아름다운 미모의 소유자이며 심성이 곱고 교육을 받은
여성으로서 서술자에 의해 호의적으로 그려진다. 그러나 자신의 정체성을
인식하지 못하고 주변 환경에 의해 끌려 다니며 주어진 운명에 순응하며 독
자의 연민을 유발하는 섬약한 여성으로 형상화되어 있다.

한편 이들과는 달리 자신의 환경에 적응하지 못하고 집을 뛰쳐나와 가난
과 기존의 권위에 도전하고 반항하는 학수의 여동생 학자가 등장하는데 이
인물은 생동감이 있으며 현실적 감각이 살아 있는 현대적 인물이다. 그러나
학자는 가정을 뛰쳐 나와 가부장적인 제도에 순응하지 않고 자신의 욕망을
실현하고자 하는 인물로 그녀 또한 현실의 벽을 넘지 못하고 좌절하고 타락
하는 인물로 그려진다.

'이런 사나이한테 …… 꼭 짐승같이 보여, 그것도 미련하고 못난 놈
의 짐승 말이지? 징그러워! 싫어! 죽어버렸음 좋겠다. 아니 죽여버렸음
좋겠다! 대체 어떻게 되어 가는 거지? 다 내가 아니다. 그럼 나라면 어
떻게 할까! 약방에 붙어앉아서 약을 팔아야 했나? 밤낮 앓는 소리들어
가면서 밥이나 짓고 빨래나 했어야 했나? 그리고 부모가 보내주는 대
로 시집이나 가고, 그랬어야만 했나? 아이구 맙소사! 가난한 건 지긋지
긋해. 정말 가난한 건 싫어! 내가 대학을 다니고 우리 집도 옛날 같았더
라면 응주 씨를 두고 나도 당당히 명화하고 겨룰 수 있었을 것 아니냐
말야. 박 의사도 나한테 그런 대접을 했을까? 명화하고 나하고 둘 중에

---

12) 이상진, 앞의 글, 141쪽.

택해야 한다면 박 의사는 틀림없이 나를 잡았을 거야. 난 명화보다 못
하지 않았어. 그놈의 뺀질뺀질한 뭐 죽희? 그 계집애보다 못하지 않았
어. 다만 가난했던 차이뿐이야. 낡은 옷을 걸치고 학교를 중퇴한 그 차
이뿐이야.'
　　학자는 손가락 사이에 끼워 둔 담배를 내려다본다. 그새 절반이나
타들어가서 치마 위에 담뱃재가 떨어져 있다.(465쪽)

　가난을 참지 못해 돈 많은 사람의 아내가 되어 보겠다고 스스로 순결을
잃은 학자는 술집 여급으로 전락하고 만다. 그녀는 명화의 애인인 응주를
사랑하지만 십안이 몰락한 이상 사랑을 이룰 수 없다고 생각하고 열등감과
피해의식으로 자신의 삶을 방치한다. 그렇지만 어느 면에서는 수동적으로
남성에 의존하고 남성에 의해 구원을 얻는 수옥이나 사랑을 이룰 수 없으로
현실을 도피하고 떠나버린 명화보다 학자는 적극적으로 현실과 대결하며
자신의 욕망을 이루기 위해 노력한다. 그런데도 서술자의 태도는 학자에게
호의적이지 않다. 오히려 명화나 수옥에 비해 학자에게는 냉정하며 동정의
여지를 주지 않는다. 여기에서 여성을 억압하고 고통을 가하는 가부장제와
현실의 부정적인 제도와 모순을 비판하는 작가가 그렇다고 기존의 도덕과
제도를 박차고 뛰어나와 반항하는 인물에 대해서도 호의적이지 않은 것을
알 수 있다. 이것은 여성인물에 대한 작가의 인식이 명확하게 정립되지 못
한 것을 보여주며 이중적 태도가 드러난 것이라고 할 수 있다. 이점은『波
市』가 전후 한국 사회의 비극과 풍속을 총제적으로 반영하면서 비극적 세
계인식과 여성 인물의 여성성을 강하게 부각시킨 작품이면서도 취약점으로
지니게된 한계이자 아쉬움이라고 할 수 있다.

4. 결 론

『波市』는 박경리 개인의 문학적 세계에 있어서『土地』의 준비 과정이라
는 점에서 주목하지 않을 수 없으며『土地』로 진전되어 가는 창작 과정에서

빼놓을 수 없을 만큼 중요한 비중을 차지하는 작품이다.

『波市』에는 6·25동란 직후에 부산과 통영을 무대로 실아가는 사람들의 다양한 모습이 반영되어 있다. 박경리 소설의 주요 테마 가운데 하나는 여인의 비극적 운명과 恨이라고 할 수 있는데 이러한 현상은 여주인공 조명화에게서도 두드러지게 나타난다. 그녀는 사랑하는 사람과 그의 아버지에서 동시에 사랑을 받는 비극적 운명을 지닌 인물로 결국 사랑을 이루지 못하고 떠나버린다. 이 작품의 이야기 전개에 있어 중심이 되는 축은 명화와 응주의 연애관계와 학수와 수옥의 애정관계이다. 특히 여주인공 명화와 수옥의 비극적 운명과 고통스러운 삶은 이야기의 핵심을 이룬다. 이 두 여인의 비극성은 전후 한국사회의 풍속적인 양상을 효과적으로 드러내주며, 한국인의 뿌리 깊은 恨의 정서를 구현하여 작품의 주제를 부각시킨다.

박경리 소설의 주요 인물은 대게 여성으로서 이야기 전개의 주도 세력이고, 남성은 부차적인 인물로서 여성스러운 관찰자 또는 조력자, 방해자로 나타나고 있다. 따라서 박경리라는 여성 작가의 글을 연구하는 데에 있어서 무엇보다 여성 인물의 성격화에 주목하지 않을 수 없다. 그러나 『波市』의 여주인공 명화와 수옥은 자신의 주관과 의지대로 결단하고 행동하는 주체적인 인물이 되지 못하고 주어진 운명에 순응하면서 현실을 도피하거나 남성의 구 원에 의해 자신의 삶을 의탁하게 된다. 그리고 자신의 정체성을 인식하지 못하고 주변 환경들에 의해 끌려 다니며 남성의 타자로서 주변인으로 인식되는 존재이다. 이점은 『波市』가 지닌 여성주의적 특성의 한계라고 할 수 있다.

『波市』는 작가의 창작 과정의 변모를 보여주는 작품이다. 초기에 개인적 불행을 다룬 단편으로 출발한 작가의 세계가 『金藥局의 딸들』에서 한 가정의 불행으로 확대되고, 『波市』에서 한 사회의 불행으로 보다 진전되었다가 『市場과 戰場』에서 민족의 비극으로 발전되고 있음을 보여준다. 다시 말해 『波市』는 『土地』의 준비 과정이라는 단계에서 주목해야하는 작품이다. 왜나하면 개인의 비극으로부터 출발한 박경리의 문학의 관심이 이 세 작품에 와서 개인과 사회와 민족의 비극으로 확대되었다가『土地』에 와서 그 모든 종합이 이루어지고 있기 때문이다.13) 그러므로 이 작품들을『土地』와 연관해서 파악하고『土地』에서 작가의 문학적 성취가 어떻게 구현되어 있는 가를 밝혀내는 것이 필자의 과제이다. *

V. 여성의 주체성 확립
—『살아있는 날의 시작』·『서있는 여자』

천 미 수*

1. 서 론

민주화 운동과 더불어 활성화된 여성을 중심으로한 문학은 1980년대 중반에 들어서면서 보다 집단적으로 붐을 일으킨다. 이는 여성을 민중의 한 계급으로 인식하고 그에따른 여성운동이 활발하게 전개되면서 민중문학의 한 범주로 인식하기에 이른다.

이제 여성을 중심으로한 문학은 소수의 여성작가들만의 개인적인 관심사가 아닌 집단적인 문학운동으로서의 역할을 톡톡히 해내고 있다. 따라서 여성에 관한 문제를 보다 광범위하게 다루고자 하는 노력과 보다 구체적인 사회구조적인 문제로 이해하려는 움직임이 점차 확대되고 있는 실정이다.

이러한 움직임은 여성문제를 보다 다양한 방식의 소설적 형상화를 통해 총체적인 차원에서 작품화하는 경향을 보이고 있다. 따라서 여성의 억압된 성과 사회적 구조 속에서의 불합리한 사례를 고발하고 폭로하는 인물들을 다룬 대표적인 작품을 구체적으로 고찰하고자 한다.

문학작품에 나타난 여성의식을 고찰하는 작업은 우리 사회의 현상황 속

---

13) 김치수,「悲劇의 미학과 개인의 恨」조남현편,『박경리』, 서강대학교출판부, 1996, 89쪽.

 * 숙명여자대학교 강사.

의 제반문제들에 대처하면서 보다 의미있는 바람직한 삶을 영위하려는 뭇 여성들의 지향과 무관하지 않다. 페미니즘 문학의 주창은 남성우월주의가 팽배해 있는 이 사회의 그릇된 인식을 수정하고 보다 평등한 사회에서 해방된 인간으로서의 동등한 삶을 더불어 영위하려고 하는 휴머니즘의 발현으로 이해되어야 할것[1]이라는 전제하에 그러한 작품의 일환으로 박완서의 1980년에 발표한 장편 『살아있는 날의 시작』(전예원)과 1985년에 발표한 『서있는 여자』(세계사)를 여성의 주체성 확립이라는 측면에서 고찰하고자 한다. 특히 이들 작품은 '문학의 피할 수 없는 운명'이라는 전제하에 작가 스스로의 단호한 주체적 여성관에 충실했던 작품이라 할 수 있다. 또한 '작가가 고수했던 주제를 흐지부지하거나 적당히 가당(加糖)하지 않고 끝까지 밀고 나갔음에 대하여 성과가 있었음'을 자위했던 작품이기도 하다. 여성의 주체성 확립은 어느 시대를 불문하고 여성독자들에게 지대한 관심사가 아닐 수 없다. 이같은 작품을 발굴하여 정밀하게 분석함으로써 문학작품의 독서가 현실세계에서의 우리 여성들의 삶에 되돌려주는 의미를 기꺼이 수용해 실천해 나가야 할 것[2]이라는 사실에 입각하여 여성에 대한 억압적 현실을 적나라하게 드러내고 있는, 그래서 부도덕과 정면으로 대결함으로서 여성의 주체성 확립을 부르짖는 대표적인 작품들을 분석하고자 한다.

2. 여성 자아 정립의 출발

가부장제 문화는 이 땅의 여성과 남성 누구에게나 현실감 있고 직접적인 호응을 얻을 수 있는 것이어서 현재까지 가장 활발하고 신속하게 현실적으로 주제를 포착해내고 있다.[3] 이러한 사실에 전적으로 동감하며 여성의 인간적 주체성를 부정하고 현모양처의 이데올로기 속에서 갈등적 삶을 살아가야만 했던 과거의 습성을 과감하게 탈피하려 한 대표적인 작품을 통해

---

1) 송지현, 『페미니즘 비평과 한국소설』, 또 하나의 문화, 1995, 276쪽.
2) 송지현, 위의 책, 86쪽.
3) 송지현, 위의 책, 35쪽.

‘주체적 여성’으로서의 자아 정립을 고찰하고자 한다. 그 대표적인 작품으로 우선『살아있는 날의 시작』을 살펴보고자 한다.

우선『날아있는 날의 시작』에 등장하는 주인공 문청희는 미용학원의 원장이며 그의 남편 정인철은 지방대학의 교수로 각자의 일에 성취감을 맛보며 나름대로 사회적으로 안정된 생활터전 속에서 별 문제가 없는 가정이다. 다만 노모의 치매증세로 인하여 가끔씩 ‘집 밖의 잠’을 계획해야하는 일을 제외하곤 비교적 화목한 가정을 꾸려나가고 있는 중년 부부의 삶이다. 그런 주인공에게 가끔씩 남편으로부터 미용사라는 직업을 가진 그녀가 헤어쇼를 구상하거나 챠밍스쿨을 개설할 계획을 말하면 ‘날치지 마라’라는 말로 그녀를 무시해 버린다. 남성우월주의에 대한 강박관념이 뿌리깊이 내재해 있는 정인철은 부인과의 약속을 제시간에 지키지 않는 것 조차 남성의 특권인 것처럼 행동한다. 이러한 그의 행동은 시어머니인 송부인이 며느리인 문청희를 처음 맞아들일 때 ‘네가 아무리 잘 나고 공부 많이 했어도 여자는 여자니라’ 라는 준엄한 선고의 시작에서, 또한 ‘마치 포대기에 싸인 아기 넘기듯이 그이 재롱과 버릇을 고스란히 며느리에게 넘겨주면서 행여 그걸 다칠세라 소홀히 할세라 감시를 거을리하지 않았다’는 사실에서 아들의 성차별 우월의식이 용의주도하게 길들여져 있음을 알 수 있다. 따라서 어려서부터 그렇게 길들여졌기 때문에 마치 천부의 권력처럼 추호의 의심도 없이 여성을 자아실현의 인격적주체로 인정하지 않으려 한다. 그의 그러한 관념은 ‘여자가 집안일 외에 일을 가지면 집안일은 엉망이 되어야 옳다고 생각하기에 이르지만 한 번도 집안꼴을 엉망으로 만들지 않고도 바깥일을 할 수 있다’ 는 것을 아내의 가장 큰 비행으로 꼽아 트집을 잡곤 한다. 또한 ‘따지지 않고 남자를 무조건 숭배하고 남자를 으스대게 만들고, 기를 펴게 하는 게 여자가 남자에게 줄 수 있는 최고의 것이거늘 아내에겐 그게 없었다’라는 것이 또한 남편인 정인철의 생활철학이었다. 이같은 남편과의 갈등은 실망과 환멸로 고조되면서 이미 고등학생으로 성장한 아들에게 그녀의 존재의미를 부여해 보지만 아들 역시 그만의 단단한 세계가 있음을 인식하는 순간 너무나 무력한 존재임을 실감하게 된다. 이제는 아내로서 어머니로서의 한계가 드러나면서 그녀의 위기의식은 더욱 고조된다. 그러나 위기의식을 느끼면서도 시어머니와 친정어머니를 보살피는 것으로 또다른 삶을 기대하지만 결국에는 타자로서의 소외된 삶을 살게 하는 부덕이 여성의 인간적 존임성을 만회시켜주는 최선의 선택이 아니라는 것을 깨닫게 된다. 이와 같은 위기의식은 하층여성으로 등장하는 콩쥐(옥희)를 통하여 더 이상의 현모양처라는 소극적이고 수동적인 자리를 지탱할 수 없는 지경에 이른다. 콩쥐를 무기력한 집안의 한 가장으로서 다만 연민의 정으로 받아들여 청희집에서 동거하게 한 것이 빌미가되어 남편인 정인철은 자연스럽게 콩쥐에게 성적 접근을 시도한다. 이를 계기로 현모양처로서의 삶에 배반감을 느끼게 되고 '부덕이 얼마나 편파적이고, 자학적이고 자신의 미영의 그늘에서 악덕을 키우고 기만을 일삼는지를 알아낸 이상, 그런게 결코 덕목일 수 없다고 생각하게 된 이상, 이미 그것의 화신으로 살수 없는 것' 이라는 결론을 내리고 아내로서의 역할을 포기하고 이혼의 결심을 하게 된다.

> 그 여자는 지금도 희생이라는 것에 대해 소녀처럼 아름다운 영상을 가지고 있지만 어디까지나 상호적인 희생에 한해서였다. 일방적인 희생이란 그건 희생이라기보다는 유린이었다. 그 여자가 자기의 희생이 일방적이었다는 걸 깨닫자마자 느닷없이 찬물을 끼얹힌 것처럼 소스라치게 엄습해온 것도 무참하게 유린당했다는 느낌, 교묘하게 기만당했다는 느낌이었다.
>
> 그 여자가 원하든 원하지않든 그 여자가 여태까지 남편과 이룩한 결혼생활이란 게 이제 그 여자앞에서 껍질을 벗으려 하고 있었다.
>
> 그 여자는 남편 앞에선 뒷걸음질쳐 도망칠 수 있었지만 껍질을 벗기 시작하는 두 사람이 함께 이룩해 놓은 것의 정체로부터 도망치진 못했다. 그녀가 남편과 더불어 열심히 이룩한 건 허구였을 뿐, 껍질이었을 뿐, 알맹이는 아무 것도 없다는 일종의 허탈감이 그 여자를 엄습했다. 껍질을 벗겨내고 나서 주워가질만한 게 아무것도 없었기 때문이다.[4]

그녀는 지금까지 남편의 전적인 사랑이 신뢰감에 의한 것이라고 단정하며, 확고한 믿음을 부여했다. 그렇기 때문에 여자라는 운명과 수동적인 자세에서 순종한 것이 아님을 단언한다. 이는 사물의 허위나 전통의 질곡에 속지 않고 본질을 보려는 의지, 사람 사는 삶이 보다 사람답게 되는 길을 절망적인 상황에서도 포기하지 않고 추구한다.5)는 사실의 단정이라 할 수 있다.

> 이윽고 그 여자는 손바닥으로 천천히 볼의 눈물을 닦았다. 아직도 눈물어린 눈에 손바닥에 끈적한 눈물이 피빛으로 번져 보였다. 그 여자가 집 나오는 것과 동시에 벗은 부덕(婦德)이란 탈(假面)은 여자가 조상 대대로 써내려오는 동안 거의 육화(肉化)된 기기 때문에 그렇게 피흘리지 않고는 벗을 수가 없었던 것이다.6)

이는 주인공이 수동적 삶에서 벗어나 주체적인 인생으로 탈바꿈을 해야 하는 과정이 얼마나 버거운 일인가를 단적으로 보여주는 장면이다. 작가는 이 작품을 통하여 일부일처제 가족제도와 가부장제 사회구조의 모순 속에서 여성의 소극적이고 수동적인 삶이 얼마나 안일하게 길들여져 있는가를 적나라하게 고발하고 있으며, 이 사회의 근본적 개혁이 없는한 한 여성 개개인이 실존적 자각을 획득하거나 이혼과 같은 대안이 성차별의 모순을 제거하는데 얼마나 실효를 거둘수 있을 것인가7)에 관심을 보여 준다. 따라서 여성들이 적극적으로 주체적인 자아실현을 이룰 수 있는 사회적으로 보다 개방된 현실적인 대안이 절실함을 강조한다.

3. 또 다른 여성 자아 정립

박완서는 70년대 후반부터 많은 평론가들의 관심의 대상이었다. 그의 작

---

4) 박완서, 『살아있는 날의 시작』, 전예원, 1980, 335쪽.
5) 조혜정, 『박완서 論』, 권영민 외, 삼인행, 1991, 135쪽.
6) 박완서, 위의 책, 383쪽.
7) 『여성해방과 문학』, 지평, 1988, 90쪽.

품들의 특징인 날카롭고 예리한 통찰력은 한편으로는 문학적으로 높이 평가받고 있으며, 또 한편으로는 원론적인 기존의 이론에 집착한 나머지 문학작품으로서의 '가치성'조차도 언급하지 않으려는 평자들도 있다. 이는 우리 사회에서 여성과 남성의 체험세계가 얼마나 철저하게 분리되어 있는가[8]를 보여주는 단적인 사례이기도 하다. 남근중심적 비평가들은 자아가 강한 주체적 여성을 싫어하는 남성중심사회의 가치를 그대로 구현하고 있기 때문에 그들은 두려움 없이 공공연히 여성작가를 비난하거나 조롱하며 자신의 공격적 행위에 대해 조금도 양심의 가책을 느끼지 않는다.[9] 또한 남성중심주의적 사고의 틀을 고수하고 있는 남성들이 여성문제의 독자성을 밝히는 부분을 이렇게 완강하게 거부하는 이면에는 여성문제에 눈뜨고 싶지 않은 강한 심리적 저항이 있는지도 모르며, 성모순에 눈 뜬다는 것은 자신이 그동안 맺어온 기존의 관계의 끈을 끊기도 하고 준거집단을 떠나야 하는 아픔을 의미한다.[10] 이러한 견해에 동감할 수 있는 대표적인 작품중의 하나가 바로 『서있는 여자』이다. 1985년 장편 『떠도는 결혼』을 제목을 바꾼 『서있는 여자』(학원사)는 '여성의 주체성 확립'을 중년여성의 일상적인 삶과 그의 딸인 연지의 직장과 결혼생활을 통해서 사회적 비리와 모순을 탁월하게 형상화시킨 대표적인 작품이라 할 수 있다.

이는 남달리 뚜렷한 비판의식을 바탕으로 일상생활에서의 극히 사소하고 개인적인 갈등이 결국은 사회전체의 구조적인 갈등과 연계성을 지닐 수밖에 없다는 현실을 직시하고 있다.

이 작품의 주인공 연지는 중산층 가정에서 자란 비교적 지성미와 교양을 갖춘 현대여성이다. 그런 연지에게 어머니 경숙여사는 자식의 배필을 정하는데 부모의 의견이 존중되어야 한다는 '천부의 권한'을 주장하면서 경제적으로 안정된 결혼을 강요한다. 그렇지만 '독자적인 생활과 독자적인 생각'을

---

8) 조혜정, 위의 책, 138쪽.
9) 송지현, 위의 책, 35쪽.
10) 조혜정, 위의 책, 172~173쪽.

고집하는 딸의 정당성에 반기를 들고 평범한 청년(철민)과 결혼시킨다.

그녀의 '독자적인 생활'이라는 원칙아래 철민은 학업을 계속하고 연지는 잡지사의 여기자로 경제적인 독립을 선언한다. 물론 어머니인 경숙여사의 철저한 반대에도 불구하고 그들은 자기들 방식대로 각자 '독자적인 생활'을 영위해 나간다. 하지만 연지의 직장생활을 위한 낙태와 철민의 무절제한 외도는 그들의 '독자적인 생활'에 걸림돌로 작용한다. 게다가 아버지인 하석태 교수가 경숙여사로 하여금 '백분지 일부종사'에 이의를 제기하게 되는 상황은 연지를 더욱 갈등의 세계로 몰아세운다. 또한 갑작스런 경숙여사의 '이혼연습 여행'은 중산층 주부로서의 위기의식을 드러낸 것으로 연지 또한 자신의 미래에 대한 불확실한 징조를 느끼게 된다. 따라서 그들의 '독자적인 생활'은 철민의 외도와 가사노동 분담에 대한 보수적인 입장과 부딪히면서 불만의 요소들로 작용한다. 결국 경숙여사는 연지의 불화를 계기로 남편과의 화해를 모색하고 중년여성으로서의 위기의식을 벗어난다. 그러나 경숙여사의 완고한 반대에도 불구하고 연지와 철민은 전통적인 가부장제의 보수성을 깨뜨리고 결별을 선언하며, 홀로서기를 시도한다.

> 아니나다를까 미스 고가 커피를 빼다가 차장 책상에 갖다 놓고 몸을 꼬고는 제자리로 가 앉았다. 아침마다 그 짓이었다. 처음엔 입이 함박꽃처럼 벌어지던 차장도 이제는 표정 없이 받아 마실 만큼 예사로워진 풍경이 연지는 매일 아침 새롭게 눈에 거슬렸다. 커피는커녕 친정집 마당에 철 따라 지천으로 피던 꽃 한송이 꺾어다 남의 책상에건 자기책상에건 꽂아본 적이 없는 연지였다. 남보기에 여자다워 보일 일을 연지는 의식적으로 그렇게 피해 왔다. 그렇게 열심히 다져놓은 분위기를 신출내기가 함부로 흐려놓고 있었다. 일도 배우기 전에 여자 기로 한몫 보려는 신출내기를 연지는 참을 수가 없었다.[11]

이는 직장내에서 여성들의 존재가치에 대한 부재가 단적으로 드러나는

---

11) 박완서, 『서있는 여자』, 세계사, 1995, 140쪽.

부분이다. 또한 우리 사회가 성범주를 중심으로 어떻게 구조화 되어 있으며
또 그 구조화가 현대인들을, 특히 여성들을, 얼마나 억압하는지를 파악하지
못한 채 전통적인 여성성에 매달리는 사람[12]이라면 작가의 날카로운 비판
의식을 지나쳐 버리기 쉬운 장면이기도 하다. 여성의 존재가 '단지 여성다
움이 아닌 실력으로 인정받기를 바라는 태도'를 견지하면서 직장인으로서
의 책임감 있는 기사를 쓰기로 작정한다. 그런 연지에게 갑작스런 어머니의
'이혼연습 여행'은 중년여성의 위기의식을 고조시킨다.

> 딸도 하지, 엄마가 어떻게 혼자 산다고 …… 그녀는 아직도 어머니와
> 아버지 사이에 완강하게 가로놓인 검고 육중한 서재의 문을 제거할 수
> 있다고까지는 생각 안했다. 어머니가 허구한 날 울부짖으며 두들기던
> 그 검은 문, 허탈한 몸을 기대고 절망하던 그 육중한 문을 없앨 순 없어
> 도, 혼자 사는 어머니보다는 기댈문이라도 있는 어머니가 훨씬 덜 가엾
> 으리라는 걸 연지는 비로소 깨달은 기분이었다.
> 그 문은 어머니의 운명이자 백이었어. 그 백조차 없는 어머니는 너
> 무 불쌍해. 아무나 운명을 극복할 수 있는 것도 아니고, 아무나 백 없이
> 도 떳떳하게 살 수 있는 게 아니거든.[13]

이는 중년에 접어든 경숙여사의 생애가 '하석태 교수 부인이란 상대적인
자격만 빼면 아무것도 없는 허탕'이라는 사실에 상실감을 느끼며, 이혼했을
때의 사회적 위치를 상상해 보고는 남편의 존재에 편승해야만 할 것 같은
사실에 연지는 안타까워 한다.
이러한 연지의 태도는 남성중심주의적 사고의 틀을 고수하고 있는 보수
주의적인 가부장제의 범위에서 크게 벗어나지 못하고 있음을 알 수 있다.

> 무엇보다도 그녀가 의복처럼 몸에 붙이고 있던 품위를 회복할 수 있

---

12) 조혜정, 위의 책, 136～137쪽.
13) 박완서, 위의 책, 239쪽.

어서 기뻤다. 그녀가 남편과 헤어지길 결심하고 집 나오고 나서 당장
당황한 건 품위를 유지할 수 없다는 거였다. 그녀는 자신의 품위가 자
신의 교양과 인품에서 우러나서 가진 돈과 고상한 취미에 의해 더욱
빛을 발하는 줄 알았었다. 그러나 겪어보니 그게 아니었다. 그녀의 품
위는 순전히 하석태 교수 부인으로서의 후광이었을 뿐이었다. 그 후광
을 벗어난 자신의 모습은 너무 보잘 것 없었다. 그녀는 품위를 잃은 자
신을 도저히 견딜 수 없었던 것이다.[14]

특히 이혼한 여성들이 도덕적으로 비난받고 있으며, 그에 따른 사회적 인
식이 배타적이면서 겪어야하는 비참한 생활상을 목도하면서 경숙여사는 남
편의 후광으로라도 자신의 존재의식을 유지하려 힌다. 그리하여 '여자 팔자
라는 게 제아무리 기구해 봤댔자 옴치고 뛸 수도 없는 협소한 울타리 안에
서의 일이란 체념'으로 결론짓는다. 결국 중년기의 자존심 마저 포기하게
되는데 이는 남성중심주의적 사고의 뿌리가 일상생활에서 보수적인 여성의
일탈을 얼마나 어렵게하는 가를 발견할 수 있다.

연지는 가슴 속이라도 열어 보이고 싶다는 듯이 두 팔을 크게 벌리
면서 허심하게 웃었다. 그러면서 그녀는 아버지에게도 숨긴 비밀이 아
직 남아 있다는 걸 느꼈다. 그건 오늘 아침 그녀의 안방에서 네 개의
발바닥을 발견하고 엄습한 화끈한 모욕감에서 감쪽같이 그녀를 구원
해 준 이상하고도 신선한 그 무엇이었다. 그것은 기사를 쓰는 일말고
내 글을 쓰고 싶다는 강렬항 욕구에 합당한 <내 일>에 대한 정직한 갈
망이었다. 내 글을 쓰고 싶다. 내 일을 갖고 싶다, 내가 원하는 걸 배우
고 싶다. 그 때 그녀를 엄습한 이런 소망은 너무도 찬란하고 순수해서
차라리 영감이었다.[15]

철민과의 사랑없는 삶에 회의를 품기 시작하면서 연지는 새로운 삶의 획기
적인 전환을 꿈꾼다. '사회적으로 이혼한 여성으로서 겪어야 하는 제약과 두려

---

14) 박완서, 위의 책, 253~254쪽.
15) 박완서, 위의 책, 304쪽.

움'에도 불구하고 자신만의 계획된 새로운 삶에 희망과 자유를 갈구한다.

> 나의 실패의 원인은 바로 남녀평등이라는 거였어. 나는 한 남자를
> 사랑하기보다는 바로 남녀평등이란 걸 더 사랑했거든. 남녀평등에만
> 급급한 나머지 사랑까지도 생략하고 남자를 골라잡았던 거야. 그를 남
> 편으로 골라잡은 건 사랑 때문도 존경 때문도 조건 때문도 아니고 바
> 로 그가 모든 면에서 나보다 못하다는 거였어.16)

이는 남편을 선택한 것이 사랑보다는 남녀평등과 그 이용가치에 중점을
두었던 사실에 종지부를 찍으면서 새로운 삶의 전환을 갈망한다. 그녀는 결
혼이라는 형식적인 틀에 더 이상 얽매이지 않는, 비열한 수단으로 전락한
결혼을 더 이상 지탱하는 것은 자기 스스로를 모독하는 것이라는 결론을 내
린다. 이는 가정안에서 싹을 틔어온 남녀의 불평등관계가 사회전체로 확대
재생산되고 또 그 재생산된 구조에 의해 더욱 억눌리는 악순환의 구조17)를
차단하기 위한 연지의 고통스런 몸부림인 것이다.

결국 연지의 '서 있음'과 '글 쓰기'의 시작은 남성중심주의적 사고의 틀을
과감하게 깨면서 여성스스로의 홀로서기를 통하여 가부장적 음모의 깊은
뿌리를 끊으려는 시도이다. 따라서 여성들의 사회제도적 억압에 대한 새로
운 출발은 자신의 주체적 존재의식이 확고한 상태일 때 미래지향적인 계획
의 설계가 가능할 것이다.

3. 결 론

1980년대 사회적 비리와 갈등을 날카로운 시선과 남달리 뚜렷한 비판의
식으로 도시중산층의 생활상을 탁월하게 형상화한 박완서의 작품『살아있
는 날의 시작과』,『서있는 여자』를 여성의 주체성 확립이라는 측면에서 고

---

16) 박완서, 위의 책, 342쪽.
17) 조혜정, 위의 책, 172쪽.

찰하였다.

특히 박완서는 70년대 후반부터 많은 평론가들의 관심의 대상이었다.

그러한 관심은 박완서의 작품이 주로 여성들의 일상적인 삶의 모습을 날카롭게 파헤치는 것에 대하여 거부감을 일으키는 부류와 예리한 통찰력으로 일관하고 있는 작품들에 대하여 공감대를 가지고 높이 평가하는 부류들로 나눌 수 있다. 본고는 『살아있는 날의 시작』과 『서있는 여자』를 대상으로 여성의 주체적 자아 확립이라는 측면에서 고찰하였다. 그 결과 『살아있는 날의 시작』은 여성들의 심리적 갈등이 적나라하게 파헤쳐진 작품으로 여성이 현모양처의 이데올로기 속의 수동적 삶에서 벗어나 주체적인 인생으로 탈바꿈하는 과정을 보여 주고 있다. 또 『서있는 여자』는 중년여성의 일상적인 삶과 그의 딸인 연지의 결혼생활을 통해서 사회적 비리와 모순을 현장감 있게 펼쳐보이고 있다. 그리하여 연지의 '서 있음'은 남성주의적 사고의 틀을 깨고 여성 스스로의 홀로서기를 통하여 주체적 자아의 실현 가능성을 보여주고 있다.

따라서 이 두 작품은 박완서 특유의 날카로운 여성심리 묘사에 중점을 둔 대표적인 것으로 여성작가로서의 사회의식을 반영했다고 볼 수 있다. *

Ⅵ. 희곡 속 여성노인의 모성

이 은 경*

현대사회의 경제력과 의료·보건기술의 발달은 인간의 생명을 지속적으로 연장시켜 왔다. 그 결과 평균 기대 수명이 점점 증가하며 노인 인구 비율이 급신장하였다. 유엔은 65세 이상의 인구가 7% 이상인 사회를 고령화 사

---

* 숙명여자대학교 강사.

회로 보는데, 우리 나라는 지난 2000년 7월 1일 현재 노인인구가 7.1%(3백 37만여 명)[1]를 차지해 이미 고령화 사회에 진입하였다. 이처럼 노인 인구가 늘어나는 것에 비례해서 노인과 관계된 병리 현상이 심각한 사회문제로 등장하고 있다. 노인 문제의 해결을 위한 보다 구체적이고 적극적인 방안이 범사회적으로 모색되어야 한다.

그러나 노인 문제에 접근하기 위해서 먼저 고려해야 할 점이 있다. 여성노인과 남성노인의 상황에 대한 개별적 접근과 진지한 이해가 이루어져야 한다는 것이다. 여성노인은 인구학적 특성으로 인해 평균 수명이 남성보다 8년 정도 길다.[2] 노년 인구의 성비를 관찰해보면 여성노인 100명에 대하여 남성노인은 60.7명으로 여성노인의 과다현상을 보이고 있다. 결국 후기 노년기로 갈수록 여성노인의 비율이 훨씬 높아지므로 노인문제의 핵심은 여성노인 문제라고 할 수 있다.

문학도 노인 문제에서 예외일 수는 없다. "문학은 시대의 아들"이란 헤겔의 주장을 빌지 않더라도 문학이 지향해야 할 중요한 목적의 하나가 '사회적 가치 추구[3]라는 것은 당연한 사실이다. 이런 점에서 노인, 특히 여성노인에 대한 관심은 문학이 지향해야 할 사회적 의무의 하나이다.

이 글은 문학이 지향해야 할 또 하나의 방향을 강조하기 위하여 희곡문학 속 여성노인의 모성에 대해 고찰해본 것이다.[4]

1. 어머니, 역할의 이중성

어머니는 자식의 생명을 보존하고 성장시키며 수용가능성에 대한 요구

---

1) 『중앙일보』, 2000. 9. 18.
2) 정경희, 「여성노인의 삶의 질 현황과 정책과제」, 『보건복지포럼』 통권 제13호, 한국보건사회연구원 1997, 43쪽.
3) 명지대 국문과 연구실 편, 『사고와 표현』, 서울: 명지대학교 출판부 1993, 95쪽.
4) 희곡 속에서 여성노인이 어머니로 등장하여 중심적 역할을 하는 작품으로 한정하여 고찰하겠다.

를 충족시키는 존재다.5) 모성에 관한 일반적 관점은 자식에 대한 어머니의 희생을 전제하고 있다.6) 이러한 가치규범은 완벽한 어머니라는 환상을 가능케 했고, 이로 인해 어머니의 여성으로서의 삶을 억압하는 결과와 어머니가 절대적 권력으로 자식의 삶에 개입케 하는 결과를 초래하였다.

희곡 속에 등장하는 여성노인에게 가장 중요한 덕목은 모성이다. 그러나 완벽하지 못한 인간이 완벽한 모성의 신화를 구현하는 것은 쉬운 일이 아니다. 희곡 속의 노모(老母)들은 자식의 생명을 보존하고 성장을 촉진하는 데는 긍정적 역할을 담당하고 있으나 사회적 수용가능성에 대한 요구를 충족시키는 데는 부정적 영향을 나타낸다.

1) 모성신화의 주체

박현숙의 「그 찬란한 유산」에 등장하는 여성노인 박선희는 어두운 역사에 의해 아직도 고통받고 있다. 그녀의 할아버지와 아버지는 일제치하에 항일운동을 하다 살해당하고, 할머니는 남편이 학살되는 장면을 보고 충격을 받아 실명이 되었으며 그후 화병으로 죽음에 이르렀다. 의사였던 남편은 납북당했으며, 그녀의 어머니는 가족의 비극과 전쟁의 공포에 의해 비행기 소리만 들리면 발작하는 정신질환을 앓고 있다. 더구나 그의 아들은 4·19 의거때 다리를 다치자 좌절감에 빠져 현실부적응자가 되어 있으며, 며느리는 남편의 학대와 가난을 견디지 못하고 가출·이혼한 후 재혼한 상황이다. 현재 그녀는 무능력한 아들을 대신해 포장마차에서 음식물을 팔며 어렵게 가

---

5) 사라루딕, 「어머니의 사고방식」, 『페미니즘의 시각에서 본 가족』, 한울아카데미 1991, 104~128쪽 참조.

6) "모성애의 진정한 본질은 어린애의 성장을 위해 돌보아 주며 그것은 어머니 자신으로부터 분리되기를 바라는 의미를 담고 있다. 이 점이 바로 성애와 다른 근본 차이점이다. 성애에서는 분리된 두 사람이 하나가 된다. 모성애에서는 하나였던 두 사람이 분리된다. 어머니는 그러한 분리에 너그러워야 하고 적극 도와주어야 한다. 이 단계에서 참으로 어려운 것이 되며, 비이기성, 즉 모든 것을 주면서도 사랑하는 어린애의 행복 외에는 어떤 것도 바라지 않는 능력이 요구된다."(에리히 프롬, 김제 역, 『사랑의 기술』, 두풍출판사 1995, 87~88쪽)

계를 꾸려가고 있다. 이러한 어려움 속에서도 그녀가 희망을 포기하지 않는 이유는 남편이 돌아올지도 모른다는 실낱같은 기원과 함께 아르바이트를 하며 야간고등학교를 다니는 손자 이삭에 대한 믿음과 사랑 때문이다. 이 작품의 중심인물인 박선희는 역사의 굴곡을 그대로 경험하며 힘들게 살아온 여인임에도 사랑의 마음으로 가족의 상처를 적극적으로 치유하려는 인물이다.

이윤택의 「어머니」의 중심인물 일순은 강인한 의지로 현실을 감내해 온 전통적 어머니의 전형이다. 강압적인 아버지의 뜻에 따라 어쩔 수 없이 애인 양산복의 아이를 임신한 채로 일순은 돌이와 결혼한다. 돌이가 제시한 논 세마지기에 아버지가 '혹해서' 일순의 삶을 결정해 버린 것이다. 결혼 후에는 남편 돌이에 의해 결정되어진다. 인간답게 만들어 준다는 남편의 논리에 의해 일순이란 이름까지도 오빠 이름 황두식, 남편 이름 돌이에서 한 자씩 따온 두리(斗伊)라고 바뀌게 된다. 남편에 의해 이름이 바뀐다는 것은 일순의 삶의 결정권을 남편이 갖게 된다는 중요한 의미를 내포한다.

'곰새끼처럼, 바보처럼 참고' 살아간 일순은 가난한 삶과 남편의 외도, 첫아들의 죽음이란 고통을 겪고 일제 치하, 6·25 전쟁이란 역사의 질곡을 견디며 점차 강인한 생명력을 키우게 된다. 하지만 이러한 성숙은 자기 자신의 삶이 아닌 가정을 지키기 위한 모성의 실현에 의해 가능케 된 것이다. 자신의 삶을 희생해 가정을 지키고 자식을 양육해 온 일순은 그녀의 희생을 강요한 남성들에 의해 인정받는다. 그리고 죽음까지 유예하며 자신의 삶을 정리한 일순은 "나 황일순이, 이름 석자는 세상에 남기고 갈라요. 나도 글 배웠소."라는 대사를 통해 일순 스스로도 자신의 삶이 의미 있었음을 인정한다.

「그 찬란한 유산」, 「어머니」의 여성노인과 같이 모성을 실천함으로써 인정받는 인물들이 있는가 하면 전통적 가치관에 충실했지만 그로 인해 자신의 삶까지 파괴되어 가는 여성노인들도 있다. 여성노인은 사회 속에서 절대적 약자이기 때문에 자녀들의 독립성이 증가하면 이에 비례해 여성노인의 자녀에 대한 의존성도 증가할 수 밖에 없다. 이런 점에서 본다면 자식에게 절대의미를 부여하고 살아온 여성노인에게 자식의 삶의 부침은 여성노인의 그것과 일치할 수밖에 없다.

채만식의 「제향날」에 등장하는 노인 최씨는 70세로 이 작품을 진행시키는 중심인물이다. 그녀의 삶은 우리 근대사의 질곡을 그대로 보여 준다. 벼를 천석이나 추수하던 대가에 시집온 최씨는 27세에 청상과부가 된다. 동학도의 접주였던 남편이 동학난의 실패로 병졸들에게 붙잡혀 총살당했기 때문이다. 남편 없이 어렵게 남매를 키웠지만 외아들 역시 3·1운동을 주도하다 일본경찰에 쫓기게 되자 중국으로 도망치듯 떠났다. 그후 18년이 지났지만 아들의 생사조차 모르고 있다. 현재 최씨의 유일한 희망은 동경에서 고학하고 있는 손자 상인이다. 그렇지만 상인도 사회주의자로 암시되고 있기 때문에 상인이 "어여 하두바삐 공부를 다하고 외서 장가나 들고 자식이나 낳고 그래서 편안히 살아"갔으면 하는 최씨의 마지막 소망 역시 위협받고 있다.

남성 3대가 지닌 사회 변혁의 의지를 이해하지 못하고 이들의 활동으로 가정의 안정이 무너져가는 상황에 절망하면서도 최씨는 삼종지도(三從之道)의 자세를 버리지 않는다. 자신의 의지에 의해 삶을 영위한 것이 아니라 남편에서 아들, 손자에게 삶의 의미를 두어온 것이다. 그렇기에 현실에 의해 남성들이 패배할 때마다 그녀의 삶까지 좌절될 수밖에 없다.

전옥주의 「수염이 난 여인들」에서 노파는 전통적 여인의 삶을 살아온 인물이다. 남존여비와 삼종지도의 인습을 당연한 사실로 받아들이고 실천한 인물이다. 바람기 많은 남편을 섬기며 쫓겨나지 않는 것만을 행복으로 알고 살았을 뿐 아니라 수절과부로 50여 년을 살았고, 현재도 손자를 보살피며 기다리는 것에 삶의 의미를 두고 있다.

하지만 노파는 자신의 존재를 귀찮게 여기고 연상의 유부녀와 불륜을 저지르는 손자의 왜곡된 모습을 깨닫게 되자 지금까지 확신을 가지고 살아 왔던 자신의 삶에 대한 심각한 회의에 빠진다. 노파는 왜곡된 젊은 세대의 모습이 현실 속의 주류가 되어 간다는 사실을 알게 되자 부덕을 실천해 왔다고 믿었던 자신의 삶이 혼란에 빠지는 것을 느끼는 것이다. 또 이러한 혼란을 자신의 삶이 부도덕해지는 전조로 받아들이기에 두려움을 갖게 되는 것이다. 결국 전통적 가치에 최선을 다한 노파의 삶이 부도덕한 손자라는 부정적 결과로 귀결되는 것은 희생적 삶의 의미가 훼손당한 것이다.

2) 억압과 통제의 이데올로기

김우진의 「난파」에 등장하는 모(母)는 시인에게 개성을 강조하고 부(父)로 대표되는 인습과 투쟁하기를 독려하는 의지가 강한 인물이다. 그렇기에 인과율의 굴레에서 벗어나지 못하고 고통받고 있는 시인에게 자신의 의지를 강요하며, 행동하기를 요구한다. 모는 시인을 완전하게 만드는 '책무'를 실현하기 위해 '원망을 얻을' 어머니처럼 행동하는 것이다. 母는 시인을 완전한 인간으로 탄생시키기 위한 역할을 감당해야 하며 이를 위해 미움의 감정을 내세우며 독려한다. 이러한 母의 태도는 시인을 위한 것이라 하더라도 무기력한 시인에게는 감당하기 어려운 압력으로 다가온다. 그렇기에 母의 기대에 부응하지 못하는 시인은 스스로 난파하려고 할 수 밖에 없게 된다.

「돌개바람」은 김자림의 등단작으로 인습에 의해 정절을 강요당해 온 여성의 삶을 비판적으로 그린 작품이다. 할머니 강씨는 남편될 사람이 돌림병으로 죽자 결혼식을 올리지 않았음에도 시가로 와서 3년상을 지내고 처녀과부가 되어 조카를 양자 삼아 살아 온 인물이다. 그녀는 남편의 외도로 소년과부가 된 며느리 박씨, 그리고 납북되어 생사가 불투명한 남편 때문에 과부처럼 지내고 있는 손녀 기숙과 함께 살며 가정의 중심 역할을 하고 있다. 할머니 강씨는 부모들의 정혼 약속을 지키기 위해 여성으로의 삶을 당연하게 포기했고, 자신의 삶에 대한 일말의 회의도 내비치지 않는다. 가정을 지키며 자식을 양육하는 데 최상의 가치를 두는 전통적 여성상을 대표한다. 자신의 삶에 대한 확신으로 자신의 이데올로기를 다른 여성에까지 주저없이 강요한다. 이 집에 홀아비 의사인 현묵이 입주하여 외로운 두 남녀 기숙과 현묵이 연정을 느끼게 되면서 강씨와의 갈등이 첨예하게 된다. 강씨는 "우리 가문에선 절대로 두 사낼 섬기는 법이 없다"면서 손녀딸의 인생에 적극적으로 개입하려고 한다.

며느리 박씨의 경우도 전통적 여성의 역할을 당연하게 받아들인다. 딸을 양육하고 시어머니를 봉양하는 데 삶의 의미를 부여하며 살아온 인물이다. 하지만 전통적 삶에 대한 확신은 강씨보다 약하다. 자신의 확신보다 상황에 순응한 인물이기 때문이다. 그렇기에 딸 기숙에 대해 강씨보다 훨씬 유연하게 대응한다. 하지만 결정의 순간에는 강씨와 함께 전통적 가치관을 기숙에게 강요하게 된다.

주변의 방해로 서로 애정을 의심하던 기숙과 현묵은 손녀딸의 자유선언에 놀라 기절해 버린 강씨의 치료를 계기로 서로의 사랑을 확인하고 결합하기로 약속한다. 결국 강씨의 좌절은 젊은 두 남녀의 사랑을 가능케 한다. 강씨와 박씨로 이어지는 유교적 전통은 어머니라는 의미로 전환되어 젊은 기숙에게 가해지는 억압과 통제의 이데올로기에 불과하다. 자신의 희생을 내세우며 자식에게 자신과 동일한 확신과 행동을 강요하는 것은 어머니가 내포하고 있는 또다른 의미이다.

2. 여성노인, 그 삶의 의미

지금까지 살펴본 것처럼 여성노인의 어머니로서의 의미는 완벽한 모성신화를 구현하기 위한 희생의 주체와 자식의 삶에 적극적으로 개입하는 억압과 통제의 이데올로기라는 대립적 관점에서 설정된다. 먼저 자식을 보존·성장시키는 데 어머니의 역할이 머물러 있을 때에는 여성노인은 완벽한 모성신화를 구현한 인물로 그려진다. 하지만 희생적 삶의 결과는 두 가지 방향으로 표현된다. 절대적 사랑의 실천으로 가정의 상처를 치유할 뿐만 아니라 남성들의 인정을 받는 여성노인(「그 찬란한 유산」, 「어머니」)이 있는가 하면, 희생적인 삶을 살았음에도 자식을 제대로 지켜내지 못해 자신의 삶에 대한 심각한 회의에 빠진 여성노인(「제향날」, 「수염이 난 여인들」)도 있다. 반면에 자식의 사회적 수용가능성에 대한 요구를 충족시키는 점에 있어서는 어머니의 의미가 억압과 통제의 이데올로기로 된다. '수용가능성'은 어머니가 속한 사회집단의 가치에 의해 정의[7]되며 어머니는 자식이 수용가능성을 인정받을 때야 비로소 자신의 가치가 인정된다는 사고방식을 갖고 있다. 그렇기에 어머니는 자식의 가치가 아니라 자신의 가치규범으로 자식의 삶에 개입할 수 밖에 없다. 희곡(「난파」, 「돌개바람」) 속의 어머니는 자식과 극단적 갈등관계에 놓여 있다.

이와 같이 희곡 속 여성노인의 모성은 다양하게 표현되지만 긍정적이기보다는 오히려 부정적인 면에서 강조된다. 대부분의 여성노인이 자신의 삶을 희생하거나 현실의 벽에 부딪혀 좌절하는 인물들로 전형화되어 있기 때문이다. 이러한 모습은 생식력을 상실한 불모의 존재로 치부해 오던 여성노인에 대한 기존의 사회적 인식을 희곡이 그대로 반영한 것이라 할 수 있다. *

Ⅶ. 金明淳, 金元周, 羅蕙錫의 詩

강 신 주*

1. 서 론

소설가 김동인에 의해 '작품없는 문학생활'1)에 몰두했다고 지탄받은 바 있는 김명순을 비롯하여 김일엽, 나혜석 등 여류문인들에 의해 한국여류문학의 새 장이 펼쳐진 지 어언 80여 년의 시간이 흘렀다. 신문학 초창기의 이들 여류문인이 예술과 생활을 엄격히 구분짓지 못한 탓에 각종 추문에 휘말리고 급기야는 비극의 나락으로 떨어져 그 생을 마감했던 것은 사실이다. 그렇다 하더라도 이들 여류문인들이 '작품 없는 문학생활'에 골몰했다는 김동인의 지적을 비판 없이 받아들여 그 이후의 몇몇 문학연구가들이 이들에 대하여 작품연구보다도 풍문 중심의 인간연구에 더 역점을 두었음은 매우

---

7) 사라 루딕, 앞의 글, 114쪽.
* 숙명여대 강사 · 문학평론가.
1) 김동인, 「김연실전」, 『문장』, 194, 147쪽.

애석한 일이며, 이 같은 사실은 이미 다른 연구가들에 의해서도 거론된 바가 있다.2)

   논의가 진행되면서 밝혀지겠지만 이들 여류가 모두 김동인이 말한 것처럼 '작품없는 문학생활'에 골몰하면서 추문이나 뿌리고 사라진 것은 아니다. 이들 초창기 여류문인들이 비극적 행로를 걸을 수밖에 없었던 것은 그들 자신의 탓도 물론 있지만 그 밖의 외부적 요인도 무시할 수 없다는 것에 의견이 모아지고 있으므로3) 이들의 활동을 지극히 사생활 중심에서 고찰함으로써 그 문학적 성과를 폄하하려는 태도는 지양되어야 할 것이다. 세상은 이미 개화되었지만 대다수 사람들의 의식은 개화 이전의 상태였고, 더욱이 여성의 사회진출이 아직은 눈에 거슬리던 시대에, 예술을 한다고 하여 가정의 울타리를 넘어 많은 남성들과 교분을 맺는다는 것은 상당한 용기를 필요로 하는 일이었다. 이런 상황에서 여류들의 문학활동이 정상적으로 이루어지기 어려웠을 것임은 충분히 납득할 수 있는 일이다. 이런 점에서 "그들은 작품보다 활자화되는 이름이 문제였고, 여류라는 희소가치가 문제였다. 어떤 가치있는 작품을 썼느냐가 문제되는 것이 아니라, 무엇이거나 작품으로

---

2) 대표적으로 다음과 같은 글이 있다.
　　이인복 외, 『한국문학사상사』, 숙대출판부, 1987.
　　김윤식, 「인형의식의 파멸」, 『한국문학사론고』, 법문사, 1973.
　　신달자, 『1920년대 여류시연구』, 1980.
3) ① 이명온, 『흘러간 여인상』, 인간사, 1956. 304쪽.
　　"사회적인 조건이 불리하였고 문화적인 모든 환경이 그들의 생활호흡을 보증하여 주지 못하였기 때문이다."
　　② 김영덕, 「한국근대의 여성과 문학」, 『한국여성사』 Ⅱ, 이대출판부, 1972. 379쪽.
　　"그들(김명순, 김원주, 나혜석을 말함- 필자 주)의 최후가 역시 한결같이 아름답지 못하여 이 사회의 비웃음이었다. 그런데 비웃고 조소당하게 한 사람은 남성이었다. 그 남성들은 이 땅의 선구적인 지성인이었고 문인이었다."
　　③ 임종국, 박노준 저, 『흘러간 성좌』, 서울신문, 1965.
　　"이들 용감한 20세기의 여류기수들을 너무나 전시대적이요, 이해없는 눈으로 바라보 았다는 남성작가들의 몰지각, 몰염치와 전횡을 단적으로 드러낸 사실"
　　위에서 언급된 바와 같이 사회적 환경, 남성문인들의 책임 등 외부적 요인이 그들의 삶을 비극적으로 이끈 또다른 요인이라고 보는 견해도 적지 않다.

썼다는 사실이 문제"4) 되는 시인들이라고 말한 학자도 있다.

아무튼 신문학 초창기의 이들 여류시인들은 여러 가지 이유에서 세간의 이목을 끌면서도, 그들 나름대로의 문학적 성과를 이룩하려 노력했음을 남겨진 작품을 통해 분명히 확인할 수 있다. 동시대의 다른 남성시인들에 비해 작품의 양에 있어 열세에 몰리기는 하지만, 신문학 초창기 여류시단의 문을 연 선구자라는 사실만으로도 그 위치가 인정된다 하겠다.

한편, 이들이 활동하던 시대는 여성의 사회진출이 아직 활발하게 이루어지지 못하던 시절이었고, 따라서 여성이 가정의 울타리를 벗어나 타인과 교류를 맺으며 자신의 삶을 개척한다는 것은 그만큼 희생이 필요한 일이었다. 그럼에도 불구하고 이들 세 명의 여류시인들은 인간성을 억압하는 봉건적 사회와 제도에 반기를 들고, 자신의 삶이 깨어지고 상처나는 희생을 감수하면서도 인간다운 삶의 길을 가고자 노력했다. 근대적 의식에 눈 뜬 서구 사회는 인간의 해방, 여성의 해방을 부르짖으며 모든 억압으로부터의 자유를 구가하고 있었지만, 아직도 전 근대적 의식의 지배를 받던 남성 중심의 사회 속에서, 신학문을 통해 새로운 의식에 눈 뜬 여성들이 그들의 각성된 의식을 이 사회에 심는 일이 얼마나 어려웠겠는가 하는 것은 충분히 짐작하고도 남음이 있다.

이런 점에서 볼 때 이들 세 명의 여류시인들은 현대적인 의미에서의 여류시단을 개척한 선구자일 뿐만 아니라, 여성의 해방, 인간의 해방을 위해 그들의 삶을 투신한 선구자들이라 하겠다. 이와 같은 선구자적 의식이 작품을 통해 어떻게 승화되어 나타나는가를 살펴보기로 하겠다.

2. 金明淳의 경우

제1기 여류문인의 대표5) 인 彈實 金明淳은 평양에서 출생하였다. 그의 생애를 정확히 기록한 실증적 자료는 아직까지 발견되지 않았다. 그럼에도 불

---

4) 김윤식, 앞의 책, 239쪽.
5) 김윤식, 앞의 책, 231쪽.

구하고 그 동안 여러 문학가들이 그녀의 불분명한 생애를 재구성하는 가운데 많은 오해가 빚어지고, 그래서 이미 세상을 떠난 김명순에게 그것이 '제2의 운명'[6]으로 굳어지도록 만들고 말았음은 애석한 일이다.

김명순의 시작활동은 1920년 『창조』 7월호에 「朝露의 花夢」이라는 長詩를 발표하면서부터 시작되었다. 그후 1925년에 발간된 첫 창작집 『生命의 果實』에는 시 24편, 감상문 4편, 소설 2편이 실려 있는데, 『생명의 과실』에 실린 시 외에도 다수의 시를 발표하여 그가 남긴 시는 모두 70여 편 정도라고 알려져 있다.[7] 이들 작품은 여성적 섬세함을 바탕으로 고향 혹은 어머니에 대한 그리움과 유년시절의 추억, 님에 대한 그리움과 원망, 가톨릭사상과 영원성의 추구, 상징주의 혹은 탐미적 성향의 추구 등을 그 특징으로 하고 있다.

> 거울 앞에 밤마다 / 좌우편에 촛불 밝혀서 / 한없는 무료를 잊고지고 / 달빛같이 파란분 발르고서는 / 어머니의 귀한 품을 꿈꾸려. / 귀한 처녀 귀한 처녀 서른 신세 되어 / 밤마다 밤마다 거울의 앞에 //
>
> —「기도」 전문

> 아니라고 머리는 흔들어도 / 저녁이 되면은 먼 고향을 생각하고 / 뜨거운 눈물방울을 지운다. // …… 중략 …… 오—옛날에 날 빌어주던 / 하나님 앞에 나를 고하신 / 미쁜 고향아 고향아 /
>
> —「외로움의 부름」에서

앞의 작품은 어머니에 대한 그리움을 노래한 것인데, 반복기법의 사용이 두드러진다. 어머니에 대한 그리움이 자칫 감정에 빠지기 쉬운 것을 절제하면서 담담한 어조로 그것을 드러내고 있다. 뒤의 것은 고향에 대한 그리움을 표출한 것으로, 앞의 시 「기도」보다는 다소 감정의 절제가 이루어지지

---

6) 신달자, 앞의 논문, 11쪽.
7) 정영자, 『한국여성시인연구』, 평민사, 1995, 10쪽.

않았다. 이밖에 어머니에 대한 그리움과 고향에 대한 향수를 노래한 것으로
「옛날의 노래」, 「꿈」, 「탐실의 초몽」, 「재롱」 등이 있다.

　구전에 의해 재구된 김명순의 생애는 매우 비극적이며[8] 몇 번의 실연사
건을 겪은 것으로 알려져 있다. 이런 사실 때문인지 이성에 대한 그의 태도
는 설레임, 그리움뿐이 아니라 원망, 극단적인 경우엔 저주로까지 나타나고
있다.

　　떠오르는 종달이 지종지종하매 / 바람은 옆으로부터 애끈이더라 // 서
창에 기대선 처녀 / 님에게 드리는 노래 바람결에 부치니 / 바람은 쏜살
같이 남으로 가더라.

—「바람과 노래」 전문

　　바닥에 구을르는 사랑아 / 주린이의 입에서 굴러나와 / 사람사람의
귀를 흔들었다. / 「사랑」이란 거짓말아. // 처녀의 가슴에서 피를 뽑은 아
귀야 / 눈먼이의 손길에서 부서져 / 착한 여인들의 한을 지었다 / 「사랑」
이란 거짓말아 // 내가 미덥지 않은 미덥지 않은 너를 / 어떤 날은 만나지
라고 기도하고 / 어떤 날은 만나지지 말라고 염불한다 / 속히고 또 속히
는 단순한 거짓말아 // 주린이의 입에서 굴러서 / 눈먼이의 손길에 부서
지는 것아 / 내 마음에서 사라져라 / 오오 「사랑」이란 거짓말아 !

—「저주」 전문

　앞의 시는 님에 대한 소박한 그리움을 나타내고 있다. 그런데 뒤의 시는
제목부터가 상당히 충격적이다. 사랑의 기다림, 사랑으로 인한 아픔과 슬픔
이 시인의 마음을 벼랑의 끝으로 몰고 갔음을 알 수 있다. 님에 대한 그리움
과 원망, 탄식 등을 노래한 작품으로는 이밖에도 「들리는 소리들」, 「만년청」,
「탄식」, 「추억」, 「거룩한 노래」 등이 있다.

　김명순의 작품에 드러나는 또 하나의 특징은 가톨릭사상이다.

　　집으로 돌아갈 책보 싸놓은 다음 / 성당으로 들어가 기구(祈求)하고

---

8) 정영자, 앞의 책, 13쪽.

손씻고 / …… 중략 …… 성탄때 집에서 분홍 모본단 저고리 / 녹색 원주
치마 상받고는 / 단장하고 성교당에서 미사 참례하고 / 예쁜 딸 비누,
꽃, 책보, 선물 받았지요.

—「幼時」에서

  5월 일요일 늦은 아침 / 도회의 소음에 놀라 / 눈을 번쩍 낯 씻고 / 발
빠르게 성당에 간다. / 아아 성당은 나의 천국 / 우리 선생님들은 천사같
고, 거룩한 주일 날 위하여 / 모인 신자들은 정화되었다. / …… 중략
…… 미사를 필한 우리는 / 새벽부터 내리는 봄비를 맞고 / 성당 뜰에 내
려서서 개웃개웃

—「드높은 노래」에서

  길 ! 내가 마음 먹기는 / 음향과 색채의 양안(兩岸)을 전하여 / 착한
이들의 교회당 / 길... 나가 배우기 천류(川流)의 / 구곡구절의 산길을 평
지로 가는 / 님의길, 진리의길

—「길」에서

  위의 인용 부분은 장시 「시로 쓴 반생기」에서 발췌한 것인데[9], 이 시를
통해 볼 때 김명순은 어린시절부터 가톨릭을 믿었고, 성장한 다음에도 줄곧
그랬으며, 미래의 자기 진로를 계획하는 데에도 가톨릭신앙이 중요한 요소
로 작용하고 있음을 알 수 있다. 그밖에 「외로움의 부름」, 「창궁」, 「거룩한
노래」, 「귀여운 내수리」, 「들리는 소리들」에서도 가톨릭 사상의 편린을 찾
아볼 수 있다.
  김명순이 작품활동을 하던 20년대는 이미 가톨릭과 개신교가 우리 나라
에 유입되어 사회전반에 폭넓게 영향을 미쳤던 때이지만, 그런 사상이 담긴
시의 발표는 그 이전의 시기에 비해 상당히 저조했다고 말할 수 있다.[10] 이

---

9) 김상배 편, 『꾸밈없이 살았노라』, 춘추각, 1985. 344~354쪽에 실린 원문 중에
   서 발췌하였음.
10) 강신주, 『한국현대기독교시연구』, 숙대대학원 박사학위논문, 1992, 19쪽.
   1920년대 전반기는 3·1운동의 실패와 세기말 사상의 영향으로 감상적, 퇴폐
   적 낭만주 의가 성행했고, 후반기는 KAPF의 영향으로 정치적 목적을 띤 목적

런 가운데 김명순의 작품 중 많은 수가 가톨릭적 인식을 표출하고 있다는 것은 주목할 만하다.

이밖에도 김명순의 시에는 상징주의 혹은 탐미주의적 성향이 나타나는데(「길」, 「옛날의 노래」, 「위로」 등), 이런 점에서 그의 초기시는 상징주의, 탐미주의, 표현주의 등 외래사조의 영향을 많이 받았다[11]고 보는 견해도 있다.

3. 金元周의 경우

一葉 金元周는 평남 용강에서 목사인 김용겸과 어머니 이마대 사이의 5남매 중 맏딸로 태어났다. 몇 번의 실연을 겪은 다음, 그는 진실하게 따르던 백성욱을 통해 불교에 관심을 갖기 시작한 후 1928년에 33세의 나이로 불교에 귀의하여 수도 정진하다가 1971년 1월 28일에 76세의 나이로 入寂하였다.[12]

지금까지 밝혀진 김일엽의 시는 시조까지 합하여 약 30여편 정도이다. 그밖에 입산후에 쓰여진 수필집과 사후에 발간된 수필집 등 5~6권의 수필집이 있다. 김일엽의 시는 그녀가 세속을 떠나 입산하였던 1928년을 기점으로 하여 입산 전과 입산 후의 시가 주제면에서 뚜렷한 대조를 보이고 있다. 입산 전의 시가 님에 대한 그리움과 기다림을 주조로 하고 있다면, 입산 후의 작품은 평온과 안락, 중생구제의 불교사상 등 수도자로서의 내면적 심회가 잘 드러난다.

> 뒤뜰에 흘린 종이 / 날려온 휴지임을 모름이 아니언만 / 하두 아쉰 맘
> 에 / 행여나 님던진 편지인가 / 만적거려 보노라
>
> ─「휴지」 전문

시가 문단을 휩쓸었기 때문이다.
11) 정영자, 앞의 책, 14쪽.
12) 정영자, 앞의 책, 60~61쪽 참조.

녹음은 간 곳 없는 / 어느듯 금풍이라 / 가뜩이나 아득이든 / 지향없는
이 마음은휘도는 잎새와도 같이 / 쓸쓸스려 하노라

—「추회」 전문

어져어 내일이여 / 이로부터 홀이로다 / 인생의 험한 길을 / 홀로 어이
가오리까 / 님이야 사괼 님 많으니 / 외로시다 하리오

—「異路」 전문

인용된 시들은 형태상으로 시조형식의 정형률을 지니고 있으며 보노라,
하노라, 하리오 등의 서술형 종결어미도 시조에서 흔히 쓰이던 표현임을 알
수 있다. 그런 까닭에 일엽의 시는 시라기보디 시조에 가깝다고 말할 수 있
다. 또한 '어져어 내일이어' 등의 표현에서는 황진이의 시조를 모방한 흔적
이 역력하다. 따라서 이런 점이 김일엽의 가장 큰 작가적 맹점[13]이라고 지
적되기도 하였다.

이밖에 같은 무렵에 발표된 작품으로 「애원」, 「이별」, 「오입자」가 있다.
이들 작품에 나타나는 바, 입산 전에 쓰여진 김일엽의 시는 주로 부재하는
님에 대한 그리움과 기다림, 그로 인한 슬픔과 고독을 여성적인 어조로 노
래하고 있다. 또한 이 작품들은 형태상으로 시조형식에 가까운 정형률을 지
니고 있음을 알 수 있다.

입산 전의 작품이 님에 대한 그리움과 기다림, 그로 인한 고독 등을 주제
로 하고 있는 반면 입산 후의 작품은 불교에 귀의한 후의 정신적 안정을 바
탕으로 중생구제의 불교사상을 주로 노래하고 있다.

나는 天涯에 떠도을은 외로운 한닙새였습니다 / 비바람에 부닥기고
발길에 밟혔습니다. / 그러나 구렁에 빠지잖고 진흙속에 묻히기 전에 /
어떻게 아늑한 님의 앞에 이르렀을까요. / 萬有의 님이시니 님 하나만
부르진 않었겠지요 / 혼미했든 그 닙새니 스사론들 어떻게 와졌겠지요

---

13) 성낙희, 「김일엽문학론」, 『아세아여성연구』 17, 숙명여대 아세아여성문제연구
   소, 1978.

/多却에 세워뒀든 님의 「壯力」이 있었다구요 / 그것이 다리가 되어 아 득이든 그 닢새를 다행하게 건녀주었습니다 그려.

그렇지만 밖에는 가을의 닢새같은 중생들이 / 여전히 비바람에 부닥 겨 울부짖는 소리가 들립니다 / 부칠 곳을 찾는 그들은 이 말에 이리 쏠 리고 / 저 소리에 저리 밀려 다함이 없는 고민에 헤매입니다. / 그러면서 도 님의 말슴은 드르려고도 아니하고 / 닢새의 있는 곳은 보이지 못합 니다. / 그러니 가장 안온한 곳을 찾은 닢새의 마음이 / 지금 닢새에게 있는 이 붓은 / 참으로 변변치 못한 것을 알면서도 / 이렇게 애써 그려뵈 이는 것도 그 까닭이랍니다. / 언제나 닢새에 묻혀진 그때가 벗거져서 / 본 금빛이 드러나며 한 큰 광명을 일우울가요. / 그때가 돼야 어둔 천 지는 부서지고 / 그들의 눈은 제절로 떠여지게 될 텐데요.

— 「금닢새 하나」 전문

불교에 귀의하여 안락한 삶을 누리게 된 자신의 모습과 중생구제를 기원하 는 마음이 잘 나타난 시이다. 천지간에 떠돌던 외로운 한 잎새가 구렁과 진흙 에 빠지기 전에 님에 의해 구원받았다는 것이 이 시 전반부의 내용이다. 그래 서 시인은 '가장 안온한 곳을 차즌 닢새의 마음'으로 중생들을 구원하고자 한 다. 진리의 세계로 들어선 그 자신으로서는 아직도 혼탁한 속세에서 방황하 는 중생들을 그냥 두고 볼 수가 없기 때문이다. 간결했던 입산 전의 시들과 비교하면 이 시는 상당히 서술적이며 포교를 목적으로 쓰여진 목적시로서의 성격이 강하다고 하겠다. 이밖에 「나의 노래」, 「봄은 왔다 그러나 이 강산에 만」도 중생구제나 혹은 절대자에 대한 강한 믿음을 고백하고 있는 작품이다.

이상 살펴본 바와 같이 일엽의 시는 입산 전과 입산 후의 시가 주제면에 서 뚜렷한 대조를 이루고 있다. 입산 전에는 개인적인 삶과 사랑하는 님에 대한 노래가 주류를 이루었으나 입산 후의 작품들에는 불교의 절대자를 향 한 구도와 중생구제의 불교사상이 강하게 드러난다.

4. 羅蕙錫의 경우

정월 나혜석은 1896년 4월에 경기도 수원에서 출생하였으며, 그의 집안은 대대로 부유한 명문이었던 것으로 알려져 있다. 진명여고보를 수석으로 졸업하여 이름을 날렸을 정도로 총명했던 그녀는 동경여자미술학교에 진학하여 그림을 그리면서 뛰어난 미모와 재능으로 유학생들 사이에서 인기가 높았다고 하며, 「폐허」 편집에도 큰 역할을 하였던 것을 『폐허』 편집 후기를 통해서 알 수 있다.14) 나혜석이 남긴 작품은 시 5편, 소설 4편, 감상문 36편, 논설문 8편, 기행문 3편, 희곡 1편으로 시보다는 산문이 우위를 차지하고 있다.15)

> 졸졸 흐르는 저 내물 / 흐린 날은 푸르죽죽 / 맑은 날은 반짝반짝 / 캄캄한 밤 흑색같이 / 달밤엔 백색같이 / 비오면 방울방울 / 눈오면 녹혀주고 / 바람불면 무늬지어 / 아침부터 저녁까지 / 밤부터 새벽까지 / 춥는지 더웁든지 / 싫든지 좋든지 / 언제든지 쉬임없이 / 외롭게 흐르는 내물 / 내물! 내물 / 저렇게 흘러서 / 湖되고 강되고 海되면 / 흐리든물 맑아지고 / 맑든물 퍼래지고 퍼렷든물 짜지고.
>
> ─「냇물」 전문

정형률에 가까운 리듬을 지니고 있는 이 시는 냇물의 변화무상한 모습을 그리고 있는데, 이 시를 통해서 나혜석이 지니고 있던 자유에 대한 갈망, 미지의 세계에 대한 동경까지도 읽어낼 수 있다. 즉, 냇물보다는 호수가, 호수보다는 강이, 그리고 강보다는 더 넓은 바다가 되어 좁은 세계에서 벗어나 넓은 세계에서 자유와 낭만을 즐기고자 하는 의식을 표출했다고 볼 수 있기 때문이다.

> 野原가운데 깔려있어 값없는 / 모래가 되고 보면 줍는 사람도 없이 / 바람불면 먼지되고 비오면 진흙되어도 / 人馬에게 밟히면서도 / 싫다고도 못하고 이 세상에 있어 / 이따금 저 천변에 / 蒲公英 野菊花 메꽃 꽃다시꽃 / 피었다가 스러지면 흔적도 없이 / 뉘라서 찾어오랴 / 뉘라서 밟아주랴 / 모래가 되면 값도 없이.

---

14) 김영덕, 앞의 책, 376쪽.
15) 정영자, 앞의 책, 90쪽.

—「砂」 전문

값없이 널려있는 모래를 통해 인간의 가치외 인생의 의미를 탐구하고자한 시이다. 무가치한 삶을 배격하고, 인생에 특별한 의미를 부여하면서 인간다운 삶을 영위하고자 하는 시인의 내면이 잘 드러나 있다.

나혜석의 이런 인간찾기 의식, 즉 인간다운 삶에의 추구는 「노라」로 인해더욱 강한 반향을 불러일으키게 되었다.

나는 인형이었네 / 아버지 딸인 인형으로 / 남편의 안해 인형으로 / 그네의 노리개이었네 / 노라를 놓아라 / 순순히 놓아다고 / 높은 담벽을 헐고 / 깊은 규문을 열고 / 자유의 대기중에 / 노라를 놓아라 / 나는 사람이라네 / 남편의 안해 되기 전에 / 자녀의 어미 되기 전에 / 첫째로 사람이라네 / 나는 사람이로세 / 구속이 이미 끊쳤도다 / 자유의 길이 열렸도다 / 천부의 힘은 넘치네 / 아아 소녀들이여 / 깨어서 뒤를 따라오라 / 일어나 힘을 발하여라 / 새날의 광명이 비쳤네.

—「노라」 전문

이 시는 1922년에 梁白華에 의해 번역된 「인형의 집」의 서시로서 쓴 것이었다. 그러므로 이 시는 나혜석이 자신의 이미지로서 '노라'를 강조했다기보다 책 속의 인물에 대한 이미지를 제시했던 것이지만, 이것이 나혜석 자신의 인생관을 예시적으로 보여주었다는 점은 부정하기 어렵다.[16]

이 작품도 역시 인간으로서의 자기찾기 의식을 목적으로 하고 있다. 이러한 목적을 가지고 선동적인 어구들을 나열함으로써 목적시로서의 성격이굳어지기는 했으나[17] 진정한 인간의 삶이 무엇인가를 탐구하고자 애쓴 노력의 자취는 역력하다. 끝없는 자유를 갈망하는 그는 '남편의 안해 되기 전에 / 자녀의 어미 되기 전에 / 첫째로 사람'이라고 외친다. 이와 같은 자유의식으로 인해 그녀의 삶은 급격히 불행의 나락으로 떨어지고 만다. 사회는

---

16) 신달자, 앞의 논문, 61쪽.
17) 이인복, 「한국여류시문학의 전통」, 이인복 외, 앞의 책, 333쪽.

아직 그런 자유의식을 받아들일 수 있을 만큼 개화되지 못했기 때문이었다. 나혜석은 파리에서 있었던 최린과의 염문설로 인해 남편으로부터 이혼을 당하게 되고, 결국 그녀의 삶은 비극의 나락으로 급격히 추락하고 만다.[18]

그후 그녀는 주위사람들과 사회로부터의 냉대, 버릴 수 없는 모성애와 경제적 궁핍 등으로 올바른 생활을 하지 못하고 폐인이 되어 거리를 헤매다가 무명의 떠돌이로 이승의 생을 마감하고 말았다.[19]

이상에서 살펴본 바와 같이 나혜석의 시에 나타나는 주된 정서는 자유에 대한 갈망과 참다운 인간으로서의 자기찾기 의식이라고 하겠다. 나혜석은 자유를 찾기 위하여 자신을 얽어매는 온갖 인습과 도덕에 온 몸을 던져 맞섬으로써 스스로의 삶이 깨어지는 희생도 마다하지 않았다. 그의 시는 이러한 그녀의 의지를 뚜렷하게 보여주고 있다.

5. 결 론

지금까지 한국 여류시문학의 서장을 연 세 여류시인 김명순, 김원주, 나혜석의 작품세계를 고찰해 보았다. 결과를 정리하면 다음과 같다.

김명순은 1920년 『창조』 7월호에 「朝露의 花夢」이라는 장시를 발표함으로써 등단하였으며, 총 70여 편의 시를 남겼다. 그의 시는 여성적 섬세함을 바탕으로 고향 혹은 어머니에 대한 그리움과 유년시절의 추억, 님에 대한 그리움과 원망, 가톨릭사상과 영원성의 추구 등을 특징으로 하고 있다.

김원주는 1920년 3월에 『신여자』에 「알았거든 나서라」를 발표함으로써 등단하였으며, 그의 시는 시조까지 합하여 30여 편 정도이다. 이들은 1928년을 기점으로 하여 입산 전과 입산 후의 작품이 주제면에서 뚜렷한 대조를 보이고 있다. 입산 전의 작품은 주로 부재하는 님에 대한 그리움과 기다림,

---

18) 나혜석, 『이혼고백서』, 오상출판사, 1987, 205쪽.
19) 나혜석의 죽음에 대해서는 여러가지 이야기가 있으며 따라서 사망일자에 대해서도 의견이 서로 엇갈린다. 그의 죽음은 아직까지 수수께끼로 남아있는 상태이다.(정영자, 앞의 책, 81쪽 참조)

그로 인한 슬픔과 고독을 여성적인 어조로 노래하고 있으며 형태상으로는 시조형식에 가까운 정형률을 지니고 있다. 이에 반해 입산 후의 시는 세속적인 번뇌에서 벗어나 절대자를 향한 구도와 중생구제의 불교사상을 강하게 드러내고 있다.

나혜석은 문인으로서보다는 화가로서 더 많은 활동을 했던 까닭에 그가 남긴 시는 5편에 불과한 데, 1921년 1월에 발행된 『폐허』 2호에 「냇물」과 「砂」를 발표하였고 그밖에 「인형의 집」, 「노라」, 「앗겨 무엇하리 이 청춘을」 등을 발표하였다. 이들 시는 자유에 대한 갈망과 인간찾기 의식을 주된 정서로 하고 있다. 나혜석은 자신을 얽어매는 온갖 속박으로부터 자유롭고자 했으며, 참다운 인간으로서의 자기를 찾고자 하였다. 그의 시에는 이와 같은 의식이 강하게 표출되어 있다.

신문학 초창기 여류시인들은 불리한 사회적 조건과 환경의 영향으로 인해 작품활동을 제대로 하지 못한 채 온갖 추문과 낭설에 휘말렸으며, 그들 자신 또한 투철한 작가의식을 지녔다기보다 여류라는 희소가치를 더 중시하고 개인적 삶과 예술을 확연히 구분짓지 못한 탓에 문학도 인생도 상처입는 결과를 초래하고 말았다. 그러나 이들이 제대로 된 작품 하나 없이 추문만 뿌리다 사라진 것이 아님은 본고를 통해 충분히 밝혀졌으며, 또한 작품의 질적인 면에 있어서도 논의할 만한 것들이 적지 않음을 알 수 있었다. 아울러, 이들 세 명의 여류시인들이 문학적으로 괄목할 만한 성과를 올리지는 못했다 하더라도, 뒤이어 나타날 여류들에게 그 활동의 단초를 마련해 줌으로써 그후의 여류시인들이 좀더 나아진 사회적 여건 속에서 작품활동을 하게 되었다는 점에서 여류시 선구로서의 의의도 충분히 지니고 있다 하겠다.

한편, 이들 세 명의 여류시인들은 아직 완전히 개화되지 못한 사회 속에서, 여성의 삶을 억압하는 사회와 제도에 반기를 들고 인간다운 삶을 추구하고자 노력한 여성해방의 선구자들이었다. 신학문을 통해 얻은 각성된 의식으로 무장한 이들은, 전근대적 남성중심의 사회에서 온갖 희생을 치르면서도 인간다운 삶의 길을 모색하는 데 주저하지 않았다. 사회는 그들을 냉

대하고 방관했지만, 도도히 흐르는 역사의 새 물결에 따라 그들은 인간해
방, 여성해방이라는 길로 자신들의 삶을 이끌면서, 그 자취를 문학으로 남
겨 놓았던 것이다. *

Ⅷ. 여성시인의 새로운 시적 변화
― 김승희 · 최승자 · 고정희 시의 어조를 중심으로

배 영 애*

1. 서 론

해방 후 우리의 시단은 다양한 양상으로 발전을 거듭하였고 여성시인들
도 양적, 질적인 면에서 엄청난 속도로 늘어나 눈부신 활약을 하게 된다. 또
한 6 · 25를 지나면서 여성시단은 더욱 풍요롭고 다양해져 1970년대에 와서
는 전통적 서정시의 특성을 이어받으면서도 한편으로는 자신의 개성을 드
러내는데 주저하지 않는다. 특히 70~80년대에는 과거와는 달리 여성시인
들도 사회적 참여 의식이 높아지고 사회적 관심을 적극적으로 표명하기 시
작한다. 말하자면 여성시인들도 자본주의의 팽창으로 인한 불균형의 삶을
치열하게 인식하고 표현한다.

뿐만 아니라 현대사회의 물질문명의 그늘에서 상실해 가는 삶의 가치를
문학의 내부로 끌어들이면서 시적 표현 또한 과감해진다.

70~80년대의 대표적인 여성주의 시인이라 할 수 있는 김승희 · 최승
자 · 고정희는 과거 여성시인들이 즐겨 표현한 서정적 자기 표현에 만족하
지 않고 보다 치열한 태도로 현실적인 문제를 표현한다. 즉 소외된 계층과
여성의 정체성의 확립, 그리고 공동체 적인 삶의 보편성을 시의 중심과제로
삼는다. 이들이 천착한 현실적이고 진정한 삶의 문제는 개성적인 문체로 드

---

* 숙명여자대학교 강사 · 문학평론가.

러나는데, 이들이 표현한 개성적인 문체는 시대적인 흐름과 변화와 무관하지 않다. 여성시인들이 표현한 구체화된 시어사용과 솔직하고 노골화된 자기 노출은 의싱이라는 한 개인적 삶을 문제삼는 것이 아니라 현대사회의 그늘에 가려진 물화된 삶이 문학의 내부에 자리하면서 발생하는 현상이라 할 수 있다.

즉 평등과 자유, 진정한 여성적 삶의 가치를 시적 주제로 삼은 김승희·최승자·고정희 시인들은 과거 여성시인들에게서 찾아 볼 수 없는 시적 특성을 지닌다. 이들의 시에서 공통적으로 표출되는 특성은 어조의 변화다. 어조는 시의 의미와 양식을 결정하는 주요한 요소다. 과거의 여성적 어조가 순종적이고 부드러운 것이었다면 이들의 시에서 드러나는 어조는 반대적 양상을 띤다. 말하자면 거부와 부정의 공격적 어조가 그러하다. 그러나 이들은 시종 일관 거부와 부정의 어조만을 고집하는 것이 아니라 주변의 일상을 비틀고 거부하면서 보다 크고 새로운 삶을 지향하는 어조를 창출한다. 즉 긍정과 수용의 어조를 지향한다. 이것은 이들의 시적 관심이 현실의 모순을 고발하고 자아를 부정하는데 있는 것이 아니라 화해를 시도하고 현실을 극복하는데 그 시적 의의가 있음을 말해 주는 것이다.

김승희·최승자·고정희의 어조는 개념적 언어를 벗어 던지고 일상성과 비속성으로 출발한다. 이들의 어조는 과거 여성시인들의 어조와는 확연히 다른 노출의 특성을 지닌다.

말하자면 이들은 '대상의 거부, 시니피앙의 유희, 패러디, 비속어, 무의미의 탐색과 소재의 일상성으로 ,지극히 사소한 개인의 삶을 시적 보편의 세계로 편입'1)하는 경향을 드러낸다. 이러한 시적 경향은 70~80년대의 공통적인 특성이기도 하지만 여성시의 어조의 변화를 짐작케 하는 것들이다.

시대적 각성과 참여의식이 맞물려 표현된 70~80년대의 여성시의 특성이 어조의 변화로 드러나는 것은 당연한 것인지도 모른다. 그러나 시인의 문체를 변화시키고 미학으로 작용하는 어조의 탐색은 여성주의 시의 경향

---

1) 한영옥, 『한국현대시의 의식탐구』, 새미, 1999, 119쪽.

을 설명하기 위해 필요한 작업이다.

물론 세 여성시인의 어조가 동일한 것은 아니지만 여성적 삶과 인간 존재에 대한 탐구를 기본으로 한다는 점에서 닮아 있고, 처절한 허무의 어조와 부정을 통한 적극적인 희망의 어조로 시를 풀어낸다는 점이 공통적이다.

그러므로 본고에서는 세 여성시인들의 어조를 '거부와 초월' 그리고 '화합과 재생'의 두 가지 어조로 구분하여 여성시의 새로운 변화의 양상을 살피고자 한다. 단순한 공격성이나 파괴, 그리고 세상을 향한 분노의 발산이 아니라 궁극적으로 가장 순수하고 참된 삶으로 다가가는 과정으로 보여지는 여성어조의 변화를 '여성의 눈으로 새롭게 읽어'[2] 여성시의 한 양상을 살펴보고자 한다.

2. 여성시인들의 어조 변화

전통적 여성시의 어조는 복종과 회원의 어투로 나타난다. 그리고 시적 자아의 모습을 간접화하는 경향이 뚜렷하다. 그러나 해방 후 삶과 죽음의 현장이 얼마나 비극적이고 처절한 것인지를 경험한 후 인간의 실존은 더욱 주요한 시적 테마가 되었다. 그리고 산업화의 물결은 인간의 삶을 계층화로 구분시켜 또 다른 비극을 초래하였다. 이런 와중에 여성시인들은 항시 시의 중심에서 비켜나 있었던 여성들의 보편적이고 일상적인 삶을 시의 중심으로 부각시키기 시작한다. 또한 60년대 이후 본격화 된 페미니즘의 경향이 여성시인들의 시에서 서서히 싹트고 민중의 삶이 시의 내부에서 작용하기 시작하면서 시의 중심에서 밀려났던 여성적 문제는 더욱 직접적이고 본격적인 시의 주제로 대두되기 시작한다.

70~80년대 페미니즘을 표방하는 시인들의 시에서 여성적 인식의 자각은 곧 시적 표현으로 이어진다. 이러한 시적 표현은 주로 시적 일탈로 나타난다. 이 일탈은 시의 내용과 형식에 영향을 주는데 주로 어휘의 변화와 어

---

2) Kate Millet, *The Sexual Politics*, 정의숙·조정호 역, 『성의 정치학』, 현대상사, 1976.

조의 변화로 표출된다. 과거 여성시에서 표현된 이조와는 다른 양상으로 느
러난다. 이러한 징후는 탈개성화의 현상이면서 시인의 시대인식의 결과이
기도 한 것이다.

　김승희·최승자·고정희의 시에서 발견되는 경향 중의 하나가 화합과
구원의 어조라 할 수 있다. 세 여성시인의 시에서 공통적으로 발견되는 이
러한 어조의 특성은 시대적 변화의 반응이며 개성의 표출이라 할 수 있다.
세상을 향한 삶의 부정적 측면을 강조한 것과는 다른 모습으로 세상과의 화
해를 시도하는 것이며 자기 모순의 극복을 지향하는 것으로 풀이할 수 있
다. 이러한 양상을 세 시인의 시를 중심으로 살펴보면 거부와 부정의식으로
일관하던 태도에서 참된 자기 발견과 아울러 세계와의 화해 지향으로 나타
나는데 대개가 여성의 모성성으로 드러나는데 이 모성성은 엄격히 '사랑'의
표출로 나타난다. 그리고 이 모성적 표현은 지금까지 억압하고 부조리한 현
실에 대한 저항에서 한 차원 승화된 모순의 이해로 드러난다. 즉 '쟁취나 도
전보다 오히려 설득력 있는 통합과 조화의 원리인 사랑·그리움·기다림
등의 봉사의 전통적 아름다움'3)으로 그 어조가 변한다.

1) 거부와 부정4)의 어조

①
꿈꾸도다
나의 생이 안개의 먹이로 환원되는 것을
나는 바라지 않기에
살기 위해 더 많이 사랑할 것을
오직 나는 바라기에
나는 감히 상상하도다

---

3) 정영자, 『한국 페미니즘 문학연구』, 좋은날, 1999, 206쪽.
4) 모더니즘과 포스트모더니즘의 차이를 설명함에 있어서 모더니즘은 공간성을
　강조하지만 포트모더니즘은 공간으로부터의 초월을 강조하는데 이런 맥락에
　서 부정은 초월의 개념과 일치하기도 한다. S. Conner, *Beyond Spatialism,*
　Postmodernist Culture, Bassil Backwell, 1989, 117～122쪽. 이승훈, 앞의 책 재인용

영원의 궤도 위에서 나의 불이 태양으로 회귀하는 것을.
— 김승희의 「태양미사」에서

②

나는 아무의 제자도 아니며
누구의 친구도 못 된다.
잡초나 늪 속에서 나쁜 꿈을 꾸는
어둠의 자손, 암시에 걸린 육신.

어머니 나는 어둠이예요.
그 옛날 아담과 이브가
풀섶에서 일어난 어느 아침부터
긴 몸둥어리의 슬픔이예요

밝은 거리에서 아이들은
새처럼 지저귀며
꽃처럼 피어나며
햇빛 속의 저 눈부신 천성의 사람들
저이들이 마시는 순수한 술
갈라진 이 혀 끝에는 맞지 않구나.
잡초난 늪 속에서 온 몸을 사려감고
내 슬픔의 독이 전신에 발효하길 기다릴 뿐

뱃속의 아이가 어머니의 사랑을 구하듯
하늘향해 몰래몰래 울면서
나는 태양에의 사악한 꿈을 꾸고 있다.
— 최승자의 「자화상」 전문

③

치마자락 휘날리며 휘날리며
우리 서로 봇물을 트자

　　　옷고름과 옷고름을 이어 주며
　　　우리 서로 봇물을 트자
　　　힐머니의 노동을 어루만지고
　　　어머니의 보습을 씻어 주던
　　　차랑차랑한 봇물을 이제 트자
　　　벙어리 삼년 세월 봇물을 트자
　　　눈먼 삼년 세월 봇물을 트자
　　　달빛 쏟아지는 봇물을 트자
　　　할머니 밥이 아니어도 좋아라
　　　어머니 떡이 아니어도 좋아라

　　　　　　　　　　　— 고정희의 「우리 봇물을 트자」 전문

　위의 세 시인에게서 공통적인 모습을 찾는다면 당연히 세계에 대한 거부
와 부정적 시각을 들 수 있다. 그런데 세 시인의 거부와 부정적 태도는 나약
성으로 이어지지 않는 공통점이 있다.

　「태양미사」는 김승희의 첫 번째 시집에 실린 시인데, 이 시는 삶에 대한
인식과 현실에 대한 시인의 자각 현상을 표현하고 있다. 여기서의 시인이
추구하는 구심점은 자아의 초월로써 진정한 이데아다. 이 이상이 '꿈'으로
이어진다. '꿈'은 현실을 비켜가는 수단이 된다. 그의 말대로 '살기 위해' 그
리고 '나의 생이 안개의 먹이로 환원되는 것을 / 바라지 않기에' 그는 꿈꾼
다. 이것은 자신에게 주어진 삶을 부딪쳐 싸우지 않고 충실히 살기 위해 그
는 우아한 거부의 몸짓으로 현실을 비켜간다. 이 비켜감은 바로 꿈이다. 김
승희의 시에서 여성적 자아는 언제나 남성과 대립하지 않고 자신의 가슴깊
이, 정신의 끝을 향해 날고 있을 뿐이다. 이것은 김승희의 시에서 '거부'와
'부정'은 이상적 초월로 이어지기에 구체적 대상을 갖지 않는 특징이 있다.
그녀는 끊임없이 주변의 세상의 바깥을 향해 거부한다. 그의 말대로 '사랑
도, 눈물도, 진짜가 아닌 것 같애, / 사랑도 비슷한 / 눈물도 비슷한 / 흔적도
비슷한 / 분노도 비슷한 / 그런 비슷한 것들이 나 비슷한 것들을 감싸고'(「떠
도는 환유5」) 세상은 온통 거짓인 것 같고 진실성이 없어 보인다. 그래서

시인은 불안하고 겉돌기 시작한다. 세상 안으로 가지 않고 자신 속으로 침몰한다. 그가 느끼고 있는 세상을 불신과 절망으로 표현한다. 그러나 김승희는 주변 세상에 대한 불신과 회의를 최승자의 어조만큼 절박하게 진술하지 않는다. 김승희는 세상의 불신과 부정을 자신의 내부에서 치유하려고 애를 쓴다. 반면에 최승자는 외부 세계를 향한 부정적 진술이 강렬하다. 그리고 세계에 대한 불만을 정면으로 대치한다. 그리고 그녀의 시에서 시적 자아는 자기 해체의 모습으로 드러난다. 이 해체는 세계에 대한 정면 공격적 자세이며, 이 자세는 새로운 자신의 깨달음을 위한 전초전이다. 김승희에 비해 어조가 훨씬 강하다 최승자의 부정적 어조는 "오 들끓는 식욕으로 다가오는 라면 / 고통과 쾌락의 두 약재로 빚어신 / 우리 시내의 딩의정을 / 이 시는지?(－ 아시는지에서)"처럼 강렬한 문명의 거부로 표출되기도 하고 기존의 질서에 대한 반발로 드러나기도 한다. 또한 「여의도 광시곡」에서처럼 "다시 다른 한 끝에서 침몰하기 위하여 원효대교, 그 허상의 다리를 넘어 / 섬으로 진입하는 사람들 / 유해 색소의 햇빛에 조금씩 들끓으며 발효하기 시작하는 거대한 반죽 덩어리"로 도시문명을 비판하지만 동시에 새로운 모색을 위해 시인은 고뇌하기도 한다. 위의 시에서 최승자는 '나는 아무의 제자도 아니며 / 누구의 친구도 못 된다 / 잡초나 늪 속에서 나쁜 꿈을 꾸는 / 어둠의 자손, 암시에 걸린 육신.'이라고 회의에 젖는다. 그리고 그녀는 '밝은 거리의 아이'와 '새', '꽃', '햇빛 속의 저 눈부신 천성의 사람'과는 어울리지 않는다고 자신을 규정한다. 이것을 통해 유추할 수 있는 것은 한 개인적 삶을 위한 일이 아닌 또 다른 삶을 위해 사악한 일을 도모하기에 현실 속에 갇힐 수 없는 것이다. 그는 계속 새로운 탈출을 위해 꿈을 꾼다. 새로운 깨달음을 위한 세계의 부정은 강렬한 어조일 수밖에 없다.

'갈라진 이 혀 끝', '잡초난 늪 속에서 온 몸을 사려감고', '슬픔의 독이 전신에 발효하길 기다릴 뿐'으로 묘사되는 시적 자아의 모습은 세계와 정면으로 대립하는, 그리하여 치유를 지향하는 투쟁적인 자세를 엿볼 수 있다. 이렇게 세계와 대립된 모습으로 표현되는 최정희의 시적 자아는 김승희보다 강렬한 어조를 지닐 수밖에 없다.

그러나 세 시인 가운데 가장 강렬한 어조로 자신의 내면을 드러나는 것은 고정희다.

고정희는 「우리 봇물을 트자」라는 시에서 '트자'라는 술어를 반복하여 구호적이고 선동적인 어조를 표방한다. 이 어조는 표층으로는 긍정적이지만 심층에서는 사회의 전복을 기도하는 부정과 거부의 어조다. 결국 시인은 과거의 여성들을 억압하던 모든 인습의 거부를 긍정적 어법으로 주장한다. 그러나 이러한 표현은 맥할레가 지적한 문체론적 책략인데 여기서와 마찬가지로 고정희는 그의 시에서 이와 같은 문체론적 책략을 많이 사용한다. 같은 어휘를 중복 배열하거나 사설시조와 같은 중얼거림, 혹은 무당의 굿판의 어조를 배열하여 이른바, 통사의 해체5)를 한다. 이 통사의 해체는 겉으로 드러나는 의미를 부정하면서 비인간적이고 모순적인 사회를 통렬하게 비판하는 기능을 담당한다. 고정희는 일관된 어법으로 투쟁적 세계관을 드러낸다. 그리고 시대적 고민과 갈등을 야유의 어조로 드러낸다.

'오늘날 어찌하여 해방길이 막혔는고 하니 / 허욕정치 허세정치 허물정치 때문이라'(「허물 때가 있으면 세울 때가 있으니」)와 '독자보다 배부른 시인을 용서하시고 / 백성보다 살쪄 있는 지배자를 용서하시고'(「야훼전상서」) 등의 어투는 결국 세계의 부정과 비판을 위한 수사법으로 사용된다. 이러한 특징이 역시 최승자의 시편에서도 찾아볼 수 있다. '움직이고 싶어 / 큰 걸음으로 걷고 싶어 / 뛰고 싶어 / 날고 싶어 // 깨고 싶어 / 부수고 싶어 / 울부짖고 싶어'(「나의 시가 되고 싶지 않은 나의 시」) 여기서 사용된 시어의 배열을 자세히 보면 동일한 의미의 반복을 통해 탈출과 해방을 추구함을 엿볼 수 있다. 닫힌 세계에서의 벗어남을 추구하는 것이다. 시인이 인식하고 있는 기존의 질서를 파괴하고자 하는 강렬한 욕망이 표출되고 있다. 이와 같이 여성의 시에서 기존의 서정시에서 보던 바와 다르게 시적 화자의 어조를 통하여 많은 의미를 강조한다. 이것은 시에서 시적 화자의 어조가 의미에 많은 비중을 두지 않던

---

5) 이승훈외, 앞의 책, 68쪽.

종전의 서정시와는 달리 어조의 반복적 구성의 기법으로 문장의 표면과 심층적 의미의 경계를 허물어 시적 의미를 강화한다. 이런 시적 화자의 어조 층위가 강조되는 경향이 페미니즘 시에서 발견된다. 그리고 여성화자의 어조가 한층 강화되어 시의 문면으로 드러나는 것도 그 한 특성이라 할 수 있다.

즉 세 시인은 여성화자를 통하여 현실의 상황을 거부하고 부정한다. 이 부정의 어조는 기존의 의미를 부정하면서 계속 새로운 의미를 산출하여 텍스트를 메운다. 이렇게 새롭게 의미가 산출되는 것은 어조의 이중성 때문이다. 어조의 이중성은 새로운 언어의 의미를 생성하기보다는 의미를 변형한다. 그리고 이렇게 변형된 어조의 이중성은 여성적 삶의 가치와 더 나아가 현실을 부정하는 것이다. 기존이 질서와 의미체계를 부정함으로써 자유를 획득하는 시적 표현의 바탕에는 기존의 여성적 어조와는 상당히 차이가 나는 대담성으로 표현된다. 그리고 세 시인의 시에서 부정적 어조는 모순과 대립하는 이원구조로 내재한다.

이들 어조의 진정한 의미는 공격성과 파괴성이 아니라 '이성 중심의 억압이나 모순으로부터의 자유를 지향하는 것으로 시간 / 공간 / , 본질 / 현상, 말 / 문자, 현존 / 부재 같은 대립과 위계질서가 허구라는 인식'6)의 표현이다. 그리고 이 허구에 대한 자각은 다시 그들의 어조를 바꾸는 역할을 하기도 한다.

2) 화합과 구원의 어조

①
쓰러질 때까지 사랑했던 사람
쓰러질 때까지 일했던 사람은
그가 어느 나무 아래 길을 걸었다
하더라도
결국은
보리수나무 아래 길을 걸은 것이라고

---

6) 이승훈 외, 『포스트모더니즘과 문학비평』, 고려원, 1994, 65쪽.

이제야 비로소 난
모든 사람의 길과 나 자신의 길을
이해하고 사랑할 수 있을 듯하다.
                    ― 김승희의 「보리수나무 아래로」에서

②
거기서 알 수 없는 비가 내리지
내려서 적셔 주는 가여운 안식
사랑한다고 너의 손을 잡을 때
열 손가락에 걸리는 존재의 쓸쓸함
거기서 알 수 없는 비기 내리지
내려서 적셔 주는 가여운 평화
                    ― 최승자의 「사랑하는 손」 전문

③
가슴 밑으로 흘러보낸 눈물이
하늘에서 떨어지는 모습은 이뻐라
순하고 따스한 황토 벌판에
봄비 내리는 모습은 이뻐라
언 강물 풀리는 소리를 내며
버드나무 가지에 물안개 만들고
보리밭 잎사귀에 입맞춤하면서
산천초목 호명하는 봄비는 이뻐라
거친 마음 적시는 봄비는 이뻐라
실개천 부풀리는 봄비는 이뻐라
오 그리운 이여
                    ― 고정희의 「땅의 사람들 6-봄비」 에서

위의 세 편의 시는 철저한 자기 해부적 증언을 통하여 얻어진 세계와의
화해 지향적 어조가 드러나는 시다. 한국적 여인의 애환과 함께 순종하는
벽을 허물고 자유의 물꼬를 열자는 여성 해방[7]의 실천적 의미를 담고 있었

던 부정적 저항의 어조와는 다르게 모성적 어조를 띤다. 어머니의 어조는 허망하지 않고 진실하다. 어머니는 세상 말할 때도 거짓과 치욕적 어조가 아니라 생명력과 사랑이 넘치는 어조를 사용하듯 이들의 시에서 발견되는 또 하나의 어조는 화해와 긍정의 어조다.

김승희의 「보리수나무 아래로」에서 제목의 보리수는 자아 각성의 의미를 함축하고 있다. 그리고 이 나무아래라는 의미는 타인마저도 구원해 주는 깨달음을 始原을 상징한다.

이 시의 시적 화자는 '이제야 비로소 난 / 모든 사람의 길과 나 자신의 길을 / 이해하고 사랑할 수 있을 듯하다.'라고 고백한다. '모든 사람'과 '나'는 서로 이해할 수 없는 간극이 있다고 하더라노 이세 서로 내딥하시 않고 와합적 태도를 지닐 수 있다고 표현함은 분명히 어조의 변화다. 고통과 외부 세계에서 권태와 비극적 체험으로 극복하는 길로 보리수나무 아래를 택한 것은 결국 지금까지 시인이 추구하던 세계의 모습은 자기 안에서 다시 구축될 수밖에 없다는 사실을 뜻한다.

또한 이 나무로 표현된 '부활과 새로운 탄생의 유일한 길'[8]은 타인을 이해하고 함께 할 때 비로소 새로운 삶을 맞게 된다. 시인 김승희는 「미완성을 위한 연가」에서 '하늘과 강물은 말없이 수 천년을 두고 / 그렇게 서로를 쳐다보고 있었네 / 쳐다보는 마음이 나무를 만들고 / 쳐다보는 마음이 별빛을 만들었네'라고 노래한다. 여기서 우리는 시인의 어조가 새로운 삶의 발견을 위해 혼란의 극복을 지향하고 있음을 발견하게 된다. 그리고 그녀의 시집 『달걀 속의 생』에서도 삶의 위기에서 출발한 시인의 자기 이해와 존재의 근본문제에 충실한 어조를 발견할 수 있다. 시인의 고유한 숙명을 수긍하고 충실하려는 자세는 다시 '하느님 감사합니다. / 나에게 이토록 많은 근심을 주셔서 //하늘은 넓고 갈 길은 막막한데 / 이토록 자잘한 근심들이 없었

---

7) 정영자, 『한국여성시인연구』, 평민사, 1996, 316쪽.
8) 김성곤 「시인 김승희와 「달걀 속의 생」」, 김승희 시집 『달걀속의 생』해설, 문학사상사, 1989, 227쪽.

다면 / 나는 무엇으로 아침을 시자하며 / 무엇으로 밤을 미감할 수 있을까'로 이어진다. 이러한 화자의 어조는 소외나 갈등의 어조이기보다는 정화되고 순응하려는 창조적 어조이고 모성적 어조다. 이렇게 인간의 앞에 놓여 있는 불가시적인 세계와의 관계를 시인은 회피하고 부정하기보다는 시인의 내적 세계로 이끌어 변용을 시도한다.

한편 최승자의 시의 어조도 모성적 감싸안기로 변한다. 그녀는 「기억의 집」에서 '한평생의 꿈이 먼 별처럼 / 결빙해 가는 창가에서 / 나는 다시 한번 / 아버지의 나라 / 그 물빛 흔들리는 강가에 다다르고 싶다' 라고 고백한다. 여기서 주목할 것은 시인이 지금까지 사명처럼 절규하던 부정적 어투는 '쉬임없는 파문과 파문 사이에서 / 나는 너무 오랫동안 춤추었다'로 변화하면서 외면의 현실로 향하던 눈길을 자신의 내면 세계로 돌린다. 이것은 그의 치유할 수 없는 불안과 소외를 자신의 내부의 울타리 속에서 확인하려는 것이다. 이 때의 어조는 파괴와 폭력이 아닌 구원의 어조가 된다. 이러한 어조의 바탕에는 강한 자아의 존재의 탐험과 긍정이 자리한다.

그리고 시인은 '내가 더 이상 나를 죽일 수 없을 때 / 내가 더 이상 나를 죽일 수 없는 곳에서 / 혹 내가 피어나리라'(「이제 가야만 한다」) 고 자신의 새로운 부활을 기도한다. 이 부활의 몸짓은 멈추지 않는 행진을 계속한다. 그 마지막의 도달점은 인간이 꿈꾸는 이상적 세계, 즉 대립과 소와가 해결된 공간이다. 그런데 시인 고정희의 시에서도 이러한 경향을 찾아 볼 수 있다.

지금까지 생의 반목으로 인식하던 세상을 허무와 탄식이 아닌 아름다운 시선으로 바라보고 밝게 읊조리는 시인의 어조가 눈이 띈다.

'집을 연달아 차지하고 / 땅을 차례로 사들이는 자들아 / 빈터 하나 남기지 않고 온 세상을 / 혼자 살 듯이 차지하는 자들아 / 평등 없는 너희 집이 흉가가 되리라'(「여자는 무엇이며 남자 또한 무엇인고」의 3부) 여기서 시인의 어조는 위의 「땅의 사람들6 - 봄비」의 어조와는 확연히 다름을 알 수 있다. 이것은 시인 고정희의 시 창작의 목적과도 관계가 있는데, 말하자면 그녀는 '자신을 성취해 가는 실존의 획득'9)이 시 창작의 기본적이 목적이다. 그러므로 시인은 현실을 바라보아야 하고 거기서 시인의 저항이 싹트고 거기서 화해와 새로운 지향이 변주될 수밖에 없다. 위의 고정희 시에서 '가슴 밑으로 흘러보낸 눈물'이 '인 강물 풀리는 소리를 내며 / 비드나무 가지에 물안개 만들고 / 보리밭 잎사귀에 입맞춤하는 봄비'로 의미가 긍정적으로 환기되는 것은 시적 화자의 태도, 즉 어조의 선회를 암시한다. 투쟁과 대치의 자세로 묘사하던 현실에서 자연의 발견은 새로운 삶의 발견과 어조의 변화를 가져온다. 환언하면 무질서와 혼란의 시적 세계가 현실에서 자연의 세계로 옮기면서 시인의 어조는 배타적인 어조가 아닌 사랑과 어머니의 숭고한 존재 발견의 어조로 바뀐다. 즉 존재론적 가치 발견를 내포하는 구원의 어조가 된다.

그리하여 시인의 어조는 '아름다워라 / 세서고원 구름에 파도치는 철쭉꽃 / 선혈이 반짝이듯 흘러가는 / 분홍강물 어지러워라'(「지리산의 봄 4-세석고원을 넘으며」)라고 노래한다.

프라이에 의하면 봄은 인생에 국면에 있어서 탄생이고 겨울과 죽음이 물러가는 신화의 세계다. 시인은 이 세계에 도달하기 위하여 일관되게 노력하다 돌아갔다. 그의 꾸준한 현실의 감시와 정신적 희생으로 감내하면서 보이지 않는 세계의 부활을 위해서도 부단히 노력하였다. 시인 고정희는 시를 통하여 봄을 찾아 나서고 지리산 가운데서 자연과 하나되는 방법을 터득하려 하였다. 이 갈망의 염원은 새로운 어조로 삶을 수용한다.

3. 결 론

김승희·최승자·고정희 시인의 시에 나타난 어조를 중심으로 여성시의 한 특성을 살펴보았다. 이들은 한결같이 주어진 현실에 안주하여 시를 창작하기보다는 새로운 여성적 삶과 존재론적 가치를 추구하였다. 이러한 시인의 태도는 그들 시의 특성으로 작용하면서 70~80년대의 여성시의 특성을 반영하기도 한다. 말하자면 이들은 직설적이고 당찬 어조로, 주어진 현실에 대한

---

9) 고정희,『누가 홀로 술틀을 밟고 있는가』(1979).

부정과 거부를 서슴치 않는다. 또한 이들은 부정과 거부의 어조로 자신을 드러내기에 주저하지 않는다. 이것은 전통적 여성시의 부드러움과 간접화법과는 나른 것으로, 산업화와 물질 문명의 발달에도 불구하고인간의 보편적 삶이 정립되지 않음을 드러내기 위함이다. 그러나 이들은 모순과 대립의 반복적 태도를 견지하지 않는다. 이원화된 대립적 세계를 하나의 통일된 세계로 구현하기 위해 개인적 정서나 서정에 함몰하지도 않는다. 즉 이들은 여성적 삶의 가치 확인과 보편적이고 근원적인 삶의 완성에 도달하고자 노력한다. 이러한 여성시인들의 시적 노력이 그들의 시에서 어조의 특성으로 드러난다. 이 어조의 변화와 특성은 여성시의 한 양상과 시대적 인식을 반영하는 것이 된다. 요약하면 김승희의 어조는 개인적 성찰의 어조에서 여성적 보편적인 삶을 성찰하는 어조로 변이 되고, 최승자의 어조는 극복해야 할 대상, 즉 물화된 사회에 대한 냉소적 어조를 사용하여 여성적 상실된 가치 세계를 드러낸다. 이러한 시인의 의도적인 어조는 인간의 삶의 심연을 향한 보기 성찰의 어조이면서 현대화 된 여성어조라 할 수 있다. 그리고 고정희의 어조는 역사의식을 내포한 강렬하고 비판적 어조이지만 결국은 전체성과 총체성을 획득한다. 이와 같이 세 여성시인들의 노출과 공격성으로 표출된 부정적 어조는 화합과 통일을 위해 모성적이고 범사회적 성격의 화해 어조로 변이 된다. *

IX. 김혜순 시 연구

김 영 주*

여성은 남성과 마찬가지로 역사적 행위자로 활동하고 있음에도 불구하

---

* 숙명여자대학교 강사.

고 역사의 현장에서 도외시 되어온 것이 사실이다. 그리하여 여성들은 여성 해방의 움직임과 함께 여성 자신이 자신의 역사를 쓰겠다는 인식을 갖기 시작했다. 그들은 구체적인 삶의 현장에서 체험을 바탕으로 진정한 인간성의 실현을 가능하게 하기 위해 여성을 억압하는 제요소에 저항해 왔다. 그리고 그것을 문학 텍스트로 재현하는 데 적극적으로 참여하였다.

이러한 시대적 상황에서 많은 여성 시인들이 등장했으며, 그들은 성차별의 문제, 여성의 억압에 따른 갈등, 여성 스스로가 뿌리깊은 가족주의의 전통에 얽매어 있거나 하는 등의 여성이라는 이름으로 가두어 놓은 울타리를 벗어나려는 끊임없는 노력을 지속해 왔다.

특히 최근 들어 여성 시인들의 시에서 찾아지는 특징석인 것은 일상생활을 시의 소재로 사용하고 있다는 것이다. 즉 집과 가정이 여성에게 상처를 주고 억압을 하는 장소임과 동시에 개인적이고 사회적인 정체성을 획득하게 함에도 불구하고, 그것이 시적인 형상화로 이루어지지 않았다. 그러나 이제는 여성 스스로가 일상생활 속에서 자신들을 억압하는 구체적인 요소가 무엇인지 시적인 담화로 표출하고 있다.

이 시들은 여성의 희생과 봉사를 선천적인 모성성 자질이라고 합리화시키는 가부장적 이데올로기에서 그것을 여성 본래의 생득적 자질로 인식하는 것을 부정한다. 그 부정은 모성성과 자아 정체성 사이에서 갈등과 분열을 겪기도 하지만, 끊임없이 밖으로 열려진 공간을 향해 탈출을 시도하고 있다.

이 글은 같은 맥락에서 꾸준히 여성문학의 시를 써 온 여성주의자 김혜순 시의 세계를 밝혀내는 것을 목적으로 한다.

1. 여성의 일상성 노출

사회 구조는 전통적인 관습에 의해 이루어졌으며 여성들은 그 구조의 틀 속에서 자신의 역할을 실천하고 있다. 여성의 시 텍스트는 현실 세계에 이미 진행되고 있는 여성들의 경험 표현이다. 여성의 경험을 표현해 놓은 작품들은 그 의미를 독자와의 상호 작용에서 찾기보다는 현실적인 자신의 삶과 의식에서 찾고자 한다. 이것은 자존적인 여성 주체로서의 자격을 스스로에게 부여하려는 것이다.

> 불쌍해라, 부엌을 벗어난 적이 없다
> 밥하는 거 지겨워
> 설거지하는 거 지겨워
> 그럼 그것도 안 하면 뭐 할 건데?
> 압력 밥솥이 내게 물었다
> 뱀처럼 밥 먹고 입을 쓰윽 닦지
> 내가 대답했다
>
> ─「또 하나의 타이타닉 호」 부분

이 시는 밥솥을 소재로 사용한 것이 새롭다. 새롭다는 의식은 부엌 자체가 여성들이 가장 많은 시간을 소비하는 공간이면서도 소외된 공간이었기 때문일 것이다. 그 부엌은 '수심 4천 미터 속'에 있다. 여성들은 그 소외된 공간을 숙명처럼 받아들이고 살아간다. 특히 밥솥은 오래 전부터 여성들과 밀접한 관련이 있는 것으로 인식되어 왔고, 여성들을 평가절하하기 위한 도구로 사용되어 왔다.

화려하고 웅장했던 유람선 타이타닉 호가 화자의 결혼과 동시에 해체되어 한국식 압력 밥솥이 되었다. '내가 씻은 쌀이 도대체 몇 톤이나 될까.'라고 묻는 화자는 '망망대해를 떠나가는 배, '또 하나의 타이타닉'표 압력 밥솥, 과연 이것이 나의 항해인가. 리플레이, 리플레이, 리플레이' 라고 하여 밥솥의 운명과 자신의 운명을 동일시한다.

이렇게 '솥이 된 여자'는 타이타닉 호가 빙산에 부딪혀 바다에 잠긴 것처럼, 자신의 모든 것을 어쩔 수 없이 밤바다로 쏟아버리고 만다. 이 시는 모든 결혼한 여성들이 공감하는 내용으로 실제 체험에서 나온 것이다. 여성으로 억압받고 소외된 입장을, 대결하거나 공격적으로 말하지 않고 '압력 밥

솥'을 통해 담담한 어조로 말하고 있다. 시적 상상력의 원천이 일상생활 자
체이며 보편적인 여성의 의식을 담아내었다.

> 아버지의 폭탄이 터진 뒤라고 한다//구워지고 있었다
> 전자레인지에서처럼/지방이 튀어오르고/불똥이 튀고
> 살갗이 타들어갔다/한쪽에선 뼈대에 살갗을 걸레처럼 걸고
> 불 속에 서 있었다/토마토처럼 으깨어지고도 있었다
> 거대한 돌에 눌려서/두부가 되어가는 것도 있었다
> 배가 뺑뺑 터지며/구린내를 풍기는 것도 있었다
> 온 마을 들판 전체가/먹으러 누가 오는지 알지도 못한 채
> 전신에 눈물을 칠하고/튀겨지고 있었다//
> 어머니가 눈물을 삼키며 식사를 준비하고 계셨다
> —「엄마의 식사준비」 전문

'아버지의 폭탄이 떨어진 뒤'에 '어머니가 눈물을 삼키며 식사를 준비하
고 계'시는 모습을 리얼하게 보여주는 시다. 엄마의 모습은 아버지의 폭력
을 내면화하여 '뼈대에 살갗을 걸레처럼 걸고 불 속에 서' 있는 처참한 모습
을 하고 있다.

산업화와 근대화 과정을 거치면서 가족 구성원의 역할이 달라지고 있고,
또 가족의 핵심적 운행자가 여성[1]으로 바뀌었다고 하지만, 전통적 유교사
회가 만든 남성 우월의 가부장적 사회 구조는 남녀 관계의 구조를 질적으로
바꾸어 놓지는 않았다. 그래서 부엌은 항상 여성만의 공간이며, 남성은 지
배자로 여성은 피지배자로 남아있게 하는 공간이다. 경직되고 권위주의적
인 가부장제를 등에 진 남성으로 인해 여성은 성적인 조건이 한계 지운 지
위를 감내하고 있는 것이다.

부엌은 단순히 여성이 주로 활동하는 공간만을 의미하는 것이 아니라 사
회적, 경제적 지위까지 의미하는 것이며, 자신에게 주어진 운명인 여성적

---

1) 조혜정, 『한국의 여성과 남성』, 문학과 지성사, 1992, 194쪽.

경험을 바탕으로 심화된 보편적인 내용을 통해 여성적 자아를 재확인하게 하는 공간이다. 엄마의 정체성 확인은 엄마와 나와 관계에서 나의 정체성을 확인하려는 것과 연결되고 있다. 엄마의 얼굴과 닮은 나의 얼굴을 보고 거기서 세상 여자들의 얼굴을 확인한다.

이처럼 여성의 일상성 노출은 가부장제가 폄하해 버린 여성적인 것을 재평가하려는 시도이며, 억압된 여성의 모습을 보여주고 거기서 벗어나려는 이중의 목소리를 담고 있는 담화이다.

2. 여성적 존재로서의 갈등

남성은 사회생활을 통해 역사와 문화를 창조하는 역할을 했지만, 여성은 단순히 생물학적인 생활을 통해 남성이 만들어 가는 사회에서 보조적인 역할만을 담당해 왔다고 인식되어 왔다. 그러므로 남성은 문화적인 존재이며 여성은 자연적인 존재로 간주된 것이다. 여성이나 여성다움은 부정적이고 비본질적이며 비규범적인 것, 즉 타자인 것이다.[2] 여성이 스스로 타자의 지위를 선택한 것이 아니라 남성에 의해 강요당한 것이다. 여성들이 자신의 실체를 올바르게 바라봄으로써 타자의 지위를 강요당하는 현실을 직시할 수 있게 된 것이다.

타자로서의 여성의 역할을 받아들임은 스스로를 하나의 사물적 대상으로 인정하는 것이다. 그러나 이것은 정당화될 수 없다. 여기서 여성적 자아의 언어는 시작되는 것이다. 여성의 언어와 자기 진술은 대상화된 존재에서 벗어나고자 반란을 꿈꾸고 있다. 단순한 현실의 직시가 아니라, 현실에 저항하고자 하는 것이다.

창조적인 주체로서가 아니라 소외되고 내재화되어 있는 주부의 역할을 시몬 드 보부아르처럼 경시하지 않고, 여성의 고유한 문화로 인정한다할지라도 그 문화권에 있는 여성이 그 문화를 향유하지 않고 거부한다면 그것은

---

2) 조세핀 도노번, 『페미니즘 이론』, 김익두·이월영역, 문예출판사, 227쪽.

그 역할에 존엄성을 부여하지 않기 때문일 것이다. 그래서 여성들은 끊임없이 갈등을 안고 있지만 드러내지 못한다.

> 언제나 고요한 시선, 고요한 수면/하늘 한번 쳐다보고 한숨 한번 쉬고//
> 불을 지피다가/불붙은 장작을
> 초가삼간 지붕 위로 내던지며/나와라 이 도둑놈들아
> 옷고름을 갈가리 찢고/두 폭 치마 벗어던지며/용천발광하고 싶다가도//
> 문풍지가 한밤내 바르르 떨고/하이얀 식탁보는 눈처럼 짜여지고
> —「레이스 짜는 여자」부분

일상 생활 속에서 침묵하며 살고 있는 여성은 언제나 말없이 자신의 일을 하지만, 내면에서 '한숨'을 쉬는 자아는 자신의 정체성을 찾고자 한다. 가슴에서 활활 타오르며 용솟음치는 내면의 목소리는 고요히 앉아 레이스를 짜고 있는 모습과는 달리 갈등을 겪고 있다.

화자는 '송편을 찌다가', '짓뭉개고/침을 탁 뱉고/마구 내던지고 싶'어 하고, '술을 따르다가/술잔을 내던지고/깨뜨리고/깨어진 술병을 들고/마구 찌르고, 뚝뚝 듣는/선혈을 보고 싶'어 한다. 단순 노동인 가사 활동에 파묻혀 있는 반복되는 생활은 묵묵히 행하는 겉모습과는 달리 내면에서는 격정적인 태도로 자신의 역할을 벗어버리고자 갈등한다.

그러나 그 갈등은 가슴에 일어나는 폭풍을 가라앉히고 '고요한 수면'이 되어 밤새 문풍지가 떠는 것처럼 흔들리다가 결국 제 자리로 되돌아오고 만다. 갈등을 가슴에 안고 있는 화자는 '하이얀 식탁보' 같이 항상 그 자리에 깨끗하게 놓여져 있을 뿐이다. 끊임없이 일어나는 자아 정체성에 대한 욕구를 억제하고 모성성에 충실하기 때문에 내면의 갈등이 표면으로 드러나지 않는 것이다.

> 이조 시대관에서 아이를 잃어버린 것을 알았다. ……
> 나는 누군가와 부딪치면서 콜라 세례를 받는다. 흰 치마에 콜라가

썩은 피처럼 번진다. 징징거리면서 계단을 내려간다. 다시 올라온다.
사각의 미로 같다. 그러다 어느 방에 갑자기 고꾸라지듯 들어선다.
철기 시대. 철로 만든 검. 철로 만든 방패. 철로 만든 모자. 철로
만든 창을 등지고 다시 나온다. 그러다 계단 위로 꿈결처럼 아이가
걸어 올라오는 것을 본다.…
우리는 철기 시대 철갑 병사 앞에서 두 손을 맞잡는다.
　　　　　　　　　　　　　　　　　　　—「중앙박물관 길」 부분

　화자는 중앙박물관에서 아이를 잃어버리고, 이조에서 고려, 신라, 토기 시대, 석기 시대, 철기 시대로 찾아다닌다. 아이를 잃어버린 급박한 상황이지만 화자는 오히려 여성으로서 자신의 정체성을 찾는 모습을 보인다. 그러나 역사를 역으로 거슬러 올라가며 남성 중심의 역사 속에 가려진 여성의 모습은 쉽게 드러나지 않는다. ‘나는 그 무덤의 부장품 사이로 손을 집어넣는다. 단단한 통유리가 손바닥 아래서 탁! 나를 막는다’에서 보여주는 것처럼 여성의 역사에 대한 참여는 단단한 ‘통유리’에 의해 거부당하고 만다.
　화자는 울고, ‘징징거리면서 계단을 내려간다.’ 그러다가 철기 시대에서 아이를 찾는다. 여기서 철이 의미하는 것은, 무엇으로도 대결할 수 없는 절대 권력의 가부장제이다. 이 절대권력의 가부장제 앞에서 여성이 자신의 정체성을 찾지 못하고 막막해 할 때 아이를 찾는다. 아이와 두 손을 맞잡는 것으로 결국 화자는 모성성과 자아 정체성 사이의 갈등에서 모성성으로 귀착되는 것을 보여준다.
　착한 어머니라는 가부장적 모성 찬양은 남성을 위한 여성의 역할을 오히려 강제화 하는 요소이며, 여성이 자신의 진정한 역할로 삼는 것을 방해하고 있다. 여성이 희생해야만 집안이 편하다는 전근대적인 발상이 기존 남성 중심적인 지배문화의 기초가 되어 여성을 주변인으로 만들어 버린 것이다. 그래서 ‘뿔뿔이 흩어지려는 튀는 생명을/숨 크게 들이마시며/날마다 몸 속에 가둔다’(「들숨, 날숨」부분).
　여성적 존재로서의 갈등은 모성성과 자아 정체성 사이에서 일어난다. 이

러한 갈등은 여성이 남성을 위한 보조자나 협력자일 뿐 주체적이지 못하다
는 인식에서 출발한다. 성적인 불평등을 만들어 내고 영속시키는 사회적,
심리적 여러 기제들을 폭로하여 그러한 요소들을 변화시키고자 하는 것이
다.

3. 탈출을 시도하는 몸짓

여성은 자신을 가두어 놓은 공간에서 밖의 세계를 꿈꾸고 있다. 그 공간
에서 여성들은 상실된 자아를 발견할 뿐이기 때문에, 집밖에서 진정한 자아
를 발견하려고 지금의 공간을 거부하고 벗어나려고 한다.

> 벽에 갇히는 순간/영혼 혼자 달아났다
> 영혼은 산 나무 사이/떠돌다 돌아와
> 너울너울 손짓했다/버려버려 무게 같은 거
> 버려버려 있음 같은 거/자 나처럼 이렇게 훠얼훨
> 버려버려 너 같은 거

—「딜레마」 부분

육체는 갇혔어도 영혼은 자유롭게 나를 벗어날 수 있다. 벗어난 영혼은
육체를 향해 '무게'를 버리라고 말한다. 화자는 여러 가지로 육체를 얽어매
고 있는 것들을 '훠얼훨' 벗어버리고 날아가고 싶다. 그는 육신을 버려야 자
유로운 영혼으로 살아갈 수 있는 이 딜레마 속에서 고민하고 있다. 그러나
쉽게 벗어나지 못한다.

탈출 시도는 때로 밖으로 탈출해 나오기도 하지만, 시적인 화자들은 문
앞에 어정쩡하게 서서 망설이고 있다. 이렇듯 탈출 욕망은 쉽게 실현되기가
어렵다. 때로 목적은 있고 방향이 없어서 더욱 탈출을 어렵게 한다. '한 발
지구 밖으로 내딛고 싶지만,/내 허리를 묶어놓고 공중에 돌려대는/추를 잡
은 손의 행방을 몰라'(「내 두 발의 운전」부분) 계속 그 자리만 돌고 돈다.
화자는 멈추지도 못한 채 가슴 답답한 미로 속을 헤매고 있다.

'6년전오늘미칠것만같았다. 참을수없었다. 그누구라도참을수없었을거
다.
나는정말견딜수없어옷을몽땅벗ㄱ머리를빡빡밀고팔뚝을지지려고몸부
림쳤다.
그러다가가족들몰래오대산월정사로줄행랑을쳤다.그망할놈의부처를피
해서맹렬히.

—「출가기」부분

화자는 자신 안에 숨어있는 부처를 피해서 가출을 한다. '정말 견딜 수
없어' '미칠 것만 같았'기 때문에 도망치고 있다. 자신의 공간을 벗어나 자유
롭게 날개를 달고 자유롭게 날아 자신을 해방시키고자 하는 것이다.

고유하고 독립적인 여성적 경험의 특성과 여성 주체의 형성요소를 가지
고 있는데도 불구하고 가부장적 권력구조는 타협하지 않는다. 여성에게 더
많은 좌절과 희생과 훼손을 요구하고 있을 뿐이다. 그래서 여성 화자들은
탈출을 꿈꾸고 있다. 이제까지 갇힌 공간에서 벗어나 자유 의지로 날고 싶
은 것이다.

가슴에 칼을 품고 가출.
가출한 거리에 추적이는 비//
비를 맞으며 언덕에 올라 담배 열 아홉 개비 소비.
언덕을 내려오는데 아가씨 우리
어깨동무하고 보리밭에나 갈까 취한의 습격을 받고
줄행랑. 큰길에서 두 대의 자동차로부터 흙탕물 세례 받음.
가슴의 칼을 꺼내어 삼라만상을 향해
힘껏. 그리고 욕설도 힘껏.
그 다음 하늘로부터 거룩한/거룩한 물 세례.

—「殉葬」 부분

드디어 가슴에 칼을 품고 가출을 하였는데 비가 내린다. 비가 내릴 뿐만

아니라 취한의 습격을 받고, 흙탕물 세례도 받는다. 칼을 한번도 휘둘러보지 못하고 오히려 당하기만 한다. 가출을 방해하는 요소로 인해 화자는 힘겹기만 하다. 그래서 칼을 꺼내 세상을 향해 휘둘러보고, 욕을 해보지만 비만 내릴 뿐이다. 화자는 방황하다가 결국 머무를 곳을 찾지 못한 채 물의 세례를 받고 그대로 순장되기를 염원하고 있다.

물은 화자를 정화시키는 도구로 등장하며, 또 침몰하고 싶은 곳이기도 하다. 즉 여기서 물은 원초적인 물질적 피난처 중의 하나에 우리가 되돌아가는 것을 가능케 하는 특수한 죽음에의 초대인 것이다.3) 그 자리에서 순장되고 싶은 화자는 '제발 우리를 물 속에 처박아 주세요.'라고 애원하고 있다.

「갈피와 실마리」에서도 바람 부는 여의도의 너른 광장에 나와 있는 화자는 '나 또한 갈 바를 모릅니다' 라고, 갈 곳을 정하지 못한 모습을 보여주고 있다. 새장 속에 갇혀 있던 새가 방생을 해도 어디로 날아가야 할지 갈피를 못 찾는 것처럼 화자 또한 어느 곳으로 가야할지 방황한다. 결국 탈출 시도는 실패로 끝나고 만다.

김혜순의 시에서 여성의 자연스러운 일상성 노출은 이제까지 소외되어온 그들만의 공간을 드러내서 여성을 억압하고 지배하는 구체적인 요인을 표출하는 것으로 나아간다. 이것은 남성 중심 세계의 현실 상황에서 여러 가지 억압 기제들을 올바르게 보고자 하는 것이다. 또 그 요인에 순응해 왔던 여성 화자를 통해 좌절하고 한탄만 하는 것이 아니라 거기서 벗어나려는 거부의 몸짓을 시도한다.

여성의 창조적인 주체로 서지 못하는 존재로서의 갈등은 지배 이데올로기를 내면화하면서도 진정한 자아를 발견하기 위한, 모성성과 자아 정체성 사이에서 일어난다. 그리고 자아 정체성을 찾으려는 시적인 화자는 자신을 억압하는 공간으로부터의 탈출을 시도한다. 그 억압의 요소들로부터 탈출하려는 끝없는 욕망은 두려움을 가지지만 문밖으로 나아가게 한다.

이러한 여성문학의 시에 나타난 자전적인 서사적 진술은 읽기의 과정을

---

3) 가스똥 바슐라르, 「물과 꿈」, 이가림 역, 문예출판사, 83~84쪽.

통해 독자들과 공감대를 이루는 요소가 된다. 여성적 진술의 내용을 한정된 가정 내에서가 아니라 사회적 정치적 권리에 대한 요구와 억압에 대한 요구들로 확대해야 할 것이다. 또한 여성자신의 체험을 통해 가부장적 억압의 주요 요소들을 분리시키고, 왜곡되고 숨겨진 자신의 역사를 찾는 고된 작업은 쉼 없이 계속되어야 한다. *

■ 최근의 시와 시집 논평

원죄의식과 귀향의식
— 홍윤숙의 「마지막 공부」를 중심으로

이 향 아*

1. 서 론 – 삶의 방식

시인 홍윤숙이 새 시집 「마지막 공부」를 발간하였다 이 시집은 그의 열세 번째 시집이다.

그는 시집의 서문에서 '이것이 마지막일까 생각하다가 혹시나 하여 20여 편을 남겨 두기로 한다. 건강이 허락한다면 앞으로 한 권쯤 더 …… 하는 희망을 남겨 두고자 …… 시의 희망은 곧 삶의 희망이라 믿기에.'라고 말하였다.

시인은 이 시집에서 지금까지 살아오면서 찾고 싶었던 것은 것은 행복과 평화와 神이었으며 그것이 결국은 흔적 없이 지워지는 '無'라는 것을 깨닫게 되었다고 밝히고 있다.[1]

홍윤숙의 시에서 우리가 만나는 것은 흔히 여성 시인들이 빠지기 쉬운 감미로운 정감이나, 취기처럼 몽롱하고 애매한 무형의 분위기나 아니다.

그는 그런 것으로부터 일탈하여 리얼한 목숨의 현장에 잠입하는 길을 선

---

* 호남대 교수 · 시인

1) 시인의 말 중 해당 부분을 그대로 옮긴다.
  "살아 오는 동안 내가 찾고 싶었던 그러나 찾지 못한 생의 의미 - 보물들, 행복, 평화, 神, 그런 이름들을 이제 나는 강물 위에 써본다. 그러나 글씨조차 흔적없이 지워지는 '無' 그것이 내가 찾는 보물임을 이제 깨닫는다. 사실 영혼의 가벼운 날개 위에 '無' 이외에 무엇을 실을 수 있겠는가. 진실로 이제 깨닫는다. 삶은 끝없이 꾸는 꿈이고 죽음은 비로소 깨어나는 현실임을 그리고 그 현실은 바로 다름아닌 허무임을 이제 알겠다."

택해 왔다. 가열한 삶을 직시하면서 새롭게 인식되는 영혼의 고독과 육신의 통증, 그리고 간단없는 절망과 불빛같은 희망. 그는 이러한 현실을 그의 시와 병행시켰다고 할 수 있다. 그가 표현하고 있는 목숨의 현상은 서창한 현실의식이나 이데올로기로 무장된 것이 아니고, 하루하루 이끌어가는 소란스럽고 잡다하며 시끄러운 일들 바로 그것이다. 그는 일찌기 시집「사는 법」을 통해서 때로는 추악하고 신산하며 고달픈 노역에 지나지 않는 지상의 삶을 아프게 극복하는 법을 보여주고 있다.

> 잠자는 법 눈뜨는 법
> 걸음 걷는 법
> 하루에 열 두 번도 하늘 보는 법
> 이를 빼고 솜 한 뭉치 틀어 막는 법
> 한 근씩 살내리며 앓는 법 배워요
> 눈물의 소금으로 혓바닥 절이며
> 열 손가락 손톱마다 동침 꽂고 손 흔드는
> 이별법도 배워요
> 입술 꼭꼭 깨물며 눈으론 웃고
> 목구멍 치미는 약 삼키는 법 배워요
> 가슴 터져나도 천리 긴 강물 붕대로 감고
> 하루에 열두 번씩 죽는 법 배워요
>
> — 「사는 법1」 전문

홍윤숙은 '사는 법'은 곧 '하루에 열 두번씩 죽는 법'이라고 말한다. 그는 절규에 가까운 목소리로 '사는 법'에 대해서 자기 자신을 설득하고 있다. 삶의 주체도 자기 자신이요, 그 삶의 설득자도 자기 자신이라는 점, 이것이 홍윤숙이 껴안고 있는 삶을 더욱 진지하고 절실하게 전달한다.

인간의 삶은 한결같지 않다. 그 주체가 누구냐에 따라서 때로는 희열과 낙천의 단순한 길이 될 수도 있고 때로는 고행과 형극의 복잡한 길이 될 수도 있다.

홍윤숙이 운영하는 삶의 방법은 변측이나 융통성을 부리지 않기 때문에 용이하지가 않다. '잠자는 법, 눈뜨는 법, 걸음 걷는법', '한 근씩 살내리며 앓는 법'을 배우고, '눈물의 소금으로 혓바닥 절이며 열 손가락 손톱마다 동침 꽂고 손 흔드는 이별법'을 배우는 삶. 입술 깨물면서 '눈으론 웃고 목구멍 치미는 약 삼키는 법 배'우면서 '가슴 터져나도 천리 긴 강물 붕대로 감고 하루에 열두 번씩 죽는 법 배'우는 삶은 전력전심 고통스럽게 터득해야 하는 목숨의 방법이었던 것이다. 그는 훨씬 어렵고 힘이 들더라도, 그것이 옳다고 여겨지면 골목이요 벼랑이요 외나무 다리일지라도 그것을 선택한다. 그의 '사는 법'은 그만큼 외곬의 방법이다.

7의 시에는 과장이 없다. 수사적인 측면에서 볼 때 그이 타월한 조사법은 때로 '현란한 언어의 구사'라는 평가를 받기도 한다.[2] 그러나 여기서의 '현란한 언어의 구사'는 과장과 미화와 구별된다. 홍윤숙의 시는 있는 그대로의 실상을 해체하여 핵심과 정곡을 찔러 공개함으로써 오히려 위악적인 성격을 보인다고 하겠다.

「약력2」라는 제목이 붙은 다음의 시를 읽어보자.

    북방 기마족의 피를 받은
    조부의 역마살과
    소시적부터 이름난 아비의 바람기를 타고
    세상에 태어났다
    노다지를 꿈꾸는 금전판 어느 한 모퉁이
    음 유월 여름밤
    그때도 아비는
    구름을 잡는 객관의 봉놋방 바람이었고
    조부는 풀지 못한 주먹에 혈기만 남은

---

2)『세계문예대사전』(문덕수 편. 1975년 성문각. 2358쪽)에서 문덕수는 홍윤숙 초기시의 특성을 '젊은 시절의 정열과 환희와 고독을 현란한 언어로 표현'했다고 평가하였는데,『한국시대사전』(김영삼 편 1997 한국사전연구사. 1975쪽)에서도 앞의 책과 똑같은 어구로 홍윤숙의 시를 정의하고 있다.

장년 오십에 황천의 객이었다.
쓸쓸한 유년
스무살 꽃다운 이미의 가슴에 부황든 한이
살갗마다 새파란 문신을 새기던
외진 세월의 외나무 다리 위에
위태롭게 눈뜨던 새끼 둥우리
…… 중략……
그리고 열 일곱 살
일본 침략시절 여고 강당에서
처음 만난 불
검정치마 흰저고리 흰 버선 고무신에
싸안은 불
김천애 목에서 활활 타던 이땅의 불
「봉선화」거센 불에 가슴 데이고
처음으로 「빼앗긴 들」의 암울한 일월을
혼자 배웠다
그때는 아직 아무도
새벽 종소리 울려주지 않았지만
뙤약볕에 뱀딸기 제풀에 익듯
풀섶에 여치가 혼자 영글듯
그렇게 저혼자 눈뜨며 알이 들었다
실바람에도 악기처럼 울리던
스무살 안팎

위의 시는 얼핏 서정주의 「자화상」 서두, '애비는 종이었다. 밤이 깊어도
오지 않았다.'라는 싯구를 연상하게 한다. 조부의 역마살과 아비의 바람기,
살갗마다 파아란 문신을 새기던 어미의 한을 타고 났다고 토로함으로 시인
은 자신의 이력을 축약하여 증명하고자 한다.

홍윤숙은 쓸쓸하고 위태로웠던 유년 자아와 미감에 눈을 뜨는 순간을 불
에 비유하고 있다. '열일곱살 일본 침략시절 여고 강당에서 처음 만난 불'과

‘검정치마 흰저고리, 흰 버선, 고무신에 싸안은 불’과 ‘김천애 목에서 활활 타던 이땅의 불’, 그리고 「봉선화」거센 불’ 등. 이 불들은 홍윤숙의 가슴에 강한 화상을 입혔을 것이며, 그 화상은 시인의 정신에 ‘알이 들’게 하고 ‘실바람에도 악기처럼 울리던 스무살 안팎’까지 그를 이끌어 온 힘이 되었을 것이다.

여기서 ‘불’이란 말할 것도 없이 감동과 전율, 혹은 흥분과 충격, 각성과 발견의 메타포일 것인데 그는 왜 그것을 ‘불’이라고 명명하였을까? ‘눈부신 빛’이라고 할 수도 있을 것이며, ‘거대한 소리’로 명명할 수도 있을 것이다. 그러나 정신적 성숙과 의식의 깨임으로 인한 성숙의 희열까지도 홍윤숙에게는 화상을 입는 듯한 동통을 동반하고 나타났음을 표현한 깃이라 보이야 할 것이다.

2. 목숨 혹은 원죄

홍윤숙 시집 「마지막 공부」의 핵심은 대략 두 가지로 정리할 수 있지 않을까 한다. 첫째는 원인불명의 죄책감이며, 둘째는 끝없는 귀향의식이다.

첫번째 원인불명의 죄책감은 냉혹하리만큼 엄정한 자기분석과 회한을 곁들이고 있다. 이 죄책감은 원초적 죄의식(원죄의식)과 더불어, 냉혹하고 엄정한 자기 응시의 시선이 증폭시킨 양심의 가책으로 심화되어 있다고 할 수 있다. 이러한 경향은 홍윤숙의 시의 정서를 편협한 개인의 것으로 머물게 하지 않고 그 공명의 광폭을 확장하는 힘을 준다. 그러나 때로는 그의 양심과 죄책감이 어두운 그늘과 근심이 되어 시의 분위기를 전체적으로 무겁고 어둡게 하기도 한다.

전 69편의 시를 4부로 분류한 시집 「마지막 공부」의 제3부에는 ‘목숨 혹은 원죄’라는 소제목이 붙은 열 네 편의 시가 포함되어 있다. 목숨은 그 자체가 죄의 결과이거나, 목숨을 받아 태어난 사실 자체가 바로 죄로 입문하는 길이라는 뉘앙스를 강하게 풍긴다.

고독도 죄의 결과이며 사랑도, 청춘도, 슬픔도, 그리움도, 일상의 나날, 그 적막도 모두 죄의 결과라고 그는 말한다. 출생은 내 의지의 결과가 아니니, '죽기까지 지고갈 고락과 영욕 / 태어남이 그대로 원죄'(「탄생」)라 하고 있으며, 누구에게 잘못한 일도 빚진 일도 없다고 여기는 도도한 자유 그 오만이 바로 잘못(「잘못」)이라고 힘을 주어 고백한다.

이러한 점은 그가 오랜 시간 종교인으로서 길들여 온, 절제와 겸허의 태도, 그리고 구도적 자세가 자연스럽게 반영된 것이라 보아도 될 것이다.

내 잘못이다 내 잘못이다
풀밭에 앉으면 그것을 알 수 있다고
일본의 옛 시인은 노래했지만
또 어떤 시인은
풀밭에 앉을 수 없어
사방이 콘크리트 벽이어서
나는 나의 잘못을 알 수 없다고 노래하지만
풀밭이건 시멘트바닥이건 상관없이
나는 내 잘못을 알지 못한다
무엇을 누구에게 왜 잘못했는지 알지 못한다
…… 중략 ……
누구에게 잘못한 일도 빚진 일도 없는
도도한 자유가
나를 제왕처럼 오만하게 한다
어쩌면 이 오만이 나의 잘못인지 모른다
스스로 잘못을 깨닫지 못하는 잘못

—「잘못」 중에서

시인은 자신의 잘못이 무엇인가하는 문제로 고민하고 있다. 무엇 때문에 그런 문제를 스스로 만들어 고민하는가? 그것은 시인이 그런 문제를 만들어 고민하고 싶기 때문이다. 원인불명의 자책감으로 원죄를 짊어지고 태어난 목숨을 질타하면서, 자신이 자신의 잘못을 깨닫지 못하는 잘못을 뉘우치게 된다. '누구에게 잘못한 일도 빚진 일도 없'다고 여기는 그 오만함이 바로 잘못이며, 그 오만함이 잘못이라고 여기지 않는 것이 곧 잘못이요, 죄라고 결론을 내리는 것이다.

> 파리 몇 마리 잡아 죽였습니다.
> 개미는 더 많이 밟아 죽였고
> 돋아나는 새싹 너무 신기해
> 철없이 똑똑 따서 찢어도 보고
> 피는 꽃송이 모가지 꺾어 놀다
> 버리기도 했습니다.
> 사람이 미우면 침 퉤퉤 뱉어버리고
> 까닭없이 돌팔매질 당하면
> 이 악물고 혼자서 울었습니다
> …… 중략 ……
> 그러나 보다 더 큰 죄는
> 그것들이 하나도 죄라고 생각되지 않는 생각입니다.
> 이 오만
> 아직 눈물로 통회하지 못하니
> 아마도 날마다 버려진 고아처럼 쓸쓸하고
> 까닭모를 고통의 채찍 끝이 없나 봅니다.
>
> —「죄」 중에서

그가 열거하고 있는 죄목은 지나치게 범상한 일상의 일들이다. 개미나 파리를 죽이는 일, 풀잎을 따고 꽃을 꺾는 일, 사람을 미워하여 돌팔매질한 잘못, 그리고 그러한 행위를 죄라고 생각해 본 적이 없는 오만의 죄, 이 죄를 눈물 흘려 반성하지 않은 시인은 큰 죄인 것이다.

삶을 즐기지 못하고, 극복해 나갈 큰 과제로 인식하면서도 그는 어려운 짐인 삶, 그 자체도 신의 은총으로 감사하고 있다. 이 시인은 자신을 괴롭히는 육신의 병조차 '인생의 요행을 바라'고 '정신의 허약을' 벌하여 '행복의 참뜻을 가르치려고' 단련시키는 신의 뜻(「나의 위장」)이라고 해석함으로써 감내할 수 있게 된다.

시인은 또 「존재」라는 시에서 '내가 있으니 아침이 오고 아침이 오니 해가 떠오른다'로 시작하여 이 세상에서 발생하는 모든 문제와 싸움과 목숨이 태어나는 것들이 나의 존재 때문이라고 말한다. 이 시는 읽는 방법에 따라서 그 의미가 판이해질 수도 있다. '내가 있으니 아침이 오고'로 시작되는 이 시는 얼핏 자기도취와 자아중심의 의미로 착각할 수도 있다는 것이다. 그러나 시인은 이 세상 모든 변란의 중심에 스스로를 세워놓고, 그 책임을 모두 떠맡으려는 자세를 취하고 있음을 간과할 수가 없다. '내가 있으니'는 '내가 태어났으므로'의 뜻이다. 「슬픔2」에서도 '세상에 진 빚은 태어난 죄하나, 살아 있음의 까닭도 모르고 기억도 없는 목숨의 빚에 눈이 먼다'라고 표현하고 있다. 시집 「마지막 공부」에는 세상의 희로애락, 그 원인을 자신의 존재, 그 태어났음에 책임지워 버리는 시들이 많음을 알 수 있다.

3. 귀향의식

홍윤숙의 「마지막 공부」에서 두 번째로 두드러진 성향은 귀향의식이다. 그는 끊임없이 떠나온 고향으로, 잃어버린 과거의 시간 속으로, 창세기의 에덴동산으로의 회귀를 꿈꾼다. 그러나 그가 「마지막 공부」에서 귀향의 방법으로 가장 확실하게 접근한 것은 '죽음'이다. 그리고 이 죽음의 방법은 앞서 발간한 시집들, 예를 들면 「하지제」, 「북촌정거장에서」, 「사는 법」, 「타관의 햇살」 등에서 보여 주었던 귀향의식과는 상당한 차별성을 발견하게 한다.

홍윤숙은 「마지막 공부」를 통하여 생명을 정리하고 마감하는 길이 가장 아름다운 귀향이라 말하고 있다. 그것은 칠순을 넘은 연륜이 가져다 준 자연스러운 마음의 정리라고도 할 수 있을 것이다. 그러나 그보다는 현세에서의 영욕을 벗어버리고 탐심으로부터 완전히 떠난 다음 그 결과로서 나타나게 된 모습이라고 하는 편이 더 정확할 것이다.

「마지막 공부」에서 뿐만이 아니라 지금까지의 홍윤숙의 시에서는 타관 의식이 빈번하게 표현되어 왔었다. 그는 부모가 잠시 이향해 있던 황해도 연백군에서 출생하여 바로 평북 정 주군 마산면 신오리로 귀향했다가 다시 서울로 이주해서 청소년기 이후 오늘날까지 살아왔다. 그의 시에는 이향민 으로서의 정서가 진하게 깔려 있다. 그러나 그는 단순히 고향을 그리워하면 서 타관살이의 애닲음을 내세우지는 않는다. 회상 속에 살아 있는 고향 역 시 타관이었고 지금 또한 타관임이 분명한 홍윤숙의 '타관'은 살아 있음 그 자체가 곧 타관살이임을 말하고 있는 것이다.

> 지금은 겨울이
> 퍼렇게 날을 세워
> 해바라기 꽃 울타리, 양개와집, 언덕
> 을 쓸어뜨리고
> 내가 사는 마을에 이사해 왔지만
>
> 나는 아직
> 그 여름의 소시적 거리를 떠돌고 있고
> 눈부시던 타관의 햇살을
> 기억하고 있다.
>
> ─「타관의 햇살」 중에서

> 어머니 그 옛날 저녁이면
> 창가에 등불 밝히고 기다리시던
> 어쩌면 지금도 그날처럼 기다리고 계실
> 따뜻한 집이 있어
> 먼 여정 노상에서도 평안히 꿈꾸며
> 돌아갈 길을 근심하지 않았다
> 그 골목길 등불 들고 기다리고 계실
> 어머니 있어
> 지상의 여행은 행복했다.
>
> ─「귀로3」 중에서

낯설고 어색하고 두렵기도 한 타관, 완전히 짐을 풀고 눌러 살도록 마음을 안정시키지도 않고 그렇다고 짐을 풀지 않을 수도 없는 것이 타관이나. 타관은 이상한 향기로 호기심을 자극하여 한발 한발 다가서게 하는 마력을 가지고 있다.

홍윤숙이 세상살이에서 느끼고 있는 감정은 이러한 타관의 정서이다. 그는 아무리 나이가 들어도 여전히 익숙하지 않은 세상살이를 하고 있다. 그로 하여금 그래도 타관살이를 견딜 수 있게 했던 힘은 어머니였다. 어머니가 있기에 따뜻한 집이 있고, 어머니가 있기에 '먼 여정 노상에서도 평안히 꿈꾸며 돌아갈 길을 근심하지 않'았다. 어머니는 타관살이를 견디게 하는 거대한 힘이었다.

'지상의 여행은 행복했다'라고 한 「귀로3」의 마지막 귀절에서 '행복했다'라고 한 시인의 고백이 유난히 강열한 자극으로 전달된다. 그것은 홍윤숙의 시에서 '행복'이란 어사가 흔하지 않기 때문일 것이다.3)

그는 낙천적 인생이나 안일을 취하는 시인이 아니다. 오히려 안도감으로부터 탈피하여 자신을 조심스럽게 위축시키고 극기하면서 타관의 삶을 견뎌온 시인이다. 이러한 점은 앞에서도 언급한 바와 같이 그 누군가에 대한 죄책감을 삶의 징표처럼 지니고 사는 시인이라는 점과 깊은 관련성을 가진다고 하겠다

그가 '날마다 끼니마다 약을 챙겨 먹'고 '한 달에 몇 번 병원에 가'는 것은 이 지상의 고향에 가서 고향집 '사과꽃 피는 나무 아래로 돌아가' '현악기로 울리던 바람소리 다시 한 번 들어야 한다고'(「아직은」) 생각하기 때문이다. 이 시인은 이 강열한 소망 때문에 이 지상에 오래오래 머물러 있을 것 같다. 그러나 한 편 그는 조용한 기도 가운데 종교적인 본향을 그린다.

---

3) 홍윤숙이 행복이라는 말을 꺼내는 데에 매우 조심스러움에도 불구하고 이번 시집에는 「행복」이라는 제목을 단 시가 있다. 그러나 그것은 행복이라기보다 짙은 적막과 고독이 깔려 있다.

한 생애 무거운 살 벗어놓고
고통의 뼈도 내려 놓고
가볍게 가볍게 깃털 하나로
약속된 시간 지체없이 돌아가는
귀향의 길

마침내 알리라
나를 세상에 보내신 분의
뜻을 그리고 눈뜨고 귀 열리리라
삶은 끝없이 꾸는 꿈이고
죽음은 비로소 깨어난 현실임을

그날을 위해 날마다
은사시나무 가지 끝에 부는 바람
가슴으로 새기며
남모르게 마지막 공부에
밤이 깊다

— 「마지막 공부」

　'죽음은 비로소 깨어난 현실임을' 알게 된 시인 홍윤숙은 가장 확실한 귀향을 위해서 밤이 깊도록 '남 모르게 마지막 공부'에 열중하고 있다. 그날을 기다리며 그는 '은사시나무 가지 끝에 부는 바람까지도 가슴에 새기'면서 깃털처럼 가볍게 떠날 진정한 귀향을 준비하고 있다. '황혼의 향수 구토처럼 치미는 타관의 거리'(「정신사」), 자신의 의지와는 무관하게 '그저 주어진 별 아래 쇠비름씨 한톨 날아와 박토에 뿌리박고' '크고 무서운 운명의 멍에 지워져'(「탄생」)살았던 지상에 집착하고 있지 않음을 보여 주고 있다. 집착하지 않는다 함 은 지상의 삶에 혐오감을 가진다거나, 거부감을 가진다는 말과는 구별된다.

> 날마다 조금씩
> 마음이 아픈 것은
> 아픈 마음 감싸안을
> 몸이 아직 있기 때문이다
> …… 중략 ……
> 하늘과 땅 사이 무한 공간에서
> 별과 꽃이 서로 그리듯
> 마음과 몸이 아득히 손 흔들며
> 이별하는 날이 미구에 오겠지만
> 그날이 언제 어떻게 올지 알 수 없기에
> 조금씩 근심하며 기다린다
> ——「노을 묻은 산수유 잎새 바람에 지듯」 중에서

죽음에 혐오감이나 거부감은 가지지 않는다 해도, 죽음은 역시 홍윤숙에게 있어서도 평범한 것은 아니다. 육체와 영혼이 분리되는 그날이 오겠지만 언제 어떻게 올지 알수 없기에 '조금씩 근심하며 기다린다'는 말에서도 알 수 있듯이 본향으로의 완전한 귀향은 '노을 묻은 산수유 잎새 바람에 지듯' '무음무색으로 세계의 저편으로 사라지고 싶다'는 시인의 다짐과는 별도로 역시 '조금씩 근심'스러운 것임에 틀림이 없다. 그러나 그는, '마음이 아픈 것은 그 아픈 마음을 감싸안을 몸이 아직 있기 때문이'라고 살아있음의 날들을 감격으로 맞이한다.

삶이 아름답다면 죽음 또한 아름다우며, 삶이 고통스러울 때, 죽음도 고통스러운 것이 된다. 삶과 죽음이 동일 선상에 있다. 어디선가 꽃잎 하나 질 때 가슴이 설레고 '어디선가 이름없는 목숨 하나 떠'날 때 '가슴 한 편 소리없이 무너지'(「이 저녁 어디선가」)면서 결별을 체험하는 시인. 홍윤숙은 태어나는 것들과 사라지는 것들의 아름다운 순환과 소리없는 반복, 이것이 우주의 법칙이며 철리라는 것을 가슴으로 절규하고 있다.

그러면서도 「마지막 공부」에는 몇 십년 쓰다 버린 헌 양은그릇이다. 쓸모없는 폐기물 헌 양은그릇이다 「老愁」 날마다 벼랑 끝에 서 있는 조금씩 비장한 나이 「나이」 지는 해가 귓속말로 일러 준다 사랑할 날이 많지 않다고 「청담동 일기 2」 어느새 봄도 이제 나를 비켜가고 있다 「동화」 등의 싯구에서 볼 수 있는 것처럼 깊어가는 연륜에 따른 인생의 자조와 짧고 허무하게 지나가 버린 청춘에 대한 회억이 짙게 깔려 있다. 이러한 점은 비단 그에게만 있는 독특한 징후라고는 할 수 없을 것이다. 노년에 접어드는 사람이면 누구나 느낄 수 있는 자연스럽고 정상적인 정황을 읊었다고 보아야 할 것이다.

오히려 홍윤숙에게서 발견할 수 있는 것은 죽음을 깊이 성찰하고 긍정한 나머지 삶과 죽음의 경계가 불분명하다는 점이라고 해야 할 것이다. 이러한 생사건의 미분화 상태는 대이님에 대한 희열이나 사라짐에 대한 애석함의 감정을 바야흐로 초월하고 있음을 설명하는 것이라고 보아도 마땅할 것이다.

4. 결 론 - 초록색 깃발

목숨과 원죄로 자책감 느끼면서 그 처한 자리를 항상 불편해 하는 시인 홍윤숙, 끝없이 귀향을 꿈꾸면서 타관의 객수를 다스리는 시인 홍윤숙, 열세 권에 담긴 그의 시들은 대부분의 여성시인들이 취하는 색채와 다르다. 다시말해서 그의 시들은 연애적 정서를 읊지도 않았으며 단순 일변도의 감미로운 정감을 운용하지도 않았다는 것이다. 아니, 그의 시들은 오히려 무겁고 어둡고 심각한 토운으로 인생에 대한 염려와 근심을 떠안고 있다고 하겠다. 그는 결코 요행을 바라거나 기적을 원하지 않는다. 아름다운 내일을 믿지만 그것은 기다림의 결과로 나타날, 혹은 오랜 노고 끝의 표창장처럼 나타날 결실로서의 내일인 것이다. 그는 그 내일을 희망이라고 부른다. 그는 희망이라는 말을 사랑한다. 그리고 희망은 특정한 누구에게만 있는 것이 아니라, 인간의 보편적인 삶의 과정에 놓여 있어야 함을 말하고 싶어 한다. 그는 희망이 인간 개개의 내부에 살아 있는 인간다움과 자존이라 여기면서 사람과 자연, 사람과 하나님의 관계에서 가능한 것이라고 생각하고 있다.

> 아무도 흘러온 물의 근원을 생각하지 않듯이
> 오늘 저 노성한 은행의 역사도 우리는 모른다
> 다만 견디고 다져온 인고의 노고
> 뿌리고 자라
> 봄이면 눈마다 싹이 트고 새순 돋는
> 먼 여로 끝에 당도할 희망 있으니
> 오늘도 우리는 후회없이 이 길을 걷는다
>
> —「동숭동의 봄」 중에서

　홍윤숙은 '희망'이라는 말을 순리와 은총의 메타포로 쓰고 있다. 억지없는 목숨의 순환 가운데서 '봄이면 눈마다 싹이 트고 새순 돋'듯이 예정된 시간처럼 '먼 여로 끝'으로부터 우리 앞에 당도하는 희망, 유구한 물의 근원처럼 시작하여서 오랜 인고와 노역 끝에 오는 희망, 그래서 희망은 우리에게 신뢰를 준다. 홍윤숙이 그 희망을 '녹기'(녹색깃발)의 이미지로 그리고 있는 것은 그만의 독특한 감각적 표현이라고 할 수 있을 것이다.

　일반적으로 '푸른 희망'이니, '푸른 꿈'이니 하여 '희망'은 청색 이미지로 나타내는 게 보통이다. 홍윤숙의 희망은 '녹색'에 '깃발'이라는 사물을 결합함으로써 보다 확연하게 구체화되고 있다.

> 어쩌다 마음에
> 푸른 녹기 하나 펄럭이는 날이 있다
> 그런 날 가슴은 축일처럼 설렌다
> 이마에 손을 얹고 바라보는 하늘엔
> 여기저기 축포처럼 터지는 빛의 분수
> 분수처럼 쏟아지는 양지쪽 담 밑에서
> 진달래 개나리도 마음 놓고 몸을 푼다
> 동목 가지마다 부산히 지친 그늘 털어내고 있다

    야윈 두 팔에 받쳐든 대바구니 하나 가득
    꽃이랑 과일이랑 희망이랑 희. 망. 이. 랑
    그 술렁이는 속삭임들 천지에 울리는 음악이 되고
    ……후략……

—「평화」 중에서

홍윤숙은 '녹색'을 다시 '푸른'으로 한정하고 있다. '푸른 녹색'이란 푸른 색을 띠는 초록색이라는 의미가 아니다. '푸른'은 녹색의 투명성과 강도를 표현하기 위한 것으로 색도가 아니라, 명도라고 할 수 있다.

그는 유난히 가슴이 설레이는 날, 푸른 녹기 하나 내 걸린 축일같은 날에는 '꽃이랑 과일이랑 희망'을 야윈 두 팔에 받쳐 늘고 싶어 한다. 그리고 '풍금 소리 잔잔한 노사제관'의 '기도하는 소녀들의 성모상에도' 프리지어 꽃다발을 바치고 싶어 한다. 이것이 이 시인이 느끼는 진정한 평화인 것이다. 시인은 '희망'이라는 말 아래 언더라인이라도 치고 싶은 듯 '희·망·이·랑'으로 표기하여 강조하고 있다. 아직도 우리에게 희망이란 게 남아 있다는 사실이 얼마나 놀라운 일인가 그는 감격하여 누구에겐가 큰 소리로 묻고 싶은 것이다.

이 시인의 마지막 희망은 평화이다. 평화로운 귀향, 평화로운 자백, 그리고 평화로운 회상이 그의 희망이다.

'하늘 아래 장승처럼 서서 목 터지게 불러볼 이름 하나 있으면 좋겠다'고 하는 소망, '하늘 아래 어디선가 살아서 내 이름 부르며 먼 바다 파도를 가르며 원항선 돌아오듯 그렇게 가물가물 돌아오는 사람 하나 있으면 좋겠다' 「봄이 오니」는 기다림이 있는 시인, 그가 안고 있는 근심과 외로움이 아무리 클지라도 아름다운 그 기다림을 버리지 않는 한 그는 '쓸모없는 폐기물 양은그릇'도 아니고 '벼랑 끝에 서 있는 나이'도 아닐 것이다. 시인 홍윤숙은 아직도 사랑할 날이 많을 것이며, 오래오래 건재할 것이다. *

진솔한 삶의 향기 탐닉

— 신진탁 · 이경자 시집을 중심으로

조 영 희*

사람은 저마다 그 사람 나름의 어떤 뜻을 지니고 살기 마련이나. 그리고 그 뜻이 크고 작은 게 문제가 아니라, 그 뜻을 이루기 위하여 얼마나 열심히 사느냐가 더 중요하다. 그러나 어떤 사람은 그 뜻을 이루기 위하여 이웃을 짓밟고 오직 자기의 목적만 성취하면 그만 이라는 극히 동물적인 형태의 방법을 쓰는가 하면, 또 어떤 이는 이웃과 사회에 보탬이 되는 일을 하는데서 어떤 큰 의미를 찾으려고 고심하며 노력하는 경우도 있다. 그런가 하면 주어진 조건과 환경에서 단아한 생각과 행동으로 그저 시간의 흐름에 떠밀려 사는 사람 또한 없지 않다.

그러나 우리 인간은 세상에 태어난 목적이 있고, 그 선한 목적을 달성하여 이웃과 사회에 공익(公益)을 주는 고차원적인 삶의 지향을 위해 자긍심을 갖는 경우도 적지 않다. 생각하면 이 얼마나 값지고 보배로운가. 그러나 인간 모두가 그 높은 뜻을 접해 보지 못하고 자기의 삶에 이끌려 앙탈만 하다가 종말을 고하는 사례도 인류 역사에서 태반이라고 말하지 않을 수도 없는 게 사실이다. 이와 같은 여러 인간 조건 속에서 악전고투하며 무언가 이 땅 위에 조금이나마 가치적인 족적을 남기려는 의지적 고뇌에서 각고의 정력을 쏟는 지사적 자세를 갖춘 좋은 이웃이 있다는 데에서 사는 맛을 만끽

---

* 시인.

할 수 있지 않을까.

더욱이 자기의 사업에 충실하면서 그 사업 외에 어떤 예술적 창조를 위한 일에 열중하는 벗을 만나면 더욱 외경스럽고 친근미를 느끼는 경우의 경험은 퍽 의미적이 아닐 수 없다. 그런데 우연한 기회에 학천 신진탁, 이경자 님과 조우할 수 있었고, 또한 신진탁님은 우리 나라 교육의 가장 중요한 초등 교단에서 국가의 동량지재(棟樑之才)들을 양성하는 성업을 한생애 동안 헌신하며 초등 교육의 행정 책임자로 불철주야 분망한 생활을 하면서도 인간의 기본적인 정서 함양을 위한 서정성 개발에 몰두하는 불사조 같은 정력적인 벗이었다.

그리고 이경자 님은 이 암담한 세상에 무언가 빛을 피우기 위해 언어 예술의 창조를 위해 헌신코자 시단에 입문한 가을 한 떨기 백합 같은 맑고 지순한 사상을 지닌 여류 시인이었다.

정말 필자는 성실하고 뜻이 높은 두 시인을 만났다는데서 어떤 가슴 뿌듯한 기분을 느끼면서 두 분을주시하던 차에 신진탁님의 「하늘을 껴안고 싶은 바위」와 이경자님의 「사랑의 빛」을 감상하는 기회가 주어졌다.

1.

많은 사람들이 시를 얘기할 때 '율어(律語)에 의한 모방(模倣)'(Aristoteles)이니, '미의 운율적(韻律的) 창조'(E · A Poe)니, 또는 '체험'(R · M Rilke)이라고 분분한 말들을 해 왔고, 요즈음에는 '리듬에 의한 언어의 형상화'라고들 한다.

그러나 보다 중요한 것은 살아 움직이는 생명력이 있는 시를 단적으로 '이것이다'라고 잘라 말할 수 없고, 우리의 삶 속에서 정의적인 체험을 기초로 하여 그 시인 자신의 삶의 진솔한 가치의 표상이어야 할 것이다. 그렇기 때문에 시란 꼭 이래야 한다는 교과서적이기보다는 그 사람의 삶이 어떠하고, 어떠한 비전과 이상을 지니고 있느냐에 대한 정신의 총체적 반영이어야 하리라.

그렇기 때문에 표현상의 정석보다는 그 시인의 삶에 기조한 언어의 구조적 형성을 통해 개성을 언어의 내부에 용해시키는 일이 얼마나 숙련되었느냐는 가치 기준을 측정해서 시의 가치를 운위하는 것이 시에 대한 가장 합리적인 논리가 아닌가.

우리는 허다히 시를 논의할 때 너무 교과서적인 답을 요구하고 수험생의 모범 답안을 중요시하는 사고의 지양으로 시를 얘기하고, 시에 대한 가치를 평가하면서 새롭고 신선한 의미를 부여하는 새로운 입지적 조건 형성의 기풍이 아쉬운 상황에 놓여 있다. 그렇다고 언어의 작희적인 양상을 변호하는 것은 결코 아니다. 어디까지나 자신의 삶에 내한 충실한 리듬의 언이 형성화를 통하여 함축적 의미의 표현인 시에 대한 정의에 반하자는 것이 아니다. 다만 자기의 진솔한 내면 세계를 허상화하지 않은 진실화한 언어의 형성이라야 한다는 점이다. 그런데 요즈음의 시가 기교적이어서 고답적(高踏的)이고 현학적(衒學的)이라는 데에 문제가 내재되어 있다는 점을 외면할 수 없다는 것이다.

인생에서 가장 중요한 것은 진실이고, 외형적인 것보다는 내면적인 세계의 고결성이라야 한다. 그런데 오늘의 우리 사회는 세기말적인 형태의 사유가 전 사회를 풍미하는 실상에 덩달아 시가 문학이 이를 리더하지 못하고 끌리는 듯한 풍조에 싸여가고 있다고 혹평하여도 달리 변명할 수 없는 상황이다. 이러한 때에 전 생애를 후진 양성에 바치고 남은 생애는 보다 고결하고, 보다 의미 있는 삶을 장식하려는 의지에서 방향을 전환하여 늦깎이로 문학의 행로를 선택한 신진탁 시인이야말로 삶의 가치를 한껏 높이겠다는 장한 의지의 인간이라 하지 않을 수 없다. 솔직히 말해서 현직도 어느 직종보다 고상하고, 국가의 백년지사에 허술할 수 없는 일상에서 그 귀한 시간을 쪼개고 그리고 고뇌하며 밤잠을 설치는 고행의 길에 들어선 장한 뜻, 어찌 경홀히 할 수 있겠는가.

그의 시들은 태반이 삶의 현장에서 진솔한 생의 향기를 자아내려는 의지에서 출발하고 있다. 그리고 어린시절에 대한 동경이 강한 것을 여러 시편에서 볼 수 있었다.

아마도 이렇게 어린시절에 대한 동경의 집착은 천진한 미래의 이 나라 꿈나무들과 더불어 살아온 생의 원인일 것으로 본다. 정말로 우리 인간이 어린 소꿉 시절로 되돌릴 수 있다면 한시도 지체함이 없이 인생을 다시 그 시절로 회전하리라. 그런 뜻에서인지 이 시인은 "하늘을 껴안고 싶은 바위"의 첫들머리에 소꿉장난을 제시하면서

> 엿장수 가위 소리에
> 헌 병 들고 몰려온 아이들 새로
> 무쇠 도막 뒷짐에 숨겨온 너는
> 엿 먹어도 항상 출출한 배
>
> —「소꿉장난」 일부

라고 노래한다. 그렇다. 이순을 넘긴 세대나 이순이 다된 세대의 어린 시절은 항상 먹어도 배고픔을 잊을 수가 없었다.

우리는 지금 연간 음식 쓰레기가 8조 원에 이른다고 법석들이다. 그러나 이 시인과 같은 세대의 어린 시절은 밥 한 톨이 천금이던 시대를 살아야 했다. 정말 눈물 어린 한스러운 시대를 거쳐 오늘의 우리는 번영을 누리고 산다. 보다 우리에게 자성의 자세가 이 시인의 노래를 통해 확립되어졌으면 하는 바람이다. 또 이 시인은

> 살포시 감은 눈속엔
> 지난날의 사라진 시절들이
> 성큼 다가와
> 깊은 마음을 헤집는다.
>
> —「추억」 일부

라면서 어린 시절에 대한 진한 감정을 호흡하고 있다.

사람은 세월에 얹혀 살아가지만 순진무구했던 시절이 한없이 그립고 애틋하기만한 것이다. 그저 아무 시름없이 동네 골목을 누비며 아우성치고, 꼬마들과 죽마를 타던 그 맑았던 눈망울의 세계가 점점이 똬리를 틀어오는 인생이다.

또 이 시인은 그렇게 어린 시절에 대한 동경 못지 않게 고향에 대한 마음 또한 간절하다. 그리하여 '밀이 익을 무렵'이나 '담배 밭을 바라보니' 그리고 '말없는 바위' 등에서 잔잔한 향수를 그리고 있음을 알 수 있다. '고향' 그것은 어머님 같은 정을 느끼는 고장이다. 그저 말만 들어도 포근한 정에 취할 수 있다. 그것은 바로 부모님과 비례되기 때문이다. 비록 이승은 떠났지만 부모님은 고향 산천에서 향긋함을 뿜어내고 있으니, 우리는 어쩌면 고향을 한 해에 맘먹기에 따라 수 차례 다녀올 수가 있어서 그렇게 간절함까지는 없으나, 고향이 있으면서 갈 수 없는 실향민의 그 애타는 심정을 한번쯤 생각해 보면 얼마나 애달플까 하는 생각이다.

또 하나 이 시인에게서는 불교적인 색채가 농후함을 알 수 있다. 시편마다 은은히 번지는 불심(佛心)을 보고 이 시인의 고상한 성품과 상통함을 느끼지 않을 수 없었다. 인품에서 풍기는 만큼 시심에 잠겨 있는 그 종교성을 이 분의 시를 접할 때마다 느끼게 된다. 그렇다. 어느 인간이고 종교와 무관할 수는 없다. 아무리 비상한 재능과 기술을 소유한 사람(?)이라고 해도 인간에겐 한계성이 있다. 그러므로 지혜로운 자일수록 종교에 귀의하여 절대자에게 의지하며 산다.

만해 한용운도 '남들은 자유를 사랑한다지마는, 나는 복종을 좋아하여요 / 자유를 모르는 것은 아니지만, 당신에게는 복종만 하고 싶어요 / 복종하고 싶은 데 복종하는 것은 아름다운 자유보다 달콤합니다. 그것이 나의 행복입니다, / 그러나 당신이 나더러 다른 사람을 복종하라면 그것만은 복종할 수가 없습니다. / 다른 사람을 복종하려면 당신에게 복종할 수는 없는 까닭입니다.'라고 하여 절대자의 뜻을 따르는 것이 순리라고 노래하는 것만 보아도 인간의 제한성 때문에 종교를 갖고 신을 믿는 것은 가장 현명한 방법의 하나이다. 이와 같이 신진탁 시인도 그의 시심 속에 내재되어 있는 불교적 신앙이 좀더 승화된 상태에서 시로 창작되는 숙련의 아쉬움과 함께 시편마다 잔잔히 흐르는 신앙적 사상은

    속세와 인연 끊고
    불가에 귀의한 수발타라
    받은 연정 마주잡아 주지 못한 한

—「선운사의 족두리란」 일부

이나

    속세의 부정 비리 백팔 번뇌도
    최선의 도량으로 용해되어
    넉넉한 자비의 품으로
    아늑한 입술을 빠는
    분홍머리 한쌍

—「연꽃」 일부

이라든가

    상큼한 산풍
    번뇌를 잊고
    목어가 울다 노을지면
    예불 올리던 노스님
    섬돌 위에
    초연한 법의 한자락
    고요를 다스린다.

—「선운사」

등등에서 불심을 은근히 담아내고 있다. 우리의 토속신앙이나 진배 없이

수천 년을 이 땅에서 자리한 불교는 유신론자나 무신론자를 가릴 것 없이
한 번씩은 다 불교적 연을 맺어온 토양에서 신진탁 시인도 그러한 과정의
한 방향에서 노래하고 있다고 보겠다.

    뿐만 아니라 운명론적 상념도 떨쳐 버리기가 어려운 시인인 듯한 인상을
받는다. 그것은

    한 번 타고난
    사잇길
    인연은

    어린 이슬로
    그어 놓은
    이승길
    거미줄되어

    굴렁쇠
    구르는 대로
    살아라 하네

                        —「손금 1」 전문

와 같은 경우에서나

    예정된 운명의
    뿌리를 길게
    뻗어가는
    안
    내
    자

                        —「손금 2」 전문

라든가

    나의
    고
    삐
    줄

—「손금 3」 전문

에서는 완전히 어떤 운명의 계시를 받는 듯한 담담한 인상을 지우기가 힘들다.

우리는 과거에 숙명적인 자기의 삶에 묵묵히 한 길을 걸어왔었다. 이것이 우리 역사의 도정이었다고 하면 지나친 과장은 아닐는지.

아무튼 그의 시편마다 진솔한 삶의 담박한 맛을 느낄 수 있는 데 대한 인상적인 감정을 받을 수 있고 한결 비요(秘要)의 감동을 끌게 한다고 하면 필자만의 단순한 감정적 비약일까..

2.

시는 언어의 예술로 상상력에 의한 소산이라고 말한다. 그러나 가치 있는 체험의 기록이라는 관점이 짙은 시가 아무런 경험이 없이 그저 공상이나 가상에서 생산될 수는 없다. 어디까지나 삶의 세계에서 현실을 이상화한 미지의 소망이 결정되어지는 게 진정한 의미의 시라고 하겠다.

그러한 면에서

망울 / 망울 / 꽃망울 //노오란 / 잎 하나 //꽃잔등 / 숨었는가 //
살포시 / 가리운 / 고깔 위로 //너울너울 / 춤을 추며 //보고픈 /
얼굴 하나 / 꽃망울에 / 숨었는가

—「보고픈 얼굴 하나」 전문

라고 노래하는 데서도 그의 시가 얼마나 이상화하고 있는가를 짐작케한다.

시인은 모름지기 어둡고 암울한 현실이라도 밝고 맑은 미지의 세계를 노래할 수 있어야 한다. 그저 어두운 현실 세계를 그대로 반영한다면 그것은 현실을 고발한 사실적 기록은 될 수 있어도 인간 내면에 잠재된 감정을 승화시키지는 못한다. 그리고 그러한 일은 시가 아니어도 충분히 할 수 있는 분야의 세계는 많이 있다. 그러므로 시는 어디까지나 밝은 이상을 메마른 인간 심장에 투영하여 이상을 형상화해야 할 필연적인 사명이 주어져 있다.

우리의 삶이 비록 어둡고 절망적인 사회 현상으로 인하여 소망이 없어 보이더라도 시인은 그러한 퇴폐저 풍조에 편승할 수가 없다. 시인은 사회의 구도자가 되어야 한다. 그것이 시인의 정도이고, 시의 정석이다. 이상을 추구해야 할 시어로 그저 암울한 현실만 개탄하면 그것은 정말로 무의미한 언어의 희롱이 아닐 수 없다. 그러므로 시는 신명나는 세상을 만들어 나가는 노작의 과정을 밟아야 한다. 그래서 이 시인도

뜨거운 태양으로 강렬하게 손짓을 하며
나를 유혹하고
그때 하이얀 모시 적삼 휘날리면
산길을 따라
들길을 따라
마주치는 숨결마다 기쁨이 넘쳐오나 보다
내 안에 당신이 오시나 보다

—「님이 오는 소리」 일부

라고 노래하지 않는가.

시인은 항상 밝은 노래를 읊어야 한다. 어둡고 구석진 한 모서리만 노래하면 사회에 별로 유익도 되지 않지만 시인 자신도 항상 그늘진 삶을 살 수밖에 없는 것이다. 그러므로 밝은 세상을 보고 미래를 긍정적으로 평가하도

록 노력해야 한다.

물론 추미(醜美)도 미(美)이기는 하다. 그러나 같은 값이면 추미보다는 화사하고 밝은 아름다움을 추구하는게 인간 본능의 심리 아닌가. 그러므로 진정한 의미의 화미(華美)를 간구하는 시가 되어야 하고, 그러한 시를 창작하는 시인이라야 신명나는 세상을 위해 이바지하는 것이다.

또 하나 이경자 시인의 시편들에서 받아들여지는 것은 '사랑'이라는 이미지다. 인간에게 사랑이 없으면 바로 그것은 사막이요 나락이다. '사랑'이란 말만 들어도 얼마나 신기로운 말인가. 그리고 사랑하는 삶이 얼마나 신명나는 일인가. 세상을 사는 사람들 서로가 사랑이 없다면 그것은 잠시도 마주하며 살 수 없다. 가족이 사랑이 없고, 부부가 사랑이 없고, 이웃이 사랑이 없는 세계를 상상이나 할 수 있는가. 그래서 인류를 죄에서 구속하신 예수 그리스도께서도 얼마나 사랑을 강조했는가.

우리는 서로 사랑하며 살아야 한다. 그리고 사랑을 노래해야 한다. 오늘의 사회가 자꾸만 퇴폐되는 원인도 인간 상호간의 사랑의 결핍이 요인이라고 해도 과언이 아니다. 그런데 이경자 시인은 의외로 사랑의 시를 많이 쓰고 있음을 알 수 있다. 그리고

> 뉘라서 / 옥색 고름 / 입에 물고 / 아장아장 / 걸어오나 //
> 꽃잎보다 / 고운 빛깔 / 다홍치마 / 펄럭이며 / 걸어오나 //
> 사랑가이든 / 이별가이든 / 쪽진 머리 / 비녀 끝에 /
> 사랑으로 / 엮어오나.
>
> —「사랑가」 전문

하며 사랑가를 부르고 있다. 사랑의 반주를 해야 한다. 정말로 이 시인에게는 사랑의 화신이 아닌지 의심할 만큼 사랑이 심화되어 있다. 그것은

눈부신 햇살이

기쁨의 샘으로

시냇물 흐르듯이
꿈도 흐르고
사랑도 흐르듯이
그리움으로 채운다.

한줄기
목마름으로
그렇게
그렇게

—「사랑은 흐르네」 선문

귀한 사랑이 흐르고 있었다. 정말로 소중한 사랑을 위해 사는 시인이다.

사랑의 이름으로
다가선 당신은
꽃이요
바람이었습니다.
그 바람 영원하여
꽃이 되고
사랑이 되었습니다.

—「사랑이라는 이름으로」 일부

얼마나 감미로운 사랑의 연주인가. 바로 이 사랑은 가정의 꽃이요 사회의
바람이다. 훈훈한 사랑의 향기가 시인의 가슴에서 온 인류에게로 번져가는
아름다운 환율이기를 바란다.
그는 또 노래한다. '사랑의 빛'을

눈물겹도록 아름다운

> 당신은 소리없이 다가오셨습니다.
> 하늘과 바람과 구름과 꽃의 화신으로
> 활활 타오르는 빛이 되어 내게 오셨습니다.
>
> 순간은 아름다운 것
> 영원히 지워 버릴 수 없는
> 삶의 빛이 되어 오셨습니다.
>
> 향기로운 진리의 말씀에 눈뜨게 한
> 새 생명의 빛이 되어 오셨습니다.
>
> 그리하여 사랑의 이름으로 조용히 다가선
> 당신은 내게 꽃이 되었습니다.
> 먹구름을 몰고 온 소낙비는 한줄기 빛으로 돌아
> 시리도록 텅 빈 가슴에
> 안식과 평안과 기쁨을 주었습니다.
>
> 캄캄한 밤에도 영혼을 밝혀 주는
> 사랑은 유리처럼
> 맑고 투명한 빛이 되어 있습니다.

라고 '사랑의 빛'을 발화하고 있다. 가슴 뿌듯한 환희의 노래가 아닌가.
시는 언어의 예술로서 자기 체험을 승화하여 형상화하는 것임은 주지의
사실이다. 그리고 시인도 건실한 삶을 영위해야 하는 생활인이라야 한다.
이상적인 미적 창조를 위해 분전하더라도 어디까지나 삶의 터전에 뿌리를
내리고 살아가는 생활이라야 한다. 그래야만이 건실한 삶을 유지한다. 그리
고 건실한 삶을 영위하는 자라야만 건전한 정신을 소유한다. 건전한 정신을
소유한 자의 삶을 통한 창작물이 많은 독자에게 좋은 시심을 전수할 수 있
고 혼돈한 사회의 청량제가 되는 것이다.
예술도 어디까지나 현실을 바탕으로 탄생되어야 한다. 그 시대의 사상(事

象)과 현실과 진실도 반영하는 것이다. 현실을 무시한 작품은 결코 그 시대
나 사회에 유익이 되지 못한다. 모든 예술도 그 시대의 진면목을 반영하면
서도, 그 시대의 사상(思想)과 사조를 선도해 가야 한다. 그런 면에서도 이
경자 시인은 성실한 생활의 자세를 보여 주고 있다.

그는 '내가 살아온 길 아무리 험하여도 / 고난의 씨앗은 달고 맵기만 하여
라'는 삶의 고뇌를 경험하면서도 결코 실망하거나 좌절하지 않고 이어서
'방울 방울 맺힌 땀방울은 이슬이 되어 / 사라지지만 내게 맺힌 열매는 / 달
콤하기만 하여라'는 감정 이입은 얼마나 이 시인이 현실에 대해 자족하면서
진실한 삶을 갈구하고 실천하는가에 대해 이해할 수 있었다.

많은 사람은 이상을 잡이 행복하려고 한다. 행복은 고난이 열매인 것을
모른다. 그렇기 때문에 이 사회가 자꾸만 혼탁해지고 질서가 무너지고 있는
지도 모르겠다. 솔직히 말해서 행복한 돼지보다는 불행한 소크라테스를 선
호할 수 있는 이지적인 자아 실현의 비전을 가지지 못하는 사회 현상이 사
회 범죄를 유발하고, 사회 질서를 파기하고 우리 모두를 불안과 공포의 와
중에 매이는 사회악의 만연이 극한 상황으로 치닫는지도 모른다.

그러나 이경자 시인과 같은 건실한 생활인이 사회를 위해 바람직한 삶의
이상적 노래를 제창하며 가치와 진리를 추구하고 실천할 때 어쩌면 신명나
고 신바람이 날 수 있지 않을까. 그런 의미에서

새벽을 깨우는
차가운 바람은
귓볼을 스치며
환한 복사꽃으로
피어납니다.

우수에 찬
마른 나뭇가지 사이로
새벽별은 흐르고

어머니의 젖줄 따라
맥이 흐르듯이
도도히 흐르고

비린내의
땀방울이 배인
선창은
아침의 역사입니다.

새벽을 깨우는
차가운 바람은
귓볼을 스치며
환한 복사꽃으로
피어납니다.

—「새벽을 깨우는 바람이여」

와 같이 항상 가능성을 지니고 이상화하려는 삶을 지향할 때 신명나는
사회로 진전되지 않을까.

아무튼 신진탁의 「하늘을 껴안고 싶은 바위」와 이경자의 「사랑의 빛」에
서 느껴지는 순수함과 지순함의 세계를 섭렵하면서 삶의 현장에서 시달리
고 찌들어진 마음의 결을 펼 수 있는 정서적 안전 지대로 발을 들이면서 긴
호흡을 할 수 있는 마음의 안식을 취하였다고 술회한다. *

空虛 속에 가득한 그리움의 抒情
— 오태경 시인의 시 세계

박 영 만*

　이 번에 오태경 시인이 펴내는 첫 시집『홀로 눈뜬 아침에』를 살펴보니, 작품의 수가 일백 편이 넘는 데다, 임을 떠나보낸 마음의 공허 속에 그리움을 가득 담고 있어 관심이 끌리지 않을 수 없다.

　그리움은 서로 떠나 있어야 절실해진다는 말이 있지만, 오 시인이 그렇게 큰 그리움을 간직하고 있을 줄이야 미처 몰랐다. 그래서 그리움의 정도가 얼마 만큼인지 그 어떤 기구로 정확히 가늠해 볼 수 있으면 좋으련만, 이 세상에 형체가 없으니 눈으로 볼 수도 없고, 손으로 만져볼 수도 없는 마음 속 정을 어찌하랴. 다만, 어렴풋하게나마 그 정도를 짐작할 뿐이나, 그 정도가 큰 것만은 확실한 듯하다.

　일찍이 南公轍은『金陵集』에서 '詩者 感於情 而形於聲者也'라 하였고, 또 서거정은『東人詩話』에서 '詩者 心之發'이라 하였는데, 이는 시가 마음이나 정에서 발해진다는 말이 아니겠는가. 옛날부터 이렇게 시를 개인의 정서나 소원으로 보는 성정론(性情論)은 오태경 시인의 시에 해당하는 말이 아닐까 한다.

　오태경 시인의 첫시집『홀로 눈뜬 아침에』는 4부로 나누어져 있는데, 그 중 제1부의 시편들은 비교적 그리움의 정서를 차분하게 나타내고 있다.

바다가 노을에
보석처럼 빛나던
월미도 그 찻집

예전처럼 설레지 않은
담담한 모습으로 앉아
문득
만나고 싶은 사람이 있다

—「월미도 그 찻집」 1~2연

오태경 시인은 해질녘 보석처럼 빛나던 바다의 노을을 보고 차를 마시면서도 문득 넘치는 그리움을 어찌할 수 없어 시로써 표료한다. 한꺼번에 많은 감정을 토해낼 때는 흥분하기도 하지만, 한밤중에 혼자 기도하는 마음으로 명상할 때는 차분하다.

그러나 제2부의 시편들 대부분은, 넘쳐 오르는 그리움의 정서를 어찌할 수 없는 듯하다. 「홀로 눈뜬 아침에」라는 제목의 시를 살펴보면 다음과 같다.

갈바람이 조용히 불러
창 앞에 세웁니다

하늘은 멀리
호수를 이루고

가슴속에 잠재웠던
그리운 사람
가슴 차 오르도록
부르고 싶은
이름 하나

눈뿌리 아려오는
설움 설움

　　　　　　　　　　—「홀로 눈뜬 아침에」 전문

　이렇게 그리움의 농도가 짙어지다가 「그리운 사람에게·5」로 이르면서
더 심해지는 느낌이 든다. 오 시인은 자신의 내면을 향하여 눈을 뜨고, 내면
의 소리에 귀를 기울인다. 그리하여 억제할 수 없이 복받치는 감정을 시로
써 형상화한다. 그래서 시를 쓰지 않고서는 견딜 수 없는 충동이 일어난다.

　　　붉어오는 눈가에
　　　당신 모습이 맺혀 흐릅니다
　　　꺽꺽 메여오는 가슴 안고
　　　달빛에 취해 길 나섭니다

　　　　　　　　　　—「그리운 사람에게·5」 끝 연

　　　바람에 나부끼는 나뭇잎에다
　　　못다 한 편지 씁니다

　　　푸른 상록수
　　　낙엽되어 땅 위에 뒹굴 때
　　　통곡하는 마음이라 알아주오

　　　　　　　　　　—「세월 속에 바람되어」 3~4연

　그리움에 대한 시인의 이러한 감정 유로는 「그리운 사람에게·1」에서 「
그리운 사람에게·9」까지, 그리고 「기다림」, 「임이여」, 「추억」, 「명상」, 「恨
」 등의 시와, 그밖에도 제2부의 20편 내외의 시 대부분이 그러하다. 이러한
시 경향은 시집 『홀로 눈뜬 아침에』 자서인 「책을 내 놓으며」 셋째 단락에
'누가 뭐라 해도 시인은 가슴으로 글을 쓰기에 아름다운 사람, 가슴에 살아
서 숨쉰다' 라고 표현하는 것으로 보아, 시인 자신이 그의 시정신을 제대로

알고 있는 것으로 짐작이 된다.

오 시인은 임에 대한 그리움 다음으로, 어머니에 대한 그리움과 고향에 대한 그리움도 꽤 많다. 어머니에 관련된 시가 10편 정도인 데 비하여 아버지에 관한 詩는 1편밖에 없다. 이와 같이 그의 시 대부분이 어머니를 시적 대상으로 한 것은, 그가 「아버님」이란 제목의 시에서처럼 아버지는 '총칼 들고 나라 위해 청춘을 불살라 훈장 달고 별을 따신 호랑이 대장 님'으로 인식되어 왔기에, 아버지는 국가 사회 중심의 힘을 쓰는 심상으로, 어머니는 개인적 가정적 그리고 부드러운 심상으로 떠올랐기 때문이 아닐까 여겨진다.

먼저 「어머니·1」을 보면 다음과 같다.

어머니,
당신을 부르면 부를수록
목메어 뜨거운 불덩어리
꿀꺽 삼킵니다

당신을 부르면
이 작은 눈동자에 생기 돕니다
밖에서 떠돌다 돌아갈 수 있는
언제나 아늑한 보금자립니다

모진 바람에 지쳐
갈 길 포기하고 싶어도
그 크신 사랑에 힘이 나
다시 일어섭니다

—「어머니·1」 1~3연

시인은 고향을 떠나와 어머니의 그 크신 사랑에 힘입어 절망에서 다시 일어선다고 말한다. 고향에서 멀리 떠나 살면서 큰 어려움이나 위기에 처했을 때 이 세상에 몸을 던지면서 구해 줄 사람은 어머니이며, 세파에 지쳐서 싸울 기력조차 없을 때 유일한 피난처는 자애로운 어머니 품속임을 믿고 있기에 어머니를 꿈에도 잊을 수 없었을 것이다. 밖에서 떠돌다 돌아갈 수 있는 보금자리가 시인에게 없다면 절망밖에 그 무엇이 있겠는가. 그래서 오 시인은 늦게나마 불효를 뉘우치며 꿈길에서 오는 어머니를 뵙기도 한다. 때로는 낭자머리 고운 한복 입은 어머니, 목련처럼 해맑은 웃음 지으신 어머니, 끝없는 사랑의 가슴에 안기고 싶은 어머니를 떠올리기도 하고, 때로는 백발 되어 여위고 긴 목을 하신 어머니, 굵은 주름에 앙상히 허리 굽은 어머니를 번갈아 떠올리면서, 그 모습 앞에 눈을 꼭 감은 채, 무릎 꿇어 기도를 히기도 히고 울기도 한다.

이제까지 임을 향하는 그리움이나 어머니에 대한 그리움, 그리고 그 시편들과 맥을 같이하는 것으로서는 시인의 고향에 대한 그리움이라 하겠다. 이러한 시는 「편지」, 「벗이여」, 「이 가을에」, 「충주호를 떠나며」, 「고향 그리워」, 「고향으로 간다」, 「머루 다래 고향」, 「고향 역」 등 10편이 넘는다.

먼저 「고향으로 간다」는 제목의 시를 살펴보고자 한다.

> 어머님 지어주신 보리밥
> 풋고추 된장에 찍어 먹던
> 대청마루에 눕고 싶어
>
> 휘청거리는 걸음으로
> 허기진 마음 안고
> 불타오르는 아스팔트 길
> 지나서 걸어간다
>
> 먼 곳 매미들 합창소리
> 아스라이 끊겼다 이어지면서
> 밀려오는 내 고향 흙내음
>
> —「고향으로 간다」 2~4연

오태경 시인은 2연에서 '보리밥, 풋고추, 된장, 대청마루'의 시어와 4연에서 '매미 울음, 흙내음' 등의 시어를 적절히 배치하여 고향을 실감나게 그려가고 있다. 그는 타향에서 홀로 살면서 치열한 생존경쟁의 낙오자가 된 좌절감 허무감을 보상받을 수 있는 곳이 고향으로 믿는 듯하다. 시인의 의식 속에서 사라질 듯 이어지는 그 고향을, 싸우며 살아갈 기력마저 없이 휘청거리면서도 걸어간다. 그리하여 고향의 풋풋하고 건강한 생활의 향기를 맡으면서 삶의 의미를 찾으려 한다.

그러나 언제든지 내려갈 수 없는 고향이기에, 먼 타향에서나마 지난날 고향에서의 추억을 회상하면서 위로를 받으려 한다.

> 가시덤불 위로 폭죽처럼
> 피어오르는 새들의 무리
> 오르다 다시 사라지는 불꽃 되어
> 덤불 사이로 내려앉습니다
>
> 저녁 연기 머리 풀어 날리는
> 고향집
>
> 쇠죽 쑤는 사랑방
> 아궁이엔 장작불이 이글대고
> 바깥 마당가 조무래기들 재잘거림
> 어둠 속으로 모습 감춘 지 이미 오래
>
> ―「고향 그리워」 1~3연

고요한 밤에 향수에 젖어 쓴 시다. 허기진 발걸음으로라도 가보지 못하는 고향이지만, 이 시의 마지막 부분처럼 정답던 지난 일들을 스크린처럼 되돌려 보는 것이다.

이 시는 상승과 하강, 밝고 붉은 색과 어둡고 검은 색 등의 심상을 조화시켜 고향에 대한 그리움을 엮어나가는 솜씨를 보인다.

　오 시인은 호마(胡馬)가 북녘 고향 바람을 향해 서듯, 어머니와 고향을 언제나 그리워하며 그의 빈 마음을 채워보려 하지만, 허무와 절망에 빠지고, 때로는 방황하기도 한다. 젊었을 적 불빛처럼 타오르던 다복한 고향 생활이 지금은 저 멀리서 가물거릴 뿐, 세상 사람들, 아니 시인과 가까이 있는 '너희들'조차도 이해하기보다는 냉소하거나 원망한다.

　　새로운 탄생을 위해
　　살점 하나까지 먹여주고
　　빈 껍질로 물위에 떠가니
　　울엄마 시집간다 원망하더란다

　　저희들이 엄마 속살 파먹어
　　빈 껍데기 만들어 놓고

　　물살따라 동동
　　세상 떠나는 줄 모르고
　　울엄마 시집간다 깔깔 웃더란다
　　　　　　　　　　　　　　　—「우렁이각시」 3~끝 연

　　울어서 가슴이 아픈 만큼
　　눈물을 쏟아낸 자리만큼
　　기쁨이 채워지는 것을
　　너희는 아직 모른다
　　　　　　　　　　　—「너희는 아직 모른다·1」 끝 연

　위의 「우렁이각시」라는 제목의 시와 「너희는 아직 모른다·1」는 시, 그리고 여기에 예시되지 않았지만, 주제가 이와 유사한 여러 편의 작품이 또 있다. 살점 하나까지 다 먹여주고 빈 껍질로 물위를 떠가는 '울엄마'의 무조건적 희생이 있기에, 가정과 사회의 밝고 건전한 생활이 그나마 유지될 수 있지 않았나 생각해 본다.

오 시인은 이러한 희생을 시인 자신이, 혹은 시적 화자의 입을 통하여, 자기만의 이익과 자기 본위의 사고(思考)로 살아가는 현대인 또는 시적 청자인 '너희들'에게, 눈물을 쏟아낸 자리만큼 기쁨이 채워지는 것이라고 알레고리로써 일깨워주고 있다.

오 시인은 초라해진 자신의 처지를 인식하게 되면서도 어쩔 수 없이 실타래 엉켜지듯 하는 삶에서 설 땅이 어디며 어디로 가야할지 방황하게 된다. 때로는 덧없는 나그네의 삶을 살면서, '나는 누구인가' 이렇게 자신의 존재를 스스로 묻기도 한다. 또한 어려운 일을 당했을 때 자기를 짓밟고 지나는 세상 사람들의 몰인정을 탄식하면서도 석양에 지는 노을처럼 오색 영롱한 무지개를 떠올리며 스스로 위안을 느끼며 살아간다.

이제까지 살펴본 바와 같이, 오태경 시인의 『홀로 눈뜬 아침에』라는 제호의 첫 시집에 담겨있는 시편들은, 개인의 주관적 정서에 의존하는 작품 성향임을 부인할 수 없다.

무릇 시란 보는 태도 또는 가치 기준을 어디에 두느냐에 따라 달라지게 된다. 시는 일상적 진실이나 당위적 진실을 재현하는 데 무게를 둬야 한다고 주장하는가 하면, 시인 자신과 관련시켜 보아야 한다고 주장하기도 한다. 또 다른 편에서는 진리나 정서의 전달에 무게를 두기도 하고, 오직 시 자체로서만 취급하려는 이들도 있다.

그러나 오 시인은 누가 뭐라 해도 자기를 진솔하게 표현하고자 하는 노력의 흔적이 역력하다. 기쁘면 기쁜 대로, 슬프면 슬픈 대로 있는 그대로 감정을 나타낸다. 이러한 경향은 그가 가시밭 같은 세상을 홀로 살아오면서 너무나 큰 아픔을 겪어왔기에, 때로는 불안한 정서적 경험을 격렬히 노출할 때도 있다. 이는 깊은 내면에서 솟은 정서는 아름다운 것으로 믿고 있기 때문이리라. 그러기에 사람의 감성을 매정하게 차단하는 주지적인 시나 초현실주의 시에는 매력을 느끼지 못하는 듯하다.

오 시인은 그 동안 바쁘고 어려운 삶을 살아오면서도 열정적으로 시를 써 왔다. 이제부터 더 훌륭한 시인으로 자라기 위해서는, 종전처럼 시작활동을 계속할 것은 물론이고, 넘치는 감정을 모아 둘 제방을 쌓아야 할 것으로 여겨진다. 그리하여 감정을 밖으로 흘려보낼 때는 수문을 통하여 적절히 조절하는 것이 바람직하리란 생각이다.

오태경 시인은 앞으로도 임이 떠난 공허의 자리를 그리움으로 채워가며 시의 향연을 꿈꾸리라. *

기독교 상상력과 대지의 순례

— 조영희 시집 '한낱 罪人이나이다의 변'

김 주 희*

1. 낙원, 머언

그 때에는 이리가 어린 양과 함께 거하며
표범이 어린 염소와 함께 누우며
송아지와 어린 사자와 살진 짐승이 함께 있어 어린 아이에게 끌리며
암소와 곰이 함께 먹으며
그것들의 새끼가 함께 엎드리며
사자가 소처럼 풀을 먹을 것이며
젖 먹는 아이가 독사의 구멍에서 장난하며
젖 뗀 아이가 독사의 굴에 손을 넣을 것이라
나의 거룩한 모든 산 모든 곳에서 해됨도 없고 상함도 없을 것이니
이는 물이 바다를 덮음같이
여호와를 아는 지식이 세상에 충만할 것임이니라
— 이사야 11장 6절~9절

하늘을 올려다보며 길을 찾던 시대가 있었다.

반짝이는 별들은 이웃에 있는 별들과 어울려 짐승도, 아름다운 여인도, 싸우는 용사도 되었다. 별들의 움직임은 곧 하늘의 뜻을 나타내는 것이었다. 별을 품고 있는 하늘은 위엄 있고 친근하게 지상의 삶에 깊숙이 들어와 함께 지냈다. 하늘의 보살핌과 공의가 있으므로 자연은 질서와 조화와 진리

---

* 나사렛대 겸임교수 · 문학평론가.

의 표상이었다. 나무와 꽃과 산과 들은 하늘의 뜻에 따라 지어진 것이었다. 세상의 모든 것은 다 있어야 할 까닭이 있어서 존재하는 것이었으므로 그것들 안에는 또 우주가 들어있었다. 세상의 모든 것에는 조금만 주의해서 들여다보면 얻을 수 있는 조화와 진리와 삶의 혜안들로 그득 차 있었다. 별은 단지 별이 아니라 그대로 우주였고, 자연이었고, 신의 뜻일 수 있었던 것이다. 나무와 꽃과 산과 들도.

별을 여간해서는 볼 수 없는 세기이다.

이제 별은 더 이상 그리운 대상이거나 진리가 아니다. 오염된 대기 뒤로 간혹 희미하게 보이는 몇 억 광년 떨어져 있는 광물질이다. 곁에 있는 별들과 어울려 담소하고, 의로운 용사가 되어 싸움을 하고, 오만하고 아름다운 여인도 되는 그리운 존재는 아니다. 지상은 신을 추방해버린 사람들의 독무대가 되어버렸고, 꽃과 산과 나무와 들은 진리를 보여주지 못한다. 그 모든 것들은 사람들의 오만과 탐욕과 무책임함으로 해서 정복과 약탈의 대상이 되어버렸기 때문이다. 세상을 움직이는 진리와 조화는 그런 자연물들 속에 있는 것이 아니라 도시와 문명을 이어가는 생산과 소비의 톱니바퀴 속에서 다시 나왔다. 신이 만든 모든 자연물들에게서 등을 돌리고 사람이 이룩한 바벨탑, 사람들이 쌓아놓은 문명이라는 이름의 욕망.

그리하여 마침내 나무와 별과 숲과 시내의 아름다움을 노래할 수 있는 시대가 더는 아니다. 새와 꽃과 풀들의 미세한 움직임을 환희와 경이로 들여다보고 노래할 수가 더는 없다. 새들이 목청 틔우는 맑은 지저귐으로 하루를 여는 아침이 더는 아니다. 새들이 날아와 앉을 나무가 창밖에는 없다. 나무가 자라기에는 너무 높은 곳에 창문은 뚫려 있다. 대중매체에서 흘러나오는 광고로 시작해서 매일 더욱 엽기적인 사건들로 가득 찬 마지막 뉴스와 함께 잠자리에 드는 일과가 반복된다. 우리들이 들어찬 지구는 더 이상 아름다운 푸른 별이 아니다.

특별히 아름다움에 민감하도록 태어나 날카롭게 물상들을 바라보아야 하는 시인은 갑갑하다. 불행할 뿐만 아니라 불운하다. 불행은 개인적이지만 불운은 시대의 것이다. 이 시대에 시를 쓰는 일은 고단한 일상이 될 수밖에 없다. 하기야 시대의 안테나인 시인이 절망하지 않을 만한 시대가 한 번이라도 있었던가? 시인들의 절망은 단지 현실을 보아버리는 절망이 아니라 이상을 품고 있기 때문에 생겨나는 절망이다. 현실의 모습만을 보는 것이 아니라 현실에 이룩되어야 할 아름다운 이상을 품고 있기 때문에 절망하는 것이다.

시인 앞에 세상의 많은 아름다운 것들은 더 이상 존재의미를 보여주지 않는다. 진리는 멀어졌다. 낙원은 훼손되었다. 자연은 파괴되었다. 훼손된 진리와 파괴한 자연에 대해 시인은 반드시 묻게 된다, 어째서 이렇게 되었을까. 시인은 당연히 없는 것과 있는 것에 주목하게 된다. 시는 어쩌면 그 목록표일는지도 모른다. 그리하여 훼손한 것은 회복하고 파괴한 것은 복구해야 한다는 당위성을 체득하게 되는 것이다.

2. 조물주의 자연

조영희 시인의 『한낱 '罪人이나이다'의 변』은 일곱 번째 시집이다. 이순의 회갑에 여섯 번 째 시집을 내고 얼마 지나지 않아 또 묶어 내놓은 일곱 번째 시집이다. 글쓰고 가르치는 일로 삶을 보내면서도 "시의 변죽만 울"렸노라고 머리말에 적은 겸사처럼 각 시편들은 겸허하고 반듯하다. 이 시집은 「대지1」, 「대지2」, 「일상의 삶」, 「겨울의 정서」, 「찬가」 등 다섯 편으로 구성되어 있다. 시인은 대지에 시적 사유에 집중하고 있는데, 한가지 대상에 시적 사유의 많은 부분을 집중했다는 사실은 중요하다.

웃음으로 반겨주고
기쁨으로 안아오는
생명의
원천
어머니의 젖무덤 같은

대지에서
마음껏 지운(地運)을 들이키고
내일을 여는
평화의 나래를 펴면
소망의 무더기가 영글어
몽실몽실 피어나는
생명의 저
근원
창조의 영광을 승화하는
신비로운
자연의 화사한 참
현상
—「대지2」 '창조의 영광을 승화하는 화사한 현상'

　대지는 '생명의 근원'이고 '창조의 영광'으로 그득하다. '웃음으로 반겨주
고 기쁨으로 안아'오는 존재이다. '생명의 원천'이며 '어머니의 젖무덤 같은'
곳이다. 어두움과 두려움이 없는 세계이다. 이런 세계는 인간이 간직해온
행복한 세계의 원형에 가깝다. 땅은 비옥하고 사람을 위협하는 공포가 없
다. 대지는 사람에게 우호적이고, 사람은 그 땅에서 평화의 나래를 편다. 소
망의 무더기가 영그는 세계, 문명 이전의 평화와 공존이 숨쉬는 세계이다.
'생명의 원천 어머니의 젖무덤 같은 대지'는 풍요하고 충족된 곳이다. 어머
니의 젖무덤은 마르거나 더럽혀지거나 피폐해지지 않는 양육의 상징이다.
그런 대지이기 때문에 '마음껏 지운을 들이'켜 생기를 얻고, 생기를 얻었으
므로 내일을 여는 평화의 나래를 펼 수 있는 것이다. '내일을 여는 평화의
나래를 펴'는 주체는 명시되지 않고 모호하다. 의인화된 대지일 수도 있고,
화자일 수도 있는 대지가 나래를 펴면 '소망의 무더기가 영글'고 생명의 근
원이 '몽실몽실 피어나는' 것이다. 그런 모습에서 화자는 '창조의 영광을 승
화하는 신비'를 읽어낸다. 대지는 창조의 영광을 승화하고 화자는 그 승화
를 읽어낸다. 대지는 창조의 영광을 품고 있고, 자연 현상은 창조의 영광을

승화한다. 대지가 승화하는 창조의 영광은 누구에게로 향하는 것인가. 그것은 창조주에게로 향하는 것일 터이다. 대지에 생존의 비결을 베푼 존재인 '당신'은 바로 창조주이기 때문이다.

'당신의 풍성한 자비가 / 생존의 비결을 베푼 저 / 들녘엔 / 언제나 감사할 조건만 / 이진채 남실남실(「대지19」, '풍요 속의 젖샘')하고 있다. 신은 세상을 창조하고 세상은 신의 은총 가운데 거한다. 이 시집에서 자연은 스스로 그러한 것(自然)이거나 저절로 존재하는 당연지사의 사물이 아니다. 그러므로 자연 현상도 우연이거나 운명적인 것이 아니라 조물주의 뜻에 따라 '창조의 영광을 승화하는' 것이다. 창조는 인간의 일이 아니라 신의 일이고 그것의 수혜자는 인산이나. 인간이 신의 창조기쁨에 동참할 수 있는 이유이다. 신은 단지 인간을 창조한 것이 아니라 세상을 창조한 것이다. 신이 창조한 세상은 바로 어머니의 젖무덤 같은 대지이다. 어머니의 젖무덤은 생명의 양육에 절대적이다. 대지는 생명을 기르기는 하지만 그 생명의 근원은 바로 조물주이다. 조물주의 '창조'에 있는 것이다. 이처럼 풍요한 대지에서 사람은 조물주의 솜씨에 감탄하고 감사한다. 조물주와 사람과 자연의 관계는 비틀린 데 없이 평화롭다. 그래서 대지 자체는 신앙의 대상이 되지 않는다.

이 시집의 자연관은 그것을 신비화하거나 숭배의 대상으로 삼지 않는다. 기독교 세계관을 바탕에 깔고 있기 때문이다. 기독교 세계관은 세상과 사물을 보는 가치기준을 기독교적 관점에 둔다. 기독교 세계관에서 가장 중요한 부분은 성경의 초두에 기록된 하나님의 천지창조 이야기이다. 하나님이 세상을 만들었고 세상은 하나님에 의해 만들어졌다는 창조주와 피조물의 관계가 기독교 세계관의 시작이며 핵심이다. 그러므로 자연들은 절대화되지 않는다. 자연은 그저 자연일 뿐 인간의 상위로 등장하지 않는다. 자연상태가 최고의 원리를 구현하는 것이라고 믿지 않기 때문이다. 자연 속에는 본능으로 도덕적 원리가 있으며, 그것이 인간 사회에 영향을 미치고, 그 영향력이 인간사회를 자유스럽고 평화롭게 유지시킬 수 있다고 보지 않는다. 모든 만물은 그 스스로 존재하며 변화해 가는 과정 전체의 모습을 가리키지

않는다. 이런 점에서는 도가 사상에서 "도는 본원이요 자연은 도의 성질"이
라는 자연관과는 거리가 있다고 보아야 할 것이다. 동양사상에서 자연은 최
상의 위치에 놓이게 되나 조영희 시인에게 있어서는 다른 상위가 있다. '임'
'은총' '당신'으로 지칭되는 존재이다. 이 존재는 자연현상을 통제하는 강력
한 힘을 지니고 있다. 바람과 비를 내리도록 하고, 곡식을 익게 한다.

> 수말스러운 바람잡아
> 풍요를 구가하는 그런
> 임의 솜씨도
>
> —「대지6」 에서

> 소나기 한잠 내리는
> 은총에
> 회춘하는 마음자락
>
> —「대지8」 에서

> 쓸쓸한 저 대지위로
> 바람만 스쳐도
> 당신의 자애로웠음을
> 한껏 깨치면서
>
> —「대지18」 에서

"만물은 하나님의 뜻에 따라 창조된 것이고, 하나님은 그 만물 가운데 거
한다"고 하는 기본전제를 깔고 있는 것이다. 그리하여 '하나님은 세계 안에'
있으며 세계는 하느님 '안에' 있다. 하느님 나라 '안에' 있는 하늘과 땅은 하
느님의 영광에 의해 침투되고 있다.

자연을 숭배하지 않는 것은 어떤 의미가 있는가. 그것은 사람의 존엄성을
지키는 일이다.

사람이 자연현상에 압도되어 두려워하고 숭배하면 사람의 존엄성은 잃

게 된다. 자연을 하나의 피조물로 보는 것은 자연숭배나 천체숭배, 점성술의 숙명론에서 해방되어 있는 것을 말한다. 사람이 단지 자연의 일부로서 자연에 귀속되어 살아가는 것은 사람의 특성을 포기하는 것이다. 조영희 시인의 인간관과 자연관은 확고한 이분법을 드러내고 있다. 자연과 인간, 인간과 문화는 극명한 차이가 있는 것이다. 그러나 이런 이분법적 사고는 자연의 존재의미를 부정하는 것은 분명 아니다. 자연파괴를 정당화하려는 것도 아니다. 인간은 대지를 경작하며 살아가지만 신의 뜻에 따라 살 수 밖에 없는 존재이므로 자연을 파괴하고 마음대로 할 권리가 없음은 분명하다. 그러나 자연현상을 숭배나 공포의 대상을 삼지 않음으로 하여 자연현상에 종속되지 않는 사람의 자존감을 드러내고 있다.

조물주의 섭리가 운행하고, 온화한 대지에서 자연과 인간의 관계는 평화롭다. 신은 대지에 충만하다. 충만한 대지는 '들길'을 둘러싼 '들녘' '땅'으로 나타나는 원형적이고 생태적인 성격을 띠는 공간이다. 이 대지는 훼손되지 않은 창조의 원형을 가지고 있다.

자연과 인간의 관계를 생태학적으로 이해하려는 경우에 기독교의 창조이야기를 자연 정복과 착취의 근거로 삼아 동양정신과 범신론을 대안으로 제시하기도 한다. 인간과 자연관계에 대한 사고의 새로운 패러다임이 필요한데 그것은 인간중심이 아니라 자연중심, 생명중심이어야 한다는 것이다. 기독교 창세기 이야기는 인간이 자연을 함부로 대한 이론적 근거로 이해되기도 한다. 이것은 기독교에 대한 이해가 부족한 데서 온다. 기독교 창조신앙은 창조자의 절대주권과 인간의 존엄성을 불가분리적인 상관관계 속에 넣고서 이해한다. 기독교 세계관은 모든 존재의 대긍정을 가르치려는 세계관이며, 신-인간-자연의 삼중적 관계에서 절대 월권하지 말 것, 인간의 본성은 착할 수도 악할 수도 있는데 생명세계는 비존재를 극복하고 구원을 이루어 간다는 존재에로의 용기를 불어 넣어주는 것이다. 그러므로 자연 수탈과 자연 정복적 문화 현상은 인간 본성 일반이 지닌 자기중심적 이기심과 탐심에서 그 원인을 찾아야 한다. 오히려 기독교 세계관은 신-인간-자연의 끊어진 고리를 인간의 돌이킴으로 회복해야만 한다고 역설한다. 인간과 자연의 문제는 먼저 인간이 신과 관계에서 신과 같아지려는 욕망으로 인한 범죄에서 신과 인간의 사이가 분리되면서 인간과 인간의 사이도 너-너의 사이가 되었고, 인간과 인간의 사이가 분리되면서 인간의 자연에 대한 파괴도 비롯되었다고 보는 것이다. 그러므로 자연의 수탈 문제는 하나님과 인간의 종교적인 문제, 인간과 인간의 윤리적인 문제, 인간과 자연의 생태문제로 연결되어 있는 문제로 인식한다.

나무와 풀과 번개와 바람은 숭배의 대상이 아니라 신의 뜻과 관련이 있는 것들이다. 계절은 신이 인간과 자연을 생육하고 번성하라고 내려주시는 뜻이다. 그러므로 인간은 오만하지 말고 겸허히 그 뜻을 깨달아야 한다. 신의 뜻은 세상을 만들고 모든 생물체들에 내린 축복처럼 "생육하고 번성"하는 것이다. 나무와 풀도 생육하고 번성해야 한다. 생육과 번성하기 위해 모든 생물체의 본능에 내재해 있는 삶에 대한 욕구를 존중하는 것이 창조주의 뜻을 기리는 것이 된다. 대지는 그러므로 신의 뜻이 이루어지는 장소이며, 이루어져야 하는 곳이다. 그 대지 안에 있는 모든 것들은 생육하고 번성해야 할 권리와 의무를 동시에 지니게 된다.

3. 농부의 대지

대지는 신의 뜻이 드러나는 삶의 터이다. 이 대지를 경작하며 사람은 살아간다. 그것은 사람의 사명이다. 창세기의 창조이야기에서 사람에게 맡겨진 사명은 동산을 '경작'하고 '지키는 일'이었다. '경작하다'는 동사는 '노역을 투여하다'를 뜻하는데 농부로서 일하는 것을 나타낸다. 대지를 경작하는 사명으로서의 농부는 다른 일을 하는 것과는 구별된다. 농사는 인간이 쌓아올린 문화의 영향보다는 자연현상의 영향을 훨씬 더 많이 받는 일이다. 농사는 자연환경에 절대적으로 영향을 받는다. 환경을 잘 이해하고 이용해서, 때와 절기를 맞추고, 파종하고 씨를 거두어들여야 하는 일이다. 농부는 계절의 의미를 더 민감하게 터득할 수밖에 없다. 삶과 노동의 리듬을 자연의 흐름과 같이 할 수밖에 없다. 파종의 설레임과 추수의 기쁨을 누리면서 한 겨울 텅빈 들판을 보고도 돌아오는 봄의 농사를 다시 준비하는 것이다. 그리하여 죽음 같은 겨울을 단지 죽음의 계절이 아니라 봄이 오기 위한 순환으로 인식하게 되는 것이다. 창조질서를 둘러싼 질서를 따르며 살 수밖에 없는 일인 것이다.

> 농사꾼의 고된 숨결이
> 정작으로 고와만 뵈는 것은
> 오로지 천지의 주재자이신
> 당신의 고운 손길을 보는 듯한
> 그런 작은 마음이어서라
>
> ― 「대지17」 '단순 기쁨들'에서

농부는 우주적 질서를 따라 대지에서 수확하고 묵은 해를 보내면서 '새해'를 맞이함으로써 물질적 차원, 즉 파종하고 수확하는 것을 넘어서서 정신적 차원에서 소생과 구원의 힘을 매개하는 촉매의 역할을 한다. 농부는 종말을 시작과 결합시켜서 계절의 순환과 그에 따라 부활하는 식물의 세계를 잇고, 그렇게 함으로써 시간적 질서를 용해시킨다.

그러므로 농부의 일은 신의 창조를 기념하며, 나아가서 창조를 모방하는 행위가 된다.

해마다 되풀이되는 계절과 농사일을 통해 창조의 모방도 되풀이되며 구원의 약속은 확고해지는 것이다.

'경작한다'고 하는 것은 노동을 의미하며 그 노동은 자연의 변화나 현상에 압도되지 않고 생존에 필요한 것들을 꾸려가는 행위이다. 대지는 조물주의 뜻이 나타나는 피조세계라고 할 때 그 피조세계는 인간과 생명체들과 창조자가 거하고 체류하는 집에 해당한다. 기독교 창조신앙에 의하면 창조(우주 자연 현실세계)는 '하나님에 의해 이루어지며, 하나님을 통해 형성되어

가며, 하나님 안에서 실존한다. 하나님의 영의 끊임없는 유입으로 인하여 피조물들은 구체적 존재형상을 입고' 지어졌으며 그 창조영의 새롭게 하는 창조성과 생기를 힘입어 거듭 새로워진다. 그 새롭게 하는 영의 시적 표현은 '신선한 바람' '산뜻한 바람' '꽃바람' '실바람'들이다. 바람은 대지에서 맨 처음 만나는 대상이다. 대지에 넘치는 것은 바람이다. 바람은 언제나 불어 다닌다. 시의 화자는 들녘에 혼자 있는 것이 아니라 바람과 함께 불어 다닌다. 바람은 들녘에 나서면 만나는 것이기도 하고, 바람을 따라 들녘에 나서기도 한다. 바람은 불어가지않고 불어온다. 이 시집에서 바람은 '마알간 바람' '한솜 바람결' '신선한 바람' '날려온 바람' '꽃바람' '환희의 신바람'이다. 대지에 충만하다. 대지의 바람은 신의 숨결이다. 그 숨결은 창조세계에 그득하다. 그렇기 때문에 시의 화자는 바람에 그처럼 살가워하는 것이다.

바람은 시적 주체를 들녘으로 이끈다. 바람은 단순한 바람이 아니라 '바람(希望)이다. 바람은 매개체이다. 바람을 따라 들녘에 나가 바람을 만나 당신의 은사를 되새겨 보게 된다. 들녘의 바람은 일상과 섭리를 이어주는 매개체이며, 하늘과 땅에 충만한 것이다. 바람을 만나는 것은 당신의 은총을 만나는 것이다. 바람은 내가 당신의 은사를 깨닫게 하는 안내자이다. 그래서 바람은 언제나 신선한 모습으로 나타난다. 이 바람은 비를 몰고 온다.

> 봄을 재촉하는 저 단비는
> 박토가
> 이젠 옥토되는 눈물의
> 기쁜 소식
>
> —「대지9」 '휴면 한철도' 에서

물과 관련된 이미지는 긍정적으로 사용된다. '어머니의 젖줄 같은 강심'이며, '봄을 재촉하는 단비'이고, '소나기 한 잠 내리는 은총', 세상 티끌을 쓸어내는 비'이다. 이 물들은 고여있는 물이 아니라 움직이는 물이다. 물은 위에서 내려오고 사람에게서 흘러내린다. 위로부터 내리는 비는 신성하다

고 해야 할 만치 기다려지고, 설레고, 고맙고, 계절을 알려주는 대지의 생명
수이다. 눈물은 감사하고, 감격해서 흘러나오는 신에게 사람이 드리는 제사
의 성격을 띤다. 오만한 사람은 흘릴 수 없는 순수한 심령의 결정체이기 때
문이다. 위에서 내리는 물, 비는 신의 은총을 담고 있고, 사람이 흘리는 물,
눈물은 위로 올려지는 겸손의 표시이다. 단비는 하늘에서 내리고 눈물은 대
지와 그 대지에서 사는 사람이 흘린다. 눈물은 슬퍼서도 흘리지만 기쁠 때
도 흐른다. '단비'는 대지를 적시지만 '눈물'은 사람의 마음을 적신다. 단비
는 '박토'를 '옥토'로 바꾸고, '눈물'은 사람의 마음을 부드럽게 해 감사하는
마음을 갖게 한다.

　이런 측면에서 단비와 눈물은 동일시될 수 있는 낭성석 이미지이나. 난비
는 대지에 봄을 앞당긴다. 봄이 오고 있음을 알리는 것이 단비이다. 비가 내
리면 대지에 봄이 오고, 겨우내 응숭대며 품고 있던 생명의 꿈도 풀린다. 겨
우내 얼어있던 땅이 풀리듯이 눈물은 말라있는 사람의 마음을 녹아 부드럽
게 한다. 그 눈물의 힘은 감사와 속죄를 회복하게 한다. 비, 눈물, 땀같은 물
의 이미지는 대지와 인간에게 필요한 생명수들이다. 비는 대지를 적셔 곡식
을 자라게 하는 것이고, 눈물은 인간의 마음을 적셔 부드럽게 한다. 대지는
위에서 아래로 내리는 은총의 구체적인 모습이라면 눈물은 인간이 겸허하
게 신에게 올려야 하는 속죄와 기구의 상징이다.

　　백로가 지난 저
　　들녘에
　　풍년의 격양가
　　땀을 쏟을 만큼 진실한
　　대지
　　비지땀이 응결된 알알들은
　　오직 당신의 은사
　　대풍의 절기에서
　　자만에 취하여

감사가 없는
무지렁이들 틈새에
한낱 '罪人이나이다'의 변으로만
당신의 뜻대로 살지 못하는
무작위 인생
다만 풍요의 세월에
훈훈한 인정이어련마는
들려지는 가증스러운
매스컴의 풍장
당신 앞에서만은
마냥, 진솔할 수는 없으려나요.
　　　　　　─「대지38」 '한낱 '罪人이나이다'의 변

　대지는 삶의 현장이기도 하고, 회복해야 할 태초의 자연이기도 하다. 삶의 현장인 사람들이 사는 땅이다. 도시는 대지의 일부이지만 대지에 속하지 않는다. 신이 만드신 상태를 어그러지게 하는 곳이기 때문이다. 인간이 건설한 문명의 총화라고 해야 할 도시는 대지의 법칙이나 순환과 관계없는 인공의 집적물이고 그 인공의 집적물은 오히려 대지를 위태롭게 한다. 그래서 대지는 창조된 상태의 아름다움과 조화가 아니라 인간이 건설한 것이다. 신의 자연과 인간의 도시는 대비된다. 신은 은총을 내리고 인간은 변명을 늘어놓는다. 나와야 할 참회의 눈물이 아니라 한숨만 토할 뿐이다.

　이 시에서 들녘은 격양가가 울려퍼질 만한 풍년이다. 대지는 진실하고, 비지땀이 곡식들은 '오직 당신의 은사'이다. '들녘'은 인간의 노동가 관련되는 경작의 터전이고, '대지'는 인간의 노동에 진실되게 응답하는 땅의 속성을 나타내는 어휘이다. 이런 모든 일들은 '오직 당신'으로부터 오는 것이라고 시적 주체는 이야기한다. 들녘의 격양가, 진실한 대지, 비지땀이 응결된 곡식들이 모두 '오직' 당신의 은사인 것이다. 당신의 은사는 대풍의 계절에 곡식들에만 내린 것이 아니고 대지에만 내린 것도 아니며, 풍년가를 부르는 사람들에게만 내린 것이 아니라 이 모든 것들에 미친다. 그 은사는 세상을 두루 포용하고 축복하는 은사이다. 그런데 그 은사는 '오직 당신'의 것이다. 그 당신은 땅과 사람과 곡식을 두루 관여할 수 있는 절대자 곧 조물주일 수밖에 없다. 이 시에는 무지렁이들과 무작위인생이 구별되어 있다. 무지렁이들은 조물주에 대한 감사를 아예 모르는 모습이고, 무작위 인생은 절대자를 알고 감사함도 알지만 막상 진실한 행동이 뒤따르지 않는 모습을 하고 있다. 알알들에서 '당신의 은사'를 느끼면서도 그 은사에 대한 감사가 행동이 되어나오지 않고 그저 '죄인이나이다'라고 변명한다. 이 때 '죄인'은 '죄가 많은'이라는 의미보다는 '(유혹에)약한', '(감사에)인색한'의미에 더 가깝다. 즉 자신의 결단력 있는 행동, 실천이 뒤따르지 못하는 데 대한 스스로의 합리회 구신로 죄인임을 내세운다고 인시하는 것이다.

4. 순례의 여정

순례자는 머물지만 정착하지 않는다.
거주하지만 얽매이지 않는다. 추수하지만 수확에 취하지 않는다.
이 대지에서 화자는 종종 자연 현상을 보면서 신의 솜씨와 은총과 자애로움을 깨닫지만 직접 농사를 짓는다거나 행동하는 주체로 등장하지는 않는다. 현상들을 보면서 의미를 생각하고 이치를 깨닫고, 은총에 감사하지만 대지에 집착하지는 않는다. 대지는 언제나 '저-'기에 있다.

> 눈물마저 깡마른 저 / 대지에서(「대지1」)
> 저 대지에 용솟는 역정(「대지3」)
> 행운의 고향 저 / 대지엔(「대지4」)
> 꿈많은 소녀의 고향 저 / 대지엔(「대지5」)
> 널푸른 저 대지(「대지8」)

'저 들판'으로 자꾸 나가는 이유는 무엇인가. 대지를 단지 보는 것에서 나아가 밟아보고 느끼기 위해서이다. '저-'는 시적 긴장을 유지하는 장치이다. 대지는 자연의 일부이거나 총칭일 수도 있지만 깊이 밀착해서 물아일체의 신비한 경지로 나갈 수 있는 대상이 아니다. 이 거리는 대지를 주관적으로만 보는 것이 아니라 깊이 이해하고 인식하는 데 필요한 거리이다. 대지에서 일어나는 일들을 혜량해 볼 수 있는 긴장을 유지하게 하는 거리인 것이다. 이 같은 거리는 대지에 집착하지 않음으로써 가능해진다. 순례자는 고향을 떠나 낯선 곳을 다니는 사람이다. 하나님의 역사가 분명하게 나타났던 곳, 신성한 기억이 보존된 장소를 방문하고 경배하기 위해서이다. 순례자는 하늘에 시민권이 있는 그리스도인이고, 지상의 일시적 거주자이다.

이 거리에 의해서 보는 대지는 당위와 현실이 대비되는 곳이다. 당연히 신의 숨결이 살아있고 은총이 있는 세계이지만 그 은총을 받을 대상을 마땅치가 않다. 인간의 문명과 신의 자연은 당연히 대비된다. 대지는 원형적이고 신의 은총이 있는 곳일 뿐 아니라 가뭄에 신음하기도 한다. 대지 자체는 이상적이고 아름다운 세계가 아니다. 신의 숨결이 없다면 피폐한 곳일 뿐이다. 대지의 피폐는 인간의 욕망과 관련이 있다.

철없이 날리는 풍작의
가락도
풍요의 근본이신
임에 대한 감사가 없는
단순한 수확의 줄거움에 취해
마냥 나대는 저 군상들의
흐트러진 여린 마음들을
거두어 다스려야 할
포용력을 그리며
풍년의 뒷자리만 거니는 그런
외로움.

—「대지18」 '풍요 속의 외로움'

순례자는 경작하지 않는다. 경작의 의미를 캐는 일에 마음을 두기 때문이다. 대지에서 농부와 창조주를 함께 보는 것처럼 농사에서 창조의 의미를 새겨보는 일에 관심이 있기 때문이다. 풍작은 인간의 노동이 가져오는 것이 아니다. 계절의 절기에 의해서만 일어날 수 있는 일도 아니다. 풍요의 근본에는 '임'이 있다. 수확의 즐거움은 '임'과 함께 나누어야 한다. 그러나 '군상'들은 '단순한 수확의 즐거움에 취해 마냥 나'댄다. 풍요라는 현상의 근본에 있는 그 '임'을 묵상하는 순례자는 군상들과 함께 '임'에 대한 묵상을 나눌 수 없어서 외롭다. 함께 순례한다면 삶의 긴 여정은 조금 덜 고단할 수도 있을 것이다. 순례의 여정은 고단하다. 집을 떠나 있기 때문이다. 돌아가기 위한 여정은 자신이 결정할 수 없다. 신의 뜻에 달려있기 때문이다. 하늘에 돌아가야 할 고향을 두고 있고 지상에는 일시적으로 머무는 것이지만 지상의 여정은 '한증막 같은 세월'이다. 숨막히는 세월을 견디면 소나기 내리는 세월도 온다. 여정이 고단하다고 해도 돌아갈 집이 있는 나그네는 길 위에 머물 집을 짓지 않는다. 이 땅은 영원히 살 곳이 아니다. 영원한 처소는 이 땅의 순례를 끝내고 돌아갈 하늘에 있다. 그러므로 대지에 거하더라도 집착하지는 않는다. 이 세상의 모든 생명은 신의 조정작용이 이루어져야 할 것들이므로 함부로 망가뜨려서는 안 된다. 자연을 망치는 것은 신의 뜻을 거스르는 것이고, 이 땅의 순례를 더욱 고단하게 하는 것이다. 연일 시들한 몸이다.

> 작은 한 몸도
> 가눌 수가 없다
> 땡볕 불볕의 횡포에
> 기를 잃고
> 풀죽은 형세로 근근면면하는
> 그런 시간
>
> —「대지31」 '貴賓'에서

한여름의 땡볕 불볕에 배겨날 장사가 삼라만상에는 없다. 순례자도 예외는 아니다. 작은 한몸을 가눌 수가 없는 것은 당연하다. 그러나 그렇게 어려울 때도 근근면면한다. 괴로운 시절 지나가고 땅위의 시간이 끝나면 '활명수'인 소나기가 내릴 것이기 때문이다. 순례자에게 이 세상은 약속을 이루기 위해 근근면면하는 땅이다. 지상의 삶은 영원한 안식을 누리기 위해 근근면면하는 시간이다. 그런 마음으로 신의 뜻과 인간사를 짚어보는 것이다. 그렇게 보는 사람들의 삶은 이 땅에서 영원히 살 것 같은 모습이며, 그런 마음으로 땅에 문명을 건설한다. 그러나 역설적이게도 떠나지 않고 살 것처럼 건설해댄 이 땅은 점점 살기 어려운 곳으로 망가져 간다.

5. 사람의 도시

대지의 순례를 더욱 고통스럽게 하는 것은 무엇인가.
신의 조절작용이 망가지고 있는 현실이다. 그 현실 앞에서 순례자는 장탄식한다.
노동과 휴식, 죽음과 소생의 상징적인 순환의식은 근대의 문명과는 먼 거리에 있다. 죽음과 부활의 순환의식은 인간의 생산행위가 자연의 순환질서에 의존하던 시대, 즉 농업생산양식과 관련이 있는 것이기 때문이다. 지금의 도시 문명은 계절과 상관이 없는 생산양식을 띠고 있어서 겨울과 봄의 순환질서를 의식할 필요가 없다. 도시의 삶은 비가 오고, 바람 불고, 눈 내리는 계절의 변화에 영향받지 않는 생산과 소비의 체제를 갖추고 있다. 아니 그런 변화조차도 생산과 소비를 촉진시키는 사건과 유행을 만들어낼 뿐이다. 사건과 유행은 사람들의 일상생활조차도 추문과 일회성으로 경박해지게 한다. 계절의 순환이 들어서야 할 자리에 생산과 소비라는 유행의 주기가 자리잡는 것이다. 만들어 쓰고 버리는 일상생활은 축제를 치르는 것처럼 흥청대지만 그 문화 안에 들어 있어야 할 감사와 속죄, 죽음과 부활, 슬픔과 기쁨이라는 내용이 없다. 생산은 소비에 봉사하고, 소비는 생산을 부추기면서 노동과 안식이라는 순환은 지켜질 수 없다. 광고를 통해 창출된

‘거짓욕구’가 부풀려져 있는 곳이다.

> 이를 어쩌나.
> …… 중략 ……
> 장마로 내린 도시 지역의
> 강수가
> 공업용수로도 부적격한
> 부유 물질의
> 오염 부하량이 급증되어
> 대지를 오염시키며
> 생명체를 파멸하는
> 주범이라고,
> 유용한 물이 사라져가는 이
> 땅의
> 절박한 사정
> 살아남기가 극히 어렵게 되어지는
> 처지에 매어도
> 풍년에 들뜬 저
> 농사꾼의 소박한
> 바람
> 자꾸만 뒤틀리는 세상사에서
> 이를 어쩌지.
>
> 물이 없어
> 황폐해진 우간다의 절실한
> 사연이
> 강 건너 불 구경이런가.
> 당장 수돗물이 끊기는
> 순간
> 우리네도
> 마실 물을 어디에서도 구할 수가 없는

    오염 경고문
    현기를 느끼며
    장탄식
    이를 어쩌나.

　이 시에서 수돗물은 '어머니의 젖샘'과도 같이 흐르는 태초의 맑은 물과는 반대되는 인간이 만든 물이다. 처음의 물이 마실 수 없게 되어 사람이 약을 넣고 관에 가두어 기른 물이다. 당신과 대지와 사람이 합일하던 대지에서는 '젖샘'이 생명을 기르지만 관계가 뒤틀려버린 도시 곁의 대지는 사람이 물을 길들인다. 창조 당시의 대지에는 풍요가 가득 차 있지만 환경과 생태의 대지는 '현기를 느끼'게 되는 곳이다. 즉 불모의 땅이다. 불모에 대한 자각과 두려움은 인간이 만들어낸 문명의 피괴적 성격에 대한 두려움과 닿아 있다. '과학 문명의 고도화도 / 제한성 인간능력으로는 / 신의 조정적 작용인 / 자연 현상 앞에 / 마냥 무력(「대지32」) 할 수밖에 없기 때문이다. 그리하여 끝없는 문명의 욕망으로 기고 만장하지만 폭우 같은 단순한 자연 현상에 조차도 망연자실할 수밖에 없는 존재이므로 대단한 것이 결코 아니라는 것이다. 신은 대지를 만들고 인간은 도시를 만들었다. 대지에 내리는 장마는 자연의 순환작용이지만, 도시에 내린 장마는 대지를 오염시키며 생명체를 파멸시키는 재앙이 된다. '부유물질의 오염 부하량' 때문이다. 부유 물질의 오염부하량은 생산과 소비체인 도시를 유지하기 위한 필요악이라고 할 수 있겠지만 그 도시에서도 사용할 수 없는 물을 만든다. 공업용수로는 부적격인 것이다. 그리하여 위로부터 내리는 지천인 물은 쓸 수 없고, 수돗물에나 의지할 수밖에 없다. 산업화와 농경, 도시와 농촌은 대비된다. 산업화의 동력인 도시, 도시의 속도에 적응하는 방식인 산업화는 자연에 오염물질을 방출해서 대지를 더럽히고, 마침내 사람도 살 수 없는 땅을 만든다는 점에서 불길하고 부정적이다. 도시는 문명의 쓰레기를 처리할 능력을 넘어섰다. 사람을 더욱 행복하게 만들리라던 근대의 경제적 합리성과 이윤의 극대화이데올로기는 이제 문명을 건설하는 것이 아니라 쓰레기를 방출하는 형국이

되어버렸다. 더러운 공기, 더러운 물은 도시가 만들어내는 쓰레기들이다. 도시는 흐르는 물을 쓰레기로 만들 뿐 아니라 위로부터 내리는 신성한 물도 못쓰게 만든다. 그러므로 대지에 내리는 비는 은총이지만 도시 지역에 내리는 비는 재앙이 되는 것이다. 그 재앙은 대지와 사람에게로 향한다. 마침내 도시를 움직일 공업용수로도 쓸 수 없는 죽은 물로 바꾼다. 이쯤 되면 도대체 무엇을 위한 도시건설이었던가를 짚어보게 된다. 도시는 많은 것들을 바꾼다. 자연과 사람의 모습을 바꾸고 내용도 바꾼다. 신의 조정작용인 자연의 오염정화 능력이 무력해진 현실 앞에서 순례자는 한탄할 수밖에 없는 것이다.

「대지15」가 공간적인 대지순례라면, 「대지 21」은 시간 순례이다.

> 겨울이라는 절기를 맞아
> 찬찬한 대지에로
> 찾아온 손님
> 백설이
> 온 세상을 휘몰아치는
> 무서운 횡포의
> 찬바람에
> 제 몸도 가누지 못할 만큼
> 잔약한 모습으로
> 눈물만큼씩 매서운 사연을
> 한풀씩 꺾이면서
> 마른 들녘을 덮씌우려는 뜻을 꺾으며
> 단걸음에 몸을 사리는
> 산업화시대의 겨울
> 손님.
> ─「대지21」 '산업화 시대의 겨울 손님'

백설은 손님이다. 손님은 잠시 머물다 돌아가는 존재이지만 머무는 이유를 가지고 찾아오는 존재이다. 소담한 자태로 한 겨울의 마른 들판을 덮어 풍성하게 감싸안는 눈은 어째서 그럴 수가 없게 되었는가. 눈은 겨울의 단조로움과 적막을 넘어서게 한다. 일체의 장식을 배제한 흰빛으로 세상을 빛나게 하고 평등하게 하고 따뜻하게 한다. 봄이 오리라는 희망을 갖게 하는 것은 눈이다. 찬 겨울에 내리는 눈은 겨울을 겨울답게 한다. 눈이 녹으면 온다는 봄에 대한 상징이다. 지루한 기다림의 겨울을 견디게 해주는 기제인 것이다. 이런 눈은 산업화시대에는 그 뜻을 펼칠 수가 없다. 계절의 순환이 없는 시대이기 때문이다. 겨울의 눈이 갖는 다른 의미는 바로 사람의 의식과 관련이 있다는 사실에 있다. 눈은 겨울을 견딜 수 있게 하고 겨울의 그 삭막함을 부활의 봄에 대한 약속으로 바꾸어 놓는다. 눈 녹으면 괴로운 계절인 겨울은 가고 갱생의 봄이 오는 것처럼 이 땅에 나그네로 온 순례자의 삶도 같다. 괴로운 시절을 지내고 땅 위의 삶이 끝나면 영원한 부활과 갱생의 삶이 또 주어질 것이라는 약속을 상기할 수 있다. 그러나 매일 매일의 일상을 축제처럼 소비하며 소유하는 도시의 삶에서 자연 현상을 통한 이런 약속들은 의미를 잃어버리고 만다. 산업화 시대의 눈은 겨울을 빛내는 은총이 아니라, 시간 맞춰 이동해 가는데 차가 막혀서 치워버려야 할 짐에 불과하다.

이 시에서 눈은 순례자에 대한 비유로도 읽힌다. 아름다운 하늘 나라를 떠올리면서 이 땅을 지나는 동안 신의 섭리에 대한 확인과 감사로 덮어야 할 순례는 '제 몸도 가누지 못할 잔약한 모습으로 꺾이'고 '몸을 사리는' 눈처럼 무력감을 느끼게 되는 것이다. 도시의 삶은 농경사회가 지녔던 감사와 속죄가 필요 없는 생활의 연속이다. 소비는 있지만 수확의 기쁨이 없고, 작업은 있지만 노동의 기쁨을 우리기 어렵고, 계절의 순환에 따르는 삶의 변화가 없기 때문이다. 이런 시대에 신은 자연을 통해 뜻을 드러내고 축복하는 모습이 아니라 물신의 모습을 하고 있기 때문에 신의 뜻을 좇아야 하는 지상의 삶과 대지 순례는 더욱 힘들어지기만 하는 것이다.

6. 시의 두 시선

'대지'를 보는 두 시선이 있다. 시적 상황이 농부를 중심인물로 삼아 제시될 때 농부의 시선과 그 농부를 바라보는 시선이다. 농부의 시선은 땅에 터를 잡고 경작하며 사는 일상인의 것으로 의인화된 대지로 제시되기도 한다. 농부의 시선이 자연의 변화가 일상이 되고, 그 자연에서 얻은 소득에 급급할 때 일상을 영위하는 일상인에 머물게 된다. 이 일상인은 현상에 따라 희비를 느끼지만 그 현상의 의미는 깨닫지 못한다. 이 시선은 대지와 아주 근거리에 있어 객관적인 거리를 유지하지 못한다. 대지가 받는 기쁨과 어려움이 직접화법으로 제시된다. '울 수도 없어 목만 탔다(「대지1」에서)'는 것은 의인화된 대지의 시선이며, 농부의 시선이다.

> 게릴라성 장대비
> 집중폭우는
> 양동이로
> 마구 퍼붓는 물벼락이었다.
> 과학문명의 고도화도
> 제한성 인간능력으로는
> 신의 조정적 작용인
> 자연현상 앞에
> 마냥 무력해지는 단적인 그
> 증거
> 순간적으로 쏟아내리는
> 장대비
> 저 빗발 앞에선
> 두 손 놓고
> 망연자실하며
> 장난감 같은 기계문명의 허탈감에
> 풀 죽은 베잠방이 꼴망새

> 그 기고만장하던 기세의
> 인간에게
> 자성을 바라는
> 겸허한 시간
> 저 집중 폭우 속에서 한층 낮아지는 대지의
> 담담한 자세는 작은 마음가짐.
> —「대지32」 '집중폭우 시간에'

게릴라가 쳐들어오듯한 장대비는 '물로 내리는 벼락'이다. 그 벼락은 '과학문명의 고도화'를 이루고 무한한 힘을 가지고 있다고 믿는 자성하지 않는 인간에게 내린다. 장대비도 다른 자연현상처럼 신의 조정작용인 것이다. 신은 무한하고 인간은 제한적인 힘만을 갖고 있다. 단순한 사실을 사람들은 자주 잊는다. 그러나 '기고만장하던 기세'가 장대비 앞에서 '두 손 놓고 망연자실'해진다. 순례자의 시선에 기계문명은 '장난감 같은 허탈'에 불과하다. 비는 신의 조정작용이고, 무한한 힘의 아주 작은 발현으로 사람들은 그 비를 보면서 자성해야 하는 것이다. 그래서 겸허한 시간이 된다. 이 시집에서 도시나 문명이 등장할 때는 거시적으로 제시될 뿐 구체적인 사람이 제시되지 않는다. 대지에서는 아직도 개인의 삶이 가능하지만 도시에서 개인은 사람이라는 익명성에 불과하기 때문인 걸까, 아니면 도시는 인간욕구의 집합체이기 때문에 사람이 쌓아올린 바벨탑이라고 보기 때문일까.

다른 하나는 농부를 보는 시선으로 시적 상황은 농부의 시선에 의한 것이지만 시적 세계는 그 농부를 보는 화자가 관장한다. 그 시선은 순례자의 시선이다.

순례자의 시선은 '도시'와 '저 대지'에서 인간의 보잘것없음을 깨닫는다. 널푸른 대지에 나서서 그 대지를 바라보면 '기고만장'해질 수 없다. '임의 솜씨'에 대한 찬탄과 함께 창조주의 섭리를 깨달을 수 있기 때문이다. 창조주의 섭리는 대지에서 생명을 기르는 수고로움과 순환을 배우는 것이다. 그 수고로움은 순례자가 본받아야 하는 '근근면면'의 내용일 것이다. 감사는 자족에서 온다. 만족은 욕구의 절제에서 온다. 절제는 '임'의 뜻을 따르는 순명에서 온다. 그 순명은 돌아가야 할 영원한 처소가 있다는 확신에서 온다. 그 확신은 '근본'을 깨닫지 못하면 가질 수 없는 것이다.

자연현상은 사람과 무관하지 않다. 자연은 스스로 자족체를 이루며 살아가는 모습이 아니라 사람의 무한한 욕망을 경고하고, 자성하도록 가르치며 자애로운 신의 섭리를 베푼다. 신의 섭리는 자연만을 대상으로 하거나 사람만을 향하지 않는다. 사람을 통해서 자연을 경작하게 하고 자연을 통해 사람을 가르친다. 신의 대지는 사람에게 유익하지만 사람의 도시는 대지를 더럽힌다. 사람은 자신들의 능력을 무한한 것으로 과신하고 이 땅의 삶을 위해 욕망에 따라 지꾸 대지를 파헤쳐 대기 때문이다

두 시선에서 농부는 신의 섭리 속에 살면서 가뭄이 들고, 비가 내리고, 풍년이 되었다는 현상에 따라 단순하게 '나대'지만 농사일을 통해 조물주의 창조행위를 모방하고, 신의 은총 안에 사는 모든 사람들을 가리키는 의미로 종종 사용된다. 다른 시선은 풀 한 포기, 바람 한 점, 비 한 줄기에서도 신의 뜻을 찾으려는 순례자의 시선이다. 이 시선에 비친 대지는 아름답고 풍요한 세상이다. 조물주가 창조한 아름다운 순환질서가 지켜지는 곳이다. 비오고, 눈오고, 곡식 익는 일들이 그러므로 제 철에 따라 이루어진다. 그러나 대지에 사는 사람들은 '근원'인 창조주에 대해 '무지'하고, 근원을 생각할 필요를 느끼지 못할 만치 '단순'한 무지와 단순에서 순례자는 외로움을 느낀다.

농부는 이 시집에서 사람의 총칭으로 쓰였다고 보아도 좋을 듯하다. 단순. 무지하고 감사를 모르는 모습으로 제시된다. 계절과 절기와 날씨에 절대적인 영향을 받으면서도 그 근원을 알지 못하는 것이다. 그것은 자신의 노력에 대한 자신과 그 자신감에서 오는 소박한 오만 때문일는지 모른다. 그 소박한 오만들이 당장의 결과에 따라 일희일비하는 반응으로 나타나는 것이다. 농부의 노동은 자연 환경에 압도당하지 않고 생존을 영위해나가기 위한 행위이며, 수확과 휴식은 신이 만드신 세상을 보며 창조의 기쁨에 동참하는 것이다. 그러므로 시적 주체는 자주 대지로 나선다.

대지를 순례하면서 본 것이 바로 사람들의 단순 무지함이다. 단순 무지함
이란 의미를 캐어보기 전에 현상에 급급해하는 사람들의 생리에서 오는 것
이다. 가뭄이 들면 애타하다가 비가 오면 기뻐하고 풍년이 들면 풍장을 치
고 추수의 기쁨에나 들떠 있는 생활에서 삶의 의미를 짚어보고 깨닫는 일은
불가능하다. 그러나 그 단순 무지는 단순히 '농부', '군상들'만이 아니라 때
로는 순례자의 것이기도 하다. 순례자는 완전히 신의 뜻만을 바라며 살지
못하기 때문이다. 그러므로 대지를 보는 두 개의 시선은 바로 이 시집의 전
략이다. 거시적 시선으로는 자연의 섭리와 인간사에 대한 성찰을 위해 시적
세계 전체를 순례자의 시선으로 통제하면서, 자연현상 자체를 그릴 때는 일
상인의 미시적 시선으로 사건을 그려나간다. 그리하여 시적 세계는 순례자
의 시선이 원경에 놓일 때는 농부의 시선이 두드러지고, 농부의 시선이 배
경이 될 때는 순례자의 시선이 전경에 놓이게 된다. 이 두 시선의 교차는
일상인은 구도자의 시각으로 삶을 살아야 하고, 구도자는 농부의 근면으로
삶을 살아야 할 것을 보여준다. 그리하여 결국 대지는 사람의 생활의 터이
며, 마음의 터가 된다. 그 대지에 시적 사유를 집중하는 것은 삶에 대한 성
찰, 사람에 대한 성찰이다.

7. 다시, 낙원

조영희 시인의 시는 자연의 생명만을 강조하거나 인간의 권한과 의무를
절대화하지 않는다는 점에서 균형감각을 유지하고 있다. 자연중심이라고
하는 생각은 자칫 근거없는 낙관이나 관조에 빠지거나 자연을 숭배하는 신
비주의로 흐를 수 있고 인간중심이라고 하는 관점은 진보주의의 덫에 걸릴
수 있기 때문이다. 기독교적 세계관이 흔히 자연훼손과 정복에 기여해 왔다
는 오해들은 인간의 욕망은 덮어두고 사람중심으로 창조기사를 해석했기
때문에 생긴 것이다. 그 기사이야기에서 말하려는 것은 자연은 인간이 복종
해야 할 절대존재가 아니며 사람은 자연의 위력에 공포감을 갖거나 위압되

지 말라는 것이다. 이런 자연관은 엄연한 사람의 존엄성을 갑자기 접어두고 자연의 일부로서만 인식하지 않는다. 그는 끝까지 자각적 존재인 사람의 자리를 지키려고 한다. 그것은 인간을 단지 동물적으로 사는 존재가 아니라는 믿음 때문이다. 즉 사람에 대한 신뢰를 잃지 않는다. 농부들을 통해서 얄팍하고 무지한 인간사에 대한 일침을 가하고 외로움을 느끼기도 하지만 그래도 기도하는 수많은 기도자들의 기도를 인식한다는 것은 사람을 단순하게 파악하는 것이 아니라 다양한 사람들을 보아냈다고 하는 덤에서 주목할 만하다. 인간은 단지 선하지 않고, 단지 악하지 않고 , 무지하지 않고 , 순진하지 않고, 배은망덕하지 않는 존재인 것이다. 그렇기도 하고 , 또 그렇지 않기도 한 여러 모습을 가지고 있는 존재인 것이다. 사람은 자신이 행위아 그 결과를 자각할 수 있는 존재이므로 다른 자연물들과는 다르다. 인간의 역사를 욕망의 역사라고도 할 만치 자기중심적인 인간이 과연 자연 중심으로 사고할 수 있는가 하는 것은 세밀한 검토 없이도 답할 수 있는 문제이다. 자연은 자각할 수 있는 능력이 없고 존재를 자각할 수 있는 능력을 가진 사람이 책임의식을 갖는 수밖에 없다. 그러나 이런 사고도 사람의 욕망을 잠재우지는 못한다. 사람이 최상위에 놓이는 순간 인간의 오만은 다시 살아나기 때문이다. 그러나 기독교 세계관에서 신-인간-자연은 서로 뗄 수 없는 황금고리이다.

　대지가 풍요로운 것은 당신이 있기 때문이다. 생존의 비결을 베푼 자비로운 당신은 대지를 풍요롭게 하는 힘있는 존재이다. 당신의 자비는 대지를 풍요하게 하고 그 풍요의 덕을 내가 향유한다. 즉 당신이 대지에 베푼 자비는 결국 나에게로 향하는 것이다. 그 풍요 속에서 내가 할 일은 감사뿐인 것이다. 생명과 풍요와 신비와 감사로 가득 찬 이 대지는 훼손되기 이전의 낙원의 성격을 띤다. 태초의 모습 그대로 생명을 낳고 기르는 어머니의 모습을 하고 있다. 은총을 베푸는 절대적 존재와 은총이 가득한 대지와 그 은총을 누리고 깨닫는 사람이 서로 일체가 되는 세계이다. 이런 낙원은 고대적부터 가져 온 이상세계이다. 우리가 살고 있는 현실적인 대지는 아닌가.

현실에 굳건히 발을 딛고 있는 시인이 어쩐 일일까. 어째서 현실과는 동떨어져 있는 이런 이상적인 모습을 세우는 데 공을 들이고 있는 것일까. 느슨하고 낭만적인 현실인식 때문일까. 아니면 갈 수 없는 땅 고대로 돌아가자는 것일까. 그도 아니라면 근거 없는 낙관론에 심취한 것일까. 그에 대한 답은 아니라는 것이다. 이런 세계는 회복해야 할 당위의 세계라는 것이다.

기독교 세계관의 핵심은 세상의 주인은 사람이나 자연이 아니라 창조주라는 것이다. 창조주에게 지음을 받은 피조물은 창조주를 기억하며 살아가야 한다. 피조물은 무한한 힘을 갖는 영원한 존재가 아니다. 창조주가 정한 시간동안 이 땅에 머물다가 때가 차면 영원한 안식의 처소로 가야하는 존재이다. 그 시간을 정하는 것도 신의 권한이다. 유한성을 깨닫지 못한 사람의 오만 때문에 사람은 신과 분리되었다. 사람이 창조주와 관계가 뒤틀리면서 사람과 사람의 관계도 분리되었고, 사람과 자연의 관계도 파괴적으로 변모해 갔다고 하는 것이다. 자연 현상은 저절로 일어나는 것이 아닐 뿐더러 신의 조절작용이라고 생각한다. 그렇기 때문에 인간은 겸허해져야 하는 것이다. 인간의 능력을 제대로 깨달아야 하는 것이다. 이미 파괴되고 오염된 자연, 인간을 보호하고 함께 살아가야 할 힘을 잃어버린 환경을 시인은 두렵고 걱정하는 시선으로 직시한다. 그리고는 어떻게 해야할 것인지를 고심한다. 해결방법도 함께 모색하는데 그것은 인간이 단지 인간에 불과함을 인식하는 것이다. 무한한 힘을 작고 세상의 모든 것을 마음대로 할 수 있는 존재가 아니라 한계가 있는 인간, 자연 현상 앞에서 속수무책일 수밖에 없는 인간, 단지 하나의 피조물이며 제한적 권한만을 위임받은 존재임을 인정해야 한다는 것이다. 대지는 아름답고 절실하다. 막연하게 낭만적인 자연관으로 미화된 풍경도 절대화된 자연중심의 신비도 아니다. 자연이 일방적으로 베풀고 인간은 관조하고 그 열매를 따먹는 세계가 아니라 대지와 인간을 함께 주재하는 절대자가 있는 곳이다. 그 절대자의 섭리가 운행되는 곳이므로 인간은 자연을 섬겨야 하는 존재이거나 막무가내로 퍼다 쓰고 내다버릴 수 있는 존재가 아니라 그 자연의 주재자를 인식해야 한다. 그 아름다울 수 있는 대지는 인간과 분리된 환경이 되었다. 자연에서 사람은 필요한 최소만을 가져다 써야 한다는 경구가 말처럼 실천되지 않는 이유를 사람의 욕망에서 찾는다. 그 욕망은 조물주와 인간관계를 어긋나게 하고, 사람과 사람의 사이를 나뉘게 하고, 사람과 자연의 사이에 파괴와 착취를 성립시킨다. 우리가 둘러싸여 살면서 망가뜨려 절대자의 섭리대로 운행되지 않는 재앙이 두려운 환경. 원형적인 이상상태의 대지와 현실적 파괴상태인 대지 사이에는 시인의 바람과 탄식이 있다, 회복해야 하는 세계와 훼손시킨 세계에 대한.

신이 처음 세상을 만들고 '좋다'고 감탄했던 그 상태대로, 모든 생물체가 나름대로 투쟁하고 어울리며 살아가는 세상이 지속되어야 하는 것이다. 잃은 것과 회복해야 할 목록은 무엇인가. 잃은 것은 신과의 신뢰이다. 그리하여 신을 몰아낸 자리에 욕망이 그득하게 들어 차 있다. 욕망은 인간의 문화를 만들어낸 힘이기도 속도조절이 어렵다는 속도감이 있다. 별을 올려다보며 길을 찾을 수 있도록 인간의 욕망의 방향이 바뀌어야 할 것을 시인은 이야기한다. 마침내는 꽃과 어린 나무와 산과 들에서, 곤충들의 작은 날갯짓에서도 우주에 충만한 신의 섭리를 깨달을 수 있게 되어야 할 것이다. 시인은 또 얼마나 신나게 대지와 그곳에 살고 있는 예쁜 것들을 노래할 것인가.

이제는 시인의 시적 관심이 앞으로 어떻게 변모할 것인가를 떠올려볼 차례이다. 그것은 불길하면서도 유쾌하다. 바람이나 당위성과는 반대로 지금과 같은 문명의 방향과 속도라면 고운 시가 아니라 더욱더 절실해져 갈 것이라는 불길한 예감 때문이다. 그 예감은 불길하기는 하지만 현실적이고 대안적이라는 점에서는 다행한 것이기도 하다, 불행한 다행이라니. 시인의 성실하고 진지한 관심으로는 한번 갖기 시작한 대지에 대한 관심은 쉽사리 바뀌지 않을 것이고, 그 대지의 훼손과 파괴는 더욱더 생생한 이미지를 얻어나올 것으로 보인다. 그 이미지들의 해결방법을 시적으로 모색하려는 것은 자연스럽게 뒤따를 것이다. 아마도 시인의 그 진중함과 열정과 시인된 책임감으로 하여.

여덟 번째 시집은 이번보다 훨씬 과격한 생태시가 가득 차 있게 될지도 모른다. 우리들 욕망의 방향과 속도가 지금에서 크게 달라지지 않는 한.
  열정적인 원로시인이 앞으로 쓰게 될 시 세계를 기대하는 것은 얼마나
설레고 유쾌하고 불길한 일인가. *

■ 최근의 수필과 수필론

수필, 그 읽히는 힘과 위기론

하 길 남*

1.

올해 우리 수필계는 기대와 위기가 교차하는 가운데, 변혁의 틀을 실감해 온 한 해가 아니었나 생각된다. 새 천년 벽두는 물론 20세기를 보내는 저문 해에 즈음하여, 우리는 '21세기 정보화 시대 수필의 바람직한 방향' 등에 대한 적잖은 탐색을 해왔다. 지금까지도 그러한 우리의 관심은 이어지고 있지만, 대체적으로 수필에 있어서는 다른 장르들에 비해 비교적 긍정적 측면이 강조되었다.

예컨대 '한국 수필의 미래'라는 글에서 윤재근은, "문학은 인간의 생존현장을 떠나서 존립할 수 없다. 생존현장이 인터넷이라는 망(網)으로 묶어져 급변하면, 문학 역시 따라서 급변하게 마련이다. 수필은 이러한 급변을 서슴없이 수용하여 새로운 미적 표현을 이끌어 낼 수 있는 융통성을 간직한 문학이라"고 전제하고, "수필은 본래 장르 사이의 벽을 파괴하는 문학이다. 이러한 수필의 미적 성향은 디지털미디어 환경이 갖는 파괴력과 상통한다." 고 말하고 있는 것이다. 또 홍기삼은 '21세기 한국 수필의 전망'에서, "수필은 시나 소설 같이 사회에서 요란한 영예를 누린 경험이 상대적으로 적은 편이어서 고통과 충격도 적을 것이고, 그런 점에서 수필문학의 시대적 적응력이 다른 장르에 비해 강인한 것일 수 있다."고 했다.

사실 수필은 부단하게 변화하는 생활현장에서 도전하고 응전하면서 타

---

* 창신대 외래교수.

협하는 삶의 모습과 성숙의 도정, 그 개인사적 인간 실상을 밑천으로 하는 글이라고 할 수 있기 때문에, 어떤 면에서 변화는 바로 태생적 속성이라고 할 수 있을 것이다. 그래서 정보화니 영상화니 장르 융화니 하는 변화의 물결들을, 굳이 수필의 역기능이라고 말할 수는 없는 것이다. 그럼에도 불구하고 오늘 날 수필이 시나 소설 등 다른 문학 장르들에 비해서, 오히려 지극히 보수적인 틀을 벗어 던지지 못하고 있는 것은 매우 안타까운 일이 아닐 수 없다 하겠다.

이러한 사실이 결과적으로 이른바, 수필의 위기론을 불러온 원인의 하나가 되지 않았나 생각된다. 우리는 가끔 '수필도 문학 장르에 속하는가, 하는 질문에 대해 그와 같은 우문이 어디 있느냐고 힐난을 하면서도, 일부 평론가들은 물론 수필가들 스스로에 의해 이러한 논란이 잠재워지지 않고 있는 것은 무슨 까닭인가.' 하는 문제에 대한 해답을 짚고 넘어가야 할 것이다.

채수영이 '한국 수필의 얼굴 정형'이라는 글에서, "수필을 문학의 장르라는 구분에서 추방할 것인가, 아니면 동등한 식구로 체온을 나누는 일에 구분이 없는가의 여부를 말한다면- 소외된 지금까지의 문제를 벗어나는 이론을 발굴하는 데 초점을 두어야 할 것이다."고 말하고 있다. 뿐만 아니라, '지식, 정보화 시대의 수필 쓰기'라는 글을 통해 김봉군은, "한 동안 수필은 제2급 장르로 밀려났던 것이 사실이다." 고 말하면서, "새 시대의 수필가는 우선 수필다운 수필 쓰기에 힘써야 할 것이라"고 고언을 아끼지 않고 있다.

이와 같은 일련의 사실들이 증명해 주듯, 결국 수필에 대한 위기는 장세진이 '수필문학은 노상 위기이다'란 글에서, "수필가 스스로 제 무덤을 파고 있는 셈이다."고 단언한 것처럼, 그 책임은 수필가 자신들이 져야할 멍에인 것이다. 이러한 견해들은 크게 보아 다음과 같은 두 가지 원인에 기인하지 않을까 싶다. 그 하나를 편의상 장르적 속성에 대한 오해 등에 관계된 것이라고 한다면, 두 번째는 수필가 자신에 관계된 것이라 할 것이다.

전자의 경우로는, 새로운 미학적 체계를 세운 수필문학 이론이 정립이 되어 있지 못한 점, 아무나 '붓 가는 대로' 쓰면 된다는 창작상의 오해, 사실의 문학이라는 선입견에서 오는 지나친 경직성, 여기나 여가, 취미의 문학 정도로 보아온 일부의 관행 등을 들 수 있을 것이다.

후자의 경우로는, 미적 문학적 형상화나 창작적 기법의 숙련성 및 그 치열성의 결여, 함량 미달의 신인 추천, 문학 수업의 불실, 기초 문장력의 미비 등으로 나누어 볼 수 있을 것이다. 이 이야기들은 결국 수필가들의 자질 문제를 거론하게 되는 단서가 된다. 그러면 왜 다른 장르들보다 유독 수필의 경우에 더욱 이러한 논란이 분분하다는 것일까. 수필에도 수필이 안된 수필이 있는 것처럼, 소설에도 소설이라고 할 수 없는 글, 시에도 시라고 부를 수 없는 것들이 있게 마련인 데 말이다.

소설은 그 길이가 수필에 비해 비교가 되지 않을 뿐 아니라, 특히 장편소설이나 대하소설의 경우 그 길이는 엄청나다. 이 때문에 소설가가 되겠다고 하는 사람들은 오랜 기간에 걸친 수련과 습작기간이 소요되게 마련이다. 적어도 장편소설 한 편을 쓰게 될 때, 이미 그 기간은 몇 개월 또는 몇 년이라는 단위가 기준이 된다. 여기에 비해 수필의 경우는, 평생을 쓴다 해도 장편소설 한 권에 해당하는 분량도 못 채우는 경우도 있을 수 있을 것이다. 여기서 이미 판세는 결정되는 것이 아닐까 생각해 보게 된다. 그 용량의 척도에서 기량의 한계를 짐작할 수 있는 까닭이다. 그래서 수필은 손쉽다는 오해가 한 몫 하게 된다.

그렇다면 시의 경우는 어떤가. 우선 시의 변모양상만 열거해 보더라도, 고전주의, 낭만주의, 자연주의, 고답파(高踏派), 상징주의, 입체파, 미래파, 다다이즘, 표현주의, 이미지즘, 신즉물주의(新卽物主義), 초현실주의, 모더니즘, 실존주의 등을 거쳐, 포스트모더니즘 논쟁을 비롯하여 수많은 과정을 겪어온 것을 보게 된다. 뿐만 아니라 동형묵수주의(同形墨守主義) 등 널리 알려지지 않은 것까지 모두 열거한다면 그 수는 몇 배가 될 것이다.

또한 시의 기법만 하더라도, 이미지, 비유, 의인법, 활유법, 의성법, 의태법, 제유법, 환유법 이외 상징, 아이러니, 알레고리, 역설, 압운, 율격, 파격, 리듬 등 두서없이 생각나는 대로 적어도 한이 없다. 예컨대 해체시 쓰기의 경우, 그 해체라는 철학적 용어를 정확하게 이해하기 위해서는 동서고금의 철학 사조를 비롯, 적어도 데리다의 철학사상 정도는 알아야 한다.

김동리가 소설 「실존무(實存舞)」를 썼을 때 그 자신이 실토한 것처럼, 그가 실존주의 사상을 얼마나 깊이 연구해 왔는가 하는 것은 말할 나위도 없는 일이다. 그런데 이 시대 우리 수필가들 중 적잖은 이들이 과연 얼마나 공부해 왔던가, 하는 물음을 되씹게 된다. 물론 시인들이 또 소설가들이 모두 그렇듯 깊은 지식을 쌓아왔다는 뜻은 아니다. 이미 장르의 속성이나 그 계량상 정도의 한계가 있게 마련이라는 이야기다.

원고지 12매 내외의 글을 쓰기 위해 우리가 투자한 문학적 수련과정과 그 열정, 그 희생이 과연 얼마나 치열했던가. 더구나 앞에서 보아온 것처럼, '붓 가는 대로' 쓰는 무형식의 글로 여기나 취미의 문학 정도로 생각했던 것이라면, 그 정열과 운신의 폭이 상대적으로 어떠했으리라는 짐작은 그리 어렵지 않을 것으로 여겨진다. 불과 책 3페이지 정도에 지나지 않는 짧은 글이라 만만하게 보였던 것은 정한 이치가 아닌가.

그러나 사실은 수필 쓰기가 쉬운 것이 아니라, 어느 장르의 글보다 오히려 어렵다고 하는 이들이 적지 않은 것은 무슨 까닭일까. 진정 그만큼 좋은 수필 쓰기가 쉽지 않다는 이야기다. 사실을 바탕으로 한 불과 12매 내외의 글로 사람에게 감동을 준다는 일이 어떻게 쉬울 수 있겠는가. 여기에는 진정 고도로 연마된 기량이 자연스럽게 작품 속에 용해되어, 은연중에 풍겨진 미적 체계 속에 독자들이 스스로 취하도록 해야 한다.

그래서 '붓 가는 대로'란 말은 천방지축이 아니라, 그만큼 숙련된 자연스러운 경지를 말하는 비유어인 것이다. 이 말은 차라리 상징적 의미를 지닌다 하겠다. 다른 지면에서도 언급한 바 있지만, 붓은 사람의 손이 움직여 주지 않는 한 제 힘으로는 한 발 자국도 움직이지 못하기 때문이다. 비유해서 말한 것을 그대로 해석해서 피해를 입은 전형적인 실례가 수필의 경우가 될는지 모를 일이다.

1930년대 이전을 보면 소설가나 시인 혹은 문학평론가들이 두루 수필가였던 것을 알게 된다. 물론 그 당시에는 전문 수필가의 등단이 이루어지기 전이었지만, 수필 몇 편을 쓰지 않은 작가가 드물었다. 물론 그들이 작품을 쓰면서 가벼운 마음으로 수필을 쓰게 되는 경우를 여기나 취미 정도로 생각할 수 있을지 모르지만, 사실상 한 편의 작품을 소일거리로 쓴다는 것은 온당한 이야기가 아니다. 소설 한 편을 쓰는 경우보다 불과 12매 내외의 작품을 쓴다는 것이, 훨씬 마음 편할 것이고, 또 홀가분한 기분이 드는 것은 상식이 아니겠는가. 그러나 이러한 정황을 굳이 여기나 심심풀이로 쓴다고 규정지을 수는 없는 것이다.

수필이 엄연한 문학작품인 이상 붓 가는 대로 천방지축, 마냥 갈겨써서 될 일이 아니다. 다시 말하자면, 수필은 그만큼 문학적 수련을 거친 이들이 일망지하(一望之下)에 일필휘지(一筆揮之), 즉 한 눈에 작품의 구성을 조망하면서 붓을 휘둘러 물 흐르듯 써내려 갈 수 있는, 가히 달관과 달필의 경지에 이르러야 한다는 것이다. 그런 까닭에 좋은 수필을 쓸 수 있는 일이 아무에게나 주어지지 않는다는 것을 알게 된다. 이와 같은 관점에서 볼 때, 채수영이 "원고지 10매의 수필을 청탁 받으면 60여 여 매의 평론을 쓰는 일보다 더 어렵고 한 편의 시를 쓰는 것보다 고민 많은 시간을 보내고서야 소기의 글을 완성할 수 있었다는 점에서 어려운 글이라는 고백을 한다."는 이야기가 빈말이 아니라는 것을 실감하게 된다.

이와 같은 연유로 하여 다른 장르의 경우, 저급한 소설이나 시가 있을 수 있는지 몰라도, 수필에 있어서는 결코 오직 좋은 수필과 잡문만이 있을 뿐이며 역시 수필가와 수필애호가가 있을 뿐, 그 아류들을 허용하지 않는다고 할 수 있다. 이것이 수필의 특성이며 수필이 쉽고도 어렵다고 하는 소이다. 예컨대 한 되의 물에는 티끌 하나가 눈에 잘 뜨이지 않을는지 몰라도, 한 종지의 물 속에서는 작은 티끌 하나라도 눈을 부시게 할 수 있는 것이다. 수필은 한 번의 실수로 글을 망치고 만다. 그 작은 용량으로는 실수를 만회할 여유를 줄 수 없기 때문이다.

여기서 우리는 수필이 완벽한 기량을 요구하는 글이라는 것을 알게 된다.

그럼에도 불구하고 오늘 날 우리는, 이러한 실상을 잘못 짚어, 길을 잘못 들어온 셈이다. 이 문제를 해결하지 않고는 달리 수필의 위기를 극복할 길은 없다. 이 글의 서두가 장황해진 것도, 유재천이 메타수필의 가능성을 역설하고, 정목일이 수필의 조로 현상을 지적하면서 실험성과 개척정신을 역설한 것도, 모두 이 때문임은 무론이다. 올해 한국수필가협회가 심포지엄에서 '수필과 철학'을 그 의제로 선택하고, 수필문학사의 수필문학 세미나에서 홍기삼이, "수필비평의 재정립, 수필의 철학적 성향 제고" 등을 지적한 것이나, 시와 같은 실험수필들이 시도된 것 역시 이와 무관하지 않다는 것을 알게 된다.

2.

올해 우리 수필계는, 앞에서 잠시 살펴본 바와 같이 새로운 변혁과 발전을 위한 차분한 탐색과 반성을 추구해 오면서, 이를 가시화해 보고자 하는 외적 노력이 돋보였다. 지난해 우리는 21세기 영상 정보화시대에 즈음한, 새로운 수필문학의 위상을 정립하기 위해 여러 가지 노력들을 기울여 왔다. 그러나 이론적인 배경을 바탕으로 거기에 상응한 기법을 창안하여, 실제 작품 속에 그런 실험적 요구들을 반영하는 데는 실패했다.

우리 수필의 경우 약 85할 이상이, 이른바 생활서정 수필이라 할 수 있을 것이다. 그 외 자연이나 자연물 또는 어떤 특정 인물을 그린 예찬이나 묘사성 수필, 사회 비평 계열의 수필, 중수필류, 기행수필 등으로 나누어 볼 수 있다면, 역시 중수필다운 작품이 매우 드물었고 기행수필이 예년에 비해 월등히 많아진 반면, 자연을 노래한 수필이나 사회 비평적 수필이 상대적으로 부진한 것을 실감할 수 있었다.

여기서 늘 문제의 소지를 안게 되는 것은 대체로 생활서정 수필 쪽이다. 생활서정이란 결국 자기 신변에 일어난 이야기가 구성의 틀이 되는 까닭에, 적잖은 수필들이 자기 이야기를 시종일관 미주알 고주알 늘어놓은 후, 마무리 단계에서 글 전체의 뜻을 적당히 정리하는 것으로 끝맺고 있다. 다시 말하자면 말미에서 적당히 양념을 치듯, 연지를 찍고 분을 바르는 것으로 한 편의 문학작품이 완성된 양 마무리를 하고 있는 예가 많았다.

우리가 살아오면서 수없이 접하게 되는 이야기들을 왜 그렇듯 소상히 기록해서, 남에게 일일이 들려주어야 하는가 말이다. 다시 말하자면 사실 그렇게 이야기하지 않으면 안 될 곡절을 밝히는 일이 작품을 쓰는 중요한 목적이 된다 하겠다. 여기서 우리는 문학작품에 대한 인식 정도, 형상화나 그 기법의 미숙성, 또는 수련의 미진함을 읽게 된다. 수필에서 신변의 이야기를 예시하면서 무엇을 써야 할 것인가 하는 것보다, 무엇을 쓰지 말아야 할 것인가 하는 것이 더 중요하다는 것을 알아야 한다.

상황제시형 즉 피천득의 「동전 한 닢」처럼, 보여 주기식 수필에 있어서는, 곁가지를 모두 치고 간결하고 단아한 모습을 보여 주어야 한다. 물론 이 때 사건의 곁가지라 하더라도, 그 배경이 주제를 도와서 상징적 구실을 할 만한 것은 곁들이게 마련이다. 하나의 사건이나 혹은 사건을 잇고 불러들이는 경우, 철저하게 자로 잰 듯 규격이 정 맞고 헛말이 겉돌아서는 안 된다.

아무리 수필이 형식을 초월할 만큼 자유 분만한 글이요, 그 두리번거림조차 지성의 번뜩임일 수 있다 하더라도, 시종 자신의 신변사를 한 편의 수필로 그릴 때는 사정이 달라진다. 칼로 끊어가듯 사건 중심적 서술에서 서정을 불러들여야지, 너무 심경 중심이 되어 여러 곁가지들을 흔들어서는, 그 글은 실패하기 십상이다. 자질구레한 신변 이야기는 이미 우리에게 식상해 있기 때문이다. 정혜옥의 「아웃국」은 그런 점을 헤아린 작품으로 기억에 남았다.

> 길에서 돈을 주었다. 버스 정류장 옆, 전봇대 밑에 동전 두 개가 떨어져 있었다. 임자 없는 돈을 보는 순간 왠지 가슴이 두근거렸다. 이른 시간이라 길에는 사람이 별로 없었다. 나는 몸을 굽혀 동전 두 푼을 주어 올렸다. 오백 원 짜리 백 원 짜리 한 개였다.
> 동전 두 푼을 손에 쥔 채 버스에 올랐다. 그때 나는 우리 집 채소밭

> 에 뿌릴 씨앗을 사러 서문시장에 가는 길이었다. 손에는 여전히 그 돈
> 이 쥐어져 있었다. 나의 포켓에 집어넣기엔 왠지 꺼림직 하였다. 횡재
> 를 한 기분보다는 뭔가 남의 것을 움켜쥐고 있는 것 같은 마음이 들었
> 다.

이 서술에는 군더더기가 없다. 수필 전편이 이처럼 뼈마디를 이어놓듯 간
결하고 담백하다. 다만 사실을 그대로 보여줄 뿐 작가 스스로가 이래저래
설명을 늘어놓거나, 참견을 하지 않는다. 그래서 독자의 식상함을 덜어주고
있다. 독자들이 사건의 추이에 관심을 가질 여유를 주게 된다.

이 수필은 화자가 주운 돈으로 아욱씨앗을 산 데 대한 무언가 부끄러운
마음을 지우지 못하는, 인간적 자기 독백을 그린 작품이다. 그러한 마음을
보상하기 위해 자기 집 담벼락에 핀 꽃을 탐하는 젊은 연인들에게, 그것을
꺾어갈 기회를 주고서야 비로소 마음이 홀가분해질 수 있었다는 것이다.

> 하루는 놀러온 이웃에게 채소들을 솎아주며 길에서 주운 돈 이야기
> 를 하였다. 그 돈으로 사다 심은 아욱 잎이라 하며 그것도 한 움큼 뜯어
> 주었다. 그는 배추 한 단 값도 안 되는 돈이라 하면서 다음에는 더 많은
> 돈을 주워 큰 나무를 사다 심으라고 했다.

이 말을 듣고 화자는 마음이 편하지 못했다. "다음에 더 많은 돈을 주워
큰 나무를 사다 심어라"는 말이 어쩐지 마음에 걸리기 때문이다. 이 시대를
살아가는 우리는 이렇듯 고운 마음씨를 가지고 살아가는 이에게 정을 주게
된다. 말하자면 작품에 공감하면서 작가 자신의 순수한 심성에 마음이 끌리
게 된다. 여기서 우리는 N. 프라이가 수필을 이른바 제4 논픽션(내적 사실,
외적 허구) 형식으로 본 것처럼, 장르적 한 특성을 실감하게 된다. 결국 화
자가 주운 돈 육백 원에 대한 보상을 톡톡히 치르고서야 아욱 국 한 그릇을
마음놓고 먹게 되는 것이다.

이와는 작법적 기법상 차이가 있지만, 작가의 특이한 체험을 작품화한 것

으로 장돈식의 「단장(斷腸)의 숲」이 있다. 이 수필은 화자가 몇 년을 정성
들여 사귀게 된 토끼가 친구의 손에 의해 잡혀간 사실을 두고 고뇌하면서
쓴 작품이다.

> 제 집을 두고서도 밤이면 내 서재 발치에서 같이 자는 다람쥐, 새매
> 에게 휘몰려 죽을 뻔한 것을 살려준 후, 보은이라도 하려는 듯 곧잘 벌
> 레를 물고 와 내 입에다 먹여주려고 하는 숫딱새, 그리고 오늘 얘기의
> 주인공 왕토끼, 이들 네 이웃의 가족들은 글자 그대로 십년지기(十年知
> 己)로 친교를 맺어 살기에 적적한 줄을 모르고 산다.

화자는 산중에서 금수 즉 새들과 심승들이란 같이 살아가게 된다. 우리는
옛날에 이른바 금수보다 못한 놈이라는 이야기를 듣고 자랐다. 오직 사람만
이 위대하다고 믿었던 탓이다. 그러나 우리는 이 수필에서 오늘날 실로 금
수들이 위대하고 사람들이 끝없이 초라하고 죄스러운 존재라는 것을 느끼
게 된다. 그것은 보은을 위한 숫딱새의 행위에서도 짐작이 가는 일이다. 오
늘날 사람들에 의해서 고통받지 않은 생명체들이 어디 있겠는가. 살아있는
많은 종(種)들이 이미 인간에 의해 사라져가고 있을 뿐 아니라, 앞으로 수없
이 사라져갈 것이다.

오존층은 파괴되고, 원시림은 베어지고, 빙하는 녹아 기상이변이 계속되
어, 앞으로 지구에 어떤 재앙이 닥칠지 모를 상황에 처한 것이 모두 사람
탓이니 말이다. 모피외투 한 벌을 만들기 위해 짐승의 껍질들을 얼마나 벗
겨 왔던가. 그것을 걸치고 다녀야 사람행세를 하는 줄 알고 있으니 더 할
말이 없다 하겠다.

> 조용한 대좌, 서로 바라본다. 흑요석(黑曜石)보다 검고 빛나는 그 눈,
> 눈에도 성징(性徵)이 있다고 한다. 토속이와 나의 시선이 마주쳐 점화
> 된 나의 미감신경(美感神經)은 오르가즘이 되어 온몸을 경련하게 한다.

화자는 동물과 친해지기 위해서 수년 동안 애정 어린 접촉을 시도한 결과 토기와 대좌를 하게 된 것이다. 이러한 대좌의 단계에 이르기까지 기심(機心)을 읽는 과정, 눈맞춤을 하는 과정 등 적잖은 과정을 겪어 왔다. 이제 두 팔을 뻗으면 서로 닿을 수 있는 단계까지 온 것이다. '머지않아 귀 언저리를 만져보고, 등 근처를 쓸어 줄 수 있는 단계에 이르렀다. 그런데 어느 날 매일 만났던 장소에 시간 맞춰 나가 보아도 토끼는 영영 나타나지 않았다. 반신불구가 된 탓이다.

그 동안 화자와 만나느라 방심을 하게 된 토끼는 다른 사람이 보는 앞에서도 달아나지 않고 있다가, 흉기에 맞고 나서야 뒷다리를 질질 끌면서 달아나 버렸다 한다. 몇 년 동안 사람을 믿는 데 길들어져 왔던 까닭이다. 그 토끼는 교활한 사람들의 속임수에 대해 얼마나 분노하며 괴로워하고 있겠는가.

> 아내는 "토숙인가 하는 년하고 잘 돼가우! 당신은 첩년 같은 토끼를 산에 두고 푹 **빠졌었군요**" 하며 웃는다.

그렇다. 어쩌면 아내보다 더 소중하게 생각될 때도 없지 않을 것이다. 한 번 만나서 등을 쓰다듬을 수 있는 기회를 갖기 위해 수년 동안 공을 들여왔기 때문이다. 그것은 바로 원초적 생명의 공명일 것이다. 여기서 우리는 삶의 진정한 이치를 되돌아보게 된다. 논리적 설명으로써가 아니라, 체험이 가져다 준 공감, 그 재미로써 말이다. 사실 이 작품에는 화자 스스로 서술적 설명을 곁들인 곳은 없다. 다만 사건과 거기에 따른 감상을 곁들였을 뿐이다.

앞에서 예시한 수필이 극도의 사건 중심에서 서술적 단순화를 꾀한 것이라면, 이 수필은 작가의 감정을 부언한 이른바 생활서정 수필의 통상적 관습을 답습한 셈이다. 특히 이 작품이 독자들에게 지루한 감이나 식상한 감을 주지 않고 문학적 형상화에 성공한 것은, 주제의 참신성이 구성의 탄력성을 지탱해 준 데다, 인용문에서도 보았듯이 표현상의 재미, 그 유머감각 등이 어우러져 문학작품으로서의 격을 유지했기 때문이라 하겠다.

이외에도 이 계열에 속하는 작품으로서 박규환의 「난청기」, 안명수의 「모자」, 목성균의 「옹기와 사기」, 유경환의 「겨울 느티나무」, 반숙자의 「겨울 포장마차」 등이 있다.

지금 우리 수필계의 경우, 김진섭의 [생활인의 철학] 등 중수필류의 작품이 없는 것은 아니지만, 문학작품으로서 서정성을 획득하기 어려울 뿐 아니라 그만한 노력이 수반된다는 이유 등으로 즐겨 쓰는 이가 적으며 또한 성공한 작품도 드문 것이 사실이다. 또한 그런 종류의 작품들을 보더라도 엄겨한 의미에서 중수필이리고 보기 어려운 것이 많다.

이 계열의 작품으로는 이숙자의 수필 「정(情)」과 송혜경의 「부채」, 이주형의 「막힌 곳을 뚫어야」 등이 있다. 그 중에서 비교적 객관적이며 분석적인 서술형의 「정(情)」은 한국적 '정'의 실상과 의미를 그린 글이다.

> 불가의 오욕칠정론(五慾七情論)으로도, 유가의 사단칠정론(四端七情論)으로도, 기독교의 박애주의로도 풀리지 않는 한국인의 오묘한 정-아무리 넘쳐나도 욕은 되지 않으나, 한치라도 모자라면 냉정하고 매정하고 무정하다 가슴을 치니, 빈한한 처지에 마음 밭의 정이라도 서리서리 풀 수밖에 없다.

우리 나라 사람들은 유달리 정이 많고 깊기 때문에 미움도 그만큼 깊어지는지 모른다. 자기가 정을 쏟는 까닭에 또한 언제나 그만큼 남의 정에 메말라 있게 되는지 모른다. 주는 만큼 받는 정이 모자라면 냉정하다, 무정하다 할 것이 분명하다. 또한 정이 깊어 칼날 같이 날을 세우면 베이기 쉬운 법이다. 이러한 정의 사례들을 무려 16가지나 들고 있다.

길손에게 주는 물 한 그릇에 나뭇잎을 띄워주는 정, 콩 한 조각도 나누어 먹는 정, 어머니의 손끝에 담긴 음식과 정, 정한의 귀성행렬, 상부상조 정신, 대대로 선산에 모시는 사별의 정리, 사람 보증과 빚 보증, 식객에 대한 배려,

음식 동냥, 나무 동냥, 젖동냥, 가정의례 준칙의 사문화, 저승길 노자 돈, 송사(訟事)에 얽힌 곡절, 품앗이 등.

그러나 부정적인 측면으로는, 정의 물질적 상징인 선물에 의한 뇌물성 시비, 지연이나 학연 등에 따른 공적 질서의 붕괴, 지역 감정과 연고 찾기에 따른 '눈감아주기나 '보아주기의 병폐와 부정 등을 들고 있다. 지금 우리에게 중요한 것은 우리다운 정의 가변적 정체를 밝혀내어 반성적 성숙의 계기로 삼아야 할 것이라는 사실이다. 그러한 처방전으로서 화자가 제시한 것은 다음과 같다.

> 볼 수도, 들을 수도 만질 수도 없는 형상으로 떠돌며, 인간을 인간의 체온으로 흐르게 하는 무한한 힘의 존재.
> 그 정도 냉정함이라는 마음의 정으로 정(正)하게 마무르지 않으면 정(淨)하고 정(貞)하게 흐를수 없는 것이 '정(情)의 이치'이다.

그렇다. 우리의 경우 이 정을 잘 다스리는 일이 무엇보다 중요하다 하겠다. 지난 IMF 때는 범국민적인 금모으기 운동과 같은 정의 합일로 국란 극복의 큰 힘을 발휘할 수 있었다. 그러나 우리는 오랜 역사를 통하여 질시와 배반 또는 음모 등으로 인해, 얼마나 많은 고초를 겪어왔던가 하는 것도 되새겨 보아야 할 것이다.

이처럼 화자는 문학작품에 있어 효용적 측면을 일깨우면서 우리들에게 그 실천적 덕목을 제시하고 있다. 그러면서도 '날카로운 첫 키스의 추억'이나, '이제는 돌아와 거울 앞에 선 내 누님'과 같은, 시의 구절을 인용하는 등 논리적 서술에서 오는 긴장감을 해소하고, 서정성을 얻기 위한 배려도 잊지 않고 있다는 것을 알게 된다. 뿐만 아니라, 서두에서도 역시 현란하리만큼 정감 어린 표현을 하고 있는 것을 보게 되어, 우리는 화자의 수필적 감각을 짐작하게 되는 것이다. 이 계열에 드는 작품으로는 송혜경의 「부채」, 이주형의 「막힌 곳은 뚫어야」 등이 있다.

서정범의 「용꿈」 역시 서두에서, 화자가 어렸을 때 여름에 소나기가 쏟아진 후 미꾸라지와 붕어 새끼들이 바깥마당에서 파닥거리는 것을 보고, 이를 하늘의 용이 내려준 것으로 믿었다고, 서두에 화자의 실제 체험을 장식해 놓고 시종 일관 용에 대해 서술해 가고 있다. 체험적 실감을 통해 현실감과 서정성을 추구하려는 배려 때문이다. 이른바 우리의 중수필들이 이처럼 자신의 체험을 객관적 상황서술에 접목시키고 있는 현상은 거의 관례화된 듯하다.

그리고 올해에는 예년보다 기행수필이 많이 발표되었다. 이러한 현상은 앞으로 더욱 두드러질 것으로 전망된다. 이경희의 수필 「버스 기사가 읊은 시(詩)를 들으며 마라호이드성(城)으로」를 읽어보면, 각기 다른 문화권이나 그 사람들의 사유 빛 행동유형들이 우리들에게 많은 교훈을 주게 된다는 것을 알게 된다.

예이츠의 시를 낭송하는 아일랜드의 운전기사와, 시인 롱펠로우를 아느냐고 묻는 미국 포틀랜드의 기사들 이야기를 들으면서 우리는 감회에 젖는다. 그리고 "아일랜드 사람을 알고 싶으면 그들이 쓴 시나 소설을 읽으세요" 하고 말하던 기사나, "나는 당신에게 지금 롱펠로우의 동상을 보여주러 가는 길입니다." 하고 그 비용만큼을 공제해 주면서 호텔까지 다시 태워 주던 미국인 기사들의 마음씨를 잊을 수 없게 된다.

여기서 우리나라 택시기사들을 대비해 보면서 우리는 이 작품에서 과연 무엇을 느끼게 될 것인가 하는 문제를 떠나, 근본적으로 사람이 사는 방식에 대한 성찰을 갖게 된다.

> 세계적인 시인이 자기 고장에서 태어났다는 것에 그토록 자부심을 가지고 사는 포틀랜드의 택시기사 이야기를 들으면서 감탄했던 생각이 난 것이다. "그들은 얼마나 행복한 사람들인가!"

생각하는 방식이 다르면 행동이 달라지고, 행동이 달라지면 사는 방식이 달라지고, 사는 방식이 달라지면 그 사람이 달라진다. 화자가 처음부터 문학기행을 떠난 것은 아니었다. 다만 이국의 택시기사들 덕분에 여행다운 여

행을 하게 된 셈이다. 그리고 사람 사는 방식도 눈여겨 보게 된 것이 아닌
가.

　외국 관광객들이 택시 잡기가 어렵다느니, 바가지를 썼다느니, 곡예운행
때문에 여행기분을 망쳤다고 하는 소리들을 들으면서, 우리는 착잡한 기분
을 떨쳐버릴 수 없게 된다. 이 수필에는 인위적 낌새 없이 자연스럽게 주제
가 잘 나타나 있다. 기행수필의 경우 흔히 발길 따라 쓰다 보면 일정한 테마
가 흐려져 산만해지는 예를 보게 된다. 그래서 일견 쓰기 쉽게 느껴지지만
만만치 않은 것이 또한 기행수필이라 하겠다.

　이 외에도 자연이나 자연물을 예찬한 수필, 사회 비평적 수필 등이 눈에
띄었으나 그 수는 얼마 되지 않았다. 그리고 올해 발표된 수필 중에서 실험
성이 가장 두드러졌던 것으로는 최이안의 <ㅁ>이 있다.

　　아침에 일어나면 ㅁ 을 깨운다.
　　집안의 중앙에 앉아 있던 ㅁ 은 놀란 듯 눈을 뜬다.
　　ㅁ 으로 인해 세상이 열린다.
　　ㅁ 은 여러 가지 얼굴과 이야기를 갖추고 있다.
　　ㅁ 은 카멜레온보다 더 빠르게 표정을 전환한다.
　　오전에는 주부의 비위를 맞춘 다음, ㅁ 은 낮잠을 자기도 한다.
　　초저녁이면 아이들은 ㅁ 의 자력에 쇠붙이처럼 모여든다.
　　아이들은 ㅁ 을 통해 웃고 이해하고 꿈을 키운다.
　　두어 시간이 지나면 ㅁ 은 아이들을 외면한다.
　　희로애락을 좌우하는 ㅁ 의 마술을 구경하다 보면 밤이 짧다.
　　잠들기 직전 미안한 듯 말을 자르면 ㅁ 은 아쉬운 비명을 남긴다.
　　스위치를 누를 때만 나는 ㅁ 의 주인이다.

　여기서 'ㅁ'은 물론 한글의 '미음'도 한자의 '입구 자'도 아닌 'TV'를 말한
다. 그것은 '스위치를 누를 때'라는 표현이 말해주고 있다. 그러나 말 많은
사람들에게 우리는 흔히 '그 스위치 좀 끄시오' 라고 말하기도 한다. 그렇게
보는 경우 몹시 헷갈릴 독자도 없지 않을 것이다. 왜냐하면 그 동안 우리는

수필에 있어 표현매체는 당연히 언어라고 길들여져 왔기 때문에, 그림(ㅁ -TV)을 삽입할 경우를 미처 예상하지 않았던 탓이다.

이렇듯 만약 ㅁ 이 무엇일까 하고 궁금해하는 이가 있다면, 그 독자에게는 스무고개를 알아 맞추는 한 때의 스릴과 즐거움을 맛보게 되는지 모른다. 그러나 그것을 알고 나면 이 글 속에 더 큰 보물이나 숙제는 숨어 있을 성싶지 않다. 있다면 말할 것도 없이 이른바 바보상자에 붙들린 초라한 현대인의 초상과, 그 수필적 실험정신, 그리고 앞에서 본 바와 같이 수필에 있어서 그림의 삽입 등이다. 그런 연유 등을 들어 여느 독자들은 이 글을 시적 수필이라고 말할는지 모른다. 아무튼 실험적 수필의 공과나 그 성공 여부는 독자나 시간이 말해 줄 것이다.

3.

이상에서 우리는 간략하나마 올해 수필계의 현황을 살펴본 셈이다. 다양한 수필가들의 성향만큼이나 여러 형태의 작품들이 각기 제 모습을 뽐내고 있었다. 말할 것도 없이 그 중에서는 독자들에게 감동을 주는 작품이 있었는가 하면, 읽어도 별다른 감흥을 주지 못하는 무미건조한 작품도 있었다. 그러나 문제는 아예 읽혀지지 않는 글이 적지 않았다는 사실이다. 읽히지 않는 글은 팔리지 않는 상품처럼 결국 쓸모가 없게 된다.

그러나 상품은 비록 팔리지 않더라도 집에서 쓰면 된다. 하지만 읽혀지지 않는 작품은 작가인 자신에게조차 무용지물이 되고 만다. 작품성, 그 문학성을 인정받지 못했다는 점에서 이미 그것은 작품으로서의 생명을 잃은 까닭이다. 물품에 있어 그 품질은 자료의 등급이 이미 정해져 있어서, 어느 등급의 자료를 선택하느냐에 따라 그 운명은 결정되게 마련이다. 물론 그 물품을 만드는 사람의 기술 여하에 따라 어느 정도 상품성이 영향을 받겠지만, 그것이 문제가 될 수는 없다.

하지만, 문학작품의 원료인 글은 만인에게 똑 같다. 문학작품의 등급은 오직 작가 자신의 기량에 달린 문제다. 그래서 엄격히 말하자면 문학작품의 경우 작품과 비작품이 있을 뿐, 등급은 없고 다만 얼마간의 우열이 인정될 따름이라 하겠다. 특히 수필의 경우 앞에서 언급한 것처럼 수필과 잡문이 있을 뿐이라 할 것이다. 읽히는 힘은 다름 아닌 바로 작품의 생명인 것이다. *

茶香으로 빚은 삶의 美學
— 이일헌의 수필 세계

한 상 렬*

1. 서 론

뭘 개비의 성냥에는 얼 개의 불꽃이 잠들어 있다. 그래 누군가 ㄱ 잠든 성냥을 긋지 아니하면 화염은 영원히 빛을 발하지 못한다. 불꽃이기를 원하고 잠들어버린 불꽃을 깨우는 사람. 그런 일을 앞장서 하는 이가 수필작가는 아닐지. 작가 이일헌은 아마도 그런 작가인 듯만 싶다. 늘 깨어 있는 작가, 자신의 작품에 최선을 다하는 작가. 그의 수필을 감상하노라면 충분히 이런 '깨어 있음'을 자각하게 한다.

말할 것도 없이 수필작가에게는 맑은 정신이 필요하다. 샘같이 솟아오르는 예술혼으로 자신의 문학을 위해 삶을 온통 내어 던진 '혼불'과도 같은 열정이 작가에게는 있어야 한다. 한 작품을 쓰기 위해서는 긴 여정도 마다하지 않는 창작에 바치는 혼신. 진정 감동적인 작품은 이런 작가에서만이 어렵사리 탄생하기 마련이다. 안두(案頭)에서 짜 맞추는 글이 아니다. 숱한 고뇌와 정련 속에서 비로소 벙그러지는 산물이 한 편의 수필작품일 때 더 무엇을 바라랴. 그래 작가에게는 마땅히 이런 조용한 불꽃과도 같은 열정이 필요할 일이다.

이런 불꽃은 애초 유약한 것일 수도 있다. 아니, 심연에 채 고이지 못한 상념의 불꽃이었을지도 모른다. 그러나 가슴으로 인화된 불꽃은 작열하는 순간 빛으로 바뀐 날개를 달고 천천히 원무를 시작했으리라. 길고도 지루한

---

* 문학평론가.

기다림 속에서 서서히 다가오는 열락과도 같은 창작에의 기쁨. 이런 기쁨을 아는 작가가 바로 이일헌이라는 단정은 그의 수필 한 편만 읽어보아도 능히 짐작할 수 있다. 이는 신선한 충격이다.

돌아보면, 우리의 수필은 지금 너무 쉽게 쓰여지고 있다. 또한 자기 만족 속에서 노회(老獪)하여 가야 할 길을 잃고 방황하고 있는 현상을 도처에서 목도하게 된다. 이는 독자의 식상함을 넘어 문학의 위기 의식을 가중시키고 있다. 시대가 변화하고 있음에도 아직도 우매와 나태에서 자유롭지 못한 수필문단. 그래 평자들은 변화를 요구한다. 그런데 그 변화라는 것이 도대체 어떤 것일까? 여기에 문제가 적지 아니하다. 그 변화, 일테면 패러다임의 변화를 촉구하지만, 실제 창작에 대비하면 이는 요원한 일이다.

더욱 지금은 퓨전 시대, 문화 전쟁의 시대가 개막되고 있다. 이종결합(異種結合)에 의한 새로운 사고는 발상의 전환을 의미한다. 그럼에도 아직 수필문단은 아니 문학은 잠에서 깨어나지 못하고 있다. 그런데 이일헌의 작품을 감상하노라면 이런 걱정쯤은 멀리 사라진다. 이미 그는 한 발 앞서 가고 있기 때문이다. 무엇이 그의 작품을 앞선 작가의 작품이게 하는 것일까. 이를 탐색하기 위해 이 논의는 시작된다.

2. 소재의 의미화와 작가의 심미안

수필을 일러 '신변잡기'라는 오명이 회자되었던 이유는 다름 아닌 소재상의 일상성에 있을 것이다. 그러나 이는 수필의 본질을 투시하지 못한 편견에 지나지 않는다. 물론 이로 인한 문제가 전혀 없다는 것은 아니다. 수필이 신변잡기냐 아니냐의 관건은 작가의 일상적인 화소를 어떻게 의미화 하느냐 그 여하에 달려 있기 때문이다. 이는 다시 문학성의 말로 풀이되며, 작가정신과도 통한다.

여기 이일헌이 추구하는 세계는 그런 일상성을 뛰어넘는 신선한 충격으로 독자를 인도한다. 그의 시선이 머무는 대상 자체부터가 다양하고 특이하다. 그는 일단 우리의 전통과 고전에 착목한다. 이를 동양적 사유라 할까? 선비적 구도의 세계라고 할까. 그는 전아하면서도 침잠과 사색에 머물기를 선호한다. 술과 차를 좋아하며, 찻잔을 앞에 두고 삶의 문제에 천착하는가 하면, 다식판을 보면서 이별의 의미와 조우한다. 그런가하면, 어느 젊은 조각가의 작품 앞에서는 자신의 모습을 투영해 보기도 하며, 자신이 마련한 다실의 벽면을 통해 '빔'의 철학에 잠입하기도 한다. 이는 한마디로 예술적 삶의 미학이라 해도 좋을 것이다.

이일헌은 평범하고 단순한 화소(話素)에도 미적 감흥이 살아 숨쉬고 있음을 보게 된다. '자기 인식'을 거친 '개성화 과정'의 이런 안목과 감각은 거저 얻어진 것이 아니라고 생각된다. 바로 그의 삶 자체가 그러하리라고 짐작된다. 때문에 그가 포커스를 맞추는 하나 하나의 세계는 단순하고도 평범한 일상이 조용하면서도 깊이와 폭을 지닌 역동적인 모습으로 구현되고 있다. 또한 그의 작품들은 조금씩 다른 듯 하지만 그 근저에는 놀랄만한 일관성이 흐르고 있음을 감지할 수 있다. 따라서 이일헌의 수필에서 보여주는 특질은 소재의 의미화가 동양적 가치관을 통한 주제의 구현이며, 작품에서 화소로 동원된 객관적 상관물에 대한 작가의 개성적인 심미안이라 하겠다.

수필 「비어 있는 벽」은 "서재를 겸한 다실을 갖고 싶은 것이 꿈이었다. 그 집이 시끌시끌한 도시가 아닌, 골짜기에 물이 흐르며 철 따라 꽃이 피고 새가 지저귀는 곳이라면 좋겠다고 늘 생각해 왔다. 실내는 둘레에 걸맞게 질박한 멋이 느껴지는 그런 모습을 그려보곤 했었다."는 화자의 꿈을 실현하기 위하여, 자신이 살고 있는 아파트에 다실을 준비하는 이야기에서 출발하고 있다. 그런데 문제는 화자가 온갖 것이 차고 넘치는 현대의 물질문명의 삶, 유형과 무형의 소유와 치레들이 주는 압박에서 벗어나고 싶은 것이다. 왜인가? "한 칸의 방이라도 마음놓고 등 기대며 자유롭게 숨을 쉴 공간이 있어야 한다. 이 방만이라도 나의 삶을 담기 위해 비워 두어야 한다."는 소박한 소망 때문이다. 이렇게 화자의 사색이 '빈 벽' 이라는 무소유의 정서로 순화되는 순간, 하나의 깨달음을 갖는다.

① 어느 날이다. 햇살이 한낮을 비켜 갈 즈음 화안한 버티컬 면에 조용히 어리는 한 폭의 수묵화, 베란다에 놓인 관음죽의 그림자였다. 해가 구름 사이를 숨박질할 때면 그림은 농담(濃淡)을 바꾸어가며 가물거리다가 다시 나타나곤 한다. 그리고는 살며시 왼편으로 자리를 옮기는가 또 점점 몸을 줄이는가 싶더니, 어느 겨를 홀연히 모습을 거둔다.

아름답다! 뒷모습은 더욱 그러하다. 이 멋진 묵화의 유희를 나 홀로 감상하다니…… 그리운 사람과 함께라면 그게 바로 신선놀이가 아니겠는가. 사방이 텅 비었기에 잡힐 듯 사라지는 그림자조차도 이렇듯 가슴에 깊이 다가오는지 모른다. 그래서 노자(老子)는 허(虛)의 쓰임에 대해 말했던 것일까."

—「비어 있는 벽」에서

비어 있는 벽, 그러나 그 '비어 있음'이 연출하는 아름다움은 "사방이 텅 비었기에 잡힐 듯 사라지는 그림자조차도 이렇듯 가슴에 다가오는지 모른다"고 했듯 의미를 지니게 된다. 바로 노장(老莊)의 중심사상인 허(虛)의 용(用)이다. 이 같은 신선한 감동의 파장은 누구나 지닐 수 있는 것이 아니다. 깊은 사유와 미적 감각의 소유자만이 향유할 수 있는 세계. 여기에 이일헌 그만의 톡특한 철학과 심미안이 자리잡고 있다. 이렇듯 소재는 작가의 안목에 따라 작품의 격이 천차만별이기 마련이다.

그는 차를 좋아하는 작가다. 그뿐만 아니다. 차와 술을 대등하게 놓는 작가. 그는 찻물을 끓이는 주전자의 종류에 따라 운치와 소리가 달라 보인다고 했다. 작가의 심안(心眼)은 이렇듯 격을 달리 한다. 그는 마음에 드는 파이렉스 주전자를 처음 본 다음 이와 똑같은 것을 사기 위해 남대문 시장이며 백화점을 두루 다녔다고 한다. 이를 작가의 미에 대한 탐구와 창작에 대한 열망이라고 하면 어떠할까.

찻물을 끓이는 데에는 여러 종류의 그릇들이 사용된다. 작가는 탕관의 재질에 따라 나는 제각기의 소리에 귀를 기울인다. "찡, 울리는 철주전자는 휘파람 소리처럼 명랑하다. 경쾌하고 힘이 있으며 심중을 파고드는 호소력이 있다. 겸손을 모르는 듯 좀 당돌한 소리가 흠이라면 흠이다. 또한 맑고 고운 리듬의 은주전자는 더없이 청아한 음률이지만, 어쩐지 세속에 부대끼는 것 같아 늘 쓰기에는 마음이 편치 않다." 수필 「솔바람 소리」에서의 언술은 화자의 오랜 생활 경험에서 유로된 정서이며 객관적 대상인 사물에 담겨있는 관념의 세계를 구체화한 것이라 하겠다. 일찍이 연암 박지원이 '일야구도하기(一夜九渡河記)에서 말한 바 있듯 물소리는 듣는 이의 마음의 상태에 따라 달리 들린다고 했었다.

> ② 그 나름의 물 끓는 소리는 모두가 자연 그대로의 음률이다. 소리는 마음으로 듣는다고 하였듯, 싫다 좋다 함은 하루에 수없이 변하는 내 심경 탓도 있으리라. 어디 물 끓는 소리만 그러하겠는가. 세상 모든 것의 미추(美醜)라든가, 높고 낮음 등의 대비도 마찬가지일 것이다. 구별을 짓되 그 속의 진성(眞性)을 있는 그대로 볼 수 있다면, 또 모두 제자리에 있다면 그만일 것이다.
>
> 왠지 모르게 가슴이 시들해질 때면 파이렉스 주전자에 찻물을 끓일 것이다. 은은한 달빛 아래서 정다운 벗과 청담(淸談)을 나눌 때는 철주전자에, 그리고 멀리서 귀한 손이 나를 잊지 않고 찾아오는 날이면, 고운 옷 갈아입고 은주전자의 솔바람 소리를 들려주리라.
>
> ―「솔바람 소리」에서

화자는 각기 다른 물 끓는 소리를 듣기 위해 이를 구체적으로 파이렉스와 철주전자, 은주전자 등을 소재에 올렸다. 이렇듯 물 끓는 소리를 구별할 수 있음은 이를 예리한 심안으로 꿰뚫어 보고 있느냐에 달려 있다고 하겠다. 워즈워즈(W. Wordeworth)는 이 경우 "유기적 감수성"이라는 용어를 사용하였다. 즉 '느낌'과 '생각'의 유기적 형태여야만이 문예미학으로의 가능성이 성취될 수 있다는 말이다. 여기서 이일헌의 수필은 정서적 이미지와 지성적 이미지를 공유하고 있음을 발견하게 된다. 그렇기에 그의 수필은 정서에만 함몰한 서정적 경향에서 멀리 있다. 그렇다고 관념에 치우치지도 않는다. 감성과 이성의 중용을 지키는 팽팽한 긴장감이 또한 그의 수필의 맛이다. 여기 그의 수필이 지닌 얼굴이 있다.

③ 이 찻잔에 어떤 종류의 차를 담아야 어울릴까. 잎차를 붓기에는
크고, 가루차를 휘젓기엔 좀 빠듯하다. 나라고 하는 쓸모가 분명찮은
그릇에 일찍이 무엇을 담아어야 좋았을까. 전공했던 음악, 마음을 끌어
당겼던 요리, 재봉, 수학, 미학 등, 어느 것 한 가지에도 뜨겁게 가슴을
불태워보지 못했던 것이 아쉬움으로 남는다. 이리저리 헤맨 시간들은
오히려 더 큰 얼룩만 남겼다. 무엇이었을까. 전 생애를 바쳐 사랑하고
싶었던 것은, 나는 아직도 그것을 알지 못한다.

―「버리고 싶은 찻잔」에서

찻잔을 정리하다 눈에 띈 흑유찻잔을 보며 화자의 상념은 이렇게 전개되
고 있다. 어정쩡한 크기며 나약한 선, 윤기 없는 때깔. 그야말로 별 볼일 없
는 찻잔 하나를 바라보면서 작가 자신의 모습을 떠올린다. "어느 것 한 가지
에도 뜨겁게 가슴을 불태워보지 못했던 것이 아쉬움으로 남는다." 라는 각
성은 다름 아닌 자아성찰이며 관조다. 화자는 여기서 흑유찻잔의 의미화 과
정을 밟고 있다. 즉 이에 대한 상념의 축을 세 개로 하고 있다.
첫째로 얇은 기벽(器壁)의 가냘픈 곡선이나 허리를 휘감은 선에서 자신의
허약한 의지를. 둘째로 생명의 진솔한 소리마저 가라앉혀 버린 흐릿한 검회
색에서 자신의 잿빛 정서를. 세째로 맨살로 남아 있는 암갈색의 반점에서
무엇으로도 매울 수 없는 비어 있는 가슴을. 그리고 바깥으로 향한 입술 언
저리에서 이제껏 포기할 수 없었던 불씨들이 터져 나올 것만 같은 몸짓을
자각한다. 그는 이 그릇, 즉 자기 자신에게 치열하게 도전해 보기도, 또 잊
고 싶어도 했다. 그가 자신의 그릇에서 그토록 자유롭기를 갈망하는 이유는
바로 자신의 이상향을 향한 인격완성이며, 그리고 우리가 몸담은 이웃과 사
회로 눈을 돌리고 싶은 데에 있다는 것을 알 수 있다. 어찌 보면 관념적 유
희일 듯 싶으면서도 이 수필은 화자와의 대우를 통해 대상의 의미를 자기화
함으로써 자신의 목소리를 담고 있다.

④ 지금 내 그릇이 여기 있다. 나를 묶고 가둔, 기어이 버리고 싶었던 찻잔이다. 쓴웃음이 난다. 멀리 던져 산산조각 내어버릴 수는 없을까. 그러나 나는 이 찻잔에 뜨거운 잎차를 그득하게 부어 가슴으로 끌어안는다.

—「버리고 싶은 찻잔」에서

이 수필의 묘미는 바로 이 결미에 있다. 갈등과 화해를 통한 변증적인 처리를 거쳐 건강한 삶의 의미에 대해 깨달음이 사뭇 경건하기까지 하다. 이렇게 진정한 수필은 인간 존재의 문제에 닿아 있어야 한다. 작가의 깨어있는 의식이 심안으로 번득이고 있는 작품으로 하여 독지에게도 큰 울림으로 받아들이게 한다. 이일헌의 수필이 지닌 장점은 이렇듯 소재의 의미화가 미적 형상화에 기여하고 있다고 하겠다.

3. 자기 얼굴 그리기

수필문학은 그 장르 특성상 자기 관조 또는 자기 성찰의 문학이다. 그렇기에 수필은 일러 '인간학'이라고 부르기도 한다. 그만큼 수필은 인간 문제에 천착하게 마련이며, 자기의 반영이기 십상이다. 문제는 그것이 문학적으로 형상화되었느냐 아니냐에 달려 있다 보아도 좋을 것이다.

이일헌의 수필 「어느 젊은 조각가」는 유대균의 '조각전'을 감상하고 있는 화자의 심상을 그리고 있다. 그 전시장에는 '휘파람을 불며 놀고 있는 꼬마 명진이'가 있고, '고집불통 곰탕집 주인장'이 있으며, '수심에 가득 찬 삼촌'이 있는가 하면, '죽은 아들을 회상하는 할머니'도 자리를 함께 하고 있다. 그들만이 아니다. 바리토너, 의사 J씨, 시골 멋장이 H씨 등도 있다.

조각가의 통찰력이 빚어낸 크고 작은 작품들은 하나같이 우리들이 언제나 부벼대고 스치는 사람들의 얼굴이다. 이런 각양의 모습들이 저들의 삶, 일테면 아픔이나 그리움, 기쁨의 온갖 사연을 지니고 있는 듯 보인다. 이들이 흙으로 빚은 조각품임에도 불구하고 이를 바라보는 작가는 역동하는 인간군상, 즉 생명감을 느낀다. 화자는 다른 작품들과는 달리 표정이 밋밋하고 어색하게 보이는 '주한 이스라엘 대사 N씨'라고 제명이 있는 조각 앞에 멈춘다. "참 이상해요. 외국인은 표현하기가 쉽지 않아요. 말이 통하지 않아서인지 이미지가 잘 떠오르지 않거든요" 라는 조각가의 말에 화자는 그 의미를 깊이 새기면서 다음 글로 이어진다.

⑤ 여운이 담긴 그 말을 조용히 생각하며 다시 한번 전시장을 둘러본다. 고개가 끄덕여진다. 그의 작품들은 겉보이는 형상(形象)만 묘사된 것이 아니다. 사람과의 '만남'에서 울리는 심상(心象)이 생생하게 표현된 것이다. 그는 아마도 나름대로 열심히 살아가는 이들의 모습을, 손끝이 아닌 영감과 뜨거운 혼으로 빚었으리라. 저들에서 묻어나는 따스한 체온과 젖은 눈빛, 번뜩이는 개성들이 그것을 잘 말해 주고 있지 않는가. 그래서 나는 한 덩이의 흙에 불과한 이것들과 온갖 이야기를 나누고 싶었는지도 모른다.

—「어느 젊은 조각가」에서

어느 장르든 예술 작품은 이렇듯 사람의 가슴을 흔든다. 그것은 예술작품이 손끝이 아닌 직관(直觀)과 깊은 통찰(洞察), 뜨거운 혼(魂)에 의해서만이 생명력을 얻기 때문이다. 그런 작품 앞에 선 수필작가 이일헌은 젊은 조각가의 진지하고 성숙된 예술혼에 크게 공감했으리라. 또한 작가는 아름다운 얼굴이란 진솔하고 건강한 삶에서만이 얻어진다는 사실을 거듭 확인한다. 이런 감동은 그 감흥 자체로 끝나지 아니하고 화자 자신에까지 전이되어 자신을 성찰하는 자기 얼굴 그리기로 이어진다.

⑥ '내가 빚은 나의 얼굴은 어떤 모습일까'
집에 돌아와 거울 앞에 섰다. 피식 웃음이 난다. 한 10년 후쯤의 보기 좋은 자화상을 머리 속에 그리고 다시 그려본다. '미래'가 있다는 것이 얼마나 다행한 일인지. 흙내음이 그리운 잿빛 하늘 아래서도 가끔씩 가슴을 울리는 사람과 만날 수 있기에 살맛이 난다. 오늘이 바로 그런

　　날이다.

―「어느 젊은 조각가」에서

　　대상을 바라보는 화자의 건강한 시선이 젊은 조각가의 작품을 통해 자기 얼굴을 그려내고 있다 이 점은 바로 수필문학이 추구하고저 하는 '인간학' 곧 '인간' 문제에 있음을 감지하게 한다. 삶의 의미에 대한 깨달음에서 오는 기쁨. 그것이 비록 작은 미소일지라도 작가에게 있어서는 일종의 법열이요, 독자에게는 신선한 충격이자 다시금 자신을 돌아보는 진지한 삶의 해답이리라. 이 같은 각성, 즉 자기 얼굴 그리기는 다른 작품에서도 나타난다.

　　수필 「만남」은 지우(知友)와의 이별 이야기를 담고 있다. 송별 모임을 하기 위해 다식(茶食)을 준비하는 것에서부터 이 수필의 서두가 열린다. 명절이나 가끔씩 손을 맞이하기 위해 즐겨 다식을 빚는 작가는 수년 전에 전통 기법을 그대로 전수한 다식판 네 개를 가까스로 구입하여 다우들과 하나씩 나누어 갖었다. 그들은 다식판의 뒷면에 함허스님의 다시(茶詩)인 네 귀절의 시 한 편을 다식판 하나에 한 구씩 새겨 넣었다.

　　그런데 그 벗들 중 한 사람이 멀리 이사를 가게 되었다. 화자가 석별의 정을 담는 다식을 빚으면서 눈길이 닿은 글귀 '一椀茶出一片心', 이른바 '한 잔의 차는 한 조각 마음에서 나오고'가 그것이다. 우정의 고리를 엮던 추억이 상기되어 이별의 아픔은 더욱 고조되었을 것이다. 화자는 여기서 '회자정리'라는 불가의 말을 떠올린다. 그러함으로써 이별의 고통을 오히려 '만남'의 의미로 승화시킨다.

　　중국의 어느 문인은 교우(交友)에 대해 이런 글을 남겨놓았다. 꽃을 즐기려면 관대한 마음의 벗이 있어야 한다. 가기(歌妓)를 보러 청루(青樓)로 가려면 풍류가 넘치는 친구를 얻어야 한다. 또 달을 대할 때면 냉철한 철학을 지닌 친구가 있어야 한다고. 함께 공부하고 다담을 나누며 또 차를 즐기면서 작가를 심오한 차의 세계로 이끌었던 지기지우, 그 석우(石羽)는 작가의 이웃에 없어서는 아니 되는 사람이었을 것이다. 그와의 이별을 통해 허탈함을 느껴야 하는 가슴, 즉 내면의 얼굴을 달래고 가다듬기 위해 수필「만남」 은 창작되었을 것이다. 결미를 보자.

⑦ 그렇다. 석우와의 헤어짐도 마찬가지다. 그가 수백리 수천리 떨 어져 있다 해도, 그를 향한 내 마음의 문을 닫지 않는다면, 긴 문장으로 우리들 가슴에 아로새겨 놓은 그 많은 추억들을 잊지 않는다면 결코 이별이 아니다. 그것이 설령 이별이라 해도, 그 헤어짐은 또한 만남의 다른 약속이 아니겠는가. 한 잔의 차가 한 조각 마음에서 우러나듯, 만 남도 헤어짐도 한 조각 내 마음인 것을.
나는 엄지로 꼭꼭 눌러 색색의 다식을 빚어냈다.

—「만남」에서

이렇게 이일헌의 수필은 대상을 바라보는 작가의 건강한 시선으로의 자 기 얼굴 그리기로 나타나고 있다고 하겠다.

4. 다향(茶香)의 미학

⑧ 잘 끓인 차를 백자잔에 조심스레 부어 한 모금 마시노라면, 그윽 한 향미가 목안에 화하게 스며든다. 두 서너 잔을 비우면 가슴이 확 트 이는 것 같다. 어느 사이 끈적한 피곤도 불평도 탕관에 피어오르는 김 처럼 허공으로 사라진다. 그래서 나는 하루에 여러 번 찻물을 끓이는 지도 모른다.

—「솔바람 소리」에서

작가가 차를 좋아하는 이유는 단순히 맛을 즐기기 위함이 아닐 것이다. 물 끓는 소리에서도 그는 옛 다인(茶人)의 정신 세계에 닿아 있으며, 자신의 집안에 빈 벽의 다실을 마련하여 작가만의 자유로운 공간을 얻는다. 그 한 칸의 방 속에서 그는 과거와 현재 그리고 자연과 문명, 동과 서와 교우 한 다. 주어진 것이 아니고 스스로 찾아 누리는 여유, 그것은 차의 미학에 빠진 그만의 개성적인 삶의 모습이다. 이는 그가 천착하는 세계가 어디에 있는가를 보여준다. 차문화에 대한 깊은 이해, 고전에 대한 해박한 지식은 그의 수필의 격조를 한층 높여주고 있다. 그리하여 그의 수필 어디를 보든 은은한 차향을 맛보게 한다.

작가는 차를 만난 것을 행운이라 말하고 있다. 이젠 차에 한에서는 일가를 이룬 작가라 해도 좋을 만한 경지가 느껴진다. 그런데 우리가 눈여겨 볼 것은 작가 이일헌은 술에 대한 정서도 차와 다르지 않다는 점이다.

⑧ 주량보다는 분위기에 더 취하곤 했었다. 달 밝은 밤이나 첫눈 내리는 날, 어찌 한 모금의 차 생각이 없으랴만은 한산술이 더 제격이다. 아이들이 대학의 높은 문턱을 넘던 날에도, 친정 어머니가 돌아가신 후, 텅 빈 가슴을 가누지 못하던 그때에도 남편과 마주앉아 만감 어린 술잔을 비우기도 했었다. 또한 뜻이 맞는 벗들과 주흥이 무르익으면, 온갖 시름도 사라진 듯 시정(詩情)에 겨워 옛 선비들의 풍류가 부럽지 않았었다.

⑨ 기쁘거나 슬플 때 즐겨 찾는, 또 약(藥)이고, 제물(祭物)이며, 예도(禮道)에서도 한 몫 하는 술과 차, 어찌 서로 따로 놀며 어기댈 수 있으랴. 술의 흥분과 열기는 차가 가라앉혀 주고, 차의 담백과 냉기는 술이 거들어야 하지 않겠는가. 마음을 다스리고 정을 나누는 한잔술, 한 모금의 차, 가늠하여 즐긴다면 우리 삶에 말 그대로 묘약인지도 모른다."
                                             ―「한잔술, 한 모금의 차」에서

이 수필은 화소의 이나 비중으로 보아 아무나 쉽게 손댈 수 있는 글이 아니다. 작가 자신도 이 수필의 창작메모에 "나에게는 너무 벅찬 제재였다."고 솔직히 토로하고 있다. 대체로 우리의 인식의 범위에서는 차와 술의 정서가 사뭇 다른 것이 사실이다. 옛부터 차는 은자(隱者)와 같고 술은 기사(騎士)와 같다는 말을 하지 않았던가. 이입옹(李笠翁)이 차를 많이 마시는 자는 술을 좋아하지 않고, 술을 즐기는 자는 차를 좋아하지 않는다는 확고한 의견을 서술한 글은 임어당(林語堂)의 『생활의 발견』에서 볼 수 있다.

작가 이일헌은 일상 차의 분위기에 젖어있지만 술의 경지도 지극히 자연스럽게 느껴진다. 설총의 "茶酒以淸神"이라는 말에 공감을 이루면서 이 두 마실거리를 동위(同位)에 두고 향유할 수 있는 사람은, 분명 침잠과 생동의 선이 교차하면서 품어내는 에너지로 삶의 폭을 한층 넓힐 수 있으리라 생각된다. 여기서 한 가지 짚고 넘어가고 싶은 것은, 전고(典故)의 많은 인용은 자칫 독자와 대우의 관계를 유지해야하는 정서의 흐름을 막을 수도 있다는 점이다.

「비어 있는 벽」에서 작가는 시골의 순박한 촌노를 닮고 싶어 하지만 흡사 조선조 선비의 모습을 닮았다. 고르지 못한 리듬으로 콘크리트 바닥에 쏟아지는 소낙비 소리 같기도 하는 파이렉스 주전자의 물 끓는 소리를, 자신을 두드리고 깨우는 지기(知己)의 소리로 의미화 시킨 이일헌의 수필세계는 수기수신의 정신세계가 아닐 수 없다. 작품의 행간마다 녹아 있는 차의 은은한 방향이 독자의 마음에 남아 오래도록 머물게 한다. 그만의 삶이 보여주는 다향의 미학이라 하겠다.

5. 결 론

일헌의 수필세계는 특이하다. 그의 수필 몇 편만 가려 뽑아 읽어보아도 쉽게 작가의 정신 세계에 들게 한다.

이 글은 모두(冒頭)에서 이미 밝힌 대로 우리의 수필문단은 아직도 잠에서 깨어나지 못하고 있는 것이 사실이다. 그런데 이일헌의 작품은 이런 걱정이 기우임을 느끼게 한다. 이미 그는 한발 앞서가고 있기 때문이다. 그렇다면 무엇이 그의 작품을 한 발 앞선 작가의 작품이게 하는 것일까. 이를 탐색하기 위해 이 논의는 시작되었다. 그 결과 몇 편의 주어진 텍스트를 중심으로 지금까지 살펴본 이일헌의 수필 세계는 다음과 같이 세 개의 축으로 대별해 볼 수 있었다.

그 하나는 소재의 의미화 과정에서 보이는 작가의 심안이다. 그는 주로 전통과 고전에 착목하고 있다. 이를 동양적 사상이나 선비적 구도의 세계라고 해도 좋을 듯 싶다. 유현한 침잠과 사색, 한마디로 예술적 삶의 미학이 그의 여러 작품에 담겨 있음을 보게 된다. 작가의 감각이 일상이라는 단순한 화소에도 심미적 감흥이 살아 숨쉰다. 따라서 이일헌의 수필에서 보여주는 공통적인 특질은 첫째로 소재의 의미화가 동양적 가치관을 통한 주제구현이며 작품에서 화소로 동원된 객관적 상관물에 대한 작가의 심미안이라 하겠다.

둘째로 자기 얼굴 그리기다. 여기서 중요한 사실은 그가 작품 창작에 혼불과도 같은 정신으로 작품을 빚어내고 있음을 느낄 수 있다. 또 삶을 성찰하는 자기 얼굴 그리기는, 작가가 그 의미를 일관되게 밖에서 찾지 않고 자신의 내부 핵심으로 향하고 있다는 점이다. 현실 인식에서 오는 지난한 역정에서 유래하고 있는 듯 싶다. 즉 이일헌의 수필 쓰기는 삶의 표정 하나하나가 그 자신을 찾아가는 여로라 해도 좋을 만하다.

세째로 다향(茶香)에서 묻어나는 삶의 미학이라 정리된다. 여기서 다향의 음미는 그에게 맛으로 족하지 않는다. 예리한 감각과 높은 안목을 지닌 그가 차에의 접목으로 인해 더욱 깊어진 철학과 사유의 유희는, 자기의 중심과 세상을 더욱 진지하고 경건한 눈으로 응시하게 된다. 차는 그의 예술적 삶의 근저라고 할 수 있겠다. 바로 이일헌의 미학이 아닐까.

지금까지의 논의를 통해 살펴본 작가 이일헌의 수필세계의 특징은 다향으로 빚어진 삶의 미학이라 볼 수 있겠다. 이는 그만의 독특한 세계라 하겠다. 세상이 온통 부화뇌동하여 갈 길을 잃고 일상성에만 머물고 있는 우리 수필문단에 동양의 가치관으로 푸전 시대, 문화 전쟁의 시대를 앞장 서 열고 있는 그는 분명 깨어 있는 작가, 잠든 성냥을 그어 아름다움의 불꽃을 일구는 작가라 아니 할 수 없다. 앞으로의 창작 활동이 주목된다. *

국문학자의 '일본 작가론' 및 일문학자의 '학국 작품론'

‘民族的 에고이즘’을 극복한 純粹 人間愛의 詩人
―「長長秋夜」의 오구마 히데오(小熊秀雄)

이 인 복*

1.

韓日 근대 문학의 관련 양상과 관련하여, 김윤식 교수께서 쓰신 글을 읽은 일이 있습니다. 오에 겐자부로(大江健三郎)씨의 다음 같은 말을 인용하였습니다. "내 작품 속에 反韓的인 표현이 있다고 지적하는 분이 있는데, 아마 사실일지 모르겠습니다. 日本人인 내 무의식 속에 그러한 요소가 있었는지 모르지 않겠습니까?"라고요. 그러면서 김 교수는 "그 때 제 머리를 스친 것이 있었습니다. 후쿠자와 유키치(福澤喩吉)의 자서전인 『福翁自傳』의 후반부에 나오는 소제목의 하나, <본번(本藩)에 대해서는 그 비열함이 조선인과 같다>가 그것"이라 하였습니다. 그리고 결론하여, 나카노 시게하루(中野重治,1902~1979)의 「비 내리는 品川驛」에 담긴 한 구절 "조선 프롤레타리아트가 일본 프롤레타리아트의 앞잡이요 뒷 군이다"를 인용하면서 ‘反韓’ 감정을 이야기한 것입니다.

글을 대하면서 필자는 조선 프롤레타리아트와 일본 프롤레타리아트가 어떻게, 그리고 누가 누구에게, 또 혹은 상호간에, ‘앞잡이요 뒷 군’ 인지를 살피는 가운데, 다른 한 日本 詩人 오구마 히데오(小熊秀雄,1901~1940)의 詩를 나카노 시게하루와 동시대 상황 안에서 찾아내었습니다. 오구마 히데오(小熊秀雄)의 「長長秋夜」안에서 親韓的 純粹 人類愛를 발견한 것입니다.

---

* 숙명여대 교수 · 문학평론가.

2.

1930년대는, 힘의 원리가 세상을 지배하던 시대였습니다. 36년간이라는 일제의 통치기간을 겪으며, 우리 민족은 지배받는 약자의 처지에서, 한없는 저항적 의지에도 불구하고, 비참한 생활을 해야 했습니다. 이 시간들은 스산한 바람만이 황량한 우리의 국토 三千里 錦繡江山을 휘몰아치는, '끝없이 긴 가을밤'과 같았습니다.

이러한 시기에 오구마 히데오는 1930년대라는 강압적인 일본 제국주의 시대에 문화적 관용을 위하여 저항한 시인이었습니다. 그는 제국주의의 정치세력이 횡행하는 시대에 침략국의 한 양심적 지식인으로서 가지게 되는 고뇌와 비판의식을 작품화하고자 노력하였으며, 그 소재로서 당시 朝鮮의 현실을 택하기도 하였습니다. 그 대표적인 예로 「長長秋夜」를 들 수 있습니다. 이 시는 日本人인 그가 식민지 상태의 韓民族이 받는 고통을 묘사했다는 외면적 이유 외에도 그 전개에 있어서 한국의 정서에 맞는 한국적 詩語를 사용하고 있다는 점에서 주목됩니다. 그러나 「長長秋夜」는 일본이나 우리나라에서는 거의 논의된 바가 없고, 연 전에 내가 미국에 갔던 때, 어바나 샴페인 일리노이 주립대학 동양학부의 日本 文學 敎授 David Goodman에게서 그 자료를 구해 올 수 있었습니다.

오구마 히데오(小熊秀雄)는 일본 역사상 가장 어두운 시대에 살았던 사람입니다. 그러나 히데오는 시대와 타협하지 않았습니다. 그는 1901년 9월 9일 홋카이도 오따루에서 태어났고, 1928년에 도꾜로 이주하여 프롤레타리아 시인협회에 가입합니다. 그러나 협회에 가입한 지 2년도 채 못 된 1932년에 협회가 강제 해산되고, 나카노 시게하루를 포함한 400여명의 좌익 지식인들이 사상범으로 투옥됩니다. 그후의 경제불황은 오히려 히데오의 문학적 生産性을 높여주어 1933년에서 3년 사이에 그는 많은 작품을 발표하였고, 1935년에 작품집 2권을 내고 1940년에 39세로 세상을 떠납니다. 그가 임종 당시에 준비중이던 세 번째 시집은 1947년에 나카노 시게하루가 편집한 유고집으로 발간되었습니다. 그후 오구마 히데오를 사랑했던 학자와 시인들이 오구마 히데오의 詩를 집대성하여 1977년과 1978년에 총5권으로 전집을 냈고, 이 전집 안에 「長長秋夜」가 수록되었으며, 1980년에는 오구마 히데오의 수필집이 발간되었습니다.

그가 세상을 떠난 후 40년 만에 전집이 나왔으니, 여기서 그가 당대 일본 사회에서 대우받지 못한 이유를 생각해 보는 것은, 또한 오구마 히데오가 나카노 시게하루의 '민족적 이기주의'를 극복한 純粹 人間愛 내지는 純粹 人類愛의 詩人임을 대변해 주기도 합니다.

3.

나카노 시게하루의 「비 내리는 品川驛」에 담긴 한 구절 "조선 프롤레타리아트가 일본 프롤레타리아트의 앞잡이요 뒷 군이다"를 인용하여 '反韓' 감정이 이야기되는 터에, 바로 그 사람 나카노 시게하루가 오구마 히데오의 세 번째 시집을 편집하여 유고집으로 발간해 주었다는 사실을 생각해 보면, 나카노 시게하루의 '反韓' 감정이라는 것도 어떤 정도의 것인지를 다시 한 번 생각하게 합니다.

오구마 히데오는 프롤레타리아 문학운동에 참여한 후 『프롤레타리아의 시』라는 잡지를 통하여 시를 발표하였습니다. 오구마 히데오가 프롤레타리아 문학운동에 참여한 것은 그의 시 세계에 긍정적 영향과 부정적 영향을 동시에 주었으며 마르크시스트 이데올로기가 오구마 히데오의 시에 수용되었습니다. 「나에게 재능을」이라는 시에서 히데오는 가난하고 헐벗고 불우한 민중의 대변자 역할을 합니다. 흘러 넘치는 문학적 영감을 억누를 길이 없어 "나는 먹을 수가 없다. 시를 계속 쓰고 싶을 뿐이다!"라고 외칩니다. 그는 극심한 가난에도 불구하고 죽을 때까지 시를 쓰겠다고 결심합니다. 한편으로는 사회주의 입장에 서 있으면서, 다른 한편으로는 문학과 정치가 별개의 것임을 주장하였습니다. 따라서 이 시기의 시는 프롤레타리아 이념을 배경으로 하고 있으면서 결과적으로는 독립적 비공산주의적 좌익 지식인으로의 자리를 굳혀줍니다.

4.

1935년에 발표된 장편 서사시 「長長秋夜」에서 히데오는 자신의 시를 이념적인 치장이 없는 상태로 보여 줍니다. 식민지 조선에 가한 일제의 통치 정책에 저항한 시입니다. 조선의 여인인 노파의 위치에 서서, 일본 문학사상 전무후무하게 무서운 칼날의 비판을 담은, 반일 반제국주의 작품입니다.

오구마 히데오는 진정으로 인간을 위하는 多文化的 世界觀을 가진 시인이었습니다. 그의 「長長秋夜」는 누구나 쉽게 읽고 이해할 수 있습니다. 그러나 오구마 히데오를 진정으로 이해하고 그의 용기와 업적을 제대로 평가하기 위해서는 당시의 일본 정치 상황과 그러한 상황이 다른 문인들에게 미친 영향을 알아야만 합니다.

1895년에 일본은 중일전쟁에 승리하고 대만을 흡수하였습니다. 1910년에는 조선도 일본의 식민지가 되었습니다. 1931년 9월 18일 일본의 공격으로 말미암아 만주 지역은 1년도 못 되어 완전히 점령되고, 일본은 1932년 3월 1일에 부이를 황제로 내세워 정권을 장악합니다. 그 후 일본은 중국에 대한 공격을 늦추지 않고 중국과 전쟁을 계속하고 1941년 12월 7일, 진주만 공격으로 미국과 전쟁을 시작한 일본의 팽창정책은 극에 달합니다.

이 시대를 살았던 일본의 지성인들은 대부분 일본 제국주의 정책을 지지하고 문학작품을 통하여 일본의 행위를 정당화하려고 애썼습니다. 그러나 오구마 히데오는 중일전쟁을 처음부터 반대했고, 피해국들이 처한 상황에 대하여 동정하는 시를 썼습니다. 그의 시는 일본 제국주의 정책의 피해자들이 처한 실존 상황을 이해하는, 순수 인간애의 형상화였습니다.

인류애적인 그리고 多文化的인 世界觀을 극명하게 보여 주는 「長長秋夜」는 시 자체도 내적으로 강할 뿐만 아니라 그 시를 1935년에 발표했다는 사실에서 특별한 용기와 정의감을 보여 줍니다.

주지하는 바와 같이 일본의 식민조선정책 제3기(1936~1945)는 "일본화 정책의 시기"라고 불릴 만큼 일본의 식민 조선 탄압이 극심했던 때였습니다. 이 시기에 일본은 조선의 문화를 말살하려 했습니다. 그래서 1935년에 오구마 히데오가 전통 한복 착용을 불법화한 일본정책에 항의하는 내용을 담은 시 「長長秋夜」를 썼다는 것은 다만 인권운동으로서가 아니라 보다 적극적인 의미에서, 문화말살정책에 대한 강경한 저항으로 보아야 합니다. 조선의 노파가 전통 한복을 입을 수 있는 권한을 지키기 위해 투쟁하는 시 구절은 가슴 저미는 감동을 줍니다.

오, 조선이여! 노파들이 죽음도 마다 않고 / 낡은 백의의 전통을 지킨다 해도 / 자연도 사람도 누구도 / 그 전통을 이어 나가지는 못하리라. / 황폐한 조선이여! /

오구마 히데오는 자신이 암흑기에 살고 있음을 알고 있었습니다. 그러나 시대의 암흑이 그를 저지하지 못하였습니다. 오히려 그는 그 암흑을 도전으로 해석하였습니다. 그의 末期 詩 중 「마차를 출발하며」라는 시에서 그는 암흑기를 살아가는 시인의 책임과 의무를 예언자적 修辭로 이렇게 밝힙니다.

나는 암흑을 알고 있다. / 그러기에 암흑 저편에는 / 광명이 있음을 믿는다. / 그러니 사람들이여, / 광명을 향한 열망으로 / 암흑을 헤치고 나가자. /

비록 39세의 나이로 생애를 마감했지만 오구마 히데오는 그 시대의 암흑에 광명을 주었습니다. 「長長秋夜」에서 오구마 히데오가 우리 한민족에게 주는 "인류애적 사랑"도 그러한 맥락에서 이해할 수 있습니다. 정의를 사랑하고 불의를 미워하며 탈민족적 초국가적 이념을 중시하는 시를 썼고, 그리하여 고난 받는 사람이면 누구에게나 연민과 보호의식을 느끼는 오구마 히데오의 「장장추야」는, 바로 그러한 이유 때문에 일본의 문학사에서는 의식적으로 은폐되어 온 듯 하고, 일리노이 주립 대학의 동양학부 강의실에서만 이야기되는 실정입니다.

5.

그러면 이제 낙동강 가의 한 마을에서 일어난 사건을 서사적이고 극적인 언어로 형상화한 시 「長長秋夜」를 起承轉結의 서사적 구조로 나누어 살펴보고자 합니다.

길고 긴 가을밤 / 조선이여, 울지 마라! / 울지 마라, 노파여! / 꽃다운 처녀들아, 울지 마라! /
다듬잇돌이 비웃겠다! / 똑딱, 똑딱, 똑딱. / 무슨 소리인가? / 그대들 손에 쥐고 있는 /
나무 방망이에서 나는 소리인데. / 밤이 되면, / 온 마을 집집마다 / 소리를 낸다. /
똑딱, 똑딱, 똑딱. /
조선의 야산에는 나무가 없댄다. / 정말? 불행하구나! /
집에는 끼니꺼리가 없댄다. / 참 슬프구나. / "우리 아기 착한 아기, / 천지신명 보살피네." /
익숙한 박자로 / 이리저리 흔들면서 / 노파가 다듬이질을 한다. /
다듬잇돌 위에 흰 천을 놓고. /

起에 해당하는 이 부분은 마지막과 연결되는 내용입니다. 시인은 울고 있는 조선을 달래고, 제국주의 지배하에서 황폐한 야산과 끼니거리 없는 생활난을 겪는 조선의 현실을 안타까워합니다. 그리고 밤이 되면 온 마을 집집마다에서 울려나오는 전통적인 다듬이 소리를 거론하여 조선민족의 과거와 현재를 상기시킵니다. 그리고 "다듬잇돌 위에 흰 천을 놓고 노파가 다듬이질을 한다.”는 구절에서 조선 민족의 전통과 저항을 내포하는 조선 민족의 힘을 은유적으로 표현합니다.

> 내 딸들과 아들들의 일은 알 수 없어도 / 그러나, 내 아버지와 선조의 것 / 옛 조선의 이야기는 / 이 늙은이의 더럽혀진 귓가에 / 한없이 둥둥 맴돈다. / 으스름 달빛 / 온 마을 집집마다 /
> 길고 긴 가을 밤 / 아낙들이 다듬이질을 한다. /
> 까마귀 소리 없이 하늘을 날고 / 낙동강은 평화롭게 흘렀다. / 전에는 이렇지 않았지. /
> 오늘날은 마을 이장들이 / 구실만 있으면 /
> 서류 한 장 들고 소리 치며 /
> 아무 집에나 들이닥친다. / 자식들은 / 이 마을에서 안락했지. /
> 웃사람 말도 잘 들었지. /
> 그러나 이제는 어두운 바람이 불어 / 흰 치마 속에 바람이 들어 / 마을을 떠나 산을 넘어가려 한다. / 저 산을 넘어만 가면 / 저 산 너머에는 행복이 있다는데 / 그리고는 산을 넘는다. /
> 귀신에라도 홀린 듯이. / 그렇겠지 / 약혼자가 / 이 가난한 마을을 떠나 / 동경에서 땀 흘리며 일한다지. /
> 꽃다운 소녀야. / 아, 언제 그런 날이 올까 / 떠나는 사람은 많아도 / 돌아오는 이는 없어. /
> 그 옛날 조선은 어디로 갔나? / 천지신명이시여 /
> 하늘은 조선을 다시 살리시겠지요? /

話者가 노파로 전이되면서 구체적인 조선의 현실이 承에서 서술됩니다. 시인은 조선을 노파의 입을 빌어 과거 평화로웠던 조선과 일제하에서 달라져 버린 조선을 탄식에 가까운 독백으로 처리합니다. 마을 이장들이 아무 집이나 들이닥쳐 횡포를 부리고, 자식들은 이제 어른 말을 제대로 듣지 않게 되었으며, 처녀의 약혼자들은 징용 가서 돌아올 기약이 없습니다. 당시 일제의 압박을 견디다 못해 떠나간 유민들과 징용간 젊은이들의 모습을 보여줍니다. 일본의 富를 위해 금을 캐는 조선인의 아픔이 전이됩니다.

　　그러나 이러한 비참한 현실 속에서도 끊이지 않고 계속되는 것은 다듬이
질하는 소리입니다. 이것은 우리 민족의 과거, 현재, 미래에 모두 존재하는
소리로, 언젠가는 반드시, 풍요롭게 가을을 맞이하던 옛날의 조선으로, 다
시 돌아갈 수 있으리라는 기대를 갖게 합니다. 또한 다듬이질은 우리 민족
공동체의 전통적 행위이며 구원의 기도 행위로 이어집니다.

　　　　노소를 막론하고 / 밤새도록 다듬이질을 하네. /
　　　　똑딱, 똑딱, 똑딱. / 다듬이질 소리도 /
　　　　예전같이 즐겁지 않다. / 청년들은 지주와 싸우고 / 뜻도 모르면서 /
　　　　'농민조합'을 결성하고는 /
　　　　마을을 떠난다. / 이장은 소리치며 온몸을 떨었다. /
　　　　젊은이들은 그 자리를 떠났으나 /
　　　　노파들은 떠나지 못했다. / 백로처럼 몸을 웅크리고 /
　　　　학처럼 고개를 숙였다. /
　　　　그들은 목청껏 소리 내어 울었다. / 불쌍히 여기시오, 이장님! /
　　　　우리가 살면 얼마나 더 살겠소? / 어찌 이럴 수 있소? /
　　　　흰 옷을 입지 말라니 /
　　　　우리를 불쌍히 여기시오! / 검정옷을 입으라니 / 차라리 우리를 죽여주
　　　　시오. /
　　　　아! / 어찌 흰 옷을 버릴 수 있겠소? / 하느님께서 주신 이 옷을. /
　　　　아, 열성조와 조상님들이여! / 이장이 흰 옷을 가져가고 / 까마귀처럼 /
　　　　검정옷을 입으라고 합니다. / 벼락 맞아 죽을 놈들같으니 /
　　　　난 절대 그리 못한다. /
　　　　흰 옷 말고 다른 옷을 입으라니 /
　　　　차라리 죽고 말지. / 이 일을 어찌 할거나. /

　　　　며칠 전에도 와서는 / 울고불고 난리치고 / 무슨 핑계라도 대서는 /
　　　　우리(일본인)가 시행하는 / 개혁을 거부하니 /
　　　　누구든 흰 옷을 벗어버리고 /
　　　　검정옷 입기를 거부하는 자는 / 천황폐하의 길을 막는 /
　　　　쓸모 없는 인간이니 /

거꾸로 십자가에 못
박을테다. / 온갖 꼬드김과 감언이설로 이장은 /
흰
옷 입는 전통을 버리라 한다. / 그러나 깊은 샘에서 물이 흐르듯 /
슬픔도 마음 속 깊은 곳에서 솟아난다. / 비탄과 분노의 행렬로 /
노파들은 기운 없이 집을 향한다. /
나막신을 신은 아낙들이 / 중얼거리며 / 이장 집을 떠나 /
밤 안개 사이로 걸어갈 때, /
갑자기 한밤을 가르는 비명소리, / 한
떼의 남자들과 아낙들의 몸싸움 /
아낙들은 산길을 띠리 도망가려 하지만 / 놈들이 길을 가로막는다. /
개같은 년들! 흰 옷을 입어야만 하겠다고? /
이 더러운 뚝딱년들아! / 당장 벗지 않으면 /
옷 입은 채로 검게 물들여 주마 / 쓰러지는 노파들을 젊은 놈들 군화가
짓밟는다. /
젊은이들은 / 주먹을 휘두르고 / 그리고 젊은이들은 와 하고 고함을 치
며 /
개들이 늙은 닭을 쫓듯 아낙들을 쫓는다. / 붓을 들어 / 검은 물감을 /
어깨에서부터 그대로 / 아낙들의 흰 옷에 뿌린다. /
머리는 헝클어지고 놈들 습격으로 / 검게 물들었다. /
노파들은 일그러진 얼굴로 / 간신히 몸을 일으켜 돌아간다. /

　轉에 이르러 시인은 노파들이 당한 일과 귀가 도중에 겪은 수모를 서술
합니다. 이장은 마을 사람들을 그의 사무실로 모이게 해서 규칙을 지키라고
하고, 노파들에게 다듬이질과 흰 옷 입기를 그만두라고 합니다. 다듬이질이
필요 없는 검정옷을 입으라는 명령에, 노파들은 통곡하며 하느님이 주셔서
조상 대대로 입었던 옷을 벗을 수 없으니 차라리 죽여 달라 합니다. 이에
이장은 십자가에 거꾸로 못 박아 버리겠다며 협박합니다. 어쩔 수 없이 노
파들은 슬픔과 분노를 안은 채 귀가하다가, 한 떼의 젊은 남자들에게 군화
로 짓밟힙니다. 젊은이들은 흰 한복에 잉크를 뿌리며 주먹을 휘두릅니다.

그리고 끝까지 쫓아가 잔인하게 노파들의 흰 옷을 검게 더럽힙니다. 일제 통치의 잔악함을 극단적으로 드러내었습니다.

> 새벽이 되어, 마을의 노파들은 / 아무 일 없었다는 듯 / 이웃들을 불러 /
> 낙동강가로 내려간다. /
> 더럽혀진 옷을 강물에 넣자 / 강물은 한 순간 검은 빛이 되지만 /
> 검은 물은 흘러 다시 깨끗해진다. / 똑딱, 똑딱, 똑딱. /
> 다듬이 방망이질을 시작하며 /
> 간밤에 있었던 일을 확인하려 한다. /
> 얼굴에는 슬픈 미소를 짓고 / 연약한 손을 들어 /
> 다듬잇돌을 내리친다. /
> 조선을 노래하며 / 때를 벗은 옷을 방망이질 한다. /
> 방망이가 소리내어 운다. / 다듬잇돌 위의 옷도 소리내어 운다. /
> 노파들도 소리내어 운다. / 다듬잇돌도 소리내어 운다. / 조선이 운다. /

結에 해당하는 이 부분은 시간적 공간을 새벽으로 하며, 起부분과 연결됩니다. 새벽이 되어 노파들은 아무 일 없다는 듯 이웃과 함께 낙동강 가에 가서 더럽혀진 옷을 강물로 빨아 淨化합니다. 강물은 한 순간 검은 빛이 되지만 곧 검은 물은 빠지고 옷은 다시 깨끗해집니다. 다듬잇돌에 검은 물감 묻은 옷들을 올려놓고, 조선을 노래하며 다시 방망이질을 합니다. 그러나 노랫소리와 다듬이소리는 방망이, 흰 옷, 노파들, 다듬잇돌의 울음소리로 바뀝니다. 결국 조선이 웁니다.

그러나 전반부에서 조선의 현실을 슬퍼하여 울던 울음은 아닙니다. 검게 물들었던 흰 옷이 강물에 의해 깨끗해지는 것을 보고, 노파들은 우리의 현실도 세월 즉 역사의 수레바퀴 안에서 끈질기게 살아가노라면 평화로운 세상이 돌아와 고통과 울분은 사라지고 즐겁던 조선의 시절이 되돌아올 것이라는 예감을 갖게 합니다.

「장장추야」는 이렇게 식민지 상황의 비극적이고 참기 힘든 조선인의 시간과 공간을 보여 줍니다. 옛 조선 시절의 시간과 공간이 아름답고 풍요로운 전통으로 묘사되어 있습니다. 1930년대의 韓民族은, 평화와 여유가 충만하던 시절을 회구하면서, 바람이 찰수록 옷을 더욱 여미게 되듯이, 일본의 탄압이 심할수록 우리의 얼을 지키려는 노력과 인내를 아끼지 않는 민족으로 묘사되고 있습니다. 그리고 이를 용납치 않는 일본인의 잔인함이 일본인 시인에 의해 한국적 정서의 시어들로 표현되어 있습니다.

6.

우리 한국인이, 한일 관계를 오로지, 가해자와 피해자라는 이분법적 이해 관계로만 인식하여 과거의 恨만을 내세우고, 일본 총리의 대 한국 발언이 일본 대선에 큰 영향을 끼치는 일본적 정서를 일본인들이 지속하는 한, 大乘的이고 人類的인 和解와 相生과 平和의 공동 발전은 기약할 수 없으며, 나카노 시게하루의 「민족적 에고이즘」은 극복될 수 없을 것입니다.

그런데 1930년대에 일본의 저항시인 오구마 히데오는 자국을 초월한 人類愛的 詩를 씀으로써, 생존 당대에 소외당한 작가로 살아야 했습니다. 무엇이 자신의 조국이나 동족들에게서까지 미움받는 시인으로 고난을 받으면서 그로 하여금 韓民族의 아픔을 절절이 노래하게 했을까요?

시인은 자신이 일본인이기 이전에 인류 중의 한 사람임을 깨달았음에 틀림없습니다. 또한 어떠한 수탈과 탄압 하에서도 다듬이 소리를 조선 여성들에게서 빼앗아갈 수 없듯이, 조선인의 혼이 담긴 언어와 정신은 말살할 수 없음을 시인은 認知했음에 틀림없습니다.

인류애에 기반한 그의 시 세계는 조선인의 고통을 묘사하는 데 그치지 않고 그 생명력과 미래적 전망마저도 제시하여 주고 있습니다. 즉 흰 옷을 '하늘이 주신 옷'이라고 표현하고, 검은 물감을 퍼부었지만 강물에 담그자 검은 물은 빠지고 강물과 흰 옷이 다시 깨끗해진다는 詩想의 전개를 통해, 끈질긴 조선인의 생명력과 밝은 미래를 豫言합니다.

그리고 일본이 아무리 한국을 탄압하고 조선인의 혼이 담긴 문화를 말살하려 해도 半萬年을 이어 온 韓民族의 정서와 생명력, 그리고 전통은 말살할 수 없다는 사실을 宣布합니다.

제국주의 시대에서도 아름답게 피어난 그의 인류애와 정의로운 비판정신은 현재에 와서도 자국의 이익 추구를 위해 힘의 원리를 따르는 신 식민지 정황에 각성의 계기를 마련해 줍니다.

그러므로 오구마 히데오는 그의 조국에 아주 큰 공헌을 한 셈입니다. 일본 제국주의가 저지른 온갖 침략행위에 대해 일본인 스스로도 부끄럽게 여기고 있다는 사실을 이 한 편의 시가 보여 주고 있기 때문입니다.

비록 일본인에 의하여 씌어졌으나 이 詩「長長秋夜」가, 시각의 왜곡이나 편향성을 벗어나 객관적인 시각에서 타민족의 수난을 생생한 리얼리즘의 언어로 극명하게 형상화하고 있다는 점은, 문학이 사회적 역할을 감당한다는 필자의 주장을 손색없이 支持해 줍니다. 그리고 바로 이 詩「長長秋夜」를 필자는 문학의 사회적 역할을 감당한 詩의 한 예로서 제시하는 바입니다.

「長長秋夜」에서 오구마 히데오가 인류애를 보여 주었다면 그 사랑은 수난 받는 모든 사람들에게 바치는 인간애적·인류애적 사랑이라고 이름 붙일 수 있겠습니다.

7.

금년에는 數世紀 동안이나, 전쟁 혹은 침략으로 인해 불목 관계에 있어왔던 한일 관계 초극의 한 양상이 표면화되어, 일본 대중 문화의 한국 내 전면 개방이 조심스럽게 시행되었습니다.

말하자면 여성시인들도 2000 대회년의 새 봄 3월 12일에, 로마의 교황 요한 바오로 2세는 온 세계를 향하여 장엄하게 '용서 청함의 날'을 선포하시고, 2000 년 세월을 통하여 가톨릭이 유대인을 대해 온 태도가 잘못되었음을 용서 청하셨습니다. 그리고 이어서 이스라엘을 방문하셨습니다. 교황청의 자문기구와 자문위원들은 이 일을 만류하였지만 교황은 겸손과 순종과 정직함의 덕성으로 인류의 미래를 위해서 이 일을 해야 한다고 주장하시고, 그리스도의 사랑을 실천으로 보여 주셨습니다. 교황의 이 용감한 결단과 실천을 보고 이스라엘의 한 장관이 "교황의 이스라엘 방문은 2000년 동안 기독교와 유대교 사이에 흘러 온 피의 강물 위에 화해와 일치의 새 다리를 놓아 주었다."고 말했고, 대학살 때 살아남은 유태인 생존자 한 사람은 "이제 유대교와 기독교 사이의 반목과 증오는 과거의 것이 되었다."라고 논평하였습니다.

80 高齡을 넘긴 병들고 衰弱하신 교황께서 온 인류에게 보여 주신 이 용감한 복음 정신의 실천은, 새 천년 새 세기를 사는 이 시대의 인류 한 사람 한 사람에게, 和解와 相生과 平和의 소중함을 가르쳐 주기에 넉넉합니다.

이러한 차제에 우리 한일 양국의 학자나 문인들도 '反韓'이냐 '親韓'이냐를 저울질하는 정서의 갈래를 말함에서 떠나, 새 밀레니엄을 맞이한 인류의 새 봄, 새 하늘, 새 땅, 새 인류, 새 생명, 새 인류 생명 공동체의 새 시대를 추구하는, 평화 공존 화합의 차원으로 전진해야 할 것입니다.

오늘 필자가 오구마 히데오(小熊秀雄)의 「長長秋夜」를 살펴보는 이 일도, 새 천년의 새 世紀를 시작하는 시대적 요청에, 작게나마 기여하는 일이 되기를 겸손되이 소망하며, 글을 맺습니다. *

1990년대 한국 페미니즘에 관한 고찰
— 『사랑과 상처』와 『무소의 뿔처럼 혼자서 가라』를 중심으로

고 영 자*

1. 서 론

여성은 제도에 의해 자기실현의 길이 막혀 살아있다. 1950년대 프랑스의 시몬 보봐르(Simon de Beauvoir)[1]의 『제2의 성』(The Second Sex)은 부권사회가 여성의 가치로 만들어내는 '여성다움의 신화'에 속박되어 사는 여성의 내면을 여성의 시점에서 분석하려는 최초의 비평이었다. 이후 제도비평과 남성중심 사상의 탈 구조를 주된 과제로 하면서 독자적인 문화를 형성하여 독자적인 발걸음을 걸으려는 시도가 행해졌다. 여성작가들은 전통적 여성문화와 모성의 재평가를 시도하며 모친과 딸의 관계, 여성의 육체와 아이를 낳는 성에 대해 재발견 할 것을 강조했다. 여성중심주의 페미니즘은 이러한 움직임이 큰 줄기를 형성해 왔다.

'모(母)'도 아니고 처도 아닌 여성으로서의 '나'의 아이덴티티를 희구하여 제도화된 여자다움에 이의 신청으로 등장한 것이 우먼 리브였고, 이 운동의 파급이 페미니즘 운동이라 할 수 있다.

가족이라고 이름지어진 속에서 여성의 역할이 얼마나 부자연스러운가를 『사랑과 상처』, 『무소의 뿔처럼 혼자서 가라』에서 이경자와 공지영 두 작가는 리얼하게 묘사하고 있다. 『사랑과 상처』에서는 설혹 '사랑'이라는 이름으

---

* 전남대학교 일문과 교수 · 문학평론가.
1) 1908년생. 소르본느대학 철학과 졸업. 철학자 작가로서 애인 사르트르와 함께 제1선에서 활약.
　철학적 여성론 『제2의 성』, 소설 『초대된 여자』· 『레 망다랑』 등.

로 이루어진 가족관계라 해도 그 가족 자체가 그렇게 행복과 희망에 충만해 있지 않다는 인식이 제목 표현의 레벨에서 발생하고 있다. 더구나 이 작품에서는 '사랑'이란 이름으로 이루어진 가족관계라 볼 수도 없어 더욱 우리 모두의 공감을 불러일으키며 가족에 대한 불안감을 여실히 실감시킨다.

『사랑과 상처』와 『무소의 뿔처럼 혼자서 가라』 두 작품에서는 이원론적 성차(性差) 사상에 근거를 둔 부권사회의 문화와 가치의 구조의 총체가 분석 해명되는 페미니즘 시각으로서의 비판이 제기된다.

성차의 원인을 성(性)으로 보는 페미니즘 비평의 근저에는 성별이 단순히 생물학적 신체적 차이에서가 아니라 사회와 문화에 의해 만들어진 복합체라는 의식이 팽배해 있다. 여성들의 가족이라고 하는 경험이 그려져 있어 그 동안 여성의 자아를 역사는 계속 파괴하며 이루어왔다는 것을 여실히 증명한다. 그리고 이러한 것이 대중의 원형 (原形)이 되어왔다는 것을 알 수 있다.

일본 속담에 '여성은 삼계(三界)에 집(家) 없다'라는 말이 있다. 우리의 삼종지도(三從之道)2) 와 같은 말이다. 이러한 여성의 일생이니 여성에게 진정한 의미의 집이란 있을 수 없다.

1996년 문학의 해에 필자에게 가장 기억에 남았던 일은 이문열이 『선택』을 발간하면서 이경자와 공지영 두 작가의 작품을 크게 비판한 일이었다. 이에 대해 페미니스트들은 『선택』은 별개의 이문열 일뿐 아니라, 모든 남자들 사이에 일어나고 있는 권위주의라는 독특한 한국사회의 문제가 적나라하게 나타나 있다고 반박했다.

『선택』에서 이문열은 자기 편한 대로 '가족'이라는 것을 형상화하여 놓고 부(父)의 모습을 가장하고 나타난다. 『선택』 안에서 보이는 것 같은 아직도 깊이 담겨져 있고 살아 있는 이러한 권위주의의 가부장제 신화를 어떻게 죽이는가 하는 것이 한국페미니스트들의 과제라고 필자는 생각한다.

---

2) 어려서는 부친에게 의지하고, 결혼해서는 남편에게, 늙어서는 자식에게 의지한다는 것임.

본고에서는 이경자의『사랑과 상처』공지영의『무소의 뿔처럼 혼자서 가라』두 작품을 분석하여 현대문학의 한 문학사조로서 세계적인 조류를 형성하고 있는 페미니즘이 우리 나라 문학에서는 어떠한 양상을 띄우며 나타나고 있는가를 면밀히 검토하려 한다. 이 일은 현대 우리문학계의 시야를 한층 더 폭넓게 하는 일로 간주된다. 인류의 거의 반을 차지하는 여성들의 참으로 긴 세월의 내면의 소리가 이제 밖으로 그 목소리를 주저하지 않고 당당하게 드러내고 있는 것이라 생각된다. 경청이 절실히 필요한 때인 듯하다.

2. 남성중심 사회의 달 구조

인간사회가 종(種)으로서 안정되고 번식될 수 있다면 가족은 필요하지 않을 것이다. 그러나 인간만이 혈연이라든가 가족 같은 것에 집착하여 거기에서 다종다양한 가치관이 만들어졌다. 인간이란 역시 무리를 이루는 습관이 있어 혈연 가족이란 이 최저의 단위이다. 개체유지라 할까 인간사회 속에서 가족이 있으면 무척 살기 쉬운 상태에서 출발할 수 있다.

다른 동물이 생존하는 최종목표는 종족보존과 유전자를 넓혀간다고 하는 근저에 있다. 이것이 옳은지 아닌지는 제쳐놓고 가족이란 대개 신체의 유전자로 구성되어 있어 모두가 모여 산다고 하는 것은 자신의 유전자가 훌륭하게 살아간다는 것을 의미해서 자연히 혈연을 소중히 하며 살아왔는지 모른다.

하지만 현재에 이르기까지 오랜 역사를 두고 이 사회는 이 혈연의 가족관계를 남성중심주의의 가부장제로 존속시켜 왔다. 그래서 여성문제는 이 남성우위 사회의 법제정상에서 여성이 현실적으로 불평등한 상태에 있어 여기에서 파생되는 문제이다. 그러므로 여성차별의 근저는 전근대사회에서부터 내려오는 제도에 원인이 있다고 볼 수 있다.

따라서 여성이라고 하는 성 일반에 적용되기보다는 결혼한 여성, 노동 부인의 고유한 문제, 즉 전근대적인 '집(家)' 제도가 이끌어내는 제문제로 취급할 수 있게 된다. 앞으로 법률이나 제도, 그리고 사람들의 생각을 어떻게 개혁해 나가야 하는가가 가장 큰 문제가 된다.

이 수준에서의 운동전개가 여성운동의 전형적인 것처럼 그 일관된 내용은 근대적 인권(참정권, 교육권, 노동권의 인권 3권에의 억압)이다. '집'으로부터의 자립과 해방을 구하는 소리가 '여성에게도 근대를'이라는 슬로건이 상징한다. '부인'이란 어휘에서 받아들일 수 있는 여성문제의 인식은 근본적으로 이러한 것이다.

여성문제를 '여(女)'라는 어휘로 받아들이려 하는 것에서 처음으로 여성이라고 하는 전체성 전체에 걸쳐지게 되었다. 근대적으로 편성된 여성차별의 고유한 모습으로서의 '성별 역할 분업시스템' 즉 성의 차이를 사회적인 분업의 근거로 하는 여성차별의 이데올로기 성에 눈을 돌렸다. 그 실체는 여성의 가사노동이 근대적인 성의 착취로 문제되는 수준이었다. 여기서 남녀 차별이 반드시 전근대적인 유산만이 아니라는, 즉 근대의 여성차별은 근대자본주의 사회의 지배 시스템에 전근대적인 모성 이데올로기가 보완해 주는 형태로 성립되어 있다는 것이 문제된다.

(1) 여성 이미지의 다양화

1950년대 서구에서 급격히 큰 흐름을 형성하며 세계의 문학계의 이목을 집중시키기 시작한 페미니즘 경향은 문화의 텍스트로서의 문학작품을 여성의 시점으로 다시 읽으며 재해석하려는 데서 시작했다. 서구문화에 있어서의 남성 절대권위에 대한 비판이고 역사 속에서 은폐되고 배제되어 온 여성의 목소리를 되찾고자 하는 작업이다. 이러한 서구의 페미니즘 작업에서 이들은 남성작가와 비평가들이 여성을 그 자체 하나의 생(生)으로 보려 하지 않고 이제까지 남성의 환상에 의해 여성상을 창출해 내고 또한 논해 왔다는 것을 명백히 밝혀냈다.

1980년대 초부터 뚜렷한 양상을 보이기 시작한 여성중시주의의 전개는

1990년대에 들어와서는 여성의 성과 표현과 문화의 다원론적인 차이를 명확히 하려는 이론으로 발전하면서 활발히 진행되었다. 여성이라는 성(性)의 내부의 차이라는 새로운 문제를 생성시키면서 여성의 생식, 성 기능에의 의식을 변화시켜 성적 이미지와 존재를 다양화시키기에 이른 것이다.

우리 나라의 페미니즘의 경우는 다른 나라들과 역사와 문화가 다른 만큼 우리의 고유한 여성의 내면의 문제가 제기될 수밖에 없다. 근래 남녀평등 사상으로 많이 개선되었다 해도 수백 년 동안 내려온 봉건시대의 여성천시의 인습이 아직도 그 위력의 그늘에서 벗어나 있지 못한 상태인 때문이다.

3. 『사랑과 상처』

1) 가부장제(patriarchy) 하에서의 속박

『사랑과 상처』(이경자 작)에는 한 많은 한 여인의 70평생의 삶이 있다. 1930년대 강원도 양양의 가난한 마을에서 남성중심 사회에서 한 여인이 겪은 모진 일생의 회상을 들으며 여성의 삶이 얼마나 고달픈가를 절실하게 느끼게 한다. 남녀차별 사회조직 하에서 여성들에게 대물림되는 가슴아픈 삶을 리얼하게 그려내어 주부역할이 빚어내는 여성의 운명의 속박을 실증적으로 입증한다. 이는 단지 이 작품 속의 여주인공의 개인적인 삶의 고달픔만이 아니다. 모든 여성에게 공통되는 전통적인 삶의 모습이기도 하다.

가족의 본질적 특징은 구조적으로 가족이 夫= 父, 妻= 母와 子라고 하는 3종의 성원을 포함시키는 일이다. 이 종류의 성원을 포함하는 집단은 가족 이외에는 없다. 가족은 하나의 친족집단이다. 父+母+子는 가족 구성의 원형이다. 인간은 결혼하는 동물이고 가족적 동물이다. 가족은 하나의 사회제도이다. 그런데 가족의 구조가 남성중심의 가부장제여서 여성의 삶을 질곡으로 몰아넣고 있는 것이 문제다.

가부장제는 역사성을 띠고 있다. 고대 바빌로니아의 법전, 고대 히브리의 구약성서, 고대 중국의 논어 등 이는 모두 당시의 가족생활의 법적, 윤리적 성격을 알기 위해서 중요한 자료인데 거의 하나같이 여성을 남성에게 종속시키는 데 편리한 내용을 담고 있어 우리를 놀라게 한다. 구약성서의 아담과 이브 신화3)나 유교의 논어에서의 남녀 유별이 그러하고 불교도 마찬가지다.

서구에서 인류의 조상이라고 알려진 '아담(Adam)'이란 원래 고유명사가 아니라 히브리어에서는 '사람(man)'이라는 일반명사로 쓰이는 말이다. 즉 man이 사람과 남자를 동시에 뜻한다. 하나님이 사람을 창조했다 할 때 사람은 아담이었으며 아담의 개념 속에는 여성은 들어가 있지 않았다. 하나님이 창조한 인간은 아담이라는 남자이며 단지 그 남자가 혼자 있는 것은 심심할 것이어서 그 남자의 심심함을 풀어주기 위해 여자가 제공되었다(It is not good for the man to be alone, I will provide a partner for him: 창 2:18)고 했다. 그래서 남성만이 사람이고 이브는 결코 사람이 아니라는 뜻이다.

영어에서도 'man'은 남성 곧 사람이지만 'woman(여자)'은 'man'에 'wo'를 부친 단어로 man의 부속물이라는 뜻이 완연하다. 즉 9세기말경부터 결혼이라는 예식에 따라 남자에게 종속된 사람이라는 의미를 지녀왔다. 서양에 있어서의 여성은 그 전역사를 통해 어디까지나 제2차적인 다른 성(異性)이었다. 고대법전도 여성이 남성의 종속물이라는 기본구조 속에서 이루어진 것임은 말할 것도 없다.

이같이 여성은 '사람'이 되기에는 부족한 되다 만 '남성'이라는 뜻임을 생각할 때 수천 년을 두고 이러한 신화와 종교들이 얼마나 여성을 굴욕적 입장에 집어넣고 남성중심 사회라는 막강한 가부장제를 형성하고 존속시키는 데 절대적 공헌을 해 왔는가를 알 수 있다.

---

3) 야훼 하나님께서 땅과 하늘을 만드신 때였다. …… 동쪽에 있는 에덴이라는 곳에 동산을 마련하시고 당신께서 빚어 만드신 사람을 그리로 데려다가 살게 하셨다. …… "그 사람이 혼자 있는 것이 좋지 않으니 …… 그 사람(아담)을 깊이 잠들게 하신 다음, 그 사람(아담)의 갈빗대 하나 뽑고 그 자리를 살로 메우시고는 그 갈빗대로 여자를 만드신 다음 …… 그 사람은 이렇게 외쳤다.", "드디어 나타났구나! / 내 뼈에서 나온 뼈요, / 내 살에서 나온 살이로구나! / 여자라고 부르리라 / 남자로부터 나왔으니."(「창세기」, 2:5~8, 18~25).

(1) 남존(男尊)과 여비(女卑)

『사랑과 상처』<작가의 말>에서 작가는 이 작품의 의도를 다음과 같이 밝히고 있다.

> 어느 날 내가 성장을 멈춘 것을 깨달았다. …… 내 성장을 가로막은 것의 정체를 찾아냈다. 그것은 너무도 단단해서 금강석 같기도 하고 손에 잡히지 않는 불가사리 같기도 하였다. 금강석이나 불가사리 같은 그것은 다름아니라 남존(男尊)과 여비(女卑)라는 것이었다…….

그래서 이 작품은 유구한 세월에 걸친 남존여비의 실상을 형상화한 섯이다. 주인공 준태는 화전민의 가난한 집 아들이지만 어느 왕손의 상속자나 다름없이 길러졌고 여주인공 정옥은 딸이었으므로 그 출생의 순간부터 천하기만 했다. 이 극단적인 원체험을 가진 두 주인공의 비극적인 혼인이 두 사람의 삶을 어떻게 황폐화시키는지, 그리고 사랑이 어떤 모습으로 두 사람을 얽어매는지 그려냈다. 이는 여주인공의 다음과 같은 말에서도 알 수 있다.

> "…… 일혼이 딱 되니까 내가 어떻게 일혼까지 살었녀. 내가 정말루 살었녀? 이런 생각이 들더라. 난 이제 훨훨 날아갈 거다. 누구한테도 걸리는 것이 읎으니. 한평생을 이 속 저 속 안 쌕인속 읎이 다 쌕엤으니 앞으론 밝은 세월만 남았다!"

봉건 유습 속에서 가장 전통적인 여성의 삶을 여주인공이 살아왔다는 것을 알 수 있다. 그녀는 남편과 자식과의 얽혀진 관계에서 벗어났을 때 훨훨 날아갈 것 같은 '걸릴 것 없는 해방감'을 맛본다. 그 삶이 얼마나 속박이었는지 알 만하다. '일혼(일흔 살)'은 물론 나이 70이라는 것이겠지만 필자에게는 '일흔 살'이 '잃은 삶'과 발음이 비슷해서 동의어로 들린다. '잃어버린 삶',

‘아무 것도 남은 것 없는 껍데기 삶’이라는 여운이 남는다. 한평생 이속 저속 다 썩은 멍든 삶이면서도 남은 것이 없다는 허망한 탄식이 그 한마디로 암시되는 때문이다.

> 어머니는 우리 딸들을 곱게 대한 적이 없었다. …… 큰언니에겐 세상에 있는 욕이 모자랐고, 시간이 없어 매질을 못했다(그래도 어머니는 나중에 시집가 과부가 된 큰언니의 집에서 임종을 했다). …… 큰언니는 마구간 바깥의 쇠오줌 통에도 처넣어졌고, 머리를 빡빡 깎이기도 했고 임질을 너무 어려서부터 많이 해서 키도 크지 못했고 ……

여성인 어머니가 같은 여성인 딸들에게 가한 학대가 이러했다. 여성의 적은 여성이라는 말이 있다. 남성은 여성을 마음대로 학대하고 마구 할 수 있도록 길들여 놓아서 여성은 남성에게 받는 학대를 같은 여성에게만 되돌리는 것 같다. 그래도 어머니는 그의 임종을 가장 많은 학대를 한 큰딸 집에서 했다는 말에는 어떤 아이러니를 느끼게 한다. 모녀관계에서의 끈질긴 연을 읽을 수 있다.

> “…… 개가 뜯어먹다 죽어두 시원치 않을 이 간나들아 ……” 어머니가 우리들에게 하는 욕은 대개 무슨무슨 간나로 시작되었는데 …… 하루는 그런 나를 아버지가 뒤란으로 내던졌다. 그때 가난한 집에서는 자식이 애물단지여서, 딸이면 제풀에 죽기를 바라는 부모가 많았다.

딸들은 짐승보다 못했다. 모질게 대하는 것은 비단 어머니뿐이 아니라 아버지도 그랬다. 모든 잡다하고 귀찮고 힘든 집안 일은 여성들의 몫이다. 갖은 욕설을 받으며 은근히 죽어주기를 바라는 분위기 속에서 딸들은 잘 얻어먹지도 못하고 헐벗으며 아무 장래도 희망도 없는 똑같은 일만 되풀이한다.

> “…… 저년의 억새빠진 간나들 때문에 집안이 안된다! 귀신은 뭘 먹구 살어. 저년의 간나들을 안잡아가녀?”

　　"저런 간나종자들 새빠지게 키워놔봤자. 남의 집 좋은 일 시키는 거
　　여……."

　어머니의 딸들에 대한 지독한 독설은 결국 키워봐야 아무 쓸데없다는 이기주의에서 온다. 출산 때부터 딸은 못 쓸 것이라는 말로 구분된다. 태어나면서부터 저주받는다. 딸은 키워봤자 낭비여서 죽일 수 없어 키우는 것이고 커서는 죽지 못해 사는 운명이라는 그 속사정을 여실히 드러낸다. 아들이나 남편은 언제나 이런 딸들과 어머니의 상전으로서 이들 여성들 위에 군림한다. 이름이 좋아 아내, 딸이지 실상은 노예와 비슷하다. 아이를 낳고 그 힘든 양육에 이르기까지 평생을 남편과 아들이라는 남성에게 온몸을 다해 헌신하고 봉사하지만 이들 아내와 딸들에게 돌아오는 것은 아무 때고 매질하는 남성들의 폭력과 욕설이다.

　이런 여성의 운명을 익히 들어 알고 있고 자신들이 몸소 체험하고 있는 어머니야말로 딸을 낳았을 때 딸의 장래가 얼마나 비통하고 암담할까 가히 짐작할 수 있다. '친정에서는 키워만 놓았지 정작 부려먹는 것은 시집에서였다'는 말이 이런 여성의 삶을 단적으로 표시한다. 딸은 남에게 줄 것이기 때문에 모두가 아깝고 원통하고 손해다. 딸들은 죽어야 했을걸 죽지 못하고 사는 게 죄 같고 태어나면서부터 부모에게 죄인이어서 죄악감밖에 없는 삶이 된다.

　　'쓰잘 데 없는 간나종자들은 질기게 사는데 귀한 아들만 헛되이 죽
　　었다'……' 내아들 죽이고 난 못산다! 고……' 이년! 오래비 잡아먹은
　　이년! 니년이 죽어라!

　우리는 사는 것, 자기 자신에 대한 본능적인 애착, …… 그런 성정을 마비, 혹은 고사(枯死)당한 채, 그저 물체처럼 있어야 했다.

　아들이 죽었을 때 식음을 전폐하다시피 한 어머니의 슬픔은 거의 광기였

다. 어머니의 아들과 딸에 대한 차별은 이처럼 극단적이다. 딸들은 어머니의 광기가 가라앉을 때까지 제대로 얻어먹지도 못하고 제대로 잠도 못 잔다. 이런 어머니의 남녀차별은 그대로 사회에서의 남녀차별의 실상으로 이어진다.

> 우리는 싸웠다. 툭하면 그랬다. 우리는 서로를 미워하고 멸시하고 자신을 괴롭히면서 자기 자신을 느끼는 데 길이 들어버린 것이었다.

사회적으로 스스로가 하찮은 존재라는 인식이 깊어 여성들은 자신들을 스스로 비하하고 서로들 경멸한다. 나아가 여성들은 여성 전체를 비하시키는 일을 당연시하며 오히려 이 일에 앞장선다. 『사랑과 상처』에서 어머니가 딸들에게 하는 모든 언행에서 이러한 일들이 얼마나 자연스런 형태를 띠며 이루어져 나가고 있는지를 알 수 있다. 조금도 과장이 아닌 철두철미한 남존여비의 실상이다. 여성들이 사회적으로 얼마나 하찮고 멸시의 대상인가를 알 수 있게 한다.

(2) 출산

출산은 여성의 멍에다. 여성이 자신의 목숨을 도박하며 그 무서운 산통을 겪으며 한 생명을 잉태하여 출산시키지만 어머니는 그 일이 부끄럽고 죄스럽다. 그래서 아들을 낳으면 떳떳하게 밥이라도 얻어먹지만 딸을 낳으면 더욱더 큰 죄인이 된다. 그래서 아이 낳는 일을 다른 어머니들이 해오듯 그녀는 혼자서 감당하며 아이 태 핏줄을 몸소 낫으로 자르는 것이다.

> 어머니는 아이 낳는 일을 부끄러워해서 꼭 '인을 지워야' 몸을 풀었던 것이다. …… 여자와 남자가 다른게 아이 낳는 일인데, 여자라는 것 자체가 부끄러운 목숨이니, 그 큰일도 죄짓는 일 같았을 것이다.

어머니가 이런 저주 속에서 살아갈 때 남성인 아버지는 어떠한가? 딸들의 오빠를 잃은 때문에 아버지의 비통한 심정도 어머니만 못하지 않았다. 아버지는 울화가 치밀어 못 견뎌 하다 착실히 하던 바깥일도 하지 않고 지내다 불쑥 북간도로 떠났다. 북간도에서 돌아와서도 여전히 아버지는 일하려 하지 않았다.

어머니는 아들을 잃고 다시 아들을 얻기 위해 자기 손으로 다른 여자를 남편의 첩으로 안쳤다. 첩은 유세를 하며 집안의 딸들을 구박하고 어머니를 멸시하지만 그 멸시보다는 남편을 스스로 첩에게 제공한 어머니는 질투로 불면증에 시달리며 메말라 간다.

여주인공 정옥은 이런 어머니의 삶을 대물림하여 화전민의 가난한 집안으로 시집을 간다. 그 시집의 여인늘 또한 기구하기는 마친기지다. 시어머니는 어려서 팔려와 일만하다 그 집의 며느리와 아내가 되고도 머슴처럼 일했으나 집안 어른들에게 매만 맞으며 살았다.

여성을 특징짓는 성격은 애를 낳는다는 즉 그 생산성에 있지만 이 생산성이야말로 여성을 집안 가사에 얽매게 하여 여성을 한없이 비천하게 만드는 요인이 되어 왔다. 어머니가 아이 낳는 일을 죄라고 생각하고 부끄럽게 여긴 것도 무리가 아니다.

2) 남성의 폭력

일본의 근대문학의 대가 모리오가이(森鷗外)는 "여성의 헌신과 희생을 받으며 여성 위에 군림하는 남성 그는 무엇인가? 라고 의문을 제기했었다. 그가 이러한 물음을 일본 사회에 제기한 데에는 당시 일본사회에 센세이션을 일으키고 있었던 입센의『인형의 집』의 '노라'의 영향이 컸었다. '노라'를 보면서 여성의 입장을 되새기기 위해 던진 말이었으나, 일본사회의 철저한 봉건적 구습을 조금도 변하게 하지는 못했다.

일본의 봉건시대에서는 남편이 아내를 죽여도 살인이 아니고 벌받는 일도 없었다. 가장이 가문을 위해서라는 명분을 부치면 아내고 딸이고 죽여도 상관없고 인신매매도 가능했던 것이 당시의 법률이나 사회구조였다.

이 봉건시대의 편린이 모리오가이가 살던 명치시절의 일본의 구헌법에
도 그대로 남아 있었다. 여성은 결코 사람이 아닌 문자 그대로 애 낳는 기계
요 가축이었다. 남편이 이혼한다고 말하면 아내는 아무 보상도 받지 못한
채 길거리로 쫓겨났다. 사회에서의 여성에의 냉대는 한층 심했다. 경제권은
남성에게만 허용되었으므로 경제적으로 전혀 자유가 주어지지 않은 여성은
가정을 벗어나면 갈 곳이 없었다. 패전 후 미군점령 하에서 전후민주주의의
덕으로 여성들의 지위는 크게 향상되었으나 明治시절만 해도 '일본은 여성
의 지옥'이라고 할 만했다.

이러한 남성지배 원리의 가부장제에서의 여성의 속박은 우리 나라라고
예외가 아니다. 우리 나라에서는 성종 대에 『경국대전』이 편찬되고 그 안에
남녀차별의 가부장제가 법적으로 명문화되었다. 남녀차별의 가부장제가 법
적으로 확실시된 것이다. 그래서 고려조의 풍습과 조선조의 법조문이 상층
과 평민문화로 나뉘어 여성의 정절에 관한 비인간적인 제도가 양반가문에
확고하게 정착되기에 이르렀다.

조선조 후기에 이르러 양반가문의 증가로 적자계승의 소수화 노력으로
기득권을 유지하기 위해 여성은 오직 부계혈통을 계승하기 위한 가문의 존
속과 특히 아들을 낳는 도구로 전락하였다. 임진왜란 이후 신분이동으로 양
반관료의 모순을 무마하기 위해 여성억압을 더욱 강화하여 더욱더 질곡 속
에 머무르게 했다.

이조 5백년의 여성의 종속은 거의 일본 봉건시대와 비슷했다. 그러나 큰
차가 있다면 가부장제 하에서의 남성들의 삶에 임하는 태도다. 일본의 남성
은 자신들에게 주어진 권리만큼 의무도 착실히 실현하려는 의지와 노력을
함께 했다. 가장으로서의 임무를 충실하게 이행하려는 굳은 신념과 성실히
수행하려는 의지가 보였다. 오늘날 일본의 경제적 부흥은 이러한 남성들의
책임의식이 크게 작용한 결과가 아니었나 생각하게 한다.

한데 이 작품의 남주인공 준태는 어떠한가? 아침에 나가면 하는 일없이
놀다 저녁때가 되어야 돌아오고 어떤 날은 밭을 메고 또 어떤 날은 하루 종

일 구성지게 똑같은 대중가요를 부르며 나날을 보낸다. 거의 허송세월이다. 그러면서도 밤낮 없이 체 바퀴 돌듯 집안 일에 얽매여 일하는 여주인공 정옥을 비위에 안 맞을 적마다 때없이 마구 구타한다. 성질이 고약한 준태의 그 심한 매질을 말리는 사람도 없다. 말리면 더욱 폭력을 휘두르는 때문이다.

이런 남성, 남편의 폭력에 대한 분풀이는 당사자인 남성에게 향하는 것이 아니고 힘없고 늙은 자신의 시어머니에게로 쏟아진다. 자신과 같이 평생을 매맞고 헐벗으며 산 같은 동성 여성에게로 퍼붓거나 자신이 낳은 딸들에게 단지 여성이라는 죄를 씌워 가하는 것이다.

정옥은 가장의 책임은 하지 않고 몰곤 사나워지는 준태를 여전히 상전으로 모시며 심한 매질을 당하면서 살아간다. 준태의 매질을 보면 꼭 짐승이 짐승에게 행하는 것 같다. 그래도 준태는 사람이고 정옥은 비천한 가축이다. 짐승도 그렇게 때리면 덤벼들 것인데, 정옥은 한 번도 반항하지 못하고 그대로 맞기만 하는 것이 짐승인 것보다 더 서글프다.

가장의 의무와 도리를 다하지 않으면서 주어진 권리만을 폭력을 휘두르며 습관처럼 향유하려는 경향은 거의 한국여성 페미니즘 작가들의 작품 속에 나타나는 공통된 남주인공의 모습이기도 하다.

결국 준태는 삼팔선으로 돌아갈 수 없는 고향만을 그리워하며 빈둥빈둥 지내다 자살하는 것으로 생을 끝냈다. 그런데도 큰딸은 그러한 준태의 자살을 아파하며 어머니인 정옥을 원망하며 잊지 못해 한다. 이들 삼 세대의 여성들은 남성의 허물이나 부적격한 성품까지도 결코 남성의 허물로 돌리지 않고 같은 여성에게로 그 죄를 돌리는 것이 특징이다.

4. 『무소의 뿔처럼 혼자서 가라』

1) 세 명의 문제여성

‘집을 뛰쳐나간 노라’는 어떻게 되었을까 하고 말이다. …… “대답은

간단합니다. 아마도 노라는 굶어죽었 거나 창녀가 되었거나 그도 아니
면 다시 집으로 돌아왔을 겁니다" 처음에는 그 글을 읽고 화가 났었다.
…… 너무 무책임한 말은 아닐까.

『무소의 뿔처럼 혼자서 가라』의 작가 공지영이 「작가의 말」에서 자신이
존경해 마지않는 중국 작가 노신의 말이라는 것을 밝히면서 한 말이다. 여
기서 이 작품의 창작동기에 '노라'가 개재해 있었다는 것이 확실해진다. 입
센의 『인형의 집』의 '노라'는 여성해방을 위한 주역이라고 비평가들이 입을
모았을 때 입센은 자신은 여성해방 운동을 위한 것이 아니고 여성문제를 사
회문제화하려 했다고 강조해 말한 일이 있다.

어떻든 페미니즘의 시초는 입센의 '노라'라고 볼 수 있다. 처음 '노라'로
인해 여성 해방론이 크게 사회 문제화했고 '여성에게도 근대를'라는 슬로간
을 내세우며 근대의 남성들이 외치던 '자아'회복의 외침을 여성들도 함께
외치며 폭넓게 그 운신의 폭을 넓혀갔다. 이름 없던 안사람들에게 '주부'라
는 칭호가 부쳐지고 여성운동가들은 대가없이 가사노동에 얽매이는 주부들
에게 '전업주부'라는 말로 집안 일도 하나의 값있는 노동에 속한다는 사실
을 일깨웠다. '우먼 이브' 운동은 이러한 데서 발단되었다. 그래서 '우먼 리
브'는 간단히 말하면 가정에 속박되어 있는 결혼한 부인들의 자아(自我) 회
복의 운동이라 말할 수 있다.

…… 소리에 놀라지 않는 사자와 같이 그물에 걸리지 않는 바람과
같이 무소의 뿔처럼 혼자서 가라 …… 넌 결국 여성해방의 깃발을 들고
오는 남자를 기다리는 신데렐라에 불과했던 거야 ……

작가가 전하고 싶은 메시지는 결국 작품 말미에서의 이 말이라는 것을
알 수 있다. '노라'를 보는 노신의 결론적인 대답에 회의하고 항의하는 뜻이
담겨 있다. 즉 작가 공지영에게는 '노라'가 다시 집으로 돌아가 또다시 인형
의 삶을 사는 것도, 사회에서 버림받고 창녀로 전락하는 것도 '노라'의 진정

한 의미의 길은 아니었다. 더구나 굶어 죽을 수밖에 없는 처지라는 결론에는 화를 낸다. 이 세 가지가 모두 '노라'의 향방은 아니라는 뜻이다.

인형처럼 사는 데서 오는 행복은 과감히 포기하고 홀로 굳건히 서서 권리를 주장하며 살 것을 강조하는 것이다. '무소의 뿔처럼' 힘차게 자신의 길을 가라는 메시지를 던진다. '母도 아니고 妻도 아닌 女로서의 나'의 아이덴티티를 희구하며 제도화된 여자다움에 이의신청을 하라는 것이고 이를 위해 용감히 싸워야 한다는 것이다.

(1) 혜완

『무소의 뿔처럼 혼자서 가라』에는 세 명의 인텔리 중산층 여성이 등장한다. 영선, 혜완, 경혜이다. 이들 세 명의 평탄치 못한 결혼생활에서 문제가 발생한다. '나에게 남은 유일한 진실은 내가 이따금 울었다는 사실뿐이다'로 첫 장을 여는 이 작품은 그 서두를 '전화벨은 어둠 속에서 혼자 울리고 있었다.'로 시작한다. '내가 이따금 울었다'와 이 '전화벨이 혼자 울리고 있었다'는 실제로 끊을 수 없는 연관관계를 지니고 있다고 필자는 생각한다.

이 세 여자들은 대학을 나온 인텔리들이고 경제적으로도 중산층에 속하지만 각기 울지 않으면 안 되는 극도의 아픔을 지니고 있는 때문이다. 울리고 있는 그 전화벨 소리는 바로 그 중 한 사람인 영선의 울음소리로 대치시킬 수 있다. 이들이 이 작품 속에서 보이는 고통은 다만 이들에게 국한되는 것만이 아니다. 모든 이 시대를 살아가는 전체 여성들 앞에 가로놓인 문제라는 점에서 여성 전체에 해당되는 보편성을 띠고 있다.

이들은 기혼자들이다. 그러나 혜완은 첫 아이를 자신의 과실로 잃었다. '애를 죽이고서 그렇게 웃고 있는 너를 난 더 이상 참을 수가 없어!' 하며 남편이 마구 구타하자 주저 없이 이혼하고 소설을 쓰기 시작했다. 혜완은 아이를 낳은 후 아이가 자신의 삶에 걸림돌이 되는 것 같아 우울함과 공포에 빠져든 일이 있다. 때문에 혜완의 웃음은 남편을 격분시키고 자극하기에 충분했다. 그런 자신을 알기에 혜완은 이혼을 단행한 것이다.

이는 혜완을 결혼에서 의무로 강제되는 출산과 양육에서 벗어나게 하는 작가적 의도다. 여성의 발목을 잡는 아이의 양육에서 해방시켜 남성처럼 자신의 성취감을 위해 전진 할 수 있는 여건을 조성해 준 것이다. 혜완은 작가의 의도대로 자신의 능력을 살려 소설가로 변신했다.

2) 필연의 사랑과 우연의 사랑

(1) 영선

사르트르는 필연의 사랑과 우연의 사랑이 있다고 보봐르를 설득했었다. 보봐르와 계약결혼을 하고 살면서도 다른 여성에게 한눈을 팔 수 있다는 사실을 설득하기 위해 한 말이다. 보봐르와의 사랑은 필연이지만 다른 여자와의 관계는 우연이라는 것이고, 이 우연의 사랑도 배제할 수 없다는 뜻이다.

영선은 박 감독과 연애를 하고 사랑에 빠져 집안의 반대를 무릅쓰고 결혼을 했다. 유학생활 동안은 물론 귀국 후에도 아내인 영선은 오직 부부간의 사랑에만 집착하며 살았다. 그래서 즐겁게 자기 희생을 하며 남편만을 위해 뒷바라지했다. 그래서 박 감독은 세계영화계에 이름이 알려진 젊은 감독으로 신선한 바람을 일으킬 수 있었다. 그러나 박 감독이 다른 여자와 염문을 일으키자 두 아이의 엄마인 영선은 배신감으로 차츰 알콜 중독자가 되다 자신의 온몸을 칼로 긋고 자살했다. 끔찍한 죽음이었다.

영선은 남성의 사랑만을 구하며 맹목적으로 자기 희생의 길을 사는 여성의 표본이다. 남편을 성공시켜 대리만족을 얻으려는, 그래서 희생을 감행하며 남편에게만 매달려 사는 아내의 모습이기도 하다. 하지만 남성은 결코 여성의 헌신과 희생을 영원히 감사하며 변치 않는 애정으로 감싸안는 것은 아니라는 사실을 간과해서는 안 된다.

영선의 자살은 인간세상에서는 드문 변치 않는 순수하고 영원한 사랑을 박 감독에게 기대한 데서 온 과오였다. 그래서 영선의 자살 극은 남편에게 대리만족을 기대하며 자기를 희생하고 그 희생의 대가를 변치 않는 사랑으로 되돌려 받겠다는 아내의 하나의 과오의 표본이다. 있기 어려운 것을 있는 것이라고 편리한대로 믿으며 자신을 파괴해 가는 여성의 한 모습인 것이다.

(2) 경혜

경혜 말대로 딸인 우리가 태어났다고 잔치한 집안은 물론 없었겠지만 우린 부모님 속도 별로 안 썩이고 우린 공부도 잘하는 편이었고 우린 나름대로 야심도 있는 여자였잖아. 그런데 왜 우린 이렇게까지 되었을까?

　　다방에 앉아 여성해방을 토론하며 상대의 희밍에 들떠 있었던 세 여성은 결혼한 지 얼마 안 되는 사이에 서로 고뇌의 눈물을 흘리고 있다. 경혜는 남편과 풍족한 생활을 하며 집안을 가꾸며 사는 어떤 면에서는 행복하다고 볼 수 있는 주부였다. 남편이 밖에서 딴 여자와 어울리는 것을 알면서도 그럴 수 있다고 생각한다. 경혜는 원래 남자의 변함없는 사랑을 믿지 않았다는 면은 사르트르가 말하는 필연의 사랑과 우연의 사랑까지는 몰랐어도 아무튼 영선과는 달랐다.
　　그러나 남편이 첫 아이를 낳은 경혜에게 더 이상 육체관계에서 재미를 느낄 수 없으니 자신도 다른 여자를 만나고, 경혜도 마음대로 다른 남자와 관계해도 상관하지 않겠다는 말에는 충격을 받는다. 경혜는 결혼 전에 육체관계가 있었던 선배를 불러내어 그와 육체관계를 틈틈이 벌인다. 선배는 기혼자였다. 경혜가 어떤 낭만적 추억거리를 만들겠다며 선배와 여행을 떠나기로 한 날, 그 선배의 아내는 병원에서 첫아이를 낳기 위해 심한 진통을 겪고 있었다.
　　경혜는 같은 여성의 입장에서 못할 짓을 한다는 양심의 가책을 느낀다. 이런 면에서 혜완이나 영선과는 다른 양상이다. 경혜가 남편과의 결혼생활을 결코 파기하지 않는다는 면에서도 그녀들과도 다르다. 경혜는 완벽한 결혼생활이 이 세상에 존재하지 않는다는 것을 알기에 체념하며 결혼을 파기하지 않고 사는 것이지만 그 결혼생활이 얼마나 황량한 것인가는 짐작하게 한다. 작가는 이 세 여성의 문제에 대해 다음과 같은 단호한 결론을 내린다.

　　그랬다. 영선은 그 말의 뜻에 귀를 기울여야 했다. 경혜처럼 행복하
기를 포기하고, 혜완처럼 아이를 죽이기라도 해서 홀로 서야 했었다.
…… 누군가와 더불어 행복해 지고 싶었다면 그 누군가가 다가오기 전
에 스스로 행복해질 준비가 되어 있어야 했다. 모욕을 감당할 수 없었
다면 그녀 자신의 말대로 누구도 자신을 발닦개처럼 밟고 가도록 만들
지 말아야 했다.

여기서 '무소의 뿔처럼 혼자서 가라'는 소설 제목의 의미가 확실해진다.
동시에 공지영 작품의 페미니즘의 성향도 짐작할 수 있게 한다.

5. 이문열 『선택』

1996년 '문학의 해'는 이문열의 『선택』이 일으킨 페미니즘 논쟁이 관심거
리였다. 이문열은 이 작품의 창작 동기를 "요즈음 수상한 여자들의 외침소
리가 들려오는 때문에 이를 좌시할 수 없어서"라고 했다. 무턱대고 가정을
뛰쳐나오는 것을 여성해방으로 여기는 일부 그릇된 여성주의자들에게 한마
디 하기 위해 장씨 부인을 통해 여성의 위대성, 진정한 페미니즘을 알리기
위한 것이 집필 동기라고 재삼 강조했다.

　　그는 특히 이경자의 『사랑과 상처』와 공지영의 『무소의 뿔처럼 혼자서
가라』 등을 비판하여 당사자들은 물론 많은 페미니스트들의 격분을 샀다.[4)]
『선택』 첫머리에 '머리말 —세상의 슬픈 딸들에게' 라고 서두를 꺼낸 후 "신
사임당이나 허난설헌 못지 않은 학덕과 재질을 겸비한 장씨가 자기 성취의
길을 포기하고 현모양처의 삶을 선택한 과정을 그려냈다."라고 쓰고 다음과
같이 페미니스트 여류작가들을 비난했다.

---

4) 「이경자, 공지영, 이문열 세 작가의 페미니즘 논쟁」, 『경향신문』, 1996. 9. 9,
　　문학 면.

남성들의 질서로 조직된 세계에 대한 항의와 그 불합리에 저항하자
는 여성들의 고무, 격려로 나뉘어진다. 그러나 그 항의가 뒤틀린 理路
에서 비롯되거나 개인적인 원한에 바탕한 표독스런 저주와 악담처럼
들릴 때는 걱정스럽다. …… 세상에 여자만의 문제는 없거나 지극히 적
은데도 인간의 문제를 남녀로 분리해 여성의 약점을 부인하고 남성에
게만 화살을 돌리지 마라. …… 이혼을 절반의 성공쯤으로 정의하고 간
음을 '황홀한 반란'으로 미화하는가 하면 비장하게 무소의 뿔처럼 혼자
서 가라 고 외치는 목소리가 높아지는 것도 진실로 걱정스러운 일이다.

이에 대해 유숙열은 다음과 같이 이문열을 반박했다.

이문열은 장씨 부인이 '성취가 있었던 학문과 재예를 스스로 버리고
부녀의 길을 선택했다'고 쓰면서 '그 부녀의 길에서 가장 큰 것은 어머
니의 길이고 그 성취는 자식으로 나타난다.'고 주장한다. '어머니는 여
인이 가질 수 있는 가장 크고 아름다운 이름이다. 여인의 가장 중요한
생산은 자녀이며 가장 위대한 성취는 그 양육이다. …… 어머니로서의
자궁은 인정되지만 그녀 자신의 성의 욕망에 따른 독자적 성은 거세된
다. …… 페미니스트들이 '여성의 글쓰기'의 개념을 내놓은 것은 바로
이 남근중심주의에 대한 반발에서 비롯된 것이다. 지금까지 여성의 육
체는 성의 대상이며 아이 낳는 기계로 여겨져 왔지만 여성들이 자신의
육체를 다시 소유하게 된다면 인간사회에 근본적인 변화를 일으키게
될 것이다.5)

또한 신명숙도 수백년 전에 살기를 거부한 여인의 넋 '나'를 내세워『선
택』을 격렬하게 질타했다.

우리는 남성인 네가 여성의 삶에 대해 이래라 저래라 하는 것부터가
심히 불쾌하다. 과거 우리의 삶이 그토록 심한 억압과 질곡 속에 놓여
있었던 것은 바로 남자들이 자기들 편의대로 우리 삶을 주물렀기 때문

---

5)『페미니스트 저널』창간호, 이프, 1997. 여름, 46쪽.

이다. …… 여성의 삶에 대해 무엇을 안다고 감히 설교조의 질타를 퍼
붓기로 작정한 것인지 그 저돌적 만용에 나는 기가 질린다. …… 이런
유의 주장이 세상의 변화를 바라지 않는 기득권자들이 즐겨 쓰는 뻔뻔
스런 자기 보호 논리임은 머리가 달린 사람이라면 이미 다 알고 있다.[6]

이문열의 비판은 목소리가 높아지고 있는 여성작가들의 자아의 성찰에
서부터 우러나오는 외침에 대해 이를 달가워하지 않는 가부장제의 잔존세
력의 한 전형의 논리였다. 여성들이 장구한 세월 가부장제 하에서 굴욕적인
종속관계에서 벗어날 수 없었던 이유는 여성의 신체적 조건에서 찾을 수 있
었다. 출산이라는 자연적 기능과 육체적으로 체력이 대체로 남성에게 뒤지
는 면이 큰 원인이었다.

남성들은 이를 자신들의 특권으로 악용하여 남성사회조직 속에서 남성
편한 대로 여성을 재단하고 더 나아가 여성을 유혹의 일시적 대상으로 하며
그 지위를 저하시키는 데만 노력하고 궁리해 왔다고 느껴진다. 그래서 여성
은 남성의 관능이 움직이는 대로 마음대로 희롱되고 조정되고 농락당해 왔
다.

만일 남성들이 페미니스트들의 주장이 여성들로 하여금 남성과 똑같아
지자고 하는 데에 있다고 생각한다면 그것은 큰 잘못이다. 남녀 모두 재능
과 미덕을 발휘하여 인간성을 고귀한 것으로 향상시키고 여성을 남성과 한
가지로 인간으로 볼 적에 동물계의 서열 속에 여성의 지위가 높아지게 된다
는 생각이 기초다.

여성도 남성과 함께 자신의 능력을 발휘하기 위해 세상에 삶을 이어받은
인간이라고 하는 중요한 시점에서 여성을 생각해야 한다. 그 후에 여성의
의미를 세세히 생각하지 않으면 안 된다. 인간이 짐승과 다르다면 이성(理
性)을 지니고 있는 때문이다. 인간의 위엄을 갖추게 하는 데에 남녀의 차별
을 두어서는 안 될 것이다.

---

6) Ibid., 72쪽.

그런데도 이문열은 여성이 지니는 모성의 위대성만을 되풀이 강조한다. 『선택』에서 장씨가 학덕과 재덕을 겸비했으면서도 자신의 재질을 키우는 길을 선택하지 않고 후처로 들어가는 길을 선택한 것이 여성의 올바른 선택이었다고 힘주어 말한다. 장씨가 남편을 '군자'라 부르며 우러러 받들어 내조하고 아이들 모두를 잘 뒷바라지하여 훌륭한 선비로 키웠으니 얼마나 훌륭한 여성이냐고 찬양한다. 이제까지 역사상 모성의 위대성을 극찬해 오던 남성들의 여성을 향한 기만 행위와 조금도 진전된 바 없는 우스운 논리다.

장씨 부인이 그처럼 극진히 섬기면서 "일생을 자기완성을 위해 싸워온 훌륭한 선비였다"고 칭송하는 그 '군자'의 행적은 어떠한가? 군자는 조선의 신하이면서도 스스로 명 나라의 신하를 지처하고 망해버린 명나라에 대한 절의를 지킨 실제로는 명 나라의 신하였다. 명 나라의 망한 연호를 따서 숭정거사(崇禎居士)라 자호(自號)하며 은거해 버렸으니 지독한 사대주의 망상가다. 장씨 부인 자신의 입으로도 '아무래도 지나쳐 보인다'고 말하고 있는 것에서도 넌센스 같은 일생을 보냈다.

그런 유의 인물을 '군자'라고 항상 조심성 있게 높여 부른다. 남편의 그 행동의 옳지 못함을 아내의 입장에서 지적하는 일도 없고 맹목적으로 귀한 손님처럼 받들고 따르는 그 어리석은 선조 때의 장씨 부인을 20세기 한국에 불러내어 오늘날의 여성들에게 귀감으로 삼으라니 얼마나 어이없는 일인가. 임진왜란 때 명이 조선을 도와 준 보답에 대한 의리라고 변명을 하지만 바로 그런 어리석은 일부 양반 선비들 때문에 조선조는 계속 외적의 침입으로 멍들고 온 백성이 말못할 수모와 고초를 받았다는 사실을 이문열은 깨닫지 못하는 것 같다.

> 특히 지금은 페미니즘 문학의 선봉처럼 오해되고 있으나 실은 한 일탈이나 왜곡에 지나지 않는 이들과 내가 나란히 논의되는 것은 거의 욕스러울 지경이었다.
>
> —「작가의 말」, 『선택』 이문열

이문열은 페미니스트 작가들의 주장이 무엇인지도 모르고 있다. 페미니즘이라는 그 근본 개념부터도 혼돈하고 있는 듯하다. 그런 상태에서 장씨 부인을 내세워 여성작가나 페미니스트들을 질타하고 있는 것은 그야말로 '이로(理路)'가 아닌 것이다.

6. 결 론

『사랑과 상처』—70세의 여주인공 정옥의 한 많고 진저리나는 한평생을 무척 리얼하게 그려냈다. 여성의 삶이 얼마나 고달픈가 그 실상을 체험케 한다. 이 작품의 주안점은 남존(男尊)과 여비(女卑)가 실제 가정에서 어떠한 형태로 나타나는가 그 실태를 적나라하게 드러내는 데 있었고, 실제로 그런 면에서 성공적이었다. 흔히 볼 수 있는 인생의 가치관도 지니지 않고 가장으로서도 부적격한 남성의 횡포와 폭력이 어디에서부터 발생하는가를 일깨워 준다.

그래서 우리는 올바르고 진정한 남녀평등이란 무엇인가를 숙고하지 않을 수 없게 된다. 여성도 완전한 인간으로 존중받는 사회구조로 다시 재편성되어야 한다는 의도가 강하게 작용된다.

『무소의 뿔처럼 혼자서 가라』—세 명의 인텔리 젊은 아내들의 각기 다른 환경에서 발생하는 문제를 제기하여 여성의 문제를 숙고하게 한 점에 의의가 있다. 이 작품 구도에는 입센의 '노라'에게서 많은 영향을 받은 흔적이 있었다. '노라'는 남편이 자신을 인형취급하고 있다는 것을 깨닫자 유복한 환경이었음에도 불구하고 가방을 들고 집에서 나왔다.

공지영은 이러한 '노라'의 강한 자의식과 의지를 자신의 작품 속의 세 여성들에게도 심어주려 했다. 공지영은 '노라'가 다시 집으로 되돌아와야 한다고 생각한다. 그러나 이는 '노라'가 아무 데서도 살 곳이 따로 없고 지쳐 체념하고 남편 집으로 돌아와 인형으로 다시 산다는 의미는 아니다. 자신을 인형 취급하는 남편과 당당히 맞서 싸워 남편이 자신의 과오가 무엇이었는지를 깨닫고 노라를 새로운 각오로 받아들여야 한다는 것이다.

'노라'도 남편과 같은 한 인격체라는 것을 남성들은 깨달아야 한다. 결코 '노라'는 아담의 갈빗대 하나에서 뽑아낸 남성의 종속물은 아니다. 그런 새로운 인식을 남성이 하지 않는다면 노라는 결코 집으로 돌아가지 않을 것이다. 노라로 하여금 다시 인형의 삶을 살게 할 수는 없기 때문이다.

이렇게 볼 때 『무소의 뿔처럼 혼자서 가라』도 결국 가부장제의 불합리한 사회제도 하에서의 성차를 부수는 데에 여성들이 용감하게 나서야 한다는 메시지를 담았다고 본다.

필자는 진정한 의미에서의 남녀평등은 개인의 능력이 우선하는 것이어야 한다고 믿는다. 아무리 무능해도 남성이면 가능하고 아무리 유능해도 여성은 집안에서 훌륭한 모성애나 발휘하며 자식을 훌륭하게 키우는 것이 더 보람된 여성의 길이라고 하는 논리는 이제 현대인의 의식구조에서는 사라져야 한다. 옳지 않은 발상인 것이다.

'장씨' 부인을 내세우는 이문열이야말로 얼마나 페미니즘을 잘못 알고 있었는지 짐작하게 한다. 『선택』 첫머리 "나는 조선왕조 선조 연간에 태어나 숙종 연간에 이 세상을 떠난 한 이름 없는 여인의 넋(*장씨 부인)이다"에서처럼 귀감이 되는 여성은 자신의 이름은 세상에 드러나는 일없고 남편과 자식의 이름 뒤에서만 빛난다는 『선택』의 작품구조와 의식구조는 참으로 시대에 뒤떨어진 발상이라 아니할 수 없다. 이렇게 볼 적에 『선택』은 문학사상 가장 졸렬한 반페미니즘의 대표작 중 하나로 그 이름이 남을 것이다. *

■ 통일과 한국문학

통일과 한국문학

서 범 석*

1. 하나되기의 시작

새로운 세기를 여는 21세기의 벽두에 우리 앞에는 민족통일에 관한 새로운 장이 열리고 있다. 그것은 역사적인 남북정상회담이 가져온 6·15선언에 의해서이다. 전에도 통일에 관한 남북의 합의가 없었던 것은 아니지만 그것들은 전시적인 합의발표 이외의 어떤 효과도 없이 유명무실하게 되었다. 그렇지만 이번만은 남북정상이 직접 만나 서명하였을 뿐만 아니라 실천적인 후속조치가 가시적으로 진행되고 있어 그야말로 분단시대에서 통일시대로 진입하고 있다는 실감을 주고 있는 것이다. 그리고 그 통일은 베트남식의 전쟁통일이나 독일식의 흡수통일이 아닌 민족 주체적인 협상통일 방식을 취하고 있어 더욱 고무적이다. 6·15선언은 제1항에서 "나라의 통일문제를 그 주인인 우리민족끼리 서로 힘을 합쳐 자주적으로 해나가기로 했다"고 밝히고 있다. 이러한 통일 방식은 시간이 걸린다는 단점이 있지만 평화적이고 계획적으로 완전통일을 지향하는 긍정적인 방법으로 이해되는 것이다. 코앞에 닥친 통일시대를 맞아 우리는 역사적 고통의 극점이었던 분단시대를 점차적이고 실질적으로 극복해야 하는 당위적 시점에 서있는 것이다. 이러한 때에 '통일과 한국문학'이라는 문제를 짚어보는 것은 매우 의미깊은 일이 아닐 수 없다.

한국 현대문학을 이해하기 위하여 전제되어야 할 가장 중요한 문제중의

---

* 대진대학교 교수·문학평론가.

하나는 격랑의 민족사라고 할 수 있다. 어느 나라든지 그 문화 또는 문학을 이해하기 위해서는 그 나라의 역사에 관한 이해가 선행되는 것이 바람직한 일이겠지만, 대한민국처럼 그 필요성이 절실한 나라도 드물 것이다. 그것은 우리 나라의 민족근대사가 그만큼 격변의 연속이었으며 그만큼 불행했기 때문에 문학에 끼친 영향이 그만큼 심대했음을 뜻하는 것이다. 그 중에서도 일제강점과 한국전쟁, 그로 인한 분단의 역사는 가장 극심한 불행의 씨앗이었다. 앞의 것은 이제 어느 정도 정리된 것이지만 뒤의 것은 아직도 첨예한 문제로 우리를 괴롭히고 있는 사안이 아닐 수 없다.

6·25, 즉 한국전쟁은 520만 명의 사상자를 내면서 유구한 민족공동체를 파괴하고 민족분단을 고착화하여 지금까지 50년 반세기 동안 갈등과 고통의 신음으로 민족사를 물들여 왔다. 하나여야 하는 민족을, 국가를, 문화를 철저하게 둘로 만들어 놓은 것이다. 나누어진 둘은 항상 불구의 형상으로 절룩거리면서 자신의 반쪽을 물어뜯으며 위기 속에서 허우적거렸다. 따라서 민족문학사는 철저하게 양분되어 분단 이전의 역사까지도 갈라 세웠다. 그 결과 민족문학의 정체성을 찾고 옹근 문학사를 완성하기 위하여 아직도 긴 시간을 기다려야 하는 비극적 상황이 우리 앞을 가로막고 있는 것이다.

우리에게 있어 통일이란 이와 같이 원래 하나였던 것이 둘로 갈라져 있는 것을 다시 하나 되게 하는 숭고한 민족적 과업이다. 민족통일이 이루어지면 문학도 탄력을 받아 하나로 융합될 것이다. 이 말은 민족통일이 된다고 문학도 금방 하나로 된다고 장담할 수 없다는 것이며 문학(문화)이 하나 되지 않고는 진정한 민족통일도 이루어지지 않는다는 뜻이다. 그러므로 문학이 하나되기 위한 노력을 기울이는 것은 민족통일을 앞당기는 일이고 또 민족통일을 완성하는 일이 되기도 한다. 역으로 민족통일은 민족문학을 하나로 만드는 결정적인 계기가 되는 것이기도 하다. 그러니까 통일은 겉으로 민족이 하나되는 일로서 정치적이고 형식적인 것이고, 문학이 하나되는 일은 안으로 민족이 진짜 하나되는 것으로 문화적이고 실질적인 통일인 것이다. 이런 뜻에서 이 글은 민족통일과 관련된 문학 하나되기를 간략하게나마 논의해 보고자 한다.

2. 하나를 향하여

외세에 의하여 갈라지고 전쟁에 의해 고착된 남북분단은 서로에게 증오의 시선을 보내는 냉전의 시대로 이어져왔다고 할 수 있다. 반세기에 걸친 이와 같은 냉전은 양측의 문학을 매우 이질적인 것으로 양립시키고 말았다.

우선 문학이나 작가에 대한 사회적 위상이 현저히 다르게 변하였다. 남한에서는 문학이 여타 장르와 마찬가지로 예술의 하나일 뿐이고 작가는 자본주의사회의 일원으로 독립된 자유인이다. 그러나 북한에서는 문학이 당의 의사를 반영하는 모든 예술의 기본이라고 중시하며, 작가는 문학예술동맹 산하의 각 창작실에 배속되어 대학교수에 준하는 월급을 받으며 아파트를 지급 받고 생필품을 배급받는 우대를 받는다고 한다. 따라서 남한의 작가들은 자유로운 창작활동이 보장되지만 북한의 작가들은 그렇지 못하다. 당의 정책이나 문예지침에 따라 할당된 창작을 수행하게 된다. 이질적인 정치체제가 판이한 문학관과 작가사회학을 수립하게 된 것이다.

이와 같은 문학사회학적 차이는 이질적인 반쪽 문학사를 생산하고 있었다. 즉 남한의 문학사가 독자적인 관점에 따라 기술되고 있는 데 반하여 북한의 문학사는 당정책에 따른 사회주의 리얼리즘이나 주체문학론 등의 문예이론에 맞추어 공동집필되는 비자율적이고 배타적인 문학사가 기술되고 있는 것이다. 따라서 북한의 문학사는 문학의 역사적 발전과정을 학문적으로 기술하는 것 이외에, ① 인민대중의 사상적 교양, ② 사회주의 민족문화 건설, ③ 민족문화 및 전통의 올바른 인식과 계승 등을 문학사의 기능으로 추가하고 있다.

경직된 북한의 이와 같은 문학사관은 창작에도 수직적인 영향을 미치고 있다. 그것은 당성, 계급성, 인민성의 형상화로 요약될 수 있다. 문학을 '당의 힘있는 무기'로, 즉 노동계급의 이익과 혁명에 봉사하는 투쟁의 무기로서 인민을 위한 또 인민이 주체가 되는 창작활동으로 인식하는 것이다. 그러므로 사회주의 문학, 주체문학, 수령형상문학 등으로 불리는 북한 문학에서 자연히 문학은 주인의 자리를 내어주고 교조적인 목소리에 깔리는 상황을 노정하게 되었음은 주지의 사실이다.

분단시대의 이와 같은 문학의 단절은 일견하여 남북의 문학통합이 다른 나라 문학과의 통합만큼이나 지난한 것처럼 보이는 것도 사실이다. 그러나 주체사상과 반공정서가 길항하는 분단문학시대 남북의 이질적 심화가 50년 간이나 계속되었다 해도 양쪽 문학의 뿌리는 결국 동일한 것이며 그 속에 흐르고 있는 피가 또한 다르지 않다는 사실을 아무도 부인할 수 없다. 우리에게는 리명근의 시 '뜨거운 말'에서 보이는 "이제 통일의 날이 오면 / 온 민족이 서로 얼싸안고 / 심장으로 뜨겁게 말하리라 지금처럼 / 세상에서 오직 우리만이 통하는 뜨거운 말(조선문학,1999.8)"이 남북에 공히 살아 있는 것이다. 그러하기에 냉전의 세월 속에서도 다시 하나되려는 구심력이 또한 마르지 않고 작용하고 있었음을 우리는 확인할 수 있는 것이다. 무엇보다도 우리는 아직 상통할 수 있는 언어를 같이 사용하고 있으며, 조상으로부터 함께 물려받은 민족정서를 공유하고 있다. 아무리 이질화되었다 하더라도 남북의 모든 사람이 서로의 작품을 읽을 수 있으며 정서적 공감을 나눌 수 있는 것이다. 단일민족으로서의 강점이 분단시대에 큰 힘을 발휘하여 다시 한 몸이 되어 하나의 생명으로 꽃 필 수 있도록 구심력으로 작용하고 있는 것이다.

이러한 구심력은 분단문학, 통일문학, 민중문학, 민족문학 등의 이름들을 끌어당기는 구체적 작용을 실현해 왔다. 그리하여 지속적으로 남북문학 하나되기를 향하여 멀고 험한 길을 밟아온 것이 사실이다. 뜻 있는 작가, 논객들이 앞장을 서서 하나되기 위한 생각을 글로 담아내는 한편 같이 모여서 집단적 운동으로 승화시키는 일을 게을리 하지 않았다. 그 결과 1988년에는 월북작가들에 대한 해금조치가 이루어지고 북한의 문학작품이 남한에 소개되고 북한 문학에 관한 연구활동이 가능할 수 있게 된 것이다. 이러한 변화는 통일시대를 앞당기는 견인차 역할로 작용했다.

정치와 문학이 동일한 담론으로 합치되는 북한에서, 문학이 경직된 이념의 틀 속에 규제되고 있다는 것은 당연한 일이다. 그러나 정치적 자장 안에서라도 북한문학의 성격도 조금씩 변화되어 왔다. 교조적 사회주의 리얼리즘 일색의 북한문학은 1967년 주체문학론으로 전환되었다. 주체문학론은 사회주의 리얼리즘에 주체사상이 결합된 문예이론으로 민족적 형식이 강조된다. 민족적 형식이란 인민의 감정에 알맞은 알기 쉬운 형식이다. 김일성의 교시에서 "반드시 인민들의 생활감정에 맞게 지어야 합니다"라고 천명한 그것은 전통적이며 민중적인 것이다. 그리하여 1980년대 이후 '숨은 영웅'의 형상화, 탈이념적인 통일시나 풍경시 등이 등장하고 인민들의 일상적 생활과 근접하는 변화양상을 보인다. 그리고 문학사에서 제척(除斥)하던 작가나 작품을 민족문화 유산이라는 측면에서 재평가하는가 하면 남한의 문학작품들을 소개하기도 하는 등의 변모를 보여주고 있다. 또 1992년에는 '자주시대가 요구하는 문학건설과 영도의 원칙'을 내세워 관념적 도식주의를 비판하고 생활의 진실성을 중시하여 개인적 정서를 형상화할 수 있는 길이 열리기도 하였다. 이러한 남북의 변화과정을 거쳐 남한의 '햇볕정책'과 북한의 '강성대국론'이 만나 분단시대에서 통일시대로 넘어가는 점이지대(漸移地帶)를 만들어낸 것이다.

3. 하나되기

지금 진행되고 있는 남북관계의 변화는 50년간의 냉전적 분단고착에 비추어 볼 때 실로 경천동지할 만하다. 지속적으로 남한 사람들이 금강산을 여행하고 있으며, 6·15선언 뒤에는 이산가족의 상봉과 이 문제에 관한 제도적 확대방안이 발전적으로 모색되고 있고, 경의선 복원사업이 착수되며 개성의 경제특구로의 개발착공과 관광이 연내에 가능하게 될 것이며, 김정일 국방위원장이 곧 서울을 답방할 것으로 보인다. 이러한 남북관계의 실천적 화해 분위기는 이제 더 이상 분단시대가 아님을 직감하게 만들고 있다. 바야흐로 통일시대가 시작된 것으로 보인다. 이제는 대립과 갈등이 아닌 협력과 평화의 새로운 역사의 장이 열리게 된 것이다. 그러니까 통일은 어느 날 갑자기 찾아오는 것이 아니고 남북이 하나되기 위하여 실천 가능한 것부터 하나하나 해결해 나가는 지속적 과정으로서의 개념이 되는 것이며 또 그렇게 되어야 한다.

남북의 문학도 둘이 아닌 하나되기를 지속적 과정으로 도모하여야 한다. 앞에서 살펴 본 바와 같이 남북의 이질성은 심각하기 이를 데 없지만, 정치적 하나되기의 과정과 궤를 같이 하면서 실천 가능한 것부터 시작해 나가야 한다. 많은 사람들이 남북문학의 동질성을 찾아내어 이를 확인하는 것에서 부터 실마리를 풀고자하지만 사실 많지 않은 동질성을 찾아 헤맨다는 것은 너무나 고답적인 사고가 아닌가 생각된다. 6·15 선언이 발상의 대전환에 의해 이루어졌듯이 문학의 하나되기도 새로운 사고의 지평을 열고 대담한 용기와 결단이 반드시 필요한 것이다. 이 경우 정치적 지원과 협조는 필수 불가결의 것이다. 정상회담과 그에 따른 6·15선언의 정신이 결정적 요인으로 문학 하나되기의 바탕이 되는 것이고 또 그 선언은 문학 하나되기를 도와야 하며 도울 것이다. 이러한 상황 아래 문학 하나되기의 구체적이고 지속적인 과정이 펼쳐져야 한다. 그 과정은 매우 다양한 것이 되겠지만 그 중 몇 가지만 짚어 보기로 한다.

첫 번째로 생각할 수 있는 것은 우선 문학교류가 이루어져야 한다는 것이다. 서로를 이해하지 않고는 하나되기를 기대할 수 없는 일이다. 교류는 상호 이해의 처음이자 마지막인 것이다. 그러므로 남북간의 문학교류는 다양하고 왕성하게 이루어져야 한다. 먼저 문학창작의 주체인 작가들의 교류가 필요하다. 장소나 순서 또는 범위 등으로 시간을 보내지 말고 과감하게 서로 오가면서 하나되기의 길을 넓게 닦아나가야 한다. 그렇게 하는 중에 자연스럽게 작품교류가 일어날 것이다. 남한의 신문이나 잡지에 북한 작가의 작품이 게재되고, 북한의 매체에도 남한 작가들의 작품이 두루 실려, 남북의 국민들이 고루 상대방의 문학을 다양하게 접하여야 한다. 그렇게 될 때 남북작가의 의식이나 창작방법이 하나되기를 자연스럽게 지향해 나갈 것이 아니겠는가. 마찬가지로 남북의 교차출판이나 공동 기획 행사 등도 여러 형태로 이루어져 나가기를 기대한다.

두 번째로 통합국어사전 만들기가 교류와 병행하여 이루어져야 한다는 것이다. 문학이 통일된다는 것은 언어가 통일된다는 것을 전제로 한다. 남북의 문학교류가 활발해지면 언중들은 언어의 이질감을 실감하게 되고 따라서 언어의 통일을 요망하게 될 것이다. 그렇게 되기 위해서 기본적으로 필요한 것이 하나된 국어사전일 것이다. 이를 바탕으로 하여 서로의 문학을 이해하고 새로운 문학 창작활동이 가능하게 될 것이나. 국어사진을 통힙하는 일도 어려운 과정을 거치겠지만, 그 후에 언어가 하나되고 그 언어를 가지고 다시 하나된 문학을 이루어낸다는 일은 멀고 험한 시간을 이겨나가야 하는 지난한 과정이 될 것이다. 여기에 하루빨리 통합국어사전이 만들어져야 한다는 당위적 명제가 성립된다. 이를 위해 남북의 국어학자들의 교류와 협력이 동시에 이루어져야 함은 물론이다.

세 번째로 남북통합문학사가 씌어져야 한다는 것이다. 남북의 문학교류가 자유롭게 충분히 이루어진 다음에 즉 협상에 의한 통일시대가 확실하게 열린 다음에는 자연스럽게 하나의 문학사를 위한 작업이 진행될 것이다. 최동호는 『남북한 현대문학사』(나남출판, 1995)에서 통일문학사 구상의 전제로 ① 포괄의 논리, ② 사실의 논리, ③ 근대성 극복의 논리, ④ 민족문학의 논리 등을 들고 있는데 참고할 만한 적절한 지적이라 생각된다. 그런데 통합된 하나의 새로운 문학사 서술에서 가장 첨예한 문제는 분단시대의 남북문학에 관한 것이 될 것이다. 이 때는 어느 한쪽의 문학을 폄훼하거나 칭양하는 태도에서 벗어나 객관적인 학술적 기준에서 문학사를 기술하여야 한다. 있었던 것을 없었던 일로 지워버릴 수도 없는 것이고 그렇지 않은 것을 그렇다고 고집할 수도 없는 일이다. 그렇기 때문에 이 때에 씌어지는 문학사는 어쩌면 먼 훗날의 진정한 문학사를 위하여 자료적 성격으로 그칠 수도 있을 것이다. 사실 문학사는 늘 새롭게 씌어지는 것이 아닌가. 이 시점의 문학사는 반쪽 문학사가 하나로 모이게 된다는 일차적인 의미에 만족할 수밖에 없다. 그리하여 시간을 두고 점차로 진정한 하나의 옹근 문학사를 수립해 나가는 출발점으로서의 역할을 충실히 수행하면 될 것이다. 이런 연후에 한국문학사의 총체성 회복이 가능해질 것이다.

이상과 같은 일들이 순조롭게 진행되면 그것이 바로 둘로 갈라진 남북의 문학이 하나되는 길이다. 그러니까 남북의 모든 문학활동을 서로 공유하는 시대가 오고 그리하여 하나의 문학사를 만들어 나가는 모습이 현현되면 그것이 바로 꿈에도 그리던 통일시대의 문학의 전개 양상이 아니겠는가. 그러니까 남북문학의 하나되기는 종전의 모든 제약에서 벗어나 자유로운 문학활동을 남북이 함께 하는 것으로 뜻매김할 수 있는 것이라면 그것은 벌써 정치적인 하나되기가 이루어진 것을 뜻하는 것이고 민족통일의 완성을 말하는 것이 된다. 문학이 하나로 된다는 것은 그만큼 어렵고 중차대한 일이다.

4. 하나된 후에

이제 시작된 통일시대는 어디 가서 끝나는 것일까. 지금은 상당히 급류를 타고 하나되기의 시대가 열리고 있다. 그러나 그 완성의 시점은 누구도 정확히 말할 수 없다. 일사천리로 달려가 수년 안에 통일역에 닿을 수 있을 것인지, 가다가 난관에 봉착하여 길고 험난한 길을 가게 되는지 아무도 알 수는 없다. 다만 단일민족이 가질 수 있는 각별한 응집력에 기대를 걸고 남북의 각계각층이 자신의 위치에서 민족 하나되기를 위하여 매진하는 것이 최선의 방법일 것이다.

그렇게 하여 어느 날 정치적인 하나되기가 이루어진다면 역사는 그 날을 분단시대가 막을 내린 날로 기록할 것이다. 그러나 엄밀한 의미에서 문학하나되기는 그때부터 시작이라 할 수 있을 것이다. 문학관의 상호이해에는 몇 년이 걸릴 것인지, 작가들은 통일된 체제에 남북작가 모두 잘 적응할 수 있을 것인지, 독자대중은 그 변화에 조응할 수 있을 것인지, 문단의 남북 파벌과 갈등은 없을 것인지, 세계문학의 흐름과 적당한 조화를 이룰 수는 있는 것인지 등등을 생각하면 정치적 통일의 그날이 결코 문학통일의 그날이라고 말하기 어려운 것이다.

새로운 통일시대의 문학이 온전히 하나로 되는 방법을 두 가지로 생각할 수 있다. 하나는 '규제의 길'이고 다른 하나는 '자율의 길'이다. 통일정부에서 정책적으로 문학의 기능과 방법을 제시하고 구체적 사안의 통일을 위하여 법적 또는 제도적으로 강제하는 것이 '규제의 길'이다. 반대로 정부의 간섭 없이 문학에 관한 모든 것을 문학의 내적인 질서, 문인들이 자유, 사회적 체제와 질서 등에 맡겨버리는 방법이 '자율의 길'이다. 민족통일 이후에 우리의 문학이 '자율의 길'로 나아가 진정한 하나가 되어야 함을 소망하는 것은 문학 자체를 위하여 당연한 것이다. '규제의 길'로 나아간다면 예술원칙에 어긋나는 것이며, 하지 아니한 것만 못한 통일이 될 수도 있다. 그러나 이 문제는 통일의 방법에 따라 달라질 수 있을 것이다. 지금 우리가 추구하는 협상통일이 이루어진다면 협상 내용에 따라 달라질 수도 있을 것이다. 아무튼 민족통일 이후에 우리의 문학이 예술적 자유 안에서 자율적인 방법으로 진정한 하나되기를 완성하는 날이 오기를, 또 그 시간이 가능하면 짧기를 소원한다.

5. 하나의 의미

새로운 통일의 장이 열리고 있는 때를 맞아, 이 글은 지금까지 남북문학의 하나되기에 관하여 거칠게 살펴보았다. 냉전의 남북분단시대가 쌓아 놓은 통한의 벽을 허물고 민족의 문학이 하나되기 위하여 변화하는 양상을 짚어보고 그 가능성을 확신하면서 하나되기 위한 개별적인 몇몇 사안들을 살펴본 셈이다. 그것을 통하여 남북문학이 하나가 되는 길은 결코 쉽게 이루어질 문제가 아니지만, 그것이 민족통일을 앞당기거나 완성시키는 것이기에 포기하거나 좌절할 수 없는 준엄한 민족적 사명임도 확인하였다. 또 민족문화의 하나되기란 참으로 어렵고 힘든 것이며 더구나 불확실한 미래에 관한 문제이기에 상당히 관념적이고 추론적인 성격을 벗어날 수 없었음도 사실이다.

그러나 '하나는 하나여야 한다'는 신념을 함께 다지는 계기가 되기를 바란다. 우리 민족은 하나이며 우리 문화도 하나이다. 물론 우리의 문학도 하나이다. 하나는 무엇인가. 나누어지면 정체성이 소멸되는 것이며, 생명이 없어지는 것이기에 나누어질 수 없는 것이 하나이다. 어찌하다 나누어졌을 경우 다시 합쳐지려는 본성을 가지게 되는 것이고 다시 하나로 되면 정체성을 되찾고 새로운 생명력을 가지게 되는 것이 하나다. 민족통일의 의미가 이것이다. *

한승원의 『동학제』

한승원의 『동학제』 연구

임 금 복*

1. 서 론

대부분 문학의 제재로 선택된 동학은 동학혁명이 주요 내용이다. 즉 해방 이후 우리 문학에 있어 동학은 갑오 동학혁명이 지닌 역사성 때문에 강조되어 왔다. 이는 1960년대 이후 우리사회에서 지속적으로 전개되어 왔던 민중·민권 운동과 동학의 갑오혁명이 그 정신사적인 면에서 같은 맥을 지닌 것으로 해석되었고 이러한 사회적 인식이 문학에 반영되었기[1] 때문이다. 이 제재를 반영한 해방 직후의 작품으로는 박종화의 「민족」(『중앙신문』, 1945. 11), 이무영의 「농민」(『한성일보』, 1950) 서기원의 「혁명」(『신동아』, 1964. 9~1965. 11), 유현종의 「들불」(『현대문학』, 19 72. 11~1974. 5)과 그 연작 「장군 김개남」(『한국문학』, 1978. 8), 박경리의 「토지」(『현대문학』, 1969. 9.『문화일보』, 1994. 8), 박연희의 『여명기』(상·중·하, 동아출판, 1978), 박태원의『갑오농민전쟁』(1977~1986), 문순태의『타오르는 강』(1-7, 창작과비평사, 1989), 송기숙의 「녹두장군」(1990년 7월 7권의 단행본으로 나옴), 한승원의『동학제』(1-7, 고려원, 1994), 이병천의『마지막 조선검 은 명기』(1-3, 문학동네, 1994), 채길순의『흰옷 이야기』(1-3, 한국문원, 1996)[2]

---

* 성신여자대학교 강사·문학평론가.

1) 윤석산, 「문학에 나타난 동학」.『동학사상과 한국문학』, 한양대 출판부, 1999, 40쪽.

2) 이정숙, 「역사의식과 문학적 상상력 – 해방 직후부터 1970년대까지의 소설에 나타난 동학」,『소설과 사상』1994년 겨울호, 240쪽.

등이 있다.

그 중 1894년 갑오농민전쟁으로부터 100년이 지난 1994년 동학혁명 100주년을 맞이한 해에 한승원의『동학제』는 출간되었다. 이 작품에 대한 논의로는 정현기, 신덕룡의 견해가 있다. 정현기는『동학제』에 대해 1889년 흉년 등으로 쌀 수출을 금지한 정부의 방곡령을 트집잡아 일본이 정부에 손해배상을 청구하며 경제 침략을 본격화하던 시기, 조선조 말기 민중사의 한 축약도라 평하고 있다. 또『동학제』는 역사소설로서의 성격보다는 한승원 특유의 민중사적 세계관과 소설적 미학론에 근거, 소외 계층의 가진 자에 대한 처절한 분노심이 정체 확인되고 있고, 인간의 인간됨을 엮고 있는 끈질긴 애욕에 대한 탐색이며, 반봉건·반식민에 관한 투철한 작가의식에 끈을 잇고 있다3)고 평가했다. 이어 신덕룡은『동학제』는 주어진 환경에 대응하는 인물들의 삶을 형상화한다고 했다. 환경에 지배당하거나 맞서거나 개인에게 있어 세계는 막강한 지배력을 갖고 있고 각각의 인물들은 주어진 조건 속에 반응하는 다른 운명을 갖고 있는데 동학혁명과 같이 객관적 사실로 굳어진 역사적 환경 속에서 소설 속의 인물의 패배란 당연한 귀결이 된다. 역사앞에 패배할 수밖에 없는 허무주의가 전부는 아니며 '동학혁명'이 아닌 '동학제'로 명명한 이유를 통해 조직이 아닌 무의식적 열정이 중심을 이루며, 내덕도 사람들의 한풀이와 더불어 끈질긴 생명력에 대한 믿음4)으로 평가하고 있다.

이 글에서는 기존 연구 결과인 민중사적 세계관, 해원과 영속적 생명력으로 평가된 역사사회적 인식의 작품세계에서 미흡했던 동학혁명이 일어났던

김승종, 「『녹두장군』과『갑오농민전쟁』의 비교 연구」,『현대소설연구』제2호 (1995. 6), 180쪽.

채길순, 「동학혁명의 소설화 과정과 과제」,『한국문예비평연구』제6집(2000. 6), 278쪽 참조.

3) 정현기, 「동학혁명의 소설적 인간론—한승원의 <동학제>에 부쳐」,『소설과 사상』1994년 겨울호, 268쪽.

4) 신덕룡, 「바다, 욕망과 반역의 공간—한승원의『동학제』론」.『작가세계』1996년 겨울호, 69~70쪽.

1894년을 전후로 하여 살았던 실존자들에게 각인된 동학적 신(東學的 神)이 문화적으로 편만화되어 있는 노선을 부각시키려 한다. 이는 한승원의『동학제』에 수용된 동학문화의 영혼 양식의 지평을 넓혀 문화적 지형도에 따른 동학의 정신 계보자문화, 동학의 영혼문화, 동학의 상무(尙武) 문화로 나누어 의미를 고구해 보는 데 의의를 두고자 한다.

2. 『동학제』에 수용된 동학문화의 영혼 양식

1) 동학의 정신 계보자문화

동학의 창설자인 1대 수운 최제우(1824~1864), 2대 해월 최시형(1827~1898), 3대 의암 손병희(1861~1922) 등 정통적 계보자들에 대해서 당대 지도부와 지식인, 민중들이 어떠한 의식을 피력했는지 살펴보고자 한다.

(1) 1대 수운 최제우(1824~1864)

먼저 1대 수운 최제우는 동학을 개창했으며, 그의 사상과 정신이『동경대전』과『용담유사』라는 저술을 통해 피력되었다.『동경대전』은 수운이 求道를 위한 20여 년간의 자기성찰을 통하여 얻은 종교적 체험과 깨달음, 그리고 역사를 꿰뚫는 혜안으로써 1860년부터 1864년까지 약 4년간에 저술한 것으로서 포교를 위한 講道 속에서 이루어졌다. 이 내용을 대중에게까지 명확하게 알게 하기 위해서 저술된『용담유사』는 한글체의 가사이다. 두 권의 요점은 민족주체성의 사상적 계기를 형성, 한 민족의 독특한 사상체계를 형성시키는 근거가 되며, 유불선 사상을 지도이념으로 혁명적인 개벽사상을 통한 새로운 이념의 구현, 동귀일체, 인내천의 사상으로 인간평등을 근거로 한 시민사회 형성과 지도이념의 체계를 형성하려 했다.5)

그중 한승원의『동학제』에서는『동경대전』의「논학문」,『용담유사』의「안심가」와「몽중노소문답가」를 중심으로 펼쳐지고 있다. 이러한 동학의 핵

---

5) 유병덕 편, 『東學·天道敎』, 교문사, 1976 / 1987, 142~145쪽.

심 부분에 관련된 언술들은 한승원의 소설에서 주로 신분에서 소외된 지식인에 의해서 피력되고 있다. 즉, 서자 이인한이 신씨 가문이나 유생들 앞에서 한 말이나, 접주 이방언이 전녹두와 이마동에게 말하는 장면과 강진에서 함께 공부했던 친구 김한섭에게 하는 이야기와 자신의 정체성을 밝히기 위해 원용되고 있다.

우선 수운의 종교 창립이 중요시된다. 수운에게 있어 동학의 창립과정이란 최제우가 가졌던 최초의 사회적 정황으로서 유교적 세계관이 당시 사회적 모순에 직면하여 민중사상과의 결합을 통해 확장된 의식을 가지면서 당대 중국까지 침략당하는 국제정세의 변화와 서학이 던진 종교적·사상적 충격 아래 서학과 유사하지만 민중사상의 내용을 풍부하게 수용한 새로운 종교가 탄생하는 개인적 의식과 사회적 체험의 결합과정으로 정리된다[6]. 이러한 의식이 『동학제』에서는 구체적으로 서자 출신 지식인 이인한에 의해 피력된다.

> 그렇다고 그것을 위하여 서학(西學)을 가져다가 쓸 수는 없습니다. 수운(水雲) 선사가 설파한 동학(東學)이 우리에게 가장 적합한 도리입니다. 유학을 바탕으로한 헐거운 제도들을 버리고 동학의 한울님을 기틀로 한 새 세상을 열지 않으면 안 됩니다. 그것이 개벽세상입니다. 세상의 모든 사람들 속에는 똑같은 부피 똑같은 무게 똑같은 높이의 한울님이 있습니다. 그 한울님 때문에 우리 모든 사람들은 평등한 것입니다.
>
> ― 한승원, 『동학제』[7] 3, 272쪽

이와 같이 이인한은 신씨가문이나 유생들 앞에서 한 말에서 드러나듯이, 이인한은 동학의 한울님을 바탕으로 한 평등사상과 개벽세상의 새 이념을

---

6) 우윤, 「동학사상의 정치·사회적 성격」, 『1894년 농민전쟁연구 3』, 역사비평사, 1993, 279쪽.
7) 한승원, 『동학제 1-7』, 고려원, 1994.

알리기 위해 수운의 동학의 정당성을 강조하고 있다.

「논학문」은 수운이 1861년 지은 것으로 『동경대전』의 핵이라 할 수 있는 동학의 이론을 기술한 글이다. 대우주의 본체 생명의 상대적인 작용에 의하여 만물이 化生하였는데 그 만물 가운데 사람이 가장 신령하다고 하겠다. 득도과정에서 한울님과의 대화를 통해 동학의 기본사상인 내 마음이 네 마음이란 것을 말하고 있다. 吾心卽汝心은 인내천의 원천이며 事人如天의 도덕적 규범이다. 또한 천도교의 주문은 우주만물이 化生하는 근본원리를 말하였고 인간사회의 발전법칙과 개인의 인격향상에 대한 수련방법을 제시하고 있다.8) 한승원의 『동학제』에서 피력된 「논학문」은 이방언이 강진에서 동문수학한 친구 김한섭에게 말하는 장면에서 언급되고 있나.

> 「수운 선생은 한울님을 통하여 우리 인간의 본마음을 회복시켜 주려고 새로운 도를 낸 것이옵니다. 그렇다면 그 본마음이 무엇인가요? 선생의 논학문(論學文)에 보면 상제(上帝)로부터 「나의 마음이 곧 너의 마음(心卽如心也)」라는 말을 들었다고 했사옵니다. 그리고, 「천심이 곧 인심(天心卽人心)」이라는 것을 가르치려고 하였사옵니다. 말하자면 모든 사람은 경천명(敬天命)하고 순천리(順天理)하는 인간 본래의 존재양식을 회복할 수 있는 가능성을 가지고 있다는 것이옵니다. 그래서 수운 선생은 「안심정기(安心正氣)」를 가지고 인의예지(仁義禮智)를 회복해야 한다고 가르쳤사옵니다. 인의예지, 그것이 바로 우리 인간이 태어날 때부터 지니고 나온 본마음 아니옵니까?」
>
> ―『동학제』 4, 133~134쪽

지방호족으로 소외된 이방언은 「논학문」을 인용하여 본마음인 天心卽人心, 安心正氣 등 인간 본래의 존재양식 회복과 인의예지 정신의 회복을 강조하며 사상이 다른 뜻을 가진 지식인에게 강변하고 있다.

『용담유사』역시 『동학제』에서 이방언이 인용하는 근거가 되고 있다. "수

---

8) 유병덕 편, 『東學·天道敎』, 146쪽.

운 선생의 『용담유사』에는 허허실실이 있사옵니다. 이 땅의 불도와 유도와 천주학으로서는 난세를 극복할 수 없고, 동학의 도만이 개벽세상을 불러올 수 있다는 뜻이 분명히 들어 있사옵니다. 개벽세상을 불러온 다음에는 한울님들이 주인이 되어야 한다는 뜻이 숨겨져 있사옵니다."(『동학제』 4, 136쪽)에서 드러나듯 이방언은 불도, 유도, 천주학으로 난세를 타개할 수 있는 세상개벽이 어렵고 동학만이 개벽세상을 가져올 수 있다고 『용담유사』를 빌어 강조하고 있다.

『용담유사』 중 「안심가」는 수운이 1860년에 지은 글로서, 자기의 부인을 안심시키는 형식을 갖추어 당시 사회에서 버림받은 여성들에게 자기가 득도한 도를 통하여 한울님의 뜻에 맞는 생활을 하면 행복하게 살 수 있다고 피력하고 있다. 수운은 봉건 사회 속의 여성들에게 인생의 참다운 모습과 여성의 참다운 가치를 자각시키고 나아가 여성의 지위는 한 가정에서뿐만 아니라 한 사회에 있어서도 절대적이라고 가르쳐 여성의 삶에 대한 자신감을 갖게 하였다.[9] 『동학제』에서 「안심가」는 접주 이방언이 전봉준과 이마동 앞에서 강조한 말에서 보여진다.

> 「수운 선생이 마음속으로 한울님을 받들자고 한 것은 국조 대왕께서 숭앙하시기 시작한 유도를 버리자는 것이 아니옵니다. 선사께서 읊으신 <안심가(安心歌)>에도 있듯이 선생은 얼마나 이 나라의 운수를 염려하셨습니까? 아국(我國) 운수 가련하다고 한 다음 개벽세상을 불러오기 위하여 선생께서 한울님께 옥새 보전 명을 받았네 하지 않았사옵니까?」 …… 중략 …… 그 한울님은 인격화한 한울님이 아니라 내려주신 「본마음」일 터이었다. 그 한울님은 자연현상과 인간 현상의 일체를 조화하는 능력 자체로서 생각해야 하는 것이었다.
>
> —『동학제』 4, 133쪽

이방언은 수운의 「안심가」를 인용하면서 아국운수 인식과 한울님을 통

---

9) 유병덕 편, 『東學·天道敎』, 149쪽.

한 개벽세상 도래를 설파하면서 한울님의 본마음과 천인조화 등을 강조하고 있다.

또 『용담유사』 중 「몽중노소문답가」 역시 수운이 1861년 지은 글로서, 꿈 속에서 늙은이와 젊은이가 주고 받는 이야기의 형식으로 지은 글이다. 당시 한국의 상황을 자세히 설명하고 부패하고 타락한 이 세상을 건지기 위해서 는 자신의 도를 펴야된다고 말하고 있다.[10) 이 부분이 한승원의 작품에서는 전봉준의 말에서 잘 드러난다.

> 전 녹두는 자기도 모르는 사이에 매우 애매모호하게 <용담유사>중 의 <몽중노소문답가(夢中老少問答歌)> 한 대목을 읊었다. 수운 선생은 참서에 따라 사는 사람들을 빈정거렸지만, 그는 그 참서가 말하는 것들 을 가벼이 알지 않았다. 궁궁(弓弓)이라는 말에서 그는 묘한 힘을 발견 했다. 그것은 어떤 알 수 없는 꿍꿍이속을 뜻하기도 하고 유연함을 뜻 하기도 하는 듯싶었다. 그렇지만 그는 그것에서 「불처럼 활활 타오르 는 힘」을 느꼈다. 그것은 매혹적인 말이었다. <궁궁을을, 궁궁을을 ……>, 그 말은 사람들의 마음에서 마음으로 이상스러운 향훈을 건네 주면서 떠돌고 있었다.
>
> —『동학제』 4, 137쪽

전봉준은 「몽중노소문답가」를 인용하여 사람들 마음에 내재하는 불처럼 타오르는 힘 弓弓의 힘을 강조하고 있다.

이상과 같이 보면 1대 수운 최제우와 관련된 계보자관련 문화는 수운의 저술 『동경대전』과 『용담유사』관련 언술들을 통해 강조, 심주화하고 있다. 즉, 서자 출신 지식인 이인한과 이방언, 그리고 지도자 전봉준에 의해 수운 최제우의 사상이 정확히 인식되어 그 종지를 설파하고 있다. 그들은 정확한 시대인식 앞에 난세를 개혁할 수 있는 사상적 기반으로 1대 교조 창설자 수 운의 저술을 근거로 하여 개벽세상, 평등사상, 한울님, 궁궁의 힘 등을 사상

---

10) 유병덕, 앞의 책, 150쪽.

적 기반으로 원용하고 있다.

(2) 2대 해월 최시형(1827~1898)

동학의 2대 교주 해월 최시형은 한울님 관련 주문 외우기와 인내천 사상에 집중되어 실체적으로 등장하고 있다. 최시형은 스승의 시천주 신앙을 구체적인 대인관계·대자연관계에 적용하여 인간들간의 관계에서 사람을 섬기되 한울같이 하라고 가르쳤고 자연계의 천지만물에 대해서는 나무 하나 풀포기 하나라도 모두 시천주자라고 설교했으며, 범천론적인 시천주사상을 그는 몸소 실천하였다. 해월의 天主織布 이야기(그가 청주 서씨가를 지나다가 그 집 자부의 베짜는 소리를 듣고 그 소리를 天主가 베짠다고 말했고), 어린이 애호(도가에서 어린이를 때리는 것을 보고 어린이 구타는 천주를 상하게 하는 것이라고 해서 유아를 천주라 했고), 손님접대(도가에 손님이 오거든 천주강림으로 여기라고 했고), 생물애호(한 생물도 무고히 해치지 말라 이는 천주를 상하는 것이라고 가르쳤고), 天主聲(이명수가에 마침 새 무리가 뜰 나무에 앉아 우는 소리를 듣고 저 역시 시천주의 소리)이라고 가르쳤다. 최시형의 범천론적 시천주사상은 인간뿐만 아니라 동물·식물, 그밖의 모든 자연계의 사물에 대해서까지도 侍天主者[11]라고 가르쳤다.

이러한 측면이 한승원의 『동학제』에서는 김개남의 집에서 최시형의 실제 현장과 도인들 앞에서 이인한의 입도식 장면, 고이철의 생각과 접주 이마동이 전봉준 앞에서 한 말, 웅치면의 구교철 접도 이사경이 이인한에게 하는 말, 최시형의 손병희에 대한 심리 등에서 여러 면모로 드러난다.

> 나무 잎사귀 하나의 뜻을 말하고, 빨래하고 길쌈하고 김매고 밭가는 아낙이나 농부들의 고귀함을 한울님으로 드높이는 최해월의 말에 그는 감복했다. 물 흐르는 소리, 개 짖는 소리, 바람소리에 한울님의 자격을 주는 거기에 고이철은 고개를 숙였다. 갯투성이나 농투성이들이나

---

11) 유병덕, 앞의 책, 421~422쪽.

괄시받는 서얼들이 다 한울님으로 추앙받는 세상을 불러오자는 것에
그는 다른 의견을 제시할 수 없었다. 세상의 어떠한 이(理)와 기(氣)에
대한 생각이나 논리들도 그 안에 수용될 수밖에 없는 것이었다./「인내
천(人乃天)은 사람이 곧 한울님이라는 뜻이옵니다. 사람만 한울님이 아
니고 기르는 것은 다 한울님이옵니다. 시냇물 흐르는 소리, 바람소리,
강아지 울음소리, 흘러가는 구름, 출렁거리는 파도, 흔들리는 나뭇잎,
벌레들의 날개짓들이 다 한울님이라고 해월(海月) 신사는 말하고 있사
옵니다. 그것은 삼라만상이 다 한울님이고 그리고 평등하다는 것이옵
니다. 왕후장상과 천민의 씨가 다르지를 않고 다 같은 씨라는 것이옵니
다. 양반·상놈의 씨가 따로 없다는 이야기이옵니다. 그것은 바로 우리
들 가운데서 누구인가가 왕이 될 수도 있다는 이야기이옵니다.」
　　　　　　　　　—『동학제』 2, 46쪽) /『동학제』 4, 136·137쪽

　이와 같이 해월이 발현했던 한울님 관련 말들은 김개남의 집에서 최시형
과 도인들이 이인한의 입도식 장면에서 나온 상황과 고이철의 생각 등으로
펼치고 있다. 서자 출신 지식인 고이철이 자연의 모든 삼라만상 현상을 범천
론적 한울님으로 존중하는 사상, 삼라만상의 한울님 관련 평등사상 등 최시
형의 말씀에 감복하는 장면에서 강조되고 있다.
　인내천이란 사람이 곧 한울이라는 뜻이다. 사람은 누구나 자기가 모시고
있는 한울님을 깨달으면 곧 자기 자신이 한울님이 될 수 있다는 사상으로
인내천이란 표현은 손병희가 수운의 오심즉여심, 천심즉인심에서 유래된
수운사상[12]의 또다른 표현이다. 특히 侍天主造化定永世不忘萬事知(하느님을
모시면 조화가 체득되고 하느님을 길이 잊지 않으면 만사가 깨달아진다)에
서 하느님을 모신다(侍天主)는 말은 하느님을 위한다(爲天主)는 말과 대체로
뜻이 같다. 조화는 하느님의 놀라운 위력을 뜻하며, 사람이 하느님을 지극
히 위하면 하느님의 전능과 전지를 발휘할 수 있는 경지에 이를 수 있다[13]
고 말하고 있다.

---

12) 유병덕, 앞의 책, 445쪽.
13) 유병덕, 앞의 책, 250쪽.

당대 민중에게 최시형은 살아있는 실존자로 그의 사상의 실천을 현장에서 목격하는 내용과 그 사상에 동조하는 측면의 말들로 나오고 있다. 지식인 고이철의 생각, 접도 이사경이 해월과 접했던 지식인으로 그 사상이 동조된 측면으로 언급되고 있다. 2대 교주 해월 최시형은 한울님의 위대한 현장적 적용과 인내천 사상의 발현에 집중되어 있고 특히 삼라만상의 범천론적 한울님 존중과 삼라만상의 평등사상이 강조되고 있다.

(3) 3대 의암 손병희(1861~1922)

동학의 3대 교주 의암 손병희는 해월의 정통 계승자로 인내천 사상이 강조되고 있다. 해월의 인즉천, 사인여천 사상은 동학의 3대 교주이며 동학을 천도교로 개칭한 의암 손병희(1861~1922)에 이르러서는 사람이 곧 하늘이라는 인내천 사상으로 다시 변화된다. 1905년 12월 1일 그는 동학을 천도교로 개칭하면서 종지를 인내천으로 선포하였다. 인내천이라는 용어가 의암에서 처음 나타난 것은 아니고, 해월의 설법에서도 발견되나, 그것이 공식적으로 교단의 종지로 선포될 정도로 체계화된 것은 의암이 동학의 지도권을 장악하였던 1898년부터라고 할 수 있다.[14]

한승원의 소설에서는 손병희 관련대목이 해월의 내면상황과 의암의 각도의 전후상황으로 그려지고 있다.

> 어려운 시기에 동학의 정통을 이어 갈 수 있는 사람은 손병희뿐이라고 마음속으로 점찍어 놓고 있었다./ 그렇지만 나이 많은 조카인 손천민한테 이끌리다시피 하여 최시형을 만난 손병희는 무릎을 꿇고 엎드려 눈물을 흘렸다.「눈을 뜨거라. 우리들 모두가 열어 젖히려고 하면 개벽 세상은 곧 열리게 된다. 그 세상에서는 양반도 상놈도 없고 적자도 서자도 없고 가난한 자도 부자도 없다. 서자나 가난한 자라 할지라도 뜻이 굳고 인(仁)이라는 마음의 밑바탕에 의(義)라는 길을 확고하게 열 수 있는 자는 그 개벽 세상을 자기의 것으로 만들 수도 있다. 자기의

---

14) 노길명, 「동학의 천주사상」, 『한국신흥종교연구』, 경세원, 1996, 126~127쪽.

> 한 몸이 곧 한울님(우주)이고, 그 한울님(우주)이 자기 몸 안에 있다. 우
> 리 도는 심학(心學)이다. 어렵게 여기지 마라. 바람결에 나뭇잎 하나 흔
> 들리는 것도 한울님의 짓이고, 아기 우는 소리, 베 짜는 소리, 시냇물
> 흐르는 소리, 풀벌레 우는 소리도 한울님의 말씀이니라.」최시형의 그
> 말을 듣는 순간 눈이 갑자기 환히 열리는 듯싶었다.
> —『동학제』 7, 77쪽 /『동학제』 7, 82~83쪽

계보자문화의 손병희 측면은 2대 교주 해월과 3대 교주 후보자 전수의 심리로 드러나고 있다. 즉, 최시형의 손병희에 대한 내면심리, 손병희의 깨달음의 순간으로 피력되고 있다. 특히 의암이 최시형에게 도를 전수받는 장면으로 소실에서는 인급되고 있다. 개벽세상에 대한 믿음, 자신 스스로 우주이자 한울님이라는 인식, 심학, 삼라만상의 한울님의 말씀 등이 강조되고 있다. 원래 해월은 3인, 손병희, 김연국, 손천민 등에게 도를 전수했으나, 주장은 손병희에게 분부해, 그 상황을 손병희가 해월의 사상에 開眼의 순간을 갖는 것으로 한승원도 강조 표현하였다.

동학의 전통 계보의 주창을 내면 심리를 통해 한울님 우주에 대한 의암 손병희의 깨달음의 순간, 한울님 우주 인식, 만민의 평등사상이 두드러진 心學으로 실감있게 표현되고 있다.

동학의 정신 계보자문화는 1대 수운, 2대 해월, 3대 의암과 관련지어 나타나는데 저술이든, 실천적 삶이든, 현장의 순간이든 그 핵은 개벽세상, 평등사상, 범천론적 영혼관과 심학 등으로 표출되고 있다.

2) 동학의 영혼문화

동학의 정신 계보자문화가 서자 출신 지식인이나 동학 지도자에 초점이 맞추어졌다면, 동학의 영혼문화는 지식인, 민중 모두 복합적으로 수용된 문화양상으로 나타난다. 이 측면에서는 개인의 내면화된 심리로 개벽세상, 한울님 심고, 시천주 주문, 궁궁을을로 언급되고 있다.

(1) 개벽세상

수운의 개벽세상은 곧 실학에서의 현실 비판 개혁의 의지와 신념을 발전시켜 민중위주의 이상사회 건설로 연결시키고자 한 것이다. 수운의 후천개벽사상은 인류 문화의 혁신·창건을 의미하며 천지개벽에 비유할 만한 인문 개벽이 실현됨으로써 지상천국을 실현시키라는 실천적 과제로 정신개벽, 민족개벽, 사회개벽[15]이 강조되고 있다.

이러한 상황들이 한승원의『동학제』에서는 홍순서의 말을 듣는 우암, 가슴속의 한울님을 부르는 지억보, 수군들과 허재비 등 세 도인들, 도인들에게 기대되는 상황, 지억보 어머니의 말, 이우암이 만호에게 복수하려는 심리, 고참봉의 종 악산이의 믿음, 고이철의 고뇌, 지억보의 이우암에 대한 복수 심리, 홍순서와 이인한의 내면의 심리, 홍순서가 중국상인 풍광휘 앞에서 한 말, 홍순서의 말이나 심고, 종 평산의 복수의식, 진도 건달 이돌필의 말, 이인한의 감결을 내놓으며 하는 말을 통해 당대 백성들에게 만능심리의 메시지처럼 다가오고 있다.

먼저 여자종의 신분이었다 면천되어 혼인한 별님은 집강 홍순서의 말인 도를 믿는 사람과 개벽세상에 대한 믿음을 갖고 있는 상황으로 나오고 있다. 역시 남자 종의 신분이었다 면천된 지억보는 귀머거리 어머니가 빨리 깨어나고 편안하기 위해, 자식 낳아 기를 세상이 개벽세상이 되기 바라는 믿음을 갖고 있다. 그러면서도 자기의 아내인 별님이가 다른 남자에게 쏠려 있는 상황에서 아내가 없는 세상은 개벽세상이 되어도 의미가 없다고 보는 이중성을 보이고 있다. 또 수군들과 허재비 도인들의 말은 임금, 감사, 부사, 만호 찰방, 수군, 포군, 역졸들, 갯투성이들이 모두 한울님이란 평등의식이 도래되는 개벽세상에 대한 믿음을 보이고 있다. 지억보 어머니 곽씨는 양반과 상놈이 따로 없는 세상이 개벽세상이라 생각하며, 종 악산이의 말은 세

---

15) 이현희, 「수운의 개벽사상 연구」,『東學思想과 東學革命』, 청아출판사, 1984, 49~58쪽.

상사람들의 개벽세상 타령을 이해하는 차원으로 나오고 있다.

동학접주인 이마동을 아버지로 한 아들인 이우암이 한 말의 일면을 보자.

> 동학도인이 되고, 개벽세상을 불러오는 데 앞장서야 한다. 만호를
> 쳐죽이고, 나에게 법도에 없는 곤장을 친 천해산과 그 졸개들을 쓸어
> 없애야 한다. 먼저 내덕도에 개벽세상이 오게 해야 한다. 그 개벽 세상
> 속에서 별님이하고 함께 아들딸 낳고 살아야 한다. 순한네하고 이삐하
> 고 달섬이하고 어머니하고 곰살갑기만 한 형수하고 함께 살아야 하는
> 것이다.
>
> —『동학제』 1, 308쪽

이우암은 관소속인들의 고통, 강탈 등 사회모순에 대한 타개와 자기가 사
랑하는 여자와 결혼, 자기가족의 운위를 염려하는 가족주의와 결부지어 개
벽세상을 드러내고 있다. 또한 고이철은 그의 고뇌에서 드러나듯이 동학도
인도 아니고 유학배척의 입장도 아니면서 심정적으로 개벽세상에 동조하는
입장으로 드러난다. 지방의 지도자 집강 홍순서는 개벽세상에 대한 조속한
도래를 바라면서도 홍순서의 심리는 먹물형 지식인 이방언에 대한 지식인
의 역할 불필요로, 접주 역할에 대한 질투 심리, 청나라 상인에 대한 개벽세
상에 대한 동조 기대 심리, 그러면서도 자신의 무기력과 절망감, 개벽세상
이 도래하지 못하는 상황에 대한 안타까움 등을 복잡한 양상으로 드러낸다.
그중 한 단면이 홍순서의 심고에서 "<한울님, 저를 돌보아 주십시오. 살아
나기만 하면 기어이 개벽세상을 불러오겠습니다.>하고 홍순서는 속으로 심
고를 했다."(『동학제』 5, 29쪽)에서 잘 드러나고 있다. 또 종 평산의 경우는
개벽세상이 오면 고참봉의 집에 원한 풀이로 신분에 대한 원수 갚기를 하고
자 한다. 그러한 평산은 전봉준 밑에 붙어야만 개벽세상 속에서 살 수 있고,
양반에게 억울하게 죽은 어머니의 원수를 갚을 수 있고, 자기씨를 심은 양
반집 며느리를 차지한 채 그녀가 낳은 자신의 아이를 데리고 살아갈 수 있
을 거라고 믿고 있다.

　　서자형 지식인 이인한의 경우는 개벽세상이 오면 양반의 딸과 혼인할 수 있다는 개인적 생각과 더불어 사회적 맥락을 관찰하고 있다. 즉, 이인한은 북접 도인과 연합하지 않으면 개벽세상을 불러오기 어렵다든지, 전봉준을 앞세운 남접 동학군들의 봉기가 더욱 의미 있게 되려면 북접 도인들의 절대적인 호응이 있어야 된다는 현실 인식을 정확히 하고 있다. 그러면서 이인한이 이상적인 생각을 드러내는 한 대목이다.

> 「이제는 어찌할 수 없소. 이제 대세는 우리 동학 도인들의 뜻에 따라 개벽 세상으로 탈바꿈하고 있소. 이것은 한울님의 조화요, 토지의 평균적인 무상 분배가 이루어지지 않고 어떻게 우리들의 개벽세상을 확실하게 열 수 있겠소? 우리는 우리의 일에 방해가 되는 그 어떤 것도 용납을 할 수 없소. 이서원, 윤병호, 고홍연 …… 세 접장들이 만일 끝까지 우리의 일을 반대한다면 저 민병들과 똑같이 다룰 수밖에 없소.」이인한은 마침내 최후의 극언을 뱉어 냈다.
>
> 　　　　　　　　　　　　　　　　　　　　　　　—『동학제』 6, 344쪽

　　이인한은 신분에서 소외되고 있는 서자 겸 지식인으로 당대의 상황에서 토지의 무상분배까지 언급하는 사회역동적 인식의 측면에서 개벽세상의 현실성을 점검하고 있다.

　　이상과 같이 볼 때, 개벽세상에 대한 기대는 당대 민중의 신분에 대한 원한, 억압없는 사랑, 가족주의에 대한 열망이 반영되어 있다. 이타적 가족주의, 이기적 가족주의, 만민평등사상, 신분 철폐, 사랑, 신분에 대한 복수 등으로 당대 만능심리를 대변하는 민중을 향한 메시지이다. 그만큼 민중의 절박한 현실을 역설적으로 개벽세상이란 만능적 화두로 대변해 준 것이다. 민중들과 지식인들의 세상 개혁에 대한 강렬한 바람이 담겨져 있다.

(2) 한울님 심고

　　인내천사상의 대종은 사람이 한울님을 모시라(侍天)는 사실로부터 시작

侍의 세 가지 뜻으로 첫째, 안에 신기로운 영이 있다(內有神靈), 둘째, 밖에 기운화합이 있으며(外有氣化), 셋째, 온 세상 사람이 각각 옮기지 못한 것을 깨닫는다(一世之人各知不移者)는 의미로 인내천의 핵에 해당된다. 즉 인간 생명의 주체인 靈의 유기적 표현, 인간과 우주의 자연적 통일, 인간과 인간의 사회적 통일, 인간과 사회의 혁명적 통일이 侍 한 글자 속에 통일되어 있다.[16]

이러한 한울님에 대한 심고는『동학제』에서 별님이의 생각, 이삐에 대한 할머니의 말, 이바우의 인과응보적 죄에 대한 생각, 이인한의 서자라는 출생에 대한 고뇌, 무애스님의 구원관, 종 악산이가 들은 말, 이인한과 이우암의 갈등상황, 홍순서기 도인들에게 하는 말, 별님의 어머니 지씨가 서위격인 이인한을 위해 기도하는 대목, 이인한이 어머니 보성댁 앞에서 설득하는 말과 고뇌, 도인들과 고이철의 동학에 대한 공감, 지역보의 인과응보적 벌, 전녹두와 이마동의 내면갈등 상황, 홍순서의 도인집에서 지역보의 생각, 고이철과 홍순실의 관계 등에서 구호되는 개인의 내면심리로 표출된다.

먼저 별님이의 한울님에 대한 생각은 자신의 내면에 어떠한 속박도 없이 자유로운 내면이 실현될 수 있는 것에 접맥을 하고 있고 한울님이 뜻을 따라줄 것이라는 희망과 용기를 통해 나타나고 있다. 이우암의 어머니는 용천하신 한울님네 하며 한울님에게 자신의 딸이 육체적 상처를 받고 아들이 곤장맞는 상황에서 그것을 내린 죄를 지은 자에게 인과의 벌이 내려지기를 바라는 차원, 자식신변 보호 차원에서 한울님에 대한 바람을 드러내고 있다. 반동학의 입장을 가진 이우암의 형인 이바우는 한울님은 틀림없이 죄를 지은 사람한테 벌을 내린다고 인과응보형 생각을 접목한다.

무애스님의 구원관에 대한 고뇌가 잘 드러나는 대목이다.

　　「그렇습니다. 이땅에서 부처님의 도는 이제 고목이 되었습니다. 부

---

16) 윤노빈, 「동학의 세계사상적 의미」, 『東學思想과 東學革命』, 청아출판사, 1984, 146쪽.

끄럽습니다. 그 고목에서 새 움으로 돋아나고 있는 것이 지금의 동학입
니다. 민중들은 미륵세상 용화세상을 기대하는 마음으로 한울님의 개
벽세상을 바라고 있습니다./ 당신네의 한울님이 우리 부처님이고 우리
부처님이 당신네 한울님입니다. 우리 고목에서 당신들이 움트고 있습
니다. 저는 그 움을 아끼고 사랑합니다. 구태여 구분짓고 편가르지 말
고 우리 하나로 살아갑시다. 나도 당신들의 개벽세상에 가고 싶습니다.
그 세상이 우리의 극락일 테니까요. 우리 모두 탈없이 그 개벽세상에서
만납시다.

— 『동학제』 1, 258쪽 / 262쪽

무애스님은 불도의 쇠퇴를 인정하면서 새로운 물길을 동학으로 읽고 있
다. 부처님과 한울님의 동일시론을 펼치면서 미륵세상 이상세계를 설파하
고 있다.

또한 종 악산은 사람 대접을 못받고 사는 사람들도 한울님 대접을 받는
그런 세상에 대한 믿음을 갖고 있다. 집강 지위를 가진 홍순서는 자기 한
사람의 일신을 위한 일이 아니고 자기의 한울님과 다른 모든 사람들의 한울
님을 위한 일이며, 모든 한울님한테 부끄러움이 없도록 행동을 삼가야 하며
자신의 생명이 중하면 다른 사람의 생명도 중하고 비동학인에게도 자신들
과 똑같은 한울님이 있기에, 비록자기 속에 있는 한울님을 깨닫지 못하는
자라도 그 한울님을 존중해 주어야 한다고 강조하고 있다.

별님 어머니 지씨의 생각은 사위 이인한을 박해하려고 하는 유생들에게
자기들 속의 한울님을 발견하게 해 달라고 빌었다. 지씨는 세상의 모든 사
람들이 자기들의 가슴속에 들어 있는 한울님을 보다 성스러운 한울님답게
섬길 수 있게 하도록 천지신명께 빌었다. 또 도인들의 생각 역시 한울님을
모시고 사는 도인들답게 정중하게 예를 갖추어 유생들을 대접하고 저들의
가슴속에 우리들이 모시는 한울님하고 똑같은 한울님을 품고 있는 것이라
는 존경의 표시를 나타내고 있다. 이는 타인에 대한 '한울님'을 강조하고 있
는 인권존중의 면모를 보여준다.

고이철의 동학에 대한 생각은 한울님 사상에 대해서 공감을 하며 세상의 모든 사람들은 다 한울님을 모시고 있는 존재이기에 평등하다고 인식은 한다. 그러면서도 세상은 유학과 동학 양쪽이 힘겨루기를 하고 있다고 읽으면서 동학과 유학의 갈등고뇌 심리를 드러내나 한울님을 모신 존재라는 측면에 동조는 하고 있다.

전봉준의 내면 심리가 표출된 한 대목을 보자.

> 전 녹두는 예(禮)와 인(仁)을 숭상하고 있었다. 동학에 입도를 하고 자기 속의 한울님을 섬기기로 작정을 하였지만 그것도 어디까지나 예와 인의 범주 안에 있는 것이었다. 사람은 그 예와 인을 떠나서 살아갈 수 없는 것이라고 생각하고 있었다. 그가 동학에 입도를 한 것은 썩어 빠진 무리들을 쓸어 내고 다시 흐트러진 예와 인을 반석 위에 올려 놓겠다는 것이었다. 이제 이 세상은 공맹(孔孟)의 하늘 받들기나 주자(朱子)의 하늘 받들기로는 안 되옵니다. 동학의 하늘(한울님) 받들기로 싹 바꾸어야 합니다.
>
> —『동학제』 4, 127쪽

전봉준은 허물어진 예인주의에서 예와 인의 회복을 위해 朱子 받들기에서 동학의 한울님으로 변혁되어야 한다고 강조하고 있다.

지억보는 한울님을 천벌을 내리는 무기의 말로, 자신의 이익을 바라는 상황에서 양반과의 결탁과 첩자질에 대한 내면 갈등으로 나타나고 있다. 이인한은 양반이나, 서자나 할 것 없이 제각각의 속에 한울님 한 분씩을 모시고 있고 사람들은 평등한 대접을 받는 세상을 위하여 그는 동학을 세상에 전파하러 나섰다고 생각했다. 또 그의 내부에 있는 한울님이 이우암에 대한 미움의 감정을 버리라며, 이우암의 사랑의 감정은 이우암의 내부에 있는 한울님의 감정이라고, 하며 서로의 한울님을 다치지 않게 이들의 사랑을 지켜줄 수는 없을까라는 남녀들의 사랑의 감정에 한울님을 접맥시키고 있다. 이인한은 신분의 허위의 탈피와 구국의 열정, 민중들의 한울님 소리에 귀를 기울였다. 그러면서 이인한은 덜 깬 유자들이 물러난 것에 대해 우리들 속에 굳건하게 자리한 한울님의 조화 때문이라면서, 우리의 도(道)는 세상을 휘덮으면서 흐르고, 개벽세상은 한울님의 조화로 인하여 올 것이라고 믿고 있다. 이인한의 의식은 민초인 천만석이나 지씨 속의 한울님과 자기나 월산댁 속의 한울님은 똑같은 숭엄한 대상이라는 것이었다. 또 홍집강의 딸 홍순실의 생각은 칠성님과 한울님께 비는 치성 행위로, 이방언은 눈을 감고 한울님께 심고를 하며 지적 지도자 이인한의 주장에 동조하는 것으로 표출되고 있다.

이상과 같이 볼 때 한울님 심고가 영혼문화로서 기여하는 바는 역시 자유로운 내면, 자식신변 보호, 미륵세상, 한울님 대접, 평등한 대접, 남녀사랑 등 개벽세상처럼 당대 호남의 민중과 지식인들에게 열려질 사회에 대한 만능신의 심주처럼 억압과 차별의 사회에서 자유와 평등에 대한 열망의 만능심리로 나타나고 있다.

(3) 시천주 주문

동학입도는 시천주를 통해 서민의 군자화로 도성덕립의 속성과정이고 결국 과거 지배층인 양반만의 전유물이던 보국안민의 과제를 널리 만인의 것으로 만들 수 있는 사상계기를 마련하고 있다. 또, 시천주의 주체로서 자각, 봉건적 신분 차등이 부정되고 시천주의 주인으로서 만인평등이 강조된다. 이렇듯 수운의 시천주 사상은 천주의 각 개인에의 내재화를 통해 인간관의 세속화에 성공했고 사인여천의 인간존엄성의 근대적 원리를 선각한 근대인의 발견자[17]로 볼 수 있다. 특히 시천주 관련의 주문과 연결된 至氣今至願爲大降(하느님의 지극한 정신의 기운에 이르기를 지금 내가 원하오니 하느님의 영이 내게 크게 임하여 나로 하여금 하느님의 도를 깨닫게 하옵소서.)에서 至氣란 하느님의 정신의 기운인 靈氣[18]로 당대 실존인에게 생명의

---

17) 신일철, 「최수운의 역사의식」, 『東學思想과 東學革命』, 청아출판사, 1984, 20쪽.
18) 김진혁 편, 『새로운 문명과 동학사상』, 지선당, 1997, 322~323쪽.

구원수처럼 다가왔다.

한승원의『동학제』에서 시천주 주문은 이마동과 도인들과 거사 준비 훈련의 과정에서, 이인한과 도인들의 주문, 홍순서의 위기일발 앞에서 말, 버드실댁이 홍순실에게 하는 말, 익명의 사람들과 배를 탄 사람들의 주문, 동학군들의 경군과 싸움에서의 주문, 별님이 이인한·이우암에게 하는 기도, 전봉준의 강조, 전봉준 부대안에서 입도례하는 상황에서, 지씨와 두 딸 달님·별님이의 기도, 보성댁 박씨의 주문 등에서 나타난다.

이마동의 준비자세에서도 나오는 한 대목이다.

> 도인들은 처음 대신으로 일 하나를 누르는자세[人山壓卵勢]를 뒤하고 두 손으로 창을 땅에 심듯이 하고 흔들어 방아를 찧듯 짓찧으며 크게 외쳤다. 「시천지 조화정 영세불망 만사지, 시천지 조화정 영세불망 만사지, 시천지 조화정 영세불망 만사지.」그것은 서로에게 하는 인사이자 훈련 실시의 심고(心告－기도)였다.
>
> —『동학제』 3, 111쪽

이마동의 준비론은 과격론에 해당하지만 주문을 통해 서로의 심고를 강조하며 예의와 실천을 거론하고 있다.

이인한과 도인들은 그들의 주문을 "＜시천 주 조화정 영세불망 만사지(侍天主 造化定 永世不忘 萬事知). 시 천주 조화정 영세불망 만사지, 시 천주 조화정 영세불망 만사지.＞"(『동학제』 3, 278쪽), 홍순서는 체포되어 가는 상황에 한울님한테 "＜시천주 조화정 영세불망 만사지. 나에게 일당 백을 할 수 있는 기를 주십시오. 시천주 조화정 영세불망 만사지 ……＞"(『동학제』 5, 18쪽)라는 '기'를 달라는 심고를 했다. 또, 버드실댁 역시 홍집강의 딸에게 너의 아버지는 어디로 ＜시천주 조화정 영세불망 만사지＞하러 가셨다냐? 동학 아버지를 상징하는 어구 그대로 묻기도 한다. 익명의 사람들은 ＜시천주 조화정 영세불망 만사지＞ 하고 주문을 외우며 그것을 따라 배 안의 모든 사람들이 다 주문을 외우는 모습으로, 별님은 자신의 원래 주인과 사랑하는 남자를 보호해 주십사 개벽세상을 하루 빨리 불러다 달라고 <시천주 조화정 영세불망 만사지, 시천주 조화정 ……. >을 불러댔다. 동학군들은 전투에 나아갈 때 <시천주 조화정 영세불망 만사지>를 외어대며 한울님의 조화를 믿으며, 그 조화는 날아오는 총철환을 비켜 가게 한다는 것이었다.

전봉준은 접주들에게 동학군들의 정신무장을 지시할 때, 등에 붙인 부적은 틀림없이 영험하다는 것, 입으로 <시천주 조화정 ……>이라는 주문을 외울때에 그 귀신 같은 한울님의 조화를 발휘한다는 것을 강조하도록 했다. 또 전봉준은 새롭게 입도례를 치른 도인들에게 심고를 <시천주 조화정 영세불망 만사지 ……. >라고 하였다. 이우암은 <시천주 조화정 영세불망 만사지 ……. >라는 부적들이 한울님을 감응하게 하고 조화를 불러올 수 있는가를, 지씨는 주문을 외우며 한울님의 조화만 믿으니, 자신의 아들 이인한을 살려주고, 은신할 수 있게 해 주고, 아들보호를 기원했다. 보성댁 역시 신들린 무당처럼 <지기금지 원위대강 시천주 조화정 영세불망 만사지. 시천주 조화정 영세불망 만사지 ……. > 하고 동학의 주문을 외었다. 평산은 도둑들을 피해 고개넘는 방법으로 도인행세를 하며 <시천주 조화정 영세불망 만사지>를 하고 외우며 생존의 방법으로 쓰고 있다.

이상과 같이 볼 때 시천주 주문은 생존방법, 자식의 신변보호, 위기 상황에서의 구원, 한울님과의 조화, 영험 등 민중과 지식인, 지도자들 모두를 압박과 착취했던 사회의 누적된 모순의 갇힌 사회에서 그들이 진정 바라는 마음으로 다양하게 심령적으로 접목시키는 주문으로 표출되고 있다.

(4) 궁궁을을

弓弓은 그 형이 태극으로 되어 있다. 태극은 천지가 분화되기 이전 혼원일기로 우주의 근원을 뜻하는 말이다. 즉 우주의 본원이 되는 태극을 영부의 형태라 하고 있다. 궁궁은 術家에서 많이 사용되는 용어이지만 이를 동학에서는 궁궁, 궁을 등으로 마음과 같은 것으로 보며 태극과 마찬가지로 우주의 본체로 보고 있다. 그래서 동학의 영부가 지닌 형태인 태극, 궁궁은 모두 우주의 본체를 나타내는 말이며, 동시에 우주의 본체를 이루는 한울님이라는 신이 지니고 있는 마음을 이르는 말, 영부를 呑服한다는 말은 탄복이란 의식을 통해 한울님의 마음과 나의 마음을 일치, 합일하려는 종교적 수행이라고 할 수 있다.[19] 천도의 그림인 영부의 형상이 어찌하여 태극과도 같고 궁궁과도 같다고 하는가 그것은 천도의 내용이 일성일쇠하는 함이 없이 되는 이치에 의하여 성하는 새 것과 쇠하는 낡은 것이 서로 갈아드는 것으로 나타난다. 이는 동양철학에서 만물화생의 기본원리로 되어있는 태극을 인용해서 설명한 것이다.[20]

이 사항은 『동학제』에서 최경선 접주, 동학군들 주문의 효험, 전봉준의 인식으로 보이고 있다. 최경선 접주는 동학군 각자가 가슴속에 한울님을 모시고 있는 데다가, 몸에 지닌 <궁궁을을(弓弓乙乙)>이라는 부적과 그때그때 외우곤 하는 주문의 영험 때문에 적의 총철환이나 화살들이 몸에 맞지 않을 것이므로 적을 겁내지 말라고 했듯이 동학군들은 부적 <궁궁을을(弓弓乙乙)>을 등에 달고 주문을 외우면 총철환들이 피해 간다고 믿다가 효험이 없는 듯싶었다 하듯이 부적의 양면모순성으로 보여준다. 또 동학군들은 완산에서 경군들을 공격할때 등에 붙인 <궁궁을을>이라는 부적과 <청을>이라는 부적과 입으로 외우는 <시천주 조화정 ……… >이라는 주문을 믿고 당당하게 적진을 향해 나아가는 방패주문으로 쓰고 있다.

전봉준이 강조하는 한 대목을 보자.

「아직 입도를 하지 않은 사람들은 한시라도 바삐 입도를 하도록 하시오. 그리고 부적을 붙이면 일본군의 철환을 피할 수 있소. 궁궁을을(弓弓乙乙)」이라는 부적은 영묘한 힘을 가지고 있소. 우리에게는 신동(神童)들이 수없이 많이 있소. 겨우 열 살 안팎인 데도 여러 어른들만큼 몸집이 큰 신동들이 여러분들 틈에 섞여 있소. 우리의 전술은 신술(神

---

19) 윤석산, 「동학 경전에 나타난 도교적 요소」, 『동학사상과 한국문학』, 한양대 출판부, 1999, 245쪽.
20) 백세명 편, 『天道敎經典解義』, 천도교 중앙총부, 1963, 33쪽.

術)이오. 도인이 된 다음 <시천주 조화정 영세 불망 만사지>라는 주문
을 열심히 외우면 한울이 감응을 하게 되고 그 감응은 조화를 부려 총
철환을 비켜 가게 합니다.」

—『동학제』7, 119쪽

이와 같이 전봉준은 궁궁을을이라는 부적의 영묘한 힘, 한울님의 감응을
불러오는 주문을 언급하고 있다. 특히 이 궁궁을을은 부적의 효험과 무효성
이라는 이중성, 방패주문으로 쓰고 있는데 특히 이 면은 동학군과 지도자
전봉준에게 나타나므로 동학의 본질적 관련자에게만 나타난다. '개벽세상'
에 대한 도래, '한울님 심고', '시천주 주문'과 달리 궁궁을을은 한정된 정황
인 전투상황에서만 표출되는 특징이 있다.

동학의 영혼문화에서 개벽세상, 한울님 심고, 시천주 주문, 궁궁을을은
신분, 가족, 평등, 사랑 등과 얽혀져 그들 생명에 억압 차별이 없는 자유로
운 평등세상이 구현될, 당대민중과 소외된 양반 지식인, 동학지도부 모두에
게 그만큼 절실한 현실변혁을, 보다 나은 미래를 갈망하는 염원의지에서 비
롯된 것이다.

3) 동학의 尙武문화

동학정신의 계보자관련 문화, 영혼문화에 이어 동학의 영혼양식에 상무
문화가 내재되어 있다. 주로 검가부르기와 관련지어 나타낸다. 검가는 검결
이라고 부른다. 劍舞라는 춤동작과 직결되는 작품으로 동학의 儀式에서 주
로 사용되었던 노래다. 이는 동학의 종교적 의식의 하나로서 칼이 지니고
있는 상징적 의미와 동학이 지향하는 후천개벽의 새로운 사상을 위해 구체
적이고 직접적으로 나서겠다는 일련의 의지를 드러낸 것[21]이다. 동학의 칼
노래는 수운의 중요한 종교적 체험인, 한울님이라는 신의 계시에 의해, 서

---

21) 윤석산, 「동학가사 「검결」 연구」, 『동학사상과 한국문학』, 한양대 출판부,
    1999, 166쪽.

양의 침략을 막는다는 종교적 주술 기능과 함께 쓰여진 노래이며, 동학의 중요한 종교적 의식에서 불리우던 노래라는 것을 알 수 있다. 검결은『용담유사』 소재의 가사 작품들과 다르게, 보다 종교적 성취감의 극대화를 극적으로 노래한 작품으로 동학이 지향하는 바 시천주의 정신, 나아가 이러한 정신의 고양된 상태를 매우 상징적으로 노래한 작품이다. 검결이 그 내면에서 노래하고 있는 후천개벽은 인간이 지향하는 보다 높은 정신적 각성을 통해 당시 모든 사람들을 지배하고 있던 봉건적 관념을 떨치고, 새로운 주체의식을 민중에게 부여하고자 하는 사상의 구체적인 모습이었으며 나아가 보다 능동적인 모습으로 새로운 시대를 열어가고자 하는 개벽사상의 또 다른 표현이라고 할 수 있다. 이러한 개벽사상은 동학이 지향하는 궁극적인 목표인 輔國安民, 廣濟蒼生을 달성하기 위한 것이요, 동시에 근대적 각성에 근거한 同歸一體의 세상을 열어가고자 하는 모습이라 할 수 있다.[22]

이 노래가 한승원의『동학제』에서 천해산과 아이들의 노래, 동학인들의 노래, 주막안에 있는 젊은이들의 노래, 지억보가 들은 보은 장내리에서 모인 사람들의 노래, 고이철이 들은 나무꾼의 노래, 이바우가 들은 김성분의 노래, 이인한이 들은 익명이 부른 노래와 도인들의 함성소리, 오래전부터 마을에 울린 것을 들은 달섬이가 들은 노래, 들과 산의 어른들과 아이들의 노래를 통해서 드러나고 있다.

천해산은 <때가 왔다! 때가 왔다! 다시는 올 수 없는 이 좋은 때, 수만년에 한 사람 날까 말까 하는 대장부로서 5만 년에 한번 오는 이 귀중한 때, 용천검 드는 칼을 아니 쓰고 무엇하리.>와 같이 동학도인들이 부른 칼노래[劍訣]를 들었다. 오래 전부터 흘러다닌 노래를 사람들은 그것이 어떤 노래인지도 모르면서 부르곤 했던 것이다. 아이들까지도 <때가 왔다 때가 왔다 …… 용천검 드는 칼을 아니 쓰고 무엇하리> 하고 부르곤 했다. 주막안 젊은이들가지도 그 노래를 이어 불렀다. < …… 무수장삼 떨쳐 입고 이 칼 저 칼 넌지시 들어 호호막막 넓은 천지 일신으로 비켜서서 칼노래 한 곡조를

---

22) 윤석산, 「동학가사 「검결」연구」, 182쪽.

시호시호 불러대니 용천검 날랜 칼은 일월을 희롱하고 게으른 무수장삼 우주에 덮여있네 만고명장 어디 있나 장부 당할 장사 없다 좋을씨고 좋을씨고 이내 신명 좋을씨고! > 지역보가 들은 보은 장내리에 모인 구름 같은 사람들이 일시에 그 노래를 불러댔을 때 하늘과 땅은 경련을 하듯 떨었다고 회상했다. <때가 왔다, 때가 왔다/ 다시 올 수 없는 이 좋은 때/ 수만 년에 한 사람 날까 말까 하는 장부로서/ 5만 년에 한 번 오는 이 귀중한 때,/ 용천검 드는 칼을 아니 쓰고 무엇하리 …… >와 나무꾼의 노래 등에서 들려온다.

또 동학도들은 밤새움을 하면서 화톳불을 피워놓고 칼노래를 부르곤 했던 것이다. <때가 왔다, 때가 왔다, 다시는 올 수 없는 이 좋은 때, 수만 년에 한 사람 날까 말까 하는 대장부로서 5만 년에 한번 오는 이 귀중한 때, 용천검 드는 칼을 아니 쓰고 무엇하리 …… .> 산골짜기를 가다가 동학교도 김성분은 <때 왔네 때 왔네./ 다시는 올 수 없는 때./ 수만 년 만에 한 번 나는 장부로서/ 오만 년 만에 한 번 오는 이 좋은 때 만났으니,/ 용천검 드는 이 칼을 아니 쓰고 무엇하리./ 무수장삼(舞袖長衫) 떨쳐 입고 이 칼 저 칼 넌즛 들어/ 호호망망 넓은 천지 일신으로 비켜서서/ 칼노래 한 곡조를 시호시호 불러내니/ 용천검 날랜 칼은 일월을 희롱하고/ 게으른 무수장삼 우주에 덮여있네./ 만고 명장 어디 있나./ 이 장부 이길 장사 이 세상엔 따로 없다./ 얼씨구절씨구 좋고 좋네./ 이내 신명 얼씨구 좋네. >라 불렀다. 또 익명의 사람이 <때가 왔다, 때가 왔다>하고 골목길에서 소리쳐 노래하기 시작했으며, 도인들 역시 함성을 치며 <때가 왔다, 때가 왔다!> 하고 노래를 하는 도인도 있고, < ……5만년 만에 한 번 올까말까 한 이 좋은 때…….> 그 노랫소리 때문에 서원 마당과 건물과 숲이 흔들릴 정도였다.

이인한과 도인들이 부른 노래 다시 반복되고 있었다.

　　…… 용천검 드는 이 칼을 아니 쓰고 무엇하리.
　　무수장삼 떨쳐 입고
　　이 칼 저 칼 넌즛 들어
　　호호망망 넓은 천지

> 일신으로 비켜서서
> 칼노래 한 곡조를 시호시호 불러내니
> 용천검 날랜 칼은
> 일월을 희롱하고
> 게으른 무수장삼 우주에 덮여있네.
> 만고명장 어디 있나. 장부당전무장사(丈夫當前無壯士)라.
> 좋을씨고 좋을씨고
> 이내 신명 좋을씨고……
>
> —『동학제』 3, 277쪽

　　이마동의 한 아들이자 양반에 부속되어 살아가는 이바우의 아들 달섬이가 <용천검 드는 칼을 아니 쓰고 어이하리…….>를 들으면서 이 소년은 얼른 어른이 되게 해달라고 한울님에게 심고를 했다. 또 도인들은 고부로 가자며 노래를 부르기 시작했다. <때가 왔다, 때가 왔다! 다시는 못 올 이때!…….> 모든 도인들이 들고 있는 무기와 횃불들로 하늘을 찔러대며 노래를 불렀다. <……용천검 드는 칼을 아니 쓰고 무엇하리!/ 무수장삼 떨쳐 입고/ 이 칼 저 칼 넌즛 들어/ 호호망망 넓은 천지 일신으로 비켜 서서/ 칼노래 한 곡조를 시호시호 불러대니/ 용천검 드는 칼은 일월을 희롱하고……>, 동학군들은 경군들이 버리고 간 무기를 수거해 가지고 월평 장터로 모여들었고 국악기를 신명나게 쳐대며, 한편에서는 칼노래를 불러댔다. <……때가 왔다! 때가 왔다!/…… 무수 장삼 떨쳐 입고/ 용천검 드는 칼을 아니 쓰고 무엇하리……>, 이백명의 도인들은 칼노래를 부르면서 회령진성 쪽으로 나아가며, <때가 왔다아, 때가 왔다아 ……./ 용천검 드는 칼을 아니 쓰고 무엇하리……./ 칼노래가 끝나면/ 가 보세 가 보세/ 을미적을미적하다가/ 병신 되면은 못 간다네> 하고 노래했다. 들에 산에 어른과 아이들 역시 <때가 왔다 때가 왔다/ 다시 못 올 이 좋은 때/ 만 년 만에 한 번 나는 장부로서/ 오만 년 만에 한 번 오는 좋은 이때/ 용천검 드는 이 칼을 아니 쓰고 무엇하리/ 무수장삼 떨쳐 입고 이 칼 저 칼 넌즛 들어……> 칼노래 소리가 들려

왔다. 도인들에게 정신 무장을 시키는 과정에서 <칼노래>를 가르치고 두 번째는 <가보세 가보세 을미적을미적하다가 병신되면은 못 간다네> 노래를, 세 번째는 <금잔에 맛난 술은 만백성의 피땀이오>를 가르쳤다. 이바우가 들었던 도인들의 노래 <……무수장삼 드는 칼을/ 아니 쓰고 어이하리 ……. >는 메아리가 되어 장령성 안을 맴돌았던 것이다.

이상과 같이 볼 때 검가는 도인들이 정신무장, 개벽세상으로 열려질 미래에 대한 기대 등 단합되는 힘을 보여줄 때 불려지고 민중의 참요로 불려지고 있다. 무명의 나뭇꾼에서 동학도인의 집단적 모임에 이르기까지 정신의 통일적 주술로 더 쓰이는 것 같다.

3. 결 론

한승원의 『동학제』는 1994년 동학혁명 100주년을 맞이하여 출간한 동학 관련 소설이지만 동학적 신이 동학문화로 편만화된 문화적 지평까지 정신 계보자문화, 영혼문화, 상무문화를 통해 보여준 소설이라 여겨진다.

이상과 같이 볼 때 동학의 정신 계보자문화에서는 1대 수운 최제우와 관련된 문화로 수운의 저술을 통해 강조, 심주화하고 있다. 즉, 소외된 양반 지식인돠 동학 지도자에 의해 수운 최제우의 사상이 정확히 인식되어 그 종지를 설파하고 있다. 그들은 정확한 시대인식 앞에 난세를 개혁할 수 있는 사상적 기반으로 수운의 사상을 원용하고 있다. 그리고 2대 교주 최시형은 당대 민중에게 살아있는 실존자로 그의 사상의 실천을 현장에서 목격하고 그 사상에 동조하는 측면들로 나오고 있다. 지식인과 접도들로 해월과 접했던 지식인으로 그 사상이 동조된 측면으로 언급되어 한울님 주문의 위대함과 인내천 사상에 집중되어 있다. 3대 동학의 계보자 손병희는 전통 계보의 주창을 내면 심리를 통해 한울님 우주에 대한 교주의 깨달음의 순간을 실감 있게 표현하고 있다.

동학의 영혼문화에서 볼 때, 개벽세상에 대한 기대는 당대 민중의 신분,

사랑, 가족에 대한 열망이 반영되어 있다. 이타적 가족주의, 이기적 가족주의, 만민평등사상, 신분 철폐, 사랑, 신분에 대한 복수 등으로 당대 만능심리를 대변하는 민중을 향한 메시지로 민중의 절박한 현실을 역설적으로 대변하고 있으며 민중들과 지식인들의 세상 개혁에 대한 강렬한 바람이 담겨져 있다. 한울님 심고 역시 마음 속의 사랑, 신분에 대한 복수 등, 개벽세상처럼 당대 호남의 민중과 지식인들에게 열려질 미래사회에 대한 심주처럼 만능심리로, 시천주 주문은 생존방법, 자식의 신변보호, 위기의 구원, 한울님과의 조화, 영험 등 민중과 지식인, 지도자들 모두를 압박과 착취했던 사회의 누적된 모순의 갇힌 사회에서 그들이 진정 바라는 마음으로 다양하게 접목시켜 나오고 있다. 궁궁을을은 부적의 효힘과 무효성, 빙패주문으로 쓰고 있는데 특히 이 면은 동학군과 접주 전봉준인 동학의 본질적 관련자에게만 나타난다.

동학의 상무문화로 볼 때 검가는 도인들이 정신무장, 개벽세상으로 열려질 미래에 대한 기대 등 단합되는 힘을 보여줄 때 불려지고 민중의 참요로 불려지고 있다. 무명의 나뭇꾼에서 집단적 동학도인들의 모임에 이르기까지 정신의 통일적 주술로 쓰이고 있다.

조선 후반기 갑오년인 1894년 즈음 양반의 학정과 부패, 그에 부속된 다양한 관속들의 먹이사슬식 착취구조 속에 살아가는 당시 숨막혔던 민중들, 서자들, 약자들인 실존인들은 개벽의 목소리에, 만민평등사상에 강하게 동조하게 된다. 특히 서자 출신 지식인, 동학 지도부, 민중들 모두 동학의 정신 계보자문화, 동학의 영혼문화, 동학의 상무문화로 수용 접목한 것으로 나타난다. 그들은 개벽의 길, 평등의 길, 열림의 길, 미래의 자유로의 길을 강하게 심주의 내면심리와 통일적 단합심리로서 표출되도록 요청되었던 것이다. 그런 면에서 한승원의『동학제』는 100년 이상 동안이나 동학이 이끌어온 문화가 연속적이고 지속적인 생명력으로 또는 영혼양식으로 잘 표명되어 있다. 즉 東學的 神의 영혼양식이 그 생명성을 도도하게 흐르도록 표출한 데 큰 의의가 있다. *

■ 영화 평

『매트릭스』와
『오픈 유어 아이즈』를 대상으로

가능과 불가능의 부대낌, 그 해제(解除)로서의 몸

임 영 하*

1. 가능과 불가능 간 부대낌의 시대

사실, 가능과 불가능 간 경계짓기란, 말처럼 그리 명확한 게 아니다. 일단 가능과 불가능을 가르기 위한 하나의 잣대가 정립 되야 하는데, 그 잣대 역시 상정해 놓은 것이기 때문이다. 이렇게 판단기준의 잣대에 필연적으로 내재하는 상대성과 임의성을 우리는 어렵지 않게 발견할 수 있다. 예를 들어, 서로 다른 동시대의 문화적 맥락들을 비교해 볼 때, 물론 동서를 막론하고 인류 공통에 유효한 원형적 맥락도 있겠지만, 너무나 상이한 문화적 맥락 역시 발견할 수 있다.

그렇지만 그 상이함이 곧 '상정한 바'가 다름에 기인하며, 그 '상정한 바'에는 필시 그 나름의 동기—자연과학적 동기이건 인문과학적 동기이건 간에—가 있다는 사실을 유념해 보자. 그리고 수직의 시대적 맥락들을 살펴볼 때, 진화와 퇴화의 과정, 그리고 각종 변양태들의 존재를 유념해 보자. 다시 말해, 가능과 불가능을 다룰 때, 각각의 바로 그 '상정한 바'—"이것까지는 우리가 가능한 것이라고 간주하기로 약속하자"—그 기준을 제대로 인식하고, 적용하고 있다면, 가능·불가능 간 경계짓기가 명확해지지 않을까? 바로 지식의 역사, 과학의 역사가 지금까지 수행해 온 바가 그것이다. 엄정한 기준 설정과 그의 적용을 통해 명확한 재단(裁斷)을 수행하는 것 말이다.

그러나 안타깝게도 가능·불가능 간 경계선을 불명확하게 만드는 개념

---

* 영화 사이트 "엔키노(nkino)" 기자 · 문학평론가.

이 있다. 바로 컴퓨터의 가상 현실 virtual reality이 그것이다. 가상 현실을 제공하는 각종 프로그램 속에서 우리는 진짜 세상보다 더 리얼한(?) 체험을 할 수도 있고, 게임 속에서도 파이터들의 실감나는 전투를 조종함으로써 대리체험을 할 수도 있다. 어쨌든, 영화나 TV 드라마의 속성인 허구적 현실 fictional reality과도 다른 이 개념은 이제 우리로 하여금 우리가 발을 디디고 살아가는 진짜세계의 존재까지 의심하도록 이끈다.[1] "이건 불가능해"라고 말하다가도 너무나 리얼한 감각적 효과에 '가능할 것도 같은', 가능한지 불가능한지의 경계가 혼란스럽게, 즉 가능과 불가능이 서로 부대끼는 시대가 되어가고 있다. 가능하다는 개념은 단순한 환타지하고는 구별되며, 이때의 환타지는 불가능의 개념과 가깝다. 가능성의 개념과 환타지의 개념간 거리가 가까울 때, 즉 가능과 불가능간 경계가 불분명할 때, 그 부대낌은 심화될 것이다. 예전의 SF영화들이 제시했던 미래세계의 하위특징들 중의 상당수가 현재 실현된바, 지금의 SF영화들이 제시하는 미래세계의 하위특징들 역시 실현될 수도 있다. 본고의 목적은 실현가능 여부를 확언하거나 증명하고자 함이 아니다.

　가상 현실을 다룬 많은 영화들이 있지만, 그 중에서『매트릭스』(워쇼스키 브라더스, 1999)와『오픈 유어 아이즈(Open your eyes)』(알레한드로 아메나바르, 1997))를 선정한 이유는 두 텍스트가 지향한 신체중심성, 다시 말해 기계와 물질문명의 진화가 그 동안 소외시켜온 인간의 몸 body의 회복에 있다. 그것은 단순한 섹슈얼리티 sexuality나 욕망 desire, 新영웅 탄생과 같은 문제와는 본질적으로 다르다. 문명이기로 인해 소외된 몸의 문제─이성에 의해 소외된 감성─는 비단 어제오늘의 문제가 아니다. 기계·물질문명의 극단이랄 수 있는 컴퓨터 가상현실이라는 틀에서, 또 그 극단(내지 가능한 극단)의 반영이랄 수 있는 SF영화에서 가능·불가능이 부대낌 해제의 열쇠로서 '몸의 회복'을 제시한 두 텍스트를 통해서, 그 동안 소외되어 왔던 몸의

---

[1] 영화 텍스트 내의 세계란 허구적 세계라고 하는 것과, 그 허구적 세계가 가상세계라고 하는 것은 엄연히 다르다.

이슈에 새로운 의미를 부여하는 것이 바로 본고의 목적이다.

2. 『매트릭스』(워쇼스키 브라더즈, 1999)

1) 질문, 그리고 그 해답의 탐색

"우리를 움직이는 것은 질문이지."

낮에는 프로그래머 토마스 앤더슨으로서 살아가고, 밤에는 악명 높은 해커로서 살아가는 네오 Neo(新)는 자신의 세계가 거대 통제시스템 매트릭스가 지배하는 가상세계인 것을 모르고 살아간다. 어쨌든 그는 무언가 잘못되어 있음을 느끼고, 그 무언가에 접근하기 위해 해킹에 열중한다.

삶 자체가 '질문과 해답의 과정'의 총체라고 할 수도 있지만, 삶의 시공간적 기반 자체에 관해 별다른 계기 없이 의구심을 갖는 것, 또 그 의문의 해소를 위해서 이렇다 할 단서도 없이 행동에 돌입하는 것 등은 합리적이지도 이성적이지도 않다. 예를 들어, 네오는 이 세계에 대해 설명할 수 없는 어떤 것, 무언가를 알고 있고, 머리가 깨질 것처럼 미치게 만드는 어떤 느낌에 이끌린다. 모피어스 Morpheus(꿈의 신)들의 다음 표적이 되었기에, 요원들에게 납치당하고 협조 요청을 받지만 네오는 별 까닭 없이 거부한다. 자기 세계에 대한 설명할 수 없는 불신의 표현이다. 협조하지 않으려면 차에서 내리라는 트리니티 Trinity(삼위일체)들의 말에 차에서 내리려다가도 결국 다시 타며, 모피어스가 진짜세계와 가짜세계에 대한 명확한 근거도 이야기하지 않고 빨간 약(진짜세계)과 파란 약(가짜세계)을 제시했을 때도, 네오는 주저함 없이 빨간 약을 삼킨다.

물론 네오 역시 이상한 일들이 자꾸 일어날 때, "이건 말도 안돼, 미친 짓이야"라고 말은 하지만, 그것은 일종의 무조건적 반사작용과도 같다. 습관적 리얼리티 개념에 어긋나기 때문이다. 그러나 동일한 리얼리티 개념을 소유하고, 동일한 세계에 존재할지라도, 다시 말해 동일한 이성체계에 종속되었다 해도, 그는 자신의 직관을 신뢰한다. 생각(think)하지 않고 그냥 몸이 아는(know) 대로, 즉 강한 신뢰를 기반으로 한 직관에 자신을 내어 맡긴 네오는 자신의 몸을 탈환한다.

2) 몸의 박탈과 몸의 회복

매트릭스란 통제이다. 즉, 거대한 인공지능이 창조하고 통제관리하는 가상세계가 매트릭스의 세계이다. 인공지능은 인간을 기계에 종속시키고, 급기야는 인간의 핵융합 작용을 이용해 필요한 에너지를 공급받는다. 인간의 몸은 기계 작동을 위한 건전지로 전락한 것이다.

인간은 문명의 이기를 누리기 위해 기계문명의 발전을 가속화했고, 21세기 어느 시점에선가 인공지능의 탄생을 한마음으로 축하했다는 것이다. 하지만 인공지능은 오히려 인간을 정복하게 되고 이에 위기의식을 느낀 인간은 기계의 파멸을 위해 기계의 에너지원천인 태양을 불태운다. 그러자 인공지능은 에너지를 공급받기 위해 인간의 핵융합작용을 이용해서 에너지를 충당하고, 동시에 인간을 배양하게 된 것이다.

인공지능을 개발해 낸 인간의 두뇌와 이성은 오히려 인공지능이 만들어 낸 매트릭스의 세계 속에서 가짜임을 모른 채 살아가고, 한편 인간의 몸은 인공지능에 의해서 두뇌로부터 격리·소외된 채, 건전지로 활용되기 위해 감금당하고 있다. 인간의 생명성은 몸과 두뇌가 함께 구성하는 것이다. 활동하는 몸과 두뇌가 전달하는 신호들, 두뇌의 신호에 따라 활동하는 몸 등 그 양자간의 교류와 또 그것을 관통하는 어떤 것―필자가 '몸(이때의 몸은 몸과 두뇌를 합한 총체적 개념으로서의 몸이다)이 강하게 아는 바에 근거한 직관'이라고 표현하는 것―의 어우러짐이 바로 생명성이라고 규정하려 한다.

마비된 채로 격리 수용된 '몸'과 매트릭스의 세계를 진짜라 알고 살아가는 '두뇌'의 결합을 위한 열쇠는 바로 몸이 아는 직관에 있는 것이다. 몸이 아는 바에 따라 주저함 없이 빨간 약을 삼킨 네오는 한번도 사용한 적이 없는, 그래서 아직은 무력하지만 자신의 진짜 몸을 회복할 수 있었다.

3) 탯줄 · 매개로서의 전화phone

진짜 몸을 회복하고 진짜 세계로 편입된 네오는 그 편입과정상 예정된 혼란을 겪는다. 평생 진짜세계인 줄로만 알았던 세계가 실은 꿈이나 다름없는 가상 현실이었다는 것을 수용하기란 쉬운 일이 아니기 때문이다. 거기다가 자신이 세상을 구원해야 할 구원자라는 것이다. 다른 대원들은 아직 반신반의하고 있지만, 모피어스는 네오가 바로 '그'(세상을 구할 구세주)라고 강하게 신뢰하고 있다. 어쨌든 그는 모피어스가 지시하는 대로 프로그램을 통한 전투훈련에 임한다. '그'라고 추정되는 네오가 구해야 할 세상은 바로 매트릭스의 세계, 가상 현실의 세계이다.

네오가 매트릭스 안에 있을 때, 발전소에 격리된 네오의 몸과 두뇌가 사는 가상 현실 사이를 연결해주는 기계적 탯줄이 존재하기는 했었다. 동시에 그 탯줄은 네오의 몸을 그 모체(?)인 전력발전소와 연결해 주는 일종의 착취적 탯줄이기도 하다.

진정한 의미의 탯줄, 즉 이것과 저것을 연결해주는 매개체로서의 탯줄은 어디까지나 수평적이어야 한다. 수평적이지 않다면, 그것은 통제적 관리에 다름 아니다. 네브카드네자르 Nebuchadnezzar 기지에서 매트릭스 안으로 들어가기 위해선 전화를 걸어야 한다. 반대의 경우 역시 기지에서 걸려온 전화를 받아야만 기지로 돌아갈 수 있다. 그것도 무선 전화가 아닌 유선 전화만 해당된다. 전화는 커뮤니케이션의 수단이다. 걸어야 받을 수 있고, 받아야 말할 수 있다. 다시 말해, 일방적일 수 없다는 것이다. 진실을 말하고 싶어도 들어야 말하고, 듣고 싶어도 말해 줘야 들을 수 있다. 즉 쌍방적 교류가 필요한 것이다. 더 나아가, 진실을 믿건 안 믿건 간에, 그것은 수용자의 선택의 문제이며, 발신자는 전달을 하면 되는 것이다.

전화를 통해 매트릭스 안의 가상 현실로 진입하는 것을 단순한 서사 내 규칙이라고 볼 수도 있지만, 맥락상, 기지와 가상세계 간 이동자들, 즉 대원들 간 지켜지고 있는 일종의 사회성—쌍방적 교류—의 함의로도 볼 수 있겠다. 불러주고 받아주는 보완적 관계 말이다. 요원들과 싸워 이긴 네오의 메시지 전달도 유선 공중 전화라는 커뮤니케이션 수단을 통해 이루어진다. 그 수신자가 누구인지는 모르지만 말이다. 대상이 누구든지, 그의 눈과 귀를 어둡게 하는 착취적 탯줄로서 얽어맴이 아니라, 그의 눈과 귀를 밝게 하는 쌍방적 탯줄로서 교류함이 바로 전화의 함의이다.

4) "Relax, and open your mind"

"긴장 풀고, 마음을 한번 열어 봐." 점프 트레이닝 프로그램에서 모피어스가 한 말이다. 정확하게 말하면 "Free your mind!"였지만 말이다. 프로그램 안의 세계엔 몸이 없다. 즉 디지틀화된 영상 자기 이미지 visual self image만 있을 뿐이다. 비록 육체적 몸은 거기서 존재하지 않지만, 두뇌와 몸의 교류, 그리고 그것을 관통하는 몸이 아는 바의 직관이 존재한다. 그렇기에 가상 현실임을 아는 자는 더더욱 그곳에서 불가능한 것은 없다. (가상 현실이라는 이유 하나만으로 모든 것이 가능해진다고 확언하는 것은 아니다.)

그러나 그게 가상임을 알지만, 어떤 관습화된 리얼리티로 길들여진 인간은 가능과 불가능을 구별하게 마련이고, 또 불가능하다고 상정된 상황에서 두려움을 갖게 마련이다. 고층 건물 간 장거리 점프 시도를 할 때—우리 몸이 호흡한다는 생각을 하지 않고도, 몸이 아는 바대로 호흡하는 것처럼—"긴장 풀고 마음을 자유롭게 하라"고 모피어스는 충고하지만, 첫 번째 시도에 네오는 실패한다. 가상세계에서는 훈련된 근육이 작용하지 않는데도 말이다. 마음을 자유롭게 하는 것에는 강한 신뢰에 기반을 둔 '몸이 아는 바의 직관'이 필요함을 잘 보여주고 있다.

3. 『오픈 유어 아이즈』(알레한드로 아메나바르, 1997)

1) 기억, 그리고 무의식의 장난

25세의 핸섬하고 부유한 플레이보이 세자르는 친구 펠라요의 여자친구인 소피아를 만난 후, 처음으로 사랑에 빠진다. 질투에 휩싸인 누리아의 동반자살시도로 인해서, 그는 물론 죽진 않았지만, 야수와도 같이 얼굴이 심하게 망가진다. 사고로 얼굴이 망가진 후, 행복했던 세자르의 인생은 빠른 속도로 비참해진다. 펠라요와 소피아를 포함한 대개의 사람이 그의 얼굴을 보기 꺼려하고, 그를 피하려 한다. 그런데 술에 취해 길거리에서 잠들고 난 다음날 아침부터 그의 인생은 마치 꿈처럼 갑자기 행복해진다. 소피아가 그에게 사랑을 고백하고, 이제까지는 회의적이었던 성형외과 의사들이 혁신적 기술이 개발되어 성형수술을 해주겠다고 확신하는 것이다. 정말 수술은 성공해서, 그는 예전의 핸섬한 외모를 되찾고, 소피아도 그를 사랑하며, 펠라요 역시 세자르를 제일 좋은 친구로 여긴다. 원하던 대로 모든 것을 되찾아 꿈같은 나날을 보내던 어느 날 밤, 자다 일어나 거울을 본 세자르는 괴물같이 변해있는 그의 얼굴을 보고 놀라던 꿈을 꾸다 깬다. 곧바로 일어나 얼굴을 다시 확인하고 자리에 들어온 세자르는 옆에 있는 여자가 소피아가 아니라 누리아임을 알고 놀란다. 분노로 인해 그는 누리아를 폭행한다. 다음날 경찰서에서 조사를 받던 세자르는 아무도 그의 말을 믿지 않음을 알게 된다. 분명히 누리아였는데, 다른 사람들은 소피아임에 틀림없다는 것이다. 소피아의 집에 갔지만, 소피아의 사진에 전부 누리아가 찍혀있음을 목격한다. 모든 것이 일치하는데 얼굴만 누리아의 얼굴이 자리하고 있는 것이다. 세자르는 소피아의 얼굴을 다시 보게되고, 그녀와 성관계를 갖던 중, 다시 또 그녀가 누리아의 얼굴로 변해 있음을 알게 된다. 도저히 이해할 수 없는 상황에 처한 세자르는 알 수 없는 상황에 대한 분노와 누리아에 대한 분노로 인해 그녀를 죽이고 만다. 도망쳐 나오던 중 세자르는 거울을 통해 자신의 얼굴이 괴물로 도로 변해 있음을 확인한다. 살인용의자이지만, 정신질환이 의심되어 치료소에 일시 감금된 세자르는 정신과 의사 안토니오에게 위와 같이 자신의 기억을 회상해 준다. 그러나 오히려 기억의 회상보다는 세자르의 꿈 얘기와 잠꼬대에서 그 수수께끼의 실마리를 찾게 된다. 그 결과 자신이 생명연장 life extension 회사와 계약하고, 자신은 이미 자살을 했으며 몸은 냉동 저장되고 있음을, 그리고 연결점으로 지정된 '술 취해 길거리에서 잠든 다음날'부터의 기억은 지워지고, 이후에는 모두 가공된 가짜 기억이 대체 되었음을 알게 된다. 다시 말해, 세자르가 살아가는 현재 세계는 L.E.가 제공하는 인공지각에 의해 작동되는 꿈의 세계, 즉 가짜 세계인 것이다. 심하게 망가진 외모를 받아들이지 못하고, 또 그런 그를 받아들이지 못하는 주변사람들의 행동이 그를 고통스럽게 만들어서, 그는 가짜 세계를 자발적으로 원한 것이다. 모든 진상을 알게 된 그는 혼란스럽지만, 악몽 같은 가짜 세계에서 깨어나기를 원한다. 결국 그는 가짜 세상이지만 어쨌든 고층 건물에서 추락하는 형식적 의식을 행하고 나서야 진짜 세계로 재편입된다. 눈을 뜸을 통해서 말이다.

   존재는 기억의 회상을 통해 자기 정체성을 재구해 나간다. 기억은 곧 시공간에서의 존재의 흔적을 각인하고 있는 것이다. 기억에는 자발적 기억과 비자발적 기억, 즉 의식적 기억과 무의식적 기억이 있다. 원래 기억하고 있는 순수한 자기 기억과 지워진 기억의 자리에 다시 입혀진 조작된 기억의 회상이라는 이중체계를 통해서 세자르는 자기 정체성을 재구해 나간 것이다. 분명 인공지각이 제공하는 기억은 체화된 기억이 아니다. L.E에 의해 인위적으로 지워져 버린 기억 중에서 세자르는 두 가지를 꿈이나 환영의 형식으로 기억하고 있다. 즉 L.E.와 계약하던 날의 기억과 음독 자살을 하던 날의 기억이 그것이다. 두 가지 파편화된 기억은 결코 꿈이나 환상이 아니라, 오히려 세자르의 존재 해명의 단서가 되는 진짜 기억이다. 인공지각이 제공한 가짜 기억과, 그리고 인공지각이 소거했으나 이미 체화되어 몸에 기록된 진짜 기억이 그의 두뇌 속에서 경합을 벌인 것이다. 몸에 기록된 무의식적 기억은 그가 자기 몸을 소외시키고 나서 도피했던 세계, 즉 인공지각이 조작하는 가짜 세계에서 악몽에 시달리는 세자르의 의식을 끊임없이 건드리게 하고, 이러한 무의식의 장난(?)으로 인해 결국 세자르는 자기 몸을 회복하도록 이끌린다.

2) 삶 현실과 꿈 현실

실제 세자르의 진짜 현실에는 세자르의 몸과 두뇌가 결합되어 있지만, 인공지각이 제공하는 가짜 세계에서는 세자르의 몸은 냉동 마비된 채로 소외된 채, 두뇌만이 인공지각이 제공하는 시나리오대로 단 세자르가 매순간 선택하는 대로 변경하면서 작동되고 있다.

교통 사고 전 세자르는 몸을 소외시키기는커녕, 오히려 사람에 대한 마음을 소외시킨다. 한번 관계한 여자와 더 이상은 관계하지 않으며, 친구 펠라요나 동업자들 등 누구든지 신뢰하지 않는다. 그러다가 처음으로 소피아에게 사랑의 감정을 느끼고, 그 동안 소외시켜 왔던 마음의 존재를 감지하자마자, 세자르는 불행히도 교통사고를 당해 얼굴이 상하게 되는 것이다.

사고 이후, 세자르는 소피아에게 적극적으로 접근하여 사랑을 표현하고 매달리며, 펠라요에게는 진한 우정을 표하며, 또 요구한다. 망가진 얼굴을 고치기 위해 성형외과 전문의들에게 결과적으로 자기 몸을 더 비하시키는 구차한 행동을 보이며, 또 흉칙한 얼굴을 감추기 위해 이상한 가면을 착용하고 다니는 등 몸을 소외시키는 행동을 취한다.

결국 흉칙한 맨 얼굴을 용납하지 못하고, 주위의 냉대를 용납하지 못한 세자르는 자살과 더불어 자기 몸을 냉동 저장하는 결정을 내림으로써, 몸을 영구히 소외시킨다.

연결점 이후, 인공 지각이 제공하는 세계에서 세자르는 예전의 핸섬한 외모와 따듯해진 마음으로—비록 가짜이지만—한동안 행복을 향유하며 산다. 그러나 체화된 기억의 출몰과 무의식의 장난, 즉 순수 기억과 인위 기억 간 부조화가 빚어낸 악몽에 시달리던 세자르는 결국 모든 진상을 알게 된다. 가짜의 지옥을 아는 그는 고통스럽지만 가면을 벗고 '맨 얼굴'을 드러낸다. 자기 몸을 회복하기로 결심한 것이다. 그 길만이 이 지옥에서 벗어나는 길이다. 하지만 쉽지는 않다. 용기가 필요하다. 진짜를 얻기 위해 치러야하는 의식이 남아 있다.

3) 입사 · 제식으로서의 추락사

세자르는 물론 L.E.회사의 뒤베르누아로부터 지금 세계가 인공지각이 세자르에게만 제공하는 가짜 세계라는 말을 들었지만, 그 말을 100% 믿기란 정말 어렵다. 거기다 악몽에서 깨어나기 위해서 취할 수 있는 해결책은 바로 지금 서 있는 고층 옥상에서 추락사하는 것, 그리고 나서 한낱 꿈에서 깨어나듯 눈을 뜨는 것이다. 그러나 현실이라고 믿고 살아온 사람에게 그 인생의 무게가 실린 그 세계를 가짜라고 믿으라면 누가 믿겠는가?

한 사회로 편입되는 데는 일종의 입사식이 필요하다. 세자르가 인공지각이 제공하는 가짜세계로 편입되기 위해서 음독자살이라는 입사식을 치른 것처럼, 다시 진짜 세계로 재편입 되기 위해서는 투신자살이라는 또 한번의 입사식 · 제식이 필요하다.

안토니오는 속지 말라고 애원하고, 세자르 옆에는 소피아와 펠라요가 존재한다. 뒤베르누아는 이 모든 것이 다 가상 현실이라면서, 악몽에서 깨어나려면 어서 뛰어내리라고 종용한다. 고소공포증과 떨어지는 두려움, 어쩌면 정말로 죽어버릴 지도 모른다는 두려움 등이 세자르를 고통스럽게 하지만, 진짜를 얻기 위해서, 진짜를 버리고 가짜를 택했던 사람이 다시 진짜를 얻기 위해 치러야 하는 희생 제식이다. 세자르는 진짜 몸을 회복하고 진짜 세계로 가기 위한 형식적인, 그러나 진짜 같은 추락사를 감행한다.

4) "Relax, and open your eyes"

"긴장을 푸세요. 긴장을 푸세요. 눈을 뜨세요."라는 말로 서사는 종결된다. 세자르는 가짜 현실에서 깨어나 진짜 현실로 편입된 것이다.

여기서 "눈을 뜨라"는 말은 단순히 눈을 뜨고 보라는 말과는 다르다. 눈을 뜸, 즉 개안(開眼)은 떨쳐냄과 동시에 알게 되는 것을 말한다. 다시 말해, 몸을 열라는 것에 다름 아니다. 꿈에서 깨어날 때 그 누구도 눈뜰 시점을 생각하거나 결정해서 눈뜨지는 않을 것이다. 그저 몸이 아는 것이다. 눈을 떠야 할 때를 말이다. 단순한 신체 리듬만을 의미하지는 않을 것이다. 따라서 눈뜸은 혼돈스러운 꿈의 세계를 떨쳐냄이며, 동시에 그게 꿈이었다는 것을 정말 알게되는 것을 의미한다는 것이다.

우리는 꿈인지 생시인지 혼돈스러운 세계, 즉 가능과 불가능이 서로 부대끼는 세계에서 무언가를 알기 위해 끊임없이 몸을 깨워야 한다. 몸이 아는 바를 따르는 것도 중요하지만, 깨고 나야 꿈인 것을 확신하니까 말이다. 글쎄 또 그것 역시 꿈인지도 모를 일이지만.

4. 부대낌의 해제(解除)로서의 몸

가싱 현실 개념의 개입으로 인해, 실제 real와 가상 virtual 간 구분이 전보다 모호해지고 있다. 물론 현재 우리는 실제 세계인지, 가상 세계인지 명확히 구분하고 있다. 문제는 가상 세계의 모습이 실제 세계와 많이 닮아 있고, 또 실제 세계가 각종 프로그램에서 제공하는 가상 세계의 모습을 모방하고 있다는 것이다. 즉 실제 세계와 가상 세계간의 상호모방이 행해지고 있다는 점이다.

"이건 불가능해!"라고 가능성을 부정하는 것이 무슨 의미가 있는가? 지금 여기서 불가능한 것이, 어느 땐가 저기서 가능해지는데. 요즘처럼 상호침투의 망이 광범위해진 시대에, 가능과 불가능의 부대낌은 피할 수 없는 현상이다.

『매트릭스』에서 네오가 가짜 세계에서 진짜 세계로 편입되어 자기 몸을 탈환하기까지, 그리고 나서 단지 재능 있는 네오에서 세상을 구원할 '그'로서의 네오가 되기까지, 네오 역시 가능과 불가능 간 부대낌을 끊임없이 겪었다. 그러나 그 부대낌 해제의 열쇠는 몸에 있었다. 그리고 『오픈 유어 아이즈』의 세자르 역시 가상 현실임을 망각한 채, 악몽의 지옥에서 진짜 현실로 편입되기까지 가능과 불가능 간 부대낌에 시달렸다. 그를 가짜에서 버틸 수 없게 만든, 즉 부대낌 해제의 열쇠 역시 몸에 있었다. 몸이 구사하는 몸의 언어(직관 내지 무의식 등), 그리고 몸의 대화는 매트릭스의 세계를, 또는 인공지각의 세계를 초월하는 무엇이다.

그것은 디스토피아 distopia 재현이 지닌 단순한 경각적 효과를 넘어서고, 그리고 불가지론(不可知論), 또는 "진실은 어딘가에 있다"라는 식의 논리를 재치 있게 우회하며 넘어선다.

굳이 매트릭스나 냉동저장의 은유를 통하지 않더라도, 경험·의식·이성, 그리고 과학적 논리의 이름을 걸고 직관·무의식·감성, 그리고 신화적 논리가 배제되어 온 것은 이미 주지된 바이다. 전자를 '두뇌의 언어'라고 한다면, 후자는 '몸의 언어'에 가깝다고 할 수 있다.

인간 두뇌의 언어가 거듭되는 자신의 진화를 물질에다 투영시키는 이 시대에, 그리고 '그 투영된 물질이 오히려 거듭되는 자신의 진화를 인간 두뇌에다 투영함'을 가정해서 보여주는 두 텍스트 『매트릭스』와 『오픈 유어 아이즈』는 가상 현실이 차지하는 자리가 점점 더 확고해져 가는 이 시대에, 현재에는 잠재(潛在)하나, 미래에는 어쩌면 현재(顯在)할 수 있는 '극단적 부대낌'의 해소책으로, 즉 두뇌보다는 몸의 깨어남에 손을 들어주고 있다.

오늘 이 시대는 바로 장자의 호접몽(胡蝶夢) 개념이나, 노자의 존재·비(非)존재 개념, 그리고 성경적 신화의 패러디, 또는 신체 무술 등 그 동안 허무맹랑한 환타지로 치부되어 온 문화적 범주들이 직조해 내는 해법들의 핵심 코드로서, 즉 부대낌으로 인한 긴장 해소의 핵심 코드로서 제안된 '몸'에 새로운 의미를 부여하고 조명해야 할 시기가 아닌가 싶다. *

■ 자유 논단

■ 자유 논단

「혜성가」의 제의적 성격과 문학적 형상화

— 呪願力과 그 효과를 중심으로

윤 경 수*

1. 서 론

『삼국유사』 권5 융천사 혜성가 진평왕 조에는 진평왕 때 혜성이 심대성을 범한 일이 있었다는 기록이 있다. 이에 융천사가 「혜성가」를 지어 부르니 혜성이 사라지고 때마침 일병이 신라를 침범했다가 환국했다는 것이다.

고대에는 모든 사물에 신령이 들어 있다고 생각하는 만물 신관의 애니미즘적 우주관을 가지고 있었다. 그 중에서 혜성의 출현은 전쟁·질병·천재지변 등 흉조가 발생하는 것으로 생각하였다. 그래서 혜성이 심대성을 범한 현상이 천계에서 일어나자 세 화랑과 그 부대 장병들이 금강산의 유람도 중지하였고, 융천사가 혜성가를 지어 불러 혜성이 소멸됨에 따라 이들이 금강산 행각의 여정에 오르게 된 것이다. 아울러 일병이 환국하여 나라는 평안해지고 도리어 경사가 됐다는 것은 천상의 변화가 지상과 인계에 영향을 미친다는 것을 일깨워 준다고 볼 수 있다. 마치 이것은 지상의 것과 천상의 것을 상응관계로써 보는 것과 같다 하겠다.

고문헌에 의하면 혜성의 출현은 나라의 존망과 관계되어 있다. 신라인뿐만 아니라 고대인은 혜성의 출현은 괴변이 일어나는 것으로 생각했기 때문이다. 융천사는 하늘의 이치를 조절할 수 있는 인물이었으므로 혜성가를 지어 노래함으로써 혜성의 출현을 무력화시켰으며, 도리어 혜성을 이로운 별로 변용 시켜 밝은 빛으로 발현하게 했다.

---

* 한성대학교 교수.

　융천사는 혜성을 소멸시키기 위한 제의행사를 행하게 된다. 바로 이 제의
행사 때 융천사는 「혜성가」를 노래하여 혜성의 변괴를 없앤 것이다.

2. 시대적 배경

1) 역사성을 띤 설화적 요소

　「혜성가」를 이해하려면 먼저 제작 경위를 말해주는 근원적 배경설화를
이해하는 것이 선결문제이다. 「혜성가」가 만들어진 『삼국유사』 권5 진평왕
에는 설화적인 성격을 띠고 있지만 그 배경설화는 역사성이 가미된 것이다.
물론 설화 중에는 작가에 따라 현실과 다른 황당무계한 내용으로 구연될 수
도 있으나, 신라 진평왕대의 혜성의 출현은 역사적 사실이었다. 이러한 사
실에서 「혜성가」의 배경설화를 보면 융천사가 「혜성가」를 지어 부르니 혜
성의 소멸과 함께 일병이 퇴각하였다는 것이다. 이 부분은 당대인들의 주술
적 종교관으로 인한 허구성과 역사적 사실이 혼재되어 있는 내용으로 「혜
성가」의 핵심적 내용이 되는 부분이다. 『동사년표』에 의하면 「혜성가」 제
작연대를 진평왕 45년(623)이라 기록되어 있다. 『日本書紀』天文志 推古天皇
31년(623)에는 만 명이 넘는 일본 군사가 신라 해안에 침범한 사실이 보인
다. 「혜성가」의 배경설화는 역사적 사실과 함께 허구성이 내포된 설화라고
볼 수 있지만 그 때 많은 일병이 해안에 진주해 신라의 경주가 위협 당하는
위기에 놓여 있었음을 알 수 있다. 『삼국유사』의 기록이 상징과 비유가 많
이 발견되는 것을 보더라도 전술한 바와 같이, 혜성이 심대성을 침범한 것
은 일병을 비유적으로 표현한 것으로 보아야 할 것이다.

　「혜성가」의 배경설화에 제의행사가 거행되었다는 기록은 없다. 그렇지만
「혜성가」를 지어 부를 때 성제의식이 베풀어졌을 것으로 추정된다. 혜성이
나타나는 것은 하늘의 재앙으로 간주하여 많은 사람들이 전전긍긍하였고
나라가 망한다고 믿었기에, 왕도 융천사가 주관하는 제의식에 참석했을 것
이라고 생각한다.

이 「혜성가」의 배경설화는 다분히 사실과 허구를 지니게 되어 역사와 설화의 양면관계를 적절히 나타냈다고 보아진다.

(2) 역사적 당위성 반영

『삼국유사』 권5 진평왕에 "彗星犯心大星"이란 기사는 신라왕조에 어떤 흉사가 있었음을 알리는 것으로 볼 수 있다. 물론 이 흉사는 일병의 침입을 비유한 것이겠으나, 『삼국사기』에 의하면 신라 시조 혁거세 거서간 5년부터 일병의 침입이 기록된 것을 발견할 수 있다.

『삼국사기』와 『삼국유사』에 의하면 진평왕 때는 혜성의 출현과 일병의 침입사실이 기록되이 있지 않으나, 실지로는 여리 치례 있었을 기능성이 그다고 예상할 수 있다.

「혜성가」의 배경설화에 의하면 혜성의 변괴를 제거하기 위해 신라조정에서는 제의행사를 행했던 것 같다.

융천사는 하늘의 이치와 통한 인물이었으니 「혜성가」에는 주력이 담겨져 있다고 아니 할 수 없다. 원래 天師란 천상과 지상을 왕래할 수 있으므로 이때 융천사는 신과 인간을 연결시키는 무적존재로 보인다. 융천사란 이름을 풀어보면 '천기나 천체의 운행을 조절하고 융화하여 조화를 부리고 천리에 호응하여 천하를 감동 교화시킬 수 있는 신비한 능력을 지닌 위대한 스승'이라고 그 성격을 파악할 수 있다. 융천사가 낭승이었다는 것은 고유의 무교와 불교와 습합된 밀교적인 인물이었음을 의미한다. 융천사가 천문에 달통한 사람이었으므로 무격으로 볼 수 있다.

원래 巫란 한자의 구성은 신과 인간을 연결해 주는 종교현상으로 풀이하면 융천사가 무적인 능력을 소유했다는 것도 생각해 볼 수 있다. 이 巫자는 사람(무당)이 춤을 추어 신령과 인간을 하나로 연결시켜 주는 뜻이 내포되어 있다고 할 수 있다. 무당을 샤먼이라 부르는데 그 특징은 엑스터시 상태 속에서 신과 인간의 교통시의 황홀경을 두고 하는 말이다.

이러한 맥락으로 무교를 보면 노래와 춤으로써 신령을 섬겨 신과 인간을 하나로 융합시켜 놓는다. 여기서 융천사는 재액을 물리치고 복락을 가져왔으니 무적인 인물이라고 생각할 수 있다.

융천사가 노래를 부르자 혜성이 사라졌다는 것은 융천사의 주력으로 말미암아 일병이 물러난 것으로 표현되어 있지만, 역사적인 상황으로 미루어 보면 일군은 신라군과의 대전에서 아무런 소득이 없으므로 그냥 돌아간 것이다.

설화상으로 진평왕대 일병이 환국한 것은 「혜성가」의 주력으로 '無功而還'한 것이지만 실제 상황에서는 싸워도 승산이 없었거나 보급품이 두절되는 데서 물러났다고 볼 수 있다.

실제로『삼국유사』진평왕의 기사는 융천사가 제의식 때 「혜성가」를 지어 부른 것은 인정하면서도 그 노래의 주력적인 효험이 있으므로 혜성이 소멸되거나 또 일병이 환국한 것이 아니다.

결과적으로 「혜성가」의 배경설화는 현실적 상황을 설화적인 허구성을 살려 표현했을 뿐이다. 이에 「혜성가」는 역사적인 사실성과 실화적인 허구성을 문학적 표현으로 형상화시켜 융천사가 지었다고 할 수 있다. 이 노래의 배경설화는 「혜성가」와 함께 신라인의 무불습합 관념을 잘 노정시켜 놓았다. 그래서 「혜성가」의 배경은 역사성을 띤 설화적 요소가 가미되었다고 본다.

3. 작자 및 연대추정

1) 작가문제

「혜성가」의 작가는 융천사이다. 향가의 작가는 실명이 아닌 경우가 많았으므로 「혜성가」의 작가 융천사의 경우도 실존인물 여부가 의문시된다. 융천이란 명의는 하늘의 질서를 조화있게 운행 통제 융화하는 인물을 상징한 것이라면 혜성가의 내용과 부합이 된다. 「혜성가」의 내용을 보면, 융천사는 천체의 운행을 조절했던 인물이었음이 드러나, 실존인물이 아니라고 할 수도 있다.

융천사가 실존인물이 아니라는 증거는 「혜성가」의 창작설화와 가요의 주제 등과 일치하는 인물로 보기 때문이다. 향가의 작가 중 융천사와 같은 부류의 인물로는 忠談, 月明師, 永才, 希明, 信忠 등을 들 수 있다. 이들은 작품의 주제와 배경설화와 일치하는 이름이기 때문이다. 융천사가 실존인물의 이름이 아니고 상징화된 이물이라 함은 魚允迪『東史年表』에 '融天下之大師 作彗星歌'에서도 찾아 볼 수 있다.

융천사가 천체의 운행을 조절했던 인물이라면 낭승의 신분과 관련된다. 그런 점에서 융천사는 아명이 아니고 아호인 것으로 추측된다. 고대인은 천신과 통하는 무격이나 낭승들이 있었으므로 인력으로서는 도저히 해결할 수 없는 문제도 처리가 되곤 했다. 더구나 향가는 천지 귀신을 감통하게 하는 노래였으니 「혜성가」에 있어서도 혜성을 물리치는 주력이 담겨져 있었다고 생각할 수 있다. 융천사는 실존 인물로서 천체 운행에 이상이 생겼을 때는 주력으로써 조화시키는 낙승인 데서 「혜성가」의 배경과 같은 설화가 기록 화된 것이다.

신라인은 향가를 초자연적 주력이 있는 것으로 믿어왔으므로 융천사가 「혜성가」를 지어 부르자 혜성이 사라지고 일병이 물러난 것으로 기록된 것이다. 융천사는 천체의 변괴를 조화시키는 낭승인 데서 융천이란 명의가 붙어졌음을 감안할 때 그 이름은 아호이거나 별호라고 함이 옳다.

융천사의 직분에 대해서는 승려 낭도라는 주장을 펼 수 있으나, 이 승려 낭도는 전 화랑의 단체에 있어서 오직 한 사람의 성인으로서 무리를 지도하는 낭도 중의 으뜸이라 할 수 있다.

융천사는 혜성이 나타나게 되자, 「혜성가」를 지어 부름으로써 소멸시켰는데, 이는 낭승인 데서 노래에다 주력을 담아 발휘했음을 의미한다.

융천사가 「혜성가」를 부른 것은 그 시대 천문상에 이상이 생기고 일병이 침범한 사실을 증명할 수 있다. 따라서 융천사는 설화적인 인물일 수 없다. 그가 진평왕 때의 「혜성가」를 지은 호국의 충신이라면 아명일 수 없고 아호였다고 보는 것이 옳을 것 같다.

2) 창작연대 미상

「혜성가」의 창작연대는 일병이 침범한 사실과 혜성이 나타난 연대로 추정해 볼 수 있다. 이 두 사건은 『삼국사기』와 『삼국유사』에는 나타나지 않고 있다. 「혜성가」의 창작연대 추정은 어윤적의 『동사연표』에 기록된 진평왕 45년(623)을 들 수 있는 것이 고작이고 그리고 일병이 신라를 침입한 사건은 『일본서기』 추고천황 31년의 기록인 「천문지」를 들 수 있을 정도다. 그러나 이 두 사건이 얼마나 신빙성이 있느냐 하는 데에는 많은 의문점이 남는 것이다. 양 기사가 일치함에 따라 진평왕 45(623)를 「혜성가」의 제작연대로 대부분 보고 있지만 여러 가지 무리가 따르고 있다.

그 첫 번째 반증으로 신라측 기록에 의하면 혜성은 진평왕 때 나타나지 않고 있다. 두 번째 진평왕 때 나타났다는 것은 '星孛于角亢'이라 한 데서 찾아볼 수 있다. 이 때는 진평왕 29년에 해당한다. 신라측 기록과 많은 차이가 있으며 혜성가조와 일치하지 않는다. 일병이 신라를 침범했다는 기록은 역사서에 나타나지 않고 있다. 이는 다만 기록상에 보이지 않을 뿐이고 실지로는 일병이 신라 해안을 침략했던 것은 사실이다.

「혜성가」의 창작연대는 일병의 침입이 잦고 혜성이 심대성을 범하고 일병이 신라를 침입하자 이를 불길한 징조로 보고 제의식을 거행하게 되었다. 이에 융천사가 「혜성가」를 지어 제액함에 따라 혜성도 소멸되고 일병도 환국했다는 것인데 이것은 다분히 무속적이고 밀교적이라고 할 수 있다.

「혜성가」는 일병이 침범한 데서 지어졌고 그 연대추정은 현존 문헌으로는 참고할 자료가 없으므로 앞으로 더욱더 고증되어야 할 부분이다. 그러나 『동사연표』와 『일본서기』의 기사대로 「혜성가」의 제작연대를 진평왕 45년으로 본 것은 믿기 어렵다. 「혜성가」의 제작연대는 미상이라고 볼 수밖에 없다. 왜냐하면 헬리혜성은 76년 만에 나타나게 되어 있는데 『삼국사기』에 의거하면 진평왕 때에는 나타나지 않았고 다만 천재지변에 관한 기록이 전할 뿐이고 '彗星犯心大星'이라고 할 만한 자료가 보이지 않는다.

헬리혜성이 76년을 주기로 나타나는 것이라면 607년 진평왕 29년에 기록되어 있어야 할 것이다. 어윤적이 주장한 진평왕 45년 설보다는 타당성이 짙은 것이다. 그러나 이는 어디까지나 추정일 뿐이며 연대는 미상으로 볼 수밖에 없다.

4. 주원력과 가의성

1) 신기루 현상과 건달바성

「혜성가」의 배경과 작품 내용은 부합되는 것일까. 배경설화는 혜성이 심대성을 범하고 일병도 신라 해안을 침범한 것으로 나타났다. 「혜성가」에서는 어떠한가. 이 두 사건이 착각에 의한 것이라고 규정하고 혜성이 나타나지 않았고, 일병도 신라를 침입한 사실이 없다는 내용을 밝혔다. 이는 작자의 주력으로써 혜성과 일병을 퇴치했음을 의미한다.

융천사는 「혜성가」에서 이들 두 가지 사건이 발생하지 않았다고 한 것에 대해 후학도들은 의문을 품게 된다. 따라서 「혜성가」의 연구는 이 두 가지 사유를 좀더 명확히 밝히는 작업이 이루어져야 될 필요성이 있다.

먼저 작품의 내용 중 "건달바의 논성을 바라보고 왜군도 왔다! 봉화를 든 변방이 있어라!"를 보더라도 융천사는 명의와 상통하는 주력을 지닌 인물로 밝혀진다. 이를 설명하기 위해서 건달바에 대해서 규명하여 볼 필요가 있다. 학자들은 「혜성가」의 건달바가 신기루 현상에다가 용신신앙과 결부한 데서 등장한 것이 아닌가 하였다.

「혜성가」의 건달바성은 천악신이 노는 영역임을 뜻한다. 그런데 사람들은 환락술로 만든 성에서 신이 노는 것을 일병으로 착각한 것으로도 볼 수 있다. 이 점에서 건달바성이 「혜성가」에 등장된 것은 신라인의 호국사상과 불연국토사상이라고 학자들은 말하고 있다.

융천사가 「혜성가」에서 건달바성에서 악신이 노는 것으로 나타낸 것은 신라의 관념에 의한 표현이다. 이는 융천사가 낭승이었으므로 재래신앙과 불교를 융합하는 소유자였기 때문이다.

이와 같은 관점에서 '건달바성'의 용어는 당대 신라인의 밀교의 관념을 잘 드러낸 지각단위와 연관되는 용어라고 할 수 있다. 따라서 이 용어는 '反成福慶'을 이루는 것으로 "문학과 사회가 밀접하게 관련된다."라고 한 것과 부합이 된다. 즉 '건달바성'이란 용어에는 작가의 주원력이 내포되었다고 할 수 있다.

위와 같이 융천사는 「혜성가」의 가의를 완곡법으로 구사하여 일병의 침입을 건달바성에서 천악신이 호악하는 것으로 흡수해 버렸고, 혜성이 출현한 것을 달과 함께 길쓸별로 나타내어 세 화랑이 금강산 장도에 안내자 역할을 밀교적인 신앙으로 변용시켜 「혜성가」의 가의성을 호국사상과 상관시켜 놓은 것이라 할 수 있다.

2) 혜성과 길쓸별

융천사는 천지조화의 신주력으로써 혜성을 利星으로 바꿔 놓았다. 「혜성가」의 제2단에서 "길쓸별을 바라보고 彗星이여! 사뢴 사람이 있구나."라고 한 것은 융천사가 천지조화의 주력을 담은 노래를 한 것이라 본다. 「혜성가」의 배경을 이룬 진평왕 때는『삼국유사』진평왕 이외는 혜성이 출현한 기록이 보이지 않는다. 그러나 다만 문헌에 기재되지 않았을 뿐이다.

융천사가 「혜성가」를 지은 것은 혜성이 심대성을 범하는 변괴가 발생하여 그로 인한 민심이 흉흉한 데서 호국사상을 고취하기 위한 데 있다고 본다. 일병이 침입한 것을 건달바성에서 악신이 노는 것으로 바꿔 놓은 것과 혜성의 출현을 길쓸별로 나타낸 것은 그 뜻의 반영이라 할 수 있다. 길쓸별은 달과 함께 어두운 하늘을 안내해 주는 역할을 수행한다.

융천사는 천지의 조화를 제어할 수 있는 능력을 소유했기에 일병과 혜성도 무력화시켜 도리어 신라측을 이롭게 바꿔 놓았다. 이는 신라인의 호국사상에서 연유된 것이지만, 그 사상의 근저에는 밀교적인 관념이 있다.

3) 재생제의의 달

「혜성가」의 제2단과 제3단에는 달이 등장한다. 달이 등장한 것은 재생제의의 관념과 관련된다. 달은 어둠 속에서 빛을 발하는 광명의 역할을 한다. 이는 재래 무속신앙과도 밀접한 관련이 있다. 달의 차고 기우는 이치는 주기적인 재생이므로 인간 생명의 리듬과도 통할 수 있다. 융천사가 「혜성가」에서 달이 광명을 발하는 것으로 나타낸 것은 재생력을 상징하는 것이다.

「혜성가」에서 달의 재생원리를 구가한 것은 신라의 암흑적 상징인 혜성 출현과 일병의 침입에서 볼 수 있다. 융천사는 신라의 천지에 도래되어 있는 두 사건의 흉조를 복경의 상서로움으로 바꿔 놓았다. 달은 어둠을 광명으로 비쳐 주는 것이므로 「혜성가」에서 달이 등장한 것이다. 달은 3일반 동안 하늘에 나오지 않는다. 죽음 뒤에는 재생이 뒤따르게 되어 신월이 되는 것이다. 달은 그 자체로서 자라는 열매라고 할 수 있으므로 스스로의 운명을 따르면서 시초로서 자라는 열매라고 할 수 있으므로 스스로의 운명을 따르면서 시초로의 영원회귀를 반복하는 생의 리듬을 가진 천체라고 할 수 있다.

달의 재생리듬과 「혜성가」의 가의는 너무나 잘 부합된다. 「혜성가」의 달은 어둠에서 광명으로, 죽음에서 재생으로 이어지는 원리를 원용해 암흑의 시대 뒤에서 빛나는 순수한 재생의 시기가 온다는 신라인들의 강렬한 믿음을 상징한 것이다.

4) 작품구조와 가의성

「혜성가」는 10구체 사뇌가이다. 10구체가는 다시 3단으로 구성되어 있다. 이에 3단 구성으로 된 「혜성가」를 소개해 본다.

예전 동해 물가
(가)건달바의 논 성을 바라보고

‘왜군도 왔다’고
봉화를 든 변방이 있어라

　세 화랑의 산구경 오심을 듣고
(나)달도 부지런히 등불을 켜는데
　길쓸별 바라고
‘혜성이여’ 사뢴 사람이 있구나

(다)아으, 달은 저 아래로 떠갔더라
　이 보아 무슨 혜성이 있을까

이 노래는 (가)(나)(다)의 3단 구성으로 의미가 통해져 있다. 내용상 (가)는 건달바성에서 악신들이 노는 것을 보고 지상의 일병이 침입했다는 것이고 (나)에서는 길쓸별을 혜성으로 보았다는 것이다. 또한 (다)는 지상의 兵怪와 천상의 星怪의 현상이 강력히 부정되어 ‘反成福慶’하게 된다. 이 노래는 의미구조 단위로 보아서도 3단락으로 구분되어 있다. 또 문장의 구성으로 보아도 (가)(나)는 대구를 형성하고 (다)는 결사를 이루고 있는 것으로 보아도 그렇다. 융천사가 어떤 의도로 「혜성가」를 지었을까. 이에 대해 편의상 그림으로 나타내어 본다.

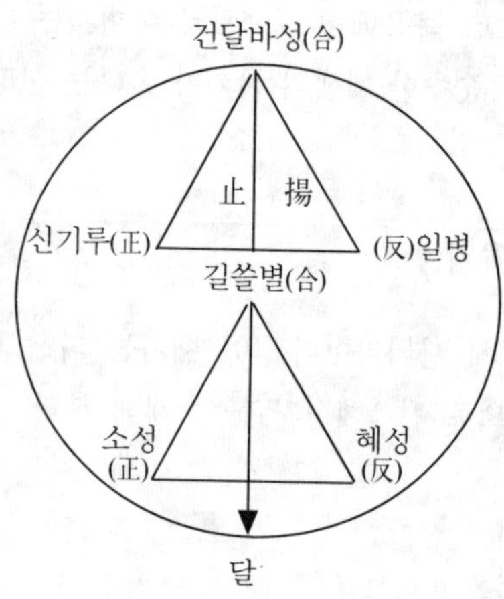

여기에서 융천사는 일병 → 건달바성, 혜성 → 길쓸별로 바꿔 놓는 역할을 했다. 그가 흉조를 길조로 나타낸 것은 천지를 조화시키고 제어하는 능력 때문이었다. 이 도표는 正·反·合의 원리로 조명하는 데에 의의가 있다. 신기루와 소성은 '正'에, 일병과 혜성은 금기어인 '反'에, 건달바성과 길쓸별은 '合'에 해당한다.

「혜성가」에 나타난 금기어인 '일병'과 '혜성'은 융천사의 기원과 주력을 통해 '건달바성'과 '길쓸별'로 환원시켜 비정상적인 상황을 정상적으로 노래하게 했다.

'왜군'과 '혜성'은 융천사의 주력이 담긴 「혜성가」로 인해서 흉조가 길조로 바뀌졌다. 도리어 이들 금기어는 건달바성에서 노는 천악신으로 또 세화랑을 비춰 주는 길쓸별로 환원되었다. 다시 달이 나타나 세 화랑이 풍악에 유람하는 것을 밝게 비춰 주었다.

「혜성가」는 천지의 조화를 이루지 못한 상황을 정상으로 환원시켜 놓은 노래이다. 당대 신라인들은 혜성이 나타나면 변괴가 생긴다고 생각하였기에 혜성의 출현을 가장 두려운 것으로 여겼다. 일병의 침입 또한 사람들을 두렵게 했다. 융천사는 당대의 관념과 역사적 상황을 통합된 감정과 깊은 사고를 통해 나타내었다. 따라서 「혜성가」는 영혼의 미학으로 승화된 노래이고, 융천사는 신라인의 무의식적인 내적 삶을 환기하고 조형한 사람으로 평가될 수 있다.

「혜성가」는 제 2·3단에 달이 나타나 세 화랑을 인도해 주는데, 이로써 이 「혜성가」는 달을 지향하는 내용으로 이루어졌다는 것을 일깨워 준다. 본가의 제 1·2·3단의 가의는 달을 지향하는 노래로서 호국사상을 담은 것이다. 흉조가 길조로 환원된 것은 달에서 취의된 것으로 신라인의 염원이라 할 수 있다. 이는 「혜성가」가 제의식에서 노래됐다는 점에서 더욱 그러하다. 따라서 「혜성가」는 융천사의 주원력을 나타낸 노래라고 할 수 있다.

5. 맺음말

「혜성가」는 작품의 배경을 고증하는 데서 그 내용의 진의를 파악하게 된다. 융천사는 「혜성가」를 창작함에 있어 역사성과 설화성을 충분히 융합하여 작품 속에 반영했다. 역사성도 경우에 따라서는 허구성을 띠게 되는 것이지만, 진평왕대 「혜성가」가 출현한 것에 대해 밝혀지지 않고 있다. 그러나 허구화된 것은 아니고, 기록으로 전하지 않는다고 볼 수 있다.

「혜성가」는 융천사가 당대의 금기어를 문학적으로 승화하여 놓은 데 문학적 의의를 지닌다. 다시 말하면 「혜성가」는 당대인들이 두려워했던 금기어를 문학적인 용어로 형상화하여 공포감이 없는 안정된 나라를 이룩하는 내용을 담고 있다. 노래가 호국의 충신 세 화랑을 달이 돕고 있다는 것은 호국사상임을 드러내어 준 것이라고 볼 수 있다. 「혜성가」는 달의 속성으로 당대사회를 반영한 노래임은 '反成福慶'이었다는 데서 증명된다. 따라서 「혜성가」는 당대인의 생활관념을 잘 드러내 준 것이고, 융천사라는 명의도 당대상에서 도래된 아호이었다. 융천사는 재생제의를 거행할 때 달과 연관시켜 「혜성가」의 가의를 담았다고 볼 수 있다. 즉 「혜성가」는 역사적 배경과 작품을 사실과 허구성으로 잘 변별해서 그의 주원력을 문학적으로 형상화한 것이다. *

디지털 시대의 문학과 전자 출판

유 창 근*

1.

　중·고등학생 가운데 49.1%가 친구보다 인터넷이 좋고, 30.3%가 가족이나 친지와 어울리는 것보나 인터넷을 하는 것이 더 좋다고 답변했다는 이느 통계자료야말로 오늘날 우리 시대의 새로운 면모를 보여준 좋은 예라고 하겠다. 그만큼 인터넷은 신세대들의 필수적인 생활수단으로 자리잡고 있다는 증거로 받아들일 수 있다. 1990년대에 우리 나라에 불기 시작한 디지털 사회의 거센 바람은 문학에도 놀라운 변화를 몰고 왔다. 모든 정보가 활자매체에서 전자매체로, 현실공간에서 가상공간으로 이동됨에 따라 문학은 작가와 독자가 책을 통해 수직적으로 만나던 관계에서 이제는 화면을 통해 수평적인 관계로 만나는 변화를 가져오고 있다. 많은 사람들이 컴퓨터를 이용해 작품을 쓰고, 편집하고, 인쇄하고, 출판하는 법을 배워 이른바 전자 책을 쓰고 그것을 팩스, E메일, 레이저 프린터, 컴퓨터 디스크, CD-ROM을 통해 세계 어디든지 가장 빠른 시간에 보낼 수 있게 되었다. 그러나 이처럼 인터넷에서 다양한 정보를 습득할 수 있는 반면, 인간관계에 필요한 기본적인 감정조절이나 자세, 태도, 가치관 습득이 어렵다고 전문가들은 크게 우려하고 있다.

　여러 가지 측면에서 인터넷의 영향은 1450년대에 구텐베르크가 발명한 활자의 영향과 비교할 만하다. 유럽에서는 활자가 등장하면서 급격히 많은

---

* 명전대 교수·문학평론가.

책들이 많은 독자들의 손에 들어갈 수 있었다. 활자가 등장하기 전에는 유럽 전역에 불과 3만 권 정도의 책밖에 없어서 책이란 결국 글을 읽고 쓸 수 있는 능력과 소수의 교육을 받은 엘리트의 사치품이자 도구였다. 그들은 이 귀중한 자원에 다른 사람의 손이 닿지 못하도록 엄중한 경계를 했다는 것이다. 1500년 무렵이 되자 유럽에는 900만 권 이상의 책들이 흘러 넘치게 되었고, 이 책들이 지적인 열정을 자극하여 마침내 르네상스를 향한 길이 열리게 된 것이다. 활자문명의 계속적인 발전은 마침내 책의 홍수시대를 가져왔고 현대인을 지식의 바다에 빠지게 만들었다.

그런데 이제 전통적인 종이 책 출판 체제가 진취성과 의욕을 가진 사람들에 의해 전자 책 출판 시스템으로 서서히 전환되면서 문학도 전혀 예기치 않은 방향으로 가고 있다. 인터넷이라는 새 문명의 이기가 우리 생활 속에 들어오면서부터 아주 빠른 속도로 모든 게 변하고 있는 것이다. 오늘날 인터넷은 1분기 당 20%라는 경이적인 속도로 성장하면서 1988년 이후 매년 거의 두 배로 늘어나고 있는데, 현재 인터넷에서 발견할 수 있는 서버만 1000만개나 된다는 것이다. 지금과 같은 성장률이 계속된다면 2000년 무렵에는 1억 6000만 명 이상이 인터넷을 사용할 것이며, 2005년 무렵에는 현재의 전화시스템만큼 커질 것이라고 한다. 인터넷에 저장된 정보도 엄청나 1996년에 인터넷에서 접속할 수 있는 정보는 7000만 쪽 분량이었으나 2020년이 되면 인터넷은 이 행성에서 살고 있는 인간들이 경험한 모든 것의 총합, 즉 유사이래 5000년간의 모든 지식과 지혜를 담게 될 것이라고 한다. 미래를 꿈꾸는 사람들은 인터넷이 이제 시작에 불과하며, 인터넷은 21세기의 진정한 정보고속도로를 위해 길을 마련해 줄 먼지 나는 비포장도로일 뿐이라는 것이다. 디지털 시대의 무한성을 암시해주는 말로 문학의 향방 역시 예측하기 어려움을 시사해 준다. 따라서 우리는 디지털 시대의 문학이 어떤 모습으로 존재할 것이며, 독자들은 또 어떻게 문학을 수용할 것인가에 대하여 고민하지 않을 수 없다.

2.

　오늘을 살고 있는 문인들은 디지털 시대에 어느 누구보다도 빨리 적응하지 않으면 안 된다. 환경 탓, 나이 탓이나 하고 아직도 전통적인 집필방식을 고수하면서 원고 뭉치를 들고 출판사를 기웃거리는 문인이 있다면 얼마나 가련하고 부끄러운 노릇인가? 인터넷의 급격한 발전은 종이 없는 책으로 통하는 디지털 시대의 새로운 산물인 e북(전자 책)과 연결된다. 앞으로 e북은 노트북 PC처럼 들고 다니면서 무선 인터넷으로 접속하여 원하는 책을 언제 어디서나 볼 수 있는 21세기형 새로운 책으로 부각될 것이다. 미국의 작가 스티븐 킹이 자신의 소설 「Riding the Bullet」을 e묵 형태로 인터넷에 올리자 이틀만에 40만 명 이상의 인터넷 이용자들이 이를 다운 받는 등 e북에 대한 독자들의 관심은 대단하다. 미국 마이크로소프트가 2005년경이 되면 전세계의 2억5천만 명이 e북을 읽게 되며, 3~5년 내 10억 달러 규모의 시장이 형성될 것으로 예측한 것을 보더라도 문인들이 디지털 시대로 새롭게 변신하는 것은 이제 필연적이라고 하겠다. 적어도 수년 내로 e북이 대중화 될 것이기 때문이다.

　차세대 이동통신(IMT-2000) 서비스와 무선인터넷 등의 발달로 e북 보급 환경이 활성화됨에 따라 디지털 시대는 문학의 대상이 기성세대에서 이른바 N세대라고 부르는 젊은 층과 어린이를 겨냥한 문학으로 바뀌어갈 것이다. 휴대가 간편하고 가격이 저렴한 차세대 e북 단말기가 보급되면 e북을 매체로 한 문학작품의 독자가 우선 컴퓨터 문화에 익숙한 젊은 세대와 어린이를 중심으로 무섭게 확산되어 나갈 것이다. 컴퓨터 공학자들은 현재부터 2020년 사이에 인터넷에서 하나의 완전한 세계가 꽃을 피우게 될 것으로 기대하고 있다. 그렇다면 적어도 2020년까지는 어린이나 젊은이들이 즐겨 찾는 팬터지 문학이 어느 종류의 문학작품보다 성황을 누릴 것이다.

　디지털 시대의 문학은 제작과정에서 작가와 독자가 함께 참여하게 됨으로써 작가정신이 결여된 문학작품을 대량 생산할 수 있다. 작품을 제작하는 과정에서 독자가 같이 참여하는 경우 작가는 자연히 문학성보다 흥미성에 더 많은 관심을 갖게 될 것이고, 비전문가인 독자의 주문에 맞춰 창작하다 보면 수준이하의 작품이 나오는 것이 당연하다고 하겠다. 활자 책에 비해 수정작업도 매우 용이하여 경우에 따라서 마음대로 고칠 수 있기 때문에 자기 작품에 대한 애착이나 책임감도 감소되게 마련이다. 아울러 작가는 지나치게 독자를 의식하여 자기 소신껏 작품을 쓰지 못하게 되고 마침내 스스로 위축되어 작가 고유의 창작특권을 상실하고 만다. 이른바 작가가 독자이고, 문화 생산자가 소비자가 되며, 공연자가 관객인 새로운 방식의 수평적 문화가 등장하게 된다. 따라서 독자들이 같이 참여하는 디지털 시대의 문학은 세태소설이나 유머소설, 에로물 등 대중문학이 주류를 이룰 것이다.

또한 문학의 고유 장르가 해체되는 기현상이 올 수밖에 없다. 디지털 시대에는 작가와 독자가 수평적 위치에서 창작에 참여한다는 점을 이미 밝혔다. 아날로그 시대의 문학처럼 작가가 작품을 책으로 만들어 독자에게 전달하면 일방적으로 받아들일 수밖에 없던 시대와 달리 디지털 시대의 문학은 독자의 간섭이 많아지고 주문도 까다로워진다. 아날로그 시대의 독자는 종이에 인쇄된 활자를 읽어가며 자기 나름대로의 상상력을 키우는 것에 만족했지만, 디지털 시대의 독자는 화면 속에서 작품을 즐기기 때문에 문자뿐 아니라 작품을 읽어 내려가는 성우의 고운 음성과 적당한 백 뮤직과 아름다운 그림 등 다양한 매체가 동시에 제공되기를 요구한다. 이른바 문학작품에 음악과 그림이 합성된 하이퍼텍스트를 주문한다. 이럴 경우에 엄격히 순수 문학작품으로 보기는 곤란하다. 머지않아 순수문학성을 상실한 멀티미디어 성격의 하이퍼텍스트가 디지털 시대의 새로운 문학양상으로 자리잡을 것이다.

창작방법에 있어서 작가와 독자의 공동창작 단계를 떠나 비전문가들이 아무런 통제 없이 저질의 글을 올려 문학의 본래 의미를 변질시킬 우려가 있다. 적당히 행이나 갈라놓고 시라는 이름으로 발표하고 스스로 시인처럼 행동하는 사람이 있다면 정작 시를 공부하려는 사람에게 얼마나 악영향을 끼칠지 상상하기 어렵다. 그렇지 않아도 우리나라에는 문인이 되겠다는 사람이 많아 등단제도를 놓고 여러 가지 문제점이 제기되고 있는데, 가상공간에서까지 등단의 혼돈을 초래한다면 문인에 대한 신뢰도가 바닥에 떨어질 수밖에 없다. 바야흐로 디지털 시대에는 문인과 비문인, 문학과 비 문학이 공존하는 문학의 혼란기가 시작될 것이다.

문학성을 갖춘 진정한 문학이 불투명해지면서 비 문인에 의한 비문학적인 글이 활기를 띠게 될 것은 어쩌면 지극히 당연할 수도 있다. 디지털 시대에 접어들면서 주변의 문화가 훨씬 풍요로워진 것은 사실이나 상대적으로 소외감은 더 심해져 사람들은 자기자신의 위치를 확인하고자 한다. 최근 일본에서 사서전이 많이 출판되고 있다는 사실은 이와 무관하지 않다. 자서전은 대체로 주인공이 전문작가에게 의뢰해서 쓰게 되는데, 책으로 출판되기까지는 당사자끼리 여러 번 만나서 이야기를 나누고 자료를 받는 등 까다로운 절차를 밟는다. 그러나 디지털 시대에는 인터넷을 통해 얼마든지 이야기도 나누고 자료도 주고받을 수 있기 때문에 자서전 내기가 훨씬 쉬워졌다. 자기 자신의 삶을 정리해두려는 인간의 원초적 심리와 다른 사람들의 생활에 호기심을 갖고 달려드는 독자의 심리가 상대적으로 작용하면서 디지털 시대에는 자서전을 중심으로 한 전기문학이 매우 활성화될 전망이다.

이미 번역프로그램이 개발되어 일부 외국어에 대한 우리말 번역이 가능해졌다. 몇 년 안에 더욱 발전된 번역프로그램이 개발되어 세계 각국에서 창작된 따끈따끈한 문학작품을 자기나라의 언어로 빠르게, 그리고 손쉽게 읽어 볼 수 있게 될 것이다. 그렇게 되면 지구촌의 모든 문학작품이 인터넷 시장에서 동시에 경쟁을 하게 되고, 세계의 모든 독자들로부터 평가를 받게 된다. 우수한 작품은 광대한 세계시장을 타고 더욱 활기차게 독자를 확보하지만, 저질작품들도 살아남기 위해서 다양한 형태로 독자들을 유혹하기에 안간힘을 쓸 것이다. 따라서 디지털 시대의 문학은 세계 경쟁시장에서 선택된 우수작품이 독자들에게 제공되는 한편. 독자들의 말초신경을 겨냥한 또 하나의 기형적 문학도 난무할 것이다.

디지털 시대에 문학의 보급과 관련하여 정부는 이미 e북의 표준과 전용 단말기 개발, 콘텐츠 개발, 보안솔루션 개발, 무선인터넷 인프라 확충 등을 골자로 한 e북 산업 활성화 대책까지 세우고 있다. 이러한 움직임은 곧 문학의 활성화를 가져다주는 절호의 기회라고 본다. 활자만을 통해 문학작품을 독자에게 공급하던 아날로그 시대에 비해 디지털 시대는 문학의 공급이 훨씬 쉽고 다양해져 언제 어디서든지 e북 단말기로 기호에 맞는 문학작품을 클릭하여 읽을 수 있다. 그만큼 문학작품과 만날 수 있는 조건이 디지털 시대를 살아가는 독자들에게 풍요롭게 주어졌다고 하겠다.

3.

칼럼니스트 찰스 크로새머는 인쇄매체의 미래를 암담하게 보고 있다. 그는 종이가 소멸되는 것이 필연적이라고 예측하면서 미래는 인쇄물의 시대가 아니라고 단언한다. 점토판들은 파피루스에 자리를 내주었고, 양피 두루마리는 제본된 책에 자리를 내주었으며, 채색된 사본은 구텐베르크의 활자에게 자리를 내주었고. 각각의 혁명은 궁극적으로 더 나은 결과를 낳았다는 것이 그의 주장이다. 그러나 컴퓨터를 종이만큼 편리하게 만들어 줄 장치가 개발될 것인지 의문이라고 반론을 제기하는 사람도 있다. 그들은 많은 사람들이 지금도 여전히 출근하기 전에 신문의 헤드라인을 훑어보는 것을 좋아하고, 집이나 해변이나 전철에서 책 읽는 것을 좋아하기 때문에 컴퓨터 화면은 어쩌면 결코 종이의 매력을 따라갈 수 없을지 모른다고 크로새머와 의견을 달리하고 있다.

그러나 젊은 세대가 인쇄물보다 TV에 더 길들여져 있기 때문에 신문은 벌써 위축되고 있는 게 현실이다. 2020년 무렵이 되면 지금과 같은 형태의 신문은 사라지고 사람들은 자신의 취향에 맞춰 인터넷에서 기사를 발췌한 신문을 받아보게 되며, 이 신문은 각각의 사람들이 원하는 구체적인 정보를 믿을만한 출처로부터 제공받아 사람들에게 전달할 것이라는 전문가들의 견해에 주목할 필요가 있다. 온갖 헛소리와 수다가 떠돌아다니는 인터넷의 바다에서 권위가 실린 사실과 날카로운 분석을 제공할 수 있는 매체는 중요한 기능을 할 것이기 때문에 활자매체는 수요자의 필요에 의해서 완전히 사라지지 않을 것이 확실하다. 다만 디지털 시대를 맞이하여 점차 힘을 잃어갈 뿐이다.

미국에서도 출판의 미래를 디지털이 좌우할 것이라는 전망에는 이의가 없다. 다만 아직은 초기단계이기 때문에 지금까지의 변화는 예고편에 불과하다는 것이다. 사이버 마케팅, 작가들을 위한 사이트 개설 등 지금 세계의 출판계는 디지털의 급류를 타고 있다. 그러나 무엇보다도 획기적인 변화는 e북(전자 책)의 확산이다. 독자들은 이제 반즈앤노블이니 아미존으로부터 우송되는 책을 기다리지 않아도 된다. 웹사이트에서 직접 컴퓨터로 책을 다운 로드 받으면 되는 것이다. CD-ROM과 DVD에 책을 담기도 한다. 소설을 읽으며 배경음악을 듣고, 역사책을 읽으며 관련 비디오를 볼 수도 있다. 그렇다고 미국을 비롯한 선진국에서 e북 시장이 당장 형성된 것은 아니다. 마이크로소프트사의 경우, 2002년까지 미국 시장의 20%를 차지할 것으로 내다보고 금년 안에 e북 단말기(Pocket Pack)를 시장에 내 놓을 계획이다. 국내에서도 최근 북토피아, 에버북닷컴 등이 e북 서비스를 추진 중이며, 지난 5월부터 유료서비스를 하고 있는 와이즈북은 현재 400여종인 e북을 올해 중 2000여권으로 확대할 계획이라고 한다. 정보기술(IT)업체들도 전용 소프트웨어와 전용단말기를 개발 중에 있다. 그러나 그 앞에는 수많은 난관이 도사리고 있다는 지적이다. 그 중 큰 난관이 저작권 문제인데, 보도에 따르면 작가와 출판사 사이에 인세비율을 놓고 심심찮게 각축전이 벌어진다고 한다. 작가 이인화의 경우 다음달에 문을 여는 알셈 사이트를 통해 고려시대 노래극 배우의 삶을 그린 「사경진」을 유료로 발표, 다운로드 횟수에 따라 50%의 인세를 받기로 했다. 종이 책의 인세가 대개 10%인 점을 고려한다면 사실 엄청나게 높은 비율이다. 그러나 일부 출판사에서는 e북을 단순히 문자만 제공하는 책으로 끝나는 것이 아니라 하이퍼텍스트의 수준으로 끌어울리려면 종이책보다 훨씬 더 많은 제작비가 들기 때문에 높은 비율의 인세를 지불할 수 없다는 반론을 제기하고 있다.

전문가들은 올해 e북 시장규모가 10억 원에 불과하지만 5년 이내에 종이책 시장의 절반수준인 1조 5천억 원 대에 이를 것으로 보고 있는데, 단말기 솔루션 시장을 포함할 경우 5조원 규모에 달할 것으로 추정하고 있다. 앞에서 언급한 것처럼 정부가 e북 활성화 종합대책과 e북 표준화를 적극 추진하고 있어 e북 시장은 빠른 시간 내에 자리를 잡게 될 것이며, 내년부터는 서비스 업체들이 수지타산을 맞출 수 있는 수준으로 e북 시장이 성장할 것이라고 한다. 종이 책과 비교할 때 여러 가지 면에서 이점을 가지고 있기 때문에 e북 시장은 급속도로 성장할 수밖에 없다. e북은 글을 모르는 사람들에게도 음성을 통해 책의 내용을 전달해 주기 때문에 지구상의 40%에 해당되는 문맹인들을 독자로 확보할 수 있는 이점이 있다. 다시 말해서 책을 읽을 수 없는 사람들도 듣는 데는 아무 문제가 없기 때문에 e북 시장은 앞으로 북아메리카 등지를 비롯해 곳곳에 산재해 있는 문맹들에게까지 초고속으로 깊숙이 파고 들 것이다. 또한 하드디스크 상의 원고는 저렴하고 안전하게 디스크에 쉽게 복사할 수 있고, 시장이 필요로 하는 만큼의 제작이 가능하여 제작비가 절감되는 이점이 있다. 따라서 작가들은 출판업자들에게 높은 인세를 요구하는 것이 당연하다고 생각하고, 출판사는 더 많은 수익을 올리기 위해 e북의 효율적인 운영방법을 여러 가지로 모색하고 있다. 예를 들면, 세계 최대의 서적 유통회사 사이먼 앤 슈스터와 주문형 출판으로 세계 최고의 서비스를 자랑하는 라이트닝 소스사가 지난 7월 초 제휴를 함으로써 처녀지나 다름없는 e북 시장에서의 강력한 수익가능성을 시사하고 있다. 컨텐츠와 기술의 만남이라고 할 수 있는 이번 제휴로 소비자들에게 다양한 서비스를 통한 선택의 폭을 넓혀 줄 것이라고 판단한다. 지난 해 프랑스에서 등단한 신인 작가 끌랭꺄르는 작가와 출판인의 연결 다리 역할을 하는 인터넷 문학작품 뱅크를 만들어 서비스하고 있다. 미 간행 작품 초고를 온라인 상에 제공하여 출판기회를 원하는 작가, 숨어있는 진주를 물색하는 출판인의 시선을 동시에 집중시키고 있다. 영국이나 중국 등의 인터넷 서점에서는 해마다 인터넷을 통해 책을 구입하는 사람이 늘어나자 염가판매 작전을 벌이는 등 더 많은 고객 유치를 위해 필사적이라고 한다.

그런 반면, 출판사 시스템을 거치지 않고 작가가 자가출판을 하여 자기 작품의 모든 것을 스스로 관리하려는 움직임도 보인다. 앞에서 잠깐 언급했던 미국의 스티븐 킹이 편지형식의 연재 스릴러물인 「더 플랜트(The Plant)」를 기존의 전통적 유통망은 물론이고, 주요 파트너였던 사이먼 앤 슈스터의 웹사이트조차 거치지 않고 자신의 홈페이지에서 직접 독자들이 다운 받아 가도록 최초의 자가출판을 감행하여 미국의 출판계를 놀라게 한 경우도 있다.

현재 우리는 디지털 시대를 살고 있다. 아날로그 시대에 종이 책을 통해 향유하던 문학작품이 빠른 속도로 디지털 시대의 e북 형태로 변신하여 정말 다양한 얼굴로 우리 앞에 다가서고 있다. 이와 같은 변신은 작가와 출판사를 함께 긴장시키면서 지금까지 예기치 못했던 놀라운 문학의 혁명을 일으키고 있다. 그러나 생활의 일부였던 종이 책이 위기를 맞아 문학까지 죽게 되었다고 엄살부릴 필요도 없다. 문학의 전달매체가 달라지면서 모양이 달라지고, 독자들의 구미에 맞추다 보니 맛도 달라졌을 뿐이지 문학은 결코 죽지 않았고, 인간이 존재하는 한 문학은 죽을 수 없다. 분명히 말하지만 종이 책도 이 땅에서 완전히 사라지지 않는다. 지난 5월 인터넷 서점 반스앤노블이 e북으로 출시했던 마이클 크라이튼의 「타임라인」이 종이 책으로 번역되 나옴으로써 종이 책에 대한 희망을 안겨 준다. 두 권 짜리 장편소설에다가 크라이튼의 양자론을 이해하고, 중세와 현대를 오가는 커다란 스펙트럼의 소설구조를 이해하기 위해서는 종이 책 형태가 더 어울린다는 판단에서 그랬다고 한다. e북과 종이 책은 적어도 컴맹 세대가 존재할 때까지 지구상에서 공존할 수밖에 없다. *

1930년대 리얼리즘·모더니즘 소설의 관계 양상
― 「고향」, 「황혼」, 「천변풍경」 등을 중심으로

이 주 미*

1. 서 론

개인의 선택이나 경험은 본질적으로 사회적인 것이다. 1930년대의 리얼리즘과 모더니즘도 동일한 현실을 토대로 하였다는 점에서 완전히 분리된 채 각개약진하였다고 볼 수만은 없다. 이 양자의 경계에는 공동의 가치가 존재했을 것이다.

1930년대 한국의 리얼리즘과 모더니즘을 교호할 수 없는 관계로 규정하게 된 직접적인 계기는 리얼리즘 논쟁[1]이었다. 이 논쟁은 1930년대 초반의 문단의 흐름, 즉 두 차례에 걸친 카프 맹원 검거선풍에 의해, 그리고 전소비에트작가동맹 제1회 대회에서 채택된 사회주의 리얼리즘의 수용문제에 대한 문인들간의 분열된 태도에 의해 이미 예고되어 있었다고 하겠다. 이 논쟁과 더불어 카프의 편내용주의적인 문학방법에 반기를 들고 결성되었던 (1933) 구인회의 작가들과, 카프는 해산되었어도(1935) 강력하게 사회주의 리얼리즘을 수용해야 한다고 주장한 작가들의 창작열정은 결국 리얼리즘과 모더니즘 사이의 골을 더욱 깊게 한 셈이 되었다. 이러한 1930년대 문학의

---

* 동덕여자대학교 교수.

1) '리얼리즘 논쟁'은 박태원의 「천변풍경」과 이상의 「날개」에 대한 최재서의 평론 '리얼리즘의 확대와 심화'(『조선일보』, 936. 10. 31~11. 7)에서 비롯된다. 이에 대하여 백철('리얼리즘의 재고―그 앤티휴먼의 경향에 대하야', 「사해공론」, 1937. 1)은 진정한 리얼리즘은 이기영의 「고향」과 같은 작품이라면서 최재서의 견해를 강력하게 비판하였다.

특징적인 면모들을 개괄해 보일 수 있는 대표적인 작품으로 「고향」(1933.
11. 15~1934. 9. 21『조선일보』연재)과 「황혼」(1936. 2. 5~10. 28『조선일
보』연재), 그리고 「천변풍경」(1936. 8~10『조광』)을 꼽을 수 있다. 이들 작
품의 성과를 비교의 관점에서 점검하고 그 유사성을 밝혀내는 일은 당대 한
국적 특수성 속에 자리한 리얼리즘과 모더니즘의 정당한 관계를 모색하는
의미있는 작업이 될 것이다.

  우선 리얼리즘적 성과에 대해 대부분의 평자들로부터 일정한 합의를 얻
고 있는[2] 이기영의 「고향」이 어떤 점에서 논자들의 관심을 모았는지 주목
해볼 필요가 있다. 「고향」은 주로 농촌전형과 인물전형에 관한 문제로 평자
들의 관심을 모았다. 이를테면 민병휘[3]는 「고향」에 대해 '자본주의 전기 농
촌환경을 누구보다 잘 그렸고, 그 속에 움직이는 인물들의 가는 길을 너무
나 잘 그렸다'고 평가했으며, 안함광[4]은 주인공 김희준을 거론하면서 '이미
생성된 성격이 환경을 창조'했다고 평가했다.

  「고향」과 더불어 대체로 같은 1930년대 리얼리즘 계열의 수준작으로 인
정받고 있는 한설야의 「황혼」의 경우, 후대의 논자들에 의해서는 명쾌한 합
의를 얻지 못하고 있는 형편이다.[5] 가령 장성수[6]나 김재용[7]은 이 작품을

---

2) 정호웅, 「1920~1930년대 한국 경향소설의 변모과정 연구」, 1983 ; 권일경, 「이
   기영 장편소설 연구」, 1989 ; 이상경, 「이기영 소설의 변모과정 연구」, 1992 ;
   김재용, 「일제하 프로소설사론 연구」, 1992 ; 김흥식, 「이기영 소설연구」,
   1991.
3) 민병휘, 『민촌의 「고향」론』, 『백광』, 1937. 3, 4 합병호, 61쪽.
4) 안함광, 「로만논의의 제과제와 「고향」의 현대적 의의」, 1940,
5) 이 외에도, 오성호, 「식민지 시대의 노동소설의 성과와 한계」, 『연세어문집』,
   1990 ; 채호석, 「황혼론」, 『민족문학사 연구』, 민족문학사연구소, 1991 ; 한점
   돌, 「전형기 문단과 프로 리얼리즘의 가능성」, 『한국 현대장편소설 연구』, 삼
   지원, 1989 ; 서경석, 「한설야 문학연구」, 1992 ; 송호숙, 「한설야 연구 - 해방
   이전시기의 소설을 중심으로」, 1989 ; 장상길, 「한설야 소설 연구」, 1990.
6) 장성수(「1930년대 경향소설 연구」, 1989)는 1930년대 노동소설을 언급하는 가
   운데 「황혼」을 일제 강점하 조선의현실이 총체적으로 형상화된 작품으로 평
   가한다.
7) 김재용(「일제하 노동운동과 노동소설」, 『변혁주체와 한국문학』, 역사비평사,

당대 현실이 총체적으로 반영된 작품으로 평가하나, 김외곤8)은 '주관성의 강조로 인한 현실의 왜곡'으로 규정한다. 이는 「황혼」이 가진 문제성을 반증하는 것으로, 그 문제성을 거론하게 된 시발은 임화와 한설야의 이른바 '「황혼」 논쟁'9)에서부터였다.

「황혼」은 명백한 리얼리즘 소설이다. 그리고 리얼리즘 논쟁의 직접적인 근거를 제공한 박태원의 「천변풍경」은 이제 모더니즘 소설의 대명사로 알려지게 되었다. 그러나 「고향」과 「황혼」을 리얼리즘 축에, 「천변풍경」을 모더니즘 축에 귀속시키면서 동시에 리얼리즘과 모더니즘의 구획이 분명해지는 것같은 속단을 내려서는 안될 것이다. 오늘날 「천변풍경」이 주로 모더니즘 문학관에 이해 논의되고 있는 것은 사실이지만10), 그리고 최재서11)의 '리얼리즘의 확대' 논의는 더 이상 유효하지 않은 것 같지만, 「천변풍경」의 해석과 가치에 대한 논의는 아직 완결되지 않았다. 비록 텍스트가 다양하게 읽힌다는 점이 모더니즘적 특성을 반증한다 할지라도 「천변풍경」이 말하려고 한 사회사적 의미들에 귀 기울여보지 않고서는 그 전모를 헤아릴 수 없을 것이다. 더욱이 박태원이 「천변풍경」을 발표한 1936년은 중일전쟁 후 국내의 정세가 위기 상황으로 치달을 때이며 의지가 강하기로 소문난 이기영이 「인간수업」(1936)과 같은 관념적이고 우회적인 풍자수법의 작품을 발표

1990)은 「황혼」이 노자간의 대립을 일본 제국주의와 조선민중 사이의 모순이라는 현실의 전체성 속에서 보여주고 있다고 평가한다. 또한 김재용(「카프 해소─비해소파의 대립과 해방 후의 문학운동」, 『역사비평』, 1988 가을)은 「황혼」이 카프해산 직후에 쓰여져 카프의 이념을 보전한 채 「고향」과는 또 다른 창작방법을 보여주었다는 점에서 작품의 성과를 인정하고 있다.

8) 김외곤, 「1930년대 적색 농조운동과 낙관주의적 비극」, 『문학정신』, 1992. 7, 8 합병호.

9) 「「황혼」논쟁」에 대해서는 본론에서 다루어지게 될 것이다.

10) 이재선, 『한국 현대소설사』, 홍성사, 1979, 334~339쪽 ; 김윤식, 『한국 현대문학사론』, 한샘사, 1990, 340~346쪽 ; 서준섭, 『한국 모더니즘문학 연구』, 일지사, 1988, 178~185쪽 ; 나병철, 「박태원의 모더니즘적 소설 연구」, 『연세어문학』 제21집, 1988 ; 최혜실, 「1930년대 한국 모더니즘 소설 연구」, 1991.

11) 최재서, 「리얼리즘의 확대와 심화」, 『조선일보』, 1936. 10. 31~11. 7.

하던 시기이다. 그리고 이 해는 도시를 배경으로 한 리얼리즘 소설 「황혼」
이 발표된 해이기도 하다. 그러므로 예술성의 발현이기도 하지만 더구나 시
대적 산물이기도 한 작품을 리얼리즘이나 모더니즘, 그 어느 한 문학관에
입각하여 재단하는 태도는 바람직하지 않다고 보여진다. 게다가 모더니즘
이 언어적 유희에 국한되지 않는 한, 1930년대의 한국적 상황에서, 그리고
새로운 리얼리즘적 방법이 모색되고 모더니즘이 태동하여 발전하기 시작하
는 시기에 이 양자의 경계가 뚜렷했으리라고 기대하는 것은 그 발상부터가
매우 회의적이지 않을 수 없다.

　따라서 본 연구는 1930년대의 문제작, 「고향」, 「황혼」, 「천변풍경」의 경
계를 넘나들면서 한국의 리얼리즘과 모더니즘 작품이 공유하고 있는 가치
기준을 찾아보고 그 비분절적인 요인을 밝히는 것을 목적으로 한다. 그것은
작중인물의 의식이 곧 작가의 현실의식이라는 리얼리즘의 논리나, 주관적
내면세계와 객관세계를 분리시키려는 모더니즘의 태도 모두에 대해 융통성
을 지녀야만 가능할 것이다.

2. 인물창조의 자율성과 작가의식

1) 리얼리즘 소설과 인물의 자율성

　1930년대 한국 리얼리즘 소설의 최대의 관심사는 살아있는 인물의 형상
이었다. 개방된 시간성을 지닌 모더니즘 소설과 달리 리얼리즘 소설은 총체
성을 지향하므로 완결된 시간 속에서 인물의 성장과정을 밝혀야 한다. 인물
성격의 성장과정이 드러나지 않은 작품의 경우 대부분 도식주의의 틀 속에
빠지고 만다. 그래서 리얼리즘 작가들은 사회이념의 틀 안에서 소설의 주인
공이 형상화되기를 바라게 된다.

　그러나 작품의 유기체적 특성 때문에 작품의 주인공은 결코 작가의 의지
대로 움직여지지 않는다. 다시 말해 리얼리즘 소설에서도 인물은 어느 정도
의 자율성을 지닌 채 작품의 결과적 산물로 형성된다. 그리고 그런 자율성

이 부여된 인물일수록 작품은 보다 생동감을 얻게 된다. 이는 「고향」과 「황혼」을 대비해봄으로써 분명하게 알 수 있다.

(1) 「고향」의 희준

「고향」에서 이기영은 1930년대 리얼리즘 소설을 대표할 만한 인물형상 김희준을 만들어냈다. 이 인물에 대해서는 김남천의 평가에 주목할 필요가 있다. 김남천[12]은 김희준이 '살아있는' 인간으로 형상화되었다고 말하면서 그 근거로 그가 진보적 세계관과 더불어 욕망과 갈등을 지닌 지식인 청년이라는 점을 들었다. 작중 인물이 살아있다는 것은 작품에 대한 독자의 공감을 보장하는 것이며, 작가의 창작기법적 역량을 증명하는 것이다.

'살아있는 인물' 김희준이 1930년대의 다른 리얼리즘 소설에 등장하는 '긍정적 주인공'들과 차별성을 갖게 된 가장 큰 요인은 첫째 인물이 자신의 내면에 심리적 갈등을 지녔다는 점, 둘째 현실과 대결하면서 조금씩 성장해 가는 모습을 보였다는 점으로 요약된다. 이들을 차례로 확인해 보기에 앞서, 정치성이냐 예술성이냐, 사회적이냐 개인적이냐의 이분법적 사고를 지양해야 한다는 점을 다시 한번 상기해야 할 것이다.

소설의 주인공, 사건은 고유한 예술적인 언어로 환원되었기 때문에 훨씬 더 의미심장한 것이다.[13] 이러한 사정을 염두에 둘 때 김희준이 내면적인 갈등으로 고뇌하는 모습을 언어로 형상하기 위하여 리얼리즘 작가 이기영은 어떠한 배려를 했는지 궁금해지지 않을 수 없다. 그 해답은 다음의 두 예문을 비교해 봄으로써 찾을 수 있다.

> ⅰ)
> 그는 자기 아내와 음전이를 대조해보았다.

---

12) 김남천, 「지식계급 전형의 창조와 「고향」 주인공에 대한 감상」, 『조선중앙일보』, 1935. 6. 28.~7. 4.

13) P. N. Medvedev, Fromal'nyj metod v literaturovednii (La metode formelle en etudes litteraires) (Leningrad, 1928), p.33 (츠베탕 토도로프, 최현무 역, 「바흐친 : 문학사회학과 대화이론」, 까치글방, 1987, 61쪽 재인용)

㉠ '나는 언제까지 못생긴 아내를 데리고 살 의무가 있을까?'
별안간 그는 자기의 머리를 쥐어뜯었다.
㉡ '아! 천치다 천치다! 천치같은 소리를 또 할테냐?'
그는 머리를 흔들고 주먹을 불끈 쥐었다. 그는 벌떡 일어서자 그 길로 산 밑을 뛰어내렸다.

—「고향」 풀빛 38쪽

ⅱ)
㉢ 야학용품의 외상값을 칠팔 원 꾸어준 것뿐인데 자기를 무슨 부처님 같이 아는 것이 우습잖은가?
"예끼, 아무리 무지하고 인색하기로 너 같은 것도 사람이냐?"
희준은 참다못해 주먹으로 아내의 턱주가리를 치받쳤다. ㉣ 그러나 그는 양심에 비추이는 자기 증오도 느끼었다.
"아이구 잘난 양반 붉지 않우. 때리긴 왜 때려."
"때리긴커녕 너 같은 건 죽여도 싸다. 죽여야 한다."
㉤ 이 말 속에는 자기 자신도 포함된 것 같다. 소유욕은 아내에게만 있는 것일까?

—「고향」 143쪽

ⅰ)은 작가가 서술자의 위치에서 거리를 유지하면서 인물의 심리를 객관적으로 묘사하고 있다. 여기서 김희준의 내면 심리는 ㉠과 ㉡에서처럼 간접적으로 묘사된다. ㉠에서 김희준은 음전이를 대상으로 한 개인적인 욕망과, 봉건적인 조혼 유습에 대한 반항심을 드러내고 있으며, ㉡에서는 음전이가 야학 지도를 받는 학생이라는 점을 고려하여 '개인적 욕망'에만 국한된 극복의 의지를 보인다.

ⅱ)에 와서는 직접화법 속에 김희준의 발화가 표면화되는 대신 이를 동시에 맹렬하게 비판하는 인물 내적 언어가 ㉢, ㉣, ㉤에서와 같이 서술자에 밀착하여 나타난다. 게다가 대화 중에서 '너 같은 건 죽여도 싸다'는 말은 아내를 비난하고는 있으나, 실제로는 주인공의 독백적 성격을 지니면서 '너'가 의미하는 대상이 아내를 비롯해, 희준, 소소유자적 농민들, 허위의식의 소유자로 일반화됨으로써 대화 자체를 사회사적 의미로까지 확장시키고 있

다. 그럼으로써 독자에게 전달되는 김희준의 이미지는 지극히 인간적이다. 이는 동시대의 다른 긍정적 주인공들이 성격 발전 과정을 거치지 않고 완결된 이미지로 형상화되는 것과 매우 대조적이다.

　주인공의 갈등, 자기비판 이후에 선택되는 행동이나 말은 주인공의 것이자 상황에 의해 주어지는 선택이고 그 배면에 작가의 의지와 판단이 작용함은 물론이다. 그러나 작가의 의지가 압도적으로 작용하게 되면 주인공은 살아있는 인물이 되기 어렵다. 따라서 이기영은 김희준에게 성장의 계기를 끊임없이 제공해야 했을 것이다. 가령 위의 예문 i)의 ⓛ이 작가의 목소리이기보다 주인공의 목소리일 수 있었던 것은 '야학'이라는 상황을 배경으로 한 판단이었기 때문이라는 점을 간과해서는 안된다. '야학'은 김희준 자신에게만이 아니라 다른 농민들에게도 사회의 옳고 그름을 판단할 수 있는 기준으로 작용한다.

　　"야학이니 그건 잘하는 일이야. 아는 놈만 자꾸 가르칠 것 있나, 모르는 놈을 잘 가르쳐야지."
　　ⓐ "정말 아는 놈이나 있으면 좋게요. 모르는 놈보다도 아는 놈이 잘 못 알아서 더 큰 병통이랍니다."
　　희준이는 김선달에게서 무슨 자기와 공통되는 것을 발견한 것 같은 것이 있자 심중에 진득한 생각을 갖게 하였다.
　　ⓑ '그렇다! 참으로 그런 자식들과 무슨 일을 할 것이냐.'
　　그는 비로소 자기의 가진 신념이 더욱 굳어지는 것을 느끼는 동시에 다시 한편으로 자기의 인테리 근성을 자책하기 마지않았다.
　　　　　　　　　　　　　　　　　　　　　　　　　—「고향」 157쪽

　농민의 입장에서 검증된 야학의 실효성을 확인시켜주는 김선달의 시평이 희준에게 있어서 성장의 계기로 작용했음은 두말할 것도 없다. 김희준은 이로써 자신의 일에 확신을 갖게되며(ⓑ) 김선달이 청년회를 비판하는 것을 자신의 '인테리 근성'을 반성하는 계기로 삼는다. 즉 희준은 타자와 교섭하는 과정 속에서 발전적인 변모를 보이게 된 것이다. 여기서 김선달로 하여

금 희준에게 말을 걸게 한 장본인은 작가이지만 김선달의 말에 반응을 보이는 것은(가령 ㉠) 순전히 주인공 희준의 몫이기 때문에, 김선달의 인위적인 등장 역시 희준이 '살아있기' 위한 조건이 되기에 아무런 손색이 없다.

　이상과 같이 작가 이기영은 김희준을 살아있는 인물로 만들기 위하여 정치적 내용에 단순한 형상만을 입혀놓지 않았다. 이기영은 김희준과의 거리를 조절하면서 희준이 처하게 되는 다양한 상황들 속에서 그 스스로가 최적의 언행을 수행할 수 있도록 유도했을 뿐이다. 즉「고향」은 작가가 작중 인물의 자율성과 작품의 유기체적 특성을 효과적으로 운용한 작품이라 할 만하다.

(2)「황혼」의 경재

　「고향」의 희준이 어느정도 작가의 의지로부터 벗어나 자율성을 획득한 것은 당대의 리얼리즘 소설이 부분적으로나마 모더니즘적 특성을 포함하고 있었다는 것을 의미한다. 그런데 이러한 특성이 억제되면 작품은 기대했던 성과에 미치지 못하게 된다. 즉 주인공의 자율성이 작품에서 추구하는 전망에 부응하지 못하게 될 것을 염려하여 작가가 지나치게 경색된 자세로 리얼리즘의 조건들을 관철시키고자 할 경우 인물의 형상은 생동감을 잃게 된다.「고향」과 함께 1930년대 또 하나의 중요한 리얼리즘 소설로 인정받는「황혼」에서 그러한 예를 발견할 수 있다.

　「황혼」에서는 작가와 인물의 관계가 모호하게 형성됨으로써 인물의 형상에 있어서 문제점을 야기한다. 즉 여주인공 려순에 대해서는 작가의 의지가 인물의 상황판단이나 선택에 앞서가고 있고, 상대적으로 경재라는 인물에 대해서는 작가의 권위가 상실되고 있다. 그 구체적인 근거는 다음과 같다.

　「황혼」의 중심 인물 경재는 내면적 갈등을 통해서 문제해결을 모색한다는 점에서「고향」의 김희준과 일치한다. 그러나 경재는 김희준과 같은 전위적인 인물로 성장하지 못한다. 그 원인을 해명해 보기 위해 먼저 작가 한설야의 「황혼」 창작의 의도를 살펴보기로 한다.

> 이 소설(「황혼」 : 인용자)은 양심있는 인테리 청년의 고민을 그린 것
> 이다. 고민을 고민만을 그리게 되면 그 색채와 의의(意義)가 엷어질까
> 하야 그것을 가장 선명히 할, 어떠한 대조(對照) 아래에 마조 비최어보
> 려고 한다.14)

설야가 말한 '양심있는 인텔리의 고민'의 구체적인 형상은 다음과 같이
주로 경재의 모습으로 나타난다.

(i)
"아니지요. 여러 가지 말이 더 많았을 겁니다. 사장이 이런 말을 하
지 않아요? …… 정 처신이 나쁘면 나도 생각이 있다. 저까짓놈 아니면
사위될 사람이 없을테냐. 제 집은 내가 먹여 살리는데 그렇게 되면 뭘
먹고 사나 보자. 죽고 사는 게 모두 내 한 손에 달렸다. 려순이도 내
말 안 들으면 그날이 마지막이다 …… 이런 말을 하지요? 맘을 튼튼히
가지시우."
　　—「황혼」, 풀빛, 112쪽

(ii)
"…… 지금 나는 부모의 말대로 일가의 행복을 위해서 부잣집 사위
가 되어가지고 남에게 예속된 강아지의 행복을 누리겠느냐? …… 그렇
지 않으면 내 뜻대로 내가 하고 싶은 길을 걸어가겠느냐? …… 하는 기
로에 있습니다. …… "
　　—「황혼」 115쪽

(i)과 (ii)는 려순에게 흑심을 품고 있는 사장에게 그녀가 불려간 일이
있은 후 려순을 상대로 한 경재의 발화 내용이다. 현상적으로는 거의 동어

---

14) 한설야, 「본지에 빛날 신장편소설 「황혼」」, 『조선일보』, 1936. 1. 28

반복적이나 자세히 들여다 보면 그 배면에 분명한 차이가 존재한다. (i)에서 경재는 몹시 흥분이 되어 있고 사장에 대한 적개심을 강하게 드러내며, (ii)에서는 독백적인 어조로 자신의 처지를 객관화, 정당화시킨다. 말하자면 (i)은 사회구조의 모순을, (ii)는 신변적이고 심리적인 상태를 보여주고 있다.

위의 발화 내용을 「고향」의 김희준과 대조해 보면 「황혼」에서 작가의 목소리가 어떻게 작용하고 있는지 분명히 알 수 있다. 「고향」의 김희준이 상황에 걸맞게 그때그때 매우 자연스러운 반응을 보여주었던 것에 비해 위 인용의 경재는 상황과의 상호작용을 배제한 채 자신과 관련된 정보를 전달하는 데에만 주력한다. 특히 (ii)는 (i)의 두 사람간의 대화가 끝난 상태에서 다시 경재가 려순의 자취방에 찾아와 같은 말을 반복하고 있다는 점에서 상황전개의 부자연스러움을 면치 못한다.

작가 한설야가 '「머리」의 인간들로부터 역사적 발전의 기본적 임무를 담당하는 하층에로의 추이도상에 있는 기본계급의 인간전형을 만들어볼까'[15] 하였다고 술회한 점으로 미루어 「황혼」에서 작가의 의지에 잘 부합되는 인물은 려순이라 하겠다. 려순은 인텔리 지식인으로부터 노동자로 변모하게 되는데, 려순의 행동방향이 결정되면서 그 반동으로 우유부단한 인물 경재는 부르주아계급쪽으로 기울어지게 된다. 이로써 이들은 서로 '마조 비최보이도록' 애초에 마음먹은 작가의 의지를 따르게 된다.

> 그(경재 : 인용자)는 첫째 려순의 결심한 이론에 놀랐다. 그리고 다음으로 우유부단한 자기 자신을 부끄러이 생각하였다.
> "그러니까 저는 한 번 눈을 꽉 감고 지금 생각하는 대로 해볼 작정이예요. 구태여 놓은 자리를 구할 필요가 없으니까 공장도 좋고 …… 무엇이든지 가리지 않을 심상이예요."
> 려순은 이렇게 결론을 지었다. 물론 그도 아직도 파고 들어가보면

---

15) 한설야, 「감각과 사상의 통일 ─ 전형적 환경과 전형적 성격」, 『조선일보』, 1938. 3. 8.

확고히 어떤 결심이 섰다고는 할 수 없었다. 만일 그가 안에 굳은 결심
이 있다면 단 한 마디로 끊어 말하고 말았을 것이다. 그러나 그러지 못
하고 길다랗게 이론적으로 두름길을 돌아내려온 것은 사실인즉 아직
도 그 결심을 육신으로서 느낀다면 한 마디로, '나는 이렇게 하겠다'하
면 그 다음은 천 백이 무어라고 하든지 상관할 거 없을 것이나 그것은
그렇게 밥먹듯 되는 일은 아니었다. 그래서 그 자신도 그새 좀더 강해
지려고 여러 가지로 반성하고, 겸하여 준식의 권고도 간곡한 바 있어서
어쨌든 우선 준식의 권고를 따르기로 하였던 것이다.

—「황혼」 325~326

위의 인용에서 알 수 있듯이 려순이 노동자가 되는 경로는 다분히 돌발
적이다. 려순은 다만 자신의 비장한 의지보다는 준식의 권고를 따르는 식으
로 노동자가 된다. 이렇게 인물의 성격 발전의 내적 필연성이 전제되지 않
았기 때문에 려순도, 려순의 성격 형성의 반동으로 성격이 규정된 경재도
충분한 생기를 얻지 못한다.

그러므로 「황혼」에서의 진정한 한계는 려순을 필연적인 계기를 거치지
않고 무리하게 준식에게 흡수시켰다는 점이라 할 수 있다. 그러나 많은 논
자들은 노동자 준식이 작품에서 거의 홀로 모든 일을 감당해내는 존재로 그
려져 있으면서도 세계와의 교섭 속에서 그 자신이 느끼거나 변화하는 모습
은 전혀 보이고 있지 않다는 점을 한계로 지적하고 있다.16) 이는 노동자 준
식이 이 작품의 긍정적 주인공으로 작용하리라는 리얼리즘적 관점에서의
선험적 기대 때문에 생긴 결론이라고 사료된다. 면밀히 살펴보면 경재가 안
중서, 김재당의 부정성을 상징적으로 체현하고 있는 현옥에게로 기울어지
고, 준식이 동필 등 노동자들과 규합하여 회사에 대항할 수 있게 된 가장
직접적인 계기는 려순의 노동자화에 있었던 것이다. 즉 작가는 려순에 대해
서는 자신의 의지를 권위적으로 관철시킴으로써 전위적인 지식인을 만들어

---

16) 서경석, 「현실부정의 방법 – 한설야의 「황혼」과 「황혼」논쟁」, 『장편소설로 보
    는 새로운 민족문학사』, 열음사 1993. 155쪽.

낸 반면 경재와 준식에 대해서는 소설의 기본적인 조건─자본가/노동자 양대 축을 형성해야 하는─을 갖추기 위한 역할만을 부여했다. 이것은 평자의 입장에서 본 임화의 시선에 정확히 포착된다. 임화는 「황혼」에 대해 다음과 같이 지적한다.

> 설야는 「황혼」 가운데서 두 가지를 다 성숙시키려고 애썼을 것이다. 그러나 결국은 어느 것에도 충실치 못했고 아무것도 충분히 나타나지 않았다. 여주인공 려순이가 눈뜨는 과정도 명백히 드러나지 않았고, 남주인공이 사회적으로 자기를 완성해 가는 힘찬 형상도 우리는 이 작품에서 발견할 수 없다. …… 바꾸어 말하면 인간과 환경과의 조화, 그러므로 이 동안 설야적 혼란은 인물과 환경과의 괴리에 있다. 인간이 죽어가야할 환경 가운데서 설야는 인간을 살려가려고 애쓰는 것이다.[17]

설야는 자신도 미처 고려하지 못한 경재나 준식에 대해서 '임화군이 嗟嘆한 바와 같이 「과도기」의 주인공 창선이가 어떻게 그 속편 「씨름」의 명호가 되었는가 하는 성격개조의 과정을 마땅히 해명해야 할 최초의 기회를 여기 「황혼」서도 거의 놓치고 말았다.'[18]고 그 오류를 인정한다. 그러나 작가가 특별히 집착을 보였던 인물 려순에 대해서는 다음과 같이 말한다.

> 이때에 그를 바라보던 어떤 사람이 말하기를 려순은 살아갈 수 없는 환경 속에서 억지로 살아간다고 하였다. …… 그러나 나도 려순이도 그 말을 듣지 않았다. 왜 그런고 하니 산다는 것은 환경과 타협하거나 또는 환경에 추수해서만 가능한 것이 아니라 환경과 싸우는 데에도 있을 수 있다고 믿기 때문이다. 아니 도리어 살아갈 수 없을만치 거칠고 사나운 환경에 있어서는 싸우는 그것만이 오직 생이다. 이것을 맡는 려순은 그러기 때문에 마음의 무장을 해제하지 않았다. 살았다. 싸웠다.[19]

---

17) 임화, 「한설야론」, 『문학의 논리』, 서음출판사, 1989, 565쪽.
18) 한설야, 『감각과 사상의 통일』, 앞의 글
19) 한설야, 「「황혼」의 려순」, 『조광』, 1939. 4, 147~148쪽.

다시 작가 한설야가 1936년 당시에 「황혼」의 창작의도를 진술한 글과 「황혼」 논쟁 이후에 쓰여진 작품에 대한 해명을 비교해 보면, 그리고 「고향」의 김희준의 성격발전과정을 보면, 소설은 단지 작가의 머리 속에서 구상된 것만을 필사하는 것이 아니라 그 창작 과정에서 자체의 생명력을 지닌 채 끊임없이 변모되고 창조됨으로써 결과적 산물로 탄생되는 것임을 확인하게 된다. 즉 「고향」의 희준과 유사한 성격적 기반을 지녔던 「황혼」의 경재나 려순이 작가의 의도대로 형상화되지 않은 것 자체가, 소설의 인물이 자율성을 지향하는 속성이 있다는 것을 증명하는 셈이 된 것이다. 그러나 려순이나 경재는 작가의 경색된 의지에 의해 그 자율성이 다분히 훼손되었기 때문에 「고향」의 희준만한 생동감을 얻지 못했다. 이상과 같이 1930년대 리얼리즘 소설은 모더니즘과의 구획을 분명히 했던 것이 아니라 오히려 모더니즘적 속성에 힘입고 있었다.

2) 모더니즘 소설과 현실 인식

1930년대 모더니즘의 기수 박태원의 창작기법을 리얼리즘 소설들과 대조한다는 것은 사실 원론적인 수준의 논의가 되기 쉽기 때문에 이 자리에서는 큰 의미가 없다. 그럼에도 불구하고 작가가 작품의 성과에 기여하게 된 요체를 밝히는 문제에 있어서는 함께 논의해볼 여지가 있다. 그 단초는 박태원의 「천변풍경」을 '리얼리즘의 확대'로 보았던 최재서의 평문 가운데서 찾을 수 있다.

그러나 우리는 「천변풍경」에 있어서 카메라를 지휘하는 감독적 기능에도 마찬가지 정도로 성공을 보여주지 못하였음을 섭섭히 생각한다.[20]

즉 최재서는 '카메라를 지휘하는 감독'인 작가가 '디테일을 관통하는 통

---

20) 최재서, 앞의 글.

일적 의식'을 작품에서 보여주어야 하는데 「천변풍경」에는 그것이 결여되
었기 때문에 '커다란 사회의 힘'을 제시하지 못했다고 논평한다. 이것은 임
화가 '묘사에는 반드시 묘사 이상의 묘사하는 의식이 잠재'[21]해 있어야 한
다는 말과 상통하는 것으로, 이후에 이들의 논지는 리얼리즘 문학관에 기반
한 것이기 때문에 모더니즘 특성을 강하게 지닌 「천변풍경」에 적용되기에
는 부적합하다고 판정되기에 이른다. 그러나 실제로 「천변풍경」에 작가의
주관적인 관념이 완전히 차단되어 있고 객관적인 외부세계의 충실한 묘사
만으로 이루어졌다는 일반적인 인식은 재고해볼 문제이다. 작가가 선택하
는 모든 언어적 요인들은 이미 사회적 가치의 집합이며 그 속에는 작가의
가치평가가 개입되어 있기 때문이다.

　박태원의 창작태도의 일면을 살펴보면 그가 언어기교에 관심을 가진 것
은 단순한 유희적 차원이 아니라 작가의 의도나 현실적 면모들을 좀 더 정
확히 표현하고자 하는 욕구에서 비롯된 것임을 짐작할 수 있다.

> 　"실, 타닛까……"
> 　이렇게라도 한다면, 말하는 이의 '불쾌', '반항', '혐오', …… 그러한
> 종류의 감정이 제법 느껴진다.[22]

　천변 빨래터에서 빨래하는 아낙들의 오고가는 대화를 들어보면 작가의
이러한 의식이 어떤 식으로 표출되고 있는지 알 수 있다.

> 　㉠"글쎄, 요만밖에 안되는 걸, 십삼 전을 줬구료. 것두 첨에 어마허게
> 　　십오 전을 달라지? 아, 일 전만 더 깎재두 막무가내로군."
> 　　……
> 　㉡"그, 웬걸 그렇게 비싸게 주구 사셨에요? 어제 우리 안댁에서두 사
> 　　셨는데 아마 한 마리에 팔 전꼴두 채 못된다나 보든데……"

---

21) 임　화, 「세태소설론」, 『문학의 논리』, 서음출판사, 1989.
22) 박태원, 「창작여록—표현, 묘사, 기교」, 『조선중앙일보』, 1934. 12. 17~31.

......

ⓒ "어유우, 땍두 허우. 낱개루 사먹는 것허구, 한꺼번에 몇 두름씩 사
  먹는 것허구, 그래 겉담? 한 마리 팔 전씩만 헌담야 우리 겉은 사람
  두, 밤낮, 그 묵어빠진 배추김치 좀 안 먹구두 사알게?"
                              —「천변풍경」, 깊은샘, 15~16쪽

  비웃값 비싸다는 것을 타박하는 이쁜이 어머니(㉠)와 그나마 비웃의 시
세조차 모르는 한약국집 귀돌어멈(㉡)의 대화에 감때사납게 생긴 점룡이 어
머니가 '사내같이 우락부락한 소리'로 끼어들고 있다. 이들의 대화를 조직한
작가의 의도가 무시될 수 없는 대목이다. 특히 「고향」의 김선달처럼 시평을
담당한 점룡이 어머니는 '어유우', '밤낮', '사알게' 등의 비난조의 말투로써
불공평한 현실을 비평한다.

  이러한 현실비판적 시평은 「천변풍경」에 등장하는 인물 중에서 가장 관
심을 끄는 이발소 소년 재봉이에게서 더 자주 찾아볼 수 있다. 재봉이는 천
변 사람들의 일거일동을 가장 정확히 읽고 있는 인물이다. 그래서 그는 어
떠한 특정한 상황이든 눈에 보이는 순간만을 객관적 서술자의 입장에서 그
대로 제시하는 것에 그치지 않고 그 상황을 관통하고 있는 핵심을 암시한
다.

  "거어기, 개천에서 올라오는 저 사람이 인제 어딜 가는지 알아 내시
겠에요?"
    ......

  "인제 보세요. 저어 대리께 가게루 갈 테죠."
    ......

  "왜 들어가는지 아르켜 드릴까요? 저 사람이, 곧잘, 대리 밑으로 들
어가서, 게서, ㉠ 거지들한테 돈을 십 전이구 이십 전이구, 얻어 갖거든
요. 그래 그걸루 술두 사먹구, 밥두 사먹구 허는데, 그게 거지들이 동냥
해 들인 거니, 이십 전이구, 삼십 전이구간에, 모두 동전 한 푼짜릴 꺼
아녜요? ㉡ 근데 저 사람이 동전 가지군 절대 술집엘 안들어 가거든요.

그래 은제던지 꼭 가게루 가서, 그걸 모두 십 전짜리루 바꿔 달래
서……”

— 「천변풍경」, 34쪽

손님이 벗어놓은 구두를 간지런히 놓고, 슬리퍼를 권하고, 담배 사러, 돈 바꾸러 잔심부름을 다니고 손님의 머리를 감아주는 평범한 일을 하는 재봉이는 이발소 바깥 풍경을 내다보기를 좋아하며 그 덕에 양쪽 천변을 지나다니는 사람들의 생리를 정확히 파악한다. 재봉은 거지들이 동냥해온 돈을 다시 얻는(㉠) ‘둘째 거지대장’이 동전을 지폐로 바꾸는 행위로써 자신의 허영심을 충족시키고자 하는(㉡) 모습을, ‘언제던지’ 그렇게 했다는 점에서 확신을 갖고 말하고 있다. ‘둘째 거지대장’에게서는 물질만능의 속물주의를 쉽게 찾아볼 수 있으나 그것이 재봉이 눈에 부정적인 모습으로 비치지는 않는다. 왜냐하면 그가 동전을 지폐로 바꾸는 행위는 지폐를 들고 술집을 드나드는 유한계급에 대한 흉내내기에 불과하기 때문이다. 이처럼 인물의 의식이나 판단에는 작가의 현실적 안목이 투사되어 있는 것이다.

재봉이를 내세워 사회의 본질을 파악하게 한 작가 박태원은 그러나 자신의 목소리를 어린 소년 재봉이에게 그대로 전달시키지는 않는다. 여기에서 당대의 모더니즘 소설도 리얼리즘적 속성에 의존하고 있는 점을 발견하게 된다. 즉 작가가 인물의 의식에 관여하게 되는 것이다. 재봉이는 가끔 아래와 같은 철없는 생각을 하기 때문에 작가의 마음이 놓일 리 없다.

이만한 지식을 얻은 뒤부터 소년은 매일같이 조석으로 반드시 남쪽 천변을 걸으며, 꼬박꼬박이 한약국 앞에서 모자를 벗고 벗고 하는 포목전 주인의 모양을 볼 때마다, 어린 생각에도 ‘밑천들지 않은 인사’가 ‘카페에나 그런 데서 값 나가는 술대접 한 것’만 할 수는 없을 것이라, 이제 설혹 골백번을 그가 한약국 앞을 지나다닌다더라도, 그 흉측스러운 주인 영감은 반드시 투표용지에다 민 주사의 이름을 기입할 거세는 틀림없을 것이며, 따라서 민주사가 우승하는 대신에, 포목전 주인의 매부되는 이는 낙제국을 먹을 것이라, 그러한 내막은 아무것도 모르고, 그

대로 부질없이 헛애만 쓰고 있는 듯싶은 포목전 주인을, 소년은 한편으로 우습게도 생각하고, 또 한편으로 몹시 딱하게 여겨도 주었다.
　　　　　　　　　　　　　　　　　　　　—「천변풍경」, 76쪽

포목전 주인 대 민주사의 선거운동, 즉 '밑천들지 않는 인사' 대 '카페에나 그런 데서 값 나가는 술대접 한 것'의 대결을 저울질하던 재봉이는 어느덧 민주사의 당선을 낙관한다. 그러나 부회의원 선거의 결과는 속물적인 인물 민주사의 낙선으로 매듭된다. 이로써 작가의 이데올로기[23]가 서술상에 직접 드러나고 있지는 않으나 현실의 본질을 정확히 묘파하고 있고 현실의 부정적인 모습을 가능한 한 완곡하게 단죄함으로써 결국 작가의 가치평가가 전제된 사회를 지향하고 있음을 알 수 있다. 「천변풍경」 하나만으로 1930년대의 모더니즘을 다 말할 수는 없으나 이 작품이 지닌 비중으로 보아 능히 가늠할 수 있으되, 이상과 같은 점에서 당대 모더니즘의 지형 안에도 리얼리즘적 속성은 교차되고 있었다.

3. 사회구조의 반영과 담론양상

1) 개별적 대화

문학은 시대의 반영물이며 작품 창작과정을 거친 결과적 산물이다. 인물의 성장과정에 있어서의 자율성을 살펴보는 가운데 밝혀진 바이기도 하지만, 인물간의 대화 속에서 이 점은 더욱 두드러진다. 두 인물의 대화인 경우, 작가는 양자의 입장에 각각 서서 대화를 선택해야 하기 때문에 애초의 자신의 구도와 다른 결과로 나타날 수 있다. 작가가 과학적 세계관을 가지고 치밀하게 '타인의 목소리에 대한 반응과 예견'[24]을 보여줄 경우에 작품은 좋

---

23) 여기서 '이데올로기'라는 용어는 경직된 정치적 의미로가 아니라, 이를테면 바흐친(김욱동 편, 『바흐친과 대화주의』, 나남, 42쪽)이 사용한 것과 같이 다른 사람들과 공유할 수 있는 정신 생활의 전 영역을 의미하는 것으로 보아야 합당할 것이다.

은 성과를 거둔다. 이것이 1930년대 성공한 리얼리즘과 모더니즘 소설이 공유하고 있는 또 하나의 지점이다.

　문학이 결과적 산물인 것과 같이 문학을 이루는 작은 파편에 불과한 하나의 발화도 인물간의 관계나 사회적 상황에서 초래된 결과적 산물이다. 따라서 발화가 일어나는 특정한 상황을 이해하게 되면 숨겨진 동기에 의한 생략된 언어도 발화된 내용만큼의 의미를 획득할 수가 있다. 다음은 「고향」에서 안승학과 권상철의 대화이다. 이들의 말을 자세히 들으면, 생략된 담화들을 발견할 수 있다.

> 　"권상? 내가 요새 이상한 소문을 들었는데요."
> 　안승학은 화두를 이렇게 꺼내놓고 우선 권상철을 의미있게 마주 쏘아보았다.
> 　"네? 무슨 소문이어요?"
> 　"경호가 당신 아들이 아닙니다그려!"
> 　승학은 아주 은근하고 다정하게 말하는데 이야말로 웃음 속에 칼을 품은 것이 아닌가.
>
> 　　　　　　　　　　　　　　　　　　　　　　—「고향」 265쪽

　안승학은 작인을 시켜 경호와 권상철의 뒷조사를 시킨 결과, 경호가 권상철의 아들이 아니라는 심증을 굳혔고, 게다가 구장집 머슴 곽첨지가 경호의 아비일지도 모른다는 혐의가 짙은 가운데 권상철을 만나 담판을 짓고자 한다. 여기서 안승학의 말은 세 단계의 목소리를 거쳐 이루어진다. 첫째 이 사실을 빌미로 권상철을 궁지에 몰아넣고 자신의 장사밑천을 대게 하자는 이욕에 가득찬 목소리, 둘째 정확한 증거가 없으니 권상철이 정색을 하고 불응할 경우엔 당장 문제를 일으켜 경호의 실부모를 찾아주리라는, 권상철의 예상 답변에 대답하는 목소리, 그러나 아무래도 권상철이 순순히 자신의 요

---

24) 돈 바이얼로스토스키, 신숙원 역, 「대화적 비평」, 123쪽(김욱동 편, 『바흐친과 대화주의』, 나남, 1990)

구를 들어주는 것이 상책이니, 셋째의 단계에서 곽첨지에 대한 말은 쏙 빠지고 운만 띄우는 은근한 어조로 실제의 대화가 형성된다. 즉 안승학의 욕망을 드러낼 말과 자신이 미리 응수해보는 권상철의 답변은 대화로 표현되지 못하고 만다.

안승학이 경호문제로 권상철을 협박할 수 있었던 것은 안승학과 권상철이 치부와 재산 상속 문제에 대해 공통된 인식을 가지고 있기 때문이다. 이렇게 체험적으로, 심정적으로 합의된 바가 있었기 때문에 양자는 겉으로 표현된 말 속에서 코드를 읽어내고 그것에 걸맞은 행동을 취하게 된다. 아니나 다를까 권상철은 며칠 뒤 넌지시 안승학을 방문하여 뇌물을 바친다.

이처럼 리얼리즘 소설 「고향」에서는 발화된 언어의 생략된 언어의 적절한 안배를 통하여 사회구조가 잘 드러나고 있다. 이러한 양상은 모더니즘 소설인 「천변풍경」에서도 공히 나타나고 있다. 흥미롭게도 「천변풍경」에 나타난 다음의 예문에서는 겉으로는 아무런 발화도 이루어지지 않으면서 곁눈질로 서로의 심중을 파헤쳐보는 과정에서 두 사람이 각자 가지고 있던 의혹을 풀고 잠정적인 합의를 이루는 모습을 볼 수 있다.

> '도적이 제발 제리다는 말도 있는데……'
> 그 말을 가지고 논지하면, 만약에 계집에게 죄가 있는 것이라면, 민주사가 행여나 저에게 의혹을 갖지나 않을까 하여서, 이쪽에서 묻지도 않은 것을, 객쩍게 제가 꺼내어 가지고, 가장 발명을 한답시고 긴 말 짧은 말이 다 있을 듯도 싶은 것을, 이렇게도 말이 없이 언제나 한가지로 태연한 것은, 역시 아무 별 까닭도 없었던 것이기 쉽다고, 그는 가뜩이나 꺼내 놓기 어려웠던 선고를 정작 입 밖에 낼 것은 이내 단념하여 버리고, 오래간만에 대하는 계집에게서 도리어 좀 더 새로운 매력을 느끼러 들며 그날 저녁은 자기가 자진하여 안성집을 데리고 정자옥으로 갔던 것이다.
>
> ─「천변풍경」, 117~118쪽

민주사는 전날 안성댁이 젊은 전문학교 학생과 관철동 집에서 서로 희롱하고 있는 모습을 목격한 후로 줄곧 의혹을 품고 있다가 계집을 쫓아내리라 마음먹고 관철동을 다시 찾는다. 민주사가 오면 버선발로 맞아줄 작정을 하고 있던 안성댁은 민주사의 얼굴에서 떠름한 빛을 발견하고 태연을 가장한다. 그 태연함에 속은 민주사는 그렇지 않아도 '꺼내놓기 어려웠던' 선고를 말끔히 거둔다. 안승학/권상철의 관계와 마찬가지로 민주사와 안성댁의 경우도 서로 유사한 체험을 토대로 하고 있기 때문에 위와 같은 무언의 합의가 가능할 수 있었다. 즉 안성댁은 경제적인 이익을 위하여 민주사에게 접근하면서, 동시에 건강하고 젊은 전문학교 학생과 연애하며, 민주사도 안성댁을 첩으로 두고 취옥이와 따로 즐기는 '속고 속이는 관계'[25]가 이들을 옭죄고 있었기 때문에 양자는 서로의 속악성을 너그러이 눈감아 줄 수 있었던 것이다. 결국 이 두 사람은 욕망의 교차점을 찾아서 말없는 합의를 보고 정자옥으로 갔던 것이다.

　이와 같이 「고향」과 「천변풍경」은 담론 가운데 형성된 발화와 합의된 생략을 통해 사회를 일정하게 반영함으로써 리얼리즘과 모더니즘의 기법적 경계를 허물었다. 다만 「황혼」에서는 인물들이 서로 공통된 사상적 기반을 가지더라도 내면적인 합의에 의한 대화의 절제가 잘 이루어지지 않아 리얼리즘이나 모더니즘이 요청하는 일정한 수준에 도달하지 못하고 만다. 구체적으로 살펴보면, 「황혼」에서는 인물들이 유사 체험에 각인된 언어를 사용하고 있음에도 불구하고 친절하게도 정황에 대한 해석과 평가를 동반한다는 점을 발견할 수 있다.

　　　"하하하 …… 책이야 지식이나 줬지……"
　　　"아니에요. 조금도 아는 첼 하지 않아요. 퍽 겸손하고 또 듯이 고상
　　해요. 그리고 부자 자식 티라고는 꿈에도 볼 수 없어요."
　　　"나는 말만은 들었어요. 생각만은 좋았던 모양이더군요. 하지만 인
　　제 때가 바뀌어서 그것만 가지고는 안 될걸요."
　　　하는 준식의 말에는 여러 가지의 의미가 있었으나 려순은 그것을 이

---

25) 정현숙, 「박태원 소설연구」, 『이화여대 박사논문』, 1989, 87쪽.

해하지 못한다.

—「황혼」93쪽

겉으로 드러난 대화에 의하면 준식이 이미 '그것(생각 혹은 지식)만 가지고는 안된다'고 말했는데도 불구하고 려순은 그것을 이해하지 못해야 한다. 그러나 '그것'을 대체할 수 있는 것이 현장에서의 노동체험이고 투쟁적 실천이라는 점을 려순이 이해하지 못할 리가 없다. 려순의 지적 감성적 수준도 그렇게 무지한 상태가 아니고, 더욱이 대화의 상대로서 경재를 비판하고 있는 사람은 그 모범답안을 수행하고 있는 준식이기 때문이다. 결국 「황혼」은 리얼리즘의 본령을 유지하는 데 있어서 작가 의식이 통제되지 못함으로써 도식성을 면치 못했다.

이상에서 1930년대의 '성공한' 리얼리즘과 모더니즘은 공통적으로 사회구조를 반영함에 있어서 개인간의 담화에 담긴 합의된 언어의 생략을 잘 운용하였음을 알 수 있다.

2) 집단적 대화

개별적인 두 인물간의 관계에서 한 인물은 상대와의 관계를 통해서 자신의 언행을 수시로 조정한다. 「고향」의 김희준이나 안승학이 그랬고, 「천변풍경」의 민주사와 안성댁이 그랬다. 이는 인물이 타자에 대한 관계를 통해서 자신을 의식하게 되기 때문이다.[26] 이 의미를 개별적인 관계가 아닌 집단의 경우로 확장시켜 볼 때 집단 내에서 이루어지는 대화, 그리고 합의되었기 때문에 생략된 대화 등은 사회의 구조를 해명하기 위한 귀중한 단서로 작용한다. 1930년대의 리얼리즘과 모더니즘의 기법적 차이도 이 집단의 대화 속에서는 의미를 상실하는 듯하다.

---

26) 레나테 라흐만, 「축제와 민중문화」, 여홍상 역(여홍상 편, 『바흐친과 문화이론』, 문학과 지성사, 104쪽) 참조. 바흐친은 카니발을 설명하기 위하여 외재, 혹은 탈중심성의 개념을 사용하는데 외재적, 환의적, 탈중심적 상태는 자신에 도달하기 위해 타자를 향해 나아갈 때 내가 행하는 경계의 일탈을 지향한다.

「고향」에서 먹을 것이 없는 빈궁한 농민 박성녀와 업동이네가 술지게미를 사가지고 오다가 마름 안승학의 자제인 갑동이 갑숙이를 만나면서 이루어지는 다음의 대화를 보기로 한다.

　　"서울사람은 이런 것 안 먹나유?"
　　박성녀는 그대로 있기가 어쩐지 더 면구한듯해서 짐짓 이런 말을 물어보았다.
　　"난 못보았는데요."
　　"그래도 여기 사람들은 없어서 못 먹는대유."
　　"그렇고말고. 아이구 사람 살기가 왜 그리 어려운지 서울사람도 그런가유?"
　　갑숙이는 그저 웃고만 있었다. 그들은 제각기 딴 생각을 하면서 천천히 원터로 들어가는 길을 밟아갔다.
　　　　　　　　　　　　　　　　　　　—「고향」 67쪽

이들 대화의 절묘한 대비는 「고향」의 시대적 상황을 다각도로 제시한다. 무지한 농민의 얼굴 박성녀의 '서울사람들은 이런 것 안 먹느냐'는 물음은 오히려 계층의 낙차를 분명히 실감하고 있는 그 나름대로의 능청스러운 대응양식이다. 농촌사람들의 머릿속이라고 재강(돼지사료)이 사람이 먹는 음식물의 의미로 각인되어 있을 리는 없다. 그렇지만 재강을 먹어야 하는 처지의 박성녀는 '그대로 있기가 어쩐지 더 면구한듯', '짐짓'이라는 표현들에 담긴 불편한 심경을 '서울사람들은 이런 것 안 먹는냐'는 물음으로 대신하고 만다. 재강을 '먹는다', '안먹는다'의 차이를 서로 불편하게 확인한 이 대화는 농민 박성녀와 마름의 딸 갑숙의 기억에 또 한차례 부가되는 체험으로 작용하면서 점차 계급의 격차를 형성하게 된다. 결국 위 인용에서 박성녀네와 갑숙이네는 각자 서로 다른 생각을 하며 원터로 걸어들어갈 수밖에 없는 각각의 처지에 놓여있음을 확인한 셈이다.

「천변풍경」에서 집단적인 유대가 가장 선명하게 드러나는 빨래터에서는 어떠한 대화와 합의가 이루어지는가. 무엇보다도 단속적인 대화가 눈길을 끈다. 「천변풍경」의 처음부분을 장식하는 빨래터에서는 비웃 비싸다는 이야기서부터 시작해서, 신전집의 몰락, 민주사의 축첩, 만돌어멈의 사정, 이쁜이의 혼사, 은방주인의 연애 등에 관련한 비리와 정보가 쏟아지고 중간중간에 빨래하는 사람들의 시선에 걸린 모든 것들이 어울리지 않게 대화에 끼어들어, 천변길에서 노는 아이를 탓하기도 하고, 삶을 빨래 달라고 소리치기도 하고, 빨래터에 누가 유리조각 버린 것을 타박하기도 하면서도 대화는 수없이 끊어졌다 이어졌다 한다. 빨래터에서 벌어지는 대화 중 민주사가 화제가 된 부분을 살펴보면서 인물들의 대화에 감추어진 의미를 찾아보기로 한다.

　　주인 마님이, 밤마다, 영감, 첩에게 가는 것이 못마땅하여서 그러는 말도 말이겠지만,
　　"그거 이제 경찰서에서래두 알기만 허면, 대번에 붙잡혀 가서 가진 욕 다 보구, 몇백 환씩 벌금 물구 허실 텐데, 그래두 밤마다 붙잡으시니……"
　　하고 몇 번씩이든 혀를 차던 것이 생각나자, 그는 누가 뭐라든 주인집 이야기는 이제는 더 하지 않겠다고 결심을 하였다. 그래 점룡이 어머니가 또 한몫을 끼어,
　　"참, 민주사가 늘 손쪽이 좋아서 많이 딴다는데, 그 입구 대니는 외투두, 그럼, 그게 ㉠공짜루 생긴 건가? 하, 하, 하."
　　사내 같은 웃음을 웃어도 칠성 어멈은 아랑곳 안하고 그저 방망이만 놀리고 있었으나,
　　"아아니 그럼 이거 참 빨래 ㉡공짜루 허는 줄 알았습띠까?"
　　갑자기 샘터 주인의 우락부락한 목소리가 들리자, ㉢그는 누구보다도 먼저 그편으로 눈을 주었다.
　　　　　　　　　　　　　　　　　　　　　　　　—「천변풍경」 21~22쪽

　신전집이 몰락한 얘기 끝에 칠성 어멈은 무심코 민주사가 관철동에 드나든다는 말을 꺼냈다가 주인마님 생각을 하고 얼른 말을 돌려보지만 점룡이

어머니가 계속 물고 늘어진다. 난처해진 칠성어멈은 화제를 돌릴 기회만 엿보다가, 점룡 어머니가 비난에 가까운 ㉠ '공짜루'를 발음한 후, 거의 동시에 계산 속 빠른 샘터 주인이 ㉡ '공짜루'를 외치는 순간 누구보다 먼저(㉢) 샘터 주인쪽으로 고개를 돌린다. 그러니까 칠성 어멈이 이 순간에 누구보다 먼저 고개를 돌린 것은 화제돌리기의 한 방편이었을 것이다.

물론 작가가 '공짜루'27)에서 연결고리를 발견하고 칠성 어멈에게 화제돌릴 기회를 제공한 것은 작가의 언어 유희 감각으로 해석될 수도 있다. 그러나 대화에 참여하고 있는 사람들 중 점룡 어머니의 말에 가장 큰 신경을 쓰고 있을 수밖에 없던 칠성 어멈에게는 샘터 주인의 '공짜루'가 없었던들 그 불편한 심경 속을 쉽게 모면이나 했을 것인가. 따라서 그것의 사용은 유희적 동기에만 그치지 않는, 보다 창조적인 반어적 유희로 작용했으리라고 생각된다. 시골서 막 올라온 만돌 어멈은 '공짜루' 빨래를 하려다가 샘터 주인에게 혼이 났지만 그 일로 인해 빨래터 사람들에게 가난에 찌들어 살아온 자신의 비애로운 삶을 이야깃거리로 제공하게 된다.

이처럼 「천변풍경」의 빨래터에서는 집단 내의 친밀감, 가치평가의 일치가 전제된 단속적인 대화로써 그 집단의 특징을 보여주고 있으며, 천변사람들의 일상에 대한 무수한 화제를 통해 사회의 모순과 비리를 드러낸다.

그러나 「황혼」에서는 집단 내에서 발생하는 대화조차 작가의 목소리가 주도한다. 가령 회사에서 새 기계를 설치하는 대신에 몸이 쇠약한 직공이나 오래된 고급공을 채용하기 위해 경품제를 실시하기로 하는 사안을 두고 작가는 인물들에게 설명조의 목소리를 부여함으로써 정치성을 강하게 표출시키고 있다.

(i)
"사월부터 새 기계를 놓는다니까 그렇게 되면 지금보다 훨씬 적은

---

27) 이와 비슷하게 안숙원(「박태원 소설 연구─도립의 시학」, 1992, 27쪽 참조)은 「천변풍경」(깊은샘, 1989) 250~251쪽에 등장하는 '바쁘다'는 발을 서사의 연결고리로 해석하고 있다.

사람으로 더 많은 일을 할 수 있다니까 ……"

하고 려순이는 그제야 ㉠ 준식이들한테서 들은 말을 알아듣기 쉽도록 다시 말하였다.

"그 중에서도 오래 있는 사람이 제일 미타하지, 몸이 잔뜩 약해져서 병이 많을 거 아니냐? 그리고 또 그 사람들은, 몇 푼 아니라지만 삯도 더 받지않니? 하니까 ……"

—「황혼」 358

(ii)

그들은 글자라고는 한 자도 몰랐으므로 게시판에 나붙은 추첨 규정을 제 눈으로 읽을 수 없었으나 남의 말을 들어 잘 알고 있다. 소제부, 주유공, 기타 잡역들이 추첨에서 제외된 것도 알고 있다.

……

"하기야 하많은 사람 중에서 어찌 뽑히기를 바라겠나만 …… 그렇더라도 우리는 코가 없나 눈이 없나. 왜 빼놓는 대요."

"보고 못 먹는 떡은 애초에 없는 게 낫더니 …… 그리고 또 떡을 쥐면 뭘하나. ㉡ 준식이 말마따나 떡쥐고 쓰레기통으로 들어가면 속을 놈이 뉘 아들이겠나. 눈이 감애서 담배 한 대도 못 피면 무슨 소용이란 말인가. 그저 틈있는 때에 담배나 맘껏 피게."

—「황혼」 149쪽

(ⅰ)과 려순과 (ii)의 잡역부는 모두 준식의 말(㉠㉡)을 전달하는 것으로 되어 있는데, 「고향」의 박성녀 등이 자연발생적으로 현실을 감지해가는 점이나, 「천변풍경」에서 점룡이 어머니를 비롯한 빨래터 아낙들이 남의 말을 전하면서 그들 자신의 개성을 강하게 드러내고 있었던 점과는 대조적으로 려순과 공원들, 무지한 잡역부들은 몰개성적인 어조로 남(준식)의 말을 빌려 회사 방침의 본질을 밝히는 일에만 주력하고 있다. 결국 「황혼」은 작가의 목소리가 인물을 지배하고 있기 때문에 인물들이 자유롭게 의식을 성장시키지 못하고 만다.

비록 「황혼」이 작가의 권위 때문에 인물이 살지 못한다는 기법상의 문제점을 여전히 안고 있으나, 「고향」, 「천변풍경」과 더불어 세 작품은 모두 집단의 대화를 효과적을 구사함으로써 사회구조의 모순을 드러냈다.

4. 결론

본 논의는 1930년대의 문제작 「고향」, 「황혼」, 「천변풍경」을 대상으로 하여 한국의 리얼리즘과 모더니즘 작품의 교호관계를 살펴보고 그 비분절적인 요인들을 밝히는 것을 목적으로 삼았다. 그리하여 1930년대의 특수한 한국사회를 이 양자가 어떻게 수용하고 표현했느냐 하는 문제를 검토하는 과정에서 리얼리즘과 모더니즘은 그 사조적 차이에도 불구하고 기법적으로나 현실반영 양상의 측면에서 공통적인 요인들을 담지하고 있음을 발견했다. 특히 이 공통적 속성은 작품의 절대적 성과를 보장했다. 즉 성공한 리얼리즘 혹은 모더니즘 소설은 작가와 인물간의 관계, 인물과 인물간의 관계가 작품 내적 원리에 입각하여 자유로운 의사소통과 변모의 과정을 보여야 한다는 공동의 창작기준을 지니고 있었다.

논의의 결과를 간략히 살펴보면 다음과 같다.

1930년대 현실을 토대로 한 한국의 리얼리즘과 모더니즘 소설의 공통적 속성은 우선 인물이 어느정도 작가의 손에서 떠나, 자율성을 획득하여 단순한 심리적 반응이나 성격의 변모양상을 드러낸다는 점이다. 이것이 모더니즘만의 전유적 형태가 아니라는 사실은 리얼리즘 소설 「고향」의 주인공 김희준의 형상을 통해서 알 수 있었다.

당대 리얼리즘과 모더니즘 소설의 두 번째 공통적 속성은 양자가 공히 사회의 구조적 현실을 반영하고 있다는 점이다. 이것은 모더니즘 소설 「천변풍경」의 이발소 소년 재봉이와 같은 인물의 묘사에서 드러나는데, 특히 이 어린 인물의 의식의 중재역을 맡은 작가의 사회적 안목은 리얼리즘 소설과의 거리를 매우 좁히고 있다. 그러나 작가가 인물의 자율성을 침해할 정도에 이르게 되면 인물은 생동감을 상실하게 되는데 그 예가 「황혼」의 경재

이다. 같은 리얼리즘 소설 「고향」이 작가의 배려를 바탕으로 인물 스스로 최적의 선택에 의해 행동과 말을 수행하도록 한 데 반해, 「황혼」은 작가의 의지가 인물을 압도하여 주인공을 살아있기 어렵게 한 형국이다.

1930년대 모더니즘이 카프의 편내용성에 반기를 들고 기존의 언어구사와 표현기법을 새롭게 다져 창작기술을 혁신적으로 변화시킬 것을 주창하면서 등장하였기 때문에 한국적 특수성에도 불구하고 리얼리즘과 모더니즘은, 특히 기법 면에서 전혀 조율되기 어려운 대상인 듯한 인상을 강하게 주었다. 그러나 리얼리즘 작품에서도 언어사용과 기법 면에서의 고민은 심각했다. 「고향」과 「황혼」에 나타난 개인과 집단간의 대화 속에서 그것은 분명히 드러난다. 「고향」의 경우 인물들의 담화 속에서 합의된 언어적 생략을 적절하게 활용함으로써 작품의 압축미를 살렸다. 그러나 「황혼」에서는 인물들이 유사 체험에 각인된 언어를 사용하고 있음에도 불구하고 작가의 자신의 의도를 관철시키기 위하여 언제나 친절하게 정황에 대한 해석과 평가를 동반했다.

물론 언어의 압축미는 「천변풍경」에서 매우 두드러지는 특징이다. 「고향」과 「천변풍경」에서는 작가가 소신을 가지고 인물간의 대화에 끼어들지 않고 생략과 변화를 인정함으로써 미학적 효과를 거두고 있다는 점으로 미루어 이 역시 리얼리즘과 모더니즘이 공유하고 있는 창작 기법적 기준으로 여겨진다. 특히 빨래터 모습은 모더니즘 소설이 특정한 집단의식과는 상관없는, 개별화된 인물들의 생활을 묘사하는 것만을 지칭하는 것이 아님을 보여주었다.

이상으로 보아 1930년대의 리얼리즘과 모더니즘의 거리는 그렇게 멀기만 한 것은 아니었다. *

한국 현대 비평의 과제와 전망

인쇄일 초판 1쇄 2000년 11월 25일
        2쇄 2015년 08월 15일
발행일 초판 1쇄 2000년 12월 01일
        2쇄 2015년 08월 25일

지은이 한국문학비평가협회
발행인 정 찬 용
발행처 국학자료원
등록일 2006.113.02 제2007-12호
서울시 강동구 성내동 447-11 현영빌딩 2층
Tel : 442-4623~4 Fax : 442-4625
www.kookhak.co.kr
E- mail : kookhak2001@hanmail.net

ISBN 978-89-8206-536-1 (93810)
가 격 17,000원